El mapa del caos

Novela

Félix J. Palma

El mapa del caos

Trilogía victoriana 3

DESTINO

PEFC Certificado

Este libro procede de bosques gestionados de forma sostenible

PEFC

PEFC/14-38-00305 www.pefc.es

Ediciones Destino, un sello editorial de Editorial Planeta, S. A.
Avda. Diagonal, 662-664, 08034 Barcelona (España)
www.edestino.es
www.planetadelibros.com

Diseño de la cubierta: Booket / Área Editorial Grupo Planeta
Ilustraciones de la cubierta: Shutterstock
Primera edición en esta presentación: junio de 2024

Depósito legal: B. 9.843-2024
ISBN: 978-84-233-6541-8
Composición: Realización Planeta
Impresión y encuadernación: CPI Black Print
Printed in Spain - Impreso en España

Biografía

Félix J. Palma (Sanlúcar de Barrameda, 1968) es escritor, profesor de escritura creativa y coach literario. En 2021 publicó *Escribir es de locos*, un divertido manual de escritura en el que desvela los trucos que emplea para construir sus novelas. Debe su consagración como narrador a la «Trilogía victoriana», formada por *El mapa del tiempo* (XL Premio Ateneo de Sevilla, 2008), *El mapa del cielo* (2012) y *El mapa del caos* (2014), que se ha publicado en más de veintisiete países, ha obtenido numerosos galardones y ha aparecido en la lista de bestsellers de *The New York Times*. Su última novela hasta ahora es *El abrazo del monstruo* (Destino, 2019), que cosechó un gran reconocimiento tanto por parte de la crítica como de los lectores.

@FelixJPalma
@FelixJPalma
@felix_j_palma
www.escribiresdelocos.com

Guía del lector

Dada la complejidad de asuntos y los numerosos personajes que deambulan por esta novela, me veo obligado a facilitar a los bienintencionados lectores una relación de los más relevantes. Aunque es mi deber advertirles de que su lectura podría desvelar ciertos aspectos de la trama, por lo que si prefieren aventurarse en estas páginas con una venda sobre los ojos, les recomiendo que la sorteen con elegancia. No me lo tomaré como una ofensa.

Para los menos atrevidos, el listado, por riguroso orden de aparición, es el siguiente:

Wells Observador: eminente biólogo, versión alternativa del escritor H. G. Wells en algún otro mundo.

Jane Observadora: esposa de Wells Observador, directora de proyectos de su laboratorio, versión alternativa de Amy Catherine Robbins en algún otro mundo.

Dodgson Observador: profesor de matemáticas, versión alternativa del escritor Lewis Carroll en algún otro mundo.

Newton: perro de la raza border collie usado por Wells Observador como cobaya en sus experimentos.

Herbert George Wells: escritor británico, más conocido como H. G. Wells, considerado el padre de la ciencia ficción y autor de numerosas novelas, entre ellas: *La máquina del tiempo*, *La guerra de los mundos* y *El hombre invisible*. Si han leído esta trilogía, es innecesario añadir nada más, salvo quizá que en 1970 se bautizó con su nombre un astroblema lunar.

Amy Catherine Robbins: esposa del escritor H. G. Wells, quien cariñosamente la apodaba Jane.

Cornelius Clayton: agente de la División Especial de Scotland Yard, encargada de estudiar lo sobrenatural. Perdió la mano izquierda en su primera misión y desde entonces usa una sofisticada prótesis de madera y metal.

Angus Sinclair: capitán de la División Especial de Scotland Yard. Se desconoce cómo perdió su ojo derecho, por lo que no podemos descartar que fuera depilándose las cejas.

Valerie de Bompard: hermosa aristócrata francesa afincada en el pueblo maldito de Blackmoor, e interés amoroso del agente Clayton.

Armand de Bompard: esposo de la condesa de Bompard, científico adelantado a su tiempo.

Muscardinus avellanarius: popularmente conocido como lirón castaño, autóctono de las islas Británicas.

Lady Ámbar: famosa médium de Londres, experta en materializaciones ectoplasmáticas.

Sir Henry Blendell: arquitecto de Su Majestad, diseñador de los más grandiosos pasadizos y muebles truncados de la historia, hombre de gran talla moral hasta que se demuestre lo contrario.

Theodore Ramsey: cirujano, químico y biólogo eminente, aficionado a crujirse los dedos de las manos.

Williams Crookes: reputado científico e investigador de fenómenos paranormales. Es conocido sobre todo por su defensa de la médium Florence Cook, capaz de contactar con el espíritu de Katie King, hija del legendario pirata Henry Morgan.

Catherine Lansbury: anciana de misterioso pasado, viuda, aficionada al espiritismo, inventora del Sirviente Mecánico, apasionada de las galletas Kemp.

El hombre invisible: villano de la historia, despiadado asesino cuya identidad, evidentemente, no vamos a desvelar en las primeras páginas. Baste decir que se le conoce como M.

Clive Higgins: doctor en Neurología, Psicoanálisis y demás afecciones del alma.

Gilliam Murray: conocido como el Dueño del Tiempo, quien fingió su muerte en la cuarta dimensión. Desde entonces se esconde bajo la falsa identidad del millonario Montgomery Gilmore, que sufre de vértigo.

Emma Harlow: joven neoyorquina, prometida del millonario Gilmore, de quien ignora su verdadera identidad, y a la que no se la puede conquistar usando las mismas tácticas que con el resto de las mujeres.

Dorothy Harlow: tía de Emma, vieja y amargada solterona, irremediablemente abocada a morir en soledad.

Baskerville: cochero de Gilmore, octogenario cuando menos, muestra una extrema fobia hacia los perros.

Arthur Conan Doyle: médico y escritor escocés, aficionado al espiritismo y presunto telépata, conocido por ser el creador de Sherlock Holmes, el detective más famoso del mundo.

Jean Leckie: amante de Arthur Conan Doyle.

Ejecutor 2087V: organismo cibernético programado para matar a aquellos que pueden saltar entre mundos. Realiza su trabajo con eficacia, pero, debido a un defecto de fabricación, no puede evitar que lo inunde un sentimiento de culpa.

Cleeve: mayordomo de Undershaw. Desconocemos su vida privada.

Alfred Wood: alias Woodie, estoico secretario de Doyle

con un más que decente brazo para el críquet y un inusitado talento para la ventriloquia.

Gran Ankoma: también conocido como Amoka o Makoma, prodigioso médium criado en Sudáfrica por una tribu bantú, especializado en escritura automática. Su nombre, cuando se pronuncia correctamente, significa el último niño nacido, aunque advertimos que la traducción es aproximada.

Alicia Liddell: niña de seis años, una de las hijas del decano Liddell, modelo real en el que se inspira el personaje protagonista de *Alicia en el País de las Maravillas*.

Lewis Carroll: seudónimo del escritor británico Charles Dodgson, autor de *Alicia en el País de las Maravillas*, y su secuela, *Alicia a través del espejo*. También publicó numerosos artículos y libros de matemáticas, estos con su verdadero nombre, y fue un notable fotógrafo, un soñador inofensivo y un tartamudo adorable. Aunque era profesor en la Christ Church College de Oxford, rechazó que lo ordenaran sacerdote. Los motivos se desconocen.

Elmer: mayordomo de Gilmore, felizmente casado con Daisy, adicta a los bizcochos rellenos de confitura de arándanos.

Eric Rücker Eddison: escritor británico conocido sobre todo por su primera obra, *La serpiente Uróboros*, novela que rinde homenaje a los mitos escandinavos. Muchos estudiosos consideran que esta obra abrió el camino de la fantasía moderna.

El mapa del caos: libro que contiene la salvación del mundo, de este y de todos los que puedan imaginar. Y también el libro que se disponen a leer.

No creo en fantasmas, pero me dan miedo.

MADAME DU DEFFAND

Si de algún modo controlásemos las probabilidades, podríamos llevar a cabo hazañas que serían indistinguibles de la magia.

MICHIO KAKU,
Universos paralelos

Dios sabe que he soñado y he velado y he vuelto a soñar, hasta que no sé bien lo que es sueño y lo que es realidad.

ERIC RÜCKER EDDISON,
La serpiente Uróboros

Parte primera

¡Adelante, apreciado lector, sumérgete en las páginas de nuestro último folletín, donde te esperan aventuras aún más increíbles que las anteriores!

Si los viajes en el tiempo y las invasiones marcianas no han sacudido tu corazón con suficientes emociones, ahora podrás aventurarte en el mundo donde habitan los fantasmas y demás monstruos de la razón.

Tal vez quieras pensártelo mejor antes de pasar la primera página, pero es mi deber advertirte que, si no te atreves, jamás descubrirás lo que hay al otro lado de la realidad que crees conocer.

«—Esta noche está usted deslumbrante, condesa.
»—¿Ese es el único cumplido que se le ocurre? —se burló ella—. Francamente, esperaba algo más de un hombre de su portentosa inteligencia. Además, no debería intentar coquetear conmigo, agente. Soy una mujer peligrosa. Creí que ya lo había adivinado.»

Prólogo

Faltaban quince minutos para que comenzara el debate cuando distinguieron el Palacio del Saber recortándose contra el lienzo dorado del crepúsculo. Las cúpulas tapizadas de azulejos del impresionante edificio, que despuntaba con autoridad sobre un horizonte londinense de tejados puntiagudos, desmenuzaban los últimos rayos del sol en docenas de destellos. A su alrededor, como una nube de insectos, los panzudos dirigibles, las barcazas aerostáticas, los ornitópteros y los cabriolés flotantes se mecían entre las nubes. Precisamente en uno de aquellos carruajes alados, que se acercaba al edificio planeando majestuoso en la brisa, viajaba el eminente biólogo Herbert George Wells, acompañado de su hermosa esposa. No, de su inteligente y hermosísima esposa.

En aquel instante, el biólogo miró hacia abajo por la ventanilla. En las calles, que discurrían como estrechas veredas entre las espigadas torres llenas de vitrales, unidas unas a otras por puentes colgantes, pululaba una nerviosa muchedumbre. Los caballeros, tocados con chistera y capa, parloteaban con sus guanteletes comunicadores pegados a la boca, las damas paseaban a sus perritos mecánicos, los niños se desplazaban en patinetes eléctricos y los autómatas zancudos se movían entre aquella riada de personas sorteándolas con calculada elegancia mientras caminaban diligentes hacia algún encargo. De entre las aguas del Támesis, que el atardecer teñía de oro, emergían de tanto en tanto los pequeños Nautilus fabricados por las Industrias Verne, que, como peces globo, desovaban a sus pasajeros en ambas orillas del río. Pero a medida que se acercaban a South Kensington, donde se erigía el palacio, aquel bullicioso hormiguero parecía tomar un único rumbo. Todos sabían que aquella noche tendría lugar el debate más importante de cuantos se habían celebrado en el Palacio del Saber durante la última década. En ese momento, como para recordárselo a los ocupantes del ornitóptero, un pájaro mecánico pasó a su lado anunciando el evento con exaltada grandilocuencia, y luego planeó hacia el edificio más cercano para seguir con su letanía, posado sobre la cabeza de una gárgola.

En el interior, Wells suspiró intentando serenarse, y se secó las sudorosas manos en el pantalón.

—¿Crees que a él también le sudarán las manos? —preguntó a Jane.

—Por supuesto, Bertie. Él se juega en esto tanto como tú. Además, no debemos olvidar que su problema hace que...

—¿Su problema? ¡Oh, vamos, Jane! —la interrumpió Wells—. Lleva años de tratamiento con el mejor logopeda del reino. No creo que debamos seguir considerando que tiene un problema.

Y como si con eso diera por zanjado el asunto, se recostó en su asiento y dedicó una mirada distraída a la hilera de casas girasol que poblaban Hyde Park, pivotando sobre sus pilares en busca de los últimos rayos del sol. No pensaba admitir ante Jane que su rival tenía aquel insidioso y traicionero problema —del que, por otro lado, pretendía aprovecharse en caso de necesitarlo—, pues si este le vencía, su derrota sería doblemente patética. Pero Wells no pensaba perder. Tuviera o no su *pequeño* problema bajo control, era mucho mejor orador que el viejo. Si tenía una de sus noches inspiradas, le vencería sin esfuerzo; incluso si no la tenía. Lo único que le preocupaba era que su oponente pudiera ganarse al público con algunos de los silogismos con que acostumbraba a aderezar sus discursos, pero confiaba en que los espectadores no se dejaran cegar por un vulgar fuego de artificio.

Wells sonrió para sí. Creía sinceramente que su generación era la más importante de cuantas habían pisado la tierra, pues, a diferencia de las anteriores, tenía en sus manos el futuro de la especie. Las decisiones que tomaran, fueran o no acertadas, retumbarían en los siglos venideros. Ese era el destino que le había tocado en suerte. Y, a pesar de ello, Wells no podía disimular el entusiasmo que le provocaba hallarse en aquel tramo tan emocionante de la historia humana, donde se decidiría su salvación. Si todo iba bien, aquella noche su nombre quizá pasara a formar parte indisoluble de la historia.

—Si quiero ganar no es por vanidad, Jane —le dijo de pronto a su esposa—. Es simplemente porque creo que mi teoría es cierta, y no podemos perder el tiempo demostrando la suya.

—Lo sé, querido. Ya sabes que me pareces muchas cosas, pero nunca me has parecido vanidoso —mintió ella—. Ojalá hubiera suficientes fondos para desarrollar ambos proyectos. Es arriesgado tener que escoger. Si nos equivocamos...

Jane no acabó la frase, y Wells tampoco dijo nada. Si su teoría salía ganadora, no se equivocarían. Estaba seguro de ello. Aunque a veces, sobre todo las noches en que observaba la metrópoli iluminada desde la cristalera de su despacho, se preguntaba si, después de todo, no estarían todos equivocados; si aquel mundo donde la búsqueda del conocimiento lo envolvía todo, lo dirigía todo, lo era todo, era realmente el mejor mundo que habían podido construir. En aquellos momentos de debilidad, como los llamaba a la luz del día, acariciaba la idea de que la ignorancia era preferible al conocimiento. Tal vez habría sido mejor dejar que la naturaleza y sus leyes continuaran ocultas en la noche, seguir pensando que los cometas presagiaban la muerte de los reyes, que más allá de donde alcanzaban los mapas habitaban los dragones... Pero la Iglesia del Conocimiento, cuya sagrada sede se encontraba en la ciudad de Londres, regía la vida del hombre. Era la única religión del planeta, un credo que fundía en una única disciplina la filosofía, la teología, la política y todas las ciencias. Desde su nacimiento, se azuzaba a los hombres a descifrar la obra del Creador, a comprender su funcionamiento, cómo se había fraguado y qué clase de fuerzas la mantenían cohesionada. Se les instigaba incluso a resolver el acertijo de su propia existencia. Guiado por la religión única, el hombre había convertido la búsqueda del conocimiento en su razón de ser, y en su afán por desentrañar cada uno de los misterios que embellecían el universo, había acabado mirando detrás de la cortina. Quizá ahora no estaban sino pagando el precio de su osadía.

Ante la entrada del palacio habían desplegado una alfombra roja, a cuyas orillas se agolpaba una muchedumbre vociferante que agitaba todo tipo de pancartas, mientras una docena de policías intentaba que su fervor no se descontrolara. Desde su construcción, el catedralicio edificio había albergado grandes debates. Allí se había discutido sobre la escala del universo, el principio del tiempo o la existencia del superátomo, debates legendarios todos ellos, cuyas mejores frases, fintas y bromas habían pasado a formar parte de la vida cotidiana. El ornitóptero rodeó sus torres, demorando el momento de posarse en el claro de calle que habían acordonado para tal fin. Las arañas limpiadoras habían dejado resplandecientes los vitrales del palacio, y los pelícanos mecánicos habían devorado la basura de las aceras, por lo que aquella parte de la metrópoli mostraba un aspecto inmaculado que daba apuro mancillar. Cuando el ornitóptero al fin tomó tierra, un autómata zancudo vestido como un lacayo de librea acudió a abrirles la puerta. Antes de bajar, Wells dedicó a Jane una mirada donde convivían la resolución y el temor; a cambio, ella le devolvió una sonrisa tranquilizadora. La multitud estalló en un unánime rugido de júbilo cuando bajó del vehículo. Wells oyó gritos de ánimo mezclados con los abucheos de quienes defendían a su rival. Con Jane de su brazo, cruzó el desfiladero que era la alfombra roja siguiendo al autómata, saludando con la mano al público mientras se esforzaba en aparentar la serenidad de quien se considera muy superior a su contrincante.

Atravesaron el pórtico, donde en enormes letras de hierro y bronce podía leerse: LA CIENCIA SIN LA RELIGIÓN ES COJA. PERO LA RELIGIÓN SIN LA CIENCIA ES CIEGA. Una vez dentro, el autómata los guio hasta su camerino por una estrecha galería, y luego se ofreció a conducir a Jane hasta el palco de honor. Era el momento de despedirse. Jane se acercó a Wells y le ajustó el lazo de la corbata.

—Tranquilo, Bertie. Vas a hacerlo muy bien.

—Gracias, querida —mascculló él.

Entonces ambos cerraron los ojos y juntaron suavemente sus frentes durante unos segundos, honrando el cerebro del otro. Tras aquel gesto íntimo, con el que las parejas se comunicaban lo indispensable y reveladora que resultaba la compañía del otro en el común viaje hacia el conocimiento, Jane clavó sus ojos en los de su marido.

—Mucha suerte, querido —le dijo, y luego recitó—: El caos es inexorable.

—El caos es inexorable —repitió aplicadamente Wells.

Le hubiera gustado despedirse de su mujer con la consigna que se usaba en los tiempos de sus padres, «Somos lo que sabemos», que con tanta fidelidad reflejaba las aspiraciones de su mundo. Pero desde que se descubrió el fatal destino que aguardaba al universo, la Iglesia había impuesto aquella otra para concienciar a la población de que el fin estaba cerca.

Tras la despedida, Jane siguió al autómata hacia su palco. Mientras la veía alejarse, Wells admiró una vez más la milagrosa combinación de genes que había dado lugar a aquella mujer, tan menuda y hermosa como una figurita de Dresde, combinación que no había podido evitar desentrañar a escondidas en su laboratorio, sintiendo que había algo extrañamente obsceno en reducir a su esposa a un abstracto rebujo de datos y fórmulas. Antes de desaparecer al cabo del pasillo, Jane le dedicó una última sonrisa de ánimo, y al biólogo lo invadió el repentino deseo de besar sus labios. De inmediato se reprendió por ello. Un beso, ¿en qué pensaba? Aquel gesto había quedado obsoleto mucho tiempo atrás, cuando la Iglesia del Conocimiento lo tachó de improductivo y desestabilizador. Tendría que analizar su reacción con calma después del debate, se dijo Wells con desánimo. Desde pequeños, la Iglesia los incitaba a analizarlo todo, incluidos sus propios sentimientos, a cartografiarse por dentro y aprender a inhibir toda emoción que no fuera provechosa o domesticable. El amor, la pasión o la amistad no estaban prohibidos. El amor por los libros o la pasión por la investigación eran ampliamente aplaudidos, siempre y cuando la mente ejerciera su control sobre ellos. Pero el amor entre personas debía realizarse bajo una estricta vigilancia. Uno podía entregarse a él con entera libertad —de hecho, la Iglesia animaba a los jóvenes a buscar pareja para perpetuar la especie—, pero debía dedicar un tiempo diario a analizarlo. Debía estudiar sus motivaciones ocultas, dibujar tablas de su evolución, cotejarlas con las de su pareja, y presentar regulares informes sobre su nacimiento, desarrollo y fluctuaciones al sacerdote de su parroquia, quien le ayudaría a diseccionar aquellas traicioneras emociones hasta comprenderlas, pues solo la comprensión permitía que todo fuese controlable. Sin embargo, ninguno de esos sentimientos sobrevivía a la mesa de disección. Cuanto más los entendías, más débiles se hacían.

Wells no podía dejar de admirar el modo en que la Iglesia del Conocimiento había resuelto tan incómodo asunto. La obligación de comprender el amor era la vacuna perfecta contra él. Cualquier prohibición lo habría enaltecido, volviéndolo más deseable, capaz de alentar rebeliones, guerras y venganzas. Habría inaugurado, en definitiva, largas épocas de oscuridad que habrían ralentizado el progreso. ¿Y qué habría sido de ellos entonces? Wells creía que jamás habrían llegado hasta donde estaban dejando que los sentimientos los gobernasen. Nunca habrían logrado atesorar todo aquel conocimiento, del que quizá provendría su única salvación. Sí, estaba convencido de que en el juicioso acto de embridar los impulsos del alma, de emanciparse de los sentimientos como el hombre se había emancipado del instinto miles de años antes, radicaba la clave de la supervivencia de la especie. Aunque a veces, cuando observaba a Jane dormida, no podía evitar cuestionárselo. Contemplaba el plácido abandono de su hermoso rostro, la extrema fragilidad de un cuerpo momentáneamente privado de la admirable voluntad que le insuflaba vida, y dudaba de que el camino para la salvación y para la felicidad fueran el mismo.

Espantó aquellos pensamientos con un movimiento de cabeza y entró en su camerino, el cuartito donde debía consumir los escasos minutos que le quedaban antes de salir al escenario. Rehusó sentarse en los sillones y permaneció de pie en medio de la habitación. Por la puerta opuesta a la que habían entrado se salía al anfiteatro. A través de ella se filtraba el enfebrecido rugido del público y la voz del famoso presentador Abraham Frey. En aquel momento estaba saludando a las diversas autoridades que habían acudido al evento. Pronto pronunciaría su nombre, y él tendría que salir al escenario. Wells contempló la pared derecha con cierta melancolía. Sabía que al otro lado, en el camerino vecino, estaba su rival, tal vez escuchando los gritos del público que abarrotaba el anfiteatro, con la misma fingida resolución que él.

Entonces oyó su nombre y la puerta se abrió, invitándolo a abandonar su madriguera. Wells tomó una bocanada de aire y salió a la parte trasera del escenario con andares decididos. Al verlo, el público estalló en una enfervorecida ovación. Un par de las esferas grabadoras que pululaban por el anfiteatro flotaron hacia él y orbitaron a su alrededor. Wells levantó las manos y saludó, al tiempo que dibujaba su sonrisa más serena, imaginándola reproducida en las pantallas comunicadoras de miles de hogares. Se dirigió a su atril y colocó las manos sobre su superficie, de la que brotaba el tallo de un potenciador de voz. Uno de los focos que colgaban sobre el escenario bañó en oro su enclenque figura. A cinco o seis metros a su derecha estaba el otro atril, todavía vacío. Mientras agradecía los aplausos, el biólogo aprovechó para estudiar las gradas, de las que le separaba el foso donde la orquesta mecánica atacaba una melodía evocadora. La música crea orden a partir del caos, recordó que había dicho una vez un violinista famoso que había sido bendecido por la Iglesia. Entre el público distinguió pancartas y carteles con su foto y sus lemas más conocidos. También él había dicho algunas frases que se habían convertido en célebres, o lo harían en el futuro, cuando su muerte contribuyera a bruñirlas. Arriba, coronando las gradas, ante un enorme estandarte con una estrella de ocho puntas —ocho flechas que surgían de un círculo y atravesaban otro mayor concéntrico—, se encontraba la reina Victoria, sentada en el trono rodante en el que últimamente se desplazaba. Junto a ella, en un trono menos ornamentado, se hallaba la cardenal Violet Tucker, la máxima autoridad de la Iglesia del Conocimiento, que presidiría el debate. Su séquito se arracimaba a su izquierda, un rebaño de obispos y diáconos de rostros severos y agrios que junto con la cardenal formaban la Comisión de Presupuestos. Aquella anciana enjuta, que vestía sotana negra con botones de seda dorados, y fajín y birrete también dorados, el color del conocimiento, era quien en última instancia decidiría su destino. Wells reparó en la copa que acunaba en una de sus manos; si los rumores eran ciertos, debía de contener jarabe anticancerígeno. Adosados a los laterales del escenario, observó los palcos reservados a las autoridades y a los prohombres, entre los que distinguió al magnate francés Julio Verne, a Clara Shelley, la rica heredera de las Empresas Prometeo, líder en la fabricación de autómatas, y a otros miembros de la curia científica. En el palco de honor, vio a Jane. Conversaba con la doctora Pleasance, la esposa de su rival, una hermosa mujer de unos cuarenta años que, al igual que Jane, ocupaba el cargo de directora de proyectos en el laboratorio de su marido. A unos metros más allá, se repartía el resto de su equipo. Todos le dirigían sonrisas de aliento. Era una suerte que no hubiesen traído a las cobayas.

Por el escenario, entre los atriles y el foso de la orquesta, deambulaba Abraham Frey, con un casco de bronce de cuyo lado derecho brotaba un potenciador de voz, lo que le dejaba las manos libres para fraguar sus característicos gestos. En aquel instante estaba presentando a su contrincante. Enumeraba los muchos logros de su larga vida dedicada al conocimiento. Naufragando en aquella retahíla de datos, Wells oyó el nombre del Knowledge Church College de Oxford, donde su adversario había impartido sus célebres clases de matemáticas y física, el mismo colegio en el que él había estudiado. Allí, conversando entre sus historiados muros y paseando por las aterciopeladas praderas colindantes, ambos habían forjado una enriquecedora relación maestro-discípulo. Más adelante, él se decantó por la biología en vez de por la física, pero continuaron viéndose con regularidad, incapaces de sustraerse a una amistad que ambos habían juzgado lo suficientemente productiva como para mantenerla. Ninguno de los dos sospechaba que con los años el destino los convertiría en rivales, condición que aceptaban divertidos en privado, aunque cada uno luchaba con denuedo por sus ideas, defendiendo ferozmente su postura en los muchos debates que habían precedido al de aquella tarde, en el que la Iglesia decidiría qué proyecto le parecía más apto para salvar el mundo.

—Y ahora, Su Majestad, cardenal, líderes de la Iglesia del Supremo Conocimiento, damas y caballeros, demos la bienvenida al célebre físico y matemático Charles Lutwidge Dodgson.

Los seguidores de Dodgson estallaron en vítores al oír el nombre de su ídolo. La puertecita de su camerino se abrió y de ella surgió un anciano de unos sesenta años que se encaminó hacia su correspondiente atril saludando al público, igual que lo había hecho Wells unos minutos antes. Era alto y delgado, llevaba el cabello blanco pulcramente peinado y su rostro tenía la lánguida belleza de un arcángel exhausto. Wells no pudo evitar observarlo con cierta lástima. Estaba claro que Charles habría preferido consumir aquella hermosa tarde dorada en uno de sus habituales paseos en barca por el Támesis, en vez de pasarla discutiendo sobre el modo de salvar al mundo con su antiguo alumno, pero ninguno de ellos podía eludir sus responsabilidades. Ambos se saludaron con una tensa inclinación de cabeza y, cada uno en su atril, permanecieron atentos al moderador. Frey conjuró el silencio acariciando con una mano el lomo del aire.

—Damas y caballeros —exclamó con la voz de barítono que le había hecho famoso—, como todos sabemos, nuestro querido universo se muere. Lleva muriéndose millones de años. Desde su abrupto nacimiento, brotado de un cataclismo abrasador, el universo no ha hecho más que expandirse desmedidamente, pero también se ha enfriado. Y ese proceso de enfriamiento que ha favorecido la vida será el mismo que, con el paso de los siglos, acabe segándola. —Hizo una pausa, enterró las manos en los bolsillos de su traje y comenzó a caminar por el escenario mirando el suelo, como un paseante soñador y distraído—. Incapaces de sustraerse a las tres leyes de la termodinámica, las galaxias se están separando. Todo envejece. Todo se agota. El fin del mundo se aproxima. Las estrellas se consumirán, los agujeros mágicos se evaporarán, la temperatura se acercará al cero absoluto. Y la humanidad, incapaz de seguir su obra en ese escenario helado..., se extinguirá. —Frey lanzó un teatral suspiro de condolencia, y luego empezó a sacudir la cabeza en silencio, jugando con la intriga, hasta que finalmente anunció, casi con rabia—: Pero nosotros no somos una planta ni un animalito desvalido que deba resignarse a su fatal destino. ¡Nosotros somos el hombre! ¡Claro que sí! Y tras asimilar el atroz descubrimiento, el hombre se preguntó si podría sobrevivir a cuanto estaba por llegar, incluyendo la muerte del mismísimo universo. ¡Y la respuesta, damas y caballeros, fue «sí»! Sin embargo, el hombre no debería afrontar el caos como un guerrero suicida, plantándose contra la naturaleza misma, contra el mismo mundo..., contra Dios. No, ese insensato alarde de bravura no tendría el menor sentido. Bastaría con que... se fugara. Sí, bastaría con que emigrara a otro universo. Pero ¿es eso posible? ¿Podemos huir de este universo condenado hacia otro más hospitalario donde empezar de nuevo? ¿Y cómo? Las pizarras de todos los laboratorios de nuestro mundo están garabateadas de fórmulas que intentan descubrir el modo de hacerlo. Pero quizá nuestra salvación dependa de una de las dos excepcionales mentes que están hoy con nosotros.

Wells contempló al público, que celebró el discurso del presentador con una ruidosa ovación. Las pancartas y carteles se agitaron como árboles al viento. Al igual que él, todas aquellas personas habían nacido en un mundo sentenciado a muerte, y aunque ninguno de ellos llegaría a vivir el final que tan descarnadamente había descrito Frey, el llamado «día del Caos», sabían que sus nietos, o los nietos de sus nietos, sí lo harían. Los cálculos hablaban de unas pocas generaciones, pues el enfriamiento del universo era más veloz de lo que se había creído en un principio. ¿Y ese era el legado que querían dejar a sus descendientes, un universo helado donde la vida fuera imposible? No, por supuesto que no. Dios les había planteado un desafío, y ellos habían recogido el guante. Lo primero que le había dicho su madre cuando tuvo uso de razón fue que todo lo que veía —en aquel momento el patio trasero de su casa en Bromley, aunque también el cielo y los árboles que asomaban tras el muro— sería destruido porque el mundo no había sido creado para ser eterno, aunque el Creador había tenido el detalle de darle al hombre una vida lo suficientemente corta como para que pudiera vivir en la ilusión de que lo era. Y, como la mayoría de los jóvenes de su generación, Wells había devorado libros y más libros en un compulsivo festín de conocimiento, espoleado por el romántico propósito de salvar el mundo. ¿Acaso podía existir un logro mayor? Lo que había sido el ingenuo sueño de un niño tal vez se hiciera realidad aquella noche, pues el niño era ahora el máximo valedor de una de las dos teorías principales sobre cómo salvar a la humanidad.

Según se había decidido por sorteo, el moderador dio la palabra a Charles, que tomó un sorbito de agua antes de comenzar a hablar. El antiguo profesor de Wells nunca había sido uno de esos jóvenes colorados rezumantes de energía y vigor, y la ancianidad había velado su figura, prestándole una fragilidad dolorosa. Ahora parecía incapacitado para hazañas tales como ahuyentar con la voz a un ganso. Finalmente, dejó el vasito sobre el atril, realizó los saludos correspondientes y comenzó su discurso:

—Desde que comprendimos la terrible noticia de que todo lo que amamos morirá, una pregunta flota en el aire: ¿podemos usar nuestra poderosa ciencia para huir de este mundo condenado trasladándonos a otro? Sí, querido público, rotundamente sí. Y yo estoy aquí esta tarde para explicarles cómo.

Charles hablaba con calma, para evitar que la pasión le obstruyera la lengua, como sin duda su logopeda le había recomendado. Si continuaba así, su discurso resultaría un tanto frío en comparación con el de Wells, libre para prender sus palabras de esa teatral vehemencia ante la que tan fácilmente reaccionaban las masas. Cada vez más convencido de que no iba a perder aquel debate, el biólogo dejó que el anciano continuara hablando mientras aguardaba el momento más oportuno para interrumpirlo.

—Como muchos saben, la noche en que, en este mismo lugar y tras un debate sin duda memorable, se determinó que el universo moriría, yo me hallaba investigando el modo de inyectar gas metano en la atmósfera de Marte. Pretendía generar un efecto invernadero artificial sobre el planeta rojo, elevando las temperaturas y fundiendo su superficie para rellenar los lagos y ríos, con el fin de proyectar allí nuestra primera colonia humana, para que en el caso de que nos impactara algún meteorito o nos sobreviniera otra era glacial, dispusiéramos de un refugio donde cobijarnos. Huelga decir que la noticia del fin del mundo cambió el rumbo de mis investigaciones, incluso de mi vida. Me olvidé de Marte, tan condenado como el resto del universo, y como todo científico responsable me dediqué a investigar el modo de emigrar a un universo más joven, sobre cuya cabeza no pendiera ninguna espada de Damocles. Todos sabemos, desde que el grandioso Newton hiciera la luz en nuestros cerebros —el público coreó un atronador «¡Hágase Newton!»—, que nuestro universo no es el único, sino solo una burbuja más en un océano infinito, como han demostrado los cientos de estudios y experimentos que se han realizado al respecto. Cualquier ley o ecuación que contradiga dicha verdad está condenada a la vergüenza y a la humillación. Y también sabemos que en ese océano eterno las burbujas se crean y se destruyen continuamente. Este hecho, si bien es una mala noticia para los que nos hallamos en una de las burbujas moribundas, también es un mensaje de esperanza, pues en este mismo momento, mientras yo estoy aquí hablándoles, están brotando infinidad de universos. Y en algún lugar nos espera un mundo luminoso y joven, perfecto para que una civilización sin patria construya allí su nuevo hogar. Pero ¿cómo llegar hasta él? ¿Cómo llevar a cabo el que sin duda sería el éxodo más grande de todos los tiempos? Muy sencillo: mediante el tradicional método de abrir un túnel, algo que hasta el más ignorante de los presos sabe. Como he comentado en mis numerosos artículos, el universo está plagado de millones de agujeros mágicos que, a causa de la infinita fuerza de su gravedad, absorben cualquier cosa que se acerque a ellos. Bien, quizá esos agujeros estén ahí por alguna razón. Quizá no sean más que el modo sutil con el que el Creador nos está señalando cómo huir de su propia trampa. Pero ¿qué hay detrás de esos agujeros? Las teorías son muchas, infinitas, si me permiten la broma. No obstante, estoy convencido de que, en el centro de cada uno de ellos, hay un túnel que conecta con otro agujero idéntico en otro universo. Todavía no estamos preparados para viajar a ninguno de esos agujeros, porque por desgracia se hallan muy lejos de nuestro planeta, y sus condiciones son demasiado inestables. Aun así, eso no es un problema, ya que me propongo crear artificialmente un agujero mágico en mi propio laboratorio. Estoy seguro de que en condiciones controladas...

—Pero sería un agujero demasiado pequeño, querido Charles —lo interrumpió al fin Wells—. No me imagino a toda la humanidad pasando en fila india a través de él. Hasta el mismísimo Creador se aburriría. Además, no sé qué opinará nuestro público, pero yo no quiero ser devorado, ni por un agujero mágico ni por nada. Sabes tan bien como yo que las fuerzas nos triturarían. La gravedad sería tan intensa que inevitablemente nos veríamos absorbidos hacia el centro, donde moriríamos aplastados. —Hizo una pausa teatral, y luego añadió, con una mueca socarrona—: De hecho, para lo único que serviría tu agujero sería para deshacerse de las pruebas de un crimen.

Aquella broma, mil veces ensayada ante el espejo, arrancó las predecibles risitas del público. Dodgson, sin embargo, no se alteró.

—Oh, no temas, George. Eso no sucedería si el agujero fuera giratorio, ya que la fuerza centrípeta anularía la fuerza gravitatoria. Y si lo atravesáramos, no seríamos aplastados hasta morir, sino absorbidos hacia el universo vecino. Se trataría solo de equilibrar ambas fuerzas para evitar que el agujero se fracturase. Y, evidentemente, no tendría que pasar por el agujero toda la humanidad. Bastaría con enviar unos cuantos autómatas, con la información genética de cada individuo del planeta codificada en sus memorias. Una vez en el otro lado, construirían un laboratorio e implantarían dicha información en células vivas para replicar por completo a toda la humanidad.

—¡Por el Códice Atlántico! —fingió escandalizarse Wells, aunque conocía de sobra esa solución—. Pues espero que esos muñequitos no se confundan y todos acabemos con cabezas de rana...

Le llegaron nuevas risas desde las gradas, y Wells observó a Charles agitarse nervioso.

—D-d-de esa manera la humanidad entera podría pasar por un agujero del tamaño de una madriguera de c-c-conejo —trató de explicar Dodgson.

—Lo sé, lo sé. Aunque primero tendrás que crearlo, amigo mío. —Wells simuló un gesto de hastío—. Pero dime, ¿no te parece todo eso un tanto complicado? ¿No sería mejor que cada uno de nosotros pudiera saltar a ese otro universo por su cuenta?

—Bueno, George, hazlo. Adelante, salta a otro universo y tráeme un vaso de agua, que me he acabado la mía —se burló Charles.

—Nada me gustaría más que aliviar tu sed, Charles. Pero me temo que todavía no puedo complacerte. Para saltar a otro universo necesito los fondos de la Comisión de Presupuestos.

—¿Quieres decir entonces que hoy no puedes saltar pero tal vez mañana sí? —preguntó el profesor con una mirada divertida.

Wells lo observó con desconcierto.

—Sí, eso es lo que quiero decir —respondió cautelosamente.

—Entonces me temo que nunca podrás hacerlo, mi querido George, pues nunca estaremos en «mañana», siempre estamos en «hoy».

El público estalló en carcajadas ante el juego de palabras que había improvisado Charles. Wells se maldijo por haber caído en su trampa con tanta facilidad, pero no se desanimó.

—Lo que quería decir es que lo conseguiré el día que tenga los fondos de la Comisión de Presupuestos —repuso muy despacio, tras asegurarse de que aquella frase no mostrara ningún punto débil que diera pie a Charles a realizar otro de sus retruécanos—. Como sabes, me encuentro trabajando en un suero prodigioso, un virus al que he bautizado con el nombre de «cronotemia» en honor a viejos experimentos del pasado, cuando los hombres del Renacimiento creían que podíamos viajar en el tiempo. Una vez inyectado, el virus entrará en contacto con nuestra sangre y el flujo químico de nuestro cerebro, provocando una mutación genética que nos hará alcanzar el otro universo sin necesidad de ser desarmados y vueltos a armar por unos juguetitos. Estoy a un paso de perfeccionarlo, de dar con la solución equilibrada que remodelará de modo casi imperceptible la arquitectura molecular de nuestra mente, permitiéndonos ver lo que ahora no vemos. Como sin duda nuestro inteligentísimo público sabe, toda materia procede de un mismo origen, la explosión primigenia que creó el universo, por lo que los átomos de nuestro cuerpo están vinculados con algunos átomos del otro lado del cosmos. Y si una partícula que se mece en el mismísimo confín de nuestro mundo puede comunicarse con nosotros, quiere decir que existe algún modo de que nosotros podamos asomarnos a ese abismo, ver qué hay tras él, y saltar. Lo queramos o no, estamos unidos a esos otros mundos por un imperceptible cordón umbilical. Solo tenemos que encontrar la manera de que esa conexión pase de los niveles atómicos a nuestra realidad macroscópica.

La discusión prosiguió durante el resto de la hora, entre bromas oportunas, observaciones secas y cortantes destinadas a ridiculizar o confundir al otro, e incluso alguna salida de tono por parte de Charles, cada vez más nervioso al ver que su antiguo alumno empezaba a ganarse al público. El biólogo, en cambio, mantuvo la calma en todo momento, sonriendo para sí a medida que el tiempo pasaba y su rival iba perdiendo la paciencia y exaltándose, y su tartamudeo volvía casi ininteligibles sus intervenciones. Finalmente, cuando apenas faltaban un par de minutos para que el debate acabara, Wells, consciente de que quien tomara la palabra sería el encargado de rubricarlo, expuso lo que tenía ensayado:

—Un pinchacito. Un pinchacito de mi suero y seremos suprahumanos, seres sobrenaturales capaces de habitar cualquier dimensión. Confíe en mi proyecto, Su Majestad. Permítanme que les convierta en dioses, y dejemos que mi querido contrincante siga jugando con sus madrigueras de conejo.

Charles quiso responder, pero la campana se lo impidió. El debate había concluido. Los potenciadores de voz se replegaron dentro del atril, y solo se oyó la voz de Frey celebrando el intenso debate e invitando a las autoridades de la Iglesia del Conocimiento a emitir su veredicto. La orquesta atacó entonces otra pieza de aire evocador, mientras los clérigos debatían en susurros allí en las gradas. Sin embargo, la cardenal Tucker se levantó enseguida ayudándose de su báculo, y el silencio volvió a cuajar en el teatro.

—Tras escuchar a nuestros dos candidatos a recibir los fondos para el proyecto «Salvación de la humanidad» —anunció con su quebradiza voz—, hemos tomado la siguiente decisión: pese a la estimable sabiduría del profesor Dodgson, creemos que la responsabilidad de salvarnos a todos ha de recaer en las manos del prometedor biólogo Herbert George Wells, a quien desde aquí hago llegar mi enhorabuena. Que el conocimiento guíe sus pasos, señor Wells. ¡El caos es inexorable!

Wells se sintió desfallecer mientras el teatro estallaba

en un grito triunfal al conocer el veredicto y cientos de banderines con la estrella del caos se agitaban como un mar encrespado. Alzó sus manos, sobre las que acababa de ser depositado el destino de la humanidad, y saludó al enfebrecido público, que enseguida empezó a corear su nombre entre vítores. Vio a Jane y a todo su equipo aplaudiendo y abrazándose unos a otros en el palco de honor, mientras la esposa de Dodgson permanecía sentada en su butaca con las manos entrelazadas en el regazo, ajena al alboroto que la rodeaba. Tenía la mirada clavada en su marido, que había agachado la cabeza en actitud de derrota. A Wells le habría gustado confortarlo, pero aquel gesto no habría sido oportuno. A una señal de Frey, se dirigió hacia el presentador y dejó que le levantara el brazo derecho mientras el público clamaba su nombre. Entre el bullicio, solo él pudo oír a su espalda las palabras de rabia de Charles:

—*Eppur si muove.*

Wells lo ignoró y sonrió ampliamente, dejándose adorar por su público, que empezaba a bajar de las gradas. Un grupo de muchachas subieron al escenario para pedirle que les garabateara un autógrafo en sus manuales de ciencia. Wells lo hizo encantado mientras localizaba a Jane entre la multitud que se congregaba ante el escenario para felicitarlo y le lanzaba una sonrisa cómplice. No vio a Charles abandonar su atril con la cabeza gacha y dirigirse hacia la puerta de su camerino, ni al tipo enorme que lo abordó antes de que lograra escabullirse. Estaba demasiado ocupado en asimilar su triunfo, pues, dijera Charles lo que dijese, él sería quien salvaría a la humanidad. Así había quedado decidido.

Ocho meses le llevó dar con la pócima mágica que permitiría al hombre fugarse al universo vecino sin necesidad de excavar ningún túnel. Ocho meses en los que Jane y él trabajaron con el resto de su equipo día y noche, prácticamente viviendo en el avanzadísimo laboratorio que los fondos de la Comisión les habían permitido acondicionar. Cuando al fin creyeron haber sintetizado el virus, Wells le pidió a Jane que trajera a Newton, el cachorrito de border collie que habían adquirido tres meses atrás. El biólogo había decidido que fuera un perro quien tuviera el honor de encabezar el éxodo que la humanidad pretendía llevar a cabo, y no una rata, una cobaya o un mono, porque, aunque la inteligencia de este último fuera más celebrada, todo el mundo sabía que los perros poseían un instinto mayor que el de cualquier especie para regresar a lo que consideraban su hogar, recorriendo a veces grandes distancias. Eso significaba que, si el salto tenía éxito, habría una pequeña posibilidad de que el perro saltara luego en sentido contrario, como si siguiera su propio rastro, y si tal cosa sucedía, ellos podrían estudiar los efectos tardíos del virus y las secuelas que hubieran dejado los saltos en su organismo. A Jane, la confianza de su marido en la popular fidelidad de los perros le pareció muy poco científica. Sin embargo, cuando vio al cachorrito retozando en el escaparate, con sus alegres ojillos y una encantadora mancha blanca con forma de corazón en la frente, sus objeciones desaparecieron. Así pues, el pequeño Newton llegó al hogar de los Wells con la misión de volatilizarse en el aire unos meses después, pero, hasta entonces, nada le impedía ejercer de mascota.

Cuando Jane apareció con el cachorrito, Wells lo colocó sobre la mesa del laboratorio y, sin entretenerse en ceremonias, le pellizcó el lomo y le inyectó el virus. Luego lo encerraron en la pequeña habitación con ventana de cristal que habían preparado para tal fin, y todo el equipo se organizó para vigilarlo por turnos. Se suponía que, si no se habían equivocado, el virus viajaría por su torrente sanguíneo hasta llegar al cerebro, donde atravesaría las células como un punzón para descargar en ellas factores nuevos, caracteres que exacerbarían su sensibilidad cerebral de tal forma que, para explicarlo de un modo sencillo, podría ver el hilo de Ariadna que lo unía con aquella parte de su ser extraviada al otro lado del universo.

Hicieron turnos de seis horas sentados ante la habitación, aunque a Jane le gustaba pasarlos dentro de ella, jugando con el cachorro y prodigándole carantoñas. Wells le advirtió que no se encariñase demasiado con el animal, pues tarde o temprano desaparecería y ella se encontraría acariciando la alfombra. Pero los días fueron pasando sin que la funesta predicción de Wells se cumpliera. Cuando expiró el margen de tiempo que habían determinado para que se produjera el salto, se aventuraron en el tramo donde la probabilidad de error comenzaba a crecer exponencialmente. Un buen día, Wells comprendió que continuar sentados ante la ventana esperando a que el perro desapareciera era más una cuestión de fe o de tozudez que otra cosa, y anunció que el experimento había fracasado, devolviendo así la vida al resto del equipo.

Durante las semanas siguientes, repasaron uno por uno los pasos que habían dado en la fabricación del virus, mientras Newton, indultado de su encierro, jugaba entre sus piernas, sin el menor síntoma de deterioro en su salud, aunque también sin la menor intención de obrar el milagro que conmocionaría a la sociedad. Sin embargo, sobre el papel todo parecía estar bien. El maldito virus tenía que funcionar. ¿Por qué no lo hacía? Probaron a modificar la cepa, pero ninguna de las alteraciones posteriores mostró la misma fiabilidad que la original. Todo apuntaba a que habían logrado crear el virus correcto, el único posible. ¿Dónde estaba el error, entonces? Wells lo buscó con desesperación, cada vez más obsesionado por encontrarlo, mientras los miembros de su equipo, incluida Jane, empezaban a comprender que la teoría que sustentaba el experimento se había revelado incorrecta. Aun así, Wells no estaba dispuesto a aceptarlo, e incluso se enfurecía cuando algún miembro de su equipo se lo insinuaba. No podía permitirse la derrota, así que continuó investigando sin descanso, volviéndose más irritable a medida que pasaban los días, por lo que muchos miembros de su equipo desertaron. Jane miraba a su marido trabajando en silencio, cada vez más trastornado y solo, y se preguntaba cuánto tardaría en aceptar que había desperdiciado los fondos de la Iglesia por culpa de una teoría errónea.

Una mañana recibieron una invitación de Charles para tomar el té en su residencia de Oxford. Durante los últimos meses habían cruzado algunas cartas, en las que el viejo profesor se había interesado amablemente por los progresos de la investigación, aunque Wells se había mostrado opaco. Había decidido que no le diría nada a Charles hasta que hubiera logrado sintetizar el virus, se lo hubiera inyectado a Newton y hubiera comprobado que funcionaba. Entonces le escribiría o le llamaría por el guantelete comunicador y lo invitaría a su casa, concediéndole el privilegio de ser el primer científico ajeno a su equipo en enterarse de que había encontrado el modo de salvar a la humanidad. Pero Newton no había desaparecido, como se suponía que debía hacer, por lo que aquella llamada nunca se había producido. Dos frustrantes meses después, le llegaba aquella invitación de su antiguo profesor. Wells pensó en rechazarla, pues no se encontraba de humor —lo que menos le apetecía era tener que reconocer ante Charles que su virus no funcionaba—, pero Jane le dijo que tal vez le vinieran bien los consejos de un viejo amigo. Además, Charles seguía viviendo en el Knowledge Church College, el colegio en el que Wells había estudiado. Quizá los recuerdos que encerraban sus nobles muros le inyectaran nuevos bríos, por no hablar de que podrían pasear por sus hermosos alrededores; nunca estaba de más tomar un poco el aire. Wells aceptó, más por no discutir con su mujer que porque realmente le apeteciera el plan. Ni siquiera se opuso cuando Jane insistió en llevar al perro —al quedarse solo en casa, el animal acostumbraba a entretener su cautiverio destrozando cualquier cojín, libro u objeto que por descuido hubieran dejado al alcance de sus mandíbulas—. Así que una fría tarde de enero, un ornitóptero depositó a la pareja y a Newton ante la entrada del colegio, donde Charles los esperaba dejando que la hélice del vehículo alborotara su cabello pulcramente peinado.

Cuando el ornitóptero emprendió de nuevo el vuelo, Wells y Charles se observaron unos segundos en silencio, como dos hombres que se hubieran citado al amanecer para retarse en duelo, y luego se echaron a reír. Al cabo, se acercaron el uno al otro y se fundieron en un cariñoso abrazo, aporreándose con fuerza las espaldas, como si intentaran darse calor mutuamente.

—Siento mucho que perdieras el debate, Charles —se vio obligado a decir Wells cuando terminaron los golpes.

—No, no lo sientes —le corrigió Charles—. Como yo no lo sentiría si hubieses perdido tú. Cada uno creemos que el otro está equivocado, pero me basta con que creas que estoy brillantemente equivocado.

Wells comprobó con una sonrisa divertida que las palabras continuaban rindiendo pleitesía a su antiguo profesor, quien aún podía hacer con ellas lo que le viniera en gana. Por otro lado, su tartamudeo también parecía estar bajo control.

—Así es, Charles —respondió—. Yo no lo habría expresado mejor.

Charles saludó entonces a Jane con sumo afecto y disculpó a su esposa, Pleasance, que se encontraba dando clases en el College. Si los alumnos no la retenían demasiado, tal vez llegara antes de que la pareja se marchara.

—Pero ¿qué tenemos aquí? —dijo dirigiéndose al perro, que empezó a mover la cola.

Antes de que Wells pudiera responder que se trataba del continuo recordatorio de su fracaso, Jane dijo:

—Se llama Newton, y vive con nosotros desde hace cinco meses.

Charles se arrodilló y le acarició la mancha que le adornaba la frente mientras le dirigía algunas palabras que solo Newton pareció entender. Tras el intercambio de confidencias con el perro, el profesor, peinándose el cabello revuelto con las manos, guio a sus invitados por un jardincillo hacia sus dependencias, situadas cerca de la torre de la catedral. En una de las habitaciones más amplias, cuyas paredes estaban empapeladas con un papel decorado con girasoles enormes como tartas, un autómata de servicio disponía un juego de té sobre una exquisita mesa tallada, a la que rodeaban cuatro sillas Chippendale. Al oírlos entrar, el autómata se volvió, apuntaló sus manos metálicas en el suelo y se acercó al grupo caminando sobre ellas, luego recuperó la posición propia de los homínidos y les dio la bienvenida con una teatral reverencia, despojándose de un sombrero invisible.

—Veo que sigues sin poder resistirte a reprogramar a tus autómatas, Charles —comentó Wells.

—Oh, es mi forma de dotarlos de cierta personalidad. No soporto el aburrido programa que traen de fábrica —dijo el profesor sonriendo. Luego, dirigiéndose al autómata, añadió—: Muchas gracias, Robert Louis. Nadie distribuye las tacitas alrededor del azucarero como tú.

El autómata le agradeció el cumplido y casi pareció ruborizarse, sin duda otra contribución de Charles a su programación original. Wells sacudió la cabeza divertido mientras Robert Louis, haciendo chasquear ahora las soldaduras de sus rodillas, se dirigía a ocupar su puesto junto a la puerta, a la espera de nuevas órdenes. El autómata de servicio de Wells también era un modelo R. L.6 de Prometeo, pero a él jamás se le había ocurrido bautizarlo con un nombre acorde con aquellas iniciales, y mucho menos abrirle el cráneo para conferirle el alma de un acróbata de circo mediante unos cuantos reajustes. A Charles sí, claro. Charles no podía aceptar las cosas como venían, tenía que transformarlas a su imagen y semejanza, y por eso mismo había llegado a apreciarlo más que al resto de sus profesores.

Mientras él y Jane acababan de disponer la mesa, Wells aprovechó para vagabundear por la habitación. Allí convivían los artefactos tecnológicos más novedosos —vio un calentador de alimentos, un guantelete escribidor, un irradiador de calor, e incluso, sobre una mesita, un ratón tragapolvo con las tripas al aire, como si Charles lo hubiese sometido a una vivisección de la que luego se había desentendido— con otra clase de objetos que dejaban entrever la faceta más extravagante del alma del profesor: unos cuantos juguetes antiguos y una colección de cajas de música. Wells se acercó a ellas, apiñadas en una estantería, y acarició algunas como si fueran gatos amodorrados, aunque no se atrevió a abrirlas; no quería liberar su música y a la bailarina diminuta que tal vez yaciera emparedada en su interior. Al fondo de la estancia, una gruesa cortina echada separaba la parte noble de la habitación de la *terra ignota* que era el laboratorio del profesor.

Wells observó las paredes, adornadas con algunos dibujos realizados por el propio Charles, que habían ilustrado varios de los libros de lógica matemática que había escrito para niños. A pesar del espíritu lúdico que los alumbraba, la Iglesia, que tan aficionada era a sancionar las excentricidades del profesor, los había bendecido, pues consideraba que ayudaban a los niños a desarrollar la inteligencia desde pequeños. Aun así, temiendo que su reputación como científico se viera afectada, Charles había tenido la precaución de publicarlos con el seudónimo de Lewis Carroll. La mayor parte de sus páginas las había escrito sentado contra un árbol a la orilla del Támesis, bajo la acaramelada luz de la primavera, pues el profesor acostumbraba a recorrer el río en barca, hendiéndolo perezosamente con sus remos. Más de una vez, cuando era alumno suyo, Wells había tenido el privilegio de acompañarlo.

—Siéntate a mi lado —le había dicho una tarde—, e imagina algo que no tenga la menor utilidad.

—¿Algo que no tenga utilidad? —había repetido Wells, sentándose contra el tronco—. Me temo que no sabría hacer eso. Además, qué sentido tendría.

—Oh, más del que crees. —Charles sonrió, y al ver que su alumno aún dudaba, añadió—: Tengo algo que quizá te ayude.

Sacó del bolsillo de su chaqueta un barroco pastillero de porcelana, cuya tapa se abrió al pulsar un resorte, como un reloj de bolsillo. Contenía un montoncito de fino polvo dorado. Wells alzó las cejas.

—¿Es... polvo de hada?

Para su sorpresa, Charles asintió. A Wells jamás se le habría pasado por la cabeza que su profesor consumiera aquella sustancia. La Iglesia la había prohibido desde hacía más de una década, por considerar que estimulaba negativamente el cerebro del hombre, invitándolo a imaginar cosas improductivas.

—Toma un poco y haz lo mismo que yo —le animó Charles, cogiendo un pellizco y llevándoselo a la nariz. Luego tendió la cajita a Wells, que titubeó—. Oh, vamos, George, atrévete. ¿Cuál crees que es la razón de la existencia de la nariz humana, oler las florecillas del campo?

Wells tomó un poco de polvo, se lo llevó a la nariz y lo inhaló ante la sonrisa aprobadora de su profesor, que, una vez concluido el ritual, guardó el pastillero, se recostó contra el árbol y cerró dulcemente los ojos.

—Ahora deja volar tu mente, George —le ordenó en un placentero susurro—. Descubre hasta dónde es capaz de llegar.

Wells se recostó también contra el árbol y cerró los ojos. Durante varios minutos, intentó imaginar algo inútil, como Charles le había dicho, pero su mente insistía en preguntarse si se podrían detectar las enfermedades de una persona analizando el aliento, como se hacía con la sangre y la orina, posibilidad sobre la que llevaba varios días especulando. Un tanto desilusionado, pensó en comentarle al profesor que el polvo de hada no funcionaba con él, pero prefirió permanecer en aquella postura, con los ojos cerrados, hasta que Charles diera señales de vida. No quería interrumpirlo si había echado a volar su mente como los niños hacían con sus cometas. Se concentró en disfrutar de la fresca y deliciosa brisa que despeinaba el río, y para no aburrirse, trató de encontrar alguna pauta en el zumbido de los insectos que llenaba sus oídos, hasta que sintió que se adormecía. En aquel estado de sopor, notó cómo su mente empezaba poco a poco a oscilar y sus pensamientos rodaban de un lado a otro mientras se iban despojando despaciosamente de toda lógica. Al advertir que cualquier idea que formulaba navegaba a la deriva como una barca que hubiese perdido sus amarras, lo embargó el pánico. No obstante, enseguida logró tranquilizarse, diciéndose que a su cerebro no le ocurría nada malo, que aquel desbarajuste mental se lo estaba produciendo el polvo, y se abandonó a sus efectos con más curiosidad que miedo. Docenas de imágenes sin sentido, tan imposibles como sugerentes, comenzaron a brotar en su cabeza, arremolinándose y enhebrándose unas con otras en incestuosas combinaciones. Vio aeronaves marcianas acercándose a la Tierra, hombres invisibles y extrañas criaturas que eran una mezcla de cerdo y hiena. Y sintió una punzante excitación. Aquello era como cabalgar en un caballo salvaje sin silla de montar. Fascinado, dejó que la sensación se intensificara para descubrir si también podía montar un dragón. No supo cuánto tiempo estuvo así, armando historias y volviéndolas a desarmar sin respetar otra lógica que la del delirio. Suponía que Charles hacía lo propio a su lado, pero cuando empezó a refrescar y abrió los ojos, se encontró a su profesor observándolo con una sonrisa divertida.

—Eso que has hecho es imaginar, mi querido George, y aunque muchos crean que no sirve para nada, te aseguro que no es así. Somos lo que imaginamos —le dijo parafraseando la vieja consigna—. Ya lo descubrirás tú solo con el tiempo.

Y así había sido. Aquella noche, mientras Jane dormía, se había encerrado en su despacho y se había puesto el guantelete escribidor. Pero esta vez no iba a escribir ensayos ni artículos que ayudaran a desentrañar el mundo. Esta vez iba a escribir las historias que le habían sugerido las imágenes atisbadas bajo los efectos del polvo. Tomó una bocanada de aire e hizo un esfuerzo por evocarlas, pero no lo consiguió. Su mente, que había recuperado su habitual rigidez, no las toleraba. Era como si le produjeran rechazo. Tras varias horas tratando de regurgitarlas, se dio por vencido y salió a la terraza. El cielo nocturno estaba plagado de dirigibles, pero no le resultó difícil reconocer la silueta del Albatros, la embarcación erizada de hélices que las Industrias Verne habían fabricado por encargo para uno de los hombres más ricos del planeta, Gilliam Murray, al que apodaban el Dueño de la Imaginación. Aunque en su tarjeta de visita figuraba como vendedor de antigüedades, todos sabían que era él quien sintetizaba y comerciaba con el polvo de hada. Desde su residencia flotante, aquel gordo jactancioso dirigía su cada vez más vasto imperio, sin que la policía eclesiástica hubiera conseguido nunca penetrar su tupido entramado de sobornos, extorsiones y amenazas. Así, inmune al mayor poder del mundo, la omnipresente silueta del Albatros mancillaba los atardeceres de Londres, recordándole al hombre que para explorar los límites de su mente solo tenía que inhalar un pellizco de su polvo dorado.

Wells nunca sospechó que un día le interesaría la sustancia que fabricaba aquel hombre despreciable, pero eso fue exactamente lo que ocurrió: al día siguiente la buscó, no sin cierta vergüenza. No quería pedírsela a su profesor, de modo que se aventuró en Limehouse, uno de los barrios donde se hacinaban los Ignorantes, aquellos que habían decidido renegar del conocimiento. Había oído que allí era fácil conseguir el polvo, y no se equivocó: volvió con el pastillero rebosante. Por la noche, se encerró en su despacho, aspiró un pellizco, se colocó los guanteletes y esperó. Su mente no tardó en desbaratarse, tal y como le había sucedido durante la tarde dorada que había pasado junto a Charles. Tres horas después, con apenas el vago recuerdo de sus dedos tecleando incesantemente sobre el papel, descubrió que había logrado dar forma a un relato. La noche siguiente repitió la ceremonia, y la siguiente y la otra, y así fue atesorando un botín cada vez mayor de historias inventadas por simple capricho lúdico. No sabía por qué las escribía, si luego se pudrían como fruta en un cajón de su mesa, ya que no se atrevía a enseñárselas a nadie, ni siquiera a Jane. Tampoco le parecían una muestra de arte útil, capaz de descubrir algo valioso. Las protagonizaban científicos enfangados en extraños y malsanos experimentos que en nada contribuían a la sociedad, hombres ambiciosos que intentaban usar la ciencia en provecho propio, que perseguían la invisibilidad o convertían animales en hombres. Wells dudaba de que la Iglesia las bendijera. Tal vez fuera esa la razón por la que le gustaba escribirlas.

Sin embargo, sabía que estaba produciendo algo pecaminoso de modo deliberado y regular, y el temor lo asaltaba cada vez con más frecuencia durante el día, especialmente cuando se cruzaba por la calle con algún agente de la policía eclesiástica. La angustia acabó resultándole tan insoportable que una noche reunió todos aquellos relatos, en los que percibía más sabiduría de la que contenían los aburridos tratados que escribía, y los quemó en la chimenea. Aquel puñado de cenizas puso fin a varios meses en los que había actuado como un loco irresponsable, y no como el aclamado biólogo que era. A partir de entonces se limitó a comportarse como la sociedad esperaba de él, evitando sutilmente compartir más tardes doradas con su profesor. De aquellas noches arrebatadas hacía ya nueve o diez años. Desde entonces no había vuelto a imaginar nada. Al menos, nada que no contribuyera al funcionamiento de algo, como el maldito virus de la cronotemia.

Sacudió la cabeza para deshacerse de aquellos recuerdos y se acercó a la mesa para echar una mano. Cuando todo estuvo dispuesto, se sentaron y se enredaron en una agradable conversación sobre todo y sobre nada, una conversación que Wells siguió entre distraído y temeroso, pues sabía que solo era un educado preámbulo antes de que su antiguo profesor se atreviera a preguntarle lo que de verdad le interesaba. Cuando la conversación al fin pareció apagarse, dejando que el silencio se extendiera entre ellos, Charles se aclaró la garganta, y Wells comprendió que había llegado el temido momento.

—B-bueno, George, ¿cómo va tu i-investigación? —preguntó el profesor, intentando no tartamudear—. P-por carta te has mostrado más bien parco.

Wells miró a Jane, que lo animó a abrirse a Charles con un cabeceo.

—Oh, muy bien —respondió Wells con impostado entusiasmo—. Estoy consiguiendo grandes avances, te lo aseguro.

Charles lo contempló con escepticismo.

—¿Grandes a-avances? ¿Es eso cierto? Te conozco bien, George, y tu tono de voz y tu postura corporal, por no hablar de esa mirada fugaz que has intercambiado con tu querida esposa, parecen decir justo lo contrario. Mira esa espalda tan rígida contra la silla, mira esa pierna cruzada sobre la otra, y ese pie que cuelga y no deja de mecerse en el vacío como el badajo de una campana... A-apostaría a que todavía no has conseguido ningún resultado satisfactorio.

Wells deshizo su postura un tanto avergonzado, miró otra vez a Jane, que cabeceó de nuevo, en esta ocasón de un modo más imperioso, y luego se volvió hacia su profesor, que continuaba sonriéndole. Finalmente lanzó un bufido de impotencia.

—Tienes razón, Charles —confesó con aire abatido—. Estoy desesperado. Hemos conseguido sintetizar el virus, pero no funciona. Lo he probado en el perro —señaló al continuo recordatorio de su fracaso, que permanecía echado en la alfombra—, sin el menor resultado. Lo hemos repasado todo mil veces y no sé qué es lo que falla.

—¿Mil veces? Casualmente el mismo número de pedazos en que se rompe una taza cuando cae al suelo... —bromeó Charles. Sin embargo, al reparar en que Wells ni siquiera se molestaba en reírle la gracia, adoptó una expresión grave y añadió—: Aunque entiendo la sensación que quieres transmitirme, amigo mío. Y siento que estés a punto de rendirte.

—¿Rendirme? ¡En absoluto, Charles! ¡No pienso hacerlo! —exclamó Wells, contemplando cómo su esposa componía una mueca desolada, que no hizo sino reafirmarle en su postura—. Te aseguro que seguiré investigando hasta descubrir en qué me he equivocado. Voy a descubrir el maldito error y a solucionarlo. La Iglesia me ha confiado la salvación de la humanidad, y no pienso defraudarla. De lo contrario, jamás podría volver a mirarme en un espejo.

—P-pues entonces te resultaría muy difícil afeitarte, George. Pero bueno, no te pongas tan melodramático. Puede que tengas razón —le animó el profesor. Wells elevó las cejas—. Lo único que debes hacer es desandar cuidadosamente el camino que has recorrido, descubrir el error y solucionarlo. —Forjó una sonrisa pícara—. A-aunque eso suponga ir más atrás de lo que tú quisieras, ¿no es verdad?

Wells guardó silencio.

—Es cierto, Bertie —dijo Jane con suavidad—. Tal vez ha llegado la hora de reconocer que... la teoría correcta es la de Charles.

El biólogo miró a su esposa y luego se volvió hacia su antiguo profesor, que esperaba una respuesta. Lo había conducido a una emboscada, pero aun así no iba a rendirse.

—Me temo que no puedo decirte lo que te gustaría oír, Charles —repuso con la máxima delicadeza—. Mi fracaso solo es un fracaso momentáneo. Aunque mi virus no haya funcionado, sigo absolutamente convencido de que estamos en el camino correcto, y de que a ti te resultaría imposible crear un agujero mágico aunque dispusieras de los fondos de la Comisión de Presupuestos.

Charles lo observó unos segundos con expresión tranquila, pero una sonrisa empezó a florecer en sus labios.

—¿Eso piensas? Pues yo no estaría tan seguro.

—¿Qué quieres decir? —inquirió con cautela Wells.

—Adoro vuestra compañía —dijo el antiguo profesor mirándolos con afecto—, pero no os he hecho venir hasta aquí solo por eso. Quería enseñaros algo. A-algo que es «imposible crear».

Wells le contempló sin comprender, y Charles hizo una señal al autómata.

—Por favor, Robert Louis, ¿te importaría descorrer la cortina?

Obediente, el autómata se dirigió al cortinaje, lo tomó de un extremo y, caminando hacia el otro extremo —esta vez al modo tradicional—, empezó a descorrerlo. La cortina desveló entonces lo que ocultaba. Al verlo, Wells se levantó de la silla como si alguien hubiera gritado «fuego», y Jane soltó su taza en el platito; incluso Newton se tensó sobre la alfombra. Todos tardaron unos segundos en asimilar lo que tenían delante, porque no se trataba de algo sencillo de comprender. Alguien había practicado un agujero sobre el lienzo de la realidad, un orificio de unos dos metros de diámetro que parecía rotar lentamente. Lo rodeaba un tembloroso anillo de una bruma resplandeciente y granulosa, un poco deshilachada por los bordes. El centro mostraba una oscuridad absoluta, una negrura que se antojaba tan gélida como la que anegaba el universo. Alrededor del agujero, la realidad parecía combarse ligeramente, como si quisiera ser engullida a través de aquel desagüe. El boquete oscilaba a medio metro del suelo, donde había una plancha metálica erizada de palancas y válvulas. Numerosos artefactos de complejo aspecto dispuestos alrededor parecían mantenerlo estabilizado.

—¿Qué demonios es eso? —balbució Wells.

—Eso, George, es un agujero mágico —respondió Charles.

Wells se levantó y se acercó al prodigio caminando muy despacio, seguido por Jane, mientras Charles los observaba desde su silla con una sonrisa complacida. Dejando que el ronroneo de las máquinas arrullara su estupefacción, y sin atreverse a rebasar la frontera invisible que representaba la cortina, el biólogo estudió aquel descosido del aire. La materia de sus bordes parecía gas, y debido a que se curvaba un poco hacia dentro, el agujero daba la sensación de hondura. Ningún sonido brotaba de sus profundidades, donde no se distinguía otra cosa que una negrura compacta y lisa.

—Lo has conseguido... —dijo Wells con incredulidad.

Charles se levantó y se reunió con ellos.

—Así es, amigo mío: lo he conseguido.

—Pero ¿cómo? ¿Cómo lo has conseguido? ¿Y de dónde has sacado el dinero para comprar toda esta tecnología? —inquirió el biólogo, señalando los numerosos artefactos que custodiaban el agujero—. Aquí debe de haber al menos unas setecientas mil libras en material.

—Ochocientas mil, para ser exactos —lo corrigió el profesor.

—¡Pero esa cantidad es incluso superior a los fondos de la Comisión de Presupuestos! —exclamó Wells, cada vez más sorprendido—. A menos que hayas heredado de varios tíos ricos, no entiendo cómo has podido reunir una cantidad tan...

—Mi querido George, que la Iglesia no confiara en mi proyecto no significa que nadie lo hiciera —dijo misteriosamente Charles—. Muchas personas creían que estaba en lo cierto, y una de ellas era lo suficientemente rica como para financiar mi investigación. Porque creía en ella, algo que mi amigo y antiguo alumno Herbert George Wells nunca hizo, por cierto.

—¿Y quién demonios es esa persona? —balbució Wells.

Charles mantuvo su sonrisa unos segundos.

—Gilliam Murray.

—¿Murray, el Dueño de la Imaginación? ¿Él es quien te ha prestado el dinero?

Charles asintió y Wells se llevó las manos a los cabellos. No podía creerlo. Aquello le sorprendía aún más que el propio agujero mágico. Gilliam Murray... ¡Por las barbas de Kepler, qué había hecho Charles! Murray era uno de los hombres más ricos del planeta, y el único con el que no se debía hacer negocios. Todo el mundo sabía eso.

—Pero ¿te has vuelto loco, Charles? —estalló—. ¡Ya conoces la reputación de ese delincuente! Dudo mucho que realmente crea en tu teoría. Y aunque creyera en tu agujero, ¿acaso piensas que querría usarlo para algo bueno? ¡Dios, Charles, tu ingenuidad es aún mayor que tu ingenio!

—¿Qué querías que hiciera? —se defendió el profesor—. La Iglesia me volvió la espalda... gracias a ti, *querido amigo*. Murray se convirtió en mi única oportunidad para desarrollar mi investigación. ¡La única!

—Pero a qué precio, Charles, a qué precio —le recriminó Wells.

El profesor apretó los labios en un gesto de resignación. Era evidente que a él tampoco le gustaba lo que había tenido que hacer. Wells se apiadó del anciano que tenía ante sí, sacudiendo la cabeza mientras se miraba los zapatos, como un niño avergonzado de su última travesura. Lanzó un suspiro y le preguntó, en un tono menos alterado:

—¿Cuándo tienes que devolverle el dinero?

—Bueno... —titubeó Charles—, hace un par de semanas.

—¡¿Qué?!

—¡Pero eso ya no importa, George! —se apresuró a calmarlo el profesor—. Lo que importa es que lo he conseguido. ¡He creado un agujero mágico! Míralo, ahí está. Era yo quien estaba en lo cierto, y no tú, George. ¡Era yo! Pero no te he llamado para regodearme en mi victoria —dijo contemplando a su antiguo alumno con expresión grave—, sino para que intercedas por mí ante la Iglesia. El agujero aún no está acabado. Es estable para pequeños envíos, pero no sé qué ocurriría con algo tan complejo en información y energía como un hombre.

Wells miró al profesor, que había apoyado una de sus viejas manos en su antebrazo y lo observaba anhelante. A continuación clavó una mirada recelosa en el agujero.

—¿Qué podría pasar? —preguntó.

—No lo sé —confesó Charles—. Imagino que aplastaría brutalmente a quien intentara atravesarlo. Pero si convencieras a la Iglesia para que me financiara, podría terminar de estabilizarlo, y entonces no tendría que preocuparme de conseguir el dinero que le debo a Murray, pues tendría más del que podría gastar en lo que me queda de vida. ¿Lo harás, George? ¿Me ayudarás? Debes reconocer que mi teoría era la correcta.

Wells paseó una mirada resignada por el laboratorio de su viejo profesor. Arrumbada en una esquina y cubierta por una capa de polvo como un símbolo de las viejas esperanzas del hombre, vio la maqueta de la colonia que Charles pensaba proyectar en Marte, al este del Monte Olimpo. Luego contempló el agujero, y a Newton, que seguía echado en la alfombra; los símbolos de aquel ensombrecido presente.

—Tienes razón, Charles —asintió con abatimiento—. Eras tú quien estaba en lo cierto, no yo. Y no te preocupes: hablaré con los cardenales.

—Gracias, amigo —dijo Charles—. Estoy seguro de que en tres o cuatro meses estaría listo. Solo tengo que realizarle unos pequeños ajustes.

—¿Solo unos pequeños ajustes? No sabe cuánto me alegra oír eso, profesor —dijo una voz a sus espaldas.

Al descubrir que no estaban solos en la habitación, Wells, Charles, Jane e incluso Newton se volvieron sorprendidos. Junto a la puerta, había tres hombres. Uno de ellos, el que se encontraba flanqueado por los otros dos, era el único que no iba armado. Sin embargo, parecía el más peligroso del trío. Ocultaba su fabulosa constitución de minotauro bajo un lujoso abrigo cuyos faldones casi barrían el suelo, y en sus carnosos labios aleteaba una sonrisa arrogante. El de su izquierda era un individuo pelirrojo casi tan grande como él, aunque se antojaba mucho más fuerte, capaz de hacer malabarismos con bueyes. El de su derecha era más joven, de mentón airoso y mirada intensa, y parecía más ágil que fuerte, capaz de esquivar todos los bueyes que el otro le arrojase. Ambos acunaban en la mano una pistola, distintivo que los identificaba como sicarios del hombre del centro, quien apuntaba a Robert Louis con un extraño artefacto. Tras descorrer la cortina el autómata se había retirado y situado junto a la pared, y allí permanecía, con aspecto de derrengado: tenía la cabeza gacha, los brazos le caían flácidos a los costados y el brillo rojizo de sus ojos se había apagado. Wells supuso que aquel trasto podría abatir un ornitóptero, y no pudo evitar preguntarse qué tipo de circuitos habría bajo su carcasa.

—¡Señor Murray, qué placer volver a verle! —exclamó Charles fingiendo alegrarse, sin decidirse a caminar en su dirección—. Y ha llegado justo cuando estábamos tomando el té, así que puede sentarse con nosotros, si lo desea.

El Dueño de la Imaginación se guardó el artefacto en un bolsillo del abrigo y, sin moverse de donde estaba, estudió a Charles durante unos segundos mientras le sonreía casi con ternura.

—Es muy amable, profesor, pero no he venido a tomar el té con usted.

—Claro, claro —dijo Charles, dedicando una mirada nerviosa a Wells y a Jane, que permanecían el uno junto al otro a unos metros del agujero, sin atreverse tampoco a realizar ningún movimiento—. I-imagino que ha venido a por su dinero. S-sé que debí devolvérselo hace dos semanas, pero los científicos somos los individuos más despistados del planeta —bromeó, retorciéndose las puntas de la chaqueta con los dedos—. Aunque se trata de un retraso inexcusable por mi parte, ya que usted tuvo la gentileza de recordármelo con su amable y nada amenazador telegrama... Pero bueno, ¡olvidémonos de eso! —propuso animadamente—. Como puede ver, el agujero m-mágico está casi listo, y va a reportarme mucho d-dinero, así que le devolveré incluso el doble de la cantidad que tuvo la generosidad de prestarme... por las molestias ocasionadas.

—El doble, ¿eh? —sonrió Murray desde la puerta—. Es usted realmente generoso, profesor. Pero, por desgracia, el dinero no me interesa.

Tras decir aquello, se acercó a la estantería donde se apiñaban las cajas de música fingiendo una sonrisa curiosa. Caminaba sin prisas y, pese a su corpachón, sus movimientos parecían dotados de una gracia casi sensual. Charles lo observó acariciar la tapa de algunas de las cajas mientras intentaba sobreponerse a la confusión.

—¿Sabe a cuánto asciende mi fortuna, profesor? —preguntó el millonario, abriendo una caja de ébano y liberando una musiquita importada desde la infancia. Dejó que la melodía se desliara en el aire durante unos segundos antes de encerrarla de nuevo en su prisión. Luego miró al profesor, que negó con la cabeza—. ¿No lo sabe? Yo tampoco: es una cantidad incalculable. —Apretó entonces los labios en una mueca compungida—. Sin embargo, ni siquiera una cantidad incalculable de dinero puede proporcionar todo lo que uno desea. Desgraciadamente, hay muchas cosas que no puedo comprar. ¿Se imagina cuáles son, profesor? No, ya veo que no... Quizá se deba a que usted nunca ha necesitado comprarlas. Me estoy refiriendo a la dignidad, a la admiración, al respeto... —Murray rio sin alegría mientras Charles lo observaba cada vez más inquieto—. Parece sorprendido, profesor... Tal vez creía que alguien como yo no le daría importancia a ese tipo de cosas, dedicándome a lo que me dedico. Pero sí me importan, ya ve, y mucho. —Suspiró teatralmente—. Estoy cansado de la hipocresía de este mundo. Usted y muchos como usted consumen la droga con la que yo trafico...

Charles y Wells cruzaron una mirada de preocupación. Como todo el mundo, sabían que Murray no se había hecho rico vendiendo sillas isabelinas, pero, también como todo el mundo, preferían fingir que no lo sabían, por su propio bien. Sin embargo, ahora las cartas estaban sobre la mesa, y la repentina sinceridad del Dueño de la Imaginación no presagiaba nada bueno.

—La Iglesia me condena desde sus púlpitos —continuó plañideramente Murray—, aunque mira hacia otro lado en el momento oportuno para que mis negocios gocen de su necesaria impunidad. Y muchas veces hacen algo más que mirar hacia otro lado... ¡Pero estoy harto de lavarles las sotanas al clero, a la cardenal Tucker y a su hediondo séquito de carcamales! —exclamó con repentina furia—. Ellos me necesitan porque *desean* el poder que gracias a mí tienen sobre su pueblo, y el pueblo me necesita porque *desea* la felicidad que yo le proporciono. No obstante, para todos soy ¡el Indeseable! ¡El mal hecho carne! Qué gran paradoja, ¿no les parece? —concluyó con una sonrisa empalagosamente dulce.

Wells tragó saliva. Sin la menor duda, aquella escena prometía un desenlace fatal para ellos. Pese a todo, analizó la arrebatada confesión del millonario con cierta fascinación, pues sus palabras confirmaban que la Iglesia estaba secretamente implicada en el comercio del polvo de hada. No le costó ir un poco más allá y comprender el resto. Al igual que hiciera con la capacidad de amar, la Iglesia había inhibido la imaginación del hombre mediante un plan brillante: comprendiendo que si le prohibía imaginar solo conseguiría invitarle a ello, había optado por hacerle dudar de dicha capacidad, creando una sustancia que exacerbaba su imaginación de manera artificial, y condenando luego su consumo para convertirla en algo tan fascinante como peligroso. De ese modo, el hombre se había vuelto adicto al polvo de hada, convencido de que lo necesitaba para imaginar, aunque probablemente el don natural de la imaginación nunca había desaparecido de su cabeza.

A pesar de la prohibición, la Iglesia del Conocimiento procuraba que la sustancia llegara a sus feligreses, pues no deseaba erradicar por completo aquella cualidad del hombre que, al igual que el amor, podía conducirlo al conocimiento. Sin embargo, promovía una dependencia sórdida y clandestina, con el fin de obtener todos los beneficios sin perder el control del sujeto. Y ahí era donde entraba Murray, el Dueño de la Imaginación, el traficante que libraba a la Iglesia de toda mácula. No obstante, Murray no era el primero que interpretaba ese papel, tan repudiado como necesario. Antes habían existido otros intermediarios, figuras oscuras, encarnaciones de todo lo despreciable que había en el mundo, fabricadas ex profeso por la Iglesia para cada generación. Hasta la fecha, ninguna de esas figuras se había rebelado contra su destino; todo apuntaba a que esta iba a ser la primera vez.

—Ya estoy cansado de hacerles el trabajo sucio a ese hatajo de viejos sabihondos —prosiguió Murray—, mientras ellos fingen despreciarme por la calle o condenarme desde sus púlpitos. Sí, ya estoy cansado de machacar hadas en mi mortero para que el mundo pueda imaginar. —Lanzó una risita amarga—. No quiero seguir siendo el Dueño de la Imaginación. No quiero ser recordado como el villano de la historia cuando muera. No, hay un título que me gusta mucho más. ¡Quiero ser recordado como el Salvador de la Humanidad! ¿Acaso podría existir un logro mayor? —Sonrió y pasó su mirada de Charles a Wells, y de nuevo a Charles—. Así que, pese a toda su sabiduría, profesor, demuestra una gran ingenuidad si piensa que voy a limitarme a aceptar su dinero y a apartarme discretamente a un lado, para que usted se lleve toda la gloria. No, la historia no sucederá así.

Murray lo miró con fijeza, atento a su reacción.

—¿Y c-cómo s-sucederá? —preguntó al fin Charles.

—Yo se lo diré —respondió Murray con calma, sin dejar de mirarlo a los ojos—. Sucederá del siguiente modo: el eminente profesor Charles Dodgson se suicidará de un tiro en la cabeza la tarde del 14 de enero de 1898, es decir, esta misma tarde, tras varios meses intentando sobreponerse a la depresión que lo invadió cuando su antiguo alumno, casualmente aquí presente —le dedicó una sonrisa a Wells—, lo derrotó en el gran debate por la salvación del universo.

—Dios mío... —gimió Jane, estrechándose contra Wells, que la rodeó con sus brazos mientras observaba con temor a los sicarios, que tensaban sus cuerpos a medida que progresaba el discurso de su patrón.

—Será una gran pérdida —continuó Murray, dejando que una sonrisa socarrona se derramara por sus labios—. Su mal perder sobrecogerá al mundo, profesor, pero al cabo de unos meses todos lo habrán olvidado. Entonces, el millonario Gilliam Murray anunciará que su equipo privado de científicos ha logrado crear un agujero mágico en su laboratorio, como al gran profesor Dodgson le hubiera gustado hacer, un agujero por el que la humanidad podrá huir de su triste destino.

—¡¿Qué?! —estalló Charles—. ¡Es mi creación! ¡N-no pienso dejar que se apropie de ella!

—Charles, escúchame... —trató de calmarlo Wells, que había visto cómo los dos sicarios subían sus armas para apuntarle.

—¿No piensa dejarme? —Murray se echó a reír, una risa ronca que debió de ararle la garganta, mientras Charles se removía intranquilo en su posición—. No he venido a solicitar su permiso, profesor, por si aún no se ha dado cuenta. Yo soy Gilliam Murray: simplemente me limito a tomar lo que quiero. —Hizo una señal al hombretón pelirrojo—. Martin, por favor. En la sien. Recuerda que debe parecer un suicidio.

El sicario asintió y se dirigió sin prisas hacia el lugar donde Charles permanecía petrificado. Wells hizo el amago de acudir en su ayuda, pero el otro sicario lo detuvo apuntándole con su pistola. El biólogo volvió a abrazarse a su mujer, y ambos observaron cómo el pelirrojo apoyaba el cañón de la pistola contra la sien del viejo con teatral delicadeza. El profesor, demasiado confundido y asustado como para reaccionar, se limitó a cambiar el peso de su cuerpo de una pierna a otra.

—¿Unas últimas palabras antes de partir, profesor? —preguntó divertido Murray.

Charles sonrió con amargura e inclinó levemente la cabeza, como recostándose sobre la pistola que iba a matarlo.

—C-cuando no sabes adónde vas, cualquier camino sirve —respondió.

En ese instante, Wells cubrió los ojos de su esposa con una de sus manos, y la oscuridad anegó el mundo. Jane no vio lo que sucedió a continuación, solo oyó una detonación, seguida del ruido sordo que produce un bulto al caer al suelo. Luego silencio. Unos segundos después, la oscuridad empezó a agrietarse a medida que Wells apartaba los dedos de sus ojos, y Jane pudo ver a Murray, que miraba con indiferencia el cuerpo del profesor tendido en el suelo, mientras a su lado el pelirrojo sostenía una pistola de la que surgía una hebra de humo.

—Dios mío, Bertie... —sollozó, enterrando la cabeza en el pecho del biólogo.

Murray se volvió hacia la pareja.

—He de reconocer que no pensaba encontrarle aquí, señor Wells, acompañado de su esposa y... —observó a Newton, que le ladraba amenazadoramente— de su mascota, por lo que no tengo ningún papel para ustedes en mi pequeña función. Pero como comprenderán, no puedo dejarles con vida, así que me temo que también tendré que matarles. Luego arrojaré sus cuerpos por el agujero. Como usted mismo dijo, un agujero mágico resulta perfecto para hacer desaparecer las pruebas de un crimen.

—Maldito hijo de perra —le escupió Wells con una mueca de indignada repugnancia, apretando con fuerza a Jane—. Ojalá tu Albatros no pueda resistir tu peso y se estrelle, a ser posible contra la sede de la Iglesia.

Murray lanzó una carcajada, e hizo una señal al sicario que había encañonado al biólogo.

—Adelante, Tom. No es necesario que parezca un suicidio, así que dispárales donde quieras. Ah, y mata también al maldito chucho.

El muchacho que respondía al nombre de Tom observó al pintoresco grupo que tenía que ejecutar. Decidió empezar por el biólogo. Alzó la pistola y, con el brazo estirado, le apuntó a la cabeza. Pero Wells no se amedrentó. En vez de suplicar, cerrar los ojos, bajar la vista o improvisar un silogismo, le sostuvo la mirada. Durante un segundo, ambos se observaron fijamente en silencio. Al muchacho pareció sorprenderle su valentía, o quizá estuviera riéndose por dentro de aquella estúpida muestra de coraje. Fuera como fuese, su dedo se demoró en el gatillo. El biólogo dedujo que, pese a la experiencia que debía de atesorar el muchacho como sicario, seguro que nunca había tenido que disparar a alguien que mostrara tan digno desvalimiento, con el añadido de una esposa sollozante en los brazos y un fiero perrito entre las piernas. Comprendió entonces que el tiempo que el muchacho consumiera en tomar la decisión de apretar el gatillo era el tiempo del que disponía para actuar. Se volvió bruscamente, tomó a Jane del brazo y tiró de ella en dirección al agujero. Si iban a atravesarlo, mejor vivos que muertos.

—¡Salta, Jane, salta! —gritó, protegiéndola con su cuerpo mientras cruzaban la breve distancia que los separaba del boquete que Charles había logrado excavar en el aire.

Temió recibir en cualquier momento una bala en mitad de la espalda. No obstante, cuando tomó impulso y su cuerpo comenzó a atravesar el agujero, supo que el sicario ya no tendría tiempo de acertar. Newton los siguió, saltando al interior del orificio un segundo antes de que este se ovillara bruscamente sobre sí mismo, emitiendo un zumbido ensordecedor. A continuación, lo que quizá fuera una ráfaga de viento cósmico barrió la habitación, acompañada de un resplandor blanco que cegó a los tres hombres que aún permanecían allí. Después del aquel estallido ensordecedor, el silencio cayó sobre la estancia como una losa. Cuando, tras repetidos parpadeos, Murray logró aclararse la vista, descubrió que el agujero había desaparecido. Sobre la plataforma metálica tan solo flotaban algunas hilachas de niebla. Tardó varios minutos en asimilar que ya no tenía nada con lo que comerciar, que ya no sería el Salvador de la Humanidad.

Al parecer, la historia tampoco iba a suceder como él había imaginado.

«Al parecer, la historia tampoco iba a suceder como él había imaginado», leyó Jane. Era una buena frase para rematar un capítulo, se dijo con una sonrisa satisfecha, antes de soplar sobre el papel para secar la tinta. Se recostó en la silla y observó con deleite el ramo de rosas recién cortadas que ocupaba una esquina de su mesa. Las había cortado del jardín esa misma mañana mientras el cielo escogía los colores del amanecer, y aún conservaba en sus pétalos el frío aliento de la noche.

En ese momento, Wells entró en su despacho con sus inevitables pasitos respetuosos, como si temiera mancillar con su viril presencia la delicada atmósfera femenina que gravitaba en la habitación. Dedicó unos segundos a contemplar aquel orden pulcro y coqueto que lo rodeaba, cuya alquimia le resultaba tan desconocida, y al reparar en las cuartillas garabateadas que había sobre la mesa, se le encendió la mirada.

—¿Qué estás escribiendo, querida? —preguntó con fingida despreocupación.

Desde que su mujer le había dicho que quería montarse un despacho en una de las habitaciones disponibles de la casa, Wells había decidido emplear parte de su tiempo libre, tan escaso como valioso, en averiguar qué hacía ella allí dentro. Las preguntas directas no habían funcionado, pues Jane las respondía encogiéndose de hombros. Tampoco los chistes: «¿Te encierras ahí dentro para dibujar láminas de animales?», le había dicho una vez, sin que ella soltara la risita que siempre le provocaba aquella broma. Jane era una fortaleza inexpugnable, y, como torturarla quedaba descartado, Wells había tenido que recurrir a las incursiones por sorpresa. Así había descubierto que se encerraba allí para escribir, lo cual no era un gran descubrimiento, pues casi podría haberlo deducido sin entrar. Encerrarse allí para criar conejos, invocar al diablo o bailar desnuda eran posibilidades más difíciles de considerar. Además, ya una vez le había amenazado, medio en broma, con hacerlo. Pero ahora tocaba descubrir *qué* escribía.

—Oh, algo sin importancia —respondió Jane, apresurándose a ocultar las cuartillas en el cajón de la mesa, cuya cerradura Wells había tratado de forzar inútilmente—. Ya te dejaré leerlo cuando esté terminado.

Cuando esté terminado... Aquello era como no decir

nada. ¿Y si nunca estaba terminado? ¿Y si por algún motivo decidía no terminarlo? ¿Y si el mundo se terminaba antes? Si eso sucedía, él jamás sabría en qué había ocupado Jane las dos o tres horas del día que pasaba encerrada en su despacho. ¿En un diario? ¿Un libro de recetas, tal vez? No. Si fuese un libro de recetas no se mostraría tan esquiva.

—Una de las cosas que menos me gustan de este mundo es que las parejas tengan secretos entre ellas —comentó Wells con deliberado dramatismo.

—Pensé que lo que menos te gustaba era que nadie hubiera inventado todavía la navaja de afeitar eléctrica —bromeó ella. Y sin dejar de hablar, lo tomó del brazo y lo condujo hacia la puerta con disimulo, para que no notara que lo estaba echando—. Vamos, deja de refunfuñar. Qué más da lo que yo escriba. Es tu obra la que verdaderamente importa, Bertie, así que no pierdas el tiempo espiándome y ponte a escribir.

—Al menos tú sí sabes qué estoy escribiendo —rezongó él—. Yo soy transparente para ti, y tú, sin embargo, eres...

—... un misterio insondable para ti, y eso no puedes soportarlo —apostilló Jane—. Lo sé, lo sé. Pero ya te lo dije un día: este es el único modo de que tu interés por mí no decaiga. Debo evitar que me resuelvas, querido. Si me conocieras por completo, pronto te aburrirías, buscarías otros *misterios* y tu gran obra, aquella que de verdad importa, nunca se escribiría... Así que regresa a tu despacho y déjame con mis *banales* entretenimientos. Carecen de importancia. Ni siquiera están a la altura de tus antiguas historias.

—Eso debería juzgarlo yo, ¿no crees? —replicó Wells, más sorprendido que enfadado por encontrarse de pronto fuera del despacho—. Aunque supongo que tienes razón, como siempre. Será mejor que vuelva a mi trabajo y...

—Estupendo, querido.

Jane se refugió en su santuario con un guiño de despedida. Wells ejecutó un encogimiento de hombros para nadie, bajó a la planta baja y se escondió también en su despacho. Desde su silla, paseó una mirada apática a su alrededor. Aunque había repartido sus libros y objetos personales por las baldas con el mismo cuidado que Jane, su lugar de trabajo no transpiraba más que una aséptica formalidad. Por mucho que cambiara las cosas de sitio, se resistía a irradiar calidez. Wells lanzó un suspiro y contempló el mazo de cuartillas en blanco que tenía delante. Allí se había propuesto consignar todo lo que él sabía, dejar el fruto de todo cuanto había visto. Tal vez aquel conocimiento cambiara el destino del mundo, se dijo, y se preguntó cuánto había en ese deseo de responsabilidad y cuánto de vanidad. Sin embargo, era mejor que ciertas preguntas quedasen sin respuestas. Tomó la pluma y se dispuso a escribir su «gran obra», como la había llamado Jane, mientras por la ventana se filtraban los sonidos de la calle y del parque cercano, ruidos de un mundo que discurría envuelto en la plácida satisfacción de creerse único...

I

Al agente especial Cornelius Clayton le hubiese gustado que la cena organizada por Valerie de Bompard para celebrar la feliz resolución de su primer caso se saldara con la súbita indigestión de todos los invitados, a excepción de él mismo, para quedarse a solas con la bella condesa lo antes posible. ¿Por qué no podría suceder algo semejante?, se preguntó llevándose mecánicamente el tenedor a la boca. Después de todo, ese tipo de desafortunados incidentes entraban dentro de lo posible, y más teniendo en cuenta que la cocinera del castillo contaba con experiencia en ese campo, pues tres meses antes había intoxicado a todos los criados con un alimento en mal estado. Sin embargo, ya iban por el segundo plato y ninguno de los invitados daba muestras de encontrarse mal, así que Clayton se resignó a apurar la maldita cena hasta el final. Tal vez le resultara más llevadera, se dijo, si se olvidaba momentáneamente de la condesa y se limitaba a disfrutar de los elogios que los comensales le estaban dedicando entre bocado y bocado. ¿Acaso no los merecía? Por supuesto que sí: había llegado allí en calidad de aprendiz del legendario Angus Sinclair, capitán de la misteriosa División Especial de Scotland Yard, pero había sido su ingenioso plan, y no el tan ca-

careado prestigio de su jefe, lo que finalmente había librado al pueblo de Blackmoor de la terrible maldición en que estaba sumido desde hacía meses.

Los habían enviado allí tras la aparición de los primeros cadáveres humanos, tan brutalmente destrozados que incluso los periódicos de Londres se habían hecho eco de la noticia. Los horrendos asesinatos habían empezado a sucederse, a razón de uno cada luna llena, algunos días después de que la cocinera atentara contra el servicio del castillo. Hasta entonces, la sanguinaria bestia se había limitado a destripar un puñado de vacas y ovejas, amén de alguna despistada alimaña del bosque. Pero la saña que exhibía la criatura, nunca vista en ningún depredador conocido, había provocado que durante meses los habitantes de Blackmoor viviesen temiendo el terrible día en que se decidiera a probar la carne humana. Tal vez por eso a Valerie de Bompard le había costado tanto improvisar un nuevo servicio mientras el anterior se recuperaba. La mayoría de los jóvenes del pueblo habían rechazado el trabajo, no solo porque la condesa no pagara con la puntualidad que uno esperaría de tan acaudalada dama, sino porque les aterraba trabajar en el castillo que se erigía en mitad del bosque.

Clayton lo comprendía perfectamente, pues la residencia de la mujer era una mole tenebrosa que parecía haber sido construida allí con piedras acarreadas desde alguna oscura pesadilla. Aunque su interior resultaba todavía más aterrador. El comedor donde transcurría aquella cena, por ejemplo, era una siniestra estancia de techos altos tan inmensa que la chimenea, sobre la que colgaba un retrato de la condesa, apenas lograba calentarla. En aquel simulacro de cripta, forrada de tapices y blasones descoloridos, había sido dispuesta una larguísima mesa de roble que, aparte de hacerles sentir a todos un tanto desamparados, los obligaba a proyectar la voz como si fuesen tenores en un escenario. Clayton estudió a los cuatro hombres con los que su capitán y él compartían la cena, cuyas insignificantes biografías cabrían en el reverso de un naipe: el orondo alguacil Dombey, el enjuto padre Harris, el relamido doctor Russell y el fornido carnicero del pueblo, un tal Price, que había liderado las batidas de perros por los bosques de Blackmoor. Cuando los agentes llegaron de Londres para ocuparse del caso, ninguno de ellos les había recibido de buena gana; pero ahora, tres semanas después, los cuatro parecían decididos a hacérselo olvidar, tendiéndole aquella emboscada de halagos. Lanzó una mirada rápida hacia el extremo de la inacabable mesa, donde se encontraba la única persona cuya admiración realmente le interesaba, la condesa de Bompard. La mujer lo estudiaba con una mirada divertida. ¿Le estaba pareciendo demasiado presuntuoso al aceptar las alabanzas con tanta condescendencia? ¿Acaso debía mostrarse indiferente a su hazaña? Quién podría saberlo. Bajo la mirada de la condesa siempre se sentía terriblemente vulnerable, como un soldado al que un ataque por sorpresa obliga a salir de su tienda con la armadura incompleta.

Miró de soslayo a su jefe, que se encontraba sentado junto a él, por si algo en su actitud pudiera servirle de guía, pero el capitán Sinclair devoraba su asado aparentemente ajeno a la conversación. Tan solo de vez en cuando mecía la cabeza en un ademán distraído, que le derramaba varios mechones de cabello sobre la siniestra lente que le cubría el ojo derecho, emitiendo un ligero resplandor rojizo. Al parecer, el veterano capitán había decidido mantenerse en un segundo plano, abandonándole a su suerte. Clayton lo maldijo por el invulnerable silencio que guardaba en aquel momento, cuando durante la investigación no había hecho más que perorar todo el rato, sacando a relucir su sabiduría y experiencia a la menor oportunidad, y cambiando sus embarulladas hipótesis cada vez que un nuevo detalle del caso avivaba su inspiración. Aunque lo peor había sido cuando se permitió el lujo de ofrecerle consejos de índole romántica, dando lugar a una escena paternal que le había resultado de lo más embarazosa, sobre todo porque el capitán, fiel a su costumbre de no llamar a las cosas por su nombre, había recurrido a tal cantidad de metáforas y eufemismos que los dos habían terminado la conversación sin saber muy bien de qué demonios habían hablado.

—En resumen: pese a su juventud —dijo el alguacil a modo de recapitulación—, posee usted una inteligencia fuera de lo común, agente Clayton. Creo que ninguno de los que estamos en esta mesa podemos dudar de eso. Aunque he de reconocer que, al principio, sus procedimientos me resultaron, eh..., algo impulsivos —declaró, sonriendo a Clayton con exagerada cortesía.

El agente tardó menos de un segundo en devolverle la sonrisa. Sabía que el alguacil no podría resistirse a la tentación de rematar su perorata con una crítica, dejando claro a los presentes que si bien aquellos dos señoritos de ciudad habían resuelto el caso, lo habían hecho únicamente porque habían recurrido a métodos poco ortodoxos, algo que él jamás se habría rebajado a hacer. De no ser así, los agentes aún estarían intentando atrapar al culpable de los tres horrendos asesinatos.

—Comprendo que mis acciones pudieran parecerle impulsivas, alguacil —respondió Clayton con indulgencia—. En realidad, esa era precisamente la impresión que quería darle a nuestro enemigo. Sin embargo, cada una de mis acciones era el resultado de una profunda reflexión y del más riguroso método deductivo. Todo ello aprendido de mi maestro, el capitán Sinclair, a quien debo cualquier mérito —concluyó con fingida humildad, dedicándole una leve inclinación de cabeza a su superior, que asintió distraído.

—¡Y así lo comprendí yo desde el primer momento! —se apresuró a apuntar el doctor Russell—. No en vano, un médico debe usar a diario la ciencia de la deducción en el ejercicio de sus deberes. Al contrario que el alguacil, yo no me dejé engañar por su juventud y aparente inexperiencia, agente Clayton. Sé reconocer una mente científica cuando la veo.

El alguacil soltó una risotada que hizo vibrar su monumental tripa.

—¡Pero a quién pretende engañar, Russell! —le reprochó, apuntándole con el tenedor—. Su método científico consistió en sospechar sistemáticamente de todos los habitantes del pueblo, incluida la anciana señora Sproles, que tiene cerca de cien años y va en silla de ruedas.

El doctor iba a responderle, pero el carnicero se le adelantó:

—Pues ya que ha empezado a enumerar los errores de los demás, alguacil, también podría recordar los suyos y disculparse por acusar a otros tan a la ligera.

—Le aseguro que no lo hubiera hecho si su mascota fuera un gato en vez de ese enorme perro que...

Antes de que el alguacil pudiera terminar su réplica, la voz de la condesa se impuso desde el extremo de la mesa. Todos miraron en su dirección maravillados, pues la tintineante voz de Valerie de Bompard había atravesado las suyas con la delicadeza de una paloma entre una bandada de cuervos.

—Caballeros, creo que todos nos sentimos agotados por los últimos acontecimientos, lo cual es lógico. —Su pronunciación tenía un ligero acento francés que dotaba a sus palabras de una deliciosa frivolidad—. Aun así, el agente Clayton es mi homenajeado, y temo que podamos aturdirle con nuestras rencillas pueblerinas. Como ve, agente —se dirigió a Clayton con un entusiasmo casi infantil—, hablo de *nosotros*, pues a pesar de ser una extranjera que llegó a su país hace poco tiempo, ya me siento inglesa. No en vano las buenas gentes de Blackmoor me han acogido casi como si me hubieran visto nacer. —Aunque su tono resultó amable, sus mordaces palabras se posaron sobre los presentes como una llovizna fría e incómoda—. Por eso quiero agradecerle una vez más, y en nombre de todos, lo que ha hecho por nosotros, por nuestro querido Blackmoor. —Se levantó y tomó la copa entre sus finos dedos, con tanta delicadeza que casi pareció que le ordenaba levitar con su mente. Al instante, todos la secundaron—. Caballeros, han sido unos meses oscuros y terribles para todos. Durante dos años hemos vivido sumidos en el terror, acosados por una bestia sanguinaria —continuó en tono teatral, como un trovador ante un corro de niños—, pero la pesadilla ha terminado al fin, y la maligna criatura ha sido vencida gracias a la portentosa inteligencia del agente Clayton. Creo que ninguno de los presentes podremos olvidar la noche del 5 de febrero de 1888, en la que el agente nos liberó de nuestra maldición. Y ahora, caballeros... —Su sonrisa brilló tras la copa alzada, traviesa e irreverente—. ¡Brindemos de una maldita vez por Cornelius Clayton, el valiente joven que consiguió cazar al hombre lobo de Blackmoor!

Todos levantaron su copa en el aire, ya que la insalvable distancia de la mesa les impedía entrechocarlas. Clayton agradeció las palabras de la condesa inclinando la cabeza mientras se esforzaba en sonreír con una mezcla de satisfacción y humildad. El alguacil propuso a continuación un nuevo brindis, esta vez en honor a la anfitriona, que obligó a Valerie de Bompard a abatir la mirada con un delicioso mohín; como de costumbre, a Clayton se le estremeció el alma.

Quizá convenga aclarar aquí que el agente no se consideraba un experto en el trato con las damas, más bien todo lo contrario. Sin embargo, sí se sentía lo bastante orgulloso de su estudio sobre el comportamiento humano como para afirmar con cierta autoridad que Valerie de Bompard era absolutamente diferente a cualquier otro miembro del género femenino; incluso, ya puestos, del conjunto de la humanidad. Cada uno de sus ademanes constituía un oscuro enigma para él. El mohín con el que acababa de corresponder al brindis del alguacil, por ejemplo, más que el decoro que las damas exhibían en sociedad, se le había antojado la traicionera quietud que mostraban las plantas carnívoras antes de cerrarse sobre el desdichado insecto que se posara en ellas.

Mientras volvía a tomar asiento, Clayton recordó la desasosegante sensación que le había asaltado la primera vez que la vio. Se había sentido como si se encontrase ante algo insólito, ante una criatura tan fascinante que resultaba difícil de creer que perteneciera al vulgar universo que le rodeaba. Aquel día la condesa había escogido de su vestuario un traje de seda celeste con guantes a juego, y lo había rematado con una pamela adornada con un intrincado ramaje de hojas y bayas silvestres en el que la modista, siguiendo la última moda, había escondido un diminuto lirón disecado y varias mariposas de alas anaranjadas, que parecían encarnar los revoltosos pensamientos que debían de bullir en su cabeza. No, aquella primera vez Clayton no había sabido qué pensar de la condesa, y seguía sin saberlo. Solo había acertado a enamorarse ferozmente de ella.

—Y cuéntenos, agente —dijo el párroco, interrumpiendo sus ensoñaciones—. ¿Tuvo claro desde el principio el camino que debía seguir en sus pesquisas? Se lo pregunto porque imagino que, al enfrentar lo sobrenatural, el abanico de posibles teorías se abre prácticamente hasta el infinito.

—El infinito no es un concepto muy práctico para trabajar con él, padre, al menos mientras nuestros salarios no lo sean también —respondió Clayton, arrancando algunas risas a su alrededor, entre las que creyó oír un tintineo de campanillas—. Por ello, lo primero que debemos hacer al enfrentarnos a un suceso que, como el caso de los horrendos crímenes de Blackmoor, resulta difícil de reconciliar con el orden establecido de la naturaleza, es eliminar las posibilidades racionales. Solo entonces podremos considerar un hecho como sobrenatural, eventualidad a la que, por supuesto, nuestro departamento está abierto.

—¡Eso es lo que deberíamos haber hecho nosotros! —se lamentó el médico—. Pensar con algo de lógica. Pero como todos los pueblos pequeños, Blackmoor está lleno de hombres supersticiosos, y ya se sabe que...

—¡Oh, no hable como si usted fuera distinto, Russell! —le reprochó de nuevo el aguacil—. Me consta que era de los que más miedo tenía. Su sirvienta le comentó a la mía que había empezado a fundir las cucharillas de plata para fabricar balas porque eso era lo único capaz de matar a un licántropo. ¿Cómo demonios se le ocurrió semejante estupidez?

El médico hizo amago de negarlo, pero tras un segundo de silencio, se echó a reír.

—¡Oh, demonios, maldita chismosa! Sí, lo hice. Fundí las cucharillas del té. Y si me hubiera escuchado una sola vez durante estos últimos meses, alguacil, no me estaría preguntando ahora cómo se me ocurrió algo así. —Se desentendió de Dombey y se dirigió a Clayton en un tono mucho más comedido, como si le hablara a un igual—. Sepa, agente, que un colega mío francés con el que suelo cartearme me contó que durante el pasado siglo una terrible bestia tuvo aterrorizada a la región de Gévaudan. Muchos aseguraban que era un hombre lobo, y solo lograron abatirlo usando munición de plata. Por eso fundí casi toda la cubertería, cosa que mi mujer no se tomó nada bien...

—Pues te ganaste una reprimenda para nada, Russell —rio Price.

—Sí, lo sé —respondió el doctor de malhumor—. Pero ¿quién iba a pensar que el hombre lobo que tenía aterrorizado a nuestro pueblo era Tom Hollister vestido con un ridículo disfraz?

Todos miraron hacia la esquina del comedor que señalaba el doctor. Al instante, un silencio melancólico anegó la estancia. Clayton observó cómo los invitados mecían lentamente sus cabezas, cada cual envuelto en sus recuerdos, mientras observaban la enorme piel de lobo que, desplegada sobre un caballete de madera, brillaba a la luz de las escasas velas repartidas por la sala. Sinclair la había puesto allí a modo de trofeo, para que todos pudieran examinarla al entrar. Y así lo habían hecho, entre el espanto y la admiración, pues el disfraz era una siniestra obra de arte, digna de un experto taxidermista. La piel, que por su tamaño habían creído que pertenecía a un lobo gigantesco, estaba confeccionada con remiendos de muchas pieles. El tal Hollister las había unido con esmero, y luego había curtido el resultado, rellenándolo con estopa y paja en algunas zonas, de manera que se abombara simulando los músculos de una bestia impresionante. También había estirado la piel de las patas delanteras sobre un andamiaje de varillas de madera articuladas para darles forma, hasta lograr el aspecto de unos brazos vagamente humanos recubiertos de espeso pelaje, a cuyos extremos había cosido unos guantes erizados de cuchillas a modo de garras. Por último, había rematado el conjunto con la cabeza de uno de los lobos, cuyas fauces había deformado deliberadamente en una mueca de sobrecogedora ferocidad. No era extraño que, colocándose aquel disfraz sobre los hombros, atándoselo a brazos y piernas con los correajes de cuero que le había añadido y usando la testa del animal a guisa de casco, el tal Hollister, un muchachote con suficiente fuerza como para cargar con aquella estructura, pudiera convertirse ante los ojos de cualquiera en un aterrador hombre lobo. Sobre todo si solo se dejaba ver las noches de luna llena, se encorvaba grotescamente y se esforzaba en gruñir como un animal.

Él mismo había participado de aquella ilusión al ver a la criatura erguida ante sí, enorme y aterradora; y mientras corría tras ella junto a los demás, atravesando las sombrías entrañas del bosque, con la sangre batiéndole en las sienes y el corazón amenazando con perforarle el pecho, lo había hecho convencido de que lo que perseguían era un auténtico licántropo, y eso había difuminado con terrible facilidad sus otras sospechas. Sí, perseguían a un hombre lobo porque, pese a las ambiguas respuestas que Sinclair le había dado al ingresar en su División Especial, las criaturas fantásticas existían. Pero el monstruo había resultado ser un fraude, y Clayton no podía evitar que eso empañara un poco su victoria. En aquel momento ya no estaba tan seguro de haber hecho lo correcto ingresando en la División Especial. Quizá se había apresurado aceptando la oferta de Sinclair, entusiasmado ante la idea de que un mundo vetado al resto de los mortales se abriría ante él. Sin embargo, su primer caso «especial» había consistido en dar caza a un palurdo cubierto de pieles remendadas. Aparte de enamorarse de una mujer que vivía en un siniestro castillo.

—¿Cómo es posible que incluso ahora siga dándome miedo? —confesó súbitamente el doctor, rompiendo el silencio.

Se levantó y, envalentonado sin duda por las copas que llevaba encima, se acercó al disfraz con andares de pingüino.

—¡Espera, Russell, lleva contigo una cucharilla de plata, por si acaso! —le gritó Price blandiendo la suya.

El médico desestimó el consejo del carnicero con un manotazo ebrio que le hizo tambalearse sobre la piel.

—¡Cuidado! —exclamó Sinclair, levantándose de un salto, como una niñera atenta a los juegos de los niños en el parque, mientras su ojo mecánico emitía un zumbido de alarma.

El capitán pensaba llevar aquel disfraz a Londres para guardarlo en la Cámara de las Maravillas, el almacén que se hallaba en los sótanos del Museo de Historia Natural, donde su departamento atesoraba las pruebas de los casos que, por desafiar la razón del hombre, iban a parar a sus manos. Su intención era que aquella piel tan valiosa para la memoria de su división llegara sana y salva a la metrópoli. Cuando observó que el médico recuperaba el equilibrio sin mayores consecuencias que las risas de los presentes, relajó su semblante y sonrió con indulgencia, aunque, ya que estaba de pie, optó por acercarse también al disfraz. El alguacil Dombey le imitó al instante, seguido por Price y Harris. El doctor Russell se entregó entonces a una disertación científica sobre los métodos utilizados en la fabricación de aquella filigrana. Al grupo, incluido Sinclair, no le quedó más remedio que cabecear aplicadamente mientras el matasanos volvía a alardear de su erudición.

Y mientras aquella conferencia improvisada tenía lugar alrededor del disfraz, en la olvidada mesa, Clayton se atrevió al fin a buscar los ojos de la condesa, de quien lo separaba casi una milla de noble madera de roble. Desde el primer día y durante las semanas que había durado la investigación, allá donde ambos se encontraran, ya fuera en un salón lleno de gente o en unos jardines laberínticos, los ojos de Clayton siempre acababan coincidiendo con los de ella, con aquellos ojos que parecían esperarle desde siempre y cuyo enigma había empezado a atormentar sus noches, pues el agente, que se jactaba de poder leer los pensamientos de los hombres en el nudo de sus corbatas, era incapaz de descifrar su mirada. Tanto podía ser de dulce adoración, como esconder el más cruel de los desprecios, o incluso algún tormento íntimo que él jamás podría imaginar. O todo a la vez. Y aquellos eran los ojos donde se estaba ahogando también ahora, mientras la admiraba y ella se dejaba admirar, sin perder la sonrisa, envolviéndole en el oscuro hechizo de su belleza, que convertía las voces de los invitados en un murmullo incomprensible, el comedor en un decorado nebuloso, el universo todo en un lugar remoto, quizá imaginario.

Clayton jamás había visto a Valerie tan esplendorosamente hermosa como aquella noche, ni tan dolorosamente frágil. Se había vestido de negro y plata: su cuello, de una blancura deslumbrante, surgía de un corpiño de terciopelo que enaltecía sus altivos senos y hacía juego con sus largos guantes de tafilete negro, y la falda plateada, que se derramaba en espumosos pliegues a sus costados, mostraba una constelación de diminutos brillantes. Al verla allí sentada, iluminada por el tembloroso resplandor de las velas, Clayton no pudo evitar pensar que, pese a su edad indeterminada, parecía más que nunca una niña, una reina infantil y caprichosa, cruel tan solo por derecho de sangre y trono. Reparó entonces en que estaba agarrando su copa con una fuerza desmesurada y, temiendo romperla, o llevar a cabo alguna estupidez mayor, como saltar sobre la mesa y correr hacia la mujer sin un fin concreto, arrastrado únicamente por la riada de su confuso deseo, apartó su mirada de ella, devolviendo al mundo su movimiento, su sonido y su terca consistencia.

—El caso es que, cuanto más lo examino, más admirable me resulta —oyó decir al doctor—. Es un trabajo exquisito, caballeros. Miren esto. La piel está perfectamente tratada, y posee una flexibilidad inaudita. —Se inclinó y olisqueó una de las patas—. Yo diría que ha sido preservada usando arsénico blanco y cal, como se hacía antiguamente.

El carnicero, a quien las explicaciones del médico habían empezado a parecerle una canción de cuna, sacudió la cabeza y lanzó un bufido.

—Todo eso está muy bien, doctor, pero yo no hago más que preguntarme cómo alguien como Hollister pudo confeccionar un disfraz así, y sobre todo por qué mató a esas tres personas. Por desgracia, a causa de su trágico final, ya nunca podrá responder a esas preguntas —dijo, al tiempo que se volvía hacia Clayton—. Pero usted prometió hacerlo, agente, y creo que todos estamos ansiosos por oírle.

—Y para mí será un placer responderlas, caballeros. —Clayton sonrió, consciente de que al fin había llegado el momento que llevaba aguardando toda la cena.

Se levantó lentamente de la mesa evitando mirar a la condesa, y contempló a su audiencia, que parecía posar junto al disfraz para una foto de familia, recreándose en su expectación.

—Bien, supongo que querrán que empiece por la primera pregunta: ¿cómo alguien de tan escasa cultura como Hollister pudo confeccionar esa maravilla de la taxidermia? La respuesta a esta pregunta, caballeros, es muy sencilla: estudiando. Como saben, tras descubrir que era el verdadero hombre lobo de Blackmoor, el capitán Sinclair y yo registramos la cabaña de Hollister, y allí encontramos manuales de taxidermia, bestiarios con ilustraciones de licántropos y toda clase de sustancias y herramientas necesarias para disecar animales. No obstante, eso planteaba otra pregunta: ¿por qué se tomaría alguien tantas molestias para perpetrar un asesinato, existiendo maneras mucho más sencillas de hacerlo? —Se llevó las manos a la espalda y frunció los labios con expresión compungida, como si no hubiese encontrado la respuesta, mientras Sinclair sonreía para sí ante la debilidad de su pupilo por los golpes de efecto—. Dediquemos un momento a repasar lo que sabemos de su carácter. Hasta que se despeñó por el barranco, todos ustedes consideraban a Hollister un muchacho inofensivo y zafio, aunque lo suficientemente inteligente como para mirar con rencor las malas cartas que la vida le había repartido, algo de lo que solía quejarse siempre que bebía: había tenido que abandonar la escuela porque sus padres murieron siendo él muy joven, dejándole tan solo un montón de deudas y una finca de campos pedregosos que tuvo que afanarse en cultivar. También era un joven de gran atractivo, pero desgraciadamente ninguna de las muchachas que cortejó, todas de alta cuna, se interesó por él. Al parecer apuntaba demasiado alto para ser un pobre diablo sin suerte. Bien, ahora centrémonos en sus víctimas: ¿qué tenían en común Anderson, Perry y Dalton? —Observó a su audiencia con una sonrisa—. Sus parcelas lindaban con las tierras de Hollister y, al contrario que las suyas, eran fértiles. Obviamente, mis pesquisas fueron en esa dirección. Así fue como descubrí que Hollister, movido por su afán de prosperar, había intentado comprar aquellas tierras, aunque sus vecinos jamás se avinieron a tratar con él. Incluso un par de ellos que atesoraban deudas del viejo Hollister lo amenazaron con expropiarle su propia casa si no las pagaba. Debió de ser entonces cuando el muchacho, harto de todo, ideó su plan. Un plan brillante, a mi juicio: mataría a sus estúpidos vecinos, y lo haría de un modo que no solo alejaría de él cualquier sospecha, sino que además obligaría a las familias de los difuntos a vender sus tierras a toda prisa y a un precio muy bajo. ¿Por qué? Porque estarían malditas. Porque un terrible monstruo había empezado a merodear por ellas, cobrándose una vida cada luna llena. Pero es obvio que transformarse en licántropo excedía sus posibilidades, así que recurrió a un disfraz que, para no levantar sospechas, tuvo que fabricarse él mismo. Y así fue, damas y caballeros, como el pobre y honrado Tom Hollister se convirtió en el hombre lobo de Blackmoor.

Sobrevino entonces un silencio cargado de admiración. Incluso Sinclair, que conocía de sobra aquella disertación, parecía encantado con la interpretación del agente. Contento con el resultado, Clayton enfrentó la mirada de la condesa y le pareció atisbar en sus ojos un fulgor inédito.

—Brillante, agente Clayton. —La condesa sonrió—. Una disertación tan inteligente como entretenida. No tengo la menor duda de que le aguarda un gran futuro en Scotland Yard.

Clayton le agradeció el cumplido con una pequeña reverencia. Prefirió no añadir nada que pudiera romper el hechizo de unánime admiración que había conjurado a su alrededor mientras se preguntaba si finalmente habría logrado deslumbrar a la condesa. Jamás había estado frente a una mujer como ella, e ignoraba las reglas más básicas del galanteo cortés; después de todo, él no era más que un simple policía, quizá demasiado poco para ella, quizá demasiado joven, quizá demasiado inculto; con toda seguridad, demasiado enamorado. Tampoco sabía si a una mujer como Valerie de Bompard se la podía seducir con la inteligencia, ni qué querría ella de alguien como él. ¿Una noche de pasión, un descanso en su soledad, quizá un simple capricho de dama extravagante? Esperaba que fuera mucho más que todo eso. Pero de nada servía hacer cábalas. Muy pronto, las promesas con que Valerie de Bompard había polinizado el aire en torno a él se harían realidad o se desvanecerían para siempre, pues el caso estaba resuelto. Habían atrapado al hombre lobo y por la mañana su carruaje partiría hacia Londres..., aunque quizá solo uno de los agentes viajara en él. Todo dependería de lo que ocurriera cuando aquella cena acabara.

Y aunque a Clayton no le habría importado permanecer atrapado en aquel instante toda la eternidad, con su mirada entrelazada a la de la condesa y vislumbrando en su sonrisa la promesa de una felicidad que nunca creyó que existiera, aquel fue el momento escogido por las sirvientas, que quizá habían estado esperando tras la puerta a que él acabara su perorata, para irrumpir en el comedor portando bandejas rebosantes de pastelitos, frutas, queso y botellas de licor. El agente las observó disponer todo aquel arsenal en la mesa, intentando disimular su fastidio. Los invitados se encaminaron entonces hacia sus respectivos asientos, más deslumbrados por aquel muestrario de exuberantes postres que por las brillantes deducciones que apenas unos segundos antes habían aplaudido con tanta emoción, y Clayton, comprendiendo que había sido vencido por una montaña de pasteles, se dirigió a su silla sonriendo con ironía. Al pasar junto al retrato de la condesa, no pudo evitar dedicarle una mirada de exasperación. Pero apenas había apoyado sus manos en el respaldo de la silla cuando algo en su interior le obligó a volverse de nuevo hacia él. En un par de zancadas se cuadró frente al lienzo, sin importarle que su repentino interés pudiera intrigar a la condesa o a los demás invitados. De repente, el mundo había desaparecido bajo una mortaja de niebla. Solo existían él y aquel cuadro, que le había propinado un latigazo de inquietud cuya causa no acertaba a comprender.

Mientras el tumulto de platos y vasos continuaba a su espalda, se afanó en examinar cada centímetro del lienzo, donde Valerie de Bompard aparecía en toda su esplendorosa belleza, de pie junto a una gran mesa cubierta de libros y legajos amontonados en un orden perfecto. Al llegar al castillo, durante el recorrido por las múltiples dependencias, Sinclair había dedicado al retrato una retahíla de enrevesados elogios, y la condesa los había informado de que lo había pintado el desaparecido conde de Bompard, un hombre versado, al parecer, en innumerables disciplinas, entre las que se incluía la pintura; de hecho, había pintado el retrato de la condesa en su propio gabinete. En el fondo del lienzo, muy difuminada por la mano del artista, Clayton apreció una enorme librería, cuyos estantes superiores se desvanecían entre las sombras que emborronaban el techo. En sus baldas, gruesos manuales y libros de lujosos lomos convivían con toda suerte de aparatos, tan extraños y singulares que Clayton apenas reconocía algunos. Identificó un telescopio dorado, una colección de redomas, botellas y embudos ordenados por formas y tamaños, una calavera humana, una gran esfera armilar y... Tardó unos segundos en asimilar lo que había junto a la calavera que descansaba en la tercera balda. Cuando lo hizo, un gélido desasosiego se extendió por todo su cuerpo como el veneno de una serpiente, mientras en su cerebro empezaba a oírse cada vez más fuerte el chisporroteo de la comprensión.

En ese instante, las criadas abandonaron al fin el comedor y Clayton se dirigió a su silla, sintiendo cómo el súbito descubrimiento originaba en el fondo de su mente un remolino de pensamientos. Temiendo que sus temblorosas rodillas no pudieran sostenerlo, logró alcanzar su asiento. Momentos antes había unido todas las piezas del caso formando un dibujo coherente, pero ahora lo que había descubierto en el cuadro las había desordenado de un manotazo y, sin que él pudiera hacer otra cosa que asistir al prodigio, las estaba haciendo encajar de un modo diferente. Le bastó con ver cómo lo habían hecho las primeras piezas para adivinar el dibujo que resultaría de aquella nueva combinación. Se reclinó en la silla y luchó por serenarse, sintiendo cada ensamblaje como una dolorosa punzada en el estómago. Cuando las piezas al fin terminaron de encajar, tuvo que reconocer que la nueva disposición tenía más sentido que la anterior. Y entre la estupefacción y el espanto, comprendió que aquello lo cambiaba todo. Estuvo a punto de dejar que la incredulidad que lo inundaba se derramara a través de sus labios en una risa histérica, pero logró contenerse. Le propinó un largo trago a la copa que tenía delante. El licor pareció calmarle un poco. Respiró hondo un par de veces. No podía derrumbarse, se dijo. Debía tranquilizarse, asimilar cuanto antes lo que acababa de descubrir, y actuar en consecuencia.

Por fortuna, el resto de los invitados seguían enfrascados en una conversación intrascendente sobre lo deliciosa que había sido la cena, lo cual le permitió despertar lentamente del letargo en que lo había sumido la revelación. Se enjugó con disimulo el sudor que le enjoyaba la frente e incluso logró recomponer la sonrisa mientras fingía seguir la charla y procuraba no cruzar la mirada con nadie, y menos aún con la condesa. Cuando Valerie le había mostrado el retrato que había pintado el conde de Bompard, él solo había tenido ojos para ella. La condesa lo eclipsaba todo, en el lienzo y en el mundo real. Pero ahora había visto los detalles. Los detalles... Y los detalles eran lo que decidía el resultado de una investigación.

—Imaginen todo el tiempo que Hollister tuvo que emplear en confeccionar ese disfraz —estaba diciendo Price—, en cazar los lobos necesarios y en coser las pieles en la soledad de su casa... ¡Y todo eso sin que nadie sospechara nada! Resulta escalofriante, ¿no creen? Yo conocía bastante al muchacho. A veces me ayudaba en la carnicería, y solíamos hablar a menudo. Aun así, jamás habría imaginado que... —dejó la frase sin terminar, encogiéndose de hombros.

Todos asintieron, comulgando con el desconcierto del carnicero. Todos menos Clayton, quien, esforzándose por vencer su miedo, había clavado los ojos en la condesa, atento a su reacción. La mujer, que al igual que el resto de los presentes mecía la cabeza con gesto pesaroso, cruzó la mirada con la del agente y, como de costumbre, no dudó en sostenérsela mientras sus labios dibujaban una sonrisa levemente pícara. Clayton sabía que lo primero que debía hacer era decidir cómo gestionar la información que había descubierto, que debía intentar trazar algún plan antes de que acabara la cena, pero al enfrentar la sonrisa de la condesa no pudo evitar que la rabia lo inundara. «No tengo la menor duda de que le aguarda un gran futuro en Scotland Yard», le había dicho ella, y las mismas palabras que antes le habían alegrado se clavaron como cristales en su alma. Sintió que le hervía la sangre.

—Las personas nunca son lo que parecen —dijo sin apartar la mirada de Valerie—. Todos tenemos secretos y, sin embargo, nunca dejamos de sorprendernos cuando descubrimos que los otros también los tienen. ¿No está de acuerdo conmigo, condesa?

Valerie continuó sonriendo, pero a Clayton le pareció percibir un ligerísimo rastro de desconcierto en sus ojos. Todavía no era miedo, aún no. Pero lo sería.

—Por supuesto, agente, todos tenemos una parte secreta que jamás compartimos con los demás —respondió, erizando el cristal de su copa con una caricia tan delicada como fugaz—. Pero si me permite la apreciación, hay una gran diferencia entre las mentiras casi obligadas que todos utilizamos para preservar nuestra intimidad y el hecho de poseer una doble personalidad asesina.

Clayton asintió, como el resto de los invitados, pero se aseguró de que a la condesa no se le pasara por alto el brillo irónico con el que había barnizado su mirada.

—De todos modos, hay algo diabólico en la forma en que Hollister se entregó al estudio de la taxidermia —divagó el párroco con las mejillas coloradas por el licor—. Toda esa sabiduría tenebrosa oculta en su casa... Los tarros llenos de sustancias extrañas y venenosas, los libros de alquimia, los tratados de la Edad Media... Me recuerda las viejas historias de brujos y sus pactos con el diablo.

A pesar de que los terribles asesinatos tengan una explicación humana, yo todavía veo el sello del maligno impreso en los actos del joven Hollister.

—Me temo, padre Harris —intervino con voz alta y clara el capitán Sinclair—, que la mano del maligno en este asunto es algo demasiado fantástico incluso para nuestra jurisdicción.

Aquello arrancó algunas tímidas risitas, que Clayton ignoró. Reclinado en su silla, seguía con su mirada entrelazada a la de la condesa. La mujer lo contemplaba con una mueca divertida, pero era indudable que la actitud del agente había despertado su curiosidad. Apenas se habían extinguido las risas cuando la condesa se volvió hacia Sinclair.

—Opino igual que usted, capitán. El maligno... Me niego a creer que lo que aleja a los hombres de su bondad natural y de la palabra de Dios tenga la forma de ese macho cabrío que preside los aquelarres de las brujas. En realidad, siempre me he resistido a pensar que todo sea exactamente como cuentan las leyendas. Por eso encuentro tan sugerente su trabajo: debe de ser fascinante investigar a los monstruos y descubrir qué hay tras ellos, la auténtica verdad de los mitos, su legítima esencia fantástica. Cuéntenos, capitán, háblenos de su trabajo.

—Eh..., me temo que no puedo, condesa —se disculpó Sinclair, algo azorado—. Nuestro trabajo exige confidencialidad y...

—¡Oh, no sea tan reservado, capitán! ¡No está en ninguna asamblea de sabios druidas, sino en Blackmoor! Así que haga una excepción, por favor —le rogó la condesa con un mohín seductor—. Estoy segura de que a todos nos gustaría saber cómo funciona su singular división. Dígame, ¿suelen utilizar métodos novedosos y revolucionarios, o, por el contrario, se protegen con crucifijos y agua bendita cuando salen a cazar vampiros armados con estacas de fresno? Dicen que esas criaturas pueden transformarse en murciélagos e incluso en niebla.

—Y que no pueden pisar terreno sagrado —apuntó el párroco.

—Y que tienen ciertas marcas de nacimiento, como el hueso sacro pronunciado —aportó el doctor.

—Y que nacen encapuchados, con parte de la cabeza envuelta en la placenta materna, como un turbante —añadió el alguacil, provocando las risas de todos.

Cuando las carcajadas se desvanecieron, la condesa volvió a insistir, contemplando al capitán con una mirada de niña caprichosa.

—¿Es cierto todo eso, capitán? A mí personalmente me cuesta creer que se espanten con un simple diente de ajo o que tengan un aguijón en la punta de la lengua. —La lengua de la condesa despuntó insinuante entre sus labios.

—Bueno... —Sinclair carraspeó, intentando disimular su agitación—, me temo que la mayoría de esas creencias no son más que supercherías, condesa.

Todos le contemplaron expectantes, a la espera de que se extendiera más sobre aquel interesante asunto. Sinclair lanzó un bufido de resignación y se enderezó en la silla, y Clayton comprendió que iba a endilgarles a aquellas pobres gentes el mismo discurso que le había soltado a él cuando ingresó en el departamento, así que se arrellanó en su asiento, agradecido de que su capitán fuera a alargar aún más aquella interminable cena. De repente, no quería que acabara: lo que le esperaba tras ella ya no le resultaba tan agradable. Ojalá el capitán continuara hablando hasta la mañana o hasta la semana siguiente, todo el mes incluso, así dispondría de tiempo suficiente para aclarar sus pensamientos y decidir cómo actuar. De momento, lo único que tenía claro era que no iba a compartir su descubrimiento con Sinclair. Quería interrogar a la condesa a solas, para que la mujer pudiera responder a las preguntas que le bullían en la cabeza, aunque la mayoría de ellas no estaban relacionadas con el caso.

—Como saben, caballeros, nuestro departamento se encarga de estudiar lo sobrenatural, todo aquello que escapa a la comprensión del hombre —oyó explicar a Sinclair mientras se acariciaba con los dedos la insignia de dragón que lucía en la solapa de su terno—. Desgraciadamente, como también ha sucedido en esta ocasión, la mayoría de los casos que investigamos acaban resultando ser meros fraudes. Eso es algo que el agente Clayton está empezando a aprender, ¿verdad, hijo? —Clayton se vio obligado a confirmar sus palabras con un cabeceo—. Pero incluso los casos que no podemos explicar más que recurriendo al terreno de lo fantástico nos demuestran que lo sobrenatural rara vez coincide con el folklore popular. Los licántropos podrían servirnos de ejemplo, sin ir más lejos. Ya se hablaba de ellos en la mitología griega, aunque fue durante la Edad Media cuando las historias sobre hombres lobo proliferaron. En nuestros archivos poseemos el recorte de una gaceta alemana fechado en... —Frunció el ceño, tratando de recordar la fecha.

—En 1589 —apuntó Clayton con desgana.

—Exacto, sí, en 1589. Y habla de niños descuartizados por un supuesto hombre lobo en el pueblo de Bedburg. Es el más antiguo que tenemos, pero no es el único. Historias como esas hay muchas. Cientos, miles de casos que no han hecho más que enriquecer la leyenda del hombre lobo. Pero las leyendas no son más que hechos reales pasados por el tamiz de la imaginación popular, propensa a un romanticismo teatral y nauseabundo que desvirtúa la realidad hasta volverla casi irreconocible. Gracias a esas leyendas y a folletines como *Wagner el Hombre Lobo* o *Hugues el lobo*, la mayoría de la gente ve al licántropo como un ser desdichado que cada luna llena se convierte en lobo contra su voluntad y, dominado por una terrible sed de sangre, se ve abocado a matar despiadadamente. También se dice, entre otras muchas tonterías, que el poder para convertirse en licántropo se obtiene bebiendo el agua de lluvia recogida en la huella de un lobo, usando un cinturón fabricado con su piel o mediante la mordedura de otro licántropo. Bien, como la falsedad de los dos primeros métodos pueden comprobarla por ustedes mismos, permítanme que les demuestre la imposibilidad del último con una sencilla operación matemática: si los licántropos, al igual que los vampiros, convirtieran en hombre lobo a todo aquel que muerden, en apenas unos años la población mundial dejaría de ser humana. Hagan ustedes mismos las cuentas: bastaría con que mordieran a una víctima al mes, y esa víctima infectara a otra, y así sucesivamente, para que eso ocurriera. Y yo todavía soy humano, y puedo asegurarles que el agente Clayton también. —Clayton asintió aplicadamente para constatar su humanidad—. Así que al menos hay dos humanos en este comedor, lo cual invalida esa parte de la leyenda. Usando la lógica también podemos desmontar el resto de los simpáticos rasgos que el folklore ha otorgado a esas criaturas. El influjo de la luna, por ejemplo, un rasgo importado de las leyendas del sur de Francia. Estoy seguro de que todos coincidirán conmigo en que correr por un bosque una noche de luna llena es mucho más fácil que hacerlo durante una noche cerrada, por lo que es probable que el primer asesino al que se le etiquetó como licántropo lo hiciera así por simple comodidad. De cualquier forma, el influjo de la luna es conocido desde los tiempos antiguos y es innegable su efecto sobre las mareas, el clima, la agricultura, nuestros estados de ánimo y, eh...

—Ciertos malestares del bello sexo —le sugirió Clayton.

—Sí, ciertos malestares del bello sexo... Así pues, en el caso de que el hombre lobo existiera, el protagonismo de nuestro satélite sobre sus acciones sería con toda seguridad el rasgo menos fantástico de su naturaleza. —Hizo una pausa y contempló al doctor con una sonrisita irónica—. En cuanto al uso de las balas de plata como arma infalible contra los licántropos, doctor Russell, me temo que es una conjetura que, por el momento, solo usted y otros pocos conocen. Quizá algún día pase a ser un rasgo más de estas criaturas, reconocido como una verdad incuestionable. Para eso solo bastaría con que nuestros escritores se decidieran a emplearlo en sus ficciones. Aunque, sinceramente, se trata de un dato tan estrambótico que dudo mucho que lo hagan.

—¿Quiere decir, entonces, que no existen los hombres lobo? —preguntó Price, hombre que gustaba de las conclusiones sencillas y definitivas.

—Yo no he dicho eso, señor Price —respondió Sinclair, para aumentar su confusión—. Jamás me atrevería a afirmar que algo no existe simplemente por no haberlo visto. Sea como sea, estoy convencido de que si existiesen no se parecerían demasiado a la aberrante criatura en que los ha convertido la leyenda —concluyó, señalando el disfraz que decoraba una de las esquinas del comedor.

Desde luego que no, pensó Clayton, mirando a la mujer que presidía la mesa.

Aquello puso fin al asunto, y la conversación no tardó en desflecarse en comentarios intrascendentes. La condesa, inspirada por los desaforados elogios que el achispado doctor Russell había dedicado a cada uno de los platos servidos, mandó llamar a la señora Pikerton, la cocinera, para que todos pudieran felicitarla personalmente. La mujer agradeció los halagos con alivio: había temido que los comensales encontraran sosos algunos platos, ya que, unos meses atrás, algún vándalo había asaltado la despensa del castillo y se había llevado varios sacos de sal, que aún no habían sido repuestos. Los invitados tuvieron que asegurarle con vehemencia, casi jurándolo sobre la biblia del padre Harris, que ninguno de ellos había notado tal carencia, lo cual engrandecía aún más su talento para la cocina.

Cuando la señora Pikerton se fue por donde había venido, Clayton meditó para sus adentros. La sal había desaparecido... Aquella última pieza era un regalo con el que no contaba; aun así, la hizo encajar en su lugar correspondiente. Y ya no tuvo ninguna duda de que había resuelto el caso. Hasta ese momento había albergado una pequeña brizna de esperanza de estar equivocado, pero el viento acababa de arrebatársela. Casi le pareció que todos los presentes podían escuchar cómo se le rompía el corazón, igual que una nuez aplastada por una bota.

II

Durante las despedidas, Clayton aceptó las últimas felicitaciones de los invitados con la incómoda sensación de no saberlas merecidas, mientras, a su lado, Sinclair las recibía con visible satisfacción. El agente no pudo evitar contemplarlo con tristeza: su pobre capitán ignoraba que el caso no había hecho más que empezar. Cuando los invitados al fin se fueron, en el inmenso vestíbulo del castillo, junto a la majestuosa escalinata de mármol que ascendía en un tartamudeo de escalones a la planta superior, quedaron la condesa y los dos agentes, algo cohibidos por el repentino silencio que siguió a la desbandada.

—Bueno, creo que va siendo hora de acostarse —anunció el capitán—. Mañana debemos partir muy temprano. La cena ha sido fantástica, condesa, al igual que su gentileza al acogernos como huéspedes durante todos estos días.

—El placer ha sido mío, capitán —respondió Valerie de Bompard con una sonrisa cortés—. ¡Dos de los hombres más inteligentes del país se han alojado bajo mi techo! Le aseguro que me costará olvidarlo.

Le tendió una de sus enguantadas manos, cuyo dorso el capitán abonó con un beso exageradamente casto. Luego se la ofreció a Clayton, pero el agente no hizo el menor intento de besarla. Se limitó a permanecer inmóvil, contemplando en silencio cómo la mano de la mujer levitaba en el aire, igual que un hombre criado por los lobos que nada supiera de las buenas costumbres.

—Suba usted, capitán —dijo al fin, mirando a los ojos a la condesa—. Ha sido una velada llena de emociones y aún me siento demasiado excitado para conciliar el sueño. Quizá a la condesa no le importe tomar una última copa conmigo.

El desconcierto de la mujer apenas duró un segundo. Enseguida sonrió con picardía.

—Desde luego que no, agente. Tengo un oporto magnífico que reservo exclusivamente para ocasiones especiales.

—Pues sin duda esta lo es —respondió Clayton, ahondando aún más en sus ojos.

Sinclair se vio obligado a emitir un suave carraspeo para intentar deshacer la trenza que formaban sus miradas.

—Eh... Bien, entonces yo me retiro —dijo—. Mañana nos espera un viaje largo y...

Ante el escaso interés que provocaron sus palabras, dejó la frase inacabada, se dirigió hacia las escaleras y emprendió su ascenso lentamente, como un actor que se resiste a abandonar la escena en el momento cumbre. La condesa apartó los ojos de Clayton y, envuelta en un susurro de sedas, se dirigió hacia el comedor. El agente la siguió, pero apenas logró esbozar un par de pasos cuando la voz de su capitán lo detuvo.

—Agente Clayton...

Clayton miró a lo alto de las escaleras, desde donde la figura rotunda e imponente del capitán lo escudriñaba a través de la espesa penumbra, apenas exorcizada por los candelabros que jalonaban el vestíbulo.

—¿Sí, capitán?

Sinclair le observó en silencio durante unos instantes, con el resplandor rojizo de su falso ojo palpitando intermitentemente en su rostro, como si sus pensamientos estuvieran hechos de luz y sangre. ¿Se habría dado cuenta de que algo no iba bien?

—Ha hecho un buen trabajo, hijo —gruñó—. Un buen trabajo... —Y, dándose la vuelta, se dirigió a su habitación.

No sin cierto alivio, Clayton continuó contemplando la escalera hasta que el capitán desapareció succionado por la oscuridad. Recordó, con algo semejante a la melancolía, los consejos de índole sentimental que le había dado en los últimos días. Ojalá todo aquello se redujera a un frívolo e inofensivo asunto de faldas. Sin embargo, Sinclair no tenía la menor idea de lo que realmente iba a ocurrir en el comedor, como quizá tampoco la tuviera la condesa, y si le apuraban, ni siquiera él mismo. Lo que pasaría allí dentro, los derroteros que tomaría la conversación una vez que él mostrara sus cartas y los vaivenes que sin duda padecería su alma a lo largo de la charla, nadie podía siquiera sospecharlos. Tal vez incluso necesitara su pistola, se dijo, comprobando con una leve caricia que se hallaba en uno de los bolsillos de su chaqueta.

Lanzó un hondo suspiro y se dirigió hacia el comedor. De camino se cruzó con las doncellas, que habían terminado de recoger los platos del postre. Valerie de Bompard se hallaba frente a una mesita de caoba, sirviendo en dos copas de cristal el prometido oporto. El fuego que ardía en la chimenea arrancaba un millar de destellos a los diamantes prendidos en su falda, doraba la piel de sus brazos y de su espalda, y cambiaba por oro líquido el licor que manaba de la botella.

—¡Agente Clayton! —exclamó con su burlón acento francés—. Por un momento temí que el permiso para trasnochar le hubiese sido denegado, y que hubiese subido la escalera tras las faldas de su niñera.

Clayton se acercó a la condesa, quien enfrentó su mirada mientras le tendía una de las copas. El agente sintió que volvía a trastabillar al borde del abismo oscuro e insondable de sus ojos, y por enésima vez pensó que aquella mujer no era bella simplemente por una acertada conjunción de rasgos y proporciones, sino por algo más profundo y mucho más difícil de explicar. Valerie de Bompard era hermosa, increíblemente hermosa, porque ella así lo había decidido, porque ese era su deseo. Y Clayton estaba seguro de que en el mundo no existía nada capaz de oponerse a un deseo de la condesa. Tomó la copa, devolviéndole la sonrisa con mundana despreocupación.

—Las faldas de mi niñera... —Sonrió ante la imagen de Sinclair embutido en un traje de institutriz—. Debo confesarle que si el capitán me ordenase acostarme luciendo un vestido tan hermoso como el suyo, me costaría mucho desobedecerle. Esta noche está usted deslumbrante, condesa.

—¿Ese es el único cumplido que se le ocurre? —se burló ella—. Francamente, esperaba algo más de un hombre de su portentosa inteligencia. Además, no debería intentar coquetear conmigo, agente. Soy una mujer peligrosa. Creí que ya lo había adivinado.

—¿Peligrosa? —preguntó Clayton disimulando su inquietud—. ¿Por qué habría de pensar eso?

La condesa chocó su copa con la del agente y bebió un sorbo de licor, sin dejar de mirarle a los ojos.

—¡Oh, vamos, no disimule conmigo, agente!

—Yo... —Clayton tragó saliva.

—¡No puedo creer que no haya oído los rumores que corren sobre mí en el pueblo! —exclamó la mujer, fingiendo una sonrisa de incredulidad—. ¡La condesa de Bompard, esa francesa de oscuro pasado! ¡Una cazafortunas que se casó con el anciano conde de Bompard por su título y su dinero, y que cuando este desapareció en misteriosas circunstancias, huyó apresuradamente de su país para evitar el escándalo y los terribles rumores que comenzaron a asediarla! Estoy segura de que, durante su investigación, oyó todo eso y más.

—Conoce muy bien la opinión que sus vecinos tienen de usted —se limitó a decir Clayton.

—¿Y no le parecen crueles? Yo solo era una pobre viuda que quería vivir su dolor en paz. Aunque pronto comprendí que eso me resultaría imposible: la maledicencia tiene alas y mi injustificada fama me precedió hasta aquí... ¡Demonios! En cuanto llegué a este pueblucho con la intención de tomar posesión del castillo inglés del conde, lo primero que hicieron las mujeres fue guardar bajo llave a sus maridos... ¡Como si a mí pudiera interesarme alguno de estos pueblerinos!

Clayton jamás había oído a una mujer maldecir con semejante insistencia. Quizá a las mujerzuelas de los barrios bajos, pero a una dama no, desde luego, y mucho menos con tanta gracia, tuvo que reconocer. Tras aquella encantadora exhibición de vulgaridad, la condesa bebió otro sorbo de su copa y pareció tranquilizarse.

—No, a mí solo me interesan los hombres inteligentes. Como Armand —añadió en un tono mucho más dulce—. O como usted.

Echó la cabeza ligeramente hacia atrás y estudió a Clayton con los ojos entornados y una etérea sonrisa flotando en los labios, atenta a cómo calaban en él sus palabras. Clayton le sostuvo la mirada intentando que su rostro no reflejara ninguna emoción. Tras unos segundos de silencio, la condesa sonrió burlona, como si su resistencia le pareciera adorable. El magnetismo de su mirada era tal que el agente tuvo que recordarse que, por mucho que deseara probar el sabor de sus labios, ni aquella mujer era lo que parecía, ni aquel encuentro podía resolverse ya de un modo tan agradable. Se apartó de Valerie con más brusquedad de la que pretendía y se acercó al cuadro que colgaba sobre la chimenea de mármol blanco, frente a la que dormitaban dos mullidos sillones. Clavó los ojos en la mirada irónica con que la condesa observaba el mundo desde el lienzo, y se dijo que había llegado el momento de comenzar la partida.

—Hábleme de él. Hábleme de Armand.

La condesa dejó escapar una dulce carcajada a sus espaldas.

—¿De Armand? Agente, le aseguro que aún tiene mucho que aprender de cómo seducir a una dama. Pedirle que le hable de otro hombre no es lo más apropiado.

—Yo no estoy tan seguro, condesa. Nada define mejor a una mujer que los hombres que la han amado. Así que hábleme de él —le exigió con deliberada rudeza—. Fue él quien pintó este cuadro, ¿verdad? —preguntó sin darse la vuelta.

Hubo un silencio. Clayton imaginó la cara de desconcierto de la mujer, y agradeció que ella no pudiera ver la afligida mueca que sin duda presidía la suya. Tras unos instantes, oyó su voz:

—De acuerdo, agente. Si ese es su deseo, le hablaré de él. ¡Armand era un hombre sin igual! Recto y sabio, muy sabio. Supongo que el orgullo intelectual era el único de sus defectos, si puede considerarse como tal. Le encantaba pintarme... —Clayton percibió un suspiro embarrado de melancolía—. Me retrató muchas veces. Solía decir que mi belleza no era de este mundo y que él era el humilde cronista que debía guardarla para la posteridad, que ese era su sagrado deber. —El agente la oyó avanzar unos pasos hasta colocarse a su lado, pero siguió con la mirada clavada en el lienzo—. Sin embargo, este cuadro en particular es muy especial para mí, ya que lo pintó apenas unos días antes de... Bueno, usted ya conoce su trágico final. —Las palabras de Valerie se quebraron en su garganta; parecía al borde del llanto.

—La pintó en su despacho, ¿verdad? —inquirió Clayton, insensible al dolor de la mujer.

—Sí, ese era su estudio.

Clayton apretó los labios con una mezcla de rabia y pesadumbre mientras recordaba la sorpresa que había experimentado al descubrir en la modesta y destartalada cabaña de Hollister, donde las ratas y la porquería campaban a sus anchas, un reducto de sabiduría palpitando secretamente. Había permanecido largo rato absorto ante los numerosos manuales de taxidermia que se repartían por las estanterías, ordenados según su tamaño e incluso color, junto a un sinfín de tarros de sustancias y herramientas inquietantes: los vaciacráneos, las pinzas, los polvos colorantes, las bolas de algodón, las cajas rebosantes de ojos de cristal, como bomboneras macabras... Todo pulcramente dispuesto, ordenado al milímetro, componiendo una crisálida de armonía en mitad de la confusión que presidía la cabaña.

—¿Qué disciplinas dominaba el conde de Bompard?

—Todas —respondió la condesa sin disimular su orgullo, cada vez más sorprendida por el repentino interés del agente—. Cualquier parcela del saber o del arte. Era un gran investigador, un científico absolutamente adelantado para nuestra época. Quizá siglos atrás lo habrían condenado por brujo y habría acabado ardiendo en la hoguera, pero por suerte vivimos otros tiempos: ahora, a todo aquel que es diferente o superior a los demás solo se le condena a la envidia y la maledicencia —concluyó con ironía.

—¿Le amaba? —preguntó el agente sin atreverse aún a mirarla.

La mujer titubeó.

—Le admiraba profundamente. Y le estaba muy agradecida por...

—Pero ¿le amaba? —repitió Clayton con brusquedad.

Valerie de Bompard guardó silencio unos segundos.

—Podría contestarle que eso no es asunto suyo, agente —replicó con una suavidad no exenta de firmeza.

—Podría. Pero lo único que quiero es saber si usted es capaz de amar —respondió exactamente en el mismo tono, al tiempo que se volvía para mirarla.

—No lo amaba, agente. Aunque eso no significa que no pueda amar a otros. —La condesa sonrió y sus pequeños dientes de nácar centellearon como perlas bellísimas—. Pero debe comprender que entre Armand y yo jamás existió una relación normal de pareja.

—Entiendo.

—Lo dudo —repuso riendo—. Cuando conocí a Armand, yo era muy joven, agente. Podría decirse que apenas era una niña salvaje carente de cualquier atisbo de educación, que vivía en la oscuridad. Armand encendió en mi alma la llama del conocimiento. Él me educó, pero no solo como se educa a una señorita, sino como a un igual, como a un hombre. Me enseñó todo lo que sabía. Y cuando llegó el momento, también me enseñó a conocer el amor y el goce, porque, según Armand de Bompard, una persona que no ama y no goza no puede aspirar al verdadero conocimiento. No sé si me tomó como mujer porque estaba enamorado de mí o porque no concebía una educación completa sin la disciplina del amor, la más suprema de las artes, pero lo cierto es que coronó su obra maestra convirtiéndome en su esposa. ¿Y usted me pregunta si yo le amaba? ¡Ni siquiera sé si él me amaba a mí! —La condesa se mordió el labio inferior y le miró desafiante—. No, supongo que no le amaba. Aunque quizá lo que teníamos era más grande que el amor.

Hubo un silencio, que ambos dejaron madurar, mientras se miraban a los ojos.

—Bien, ya le he hablado de Armand —dijo Valerie al cabo—. Según su teoría, ahora debe de conocerme mejor que hace cinco minutos. Así que dígame, ¿quién soy, agente?

—Daría gustoso cualquier parte de mi cuerpo si con eso pudiera descifrar quién es usted, condesa.

Ella emitió una risita amarga.

—Bueno, no le exigiré tanto. Y ya basta de hablar del pasado. Ya basta de hablar de Armand. Esta noche estamos de celebración —dijo recuperando el entusiasmo. Reparó en que su copa estaba vacía y se acercó a la mesita para volver a llenarla—. No sabe lo agradecida que le estoy por haber atrapado a ese Hollister. Ese estúpido disfrazado con pieles siempre cometía sus crímenes las mismas noches en que yo daba mis fiestas. Empezaba a ser una costumbre que los ayudantes del alguacil irrumpieran en mi salón de baile para avisar a su jefe, haciendo callar la orquesta con sus voces y gritos sobre cuerpos destrozados con las vísceras fuera. ¿Se imagina qué falta de buen gusto? Por mucho que una se esfuerce en embellecerse, y en realizar una aparición triunfal que deje sin aliento a todos sus invitados, este tipo de interrupciones arruinan cualquier fiesta. Luego cuesta seguir divirtiéndose. Usted mismo pudo comprobarlo, ya que estuvo en la última. —Se le acercó con andares sinuosos—. Aunque le confesaré que por lo que realmente lamenté que ese patán de Hollister interrumpiera mi fiesta asesinando al querido señor Dalton fue porque lo hizo justo cuando usted parecía haber reunido el valor para invitarme a un baile. Fue una lástima. Pero bueno, al menos empleó ese valor en atrapar al asesino y resolver el caso.

La condesa observó al agente, a la espera de alguna reacción por su parte. Clayton alzó su copa y la vació de un trago, intentando infundirse el coraje necesario para lo que iba a decir, que no era ni mucho menos lo que ella esperaba.

—No, condesa, se equivoca: el caso lo he resuelto esta noche. Y me lo ha contado Armand.

Ella lo contempló divertida.

—¿Qué quiere decir?

Clayton se apartó de la mujer con un suspiro y señaló el cuadro con la barbilla.

—Tercera balda de la derecha. Es difícil verlo si no te fijas, pero yo tengo la mala costumbre de fijarme en los detalles.

La mujer le observó un tanto desconcertada. Él volvió a señalar el cuadro, invitándola a estudiarlo, y ella al fin obedeció, acercándose a la chimenea, más aturdida que intrigada.

—Junto a la calavera. ¿Qué ve?

La condesa miró donde Clayton decía.

—Tres ratoncitos bailando en un corro.

El agente asintió con abatimiento.

—Exacto. Tres ratoncitos disecados, cuyas simpáticas posturas delatan la extraordinaria habilidad del taxidermista.

Ella guardó silencio, todavía de espaldas a él, y Clayton comprendió que estaba intentando reconstruir la cadena de pensamientos que él había realizado desde que reparó en los ratones y averiguar adónde conducía. Pero no se trataba solo de los malditos ratones. Claro que no.

—Cuesta verlos, ¿verdad? Apostaría que es la primera vez que repara en ellos. Pero ahí están. Siempre han estado ahí. De color pardo, erguidos sobre sus patitas... Tan adorables como acusadores.

—Me temo que no comprendo lo que intenta decirme, agente —repuso ella con cautela, al tiempo que se volvía hacia él.

—¿De verdad? Bueno, no se preocupe, puedo explicárselo paso por paso. —Clayton sonrió con ironía—. ¿Recuerda mi disertación durante la cena? Bien, olvídela. Esta va a resultarle muy superior. Estoy seguro de que tras oírla no dudará del gran futuro que me aguarda en Scotland Yard. —Buscó su confirmación, pero ella no dijo nada—. Bien, empecemos por el día que nos conocimos. ¿Recuerda el sombrero que llevaba? ¿No? Yo sí, yo nunca olvido nada, desgraciadamente: era una enorme pamela adornada con varias mariposas y un pequeño lirón castaño. Y también recuerdo que cuando el capitán Sinclair alabó el exquisito gusto de su tocado, usted le contestó que se lo habían enviado de América. Hubo algo en aquella respuesta que me inquietó. Siempre me ha gustado estudiar las más variadas disciplinas, por lo que tengo ciertas nociones de zoología, aunque apenas soy un aficionado. No obstante, reparé en que las mariposas de su sombrero eran de la variedad Monarca, una especie típica de América del Norte. Sin embargo, el *Muscardinus avellanarius* o lirón castaño es autóctono de las islas Británicas. Y eso fue lo que me desconcertó. —Se llevó las manos a la espalda y comenzó a dar pequeñas vueltas alrededor del punto donde había comenzado su disertación con expresión absorta, como si de pronto se hubiera olvidado de la mujer, del salón e incluso de sí mismo, y se moviera por los pasadizos de su propia mente, donde los pensamientos colgaban, uno junto a otro, ordenados pulcramente como sábanas tendidas—. En aquel momento no le di la mayor importancia al detalle. Supuse que, en un alarde de originalidad, habría pedido a su modista que renovara el sombrero haciendo convivir a un roedor inglés con unas mariposas americanas. Pero ahora sé que usted no tiene suficiente dinero para permitirse una modista. Durante nuestras pesquisas quedaron al descubierto las dificultades que enfrenta para heredar el patrimonio francés del conde, ya que la investigación por su desaparición sigue abierta. Así que tuvo que hacerlo usted misma... Sí, usted misma fue quien añadió el lirón a su sombrero, y estoy seguro de que no debió de resultarle demasiado complicado. Esos ratoncitos del retrato me lo han susurrado esta noche. Usted fue iniciada en el arte de la taxidermia por un gran maestro... Y, por supuesto, también confeccionó ese disfraz que tanto ha maravillado al doctor, hará algo más de tres meses. Por eso desapareció toda la sal de las despensas del castillo, porque usted la usó para curtir las pieles. Tampoco necesito explorar el sótano para adivinar que es ahí donde se encuentra su laboratorio, lo suficientemente cerca de las dependencias de los criados como para que los intoxicara con los vapores del arsénico y las demás sustancias venenosas que tuvo que manipular. Usted se protegió con una mascarilla, pero apostaría a que le ocurrió algo en las manos; por eso siempre lleva guantes. Pero no nos desviemos del asunto. ¿Por qué confeccionó el disfraz? Bien, deje que también responda a eso. Hasta entonces, usted, sea lo que sea, se había contentado matando animales domésticos y cabezas de ganado, si bien sabía que esa dieta no sería suficiente y pronto tendría que asesinar a sus vecinos. Temía que esas muertes acabaran incriminándola, como probablemente le sucedió en Francia, país que se vio obligada a abandonar, de modo que se le ocurrió introducir en escena a un falso licántropo, una enorme bestia capaz de infligir a los cadáveres las terribles heridas que usted les provocaría. Tom Hollister, el mismo muchacho grande, fuerte y codicioso que le había suministrado las pieles, se le antojó perfecto para el papel. Debió de resultarle realmente fácil seducirle, conseguir que le confesara sus frustraciones y anhelos, y luego proponerle el plan que usted misma concibió para que pudiera hacerse con sus deseadas tierras. Porque ese plan, que antes califiqué de brillante, lo ideó usted, condesa, y no el pobre Hollister, que no fue más que un juguete en sus manos. Sin duda, para demostrarle el desaforado amor que sentía por él, usted misma se ofreció a matar a sus vecinos, tras convencerle de que ambos dispondrían de la coartada perfecta si él se dejaba ver en el bosque disfrazado de licántropo las mismas noches que usted organizaba sus fiestas. —Sacudió la cabeza casi con incredulidad, como si se sorprendiera de la facilidad con que todo encajaba—. Unas fiestas organizadas siempre durante la luna llena, y a las que usted, con la excusa de realizar una entrada triunfal, llegaba una vez empezadas, tras cometer sus horribles crímenes; imagino que entrando por alguno de los muchos pasadizos secretos que debe de haber en este castillo. Luego, cuando se descubría el nuevo asesinato, usted solo tenía que fingirse tan horrorizada como los demás, rodeada por numerosos testigos, incluidas las autoridades del pueblo y, en la última de ellas, incluso dos agentes de Scotland Yard. Pero la noche en que Hollister se despeñó, todo cambió. Cuando llegó al castillo la noticia de que estábamos intentando rescatar el cuerpo del presunto licántropo y pronto resolveríamos el misterio de su naturaleza, usted comprendió que enseguida sospecharíamos de la existencia de un cómplice, incapaces de explicarnos cómo un hombre tan zafio había podido confeccionar un disfraz tan sublime. Así que, mientras nosotros intentábamos rescatar su cuerpo, usted corrió a la cabaña de Hollister y colocó allí las pruebas necesarias para que no quedara ninguna duda de que todo lo había hecho él solo, sin la ayuda de nadie. Sin embargo, las costumbres aprendidas en la infancia son más poderosas que el instinto de supervivencia más salvaje, y usted no pudo evitar disponerlo todo con el mayor orden, el mismo orden que hoy he reconocido en el cuadro de Armand. Ese orden escrupuloso y algo maniático del sabio que ama sus instrumentos y sus libros. Un amor que con toda seguridad intentó transmitir a su alumno. Ese ha sido su error, condesa. Aunque, si le sirve de consuelo —remató Clayton despectivamente—, supongo que el conde estaría orgulloso de usted... al menos en ese aspecto.

Durante su atropellada deducción, Valerie había ido perdiendo poco a poco su expresión altanera. Ahora lucía una mirada salvaje, donde convivía un terror cercano a la locura.

—No lo creo —respondió—. Fue un error estúpido. Y Armand odiaba los errores estúpidos.

—Sin embargo, él mismo cometió el mayor de todos al enamorarse de usted —repuso Clayton—. Como yo.

El silencio volvió a inundar la habitación. La condesa miraba con fijeza al agente. Parecía una pantera atrapada en un cepo, hermosamente furiosa, barnizada por la luz de las estrellas. Todo en su postura clamaba que era una pieza esplendorosa que ningún cazador merecía.

—Usted consiguió que yo estuviera tan deseoso de impresionarla —dijo al fin Clayton—, de provocar su admiración, que dejé de hacer caso a esa voz que gritaba en mi interior cada vez que algo no encajaba. Consiguió que solo me importara el momento de presentarme ante usted como un héroe. Consiguió que enfrentara este caso de manual como si estuviera sordo y ciego, sin prestar la más mínima atención a los detalles, ni a cada una de sus muchas casualidades. Consiguió que por primera vez en toda mi carrera no fuese el rabioso impulso de resolver un misterio lo que guiara mis pasos, sino el deseo de que sus ojos reflejasen al fin una emoción que yo pudiera interpretar sin errores. Pero esta noche el velo ha caído de mis ojos. Y la he visto tal como es.

Valerie de Bompard no dijo nada. Se acercó a la mesita de caoba, se sirvió una copa de oporto con manos temblorosas e, inclinando violentamente hacia atrás su grácil cuello, la apuró de un solo trago. A continuación, permaneció unos segundos extraviada en el laberinto de sus pensamientos, hasta que de pronto dejó la copa en la mesa con un golpe seco, se quitó los guantes casi con rabia y los arrojó a los pies de Clayton. El agente pudo ver entonces sus manos, recorridas por cicatrices, salpicaduras rojizas y feas excrecencias. No le sorprendió, pero notó en su pecho una punzada extraña. Miró a la condesa a los ojos y se sintió desfallecer. La condesa Bompard sonreía impávida, intentando mostrar su habitual y burlona arrogancia, pero tenía las mejillas surcadas de lágrimas.

—Felicidades, agente Clayton. Como puede ver, ha resuelto el caso. Esta vez sí. Y además, a diferencia de Hollister, yo no soy ningún fraude. Debe estar doblemente contento.

El agente la contempló con tristeza.

—¿Qué es usted, Valerie? —preguntó casi en un susurro.

—¿De verdad quiere saberlo? Quizá no esté preparado para escuchar la respuesta.

—Es cierto, probablemente no lo esté. —Clayton suspiró—. Aun así, necesito saberlo.

—Muy bien. Entonces voy a contarle una historia, una hermosa historia. La historia de una condena y de una salvación. La historia de mi vida. Y quizá, después de oírla, usted mismo pueda contestar a esa pregunta. —La condesa comenzó a hablar quedamente, como si recitara una lección bien aprendida, o tal vez una antigua oración mal olvidada—. Un buen día, un noble francés lideraba una partida de caza por el bosque que cercaba su castillo, cuando de pronto su caballo se detuvo bruscamente, antes de arrollar a una niña sucia y desarrapada que vagaba perdida entre los árboles chapurreando una lengua extraña. El conde de Bompard y sus hombres dedujeron que debía de haber sido abandonada por el grupo de zíngaros ambulantes que habían acampado en los alrededores durante la última semana, y decidieron llevarla al castillo, pues sufría varias infecciones en la piel y presentaba graves signos de desnutrición. Yo era esa niña, agente. Cuando antes le dije que Armand había encontrado a una niña salvaje, no era ninguna metáfora. Para cuando comencé a mejorar, el conde ya se había encariñado conmigo y había decidido que me quedaría junto a él, bajo su protección, como su pupila. Guardo pocos recuerdos de aquellos primeros meses en el castillo, y desde luego, ninguno de los años anteriores. No sé cómo aparecí en aquel bosque y, si realmente provengo de una familia de zíngaros, no me acuerdo de ello. Para mí no existe un antes de Armand, y sin él tampoco habría existido un después, pues ni habría sobrevivido en aquel bosque ni me habría convertido en lo que soy si Armand no lo hubiera decidido así. —Guardó silencio durante varios segundos, como si buscara las palabras adecuadas para comenzar la segunda parte de su historia, aquella para la que quizá Clayton no estuviera preparado—. Armand me lo dio todo, agente. Todo. Salvo una cosa: la solución a mi condena. Eso resultaba imposible incluso para él. Se limitó a compartir conmigo mi terrible y oscuro secreto: fue mi amigo, mi compañero, hizo suyos mis temores. Otros como yo no han tenido tanta suerte... Pero un día Armand tuvo que irse, no me dijo adónde, ni por qué, pero me juró que era su deber, y me pidió que no le hiciera preguntas. Y yo le obedecí, como siempre. Entonces me quedé sola. Sola frente a lo que soy. Y cuando llegó la sed, todas las promesas que le hice a mi esposo antes de su partida no sirvieron de nada. Usted no puede entender lo que es ser como yo, agente, el espantoso suplicio que supone cada día de mi existencia. Ni puede entender la terrible soledad que me asola en este mundo al que no pertenezco, que me considera maldita... ¿Cree que no quiero morir? Cada día deseo la muerte con toda mi alma... Pero le prometí a Armand que no me mataría, que resistiría, que intentaría encontrar la manera de sobrellevar mi condena. Y le juro que lo he intentado. Oh, sí, lo intenté con toda la determinación de la que fui capaz, pero fallé... Al principio procuré subsistir matando ganado y pequeños animales, como usted ha deducido, pero enseguida supe que eso no lograría aplacar mi sed por mucho tiempo, que muy pronto tendría que buscar el alimento que verdaderamente necesitaba...

Clayton la observaba sin decir nada, con el rostro inexpresivo.

—Quizá todo sería más sencillo si llevara un cinturón de piel de lobo, ¿no le parece? Pues bastaría con quemarlo. Pero por desgracia, lo que me convierte en lo que soy forma parte de mí misma —intentó bromear la mujer—. Aunque no soy yo, eso puedo jurárselo. No, no soy yo. Le aseguro que llevo el peso de cada una de las muertes que cometo sobre mi conciencia.

—En el caso de que la tenga —musitó Clayton.

Ella sonrió débilmente.

—Pero lo que nunca me perdonaré es haberle fallado al hombre que me lo dio todo —continuó, ignorando el sarcasmo del agente—, que me consideró hermosa sabiendo lo que era, que no me hizo sentir como un monstruo, sino como un ser valioso, el ser más valioso de todo el universo... —La voz se le quebró y los ojos se le llenaron de lágrimas—. Y usted me recuerda tanto a él... La primera vez que le vi, me pareció que estaba de nuevo frente a los ojos de mi marido... —Avanzó hacia Clayton despacio, y alargó su mano hacia el rostro del agente. Clayton sentía el calor del fuego lamiendo su espalda, pero le pareció que los dedos de la mujer ardían aún más que las propias llamas. Sin fuerzas ni ánimos para resistirse, dejó que recorrieran su mejilla con una caricia incandescente que desembocó en sus labios, rozándolos apenas—. Tiene usted ojos de anciano, agente, ojos que miran el mundo desde una atalaya lejana e inalcanzable, intentando comprenderlo pero ajenos a él. Sin embargo... —la condesa adelantó su rostro. Clayton aspiró el aroma salado de aquella piel empapada por las lágrimas—, su boca está hecha para el amor.

Clayton la sujetó firmemente por la muñeca, deteniéndola.

—Ni lo intente —le advirtió—. No conseguirá evitar lo que voy a hacer. Voy a entregarla, condesa. Es mi deber. La llevaré a Scotland Yard esposada, encadenada si hace falta..., y espero que Dios la ayude —masculló, aparentando una frialdad que estaba muy lejos de sentir—. No le negaré que su triste destino me produce cierto horror. Nuestros científicos la despojarán de sus lujosos ropajes, la atarán desnuda a una silla con fuertes correas y la estudiarán como a un animal. No pararán hasta descubrir qué tipo de monstruo habita en su interior, y después la encerrarán en una jaula para el resto de su vida.

Ella se limitó a sonreírle, como un hombre sonreiría al recordar los cuentos que le atemorizaban de niño. Clayton observó de cerca los ojos de la condesa y descubrió que no eran totalmente negros: un finísimo anillo dorado cercaba cada iris, como si se tratara de un eclipse solar.

—Es cierto lo que dijo antes, agente —la oyó decir, con los labios a un beso de distancia de los suyos—. Le manipulé, enturbié su mente con cada una de mis sonrisas. Pero mientras le deslumbraba... también me enamoré de usted.

—No la creo —dijo Clayton entre dientes.

La mujer hizo una mueca divertida, como si él estuviera bromeando.

—¿Por qué me ama usted, Clayton? Me ama porque no me comprende, porque soy un enigma para su mente. Le intrigo, le desconcierto, le quito el sueño y el apetito. Quiere descifrarme, porque esa es la forma de posesión más profunda que existe. Y, por primera vez en mi vida, yo también he sentido eso —le confesó, con la respiración cada vez más agitada—. Sí, desde que le vi sentí la necesidad de descubrir qué se escondía tras su mirada... Me enamoré de usted, Clayton, lo crea o no. Pero me obligué a luchar contra esos sentimientos cada vez más intensos. La clase de monstruo que soy no puede permitirse el lujo de amar. Pero ya no quiero seguir resistiéndome, agente. Ya no. Yo también merezco conocer el amor, al menos una vez. Olvidemos nuestros papeles esta noche, agente, por favor. Y hagamos lo que de verdad nos apetece. Le prometo que mañana volveremos a ser quienes somos, el agente de Scotland Yard y su detenida... Pero todavía es de noche.

Mientras ella hablaba, Clayton sentía en el rostro su aliento abrasador, respiraba el aroma dulce y selvático de su cabello, notaba el feroz latido de su sangre en la delgada muñeca que todavía aprisionaba en el puño. Y quizá porque a esas alturas no disponía de otra forma de oponer resistencia, apretó con todas sus fuerzas, deseando hacerle daño, notar cómo sus frágiles huesecillos se quebraban dentro de su mano. La mujer gimió, pero eso no la detuvo. Sus labios se deslizaron ardientes por su mejilla y pusieron rumbo a su boca.

—Solo quiero conocer el amor, antes de que amanezca y todo termine... —le susurraron, antes de fundirse con los suyos.

Clayton liberó la muñeca de la condesa lentamente, abriendo los dedos casi sin ser consciente de ello, como una rama que deja caer el fruto tras varios meses acunándolo, y durante unos instantes permaneció con el brazo en alto, huérfano, sin propósito. Continuó así hasta que ella se abrazó a él. Entonces, tras una pequeña vacilación, Clayton la tomó por la cintura con una avidez que jamás había pensado que pudiera sentir. Lo abrasaba un deseo tan nuevo como poderoso, un fuego que le prendía las entrañas, le desbordaba las venas y le incendiaba la razón, amenazando con reventar su cuerpo desde dentro, de hacerlo estallar como un barril lleno de pólvora. Y en su afán por apagar aquel fuego, se apretó contra ella con desesperación, como si intentara traspasar las fronteras de su carne y hundirse violentamente en la arcilla de su alma. Comprendió que quería poseerla, sofocar en su cuerpo la súbita sed que lo dominaba. La mujer apartó los labios y Clayton sintió cómo su boca ansiosa le recorría el cuello, marcándolo con tiernas dentelladas. Incapaz de hilvanar un pensamiento racional, apartó a la mujer de su cuerpo, dispuesto a tenderla sobre la alfombra y hacerla suya, a tomarla salvajemente hasta lograr extinguir el hiriente deseo que lo calcinaba por dentro. Entonces sus ojos se encontraron, y el agente titubeó. La mirada de la condesa no era la que esperaba. En sus ojos brillaba una llama serena y fría que contradecía el abandono de su cuerpo.

—No puedo dejar que me entregue, agente —la oyó decir como si su voz le llegara desde la distancia—. La mayor creación de Armand de Bompard no puede terminar en una sucia jaula. Pero tampoco puedo destruirle, mi querido Cornelius, pues le amo como nunca he amado a nadie. Así que solo me queda una opción... Perdóneme, se lo ruego.

Clayton reaccionó con rapidez, pero no consiguió esquivar el golpe. Lo único que consiguió fue que el atizador que la condesa había tomado del colgador de la chimenea mientras se besaban no le acertara de lleno en la cabeza. Atontado, intentó agarrarse a ella para no caer, pero solo logró dibujar una lánguida caricia sobre sus caderas, antes de clavarse de rodillas en el suelo y derramarse muy lentamente, casi con ridícula voluptuosidad, sobre la alfombra donde unos segundos antes había querido tomarla.

III

Afortunadamente, el brutal golpe no resultó lo bastante fuerte como para convocar en su mente las brumas de la inconsciencia, por lo que, desde el suelo, Clayton pudo oír los pasos apresurados de la condesa abandonando el comedor, y su repiqueteo posterior a lo largo del vestíbulo, como una melodía entreverada de los silencios impuestos por las alfombras. Con la cabeza dolorida, todavía demasiado aturdido para ordenarle a su cuerpo levantarse, la oyó salir del castillo, y su imaginación se la mostró bajando la escalinata de entrada con el vestido recogido, huyendo de él, sumergiéndose en el bosque que rompía a las puertas de su hogar como un océano siniestro. Si no salía tras ella de inmediato, ya no podría alcanzarla. Con un esfuerzo supremo giró su dolorido cuerpo, apoyó las palmas de las manos en el suelo y empezó a levantarse. Unas violentas náuseas lo obligaron a permanecer arrodillado unos segundos, con la cabeza hundida entre los hombros, como si estuviera adorando a algún ídolo antiguo. Finalmente consiguió recuperar la verticalidad y, apoyándose en los muebles que le salían al paso, abandonó el comedor.

La puerta del castillo era un gran bostezo que exhalaba el fantasmal aliento de la noche. Clayton la traspasó caminando cada vez con mayor determinación, a medida que la brisa nocturna le despejaba la cabeza. En las escalinatas, le sorprendió encontrarse con los zapatos y las joyas de la condesa, tirados sobre los escalones de cualquier manera. Al parecer, se había desprendido de ellas mientras huía. Si era parte de algún juego erótico, Clayton no lo entendió así; más bien le resultó inquietante. La noche era oscura y fría, y tuvo que arrebujarse en su chaqueta, sin tiempo de volver a por el abrigo. Tomó uno de los faroles que iluminaban el comienzo de la escalera y se internó en el bosque, siguiendo el rastro que los pies descalzos de la condesa habían impreso sobre la tierra.

Caminó durante un tiempo indefinido siguiendo sus huellas. Temblaba de frío, pero la cabeza le hervía, sobre todo en el lugar donde la condesa había descargado su traicionero golpe, que le palpitaba dolorosamente. De vez en cuando, la vista se le nublaba y tenía que apoyarse en algún árbol mientras intentaba enfocar los ojos. Después reanudaba la persecución apretando la mandíbula con fiereza al tiempo que aguzaba sus sentidos al máximo, atento a cualquier ruido que susurraba el bosque. La brisa, como el arco de un violín, lamía las ramas de los árboles arrancándoles lánguidos silbidos, y la oscuridad ondeaba a su alrededor, como si quisiera amortajarlo. De repente, distinguió en el suelo una especie de charco oscuro que reflejaba las estrellas del cielo. Al iluminarlo con el farol, descubrió que se trataba del vestido cuajado de brillantes de la condesa, olvidado entre la hojarasca. Arrodillándose, lo tomó entre sus manos con reverencia: la delicada prenda aún custodiaba el calor y el aroma de la mujer. Descubrió que estaba desgarrada por varios sitios, como si se la hubiese arrancado del cuerpo sin ningún cuidado. Se levantó y paseó una mirada confusa a su alrededor mientras el frío musgo del miedo comenzaba a rellenarle las junturas entre los huesos.

Prosiguió su camino, intentando mantener la serenidad. Al poco reparó en que las huellas de la mujer comenzaban a adoptar una forma extraña y a distanciarse cada vez más unas de otras. Al principio, creyó que había extraviado su rastro, pero tras avanzar unos metros dio con él casi por casualidad, para volver a perderlo poco después. No obstante, siguió avanzando, guiándose más por su instinto que por otra cosa. De tanto en tanto, encontraba una huella solitaria en mitad del sendero, una huella que ya no parecía humana, o descubría un árbol con las ramas quebradas. Todo aquello lo animaba a hacer cábalas, pero Clayton prefirió declinar la invitación para salvaguardar su cordura, al menos mientras aún pudiera hacerlo. Entonces reconoció el camino que la condesa estaba siguiendo y sintió que el corazón le daba un vuelco. Él mismo lo había recorrido dos noches antes en compañía de algunos hombres del pueblo... Era el camino que conducía al barranco donde se había despeñado Tom Hollister.

Se vio de nuevo conduciendo a aquel hatajo de pueblerinos a través de la impenetrable negrura del bosque, embriagado por la emoción de la caza y la fantástica posibilidad de estar persiguiendo a un auténtico hombre lobo. Pero las cosas habían cambiado. Ahora atravesaba aquel maldito bosque solo, sintiéndose terriblemente desamparado entre aquellos árboles tenebrosos que parecían conspirar contra él intercambiando susurros. Una melancolía atroz lo inundó al comprender que el mundo que conocía se había desvanecido para siempre en lo que duraba una cena. La extraordinaria magnitud de aquella pérdida casi le cortó el aliento. Pese a todo, continuó recorriendo aquel camino con pasos de sonámbulo, consciente de que jamás le conduciría a donde quería ir: al pasado, al reconfortante y racional pasado, exactamente al día en que el legendario capitán Sinclair le ofreció ingresar en su División Especial, para poder rechazar su oferta, decirle con un aspaviento de la mano que aquello no le interesaba lo más mínimo, que prefería continuar habitando el insulso pero consolador universo cuyo mecanismo tan bien conocía, donde los seres sobrenaturales jamás se atrevían a fugarse de las páginas de los bestiarios, porque también existía el riesgo de enamorarse de alguno de ellos. Pero ya era demasiado tarde para eso, reconoció con abatimiento. Ahora solo podía seguir avanzando tras el reguero de huellas de Valerie de Bompard, para cumplir con su papel en la delirante función que le había tocado representar.

Sin darse cuenta, había empezado a acariciar con su mano libre la llave que llevaba colgada del cuello, repasando nerviosamente con los dedos las dos alitas de ángel que la adornaban. Aquella llave abría la Cámara de las Maravillas, y desde que se la confiaran hacía apenas un mes, se había convertido para él en una suerte de talismán, en el símbolo de aquel mundo sobrenatural que se agazapaba en algún pliegue de la realidad y al que, al parecer, esa noche se dirigía. Sin embargo, tenía la certeza de que allí lo aguardaba un tipo de conocimiento para el que no estaba preparado. Un conocimiento capaz de desbaratar a un hombre para siempre.

Tratando de que su mente volviera a pensar con su consoladora lógica, Clayton se preguntó qué pretendía Valerie de Bompard conduciéndolo a aquel lugar. Porque una cosa tenía clara: la condesa le estaba guiando exactamente hacia donde ella quería, como siempre había hecho, como siempre hacía con todo el mundo. Y él no tenía otra opción que acudir a su llamada. Nunca la había tenido.

De pronto, un aullido largo y triste erizó la noche. Provenía del barranco. Con el rostro desencajado por el espanto, Clayton tomó su pistola del bolsillo y corrió hacia allí con el farol alzado ante él, descorriendo a su paso el cortinaje de la oscuridad. Jadeante, llegó hasta el pequeño claro que se extendía frente al abismo. Allí distinguió varias huellas extrañas. Parecían acercarse al borde; después desaparecían. Dejó el farol en el suelo, tragó saliva y se aproximó con cuidado al barranco. Intentó reunir el valor suficiente para mirar hacia abajo, sin poder exorcizar de su mente la imagen del hermoso cuerpo de Valerie de Bompard destrozado contra el suelo, aunque ignoraba si eso sería lo más terrible que podría encontrarse. Pero el fondo del barranco estaba anegado de una oscuridad impenetrable y no logró distinguir nada. Pese a ello, permaneció varios segundos más en el borde, escrutando tercamente la negrura, con las ropas azotadas por el gélido viento que surgía de aquellas profundidades, como un grito mudo de furia y desesperación. Al rato, se apartó unos metros del borde, confundido. Y fue entonces cuando oyó a sus espaldas un suave gruñido, tan imperceptible que por un momento creyó que lo había imaginado. El miedo se extendió por su cuerpo como un hormiguero en desbandada. Comenzó a darse la vuelta muy despacio, levantando la pistola a medias, como si no quisiera reconocer aún que estaba en peligro. Desde un pequeño promontorio de rocas, inmensa como una esfinge ancestral, una loba lo observaba. Su pelaje, de un suave tono dorado, resplandecía bajo la luna como si estuviera esculpida en bronce.

—¿Valerie...? —susurró casi sin darse cuenta.

La loba ladeó ligeramente la cabeza, y volvió a emitir aquel suave gruñido, como si se estuviera riendo de Clayton. De pronto, el agente fue consciente del peso de la pistola en su mano. Descubrió casi con sorpresa que estaba armado, que aquel objeto frío y metálico con el que cargaba era un arma de fuego, un artilugio inventado por el hombre para arrebatar la vida de sus enemigos y preservar la propia. Aun así, rehusó apuntar a la loba. Se limitó a esperar, y, durante unos instantes infinitos, el hombre y el animal se miraron en silencio, como se habían mirado en el comedor del castillo el agente y la condesa, separados por la enorme mesa de roble. Acto seguido, la loba abrió sus fauces, saltó sobre el agente y lo tumbó con su peso contra el suelo. El golpe resultó tan brutal que le cortó la respiración y le hizo perder la pistola, que se escabulló de entre sus dedos como si tuviera vida propia. Antes de que pudiera hacer nada, las fauces de la loba aprisionaron su garganta, inmovilizándolo contra el suelo. Sintió las afiladas puntas de los colmillos hundiéndose ligeramente en su piel, como un cepo mortífero a punto de cerrarse sobre su cuello. No se movió. Esperó la decisión de la loba con la respiración contenida, temblando bajo su peso. El animal permaneció unos segundos en aquella postura, con el hombre a su merced, para que comprendiera que su destino dependía de un sencillo gesto de sus mandíbulas. Y entonces se apartó de él como lo había derribado: con un movimiento rápido y fluido.

Clayton dejó escapar el aire, sorprendido de seguir con vida. ¿Cómo era posible? Sin saber si el húmedo reguero que notaba resbalar por su cuello era sangre o simple sudor, y sin importarle demasiado que fuera una cosa u otra, se incorporó un poco. El animal lo acechaba a escasos metros de distancia, con el cuerpo en tensión, preparado para volver a saltar sobre él en cualquier momento. Clayton lo observó en silencio, avergonzado porque no podía dejar de temblar. Aquella loba, que gruñía como una loba, olía como una loba y se movía como una loba, ¿era la mujer que amaba? Una parte de él se resistía a aceptar aquella idea descabellada, quizá porque hacerlo equivalía a despeñarse por un barranco aún más profundo, el de la locura. Sin embargo, la otra, aquella parte de su mente adiestrada para unir las piezas, no tenía la menor duda.

De soslayo distinguió su arma, muy cerca de donde estaba tumbado, y no pudo evitar hacer cálculos. Si rodaba sobre sí mismo con la suficiente rapidez, tal vez la alcanzara antes de que la loba llegara hasta él. ¿Era eso lo que ella esperaba? No tuvo tiempo de responderse, pues de repente la loba soltó un rugido y se lanzó contra él, convertida en un relámpago cobrizo. El agente reaccionó sin pensarlo, estirando el brazo derecho hacia la pistola, mientras alzaba instintivamente el otro para repeler el ataque del animal. Los dedos de su mano derecha abrazaron la culata del arma en el mismo momento en que las fauces de la loba se hundían violentamente en su antebrazo izquierdo. Envuelto en un dolor abrasador e intenso, Clayton apoyó el cañón de la pistola en la enorme cabeza, pero no disparó. Permaneció quieto, con el dedo índice acomodado en la curva del gatillo. El hombre y la bestia se miraron a los ojos, congelados en aquella postura que, como un dique de piedras y ramas, parecía obstruir la corriente del tiempo. A aquella distancia, Clayton apreció el finísimo anillo dorado que cercaba el iris de los ojos de la loba como un eclipse solar, y le pareció que suplicaba. Pero esta vez no obedecería a sus deseos. Esta vez no.

Mantuvo el cañón del arma apoyado contra la sien del animal mientras veía cómo de su aprisionado antebrazo empezaban a brotar hilillos de sangre que se extendían por la manga de la chaqueta formando una mancha oscura. Un dolor lacerante le recorría el brazo, si bien era un dolor soportable. Ella también pareció comprenderlo, e hincó aún más los colmillos en la carne de Clayton, hasta que el agente sintió cómo le desgarraban brutalmente los músculos del brazo. Apretó las mandíbulas para no gritar, pero un aullido inhumano escapó por entre la empalizada de sus dientes. Hubo una breve vacilación, sin embargo las fauces continuaron escarbando en su carne con redoblada saña. Clayton contrajo el rostro en una mueca desencajada. El sufrimiento que lo embargaba era cada vez más fuerte. Aun así, no apretaría el gatillo: si lo hacía, ella habría ganado. Entonces se oyó un crujir de huesos. Y un terrible dolor lo arrastró como una riada hasta el borde mismo de la inconsciencia. Pese a todo, Clayton no disparó. Lo hizo su instinto de supervivencia. Sorprendido, oyó una detonación, seca, abrupta, y el cuerpo que lo oprimía se deslizó hacia un lado con un suave movimiento, como un amante tras el goce del amor.

—No... —musitó.

Contempló el cuerpo del animal tendido a su lado mientras un terrible dolor se extendía como lava ardiente desde su brazo izquierdo por todo su cuerpo, ramificándose en una telaraña de flecos incandescentes. A pesar de la bruma que enturbiaba su mente, acertó a comprender que sentía un dolor demasiado insoportable para tratarse de una vulgar herida. Reuniendo las escasas fuerzas que le quedaban, logró erguirse lo suficiente para mirarse el brazo. La visión le espantó: al final de su brazo izquierdo no había ninguna mano. En su lugar había un muñón que rezumaba sangre, del cual colgaba un amasijo de tendones. Su mano se hallaba a unos metros de él, tirada en el suelo como un desperdicio, como un despojo que no guardara relación alguna con su cuerpo. Reprimiendo una arcada, Clayton dejó que su mirada oscilara entre aquella mano errabunda y el ensangrentado muñón que ocupaba su lugar, intentando asimilar que había algo erróneo y contra natura en aquella emancipación, que aquel pedazo de carne le pertenecía, que aquella mano extraviada era una de las suyas.

Cuando logró sustraerse a la hipnótica visión, se volvió hacia el cuerpo de la loba, que permanecía tumbado en el pétalo de luz que arrojaba el farol, y lo contempló largamente mientras se apretaba el muñón con la otra mano. Reparó en que sus patas delanteras estaban despellejadas y surcadas de cicatrices, pero tras haber enfrentado los ojos del animal, aquella última pista resultaba innecesaria. De su sien derecha manaba un reguero de sangre, y su mirada carecía de aquel brillo burlón que el agente no sabía descifrar. Ahora tenía la expresión absoluta y verdadera de la muerte.

—Lo ha conseguido, ¿verdad, condesa? Ha conseguido lo que quería... —se oyó decir con voz quejumbrosa, sin saber si pretendía censurar o halagar su comportamiento.

La condesa de Bompard siempre conseguía hacer realidad sus deseos, pensó con amargura. Había encontrado la forma de quitarse la vida sin romper la promesa que hiciera a su marido, y sin importarle que a partir de entonces Clayton tuviera que vivir con la maldición de lo que había hecho.

A pesar de la rabia que sentía, el agente tuvo que reconocer que ella estaba en lo cierto cuando, justo antes de golpearle en la cabeza, le dijo que no había otra opción. ¿O acaso pensaba él que el hecho de que ambos se amaran sería suficiente? ¿Qué clase de existencia les habría esperado? Él no estaba preparado para sonreírle como si no pasara nada las noches en que ella volviera con el vestido desgarrado y la mirada satisfecha de quien ha saciado su más íntimo apetito, ni lograría que no le temblara el pulso al día siguiente durante el desayuno mientras leía en el periódico la noticia de un brutal asesinato, fingiendo que no había ninguna relación entre la pobre víctima y la mujer que amaba. No, no estaba preparado para eso. Y quizá Armand de Bompard tampoco lo había estado. Tal vez por eso la había abandonado, porque había descubierto que, a pesar de toda su sabiduría, solo había un modo de acabar con su terrible mal. Pero Armand la amaba demasiado para hacer lo que Clayton había hecho.

Lanzó un terrible aullido de rabia, clavando su dolor en el corazón de la noche. Gritó y gritó, hasta que se quedó sin fuerzas. Aquello consiguió calmarle un poco. Casi con desgana, consideró la posibilidad de matarse él también allí mismo. Qué más daba, después de todo. Solo tenía que llevarse el cañón del arma a la sien y apretar el gatillo. Otra vez. Luego su cuerpo se desplomaría junto al de Valerie, y allí yacerían ambos, hombre y animal, arropados por la oscuridad, como un misterio que ya nadie podría resolver. Pero en lugar de eso, empezó a desgarrarse la chaqueta para improvisar un torniquete que contuviera la hemorragia del muñón, un acto tan sin sentido como todos los que había hecho aquella noche. No sabía por qué no se dejaba morir, si la vida que le quedaba por vivir ya no quería vivirla, si solo se le antojaba una tortura, un rosario de días, de años, soñando con Valerie de Bompard. No, no lo sabía. Aun así, anudó el jirón de chaqueta que había logrado arrancar bien fuerte alrededor del muñón.

Y mientras lo hacía recordó que, en algún momento de aquella larga noche, le había dicho a la condesa que daría una parte de su cuerpo por comprender qué era ella. Clayton sonrió con amargura. Ahora lo sabía. Ahora sabía qué era Valerie de Bompard. Y sobre todo, se dijo contemplando el final truncado de su brazo izquierdo, sabía con qué parte de su cuerpo había pagado aquel conocimiento capaz de desbaratar a un hombre para siempre.

IV

Al final de su brazo izquierdo había ahora una mano de madera y metal. Se trataba de un sofisticado artilugio provisto de remaches, tornillos y unas finísimas varillas de bronce que se ramificaban desde la muñeca por las falanges, dotando de articulaciones a los dedos segmentados. También poseía en el encaje un innovador mecanismo que reaccionaba cada vez que contraía un músculo del brazo, traduciendo su ademán en una acción de la mano mecánica. El ingenio había sido un regalo de Su Majestad, quien había ordenado a su cirujano personal, a un célebre maestro armero y a uno de los mejores automatistas de Praga que unieran sus talentos al de los científicos de la División Especial para que el cachorro más prometedor del capitán Sinclair no anduviera por ahí como un tullido inútil. Apabullado, Clayton le agradeció el gesto de la mejor manera que supo: practicando durante días para poder acunarle la mano con su flamante prótesis antes de depositar sobre ella el beso de rigor. Aunque no había sido precisamente un saludo delicado, ya que era difícil que aquel apéndice de metal respondiera con la misma fidelidad que su mano original.

Desde entonces tampoco es que hubiera mejorado

mucho en su dominio, como constataba con amargura cada vez que realizaba cualquier insignificante tarea cotidiana: en aquel momento acababa de descubrir que tampoco se mostraba muy diestra a la hora de lacrar una ventana. Paciencia, con el tiempo aprendería a usarla con naturalidad, se dijo suspirando. Si seguía practicando, pronto sería capaz de sostener una jarra de cerveza sin romperla, o de tomar la mano de una reina sin fracturarle un par de dedos. Después de todo, solo hacía algo más de siete meses que la tenía. Siete meses desde que la condesa de Bompard le arrebatara la auténtica, mutilándolo en más de un sentido.

—¿Se encuentra bien, agente? —preguntó Sinclair al verlo contemplando con expresión ida la ventana que con tanto esfuerzo acababa de sellar.

—Eh..., sí, capitán, estoy bien... Y esto ya está listo.

Sinclair asintió satisfecho, se acercó a la ventana y, como representante de la comisión de investigación, estampó su aparatosa rúbrica en el precinto. Luego le hizo una señal con la cabeza y ambos se dirigieron al centro del amplio salón, donde aguardaban los demás miembros del comité que esa noche participaría en la sesión de espiritismo de Lady Ámbar.

—Bien. Todo ha sido dispuesto para que podamos registrar los hechos en las mejores condiciones de certeza y autenticidad posibles —anunció Sinclair, dedicando al heterogéneo grupo una mirada grave—. Como saben, sir Henry Blendell, el arquitecto de Su Majestad, diseñador de los más grandiosos pasadizos secretos y muebles trucados de la historia, y cuya integridad moral está fuera de toda duda, ha revisado escrupulosamente la mansión de Lady Ámbar, prestando especial atención a esta sala, donde transcurrirá la sesión, y ha firmado un documento certificando que el lugar está libre de cualquier clase de trampa mecánica. En esta habitación, al igual que en el resto de la casa, no hay trampillas ni resortes ocultos, y ninguno de los muebles dispone de dobles fondos ni entrepaños giratorios. En cuanto a la mesa donde realizaremos la sesión, no esconde bajo el tablero ganchos móviles ni otros artilugios capaces de levantarla. Por nuestra parte, el agente Clayton y yo hemos sellado la chimenea y lacrado las dos ventanas de la sala. También hemos colgado cascabeles de los faldones de las cortinas y echado serrín en el suelo, por si se abre una trampilla que le haya pasado desapercibida a sir Blendell sin que nos demos cuenta. El doctor Ramsey y el profesor Crookes, aquí presentes, han distribuido por la sala todos sus aparatos: los termómetros registradores, los medidores de oscuridad y los dispositivos infrarrojos, a los cuales nosotros hemos añadido el fonógrafo con el que grabaremos la sesión y cuyo cilindro quedará guardado en nuestros archivos para cualquier consulta posterior que deseen realizar... En vista de todo esto, creo que no exagero si les aseguro que nunca antes el escenario de una sesión de espiritismo ha sido tan meticulosamente examinado como este salón. Me temo que si esta noche un espíritu desea materializarse aquí, tendrá que ser auténtico.

Los presentes celebraron las palabras del capitán con cabeceos y gruñidos aprobatorios; incluso a alguno se le escapó una risita nerviosa, presa de la excitación.

—Bien, ya solo falta que las damas acaben el reconocimiento de Lady Ámbar para dar comienzo a la sesión —terminó Sinclair, dirigiendo su mirada al biombo que se hallaba en una de las esquinas de la sala.

Se trataba de una exquisita mampara de fabricación japonesa de unos cinco o seis metros de largo. Su estructura era de madera de caoba y bambú, y estaba provisto de cuatro hojas donde, en seda bordada, se representaban las cuatro estaciones. Sin embargo, los caballeros del comité no observaban el biombo hechizados por su delicado aspecto, sino por el sensual suspiro de sedas que parecía exhalar, pues tras sus hojas estaba teniendo lugar una de esas escenas que un hombre no acostumbraba a presenciar sin pagar: las únicas dos damas de la comisión estaban desnudando a Lady Ámbar. A través de la celosía que delimitaba el biombo por debajo, se distinguían los pequeños y pálidos pies de la médium, como ratoncitos albinos jugando entre los pesados zapatos de las mujeres.

Clayton también observaba el biombo casi sin verlo, aunque por razones muy distintas. Mientras lo hacía, se imaginaba cómo quedaría su voz desenmascarando a Lady Ámbar grabada para siempre en el cilindro del fonógrafo. No dejaba de resultarle fascinante que sus palabras fueran a perdurar tanto tiempo, que siguieran atrapadas en aquel rollo de cartón parafinado mientras él envejecía, mientras se iba convirtiendo en alguien que nada tendría que ver con el muchacho que las había pronunciado. Debería aclararse la garganta y formular su acusación con voz alta y clara, como si estuviese en el escenario de un teatro, pensó, ahora que sabía que el cilindro concedería a sus palabras una modesta inmortalidad. Porque lograría desenmascarar a Lady Ámbar, naturalmente. De eso no tenía la menor duda.

Al agente le resultaba un tanto deshonesto estar allí con ese propósito, cuando desde el despacho de algún ministerio alguien había recomendado que el capitán Sinclair y su mejor agente de la División Especial formaran parte de aquella comisión precisamente por todo lo contrario. Desde que en 1848, en el humilde pueblecito norteamericano de Hydesville, las hermanas Fox establecieran contacto con un espíritu mediante un rudimentario método de ruidos y golpes, una auténtica epidemia de médiums había asolado el planeta. Tanto era así que, a mediados del siglo, apenas si había velada en la que, tras la cena, los asistentes no despejaran la mesa llenos de excitación para intentar comunicarse con los difuntos.

Por aquel entonces, según había leído Clayton en el *Yorkshireman*, se invitaba a «Té y mesa movediza». Hablar con los muertos era el nuevo pasatiempo que hacía furor en Estados Unidos, y aquella moda había llegado a las costas inglesas en los años sesenta de la mano del médium Daniel Douglas Home, que decidió establecerse en Inglaterra para tratarse una afección pulmonar. Home estaba considerado el mayor médium que el mundo había visto hasta entonces. Entre otros prodigios, se decía de él que durante su infancia su cuna era mecida con frecuencia por un espíritu tutelar que velaba sus sueños, y que el espíritu de su madre lo había visitado para anunciarle su propio fallecimiento. Su tía, que se encargaba de cuidarlo, lo había echado de su casa por creerlo poseído por el diablo, y desde entonces había vagado de ciudad en ciudad mientras su mediumnismo se desarrollaba. Cuando arribó a Inglaterra, Home era ya un joven esbelto, pálido y de maneras elegantes cuyas facultades resultaban extraordinarias: hacía sonar campanillas sin tocarlas, elevaba con su mente muebles enormes, que solo podían ser levantados por seis hombres cuando era necesario quitar las alfombras en primavera, e incluso levitaba en sus sesiones, dejando una marca a lápiz en el techo del salón para demostrar a los presentes que no eran víctimas de ninguna alucinación. «Ahora voy a ordenarle al espíritu que traiga el ramo de violetas que hay sobre el piano», decía derrumbando su cabeza en el respaldo del sillón, y de inmediato el ramo se ponía en movimiento, flotaba sobre los atónitos asistentes y terminaba cayendo blandamente sobre sus rodillas. No era de extrañar, pues, que desde que las proezas de Home dejaran boquiabierto al mundo, el número de médiums aumentara anualmente. Solo en la ciudad de Londres había más de un centenar de ellos, barqueros sin barca dispuestos a cruzar a los vivos a la otra orilla para que pudieran hablar con sus muertos por bastantes más monedas de las que exigía Caronte.

Y el que muchos charlatanes hubiesen aprovechado la coyuntura para tratar de hacer fortuna a costa de la ingenuidad de los ciudadanos había hecho inevitable la aparición de los comités. Alguien debía separar el grano de la paja. El problema era que, aunque los comités estaban formados por personas dignas de consideración y de reconocida solvencia moral, el empeño que ponían en cazar a los impostores —según alegaban los defensores de la causa— generaba una muralla de malas vibraciones que los espíritus eran incapaces de penetrar, por lo que a veces algunos médiums se veían obligados a recurrir a trucos fraudulentos.

A Clayton aquel argumento se le antojaba una excusa de lo más pueril, aunque debía reconocer que tenían razón al reprochar la actitud que solían adoptar los miembros de los comités. Cuando se tropezaban con lo imposible, se negaban a aceptarlo, por más que tuviesen ante sí pruebas irrefutables. Clayton había leído algunos de sus curiosos informes, que oscilaban entre el desprestigio casi insultante del médium y el encogimiento de hombros cuando no podían demostrar que fuera un farsante. A veces, incluso intentaban explicar algún fenómeno psíquico mediante causas que resultaban todavía más difíciles de creer que la propia intervención de los espíritus. Valía todo menos la aceptación.

¿Y no era absurdo constituir un grupo de investigación de fenómenos espiritistas con individuos llenos de prejuicios hacia la materia que debían estudiar? Por eso Sinclair y él habían sido invitados a formar parte de aquel comité, para equilibrar el insobornable escepticismo de la mayor parte del grupo con su abierta disposición a considerar la presencia de lo sobrenatural como una posible explicación de los sucesos, siempre y cuando no se encontrase ninguna otra, naturalmente. Después de todo, a los agentes de la División Especial de Scotland Yard, que cabalgaban en unicornios y yacían con hadas, se les presuponían muchos menos remilgos a la hora de aceptar las excursiones que los espíritus realizaban a nuestro mundo. Y esa era la disposición que Clayton había pensado adoptar... Hasta que enfrentó por primera vez el cartel en el que se anunciaba a la hermosa y etérea Lady Ámbar, invitando a su clientela a visitar su gabinete con una mirada falsamente soñadora e inocente. Desde entonces comprendió que a él le correspondería desenmascararla, poner fin a sus plácidos años de estafa, de pasearse por los mejores salones de Londres despertando la admiración de los presentes, de vivir como una diosa entre los pobres y necios mortales a los que vaciaba los bolsillos sin dejar de sonreír. Sí, a él correspondería hacerlo, porque solo él podía ver la astucia y el egoísmo que rebosaban sus hermosos ojos. Porque solo él podía ver la verdad que se escondía tras el bello rostro de una mujer acostumbrada a conseguir siempre lo que quería.

Aprovechando que todos permanecían atentos al biombo, el agente examinó una vez más a los miembros del comité. Había estudiado sus historiales previamente, ya que era habitual que los médiums falsos contaran con cómplices entre los asistentes a la sesión. Sin embargo, ninguno de ellos le había parecido sospechoso, pues la mayoría habían publicado algún artículo o habían participado en algún debate en contra del espiritismo. El variopinto comité lo formaban un doctor larguirucho de cara equina apellidado Ramsey, profesor de la Facultad de Medicina, conocido cirujano, eminente químico y brillante biólogo, y, al parecer, un gran aficionado a crujirse los dedos de las manos sistemáticamente cada cierto tiempo; el fornido y vigoroso coronel Garrick, jefe de los servicios sanitarios del Ministerio de Defensa; el circunspecto ingeniero Holland; el esmirriado profesor Burke, que impartía clases en la Facultad de Derecho; un aristócrata metido a ilusionista que se hacía llamar Conde Duggan, cuya estrafalaria presencia en el grupo se debía a que los principales fenómenos psíquicos de la mediumnidad podían reproducirse artificialmente mediante la prestidigitación; y un científico de bigote de puntas rizadas y barba aristocrática llamado Williams Crookes, distinguido con la Medalla de Oro de la Royal Society en justo premio a sus muchos y valiosos descubrimientos.

Junto a los dos agentes y al último de los miembros del grupo que enseguida conoceremos, Crookes era el único que mostraba una actitud abierta hacia el espiritismo, aunque no siempre hubiese sido así. El eminente científico había empezado a investigar los fenómenos psíquicos impulsado por la necesidad moral de demostrar el engaño que estos encerraban, gesto que había sido muy celebrado por sus colegas de la comunidad científica, ansiosos de que alguien de su talla diera al fin un escarmiento a aquella secta cada vez más numerosa. Sin embargo, tras investigar a Home, Crookes no había emitido los juicios esperados. En un artículo para el *Quarterly Journal of Science* había admitido la existencia de una nueva fuerza, que había bautizado pomposamente como «fuerza psíquica». Aquellas conclusiones habían provocado una profunda conmoción entre la sociedad científica, condenando a Crookes a un gélido ostracismo profesional. Tan solo algunos de sus amigos más fieles, como Ramsey, allí presente, habían permanecido a su lado, aunque habían guardado un reservado silencio ante sus entusiastas afirmaciones. Aun así, qué otra cosa podía decir Crookes, si había visto a Home elevarse hacia el techo desde la tumbona en la que descansaba, o esculpir en el aire la manita de una niña que luego le había deshojado la flor de la solapa.

Sin embargo, lo más escandaloso aún estaba por llegar. Después de que vieran la luz sus estudios sobre el famoso Home, Crookes recibió la visita de la no menos famosa Florence Cook, una jovencita de quince años y origen humilde que había alcanzado un notable prestigio como médium gracias a sus materializaciones ectoplásmicas; en concreto, a las de un espíritu llamado Katie King, quien afirmaba ser la hija del legendario pirata Henry Morgan. Durante tres años, Florence había invocado a Katie frente a numerosos testigos, y como solía ocurrir con los médiums, cuanto más prodigiosos se volvían sus logros, más crecía sobre ellos la sombra de la sospecha. Librarse de esa sombra había sido el motivo que la había llevado a la elegante casa que Crookes tenía en Mornington Road, para proponerle lo siguiente: si el científico demostraba la falsedad de sus poderes, podría desenmascararla públicamente en los medios, pero si por el contrario probaba su veracidad, debería divulgarlo al mundo entero. Crookes aceptó el reto, e invitó a la muchacha a quedarse en su casa y a convivir con su numerosa familia mientras duraban los experimentos, un atrevido gesto que había sacudido a la sociedad, y no solo a la científica, como pueden imaginar. Durante tres meses, Crookes estudió a Florence en su gabinete, y también organizó algunas sesiones públicas, a las que invitó a media docena de sus colegas. En las sesiones siempre ocurría lo mismo: la joven Florence permanecía tumbada en el suelo del gabinete, maniatada y conectada a un galvanómetro mediante delgados alambres, con su vestido de terciopelo negro clavado al piso y el rostro cubierto con un chal para que la luz de la sala no la distrajera; a los pocos minutos entraba en trance y, para sorpresa de todos, en el salón aparecía una hermosa muchacha vestida de blanco que afirmaba ser el fantasma de Katie King. Con divertida coquetería, se dejaba fotografiar por Crookes con un artilugio fabricado por él mismo, paseaba de su brazo contándole historias sobre la India, donde había vivido una existencia terrenal rebosante de aventuras, e incluso se sentaba en el regazo de los caballeros más escépticos para acariciar sus barbas con picardía. Como no faltaron quienes adujeran que, debido a su gran parecido físico y a que nunca coincidían en la misma habitación, Katie y Florence eran la misma persona, Crookes se vio obligado a realizar algunas comprobaciones, estableciendo una serie de diferencias entre ellas: al contrario que Florence, Katie no tenía las orejas perforadas, era más alta que esta, tenía el cabello y la piel más claros y no mostraba ninguna pequeña cicatriz en el cuello. Un día en que Florence estaba constipada y su auscultación presentaba ciertas sibilancias pulmonares, el pecho de Katie incluso se había ofrecido a su oído totalmente desbrozado de ellas. Por si todo eso no bastara, Crookes convenció a Katie para que permaneciera en la misma sala que la médium y se dejara fotografiar a su lado, y aunque no se atrevió a descubrir el rostro de Florence por miedo a interrumpir su trance, quedó claro que se trataba de dos mujeres distintas.

Las afirmaciones de Crookes confirmando la veracidad de los poderes de Florence aquilataron la reputación de la joven médium, aunque por desgracia no sucedió lo mismo con la del científico. Y no porque hubiera arriesgado una vez más su credibilidad defendiendo la existencia de la vida más allá de la muerte, sino porque en sus artículos había sido incapaz de disimular que se había enamorado perdidamente de Katie King, la hija de un pirata que llevaba varias décadas muerta. Las palabras de Crookes, que Clayton había leído con una sonrisa irónica, se semejaban más a los versos de un poeta mediocre que al aséptico discurso de un científico: «La fotografía es inadecuada para describir la perfecta belleza del rostro de Katie, como las palabras son pobres para describir su atractivo. Su subyugante presencia te hace sentir si no debería ser idolatrada de rodillas».

Era evidente que el brillante científico, descubridor del talio, e inventor del radiómetro y del espintariscopio, se había dejado seducir por el adorable espectro con el que paseaba por su gabinete como dos novios por un parque. Aquello lo convirtió en el hazmerreír de los salones de Londres, y los pocos amigos que aún le quedaban, incluido Ramsey, le volvieron la espalda avergonzados, quizá cansados de defender lo indefendible o tal vez temerosos de que el escarnio público también los salpicara a ellos.

Sin embargo, la primavera de 1874, Katie se había despedido para siempre de Florence y de Crookes. Había cumplido su misión, les dijo, la de revelar a los escépticos la existencia del más allá, por lo que ya podía descansar en paz. Desde entonces Crookes no había vuelto a verla ni a hablar de ella, y el siempre piadoso paso del tiempo había acabado extinguiendo las burlas. Era evidente que, aparte de escandalizar a medio Londres, aquel amorío extraterrenal le había dañado el corazón, pero al menos su prestigio de científico había conseguido sobrevivir: aunque su presencia en cualquier acto todavía despertara unas cuantas sonrisitas piadosas, sus descubrimientos seguían admirando a la mayoría de sus colegas; incluso se rumoreaba que podría llegar a ser nombrado caballero en un día no muy lejano. A pesar de todo, a Clayton le bastaba con observar el ansia que ardía en los ojos de Crookes para comprender que el científico aún no había olvidado a Katie King. Incluso habría apostado su otra mano a que, por mucho que disfrazara sus investigaciones espiritistas de mero interés científico, lo que en el fondo anhelaba era volver a encontrarse con ella.

El agente se desentendió del científico y contempló al último miembro del grupo, una frágil ancianita tan entregada a la causa del espiritismo que casi le producía ternura. Era la única que no formaba parte del comité, pero había conseguido el permiso para asistir a la sesión por haber revitalizado con una generosa cantidad de dinero sus magras arcas. Aquella rumbosa contribución le había permitido enrolarse en todas sus inspecciones, y en lo que iba de año, según había podido comprobar Clayton, la señora Lansbury, que así se llamaba, había asistido al menos a una docena de sesiones en Londres y alrededores.

Aquel interés por el espiritismo lo había sorprendido, porque, pese a tener el mismo aspecto quebradizo que todos los ancianos, la señora Lansbury lucía en la mirada una determinación que nada tenía que ver con la bondadosa desorientación que uno esperaría encontrar en alguien que se acerca a los ochenta años. Al contrario, sus ojos irradiaban un espíritu resolutivo y una inteligencia lúcida; no en vano era la inventora del Sirviente Mecánico, el artilugio que había conquistado los hogares más pudientes de Inglaterra. Por esta razón, a Clayton le costaba entender que hubiera decidido dilapidar su fortuna en una práctica tan cuestionable como el espiritismo.

—Estaba deseando asistir a una de las sesiones de Lady Ámbar —le había confesado emocionada durante la breve conversación que habían mantenido al llegar a la casa—. Su lista de espera es tan larga que no puedo creer que al fin haya llegado el día. Es realmente buena en todas las manifestaciones del espiritismo, pero dicen que sus materializaciones son extraordinarias. Tal vez sea una auténtica Coordenada Maelstrom; quién sabe..., hace tiempo que no me encuentro con ninguna.

Clayton no entendió a qué se refería.

—Espero que no la decepcione —se limitó a responder.

¿Qué otra cosa podía decirle? Al parecer, las facultades mentales de la anciana no estaban tan intactas como sugería su lúcida mirada, y le apenaba que hubiera desaprensivos dispuestos a aprovecharse de eso. No pudo evitar que aquella pena se reflejara en su mirada. No obstante, para su sorpresa, en la de la señora Lansbury encontró idéntica piedad por él, como si a través de sus ojos ella hubiera atisbado su yerma y renegrida alma, y hubiese comprendido que la capa de cenizas que la cubría no era más que el legado del espectacular fuego en el que había ardido siete meses atrás.

La voz del profesor Burke lo trajo de vuelta a la realidad:

—¡Ah, cuánto me hubiera gustado poder registrar yo mismo a Lady Ámbar! —susurró para que las mujeres no pudieran oírle, buscando la complicidad de los demás—. Posiblemente no tengamos en la vida ninguna otra posibilidad de tocar a una mujer tan hermosa. ¿No piensan lo mismo, caballeros?

Todos asintieron al instante, excepto el profesor Crookes y el ingeniero Holland, el primero porque su romance espectral parecía haberle aupado por encima de las tentaciones de la carne, y el segundo porque su mujer era una de las damas que se hallaban tras el biombo, desnudando a la médium.

—Sin la menor duda, profesor —se lamentó el Conde Duggan, también en voz baja. Luego pareció reflexionar, y añadió—: Aunque quizá debería ofrecerme a rematar el registro, pues lo más probable es que su camisón cuente con algún bolsillo oculto. ¿No cree, capitán, que deberíamos cerciorarnos de...?

—Me temo que no puedo permitirle hacer eso, Conde Duggan —le cortó Sinclair con cierta aspereza.

—¡Pero es tan hermosa! —se quejó—. Ustedes no pueden imaginarse cuánto, caballeros, porque no la vieron de cerca en el baile de la condesa Colesberry; pero yo sí, y les aseguro que es aún más bella que en las fotografías.

Burke pidió entonces que lo ataran a la silla, pues dudaba que pudiera responder de sus actos. Todos rieron, inmersos en aquella viril celebración de la hermosura de la médium.

—No dejen que la belleza les distraiga de la experiencia científica, caballeros —aconsejó Clayton, sin poder evitar manifestar el desprecio que le producía el que aquellos hombres fuesen incapaces de disimular sus debilidades.

Un súbito revoloteo tras el biombo interrumpió la conversación, y todos contemplaron cómo las dos damas del comité salían de detrás de sus hojas. Tras demorarse deliberadamente unos segundos, como haría una actriz para crear expectación en la platea, Lady Ámbar apareció tras ellas. A causa de las cintas luminiscentes que habían cosido a su camisón la señora Jones, enfermera jefe de la Escuela de Entrenamiento Nightingale del Hospital Saint Thomas, y la señora Holland, la rechoncha esposa del ingeniero, la médium parecía resplandecer como si estuviera hecha de briznas de sol entrelazadas. Permaneció unos segundos junto a la mampara, con una tenue sonrisa flotando en los labios, dejándose admirar; luego caminó hacia el grupo escoltada por las mujeres, derramando a su paso una musiquilla de cascabeles. Lucía un ceñido camisón de seda que más que vestirla parecía desnudarla, y, al andar, la tela dibujaba y desdibujaba sus pequeños y turgentes senos, como un hechizo intermitente. Llevaba el cabello, de un rubio tan intenso que casi parecía blanco, peinado con una raya que zigzagueaba por su cráneo, dividiéndolo en dos bandos, que caían en graciosas volutas sobre las suaves almenas de sus hombros. Era menuda, no demasiado alta, y la estudiada languidez de sus movimientos hacía parecer aún más etéreo su cuerpo aniñado. Al llegar al centro de la sala, se detuvo y saludó a los presentes con una sonrisa altiva que Clayton supuso que formaba parte del espectáculo. Parecía tan ligera que, a su lado, las señoras que la custodiaban se antojaban esculpidas en pesada y tosca piedra. La envolvía un aroma a violetas, y su rostro, afilado y pálido, poseía esa seducción propia de la virtud a punto de ser corrompida. Sin embargo, más que cualquier otra particularidad, a Clayton le llamaron la atención sus enormes y redondeados ojos, que el Creador había pintado de un azul casi transparente.

—Ya hemos reconocido a Lady Ámbar, caballeros —declaró con voz profesional la enfermera Jones—, y podemos asegurar que no oculta nada en su camisón, dentadura ni cabellos.

Sinclair asintió entre hechizado y complacido, e hizo amago de invitar al grupo a sentarse a la mesa para dar comienzo a la sesión, pero Clayton le interrumpió.

—Estoy seguro de que la han sometido a un reconocimiento minucioso, señoras, pero permítanme que les recuerde que una mujer dispone de otras cavidades naturales aparte de la boca —dijo con seriedad.

Las señoras contemplaron atónitas al agente, incluso algunos caballeros se mostraron escandalizados al oír sus palabras. Lady Ámbar compuso una mueca ofendida, que enseguida convirtió en la sonrisa virtuosa de una mártir dispuesta a afrontar cualquier sacrificio con abnegación.

—Quizá quiera reconocerme usted personalmente,

agente —dijo con un mohín infantil que obligó a algunos caballeros a aflojarse las corbatas.

Clayton la observó con indiferencia.

—Oh, me temo que una de mis manos no posee la suficiente delicadeza —respondió encogiéndose ligeramente de hombros—. Podría hacerle daño.

—¿Y si usa únicamente la mano de carne y hueso? —sugirió ella con una sonrisa.

—A esa me refería. Con la otra simplemente la destrozaría —repuso el agente, y miró a la enfermera Jones con ligera impaciencia—. Enfermera, cuando quiera.

La enfermera Jones interrogó al grupo con la mirada, y en vista de que nadie decía nada, se encogió de hombros.

—De acuerdo... —dijo, sin molestarse en disimular que aquello le parecía tan inapropiado como jugar al escondite entre las lápidas de un cementerio—. Lo haremos en sus aposentos, Lady Ámbar, si no le importa.

La médium negó lentamente con la cabeza, dedicó a Clayton una mirada gélida y se dejó conducir por las mujeres. El agente la observó retirarse con una mueca de indolencia.

—Santo Dios, agente, creo que tanto celo era innecesario —dijo el ingeniero Holland en cuanto se quedaron solos—. No hay por qué caer en la indecencia ni en la grosería, ¿no le parece?

—Es cierto —añadió Burke—. Y es evidente que Lady Ámbar se ha sentido un tanto molesta por su exigencia...

—Llevamos a cabo un experimento científico, caballeros, no deberían olvidarlo —replicó Clayton—. Una mujer podría estar totalmente desnuda y aun así ocultar a nuestra vista un pequeño objeto con el que realizar sus trucos, como una muselina ligera. Incluso hasta una máscara de caucho.

Se hizo un repentino silencio. Ni siquiera Sinclair parecía encontrar las palabras adecuadas para salvar la situación.

—El agente tiene razón, caballeros —intervino el doctor Ramsey, crujiéndose los dedos de las manos de uno en uno—. Nuestro objetivo es descubrir la verdad, siempre lo ha sido, y es inevitable que para ello tengamos que infligir, eh..., ciertas molestias a los médiums, a pesar de que a ninguno de nosotros le agrada, naturalmente. Recuerden a las hermanas Fox, por ejemplo: siendo apenas unas niñas, los comités las desnudaron y las sometieron a las más aflictivas pruebas. Teniendo eso en cuenta, creo que Lady Ámbar comprenderá perfectamente la necesidad de un registro... más profundo.

—Opino lo mismo —dijo el coronel Garrick, que hasta ese momento había guardado silencio—. La mayoría de los médiums se aprovechan de nuestra decencia para realizar sus infames trucos, por lo que debemos ser meticulosos al máximo. No conviene olvidar que casi todos son unos estafadores, como ese clérigo que se hace llamar doctor Monck.

—O ese charlatán de Slade —añadió el Conde Duggan, refiriéndose al médium experto en la escritura directa cuyo proceso por estafa había puesto de moda las denuncias y juicios contra los falsos médiums—. ¿Saben que acudí en persona a una de sus sesiones? Las daba en las mismas habitaciones de la pensión de Russell Square donde vivía, y cobraba veinte chelines por ellas, a pesar de que apenas duraban quince minutos. Slade era un verdadero timador, seguramente el más listo de todos.

—Bueno, tampoco se requiere un talento especial para embaucar a quien ya está predispuesto a ello —dijo Garrick.

Al oír eso, Crookes se envaró:

—Quiero pensar que ese comentario no va dirigido a nadie de nosotros en particular, coronel.

—Solo a quien quiera darse por aludido... —Garrick se encogió de hombros.

Aletearon algunas risas, pero el doctor Ramsey no dejó que prosperasen.

—Vamos, vamos, caballeros... No creo que debamos caer en las afrentas personales.

—Oh, muchas gracias por tu defensa, Ramsey, *querido amigo* —trinó Crookes—, aunque me temo que llega con cierto retraso y resulta del todo innecesaria, pues, como sabrás, en los últimos tiempos he aprendido a defenderme solo.

—Por Dios, Crookes, no te lo tomes como algo personal. Ya conoces mi opinión sobre tus estudios. Siento mucho que en su momento la interpretaras como una traición. Aun así, creo que hay muy pocos médiums libres de sospecha, y me temo que entre ellos no se incluye tu preciada Florence, quien, como sabes, fue desenmascarada en una sesión hace ocho años.

—Yo no estaba en esa funesta sesión, y solo los necios hablan de lo que no conocen —respondió Crookes—. Pero sí puedo hablar de los prodigios que sucedieron bajo mi techo... Oh, Ramsey, ¿qué demonios te ha pasado en los últimos años? Puedo comprender tu escepticismo, e incluso respetarlo, pero jamás entenderé tu ceguera. ¿De verdad niegas la posibilidad de que exista vida más allá de la muerte a pesar de que hay testimonios de apariciones desde los tiempos de Tertuliano? ¡El más allá existe, y estoy seguro de que es una reproducción exacta de nuestro mundo, como afirmó Swedenborg, el más grande de los médiums modernos!

—Jamás he negado ni afirmado la existencia del más allá, se parezca o no a nuestro mundo —puntualizó Ramsey con cansancio. Guardó silencio unos segundos, y añadió en tono filosófico—: Toda realidad es un plagio de sí misma, al fin y al cabo.

—Un plagio de sí misma... ¡No sabe cuánta razón tiene, doctor Ramsey! —exclamó la señora Lansbury con una sonora carcajada.

Ramsey la observó, un tanto sorprendido por su interrupción, y volvió a dirigirse a Crookes:

—Pero has de reconocer, Williams, que esas apariciones remotas eran vagas y esporádicas. Pero si diéramos crédito a todos los casos modernos, nos encontraríamos poco menos que ante una invasión debidamente organizada, o incluso... ante una epidemia. Además, solo estaba cuestionando la honestidad de Florence —aclaró, evitando enfrentar la mirada dolida y furibunda de su viejo amigo.

—Y no olvide, Crookes —intervino Holland—, que la mismísima Margarita Fox ha escrito una carta al *New York Herald* confesando que todas sus sesiones han sido un fraude. ¿Qué más pruebas necesitamos de que los médiums son un puñado de charlatanes que se aprovechan de las tragedias y anhelos de los ciudadanos para vaciarles los bolsillos?

—¡La prensa solo sabe ofrecer carnaza al populacho! —escupió Crookes con desprecio.

—En eso tengo que darle la razón, Crookes —intervino el coronel Garrick—. Seamos justos, caballeros: si un ciudadano cualquiera entra en la redacción de un periódico para denunciar que ha sorprendido a un médium en plena trampa, el hecho será publicado a bombo y platillo; ahora bien, si ese mismo ciudadano proclama la certeza de un fenómeno sobrenatural, seguramente no obtendrá ni siquiera una línea. Ah, la prensa ya no es lo que era... Miren sino el tratamiento que le está dando a los dos asesinatos de prostitutas que han ocurrido en Whitechapel...

La conversación se centró entonces en aquellos horrendos crímenes y sus sórdidos detalles, que la prensa había aireado sin importarle que fueran ciertos o no, enturbiando la investigación policial con el único fin de satisfacer el morbo de los lectores, se apresuró a explicar Sinclair. Todos dieron su opinión al respecto, excepto Clayton, que permaneció en silencio. Cuando terminara con el caso de Lady Ámbar, estudiaría los informes sobre los despiadados asesinatos que había escrito el inspector Reid, de la Brigada de Investigación Criminal, y sacaría sus propias conclusiones, pero hasta entonces prefería concentrarse en el caso que le ocupaba.

Pensó que discusiones como aquella estarían produciéndose en aquel momento en muchos lugares de Londres, e incluso de Inglaterra y del mundo. Desde que las hermanas Fox escucharan el primer acorde de la gran partitura espiritual en su casa de Hydesville, hacía ya más de cuarenta años, los detractores y los adeptos al espiritismo estaban enzarzados en una lucha encarnizada, y en medio de aquellos dos ejércitos había muchos que, como él, todavía no sabían qué posición tomar.

Al igual que Ramsey o Garrick, Clayton creía que la mayoría de los médiums eran impostores, aunque eso no significaba que no existieran médiums auténticos, capaces de realizar verdaderos milagros, como sostenía Crookes. Precisamente él, que llevaba colgada al cuello una llave que abría una cámara secreta llena de prodigios, era el menos indicado para negar su existencia. Por no mencionar que cada mañana se hacía el nudo de la corbata con una mano mecánica que no dejaba de recordarle la existencia de lo imposible. Así que su desconfianza hacia Lady Ámbar no era fruto de ningún prejuicio hacia lo sobrenatural, pues cierta condesa le había inmunizado de por vida contra ello. Aunque, al parecer, también le había incapacitado para volver a creer en la inocencia de una mujer hermosa.

Pero permítanme que aproveche que el agente se ha extraviado en el laberinto de sus propias reflexiones para hacer un alto en nuestra historia y presentarme ante ustedes. Quisiera haberlo hecho antes, como suele ser mi costumbre, pero al igual que esas personas exageradamente tímidas que nunca hallan la oportunidad para intervenir en una conversación, tampoco yo he encontrado hasta ahora el momento de hacerlo. Interrumpir la cena en honor del agente Clayton habría resultado demasiado prematuro, e interrumpir la charla que más tarde mantuvo a solas con la condesa, demasiado inoportuno; dos peligros de los que todo narrador que se precie debe huir. Luego, los acontecimientos se precipitaron vertiginosamente, como han podido ver. No obstante, ahora ha sobrevenido este remanso de paz, durante el cual, si me apresuro lo suficiente, quizá tenga tiempo de darles la bienvenida a esta historia de amor más allá de la muerte, la última que voy a contarles. Estoy convencido de que los personajes sabrán llegar a sus corazones por méritos propios, como ya han hecho en otras ocasiones, a pesar de las posibles torpezas de este humilde narrador, cuya identidad les desvelaré al final del relato, en justo premio a su paciencia y fidelidad.

¡Pero ahora tengo que dejarles de nuevo! La puerta de los aposentos de Lady Ámbar acaba de abrirse y la médium ya avanza por el pasillo, sin que el vejatorio registro al que ha sido sometida haya logrado borrarle su virginal sonrisa. Al verla entrar en la habitación, como una delicada mariposa a la que un niño cruel hubiera extirpado las alas, el capitán Sinclair sacó pecho y dedicó una significativa mirada a Clayton, ordenándole sin palabras, tan solo con el furor de su único ojo, que se lo pensara mejor antes de plantear cualquier nueva exigencia. Luego, sonriendo galantemente a Lady Ámbar, invitó a todos los presentes a sentarse a la mesa.

La sesión iba a comenzar.

V

Durante varios minutos, en la amplia habitación, bañada por la crepuscular fosforescencia de una lámpara infrarroja, no se oyó nada, ni siquiera las respiraciones de las doce personas reunidas alrededor de la mesa. Desde que el capitán Sinclair ordenara silencio y todos entrelazaran obedientemente sus manos, nadie se había atrevido a emitir el menor carraspeo. Hasta la prótesis ocular del capitán parecía haber detenido sus tradicionales destellos y zumbidos, como una brasa que al hundirse en el agua se extingue dulcemente. Todos permanecían congelados en aquel suspiro rojo, como un gran coágulo en el fluir sanguíneo del tiempo. Tan solo dos cosas delataban que la vida seguía desangrándose tercamente: el plácido ronroneo del fonógrafo, conectado en una esquina de la sala, cuyo cilindro giraba indiferente a la herida que le infligía el estilete, y los ojos de Clayton, que, pese a la inmovilidad de su cuerpo, revoloteaban velozmente por la habitación, escrutando cada rincón, como si tuvieran vida propia.

Cuando el agente se cercioró de que los numerosos aparatos funcionaban correctamente, contempló a la médium, que se hallaba frente a él con los ojos dulcemente cerrados, atada a su silla y unida por las muñecas al doctor Ramsey y al coronel Garrick mediante cortas cadenas provistas de candados. Luego fue paseando la mirada por los miembros del comité, sin encontrar en ninguno de ellos el menor rastro del escepticismo que habían exhibido momentos antes. Con las puntas de sus dedos tocando las de sus vecinos, todos parecían imbuidos en una especie de cortés recogimiento, convencidos de que pronto sucedería algo que los estremecería, fuera de este mundo o del otro, pues la inquietante atmósfera que Lady Ámbar había dispuesto a su alrededor así lo pregonaba.

De repente, la voz de Sinclair los sobresaltó. Sin previo aviso, el capitán había dado comienzo al informe grabado de la sesión, en un tono lo suficientemente alto como para que sus palabras fueran recogidas por los fonógrafos que en aquel momento estuvieran funcionando en París. Tras el susto, los miembros del comité se apresuraron a recomponer el hieratismo de sus posturas. Solo la médium permaneció inalterable como una esfinge, inmersa en el supuesto trance en que se había sumido desde el comienzo de la sesión. Con la boca entreabierta, la muchacha se había abandonado a una respiración honda y pausada que empujaba sus pequeños senos contra la fina seda de su camisón a intervalos regulares, convocando las miradas fugaces de todos los hombres de la mesa, que acudían como polillas a la luz. Un ritmo demasiado uniforme, pensó Clayton con escepticismo.

—Sesión del 12 de septiembre del año 1888. Hora: nueve de la noche. Localización: domicilio de Lady Ámbar, en el número 12 de Mayflower Road, Londres. Controlador de la derecha: coronel Garrick; controlador de la izquierda: doctor Ramsey. Ayudantes: señora Holland, ingeniero Holland, profesor Crookes, Conde Duggan...

Y mientras Sinclair seguía desmenuzando las rigurosamente científicas condiciones de control de la sesión con la misma displicencia que si estuviera desmigando un mendrugo de pan durante una aburrida sobremesa, Clayton posó sus ojos sobre los tres objetos destinados a los experimentos telequinésicos que había en el centro de la mesa: una campanilla dorada, una gardenia y un pañuelo de hilo. Aunque aún permanecían inmóviles, y quizá nunca dejaran de estarlo, al agente se le antojaron cargados de inquietud, como si ya hubiesen tomado la íntima decisión de moverse y solo estuvieran esperando la orden de Lady Ámbar. Sacudió la cabeza intentando deshacerse de aquella absurda impresión, sin duda provocada por la sugestión o por el maldito resplandor rojizo que barnizaba la estancia de irrealidad. Por un instante deseó que su mente y no su mano fuera una prótesis mecánica, para mantenerla fría y serena en cualquier situación, tan imperturbable como el apéndice de madera y metal que los dedos gordezuelos de la enfermera Jones rozaban con cierta grima.

El capitán Sinclair terminó su presentación con la misma brusquedad con que la había comenzado, y el silencio volvió a desplomarse sobre los presentes. En ese momento, como un actor al que hubieran dado entrada, Lady Ámbar, cuyo rostro continuaba embargado de un intenso éxtasis, un éxtasis cuya alquimia ninguno de los mortales allí reunidos conocería nunca, dejó que una letanía de tenues gemidos se derramara de sus labios entreabiertos. Al poco, su hermosa frente se arrugó, para recuperar después la tersura original, como si una ligerísima brisa hubiera rizado la plácida superficie de un lago. Un estremecimiento casi eléctrico recorrió entonces el anillo humano.

Aunque todo en la actitud de la médium parecía auténtico, Clayton estaba seguro de que fingía: desde muy adentro, algo le decía que tanta belleza no podía ser honesta, que no podía estar al servicio de la verdad, pues ningún poder supremo era íntegro e incorruptible, ¿y acaso existía un poder mayor que el de una mujer hermosa? Miró a su alrededor y sorprendió a cuatro hombres de los allí presentes lanzando miradas tan fugaces como lascivas al palpitante escote de la médium; incluido el propio capitán Sinclair, para su sorpresa. Ninguno de ellos estaba pendiente del control de la sesión, incapaces de sustraerse a la visión de aquellos senos casi infantiles, que subían y bajaban pausadamente, frágiles y provocadores. Su mirada se cruzó con la del Conde Duggan, quien le dedicó un guiño cómplice. Asqueado ante la idea de que aquel extravagante personaje creyera que participaba de la lujuria que había poseído a los demás, Clayton consideró la posibilidad de llamar al orden a los presentes, pero finalmente la descartó. No quería que fuese una reprimenda suya lo que el cilindro preservara del paso de los años.

Fue entonces cuando la campanilla que reposaba sobre la mesa comenzó a sonar, emitiendo unos tañidos cortos y furiosos. Todas las miradas se amontonaron sobre aquel chisme absolutamente vulgar que de pronto se había convertido en un puente entre dos mundos. Tras la breve llamada de atención, la campanilla recuperó su inmovilidad. Lady Ámbar reanudó sus gemidos, arqueó la espalda y empezó a sacudir violentamente la cabeza de un lado a otro; su cabellera de luna le azotaba el rostro, como una gaviota que intentara sacarle los ojos. En ese momento, la campanilla comenzó a elevarse muy despacio, separándose de la mesa unos veinte centímetros y, como si una mano invisible la sacudiera sin misericordia, empezó a repiquetear con furia. Al unísono, unos golpes fortísimos resonaron con claridad en alguna parte de la habitación, aunque nadie supo determinar con exactitud de dónde provenían. Clayton había leído numerosos testimonios que hablaban de golpes supuestamente producidos por gigantescos puños que se estrellaban contra las paredes, pero aquellos sonidos se parecían más a los que emitirían unas agujas de punto cayendo sobre una superficie de mármol, aunque amplificados en extremo. La campanilla se abandonó a un repiqueteo histérico, como si quisiera imponerse a los golpes, y en medio de aquella algarabía delirante, la gardenia empezó a deslizarse hacia el borde de la mesa hasta precipitarse sobre el regazo de la enfermera Jones, quien se apretó contra el respaldo de su silla con la misma expresión de pánico que habría puesto si sobre su falda hubiera saltado un escorpión. Fue entonces cuando el pañuelo de hilo alzó el vuelo con una delicada floritura y empezó a pasearse por delante de los estupefactos asistentes como una medusa de tela.

Mientras todo eso sucedía, la mirada de Clayton recorría frenéticamente la habitación, comprobando una y otra vez los distintos puntos de control. Estaba seguro de que los cascabeles cosidos a las cortinas no habían sonado antes de que comenzara el guirigay, y debía reconocer que en aquel momento resultaban inútiles: si algo estaba moviendo las pesadas colgaduras, el oído no ayudaría a averiguarlo, ni tampoco los ojos, que apenas lograban escarbar en aquella penumbra sanguinolenta. Sin embargo, desde donde estaba podía ver los termómetros registradores, los dispositivos infrarrojos y el resto de los aparatos distribuidos por la sala, aunque no parecían detectar ningún movimiento a su alrededor. Retirándose unos centímetros de la mesa, lo justo para no romper la cadena humana que le imponían las manos de sus compañeros, observó que el serrín del suelo continuaba intacto, al igual que el tablón que cegaba la chimenea y los precintos de las ventanas.

En cuanto a los asistentes, la mayoría se habían olvidado de su papel de observadores rigurosos, y contemplaban embelesados los revoltosos movimientos de la campanilla, las lánguidas evoluciones del pañuelo o a la propia Lady Ámbar, que seguía debatiéndose en su asiento de una forma tan impúdica como escalofriante. Tal vez, cuando todo acabase, aquellos incombustibles descreídos despacharan lo ocurrido durante la sesión con una de aquellas frases vagas y desdeñosas que había leído en la prensa, pero por el momento se comportaban como un grupo de niños hechizados por un castillo de fuegos artificiales. Crookes, en especial, parecía eufórico: había abandonado su talante ofendido y sonría abiertamente, animando incluso a sus compañeros a olisquear el pañuelo, mientras aseguraba que antes del comienzo de la sesión no despedía aquel intenso aroma. Clayton resopló para sus adentros. Al parecer, el corazón roto de Crookes era mucho más sencillo de reparar que el suyo.

Irritado, buscó la mirada del capitán, pero este le ignoró. Cuando la campanilla había comenzado a sonar, Sinclair había secundado a su pupilo en el control visual de la situación, pero desde que, en una de sus violentas convulsiones, a la médium se le había deslizado el camisón por uno de sus hombros, dejando al descubierto el arranque de un seno blanco y delicado como un copo de nieve, Clayton lo había dado por perdido.

Solo una persona de cuantas había sentadas a la mesa parecía compartir su serenidad: la señora Lansbury, que observaba el espectáculo con lo que parecía un frío interés profesional. Clayton estudió a la frágil ancianita, preguntándose si aquella actitud respondía a una fe absoluta en el espiritismo o a una amarga decepción. Podía significar cualquiera de las dos cosas, aunque algo le decía que la anciana compartía sus mismos recelos.

De repente, los golpes cesaron con tal brusquedad que el silencio posterior pareció reventar los oídos de los presentes. Un segundo después, la campanilla se desplomó sobre la mesa, rebotó varias veces y permaneció rodando tristemente en el mismo sitio, como arrullándose a sí misma. El pañuelo flotó entonces hacia Lady Ámbar, que había dejado de convulsionarse y miraba al frente con los ojos desencajados, y se posó sobre su rostro con la cremosa suavidad de un velo de novia. El efecto que tan tenue caricia tuvo sobre ella fue devastador: su cuerpo se crispó de tal manera que la silla a la que estaba atada brincó sobre sus patas, y su cabeza se dobló furiosamente hacia atrás, como si alguien le hubiera tirado del cabello con violencia, y luego hacia delante, provocando que el pañuelo resbalara sobre su regazo. Permaneció inmóvil, con la barbilla contra el pecho y los cabellos ocultándole el rostro y el cuello como un abollado yelmo de marfil mientras de su garganta surgían insólitos gorgoteos y estertores. Bajo la pálida piel de sus antebrazos se adivinaban los músculos y las venas grotescamente hinchados, como si su cuerpo estuviera soportando una tensión inhumana.

—¡Santo Dios, se está ahogando! —cacareó la enfermera Jones con voz temblorosa.

Pero antes de que pudiera reaccionar, los extraños jadeos cesaron. El cuerpo de la muchacha se relajó visiblemente, y detrás de ella se produjo un nuevo y sorprendente fenómeno. Suspendidas sobre su cabeza aparecieron unas luces fosforescentes, pequeñas libélulas temblorosas de inexplicable belleza, que enseguida comenzaron a desplazarse, arremolinándose en una diminuta constelación por encima de su coronilla; después se fundieron hasta convertirse en una luminiscente masa gaseosa que empezó a cobrar densidad y a aumentar de tamaño. Como una etérea sanguijuela, la refulgente nube parecía alimentarse directamente de la cabeza de Lady Ámbar, o quizá nacía de ella misma, como si la destilara el cabello de la muchacha. Fuera como fuese, aquella bruma láctea flameaba paralela al suelo, unida a ella por un delgado flagelo. Clayton comprendió que Lady Ámbar se disponía a realizar una de sus célebres materializaciones, el fenómeno que más prestigio otorgaba a los médiums, cuya complejidad suponía uno de los retos más peligrosos para los embaucadores.

—¡Miren, se está formando un rostro! —anunció emocionado Crookes, parpadeando con insistencia, como si tratara de descifrar en la niebla los rasgos de la hermosa hija de cierto pirata.

El agente constató que tenía razón. En aquella esfera nebulosa comenzaba a vislumbrarse algo vagamente. Sin embargo, para desilusión de Crookes, parecían las tres cuartas partes del rostro de un hombre, del que solo se distinguía la nariz, el bigote y unos labios carnosos que parecían fruncidos, como si su dueño se dispusiera a besar a alguien o estuviera silbando.

—¡Siento su aliento! ¡Me está soplando sobre la mano! —exclamó entre despavorido y encantado el coronel Garrick, que era quien se hallaba más cerca de la materialización.

Dos blanquísimas manos aparecieron a ambos lados del rostro; tenían un aspecto mucho más sólido y definido que este —incluso movían los dedos con una extraña gracia—, aunque a la altura de las muñecas se volvían vaporosas, difuminándose en el interior de la luminosa niebla que rodeaba aquellos rasgos fantasmales.

Clayton observó aquella cara y aquellas manos con los labios apretados mientras la irritación crecía en su interior. No deseaba otra cosa que levantarse y agarrar aquellas formas neblinosas, convencido de que entonces el ingenioso truco quedaría al descubierto. Pero se obligó a permanecer sentado, tal y como le había ordenado Sinclair. Se lo había repetido varias veces aquel día: bajo ningún concepto debían interrumpir la sesión, por muchas sospechas que les asaltaran durante la misma. Las órdenes que venían de arriba eran muy claras: su misión consistía únicamente en certificar las condiciones de control, estudiar el *modus operandi* de la médium, grabar la sesión y analizar las mediciones de los aparatos, para luego sacar las conclusiones pertinentes, que llevarían o no a una siguiente actuación. En resumen, debían permanecer atentos a todo lo que sucediera allí, pero tenían prohibido intervenir. Así las cosas, a Clayton no le quedaba más remedio que armarse de paciencia, y rogar para que Lady Ámbar cometiera algún error, o para que los aparatos registraran alguna anomalía que sirviera para llevarla ante la justicia. Suspiró con impaciencia mientras concentraba su atención en aquella forma espectral surgida de la médium, que de repente comenzó a desintegrarse. Poco a poco, tanto el rostro como las manos fueron alargándose hasta deformarse, como si la figura se estuviera licuando, y en cuestión de segundos se derramó sobre el suelo y desapareció bajo la mesa como una viscosa llovizna.

Todos permanecieron expectantes, observando a Lady Ámbar en un tenso silencio. La médium aparentaba estar dormida o inconsciente, con la cabeza inclinada hacia delante y el cuerpo tan flácido que parecía mantenerse erguido únicamente gracias a la sujeción de los dos controladores. El doctor Ramsey y el coronel Garrick cruzaron una mirada preocupada por encima de los blanquecinos cabellos de la mujer. En ese instante, la médium realizó un débil intento de levantar la cabeza. El doctor la llamó suavemente por su nombre, y ella respondió con un gemido arrastrado, como despertándose de un largo sueño. Tras un par de tentativas, consiguió erguirse y mirar a su alrededor mientras parpadeaba con desconcierto. Frunció el ceño, tosió un par de veces y dejó caer su cabeza sobre el hombro del coronel Garrick, visiblemente agotada.

—Deberíamos darle un poco de agua —sugirió el doctor—, y me gustaría tomarle el pulso.

—Las ligaduras le están dañando la piel —hizo notar el coronel Garrick, en un tono de voz mucho menos profesional que el empleado por Ramsey, sin duda arrobado por el dulce peso de aquella cabeza que había anidado en su hombro.

—Me temo que todo eso tendrá que esperar —les espetó desabridamente Clayton.

—El agua tendrá que esperar —puntualizó con calma el capitán Sinclair, lanzando una severa mirada a su pupilo—. Nadie puede levantarse de la mesa hasta que el agente Clayton y yo tomemos registro de los aparatos. Pero pueden ir desatándola, y puede tomarle el pulso, doctor Ramsey, y quizá, eh..., cubrir a la señorita adecuadamente.

Clayton miró al capitán sin replicar, y, a una señal de este, ambos se levantaron al mismo tiempo, alzando la silla con cuidado para no arrastrarla sobre el serrín del suelo. Entretanto, Garrick y Ramsey asistían a Lady Ámbar ante las solícitas miradas de los demás. Mientras el doctor procedía a desatarle las muñecas, el coronel le propinaba suaves palmaditas en la mejilla, animándola con una voz increíblemente tierna a que les dijera cómo se sentía. La médium hizo un esfuerzo por complacer las peticiones del coronel, abriendo la boca un par de veces, pero fue incapaz de articular palabra alguna. Se llevó su pálida mano a la garganta, sonriendo débilmente, como si pidiera disculpas por aquel molesto e inoportuno agotamiento. De pronto, su rostro, que Clayton aún seguía vigilando, se transmutó: la sonrisa se le congeló en los labios y un terror súbito contrajo sus delicados rasgos como si fueran de papel, arrugándolos en un amasijo irreconocible. Confundido, el agente se volvió hacia donde miraba Lady Ámbar.

En una esquina de la habitación, amortajada en penumbra roja, se erguía la hierática figura de un hombre. Vestía un sencillo traje oscuro, algo estropeado en algunas partes, bajo el que se adivinaba un cuerpo atlético. Debido a la distancia y a la turbia penumbra, Clayton apenas distinguió un rostro, de facciones toscas presididas por una mirada animal, y subrayado por un mentón poderoso al que tapizaba una barba descuidada. Pero más allá de su aspecto, había algo en su apariencia que producía un gran desasosiego: su silueta carecía de la cualidad luminiscente o vaporosa que se les presuponía a los espíritus, y se advertía perfectamente perfilada y consistente, como si estuviera compuesta de la misma materia de la que estaba hecho cualquier hombre. Salvo por un detalle: era transparente. Aunque su figura daba la impresión de ser tan sólida como la carne, a través de ella podía intuirse la luz, o, en este caso, la oscuridad.

El supuesto espíritu no hizo ni dijo nada; se limitó a permanecer de pie ante ellos, con los brazos junto al cuerpo y la mirada fija de los sonámbulos. Aun así, su actitud irradiaba amenaza, y en sus ojos crepitaba un odio casi inhumano. El agente lo contempló lleno de incredulidad, y rápidamente se volvió hacia la médium, que temblaba en su asiento, con la boca abierta en un grito de mudo terror. Clayton no sabía por qué, pero intuía que aquel sentimiento sí era auténtico. El resto del grupo también miraba hacia la esquina, sin que nadie se atreviera a levantarse de la mesa. Todos parecían visiblemente impresionados por la aparición, pero sobre todo por el denso aroma a desgracia inminente que volvía irrespirable el aire de la estancia.

De repente Clayton reparó en la señora Lansbury. Como los demás, la anciana contemplaba llena de pavor a la inquietante figura, pero en sus ojos había algo más, algo diferente, algo semejante al desafío.

—¡Tú! ¡Eres tú! ¡Eres tú! —bramó entonces la aparición temblando de rabia, señalando a una de las personas de la mesa con el brazo extendido.

Todos se miraron entre sí, temerosos y desconcertados, buscando al destinatario de dichas palabras, salvo la médium y la anciana, que permanecían con la vista fija en el desconocido.

—¡Te he encontrado! ¡Al fin te he encontrado! ¡Y te aseguro que vas a darme lo que es mío! —rugió la aparición, terminando la frase con un aullido monstruoso.

La rabia le retorcía grotescamente la boca, componiendo una mueca de gárgola feroz a través de la cual se transparentaba de un modo absurdo el dibujo del empapelado de la pared. Para sorpresa de todos, la señora Lansbury se levantó de su silla y desde su pequeña estatura se enfrentó a él, enarbolando como único escudo una temblorosa dignidad.

A partir de ahí, los acontecimientos se precipitaron. Sucedieron de manera rápida y desordenada, por lo que, aunque a mí me lleve un tiempo narrarlos, convendría que se los imaginaran del modo más atropellado posible. De todas formas, la velocidad con la que todo ocurrió fue tal que no puedo asegurarles que mi versión sea del todo exacta. Digamos que lo que pasó, aproximadamente, fue esto: el desconocido bramó una maldición y, acto seguido, se abalanzó hacia los presentes, pasando junto a Clayton, que recibió un empujón en el hombro; luego saltó sobre la mesa y se lanzó sobre la pobre señora Lansbury, quien no tuvo tiempo de huir. En ese instante, el pánico, hasta entonces impecablemente contenido, se descorchó como una botella de champán: todos se levantaron de sus sillas, sin preocuparse por si removían el serrín del suelo, y comenzaron a gritar, proferir exclamaciones de incredulidad, permanecer paralizados o agitarse nerviosos, ilustrando cada uno a su manera el terror que los embargaba. La médium, por ejemplo, se arrojó al suelo y comenzó a gatear por la habitación, hasta esconderse detrás del biombo. Clayton y Sinclair reaccionaron sin embargo con mayor heroicidad, arrojándose al unísono contra la espalda del agresor, quien había logrado apresar a la anciana por el cuello; haciendo gala de unos asombrosos reflejos, el desconocido echó bruscamente la cabeza hacia atrás y alcanzó de lleno la nariz del capitán Sinclair, que se desplomó trazando en el aire un arco sangriento que brotaba del centro de su cara, y arrastrando en su caída a un desconcertado

Clayton. El agente se levantó apenas tocó el suelo, y buscó la pistola que había resbalado de su mano, aunque enseguida comprendió que no había tiempo para recuperarla. La vida de la señora Lansbury se derramaba entre los fuertes dedos de la aparición, así que el agente volvió a lanzarse sobre el fantasma. Atenazó su poderoso cuello con una llave, con la intención de obligarle a soltar a su presa. Durante unos segundos, se sintió desconcertado al ver sus propios brazos a través del cuerpo que intentaba doblegar, a pesar de que su tacto le resultaba absolutamente normal, pero se sobrepuso con rapidez y apretó aún más la llave. Sin embargo, pese a que empleaba toda la fuerza de sus músculos y a que su mano metálica se clavaba en aquella garganta transparente infligiéndole sin duda un dolor extremo, el desconocido parecía poseído por la energía irreductible de los locos y el agente no lograba que aflojara su terrible tenaza, cerrada alrededor del cuello de la anciana, cuya cara había adquirido un tono violáceo. Iba a matarla allí, ante sus ojos, sin que él pudiera impedirlo. Entonces oyó un grito a sus espaldas:

—¡Agente, al suelo!

Clayton miró por encima de su hombro y vio al coronel Garrick apuntándole con una pistola. Se arrojó al suelo sin pensárselo dos veces, casi al mismo tiempo que escuchaba la detonación. Y apenas había tocado la dura superficie cuando vio caer el desmadejado cuerpo de la anciana justo frente a él, aparentemente sin vida.

En aquel momento alguien encendió las luces. Rápidamente, Clayton se inclinó sobre la señora Lansbury. Con alivio, comprobó que todavía respiraba y que no parecía herida. Se levantó de un salto y tropezó violentamente con la enfermera Jones, que se había acercado a socorrerles.

—¡Intente reanimarla! —le ordenó.

La enfermera Jones asintió, llamando con voz temblorosa al doctor Ramsey, que permanecía discretamente apartado en un rincón, tomando frenéticas notas en una pequeña libretita.

Clayton lanzó una mirada ansiosa a su alrededor, en busca de la aparición. Vio al capitán Sinclair, desorientado y con el rostro cubierto por una máscara de sangre, levantándose a duras penas del suelo ayudado por Burke y Crookes, que le sujetaban por ambos brazos. El matrimonio Holland se hallaba abrazado, ambos muy pálidos, casi al borde del desmayo, si bien era la señora Holland la que parecía sostener a su marido para impedir que se desplomara. El Conde Duggan, desde el otro lado de la mesa, hacía temblorosos aspavientos señalándole el biombo, frente al cual se había apostado el coronel Garrick, que enarbolaba con firmeza el arma todavía humeante. Clayton corrió hacia allí, cazando al vuelo la pistola que Sinclair le lanzó al pasar por su lado. Cuando llegó junto al coronel, este le miró con el ceño fruncido.

—¡Creo que el tipo se ha escondido ahí detrás! —le susurró, señalando con la cabeza hacia la mampara.

Clayton asintió. Los dos hombres se comunicaron sus intenciones mediante gestos y, blandiendo sus armas, procedieron a acercarse con cautela, cada uno a un extremo del biombo. Oyeron entonces unos ruidos débiles provenientes de detrás del mueble, como si alguien o algo estuviera arañando una pared. Al acercarse un poco más, también distinguieron una voz de mujer balbuciendo una especie de plegaria ininteligible. Clayton se volvió hacia el coronel para indicarle mediante señas que retirasen con cuidado el biombo, pero este no llegó a interpretar su gesto correctamente, a juzgar por la enérgica patada con la que derribó la mampara. Se oyó el correspondiente estruendo, y cuando la nube de polvo y serrín se asentó, los dos hombres se encontraron apuntando a un inofensivo perchero, del que colgaba indolente la ropa de Lady Ámbar. Sin embargo, aquellos misteriosos ruidos seguían oyéndose, e incluso con mayor claridad. Sin la menor duda, alguien estaba arañando una superficie. Clayton creyó reconocer de pronto la voz de Lady Ámbar, desgranando una y otra vez la misma súplica desesperada:

—Déjame entrar, por favor, abre, déjame entrar, abre, déjame entrar...

El agente se acercó al ángulo que formaba la esquina, lo examinó con atención y descubrió que, gracias a un ingenioso efecto óptico, el empapelado ocultaba una pequeña rendija. Se trataba de una abertura mínima que durante la exhaustiva inspección anterior no estaba allí. Pero ahora estaba. Clayton introdujo por ella uno de sus dedos metálicos y encontró un diminuto resorte, que enseguida accionó. Al instante, las paredes se separaron chirriando sobre unos goznes invisibles, revelándose como falsos tabiques. Y allí, en el hueco desvelado por el ingenioso mecanismo de carpintería, apareció Lady Ámbar. Se encontraba arrodillada, con el rostro congestionado por el llanto, y escarbaba en el suelo con las uñas ensangrentadas, repitiendo la misma súplica, la misma orden, una y otra vez:

—... abre, déjame entrar, abre, por favor, déjame entrar...

Al sentir cómo la luz barría la oscuridad de su escondite, la médium alzó la vista y comenzó a chillar extendiendo los brazos, como queriendo protegerse de la silueta que se inclinaba sobre ella.

—¡No, no, no! ¡No quiero que volváis! ¡No quiero! ¿Por qué habéis vuelto? ¡Marchaos para siempre! ¡Volved al infierno del que venís!

Sin miramientos, Clayton la tomó por los brazos y la arrojó al coronel Garrick, junto al cual se encontraba Sinclair.

—¡Sujétenla! —ordenó el agente con la mirada enfebrecida, sin darse cuenta de que acababa de darle órdenes a su propio capitán.

En aquel momento, Clayton tan solo tenía ojos para el pedazo de suelo donde instantes antes había estado escarbando Lady Ámbar. Se inclinó, apartando de un manotazo los restos de serrín, sangre e incluso algunas esquirlas de uñas que la mujer se había arrancado en el fragor de su locura, y estudió atentamente el entarimado, sin encontrar nada extraño en él. Tuvo que reconocer que el encaje era perfecto, un trabajo exquisito, aunque sabía lo que ocultaba. Golpeó el suelo con su puño metálico.

—¡Sé que puede oírme! —gritó—. Le habla el agente Cornelius Clayton, de la División Especial de Scotland Yard. En nombre de Su Majestad, le ordeno que abra la trampilla y salga inmediatamente. Sea quien sea, salga de ahí, con las manos visibles y de forma pacífica.

Se produjo un silencio denso, pesado. Clayton levantó su puño para volver a golpear el suelo, pero entonces se oyó una voz de hombre, débil y apocada, que le contestó casi con timidez:

—No puedo abrir. El mecanismo de la trampilla se ha atascado y... solo puede abrirse desde dentro... Estoy atrapado aquí abajo.

—¿Quién es usted? —preguntó Clayton, intentando conciliar aquella temerosa voz con la poderosa figura con la que había luchado momentos antes.

Silencio. Y, al fin, la respuesta surgiendo desde las profundidades:

—Soy sir Henry Blendell, arquitecto de Su Majestad, distinguido con la Medalla de Oro del Real Gremio de Ingenieros de Inglaterra, nombrado automatista de honor por la sociedad de relojeros y diseñadores de Praga, autor del famoso pasadizo secreto del castillo de...

Clayton ignoró el asombro que fermentó a sus espaldas, perdido en su propio estupor. ¿Sir Henry Blendell? El agente invocó en su mente el recuerdo del arquitecto de Su Majestad, un hombre corpulento, atlético pese a su avanzada edad, de estatura media y cabellos blancos... Sí, entraba dentro de lo posible que con el disfraz adecuado pudiera convertirse en el misterioso espectro que acababa de aterrorizarles. De soslayo, miró hacia el fonógrafo. Pese al revuelo que se había desatado en la sala, la máquina seguía funcionando. Colocó ambas manos sobre el suelo e, inclinándose un poco más, dijo con voz fuerte y clara:

—Sir Blendell, ¿confiesa usted ser el socio de Lady Ámbar?

—Por favor, me estoy quedando sin aire...

Clayton golpeó el suelo con ambos puños.

—¿Confiesa usted haber ayudado con sus conocimientos a la médium conocida como Lady Ámbar, trucando todas y cada una de las falsas sesiones de espiritismo realizadas por dicha mujer, certificando en falso sobre las condiciones de las mismas, y cometiendo ambos, con alevosía y de forma repetida, los delitos de fraude, estafa y simulación?

—Sí, sí... Pero, por favor, se lo suplico, fuercen el suelo con una palanca, o un escoplo. Tengo claustrofobia...

—¿Lo confiesa? ¿Incluida la sesión realizada hoy, día 12 de septiembre del año de gracia de 1888, en el domicilio de Lady Ámbar, situado en el número 12 de Mayflower Road? —gritó Clayton.

—Agente Clayton —intervino Sinclair—, por el amor de Dios, todo esto no es necesario...

—Sí, sí..., lo confieso todo. ¡Lo confieso! Pero, por favor, sáquenme de aquí... Se me termina el aire.

Clayton se irguió con una sonrisa de triunfo un tanto demencial deformándole el rostro. Sus enfebrecidos ojos buscaron los cándidos y azules ojos de Lady Ámbar. Quería mirar a aquella mujer y escupirle a la cara todo su desprecio, decirle bien claro que sus ingenuas estratagemas de gata en celo no le habían servido de nada, que quizá fueran útiles para engañar a patéticos hombrecillos como el que yacía atrapado bajo sus pies, asfixiándose lentamente, pero no para engañar al agente Cornelius Clayton de la División Especial de Scotland Yard. «Lo siento, querida mía —deseaba decirle—, no eres tan buena como creías, o quizá no has sido lo bastante mala. No se puede conseguir siempre lo que uno desea, y ya iba siendo hora de que alguien te enseñara esa ineludible lección...»

Pero Clayton no dijo nada, porque Lady Ámbar yacía desmayada en el suelo, con la cabeza en el regazo del coronel Garrick y una de sus manos abandonada entre las del capitán Sinclair, que intentaba reanimarla propinándole tímidos golpecitos en el dorso mientras pedía a gritos un martillo y un escoplo.

VI

A pesar de no haber dormido un solo minuto esa noche, el agente especial Cornelius Clayton se dirigió caminando al número 3 de Furnival Street. Tenía la esperanza de que el gélido aliento del amanecer le aclarase las ideas o, al menos, sofocara el molesto dolor que se le había alojado en la base del cráneo en algún momento de aquella larguísima noche. Por eso, al abandonar las oficinas de Scotland Yard, había rehusado tomar un carruaje y se había dirigido caminando hacia el río, mientras la húmeda niebla que amortajaba las calles le obligaba a subirse el cuello del abrigo y a enterrar las manos en los bolsillos. Cuando llegó al Victoria Embankment comenzó a recorrerlo sin prisas, con la intención de bordear el Támesis hasta llegar al Strand.

Le gustaba ver el amanecer iluminar perezosamente el río, como si lo dibujara con pulso tembloroso entre los edificios de la metrópoli. A aquella hora, todavía envuelto en hilachas de bruma, el Támesis se dejaba surcar por las primeras barcazas que, rebosantes de carbón, ostras o anguilas, semejaban ruinosos castillos flotantes. A ambas orillas se apretaba un abigarrado desorden de barcos, chalupas y pequeñas embarcaciones, que descargaban en los muelles cestos repletos de calamares, crustáceos y otras baratijas arrebatadas al mar, cuyo impúdico olor el viento esparcía por las calles vecinas. Antes de llegar al Waterloo Bridge, que el amanecer esbozaba en la distancia con trazos de ceniza, Clayton cruzó el Strand y se internó en Covent Garden. Inconscientemente, acompasó su caminar a la musiquilla que componía el hacendoso trajín de los comerciantes, que llevaban montando el mercado desde las cuatro, y se perdió en el ruidoso laberinto que erigían los carros rebosantes de coles y cebollas, los cestos de flores, los barriles de cerveza y los tenderetes de fruta, por donde, pese a la hora, ya zascandileaba una turba de mendigos harapientos, niños sin infancia y gatos majestuosamente escuálidos, que competían entre sí por las sobras de los tenderos. Sin que nada de aquello lograra perturbarlo, al poco logró escapar por un descosido entre un puesto de bruñidas manzanas y otro de gladiolos que la brisa hacía entrechocar como floretes de fantasía. Caminó absorto en los charcos del suelo, donde serpenteaba el resplandor de las farolas, que parecían expirar a su paso, dando la bienvenida a otro de aquellos días fríos y melancólicos propios del otoño londinense.

Finalmente cruzó Kingsway en dirección a su destino. A pesar de que caminaba con zancada marcial por aquellas calles, el agente Clayton se hallaba muy lejos de allí. Todavía permanecía encerrado en la sala de Scotland Yard donde, durante las últimas horas, había tomado declaración a Lady Ámbar, cuyo verdadero nombre era Sarah Willard, y a sir Henry Blendell, el arquitecto de Su Majestad, el individuo más honrado e íntegro del reino, al menos hasta que una hermosa médium de cabellera plateada y ojos marinos se cruzara fatalmente en su camino.

Por enésima vez, repasó la larga confesión que ambos habían desgranado al compás de sus preguntas y de las del capitán Sinclair. Primero los habían encerrado en salas separadas y, en un intento de agotarles y descomponer sus nervios, los habían sometido al mismo interrogatorio una y otra vez, disimulando pequeñas trampas entre la hojarasca de preguntas. Incluso habían recurrido a la clásica estrategia de asegurarles que, sintiéndose a salvo en la sala de al lado, su cómplice les había delatado para salvar el cuello. Más tarde, casi al amanecer, los habían enfrentado en la misma habitación, buscando desesperadamente el derrumbe de alguno de ellos.

Todo había sido en vano. Ambos habían repetido la misma versión de los hechos durante toda la noche, idéntica hasta el último detalle: reconocían su relación personal y su asociación criminal; habían realizado cientos de estafas durante los últimos años, y se habían enriquecido enormemente. Lady Ámbar no poseía ninguno de los poderes que aseguraba poseer: los había tenido de pequeña —había jurado sobre la Biblia—, pero los había perdido con la llegada de la pubertad, y desde entonces no había logrado convocar a ningún espíritu, fuera del tipo que fuera, ni había experimentado ningún fenómeno paranormal; pero, inspirada por la moda cada vez más extendida del espiritismo, había rescatado fraudulentamente aquellos poderes infantiles, decidida a que el recuerdo de sus antiguos terrores no solo llenara de pesadillas sus noches, sino también de plata sus bolsillos; había decidido salir de la pobreza convirtiéndose en una médium falsa, pero no en una cualquiera, sino en la más grande y famosa de todos los tiempos; lo había planeado todo con sumo cuidado, incluida la seducción de sir Blendell, pues había comprendido que, a pesar de sus dotes histriónicas y de su belleza, necesitaba un cómplice que le ayudara en los aspectos técnicos; pese a su intachable moral, la seducción de sir Blendell había sido mucho más fácil de lo que esperaba: el pobre viejo se había vuelto loco por ella desde el primer beso, y enseguida había accedido a todas sus propuestas, arrastrado por una pasión exacerbada, por el lujurioso deseo de poseerla —en ese punto se producía la única nota discordante entre las dos confesiones, pues sir Blendell aseguraba haber actuado impulsado únicamente por el cristiano deseo de ayudar a aquella alma perdida a superar los traumas que la atormentaban—; el arquitecto había puesto al servicio de Lady Ámbar hasta el último de todos sus extraordinarios conocimientos, convirtiendo su mansión, y cualquier lugar que le enviaran a inspeccionar, en un entramado de ingeniosos mecanismos ocultos, diseñados para sortear cualquier vigilancia: trampillas, resortes, poleas, dobles fondos, hilos de nailon, poderosos imanes, conductos que exhalaban aire o gases fluorescentes, guantes rellenos que simulaban manos flotantes, máscaras de caucho, grabados de caras y cuerpos fantasmales...; por su parte, Lady Ámbar confesaba ser una virtuosa regurgitadora: podía usar su estómago como escondrijo de una prodigiosa cantidad de objetos y burlar así las inspecciones más exhaustivas, incluso las que incurriesen en la grosera descortesía de husmear también en sus cavidades más íntimas: la pasada noche, sin ir más lejos, había conseguido —disimulando el acto con violentas convulsiones— regurgitar una cápsula de goma que contenía hidrógeno fosforado, un gas que, al ser mordida la cápsula y entrar en contacto con el aire, había provocado los fuegos fatuos y la nube luminiscente; después había seguido regurgitando metros y metros de una ligera gasa con un rostro pintado, que, al ondear en el aire gracias a la corriente que producía un finísimo conducto situado bajo la mesa —el aliento fantasmal que el coronel Garrick sintiera sobre su mano—, había obrado la aparición del espectro.

Hasta ahí el interrogatorio no había supuesto ninguna dificultad especial para los agentes, pero llegados a ese punto de la confesión, tanto la señorita Willard como sir Blendell se habían mostrado tan unánimes como inamovibles: reconocían su declaración anterior y, si era necesario, firmarían aquella confesión una y mil veces; afrontarían las denuncias que les lloverían durante los próximos días, asumirían la condena por fraude, el escarnio público... Pero no consentirían que los juzgaran por el intento de asesinato de la señora Lansbury. No, eso no. Debían creerles: la última aparición, la tenebrosa figura que había intentado acabar con la vida de la anciana, no era cosa suya. Tal vez fueran estafadores, pero no asesinos. *Aquello* no lo habían provocado ellos.

Clayton pateó un trozo de adoquín que se interponía en su camino. Aquel asunto era endiabladamente embrollado. Nada cuadraba con nada. ¿Quién o *qué* era aquella figura que había logrado apresar entre sus brazos antes de que el coronel Garrick le disparase? Estaba casi convencido de que la siniestra aparición era un truco más de la función. Él había recibido su empujón, había sentido sus músculos al atraparlo en su llave, el tacto de su ropa, el calor que desprendía, incluso el acre olor de su sudor... Era cierto que por un instante le había parecido que la aparición poseía una extraña transparencia o invisibilidad, pero a medida que se sucedían las horas aumentaban las dudas. El desconocido era totalmente humano, por supuesto, y no podía ser otro que sir Blendell, quien se había disfrazado o quizá había empapado su traje en alguna sustancia química, algún éter que le había otorgado aquella extraña ilusión de transparencia, y después, por alguna extraña razón, había atemorizado a la pobre anciana, había huido por la trampilla y se había deshecho del disfraz, escondiéndolo en algún lugar secreto de la casa. Sí, todo apuntaba en aquella dirección, aunque debía reconocer que existían demasiadas preguntas sin respuesta, tantas que estaban a punto de volverlo loco. Por ejemplo, si la falsa aparición era parte del espectáculo, ¿por qué habían decidido incluirla? ¿Qué sentido tenía atacar a una anciana indefensa, en vez de limitarse a realizar su habitual número de feria que tantos éxitos les había deparado? Y si se trataba de un truco más, ¿por qué se negaban a confesarlo? ¿Se les había ido de las manos y ahora intentaban minimizar los daños?, ¿o querían agredir a la anciana por alguna razón? De tratarse de esto último, hacerlo rodeados de testigos no era lo más inteligente. Por otro lado, Clayton no podía olvidar lo sincero que le había parecido el terror de la médium. Y había sido precisamente ese miedo el que la había llevado a forzar la trampilla desde fuera, rompiendo su delicado mecanismo, y mandando al traste el trabajo de tantos meses.

Aquello no tenía ningún sentido... Clayton sacudió bruscamente la cabeza, como un perro irritado tras un repentino remojón. En el fondo daba igual que tuviera sentido o no, se dijo, pues eso solo significaba que faltaba encontrar la clave que se lo diera.

De todas formas, el razonamiento contrario era aún más delirante: si aceptaba que la señorita Willard y su cómplice estaban diciendo la verdad, entonces, ¿quién era el misterioso hombre que había aparecido de la nada? ¿Un asesino que perseguía a la señora Lansbury y había decidido matarla durante una sesión de espiritismo, con dos agentes de Scotland Yard presentes? Era una hipótesis absurda, aunque cuadraba con las enigmáticas frases que el desconocido le había dedicado a la anciana, y sobre todo con la expresión de esta, quien había parecido reconocerle, aunque después lo había negado, alegando confusión. Pero ¿cómo había podido entrar alguien en aquella habitación sellada sin la complicidad de Lady Ámbar o sir Blendell? ¿Estarían los tres involucrados en el intento de asesinato de la anciana?

Finalmente existía otra posibilidad, la única que convertiría todo aquello en un caso digno de la División Especial de Scotland Yard: que la aparición fuera un verdadero espíritu proveniente del más allá. Pero... ¿un espíritu que se había presentado en una falsa sesión de espiritismo, convocado por una médium sin poderes? Sin embargo, durante su infancia los había tenido o, al menos, eso aseguraba ella. ¿Debía entonces dar crédito a aquella historia, y creer que el antiguo talento de la señorita Willard había regresado justamente aquella noche, tal y como juraba la aterrorizada joven, permitiéndole invocar a aquel espíritu malévolo? Al final de la noche, Sinclair había reconocido que aquella hipótesis, por absurda que pareciera, era de momento la menos absurda de todas, si bien Clayton había apretado los labios y no le había contestado. El viejo Sinclair podía ver fantasmas en cada esquina, si eso le hacía sentirse menos viejo, pero en los últimos meses él había aprendido varias lecciones, y entre ellas había una que no olvidaría jamás: no se debía subestimar la poderosa combinación de un disfraz ingenioso y una mujer demasiado hermosa.

Clayton torció el gesto con desprecio al recordar el rostro de Sarah Willard cuando se despidió de ella al amanecer. La altiva médium que había sobrecogido con su etérea belleza a casi todos los hombres de Inglaterra, incluidos los integrantes de la comisión, en los sótanos de Scotland Yard se había convertido en una temblorosa muchachita. Al concluir el interrogatorio, lo había tomado por las solapas y, clavando en él sus ojos marinos, le había suplicado que la encerrara en la celda más oscura si ese era su deseo, pero que, por favor, alejara de ella a los espíritus, que no dejara que volvieran... Entre gemidos, le había asegurado que no soportaría revivir los horrores de su infancia: el pánico que la inundaba en mitad de la noche al sentir cómo un cuerpo helado y transparente se metía entre sus sábanas buscando su calor; ella permanecía muy quieta, rezando todas las oraciones que sabía, mientras el gélido aliento del fantasma erizaba su nuca; y los espejos, el terror a mirarse en un espejo y ver reflejada a su espalda la pálida figura de alguien que la observaba fijamente, aunque al volverse nunca encontrara a nadie; y las voces, a todas horas, las voces... Había proferido aquella retahíla de súplicas intentando controlar el llanto histérico que amenazaba con dominarla, y su voz había sonado tan desgarrada que hasta el centinela de la puerta había tenido que tragar saliva ruidosamente. A pesar de todo, Clayton se había limitado a mirarla impasible durante unos segundos, y después, tomándola con firmeza de las muñecas, se había arrancado aquellos puñitos crispados de su chaqueta y la había sentado en una silla, donde había permanecido sollozando mientras él salía de la sala sin mirar atrás.

Mentía. Ambos mentían, estaba seguro. Clayton no sabía si existían o no los espíritus, aún no disponía de datos suficientes para llegar a una conclusión al respecto, pero tenía la certeza de que la figura que había apresado en el salón de Lady Ámbar pertenecía a este mundo tanto como él. Sinclair podía salir a cazar fantasmas si quería, pero él tenía muy claro hacia dónde dirigir la investigación: debía encontrar aquel maldito disfraz; si era preciso, ordenaría tirar abajo la casa de Lady Ámbar. Aunque antes de empezar a demoler mansiones, se imponía una pequeña charla con cierta ancianita aficionada al espiritismo. Clayton intuía que la señora Lansbury sabía más de lo que aparentaba. Estaba convencido de que tras aquellos ojillos bondadosos y burlones que habían contemplado desafiantes a la aparición, se encontraba la clave que le faltaba para desenredar aquella madeja. Por eso había decidido dirigirse de inmediato a su casa, sin siquiera detenerse a dormir un par de horas.

El amanecer ya había cuajado en el cielo. En aquel momento, con el mundo apenas iluminado por unas pocas virutas de luz, todo era silencio, y la saludable brisa de la mañana caía sobre la adormilada metrópoli como aliento de ángeles, que diría Dickens. Y eso significaba que cualquier persona decente podía recibir una visita sin que esta resultara escandalosa, sino tan solo imprevista. Así que el agente especial Cornelius Clayton dobló la esquina de Furnival Street y se encaminó a casa de la señora Lansbury, una alargada mansión de estilo gótico, con su tejado erizado de picos y una fachada provista de estrechas vidrieras. Sin demorarse más, subió la escalera que conducía al porche e hizo sonar la campanilla. Después, adoptando una aguerrida postura, con las manos detrás de la espalda y las piernas ligeramente separadas, se dispuso a encarar el gélido desprecio de algún mayordomo ofendido por lo temprano de la hora. De todos modos, aunque tuviese que hacer frente a un ejército de furibundos criados y subir al dormitorio de la anciana para despertarla él mismo, hablaría con la señora Lansbury y la obligaría a confesar cuál era su papel en aquel embrollo.

Le sorprendió que fuera la misma señora Lansbury la que atendiera su llamada, y que además lo hiciera casi de inmediato, como si hubiese estado apostada detrás de la puerta. Aunque aquello no le sorprendió tanto como su insólito aspecto y su no menos insólita actitud. Catherine Lansbury abrió la hoja de madera apenas los centímetros suficientes para asomar su despeinada cabecita por la rendija. El pulcro recogido que había lucido la noche anterior se había deshecho por completo, y unos mechones grises le velaban la mirada. La anciana permaneció así, sujeta al borde de la puerta con las dos manos, mientras el agente Clayton desbarataba su gallarda postura y se quitaba el sombrero, sintiéndose de repente algo ridículo ante aquella mirada alucinada que en pocos segundos osciló del miedo a la sorpresa, pasando por la decepción, y terminó en una contemplación casi valorativa. La señora Lansbury abrió y cerró varias veces la boca, como si no atinara a expresar en palabras el carrusel de emociones y pensamientos que giraban en su cabeza. Cuando logró sobreponerse, abortó el tímido saludo de Clayton con una vehemente señal de silencio, se asomó al porche con cautela y estudió la calle. A continuación, tomó del brazo al agente, le obligó a entrar y cerró la puerta a sus espaldas apresuradamente.

Cohibido por los continuos aspavientos con que la anciana le exigía silencio, Clayton la siguió a través del penumbroso vestíbulo, reprimiendo la absurda tentación de andar de puntillas, hasta que llegaron a una puerta que ambos franquearon. Mientras la señora Lansbury la cerraba con llave, asegurándose varias veces de hacerlo correctamente, y luego comprobaba que las ventanas estuvieran atrancadas por dentro, el agente estudió con curiosidad el pequeño despacho donde se hallaban, aprovechando que estaba mucho mejor iluminado que el vestíbulo. Se trataba de una estancia amueblada con sencillo gusto, con un par de ventanales que supuestamente daban al jardín, frente a los que había un coqueto escritorio atestado de papeles garabateados, carpetas y utensilios de escritura, en cuya esquina se enseñoreaba un jarrón con algunas rosas que no debían de llevar mucho tiempo cortadas. En el centro de la habitación, con aspecto desvalido, se hallaba una pequeña mesita sobre la que alguien había dispuesto un primoroso servicio de té. Tras su exhaustiva inspección, la señora Lansbury miró a su alrededor como un ratoncito nervioso, olvidada de la presencia del agente, quien se vio obligado a carraspear.

—Ejem... Señora Lansbury...

La anciana le observó parpadeando.

—¡Oh! Discúlpeme, no le esperaba a usted... —susurró.

—¿Esperaba a alguien tan temprano? —preguntó Clayton con asombro, señalando el servicio de té y hablando también en susurros.

—Oh, sí, sí... Esperaba a una persona. Una persona muy importante. Le mandé llamar hace un buen rato. He pasado toda la noche debatiéndome entre hacerlo o no, y finalmente, al rayar el alba, envié a mi fiel criada Doris a su domicilio con una nota urgente en la que... suplicaba su presencia. Pero no ha acudido a mi llamada, ni ha contestado a mi nota. Tampoco ha regresado mi doncella... ¡Oh, mi querida Doris! Si le ha ocurrido algo por mi culpa, jamás podré... No dispongo de más servicio, ¿sabe? No puedo pagar más criados. Todo mi dinero lo uso para... Así que Doris es la única que vela por mí. Quizá no debí mandarla a buscar a... Aunque... ¿qué otra cosa podía hacer? —Miró a Clayton con ojos suplicantes—. Dígame, ¿qué podía hacer? No se me ocurrió otra solución. Él me ha encontrado, sabe dónde me escondo, y ya no me queda tiempo. —La anciana volvió a pasear una nerviosa mirada a su alrededor, susurrando para sí misma—. No, ya no me queda tiempo...

—Señora Lansbury, me temo que no comprendo...

—No recuerdo su nombre, muchacho —le interrumpió la anciana mirándolo de nuevo. La férrea voluntad de aquellos ojos que no terminaban de encajar con la temblorosa decrepitud de su dueña volvió a sorprender al agente.

—Soy el agente Cornelius Clayton, de la División Especial de Scotland Yard. Nos conocimos anoche durante la sesión de...

—¡Oh, recuerdo perfectamente dónde nos conocimos, muchacho! Solo había olvidado su nombre. No soy una vieja senil. Usted es el joven del corazón roto. Le conozco mejor de lo que usted cree. Oh, sí, mucho mejor... Pero siéntese, por favor. ¿Le apetece una taza de té?

Sin esperar respuesta, la señora Lansbury se sentó y

comenzó a servir el té con mano trémula mientras movía ligeramente los labios, como si recitara una plegaria. Clayton tomó asiento con sumo cuidado, para no golpear la mesita con sus rodillas puntiagudas y arrojar al suelo las tazas.

—Tome una de estas galletitas, muchacho —dijo la anciana, acercándole un platito de pastas—. Las galletas Kemp son deliciosas. Están hechas de mantequilla y anís, y nunca he probado otras mejores. Las adoro. No existe esta marca de donde yo vengo, ¿sabe? En fin, ha sido una lástima descubrirlas tan tarde, pues apenas he podido disfrutarlas unos pocos años... Verá —intentó sonreír animosamente, aunque Clayton reparó en que estaba temblando—, me temo que hoy será la última vez que las coma.

—¿Y eso por qué, señora Lansbury? —preguntó sorprendido el agente.

Ella le observó en silencio durante unos segundos, de nuevo con aquella mirada valorativa, como si le estuviera tasando, sopesando su utilidad.

—Porque el Villano me ha encontrado, muchacho —contestó al cabo, tan bajito que Clayton tuvo que inclinarse sobre la mesita para oírla—. Y va a matarme.

—¿El Villano?

La anciana le indicó con gestos que bajara la voz.

—El Villano, sí. Toda historia que se precie debe tener su villano, ¿no le parece? Y la nuestra también tuvo uno —recordó con melancolía—. El peor villano que se pueda imaginar. Y ahora viene a matarme a mí.

—Si se refiere al hombre que la atacó en casa de Lady Ámbar, le aseguro que no tiene nada que temer de él: está entre rejas —respondió Clayton, tratando de tranquilizarla.

—¿Entre rejas? —La anciana soltó una risita compasiva, como si le enterneciera la ingenuidad del agente—. Ninguna prisión puede retener al Villano, hijo. Ninguna.

—¿Qué quiere decir?

—¡Lo que he dicho! ¿Cree que hablo en acertijos? Me matará, y no tardará en hacerlo. Así que no hable. No tenemos tiempo. Solo escúcheme —le ordenó con brusquedad.

Se sacudió las migas de galleta del vestido con ademán decidido, sacó de uno de sus puños una pequeña llave y se acercó a su secreter. Abrió uno de los cajoncitos y regresó con un libro, que tendió al agente con una extraña solemnidad.

—¿Qué es? —preguntó Clayton con cautela.

—Cójalo. ¡Vamos!

El agente lo tomó en sus manos. Se trataba de un libro pequeño, apenas mayor que un misal, encuadernado en oscuras tapas de piel, en una de las cuales aparecía, grabada en relieve dorado, una estrella de ocho puntas que semejaban flechas. Bajo ella había unas letras, también en relieve dorado, que rezaban: «El mapa del caos». Clayton hojeó el libro con curiosidad, pasando sus páginas en abanico. Las hojas estaban manuscritas, garabateadas con lo que parecían intrincadas fórmulas matemáticas, y extraños dibujos geométricos intercalados de vez en cuando. El agente miró atónito a la anciana, que se le acercó y posó una mano sobre su hombro. Temblaba violentamente, como las hojas de los árboles bajo el viento otoñal, pero su mirada era valiente y su voz sonó serena:

—En las páginas de este libro está escrita la salvación del mundo. Del mundo que usted conoce —abrió los brazos, señalando a su alrededor, y luego lo contempló con seriedad—, pero también de todos los que pueda imaginar. Porque debe saber, hijo, que el universo entero está en peligro. Así que escúcheme con atención, agente Clayton de la División Especial de Scotland Yard: el hombre que apareció ayer en la sesión de espiritismo busca este libro para destruirlo. Es un ser maligno, ya ha matado antes, y no dudará en volver a hacerlo. Asesinó a mi marido... —su voz se quebró por un instante—, pero yo pude escapar y poner el libro a salvo... Durante todo este tiempo, he intentado seguir con el plan que mi marido y yo ideamos para salvar el mundo. Pero el Villano me ha encontrado antes de conseguirlo. Y ya no me queda tiempo. Así que a partir de ahora todo depende de usted.

—¿De mí? —repuso Clayton, sorprendido.

La anciana asintió con tristeza.

—Me temo que sí, hijo. Solo podía confiar en otra persona, aquella a quien hace unas horas mandé llamar. Sin embargo, no ha venido, ignoro por qué..., y ya no hay tiempo. Quizá debí llamarla antes, hace años, cuando llegué aquí. Sí, quizá me equivoqué al no hacerlo. Quizá mi esposo y yo nos equivocamos al apostarlo todo a las Coordenadas Maelstrom... Sí, seguramente nos equivocamos en muchas cosas, aunque ya no importa... Lo único que ahora importa es salvar este libro. Guárdelo, agente Clayton. Debe protegerlo, con su vida si es necesario, y entregárselo a aquellos que vienen del Otro Lado y...

—¿A aquellos que vienen del Otro Lado? —la interrumpió Clayton sin poder disimular su impaciencia—. Pero... ¿a quién se refiere? ¿Y qué es exactamente este libro? ¿Y por qué está en peligro el uni...?

—¿No sabe que es de muy mala educación interrumpir a sus mayores? —se enfadó la anciana—. ¿Acaso cree que iba a entregarle algo tan valioso sin explicarle qué es y qué debe hacer con él? ¿No le he dicho que existe un plan, muchacho?

—Yo... Disculpe —murmuró Clayton, contrito.

De pronto se oyó un fuerte estruendo en el piso de arriba. La anciana miró hacia el techo con los ojos muy abiertos mientras su rostro adquiría la pálida blancura de la nieve.

—¡Ya está aquí! —exclamó con voz temblorosa—. El Villano ha venido a matarme.

Clayton, que también había oído el ruido, se levantó de su asiento al tiempo que sacaba la pistola.

—No si yo puedo evitarlo —la tranquilizó.

Se guardó el libro en uno de los bolsillos del abrigo y, seguido por una asustada señora Lansbury, se dirigió a la puerta. La abrió sin hacer ruido, salió al pasillo con cautela y la cerró tras de sí, dejando dentro a la anciana.

—Enciérrese con llave —le ordenó en un susurro—, y no abra hasta que yo...

Antes de que pudiera terminar la frase, oyó cómo la anciana echaba la llave. Su extrema diligencia le arrancó una sonrisa. Se volvió con la pistola enarbolada y estudió la escalera del vestíbulo, que se perdía hacia la espesa oscuridad de la planta superior. Todavía no sabía qué pensar de aquella estrafalaria anciana, pero una cosa era cierta: alguien había entrado en la casa, probablemente por una ventana. Él mismo había oído el golpetazo que había hecho retumbar el suelo del piso de arriba. Y si la señora Lansbury no contaba con más criados que la tal Doris —como demostraba el polvo que se acumulaba en la barandilla de la escalera y las barrocas telarañas tendidas entre sus barrotes—, aquel sonido solo podía haberlo causado un intruso. De todos modos, quienquiera que fuese no sabía que él estaba allí, así que Clayton contaba con el factor sorpresa. Con pasos cautelosos, comenzó a subir la escalera, evitando que el crujido de los peldaños delatara su presencia. Sin embargo, enseguida comprendió que aquel celo era innecesario, pues desde arriba le llegó un estrépito de golpes y sonidos bruscos, como si el intruso se hubiese entregado a la tarea de registrar sin el menor cuidado una de las habitaciones. Clayton apresuró sus pasos y alcanzó la planta superior, de donde arrancaba un largo pasillo jalonado de puertas.

La anciana debía de moverse en la oscuridad con la soltura de un ciego, pues la mansión, salvo su gabinete, permanecía sumida en una viscosa penumbra. La luz del amanecer que se filtraba por el rosetón de la escalera, desflecándose en hilachas azules, rojas y verdes, le permitía desplazarse sin necesidad de ningún candil, pero resultaba insuficiente para distinguir con nitidez lo que le rodeaba. Intentando no tropezar con los muebles que congestionaban el pasillo, Clayton se internó por él aguzando el oído, y enseguida localizó la puerta de la que escapaban los intempestivos golpes. Se colocó a un lado, se cambió la pistola a la mano metálica para poder manipular el picaporte con la otra, y empezó a abrirla lentamente. Ante sus ojos se fue desvelando con parsimonia una habitación anegada de sombras. Por los muebles, apenas unos bultos lúgubres, dedujo que se trataba del dormitorio de la anciana. Pero desde donde se hallaba solo podía ver una parte de la habitación; la otra, donde debía de encontrarse el intruso, permanecía oculta tras la propia puerta. Entonces distinguió su silueta reflejada en un espejo que había situado entre la cama y una ventana rota. Clayton la observó en silencio, sin poder dar crédito a lo que veía. El intruso se hallaba de espaldas, concentrado en desvalijar los cajones de una cómoda. Comprobó que poseía una complexión semejante a la de la figura que había aparecido en casa de Lady Ámbar. Pero él mismo se había encargado de cerrar a sir Blendell en una celda antes de salir hacia allí, ¿cómo era posible que estuviese en aquella habitación? Y si no era él, ¿quién era?, se preguntó sorprendido. No obstante, lo que más le sorprendió fue que, a través de la propia silueta, podían apreciarse partes de la cómoda e incluso del empapelado de la pared, aunque de un modo muy brumoso, como si mirase a través de un visillo agitado por la brisa. Entretanto, el intruso maldecía entre dientes, cada vez más enfurecido, mientras los objetos que pertenecían a la anciana caían desperdigados a sus pies. Entonces, a través de una puerta que el agente tampoco podía ver, cruzó a la habitación contigua.

Clayton lo imitó, pero usando el pasillo; localizó la puerta correspondiente y procedió a abrirla con el mismo sigilo. Al fondo de la habitación distinguió el bulto oscuro del intruso ocupado en alguna tarea, y avanzó hacia él muy despacio, apuntándolo con la pistola. No obstante, cuando llegó a un par de pasos de él, el resplandor de la calle le desveló que lo que estaba encañonando era un artefacto con ruedecitas del que surgían un par de brazos mecánicos, rematados respectivamente en un escobón y una gamuza. Antes de que atinara a comprender que el intruso había conectado el Sirviente Mecánico de la anciana, la pesada librería que se hallaba en la pared vecina se inclinó inopinadamente sobre él. Clayton levantó el brazo derecho con la intención de detener su caída, pero era un mueble demasiado pesado y lo arrastró hasta aplastarlo brutalmente contra el suelo. Mientras sentía sus costillas a punto de desmigarse, oyó una risa salvaje que fue alejándose a medida que su dueño abandonaba la habitación. Luego, silencio. Durante varios minutos, Clayton permaneció inmóvil, atontado por el golpe. Habría perdido el conocimiento de no ser porque el escobón del Sirviente Mecánico empezó a frotarle el rostro con insistencia. Eso lo despabiló y, poco a poco, comenzó a debatirse para tratar de salir de debajo de la robusta estantería. Maldiciéndose por haber caído en una trampa tan estúpida, aguzó el oído: el intruso descendía las escaleras; luego lo oyó rugir en la planta baja mientras abría y aporreaba puertas en un vendaval de furia.

—¿Dónde te escondes, maldita sea? ¿Todavía no has aprendido que nadie puede protegerte de mí? Ya sabes lo que quiero. ¡Entrégamelo y quizá te mate sin dolor!

Sobrecogido por la rabia animal que forraba la voz del

intruso, Clayton comprendió que tarde o temprano daría con una puerta que no se abriría, la del gabinete de la anciana. Temiendo por la vida de la señora Lansbury, a quien había jurado proteger, apretó los dientes y, pese al dolor que lo mortificaba, continuó forcejeando contra la estantería sin dejar de seguir los progresos del intruso, que parecía estar arramblando con todo lo que encontraba a su paso. Hasta que le oyó lanzar una risa de triunfo.

—¡Así que es aquí donde te escondes! ¡Abre, maldita vieja!

Aquello espoleó a Clayton, que en un esfuerzo supremo consiguió salir de debajo de la estantería, arrastrándose dolorosamente por el suelo, como un ternero alumbrado en un parto. Una vez libre, el agente se levantó a duras penas, apartó al Sirviente Mecánico de una furiosa patada y, torpemente, como si caminara sobre zancos, salió al pasillo. Terriblemente mareado, emprendió el trabajoso descenso de la escalera apoyándose en la barandilla, mientras el intruso cargaba contra la puerta del gabinete de la anciana con una saña brutal, alternando puñetazos con patadas. Clayton apenas había logrado descender un par de peldaños cuando oyó el crujido de la puerta al astillarse, seguido de los gritos de terror de la señora Lansbury. Comprendiendo que la echaría abajo antes de que él alcanzara el pie de la escalera, el agente afianzó los codos en la barandilla y apuntó al desconocido.

—¡Deténgase! —gritó con la mayor autoridad que pudo—. ¡Levante las manos y entréguese!

Clayton no logró hacerse oír por encima de los inhumanos rugidos del intruso. Alzó entonces la pistola y disparó al techo. Las detonaciones detuvieron al desconocido. El agente le observó tensar el cuerpo mientras comprendía que alguien lo apuntaba desde la escalera. Sin embargo, no se volvió con las manos en alto, como esperaba Clayton, sino que, tras un momento de vacilación, echó a correr hacia la calle. Aun así, el vestíbulo era recto y largo, de modo que el agente, desde la privilegiada atalaya donde se encontraba, apuntó con calma. Como si de un ejercicio de tiro se tratara, colocó la mira de su pistola a la altura de la espalda del intruso, y deslizó el dedo por el gatillo. Pero no quería matarlo, solo impedir que huyera, así que bajó el arma unos centímetros, y disparó. El intruso detuvo bruscamente su carrera y se llevó una mano a la parte trasera del muslo izquierdo, donde se había enterrado la bala de Clayton. Sin embargo, eso no lo detuvo más que un par de segundos. Luego, como si estuviera poseído por una furia monstruosa que redujera el disparo a una pequeña molestia, reanudó su huida dando bandazos y lanzando maldiciones. Clayton consiguió bajar la escalera sin despeñarse, y corrió tras él a través del vestíbulo. Cruzó la puerta que la anciana había abierto con tanta cautela, ahora de par en par, y tras atravesar el porche salió a la calle.

Miró hacia ambos lados, pero, para su sorpresa, no encontró el menor rastro del desconocido. ¿Cómo había logrado recorrer la calle y desaparecer tan rápido de su vista, arrastrando además una pierna herida? Clayton dio un par de vueltas sobre sí mismo, hasta quedar enfrentado de nuevo a la mansión de la anciana. En silencio, observó la puerta abierta. ¿Estaría todavía dentro de la casa? Entonces, en el peldaño que coronaba la escalera del porche, empezó a suceder algo extraño: una gran mancha de sangre apareció de la nada ante sus ojos, como si una mano invisible la estuviera dibujando en aquel instante. Con la sensación de estar asistiendo a un truco de magia, Clayton observó atónito cómo se extendía sobre la madera, hasta adquirir la forma de un cangrejo aplastado. Apenas un segundo después, otra mancha brotó súbitamente en el segundo escalón y una tercera en el siguiente, y de pronto un reguero rojizo avanzó hacia él como una mecha sangrienta, pasando por debajo de sus piernas, y obligándole a darse la vuelta para seguir contemplando aquella milagrosa floración. El fenómeno se detuvo tan súbitamente como había empezado, a un par de metros más allá de donde estaba. Clayton observó aquel rastro de sangre truncado en mitad de la calle y, volviéndose de nuevo hacia la casa, comenzó a seguirlo. Maravillado, comprobó que el rosario de manchas trazaba el camino que había recorrido el individuo, como los pétalos de rosas marcaban el de las princesas de los cuentos. Una mancha mayor que las demás parecía señalar el tramo del pasillo donde había recibido el disparo, acompañada de un par de llamativas salpicaduras en una columna. Clayton habría jurado que ninguna de ellas estaba allí antes. Sacudió la cabeza y se obligó a olvidarse momentáneamente de aquel misterio para concentrarse en la anciana, que debía de aguardar en vilo, al otro lado de la puerta medio destrozada de su gabinete.

—Abra, señora Lansbury —le ordenó con voz tranquilizadora cuando llegó a la entrada—. Soy el agente Clayton. El intruso ha huido.

Pero del interior del gabinete no surgió ninguna respuesta.

—¿Señora Lansbury? —llamó.

El silencio prosiguió. Clayton repitió el nombre de la anciana varias veces, y en vista de que no recibía contestación, se apresuró a terminar de derrumbar la puerta, lo cual no le costó demasiado. Irrumpió en la habitación temiendo encontrar el cuerpo desmadejado de la señora Lansbury tendido en el suelo, pero allí no había nadie. Desconcertado, examinó el pequeño gabinete con la mirada, escrutando cada rincón. El escritorio, la mesita con el servicio de té, las presuntamente deliciosas galletas Kemp... Todo estaba en su sitio; solo faltaba la anciana. Tras comprobar que la puerta seguía con la llave echada y las ventanas atrancadas por dentro, Clayton registró la habitación a zancadas desesperadas, sin encontrar escondite alguno. ¿Cómo habría logrado la señora Lansbury salir del gabinete? ¿Quién podría habérsela llevado, si la puerta estaba cerrada por dentro? Girando lentamente sobre sí mismo, como una peonza, volvió a examinar la habitación, seguro de que algo se le escapaba. De repente sintió que su mareo se intensificaba, y comprendió que aquel vértigo no tenía nada que ver con el golpe de la estantería. No, aquel mareo era distinto, aunque también familiar. Y supo que iba a sucederle de nuevo.

—No, ahora no... —maldijo.

La frase quedó en el aire, inacabada. Clayton se desplomó inconsciente, arrastrando en su caída el jarrón del escritorio. Permaneció allí, tendido en la habitación vacía, desgajado de la existencia, mientras el resto del mundo se preparaba para enfrentar el misterio de un nuevo día.

La oscuridad olía a rosas recién cortadas.

VII

Pero no siempre había sido así. La primera vez, la oscuridad se había desplomado sobre él envolviéndolo en un desagradable tufo a bosta de caballo, pues se había desmayado en un callejón hediondo, y se había golpeado la cabeza contra los mugrientos adoquines. La segunda vez se había desplegado con la lánguida cadencia de un viejo telón, oliendo a tela polvorienta, madera y cuero recién lustrado, pues había perdido el conocimiento en un teatro, resbalando casi voluptuosamente desde la butaca hasta la mullida alfombra. A aquellos desmayos les siguieron ocho más, impregnados de distintos olores, hasta llegar al aroma de las rosas blancas. Era la primera vez que se desplomaba durante su trabajo.

El primero de aquellos viajes —así los llamaba él, viajes, no desmayos— había tenido lugar el mismo día en que le dieron de alta en el Guy's Hospital, donde había estado ingresado para recuperarse de su terrible mutilación. Desoyendo los consejos de las enfermeras, Clayton se había marchado sin ni siquiera esperar a Sinclair, que se había ofrecido a llevarlo a su casa para que apurase la convalecencia bajo los atentos cuidados de la señora Sinclair. Una vez fuera del hospital, como si se tratase de otro paso más de su pequeña rebelión, rehusó tomar un carruaje y se dirigió por su propio pie hasta su modesto piso de Milton Street. Caminaba balanceando su brazo truncado casi con ostentación, sin importarle las compasivas miradas de los transeúntes ni el terrible frío que congelaba sus dedos fantasmas, aquellos dedos que todavía sentía y que ningún guante podría ya cobijar. Necesitaba liberarse de las pegajosas telarañas que habían revestido su cerebro durante los casi treinta días que había estado ingiriendo opiáceos, y también necesitaba desentumecer su abotargado cuerpo. Sin embargo, enseguida empezó a arrepentirse: hacía demasiado frío, las piernas le dolían, el fantasma de la mano perdida le escocía terriblemente, y a cada paso que daba se notaba más mareado. Atajó entonces por un callejón, y tuvo la certeza de que alguien le seguía. Lo sabía, aunque no se había dado la vuelta ni había oído ningún ruido a su espalda. De repente, un garfio de hielo se le clavó en el centro del estómago y tiró de él hacia arriba, sin que él pudiera hacer nada. No sintió la caída, ni el golpe contra la acera; solo la oscuridad, y el olor de la bosta de caballo.

Esa fue la primera vez que soñó con Valerie.

Cuando unos molestos golpecitos en la mejilla lo despertaron, se encontró ante un caballero elegantemente vestido que le observaba con preocupación. Se trataba de un hombre de mediana edad, dueño de un rostro agradable, más bien anodino, de no ser por la negra perilla que lo adornaba, como dibujada con un trozo de carbón, y por unos extravagantes anteojos dorados. Se presentó como el doctor Clive Higgins, y confesó haberle seguido durante un par de calles, alarmado por su enfermiza palidez y su inestable caminar. En el momento en que había acelerado el paso para preguntarle si se encontraba mal, él se había desplomado. Clayton farfulló algo sobre su reciente alta hospitalaria, y le rogó que le permitiera seguir su camino, asegurándole que se encontraba mejor y que su casa no estaba lejos. Ambas afirmaciones eran mentira, pero deseaba quedarse solo cuanto antes para deleitarse en las extrañas y hermosas imágenes que el sueño había dejado en su cabeza antes de que se desvanecieran. El doctor Higgins consintió en que se marchara, no sin advertirle con inusitada seriedad que necesitaba ayuda y que él podía proporcionársela. Luego dejó entre sus dedos una tarjetita de color crema con bordes dorados, donde constaba su nombre, la dirección de su consulta y el misterioso título de «Doctor en Neurología, Psicoanálisis y demás afecciones del alma».

Tras prometer que lo visitaría, Clayton corrió hacia su casa. Cuando llegó, se llenó el cuenco de la mano sana con una dosis triple de las pastillas para dormir que le habían entregado en el hospital, las empujó garganta abajo con un trago de brandy y se tumbó en la cama con el corazón desbocado, sin siquiera quitarse el abrigo. Deseaba tanto retomar su hermoso sueño en el mismo punto donde lo había dejado que no le importó que aquella cantidad de analgésicos le impidiese volver a despertar. Pero no consiguió soñar de nuevo con ella. No en aquella ocasión. Despertó algunas horas más tarde, con un terrible dolor de cabeza y una angustiosa resaca provocada por el atracón de pastillas.

Tuvieron que pasar doce días para que volviera a soñar con ella, esta vez en el teatro. El mismo garfio helado en el estómago, la misma sensación súbita de ser suspendido en el vacío, el mismo vértigo y la misma repentina oscuridad. También el mismo sueño, tan maravilloso y vívido que, cuando despertó, el mundo le pareció más onírico que cualquier ensoñación, al menos durante unas horas. Y una semana después volvió a sucederle mientras se preparaba una taza de té, que terminó hecha añicos en el suelo de la cocina, junto a su cuerpo inconsciente. Sin embargo, nunca conseguía invocar aquellos sueños. Lo había probado con pastillas, con alcohol, con una combinación de ambos, permaneciendo un día entero en la cama mientras recitaba de memoria las aburridas leyes del código penal, o tumbado en el sofá del salón escuchando música hasta el amanecer. Pero era inútil. Nunca soñaba con ella cuando se dormía al modo de los hombres corrientes, por decirlo de alguna manera. No, aquel sueño extraordinario solo le sobrevenía durante aquellos malditos desmayos, aquellos estúpidos desmayos, aquellos benditos desmayos que antes o después le acarrearían problemas. Por eso había aprendido a esperarlos y temerlos a partes iguales.

Y no había pautas, nada que pudiera estudiar. Podían sucederle en cualquier momento, en las situaciones más inesperadas, sin relación con lo que se encontrara haciendo. Daba igual que estuviera nervioso o relajado, caminando o sentado, solo o en medio de una multitud. Sucedían sin más: primero un ligero mareo y después aquel brusco tirón en el estómago, que lo obligaba a desplomarse de repente. Viajes, los llamaba. ¿Y de qué otra forma podía llamarlos? Al fin y al cabo, aunque su cuerpo permaneciera tendido en el mismo lugar donde caía, inmóvil como un melancólico montón de ropa sucia, su mente volaba muy lejos de allí, y siempre hacia el mismo lugar.

Pero aunque nunca fuera tan feliz como cuando los sufría, aquellos extraños desmayos no tardaron en preocuparle. Se repetían con tanta frecuencia que Clayton tuvo que reconocer que ya no podía tratarlos como incidentes anecdóticos, sino como la inequívoca señal de que algo sustancial había cambiado en su interior, de que su alma ya no era la misma.

Sin embargo, el último de sus viajes fue el que más lo angustió, pues se había desmayado en mitad de una investigación. Él, el aclamado agente Cornelius Clayton, se había desplomado en el mismísimo escenario del crimen. ¿Qué diría Sinclair cuando se enterara? ¿Qué pensarían sus superiores? ¿Y cuánto tiempo más podría esconder aquellos súbitos derrumbes? Porque esta vez había sido un milagro que nadie lo hubiese encontrado durmiendo en el gabinete de la anciana, permitiéndole ocultar tan vergonzoso suceso en el informe que había redactado, pero la próxima vez quizá no tuviera tanta suerte. No quería ni pensar en qué ocurriría si descubrían que sufría desmayos con regularidad. Probablemente le darían de baja del servicio, lo enviarían al médico y no le permitirían ejercer su trabajo hasta que averiguaran qué extraña enfermedad anidaba en su interior. ¿Y qué haría él entonces, sin nada con que entretener la mente? Enloquecería, estaba seguro de ello. Su trabajo era la única quietud que conocía su cerebro. Únicamente cuando estaba inmerso en una investigación, obsesionado con los detalles de un caso, barajando hipótesis y conjeturas, lograba dejar de pensar en ella. O casi.

Durante el caso de Lady Ámbar, por ejemplo, apenas se había acordado de la condesa, y eso que al principio la investigación no había presentado el interés que había cobrado con el tiempo, hasta resultar fascinante. Un caso rutinario de verificación y una simple sospecha de fraude se habían convertido de repente en un misterio extraordinario, un auténtico desafío para su mente hambrienta de retos. No solo había aparecido un espíritu asesino en una sesión de espiritismo falsa, sino que, además, unas horas más tarde, aquel mismo espíritu había seguido a una de las asistentes hasta su hogar para robarle un misterioso libro que, según parecía, contenía la salvación del mundo.

Esa misma noche, cercano ya el amanecer, la señora Lansbury había enviado a su única criada a buscar a una misteriosa persona. Pero nadie se había presentado. Y ahora Clayton sabía por qué: el cadáver de la pobre Doris había sido encontrado poco después en un callejón cercano por agentes de Scotland Yard, tan horriblemente destrozado que había espantado incluso a los curtidos policías, y sin ninguna nota en su poder. Por la hora de la muerte, era evidente que el asesino había interceptado a la criada antes de que esta pudiera entregarla y se la había arrebatado, por lo que su destinatario nunca llegó a saber el ansia con que la anciana lo había esperado, ni Clayton tendría forma de averiguar de quién demonios se trataba.

Las investigaciones posteriores habían revelado que la señora Lansbury carecía de vida social más allá de su afición al espiritismo. Los agentes habían tenido que contentarse con interrogar a quienes con mayor frecuencia habían coincidido con ella en las sesiones. Sin embargo, ninguna de esas personas tenía con aquella estrafalaria anciana más trato del que obligaba la educación, lo que las convertía en improbables destinatarios de su nota. Por lo demás, no se le conocía ni familia ni amigos. Catherine Lansbury había aparecido de la nada en la sociedad londinense unos años atrás. Se sabía que era dueña de una respetable fortuna gracias a que poseía la patente del Sirviente Mecánico, pero nadie había conseguido averiguar nada más acerca de ella, salvo que era viuda y que venía de muy lejos, un dato asombroso si se tenía en cuenta su impecable acento londinense. Los últimos rumores sugerían que había dilapidado su fortuna en su obsesión con el más allá, y que era cuestión de tiempo que los acreedores se le echaran encima. A pesar de todo, la anciana no parecía haber cejado en su cara afición, y eso que, según los testimonios recabados, ni siquiera asistía a dichas sesiones en busca de un contacto concreto, como solía ser lo habitual. En ningún momento había solicitado hablar con su difunto marido, por ejemplo, y cuando algún avispado médium le anunciaba con alborozo que el espíritu de su esposo se había presentado en la sala y pedía hablar con ella, la señora Lansbury sacudía su manita arrugada como si le hubieran dicho un halago inadecuado, y respondía:

—No lo creo: mi marido sabría de sobra que yo no quiero hablar con él. De todas maneras, no es a él a quien busco. Busco a otros. Esperaré.

Y luego permanecía en silencio, esperando a aquellos que, al parecer, nunca llegaban. ¿Se referiría a «los que vienen del Otro Lado»?, ¿a aquellos a quienes supuestamente estaba destinado el libro? Y en cuanto al extraño ser que había intentado robarlo, ¿quién era? ¿Cómo había aparecido en la sesión? ¿Y cómo se había desvanecido de repente en la calle, dejando un rastro de sangre que no se había hecho visible hasta unos minutos después? Pero, sobre todo, ¿cómo había desaparecido la anciana de una habitación cerrada por dentro? Demasiadas preguntas sin respuesta. Preguntas desquiciantes, sí, aunque también preguntas salvadoras. Preguntas que lo mantenían distraído, a salvo de sí mismo.

Clayton no estaba dispuesto a permitir que lo apartaran de ellas. Necesitaba aquellas preguntas, u otras semejantes, porque eran el muro que mantenía a raya aquella otra horda salvaje de pensamientos que, de encontrar el paso libre, invadirían su mente y acabarían destruyéndolo. Por tanto, no le quedaba más opción que ocultar sus desmayos. Ningún superior podía enterarse, especialmente el capitán Sinclair. Y si eso significaba dejar de soñar con Valerie, tendría que asumirlo, se dijo, acariciando con su mano derecha la tarjetita de bordes dorados que reposaba en el fondo del bolsillo de su abrigo, donde había permanecido seis meses olvidada, como un tesoro hundido en las profundidades del océano, hasta que la rescató, una semana antes.

El ruido de una puerta al abrirse y unos tenues murmullos femeninos le anunciaron que la paciente anterior ya había concluido su visita. Clayton clavó una mirada de aprensión en la puerta de la salita donde se hallaba. Cuando una hora antes había llegado a la consulta del doctor Higgins, una enfermera regordeta le había conducido hasta allí por un largo pasillo poblado de puertas, invitándole a dejar su sombrero en el perchero y a sentarse en uno de los silloncitos. Al reparar en su palidez, le había asegurado que nadie le molestaría durante la espera, pues nunca hacían aguardar a dos pacientes en la misma salita, garantizando así a los clientes la más absoluta de las discreciones. Por la misma razón, él tampoco debía salir al pasillo hasta que la enfermera fuera a buscarlo. Por lo visto, las afecciones del alma eran asuntos delicados, se dijo Clayton al quedarse solo.

Tras permanecer unos minutos varado en mitad de la salita, el agente se decidió a dejar el sombrero y se animó a sentarse, preguntándose quiénes serían sus compañeros de las celdas contiguas, que parecían reproducirse hasta el infinito como en un juego de espejos: ¿caballeros neurasténicos, agobiados por la presión insoportable de sus negocios? ¿O acaso damas afectadas de clorosis, con la piel teñida de un delicado color verde, como hadas de los bosques en las que algún niño había dejado de creer? ¿Quizá jovencitas histéricas, necesitadas urgentemente de un marido, o tal vez de un amante? ¿Y qué demonios hacía él allí, entre aquel muestrario de conductas desviadas? Durante la hora siguiente, se había repetido aquella última pregunta varias veces, levantándose y cogiendo su sombrero para irse de allí, aun a riesgo de tropezar en el pasillo con otro desertor. No obstante, todas las veces había vuelto a su asiento, sin saber muy bien por qué. Y ahora no había marcha atrás. El rumor de voces había tomado la cadencia propia de las despedidas, y el sonido de un suave portazo indicó a Clayton que el doctor había terminado de reparar el alma de un paciente. Entonces, tras un repiqueteo de pasos que se acercaban, la puerta de la salita se abrió, enmarcando a la enfermera.

—¡Adelante, señor Sinclair! —Clayton se maldijo en silencio por su absoluta falta de imaginación a la hora de dar un nombre falso—. Ya puede pasar. El doctor Higgins le está esperando.

Mientras hablaba, el doctor Higgins tenía la manía de propinarse pequeños tironcitos en la perilla con los dedos índice y pulgar, un gesto que quizá reflejara alguna incurable afección de su alma, y que no ayudaba a Clayton a templar sus nervios, precisamente. Más bien le producía el efecto contrario, por lo que el agente tuvo que apartar su mirada de él y mandarla a explorar el amplio despacho. Estudió los libros que se apretaban en sus baldas, tan gruesos que se diría que encerraban en sus páginas toda la sabiduría del mundo, los grabados de cuerpos desguazados que tapizaban las paredes, la incómoda camilla, y la vitrina situada en una esquina, que mostraba algunos cráneos humanos de sonrisa desquiciada descansando sobre un lecho de escalpelos, jeringuillas y otras herramientas siniestras.

—Entonces, usted los definiría como una especie de, eh..., *viajes*. ¿Es correcto, señor Sinclair? —preguntó el doctor.

—Sí..., más o menos. —Clayton se removió inquieto en el incómodo sillón de cuero, sin conseguir encontrar una postura que le hiciera sentirse mejor. Optó por cruzar sus largas piernas e inclinarse ligeramente hacia delante, anclando la vista unos metros más allá de sus zapatos—. No sé muy bien cómo explicarlo. Verá, en realidad, yo sé que mi cuerpo no está allí, incluso cuando estoy en pleno sueño sé que no estoy allí del todo, pero de alguna manera tampoco siento que esté soñando, ni siquiera cuando despierto lo recuerdo como un sueño... Es más bien como si ese lugar existiera y yo pudiera trasladarme allí con mi mente... o con mi alma. —Se encogió de hombros, abatido por cómo sonaba todo aquello—. ¿Le parece que estoy diciendo estupideces, doctor?

—Si me dedicara a tratar a estúpidos, tendría la consulta llena y ya me habría hecho rico. —El doctor Higgins le sonrió tranquilizador.

Clayton le contempló en silencio unos segundos, y decidió que era mejor no decirle que, de las excesivas precauciones de la enfermera, se deducía que tenía la consulta llena, y que el reloj, el anillo y los extravagantes anteojos que lucía —sin duda todos ellos de oro macizo— proclamaban a gritos que era rico.

—Y dígame, señor Sinclair, ese lugar con el que sueña... ¿es siempre el mismo?

—Sí.

—Descríbamelo —pidió el doctor, quitándose los anteojos y colocándolos sobre una de las pilas de libros que atestaban su mesa, donde quedaron como un águila sobre un risco.

—Bueno..., no es fácil.

—Inténtelo, se lo ruego.

Clayton dejó escapar un profundo suspiro.

—Es un país extraño, pero al mismo tiempo muy familiar —dijo al fin—. En mis... sueños, llego a una región que no difiere mucho de cualquier rincón de la campiña inglesa. En realidad, podría encontrarme en cualquiera de esos sitios de praderas serenas y arroyuelos cantarines a los que cantó Keats, o al menos eso es lo que siento cuando estoy allí. Pero, al mismo tiempo, nada es igual. Es como si alguien hubiese tomado la realidad que nos rodea y, metiéndola en un cubilete, la hubiese agitado, para después volver a derramarla sobre el mundo. El resultado sería ese lugar. Allí todo es tan... confuso.

—¿A qué se refiere?

—Bueno... Las personas no son personas, o quizá sí lo son, personas como usted y como yo, pero también *algo* más. Es como si encerraran en su interior a animales, o quizá sea al revés, quizá son animales que tienen alma de seres humanos... A veces los veo con su apariencia animal, y al segundo siguiente me hallo contemplando a una mujer, a un hombre o a un niño. Toda la naturaleza está mezclada, fundida: los seres que habitan ese lugar son animales y humanos, y quizá también plantas, todo al mismo tiempo. Hay hombres murciélago, y mujeres pez, y niñas mariposa, y jóvenes musgo, y ancianos que son nieve... Pero cuando estoy allí, nada de todo eso me sorprende. Todo fluye con armonía y naturalidad, y en ningún momento pienso que pueda ser de otra manera. Yo mismo soy muchas cosas, una diferente en cada viaje: a veces un animal, a veces viento, a veces lluvia... Cuando soy viento, me gusta rizar su pelaje soplando sobre su lomo, y ella corre por la colina y se vuelve contra mí y me atraviesa; a veces mojo su cabello cuando se tiende sobre mí, pues soy el rocío de la hierba; otras veces corro junto a ella: ella es veloz y solo puedo ganarle cuando también soy un lobo... Y a veces hablamos y tomamos el té en el hermoso salón de su casa, y ella coge un fruto de mi brazo y lo muerde mientras sonríe feliz, pues yo soy un árbol, y a veces un pájaro y vuelo muy alto, y ella aúlla enfadada, porque no puede alcanzarme...

—Siempre sueña con el mismo lugar, pero todos sus sueños son diferentes —le interrumpió el doctor.

—Sí —respondió Clayton, entre molesto y desconcertado por la interrupción—. Siempre viajo al mismo lugar, y siempre encuentro a la misma, eh..., persona.

—¿Una mujer?

Clayton dudó un instante.

—No es exactamente una mujer. Ya le he dicho que

allí resulta imposible emplear las calificaciones que usamos aquí. Pero sí es algo... *femenino.*

El doctor asintió con gravedad y acarició sus anteojos mientras una sonrisita aleteaba en sus labios.

—Sea como sea, cada viaje es distinto —prosiguió Clayton, intentando cambiar de tema.

—Es extraño —reflexionó el doctor—. Normalmente los sueños recurrentes presentan pocas variaciones...

—Ya le he dicho que no se parecen a un sueño.

—Sí, me lo ha dicho. —El doctor dio un par de tironcitos suaves a su perilla con aire pensativo, como un actor comprobando la firmeza de su postizo. Luego echó un vistazo a sus notas—. Y también me ha dicho que comenzaron hace unos seis meses.

—Así es.

—Y que nunca antes le había sucedido nada semejante.

—No.

—¿Está seguro de no haber sufrido en su infancia episodios de sonambulismo, u otros trastornos del sueño, como insomnio o terrores nocturnos?

—No.

—¿Y en algún momento de su vida, haga memoria, por favor, ha padecido de forma recurrente alguno de los siguientes síntomas: migrañas, fobia a los ruidos fuertes, trastornos digestivos...?

Clayton negó con la cabeza.

—¿... abulia, fatiga, depresión, inapetencia...?

—Bueno, últimamente hay días en los que me siento cansado y sin apetito...

—¡No, no! Me interesan los periodos anteriores a esos seis meses, antes de que comenzara a tener esos... sueños.

—No, que yo recuerde.

—¿Alucinaciones, delirios, vértigos...?

—No.

—¿... trastornos de la actividad sexual?

—Me temo que he sido un joven muy aburrido hasta ahora, doctor.

El doctor Higgins asintió y, dando un descanso a su perilla, se colocó los anteojos y garabateó unas líneas en su cuaderno con aire distraído.

—¿Y qué le pasó exactamente hace seis meses, señor Sinclair? —preguntó sin levantar la vista.

Clayton reprimió un respingo.

—¿Cómo dice? Me temo que no le he oído bien, doctor.

El médico le miró por encima de sus anteojos dorados.

—Obviamente, debe de haberle sucedido algo. Toda esta sintomatología repentina y sin historial previo no puede haber surgido de la nada, ¿no cree? Intente pensar. Quizá ocurrió algo a lo que usted no concedió importancia en su momento, como un pequeño golpe en la cabeza, o cualquier otro incidente en apariencia inofensivo. Puede que en algún viaje comiera algo en mal estado; hay infecciones de la sangre que dan lugar a extraños síntomas. O tal vez se trate de alguna cuestión de índole emocional, un trauma que le haya trastornado profundamente...

Clayton fingió arreglarse los puños de la chaqueta para ganar tiempo. Por alguna estúpida razón, no se le había ocurrido que tendría que hablar con el doctor sobre lo sucedido en Blackmoor, aunque sabía —siempre lo había sabido, sin necesidad de expresar aquella certeza con palabras— que todo había comenzado allí. ¿Alguna cuestión de índole emocional? Sí, podría decirse que sí...

—Hace siete meses —comenzó a decir— sucedió algo que... me afectó profundamente. No puedo contarle nada más, pues se trata de un asunto sobre el que debo guardar un estricto secreto profesional.

—¿Secreto profesional? —El doctor volvió a consultar sus notas—. Veo que es usted... cerrajero, señor Sinclair.

—Eh..., sí. Así es.

—Y su mano la perdió...

—En ese asunto secreto del que no puedo hablarle.

—Comprendo —dijo el doctor recostándose en el sillón que sus huesos iban erosionando mientras observaba a Clayton con paciencia—. Aun así, señor Sinclair, debe entender que yo no puedo ayudarle si usted no...

—¡Por favor, ya basta! —gritó Clayton.

Tras aquel exabrupto, el doctor compuso una mueca ofendida, y el agente enseguida se arrepintió de haber gritado. ¿Qué haría si le echaba de la consulta y se negaba a tratarle? No creía que tuviera valor para buscar otro médico y soportar un interrogatorio similar. Así que respiró hondo e intentó hablar con suavidad, aunque las palabras salieron de sus labios a borbotones:

—Lo siento, doctor, pero yo no necesito más preguntas. Lo que necesito son respuestas. No puedo contarle lo que me sucedió, ya se lo he dicho. Por lo tanto, tendrá que averiguar qué me ocurre sin contar con esa información. Tómeselo como un reto, como una investigación detectivesca en la que solo tiene algunas pistas y el resto depende de su imaginación. No es tan difícil. En mi trabajo, yo... Bueno, muchas de las cerraduras que debo abrir son así, se lo aseguro. —El doctor lo observó en silencio, sopesando su ruego—. ¿No hay otras pruebas que pueda realizarme? ¿Análisis de sangre o algo por el estilo? O recéteme lo que quiera. Probaré cualquier cosa, se lo aseguro. Si quiere, puede experimentar conmigo. Hágalo, no me importa... —Clayton se acarició el rostro con mano trémula y después miró al doctor a los ojos—. Haga lo que quiera. Pero necesito que esto termine... Se lo ruego.

El doctor Higgins permaneció callado unos instantes,

contemplándolo. Después se levantó y se dirigió hacia la vitrina que había junto a la pared, donde comenzó a trastear mientras le decía:

—Remánguese la camisa, señor Sinclair, por favor. Voy a extraerle una muestra de sangre, y luego mediré algunas concentraciones hemáticas, creatinina, potasio, cloro, sodio... y algunas cosas más, y también le haré un recuento de glóbulos rojos. —El doctor se dio la vuelta con una sonrisa, enarbolando una jeringuilla que a Clayton se le antojó enorme—. Quién sabe, quizá encontremos algo interesante.

VIII

El agente especial Cornelius Clayton se sube el cuello del abrigo con discreción, mira con absoluta falta de ella a ambos lados del portal, y se sumerge en las blandas fauces de la niebla que dormita a lo largo de Tavinton Street como una monstruosa serpiente de algodón. Pero yo decido no seguirlo. En lugar de eso, dejo que se pierda entre el gentío que abarrota las calles de Bloomsbury, y continúo clavado ante el número 10 de Tavinton Street, hipnotizado por el suave reflejo de la dorada «X» que brilla sobre el dintel y parece señalar, como en los mapas de los piratas, el lugar donde debería escarbar para encontrar el tesoro. Quizá sea por ese romántico detalle, o tal vez por la perspicacia que inevitablemente he desarrollado tras tantos años de ver y oír todo, pero lo cierto es que permanezco contemplando con obstinación la vulgar y prosaica puerta, tras la que el doctor Clive Higgins, día tras día, intenta afinar las almas menos vulgares y prosaicas de Londres. Y, para mi propia sorpresa, a los pocos minutos obtengo una recompensa que ni siquiera esperaba: el doctor Higgins sale apresuradamente. Sí, a pesar de tener la consulta llena, abandona a su suerte al resto de sus pacientes y se zambulle en la gélida niebla, aunque en dirección contraria a la de Clayton, lo que me lleva a deducir que el motivo de su repentina deserción no es precisamente seguir los pasos del agente. ¿A dónde se dirigirá con tanta urgencia?, se preguntarán ustedes. Y yo, que todo lo veo y todo lo sé —aunque a veces no tenga más remedio que elegir una sola melodía entre las infinitas que resuenan en mi cabeza—, incapaz de dejar esa pregunta sin respuesta, no dudo en seguirlo.

Tras cruzar un par de calles emulando en la medida de sus posibilidades el exultante trote de un potrillo, el doctor Clive Higgins tomó un carruaje en Gower Street, dio al cochero la dirección del Albemarle Club y se derramó en el asiento con un suspiro de exasperación. Una vez acomodado, se desabrochó el abrigo y se arrancó los guantes, la bufanda y el sombrero. Después, abanicándose con este último, observó como el coche bordeaba el Soho por Oxford Street mientras lanzaba continuos resoplidos, como si en vez de atravesar Londres en un desapacible día de octubre, estuviera cruzando un desierto abrasador. Sin embargo, pocos metros antes de llegar a su destino, el doctor volvió a ponérselo todo, serenó su expresión y se apeó del carruaje amordazándose con la bufanda. Luego subió la escalinata del Albemarle Club con el paso ligero de quien, más que nada en la vida, anhela un cálido fuego y una copa de brandy.

En el interior, tras despojarse de nuevo de sus prendas de abrigo fingiendo un escalofrío y entregarle el sudoroso burujo a un solícito criado, el doctor Higgins se dirigió con el mismo caminar diligente hacia una mesa ubicada junto a un amplio ventanal, saludando con ligeras inclinaciones de cabeza a algunos de los socios con los que se iba cruzando. Frente a la mesa, que se hallaba junto a la única chimenea apagada de toda la sala, sentados en mullidos sillones de piel, había cuatro caballeros fumando y conversando plácidamente entre ellos. Sin embargo, al atisbar al doctor Higgins cruzando la vasta estancia en su dirección, los cuatro interrumpieron su charla y lo observaron acercarse en un expectante silencio.

—Buenos días, caballeros —saludó secamente el doctor al tomar asiento junto a ellos mientras hacía un gesto impaciente al camarero más cercano.

—Llegas tarde, Higgins —le reprobó sonriendo uno de los hombres.

—Mi querido Angier, quizá hemos llegado todos demasiado tarde... —gruñó el doctor, propinándole un par de desesperados tirones a la perilla que le adornaba el rostro.

—Vamos, vamos, ¿qué te pasa, Higgins? —le preguntó en tono conciliador otro de los caballeros, al que recordarán si han estado atentos a mi relato, pues se trataba del doctor Theodore Ramsey, el eminente médico aficionado a crujirse regularmente los dedos de las manos—. Pensábamos que traerías buenas noticias...

Higgins arrebató la copa de brandy de la bandejita del camarero antes de que este pudiera depositarla sobre la mesa, y de un ávido trago consumió casi la mitad del licor, cerrando los ojos al hacerlo. Después suspiró.

—Lo siento, amigos. Angier, acepta mis disculpas, te lo ruego. Pero estoy desesperado. Desde esta mañana, mi mecanismo de refrigeración no funciona correctamente. —Se tiró de la perilla con frustración para demostrarlo—. Llevo horas sufriendo terribles sofocos.

Los demás le contemplaron con expresión afligida.

—¡Qué horror! ¿Y no has podido solucionarlo? —le preguntó Angier, mientras manoseaba con visible aprensión el lóbulo de su oreja derecha.

—No he tenido tiempo. Tal y como sospechas, Ramsey, traigo noticias, aunque todavía no sé si buenas, y no quería demorarme más en comunicároslas. En fin, supongo que puedo aguantar hasta esta tarde, y creo que en mi laboratorio tengo lo necesario para arreglarlo... ¡Si al menos no hiciera este maldito calor!

—No te quejes, Higgins. Por suerte te ha ocurrido al comienzo de su época invernal, la menos cálida de su almanaque. Podría haberte sucedido durante ese infierno al que llaman verano —le advirtió un tercer caballero, quien al hablar bizqueaba los ojos de vez en cuando de una forma harto peculiar—. Y hay cosas peores. Se te podrían haber estropeado los circuitos neuronales que nos permiten inhibir la angustia de la aleatoriedad, por ejemplo.

—Totalmente cierto, Melford —convino Ramsey con vehemencia, haciendo crujir uno a uno los dedos de cada mano—. *La angustia de la aleatoriedad...* Eso sí que es algo terrible.

—Desde luego. Aun así, que se averíe el sistema de refrigeración es un verdadero incordio. A mí me ocurrió el pasado verano —intervino Angier, dándose unos suaves golpecitos en el lóbulo—, y tuve que suplicar que me enviaran un nuevo mecanismo lo antes...

—¿Infierno? ¿Has dicho infierno, Melford? ¿Te he oído bien? —interrumpió con voz suave el cuarto caballero, quien hasta ese momento había permanecido en silencio.

Se trataba de un hombre corpulento, que gastaba un exuberante bigote gris con las puntas curvadas hacia arriba cual astas de toro, y vestía un austero traje oscuro, cuya negrura rompía un vistoso chaleco floreado. Los demás le miraron sorprendidos.

—Yo... —vaciló Melford.

—*¿Infierno?* No estarás hablando en serio... Ninguno de vosotros puede estar hablando en serio... ¿Os quejáis del clima? ¡Cómo se nota que hace tiempo que abandonasteis el Otro Lado! ¿Ya no recordáis lo que es aquello? —El caballero los observó uno a uno con su monumental bigote temblando de rabia, provocando que todos, con mayor o menor rapidez, bajaran la vista pesarosos—. Las insidiosas molestias que aquí sufrimos —continuó en tono aleccionador mientras se retorcía con pericia las puntas del bigote— son pequeñas, mínimas en comparación. Os lo dice alguien que acaba de llegar de allí hace solo unos días. Del lugar donde todo se reduce a soportar lo insoportable. —Satisfecho con la reprimenda, se recostó en el asiento y suavizó un tanto la dureza de su expresión—. Caballeros, no frivolicen sobre ciertos temas, por favor. En el Otro Lado ha comenzado la Era Oscura. Y nos necesitan. Desesperadamente.

Los cinco callaron durante unos instantes, con las miradas perdidas en sus recuerdos.

—¿Cómo están las cosas por allí, Kramer? —se atrevió a preguntar al fin Ramsey.

—Cada vez hace más frío —contestó el otro—. Y la oscuridad ya es absoluta.

Todos gimieron quedamente.

—Tal vez sea cierto que hemos llegado aquí demasiado tarde, como antes ha dicho Higgins. —Melford bizqueó—. Quizá nada de lo que hagamos tenga ya ningún sentido.

—Todavía hay esperanza. Los últimos cálculos nos otorgan una década —informó Kramer.

—¡Por todos los soles muertos! —exclamó Angier, horrorizado—. ¿Una década? No creo que sea tiempo suficiente.

—Tranquilízate, Angier. Como sabes, ese plazo no se refiere a nuestra extinción, sino a la de ellos... —dijo Kramer, señalando a su alrededor con la cabeza—. Nuestra terrible agonía todavía podría alargarse algunas décadas más, pero ellos no disponen de ese tiempo. Y son la única vía de evasión con la que contamos. Tenemos diez años para evitar su final. De lo contrario, también nosotros estaremos condenados.

—¿Y qué dicen los últimos estudios sobre la posibilidad de abrir otras puertas? —preguntó Melford.

—Nada esperanzador —contestó Kramer con pesar—. Me temo que no podremos abrir ninguna otra. No en nuestras condiciones. Este mundo es nuestra única oportunidad de salvación.

—Pero solo le quedan diez años... —musitó Angier.

Kramer alzó las manos bruscamente, como una odalisca arrojando pétalos de rosas.

—Son cálculos aproximados, caballeros, aunque no hay demasiado margen para el error —matizó—. Disponemos de una década, quizá algo más, para encontrar la forma de detener la epidemia que asola este mundo, o explotará en un apocalipsis de dimensiones colosales. Y nosotros, en el Otro Lado, como un náufrago cuyos dedos congelados resbalan fatalmente del tablón al que se aferra, nos hundiremos para siempre en la oscuridad eterna y en el olvido.

Todos guardaron silencio y pasearon una mirada abatida por la estancia. Fundado en 1874, el Albemarle Club era uno de los clubes más prestigiosos y concurridos de Londres, aunque a esas horas apenas había algunos corros de sillones repartidos por el amplio salón, formando islotes aquí y allá, y un puñado de caballeros fumando su pipa a solas mientras acunaban abstraídos una copa de brandy o leían el periódico con aire aburrido, contentos de haberse fugado por unas horas de sus asfixiantes hogares.

—Miradlos... —masculló Melford con súbito rencor—. No tienen la menor idea de lo enfermo que está su mundo, ni de que su final se avecina. Al contrario: creen que están en medio de algo. Creen que son diferentes a todo lo que existió antes y a todo lo que vendrá después. Creen que viven tiempos veloces, que van hacia algún lugar, montados en sus vertiginosos ferrocarriles. Todos y cada uno de esos desgraciados lo creen. Se estudian, se contemplan, se maravillan. Pero no ven nada. No ven que llega el final, ni sospechan que todos los ferrocarriles posibles chocarán muy pronto y se transformarán en un amasijo de oscuridad eterna, de nada, de caos.

—¡Y cómo quieres que se lo imaginen, Melford! —replicó Ramsey, con cierto reproche—. ¡Se encuentran tan excesivamente lejos del Conocimiento Supremo! A veces siento vergüenza por haberme labrado en este mundo un prestigio como científico, regalándoles apenas un par de baratijas... En cambio, otras veces no puedo evitar burlarme de su inmensa ignorancia... —Rio sin ganas, y tomó un trago de brandy para serenarse—. Aunque es cierto que entre ellos hay algunos individuos cuya inteligencia brilla por encima de las de sus congéneres, y cuya compañía llega a resultar un agradable bálsamo para nuestra soledad de pobres exiliados... —Reparó en las expresiones acusadoras de sus compañeros y cabeceó, intentando animar el tono de su voz—. Me refiero, por supuesto, a compañías productivas y ventajosas para nuestra sagrada misión. Como sabéis, gracias a mi prestigio como científico y a mi amistad con el señor Crookes, conseguí infiltrarme en los círculos espiritistas y pude realizar varios estudios sobre infinidad de apariciones, que han sido muy valorados en el Otro Lado. ¡Las *manifestaciones ectoplásmicas* de algunos médiums nos ofrecen tantas respuestas...! Supongo que habéis leído mi último informe, en el que he desarrollado una interesante tabla comparativa de...

—Conocemos tus estudios sobre el espiritismo, Ramsey. Y también sabemos de tu amistad con ese tal Crookes, que nos puso a todos en peligro cuando estuviste a punto de desvelarle nuestra misión —le reconvino con severidad Kramer.

—¡Jamás puse en peligro nuestra misión! —se defendió Ramsey acaloradamente.

—Cálmate, amigo mío —le advirtió el otro con gélida serenidad.

—Tan solo fue un momento de flaqueza... —añadió el médico, bajando el tono de inmediato—. Y a la postre cumplí con mi deber. Crookes no sabe nada, ni lo sabrá jamás, os lo aseguro... Y así debe ser. Ninguno de los habitantes de este universo debe saber la verdad: jamás comprenderían nuestra misión. Nos verían como invasores peligrosos. Nos temerían, como temen a lo desconocido. Nos convertirían en los monstruos de sus pesadillas, e intentarían destruirnos. No podemos confiar en ellos. Ni en sentimientos como el amor o la amistad que enturbian el conocimiento —recitó aplicadamente—. No lo olvido, caballeros. Al igual que Armand de Bompard, yo tampoco olvido el maravilloso mundo de donde provengo.

—Nuestro mundo, oh, nuestro maravilloso mundo... —intervino Melford, con una doliente nostalgia no exenta de ironía—. Ahora, en el Otro Lado, nuestra prodigiosa civilización se ovilla temblorosa alrededor de los últimos agujeros negros. Nuestros cuerpos, sabiamente modificados para subsistir en el frío y muerto océano de oscuridad, pronto dejarán de funcionar. Nuestras mentes, congeladas en un largo y oscuro nirvana, no podrán hilvanar más que pensamientos infinitamente lentos. Y al final nos convertiremos en una niebla sin vida compuesta de electrones, neutrinos y fotones, una sopa líquida de partículas de muerte. Así está escrito en la Segunda Ley. Una ley que, en nuestra arrogancia, creímos capaces de evitar. Pero la Segunda Ley es inexorable. ¡El caos es inexorable!

—¡El caos es inexorable! —salmodiaron sus compañeros mientras sacaban sus relojes de bolsillo, abrían sus tapas y mostraban el grabado de su reverso: una estrella de ocho puntas, compuesta por ocho flechas que brotaban de un pequeño círculo central y atravesaban uno mayor concéntrico. Una estrella que, como a mí, estoy seguro de que les resultará familiar.

—¡El caos es inexorable! —repitió Kramer—. Tienes mucha razón, Melford, y no debemos olvidarlo. Pero todavía queda una pequeña esperanza. ¿Recordáis cuando, hace algún tiempo, conseguimos abrir el túnel hasta este lado? Por un glorioso instante creímos que lo habíamos logrado. —Todos asintieron, sonriendo levemente, con un eco de aquella lejana esperanza en sus ojos—. Fue maravilloso, ¿verdad? La noticia corrió como la pólvora entre nuestros científicos. ¡Se había abierto un túnel estable! ¡Empezar de nuevo en otro mundo era posible! En un mundo joven, lleno de luz y calor. Un universo en plena era estelífera. Un nuevo y cálido mundo donde inyectar la semilla de nuestra moribunda civilización. Donde renacer, lejos de nuestro inhóspito y agonizante hogar...

—¡Pero ese mundo estaba enfermo! —Angier golpeó la mesa con su puño crispado, haciendo oscilar las copas y provocando que un par de socios del club levantaran contrariados la vista de sus periódicos—. También recuerdo cuando se descubrió que estaba asolado por una extraña epidemia de dimensiones apocalípticas, y que su final incluso se vislumbraba más cercano que el nuestro. Sí, también recuerdo eso. Y que, pese a todo, mantuvimos la fe: pensamos que podríamos curarlo a tiempo para el Gran Éxodo. En cambio, ahora nadie está seguro de poder lograrlo, ¿verdad, Kramer? —preguntó, barnizando con angustia cada palabra—. Ha pasado mucho tiempo y todavía no hemos conseguido ningún resultado. No sabemos cómo llegó aquí el virus, ni dónde ni cuándo comenzó la infección. No sabemos quién fue el paciente cero. No sabemos cómo curarla. Todavía no hemos encontrado una vacuna. Después de tanto tiempo, seguimos sin saber nada, Kramer. Nada. Como has dicho, hay esperanza, pero cada vez es menor...

—Todavía nos quedan diez años —replicó Kramer—. Y quizá los Ejecutores nos proporcionen uno o dos más.

—¡Los Ejecutores! —bufó Ramsey con desprecio, haciendo crujir los dedos de las manos—. Es terrible que hayamos tenido que recurrir a esos asesinos despiadados. ¡Por todos los soles muertos! ¡Somos una civilización QIII! Llevamos milenios siéndolo. Y ahora, al final del camino, a los supremos sacerdotes del Saber solo se nos ha ocurrido ordenar una matanza. Ese será nuestro magnífico legado, caballeros. Una matanza de inocentes, como la que llevó a cabo su Herodes, pero a nivel universal. —El médico rio con amargura—. Cuando llegue nuestro final, nuestros átomos flotarán en el eterno vacío, dibujando por siempre y para nadie el símbolo de la barbarie...

—Los Ejecutores son necesarios, de momento —atajó Kramer con impaciente severidad—. Necesitábamos tiempo, por eso los creamos. Nunca pensamos que fueran la gran solución, Ramsey. Debes calmarte, y eso también va por ti, Angier. No lo repetiré. Calmaos o me obligaréis a dar parte de vuestro exaltado estado de ánimo al Otro Lado. Si no fuera por los Ejecutores, todo habría terminado hace ya mucho tiempo. Nos limitamos a construir un dique para intentar contener lo incontenible, y así dedicarnos a la investigación de la enfermedad. Si todavía nos quedan diez años es gracias a su trabajo, caballeros. Aunque eso no quita que a todos nosotros nos disgusten —concedió con un estremecimiento final.

—Son espantosos —musitó Melford, plagiando su agitación.

—Terroríficos —remachó Angier—. ¿Sabéis que los animales de aquí los perciben? Los caballos se encabritan, los perros ladran furiosos, los...

—No tenéis por qué tratar con ellos si tanto os repugnan. Ya sabéis que las órdenes las reciben directamente del Otro Lado —les recordó Kramer—. Pero no olvidéis que gracias a ellos aún contamos con una mínima oportunidad. Pensadlo: un instante ganado al caos podría ser el precioso instante en que, finalmente, los científicos encontráramos la solución.

—¿Y cómo nos daremos cuenta de que el fin ha comenzado? —le preguntó entonces Melford—. ¿Qué crees que sucederá?

Kramer suspiró.

—Supongo que se verán cosas prodigiosas y temibles. Incomprensibles para todos aquellos que no posean el Conocimiento Supremo. Las peores pesadillas del hombre se harán realidad... Y cuando eso comience, entonces sí que será demasiado tarde... Diez años, tal vez doce... Pero no mucho más.

—En ese caso, debemos darnos prisa —intervino el doctor Higgins, quien había seguido la mayor parte de la conversación en silencio, suspirando como una damisela a la que le apretara demasiado el corsé—. Como os he dicho al llegar, tengo algo que mostraros. De momento no es gran cosa... —se excusó mientras rebuscaba en uno de sus bolsillos. Su mano libre hizo amago de acercarse a su perilla, pero enseguida la retiró con expresión contrariada. Luego sacó un pequeño tubito lleno de un líquido rojo, y lo mostró a los demás—, pero quizá acaben siendo buenas noticias.

Todos miraron el tubito, fascinados.

—¿Es la sangre del...? —susurró Melford.

—Sí —confirmó Higgins, satisfecho—. Es la sangre del joven al que la cachorra del conde de Bompard mutiló.

—¡La has conseguido! —se entusiasmó Kramer.

Higgins asintió con complacencia.

—Hoy ha venido a verme. Pero no os preocupéis. He sido muy sutil. A pesar de su gran inteligencia, no ha sospechado nada. En realidad, ha sido él quien casi me ha rogado que se la extrajera.

—¿Crees que llegaremos a algún lugar por este camino? —preguntó esperanzado Angier.

—Quizá. El joven sufre extraños episodios. Su cuerpo intenta desesperadamente saltar, pero solo lo consigue su mente —explicó Higgins—. Es como si algo en él, algo que no poseía antes, y que tal vez le inoculó ella al morderle, le empujara a saltar y al mismo tiempo anclara su cuerpo firmemente a este mundo. La enfermedad y la cura, todo en el mismo ser. Armand siempre sospechó que criaturas como ella podían poseer en su naturaleza el secreto para una posible vacuna. Por eso investigó en esa dirección durante años. Pero no lo encontró, a pesar de sus numerosos estudios. Finalmente, tuvo que admitir ante el Otro Lado que había fracasado, y se vio obligado a abandonar a su cachorra para ocuparse de otros proyectos. Pero hubo algo que Armand no consideró en sus investigaciones. Puede que ese principio que buscaba en la naturaleza de su mujer tan solo se active al combinarse con la sangre de *algunas* víctimas... Por supuesto, el error de Bompard fue enamorarse de ella. —Ramsey abrió la boca para replicar, pero Kramer le hizo callar con un gesto brusco—. Debido a sus *sentimientos* hacia la joven *loba* —continuó Higgins, no sin cierta sorna—, intentó evitar que su naturaleza asesina la dominara, y esa línea de investigación quedó sin explorar. Sí, tal vez nos hallamos ante el germen de una vacuna, aún no lo sé. —Guardó el tubito en el bolsillo—. No puedo deciros nada más hasta que analice los nuevos carretes de Farlow&Co., forjados en acero y con recogesedal de marfil, ideales para la pesca del salmón; no he probado nada de mejor calidad.

Todos asintieron con entusiasmo mientras uno de los camareros, que se había acercado silenciosamente, se inclinaba hacia ellos para comentarles:

—Disculpen que les interrumpa, caballeros, pero algunos socios me han pedido que encienda también la chimenea de esta esquina del salón... Parece que tienen frío. Espero que no les moleste.

—¡Me voy, tengo mucho trabajo pendiente! —Higgins se levantó, pálido de repente—. Prometo informarles con prontitud sobre las últimas novedades. Caballeros... —Y, saludando a todos con una brusca inclinación de cabeza, se alejó a toda prisa.

Mientras el camarero se afanaba en encender un fuego que pronto comenzó a llamear alegremente a pocos metros de ellos, Angier, masajeándose el lóbulo de la oreja, Melford, bizqueando frenéticamente, Ramsey, haciendo crujir cada uno de sus dedos, y Kramer, retorciéndose las puntas del bigote, continuaron conversando plácidamente sobre las bondades de los diferentes carretes que se podían comprar en la célebre tienda del Strand, de una calidad muy superior a los de cualquier otro establecimiento de Londres, como con tanto acierto había apuntado el doctor Higgins.

Y yo aprovecharé para dejarlos y volver con el agente Clayton. Pero permítanme que sortee los diez años siguientes, tal es mi ansia por descubrir si los Caballeros del Caos, con la ayuda de los malvados Ejecutores, conseguirán finalmente salvar el mundo. Durante esos diez años no ocurrirá nada relevante sobre el caso que nos ocupa —tampoco en la vida del agente, según mi opinión—, por lo que no se perderán nada importante si nos trasladamos al amanecer del 1 de agosto de 1898, fecha que a algunos de ustedes les resultará familiar. Ese es el día en el que, tras una década discurriendo bajo tierra, el manantial de nuestra historia vuelve a aflorar a la superficie.

IX

Diez años después, el fonógrafo conservaba aún la voz del agente especial Cornelius Clayton instando a sir Blendell a confesar. Y como muchas otras veces durante esos años, aquellas palabras que el agente había dicho en otro lugar y en otro tiempo se esparcían ahora por la Cámara de las Maravillas, flotando sobre los esqueletos de las sirenas, las fotos de hadas, las pieles de licántropos y las cabezas de minotauros allí amontonados. En una esquina, acodado en una mesa e iluminado dramáticamente por una lamparita, se hallaba el agente. En los diez años transcurridos había cambiado mucho; y quién no... Estaba más pálido, más ojeroso, más enjuto; menos reluciente, en definitiva. Aunque aquellos cambios afectaban únicamente a la superficie; en su interior apenas se habían producido algunas tempestades puntuales, pero no seísmos de la magnitud del que le sacudiera en su primer caso, y con el tiempo su alma había empezado a parecerse a uno de esos libros castigados por el uso que siempre se abren por la misma página. Podría decirse que, al contrario de lo que él mismo sospechó en su momento, seguía reconociéndose en el muchacho desencantado y engreído al que pertenecía la voz del cilindro.

Quizá la única diferencia destacable fuera que ahora se mostraba mucho menos ansioso por comprender el mundo, que durante aquellos años se había vuelto un lugar aún más desquiciado. Muchos eran los sucesos que habían erizado su lomo, trabando conexiones tan enrevesadas como inútiles para una mente como la suya, atenta a ese tipo de detalles: tras matar a cinco prostitutas, Jack el Destripador, que era como se había apodado a sí mismo el asesino de Whitechapel, se había desvanecido sin dejar rastro, llevándose consigo el misterio de su identidad, aunque años después un trasunto suyo de papel llamado Dorian Gray había paseado su depravación por los barrios más miserables de Londres mientras su autor languidecía en la cárcel acusado de sodomía, precisamente la reprobable actividad en la que algunos compañeros suyos de Scotland Yard habían sorprendido al príncipe Albert Victor en el prostíbulo masculino de Cleveland Street, aunque al nieto de la reina no se le había encerrado en ninguna parte, y la Corona había preferido desviar la atención del pueblo hacia la conquista de Sudáfrica, donde aún tenían lugar las gestas caballerescas que habían abandonado los libros y donde la raza inglesa podía exhibir toda su valía y heroísmo. A tales sucesos había que sumar los continuos tumultos obreros, las manifestaciones de las sufragistas y los conflictos con las colonias, sin olvidar otros acontecimientos de mayor interés para nuestra historia: Margarita Fox se había retractado de las declaraciones que había vertido en el *New York Herald* contra el movimiento espiritista, admitiendo que lo había hecho por dinero; y el profesor Crookes, que había recibido finalmente el título de caballero que apuntaban los rumores, se había reafirmado en su discurso a la British Association sobre la existencia de aquella fuerza psíquica de la que ya había hablado treinta años antes. Así que, por mucho que les pesara a algunos, gracias a los sucesos expuestos y a otros muchos, durante los diez años transcurridos, la fe en los espíritus y en sus emisarios, los médiums, no había hecho sino redoblarse, algo de vital importancia para este relato, como pronto descubrirán.

Pero por mucho que Clayton se hubiera rendido ante el enmarañado misterio del mundo, no había dejado de intentar ordenarlo en la medida de sus posibilidades, como el invitado algo maniático que ante un mantel arrugado no puede evitar alisar inconscientemente la esquina que le corresponde. Así, había seguido resolviendo casos y más casos, algunos mortalmente aburridos, de una obviedad incluso ofensiva, pero otros lo suficientemente interesantes como para entretener su inquieta mente, distrayéndola durante un tiempo de los demonios que la acosaban. Y aunque algunos de aquellos casos le habían enfrentado de nuevo a lo imposible, no voy a relatarlos aquí para no desviarme del camino que me he trazado, o quizá no sepa volver a él. Baste decir, no porque fuera uno de sus casos más emocionantes, sino por la relevancia que tendrá uno de sus protagonistas en nuestra historia, que el agente se había quedado con las ganas de investigar a la empresa de Viajes Temporales Murray.

Para aquellos de ustedes que no lo sepan o lo hayan olvidado, dicha empresa había abierto sus puertas el otoño de 1896, unos meses después de que el escritor H. G. Wells publicara su famosa novela *La máquina del tiempo*. Y su propósito parecía ser convertir aquella novela en realidad, pues, por solo cien libras, Viajes Temporales Murray podía llevarte al futuro, exactamente al año 2000, donde se libraba una feroz batalla por el planeta entre el bravo capitán Shackleton, el líder de la resistencia humana, y su archienemigo, el autómata Salomón. Naturalmente, la División Especial de Scotland Yard había sentido desde un principio la obligación de investigar aquel supuesto milagro para descartar un posible fraude, aunque los informes de los primeros viajeros temporales interrogados habían sido tan fantásticos que ni Sinclair ni Clayton se imaginaban cómo alguien podía pergeñar una estafa de tal calibre. Según parecía, al nebuloso futuro se llegaba en un tranvía temporal llamado Cronotilus, que cruzaba la cuarta dimensión, una llanura rosada, poblada de peligrosos dragones devoradores de tiempo. Como no les será difícil comprender, ambos agentes ardían en deseos de subir al fabuloso tranvía, pero Gilliam Murray, el dueño de la agencia, se había convertido de la noche a la mañana en un hombre muy poderoso y, parapetado tras su ejército de abogados, había logrado preservar su empresa de cualquier inspección. Finalmente, tras una ardua batalla en los despachos, un juez había emitido la anhelada orden que permitía al capitán Sinclair y a su futuro sucesor —en Scotland Yard nadie dudaba que Clayton heredaría su cargo cuando aquel se jubilara— husmear a sus anchas en su misterioso negocio. Pero justo entonces ocurrió una desafortunada tragedia que había sumido el país en un largo luto: Gilliam Murray, el Dueño del Tiempo, el hombre que había descerrajado las puertas del futuro para los habitantes del presente, había fallecido, devorado por uno de los dragones que moraban en la cuarta dimensión, y su empresa había sido clausurada. La sede de Viajes Temporales Murray ahora no era más que un ruinoso teatro del Soho, cuya polvorienta fachada no parecía esconder otro misterio que el de la podredumbre.

Y siempre, reverberando tras cada una de sus investigaciones como el rumor de una cascada lejana, el caso todavía sin resolver de la señora Lansbury. Clayton no había dejado de pensar en él ni un solo momento; diez años manoseando las piezas, barajándolas de mil formas distintas, tratando de hacerlas encajar sin éxito. Cuántas veces durante aquellos años había ansiado encontrar una pieza que otorgara sentido al conjunto. Pero ni la anciana ni el desconocido transparente al que ella llamaba «el Villano» habían vuelto a aparecer, ya fuera vivos o muertos. Pese a todo, desde el principio Clayton había hecho todo lo posible para que aquel misterio no se convirtiera en un curioso acertijo sin solución que terminara arrumbado en los archivos de Scotland Yard. Tras la desaparición de la anciana, había mandado a un grupo de arquitectos y carpinteros —incluido sir Blendell, que había prometido colaborar para reducir su condena— a auscultar la mansión de arriba abajo, en especial el pequeño gabinete, convencido de que una pared falsa, una trampilla oculta o algún ingenio semejante debía de haber permitido a la señora Lansbury escapar sin abrir la puerta. Pero la maldita habitación no tenía nada de eso. Era un gabinete normal y corriente. La sangre de la calle, el pasillo y las escaleras era también sangre normal y corriente, y había acabado secándose como la sangre normal y corriente acostumbraba a hacer, pese a las curiosas propiedades que había mostrado ante los ojos de Clayton, de las que, por otro lado, no tenía más pruebas que su recuerdo.

Sin ninguna dirección hacia donde conducir la investigación, y harto de dar vueltas en círculo alrededor del mismo puñado de pistas, la división fue olvidándose del caso poco a poco, para desesperación de Clayton. Dos años después, un rico comerciante había comprado la mansión de la anciana, y a veces, de regreso a su casa, el agente pasaba por delante de ella para contemplar con melancolía las improcedentes escenas familiares que se sucedían tras los dioramas de sus ventanas, en el cálido interior donde una vez él había luchado contra una criatura transparente. Fue por entonces cuando empezó a aceptar que quizá el caso nunca se resolvería, que se sumaría como otro misterio más a la hojarasca de misterios que sepultaban al mundo.

Con el tiempo, los protagonistas de aquella historia

fueron difuminándose, y todo empezó a parecerse cada vez más a un borroso espejismo. Lady Ámbar se ahorcó en el manicomio donde había sido internada, incapaz de soportar por más tiempo las visitas de los espíritus, los únicos que, según ella, se molestaban en ir a verla. Y cuando acabó su condena, reducida gracias a su colaboración y a su buen comportamiento, sir Blendell se marchó a un pueblecito de Nueva York donde nadie sabía de su vergüenza, y allí, según los informes que Clayton recibía puntualmente, dirigía un taller de carpintería donde se fabricaban muebles normales y corrientes para ciudadanos normales y corrientes que no necesitaban ni armarios ni despensas con doble fondo. La señora Lansbury, como ya he dicho, jamás apareció. Y en cuanto al Villano... Clayton no había llegado nunca a descartar la posibilidad de que poseyera un disfraz o algún artefacto que le permitiera obrar los milagros de los que había sido testigo, pero con el tiempo también había empezado a considerar que quizá fuese una criatura sobrenatural. Por descabellada que sonara, aquella era la explicación más sencilla, después de todo, como bien había sabido ver Sinclair casi desde el principio.

Y ahora, diez años después, solo él parecía esforzarse en mantener viva la memoria de aquel caso. Su mirada vagaba perdida por la Cámara de las Maravillas mientras el fonógrafo recreaba una vez más aquella escena tan archisabida: primero la monótona voz del capitán Sinclair dando comienzo a la sesión, seguida de aquel tenso silencio amasado por las respiraciones apenas contenidas de los presentes, luego los suspiros de sorpresa que desencadenaron la campanilla, el pañuelo y la gardenia al cobrar vida, los gemidos sensuales de Lady Ámbar, los fuertes golpes, la enfermera Jones cacareando que la médium se estaba ahogando, el doctor Ramsey pidiendo que le sirvieran un vaso de agua, y por último, precediendo los inarmónicos sonidos de la refriega, la voz del Villano, perfumada de maldad como si brotara de una garganta putrefacta.

—¡Te he encontrado! ¡Al fin te he encontrado! ¡Y te aseguro que vas a darme lo que es mío! —rugió el desconocido en otro tiempo y otro espacio.

«Darme lo que es mío...» Al menos, ahora sabía a qué se refería el Villano, reflexionó el agente, acariciando el libro que la anciana había encomendado a su custodia. Eso era lo que buscaba aquel ser, y para conseguirlo no había dudado en incurrir en el asesinato. Aunque si tanto ansiaba tenerlo, ¿por qué no regresaba a por él?

Durante un tiempo, Clayton se preparó para la reanudación del duelo que habían dejado a medias, pero a medida que transcurrían los años comprendió que el Villano no debía de saber que *El mapa del caos* había ido a parar a sus manos. Probablemente, en el breve enfrentamiento que habían mantenido en la mansión encenagada de penumbra de la señora Lansbury, el Villano no le había visto con claridad, ni tampoco había oído su voz, por lo que no podía relacionar a aquel inesperado contrincante con el agente que había frustrado su intento de estrangular a la anciana en la sesión de espiritismo; seguramente le habría confundido con un simple criado.

Así pues, el Villano debía de estar buscando el libro en otra parte. Quizá pensaba que todavía lo tenía la anciana, dondequiera que estuviese, o tal vez aquel a quien estaba dirigida la nota que él mismo había interceptado asesinando a la desdichada Doris. Si era así, esa persona se encontraba en un gravísimo peligro, aunque Clayton nada podía hacer por ella, ya que no tenía la menor idea de quién era.

Suspiró y contempló el libro con resignación. La anciana le había dicho que lo protegiera con su vida hasta entregárselo a «aquellos que vienen del Otro Lado». Y eso había hecho durante los últimos diez años: esconderlo allí, en la Cámara de las Maravillas, un lugar que no existía para el mundo, a la espera de que alguien lo reclamara. Pero nadie parecía conocer su existencia. Y siempre que, como ahora, no estaba trabajando en un caso, venía aquí, encendía el fonógrafo y lo hojeaba durante horas, preguntándose quién era su autor, qué eran aquellas fórmulas, qué peligro amenazaba al mundo y cómo podían salvarlo aquel puñado de garabatos.

A lo largo de los años, temiendo que aquello le acarreara funestas consecuencias, se lo había mostrado a algunos matemáticos ilustres de Inglaterra. Sin embargo, ninguno había sabido descifrar aquel galimatías de fórmulas y dibujos geométricos, ni explicar qué eran las Coordenadas Maelstrom, a las que la anciana se había referido en un par de ocasiones. De hecho, todos coincidieron en que jamás habían oído hablar de ese término.

Clayton acunó el libro con la familiaridad que habían creado los años de convivencia. Con su dedo índice repasó la estrella de ocho puntas que adornaba la tapa, acariciando el pequeño círculo del que brotaban las barrocas flechas y el círculo concéntrico que atravesaban, evocando la figura de un timón de barco; luego pasó sus páginas al azar, como solía hacer, con la vaga esperanza de que aquella hojeada aleatoria le revelara el sentido de todo aquello mientras sentía el peso de la responsabilidad que la anciana había depositado sobre sus hombros. Sus palabras se le habían grabado en la cabeza sin necesidad de ningún fonógrafo: «En las páginas de este libro está escrita la salvación del mundo. Del mundo que usted conoce, pero también de todos los que pueda imaginar... Guárdelo, agente Clayton. Debe protegerlo, con su vida si es necesario, y entregárselo a aquellos que vienen del Otro Lado». Habían transcurrido diez años y nadie lo había reclamado, pero a Clayton le bastaba con recordar el fuego que ardía en los ojos de la anciana para estar seguro de que tarde o temprano alguien lo haría. Quizá ese alguien fuera el mismísimo Villano, pensaba a veces con temor, aquel asesino transparente al que las balas apenas provocaban un ligero escozor, aquella criatura despiadada que no iba a dejar de matar hasta conseguir el libro que ahora él tenía en sus manos.

El sonido de la puerta de la cámara al abrirse le sobresaltó. ¿Quién podía ser a aquellas horas?, se preguntó, echando un rápido vistazo a la ventanita que había en una de las paredes, por donde apenas goteaba la pálida claridad del amanecer. Enseguida obtuvo su respuesta: contra la puerta vio recortarse una figura oronda con un puntito de luz rojiza palpitando a la altura de uno de los ojos. Cuando el capitán lo descubrió acodado en la mesita, soltó un resoplido y se dirigió hacia él zigzagueando entre los cachivaches imposibles que atestaban la habitación.

Estoy seguro de que cualquiera de ustedes apostaría a que, en los diez años transcurridos, la relación entre Clayton y el capitán no habría hecho más que estrecharse inevitablemente, dadas las docenas de casos que habrían compartido, los peligros que habrían enfrentado juntos y las secretas aventuras que habrían vivido. Sin embargo, quien apostara a esa carta perdería hasta los calcetines, pues existen ciertas almas en las que no se puede ahondar más allá de lo que deciden enseñar, y tanto uno como otro poseían esa clase de almas impermeables. La relación que mantenían, por tanto, apenas había evolucionado desde la mostrada a comienzos de esta historia.

Y ese déficit de intimidad había jugado a favor del agente en algunos casos. Por ejemplo, le había eximido de tener que tratar en profundidad el incómodo asunto de los desmayos, cuestión sobre la que todos ustedes se estarán preguntando, ya que hace diez años dejamos a Clayton abandonando a hurtadillas la consulta del doctor Higgins.

Pues bien, sepan que los análisis de nuestro misterioso doctor no revelaron nada anormal y que, aunque después el agente acudió a un par de médicos más —si podían considerarse médicos el viejo alemán que lo obligó a llevar durante varias semanas un brazalete magnetizado alrededor del muslo derecho o la anciana china que le sembró la espalda de agujas—, al final dejó de buscar una solución a su problema porque este dejó de serlo, al menos en su trabajo, que era lo que más le preocupaba. ¿Y cómo sucedió tal cosa? Muy sencillo: gracias a que el capitán Sinclair decidió hacer la vista gorda.

En efecto, durante aquellos diez años, Clayton había sufrido docenas de desplomes en acto de servicio, la mayoría de ellos ante las mismísimas narices del capitán, y al principio había recurrido a las excusas más variopintas para justificarlos —el sueño acumulado, una caprichosa aprensión suscitada por la investigación de turno, una alimentación desordenada...—, pero al comprobar que Sinclair las encajaba en un impasible silencio, pronto dejó de esgrimirlas, y se limitó a sonreír tontamente cada vez que despertaba allí donde su jefe lo había colocado para que no estorbase. Nunca supo Clayton si el capitán había dado alguna vez crédito a sus excusas, o si había llegado a informar de ello a sus superiores, pero lo cierto es que jamás fue llamado a ningún despacho. Por lo visto, Sinclair había decidido pasar por alto su excéntrica costumbre de derrumbarse sin previo aviso en cualquier parte, aunque eso les acarreaba numerosos problemas. Pero a pesar de la relativa tranquilidad que eso le ofreció, durante un tiempo Clayton se sintió intrigado por los motivos que alentaban la conducta del capitán, al menos hasta la tarde en que la señora Sinclair, en uno de los frecuentes raptos de complicidad a los que se entregaba a la hora del té, le confesó que la poderosa semilla de su marido no podía arraigar en la aridez de su vientre. Con la voz ungida de melancolía, Marcia Julia Sinclair le describió los largos y afanosos años en los que habían luchado por tener descendencia, las innumerables decepciones posteriores y, sobre todo, la enorme desilusión que le supuso descubrir que, llegada a cierta edad, ninguna batalla se resolvería ya, ni siquiera con sangre. Tras aquello, al agente no le quedó ninguna duda de por qué el capitán había decidido ayudarle a cargar su pesada cruz. El destino había querido que él encajara perfectamente en aquel hueco vacío que revelaba el matrimonio, y eso le confería una inmunidad que, si bien no había pedido, le había resultado de lo más oportuna. Y cada día se lo agradecía a Sinclair del único modo que le permitía hacerlo la falta de intimidad antes mencionada: sin palabras, y el capitán le respondía del mismo modo, recurriendo también a aquel código de sonrisas embarazosas, sutiles balanceos de cabeza y significativos alzamientos de cejas con el que se decían el uno al otro que ambos sabían que el otro sabía. Así fue como los desmayos dejaron de ser un problema para Clayton y se convirtieron en un contratiempo con el que debía aprender a vivir. Y, en realidad, el agente estaba encantado con aquel desenlace, pues le permitía seguir soñando con Valerie.

—No sé por qué he ido a buscarlo a su casa, al club y al departamento cuando sé de sobra que siempre que tiene un momento libre prefiere esconderse aquí —repuso el capitán al detenerse resoplando ante su mesa, un reproche dirigido más a sí mismo que al agente.

Los diez años transcurridos habían salpicado su cabello de vetas blancas y sumado algunas arrugas a su rostro, pero, en esencia, Sinclair apenas parecía haber acusado el paso del tiempo, como esos inmensos peñascos donde la erosión de las olas se refleja con una lentitud inapreciable para la mirada humana.

—Buenos días, capitán —lo saludó Clayton, apresurándose a desconectar el fonógrafo como un niño pillado en falta—. Ha madrugado mucho.

—Usted también, agente —replicó Sinclair, dedicando una mirada reprobatoria al libro que había sobre la mesa.

Clayton se encogió de hombros. Sinclair observó a su subalterno largamente mientras tensaba y destensaba los labios con nerviosismo, sin decidirse a hablar.

—Quizá debería dejar de obsesionarse con ese caso... —dijo al fin—. De obsesionarse con nada, en realidad. En nuestra profesión no es recomendable llevarse el trabajo a casa.

Clayton asintió con fingida desgana, imaginando lo que su jefe pensaría si supiera que el retrato de la condesa de Bompard colgaba de una pared del sótano de su casa.

—Usted es joven y tiene toda la vida por delante —añadió Sinclair, en vista de que aquella mañana Clayton parecía dispuesto a batir su cuota habitual de largos silencios—. Yo no tardaré en jubilarme, y no dude de que lo recomendaré para ocupar mi puesto, así que siga el consejo de este viejo: no permita que ningún caso ponga en peligro su vida privada —concluyó, acariciando con aire abstraído el estrafalario monóculo que le cubría el ojo derecho.

Clayton trazó una sonrisa irónica.

—Le agradezco sus consejos, capitán, pero los dos sabemos que usted no me recomendará, y que yo no se lo reprocharé. Mi *pequeño* problema causará muchas menos molestias a todos si me encierra en un despacho a rellenar formularios, en vez de enviarme a las calles con un puñado de jovencitos a mi cargo. —Sinclair abrió la boca, decidido a protestar, pero tuvo que cerrarla y reconocer con amargura que el agente había vaticinado su futuro mucho mejor que él—. Y por mi vida privada no se preocupe: yo no tengo vida privada.

—Precisamente —contraatacó Sinclair—. Todos necesitamos un poco de..., eh..., compañía femenina cuando cae la noche, ¿no cree?

Clayton sonrió para sí. Aquellas incursiones bruscas y torpes que de tanto en tanto el capitán emprendía en su escarpado corazón, evidentemente por encargo de su mujer, nunca dejaban de conmoverlo.

—No me interesa visitar burdeles, si es eso lo que me está sugiriendo —respondió en un falso tono ofendido.

—Santo Dios, no, agente... Me refería a una compañía menos..., eh..., efímera. No sé si ha reparado en que mi secretaria, la señorita Barkin, cuando le prepara un café siempre recuerda cómo le gusta tomarlo; en cambio, a mí siempre me lo sirve exactamente como más lo aborrezco.

—Interesante. Eso merece investigarse. —Clayton fingió reflexionar, recostándose en su silla al tiempo que cruzaba los brazos—. ¿Es ese el nuevo caso que ha venido a encargarme?

—No le negaré que tanto a Marcia como a mí no nos importaría que se obsesionara con ese caso —gruñó el capitán, delatando que, efectivamente, aquellas insinuaciones eran cosa de la señora Sinclair, más que suyas. Luego se encogió de hombros y lanzó un resoplido. Él ya había cumplido con creces su parte del plan, señalándole al insensible agente las atenciones que le dedicaba su secretaria. Había llegado el momento de pasar al verdadero motivo de su presencia allí—. No obstante, creo que el caso que vengo a encargarle va a resultarle mucho más interesante.

—¿Está seguro de que algún caso podría interesarme más que el de las caprichosas fluctuaciones del café de la señorita Barkin, capitán? —Clayton sonrió, visiblemente aliviado. Agradecía que la conversación hubiese tomado aquel otro derrotero.

—No tengo la menor duda —aseguró Sinclair—, ya

que está relacionado con ese escritor que tanto admira, el que escribió la novela sobre la invasión marciana.

—¿H. G. Wells? —balbució Clayton levantándose súbitamente.

El capitán asintió, contento al menos de poder depositar en las manos de su subalterno un juguete nuevo que le distrajera.

—Vive en Worcester Park. —Rebuscó en el bolsillo de su chaqueta y le tendió una nota—. Aquí tiene su dirección. Preséntese en su casa lo antes posible.

Clayton leyó la nota y asintió.

—¿Por qué motivo, capitán?

Sinclair sonrió. Sabía que la respuesta era lo que más iba a gustarle de todo.

—Esta noche ha aparecido un cilindro marciano en los pastos de Horsell —explicó—, exactamente como él escribió en su novela.

Parte segunda

¿Te estremecen, querido lector, los incontables misterios que amenazan el universo? No temas; como en todo folletín detectivesco, no quedará ninguno sin resolver.

Pero no solo de misterios vive el lector. Sigue avanzando por estas trepidantes páginas y sumérgete en una historia de amor que continuará incluso tras la caída del oscuro telón de la muerte.

Aunque no olvides que el villano más temible que se pueda imaginar sigue buscando el libro que tienes entre las manos.

¡Protégelo con tu vida si es necesario!

«—Si el diablo deseara inmiscuirse en los asuntos humanos, no podría encontrar escenario mejor —susurró Wells.»

X

A Montgomery Gilmore le hubiese gustado no sufrir aquel miedo irracional a las alturas que le revestía el estómago de un musgo helado. Había permanecido oculto en su interior hasta entonces, como un polizón, y probablemente hundía sus raíces en algún episodio ya olvidado de su infancia. ¿Una mala caída desde el muro del jardín de sus padres? ¿Las truculentas advertencias de una institutriz demasiado aprensiva? Quién sabía. Fuera como fuese, aquella semilla plantada con desgana en su alma en algún momento de su vida había ido creciendo sigilosamente, hasta eclosionar en el peor momento en que podía hacerlo: justo cuando se encontraba suspendido en el aire a una considerable altura, bajo la panza de un globo aerostático. Para su desgracia, el artefacto no dejaba de subir y subir, amenazando con alcanzar el mismísimo sol, o ese parecía ser el propósito del hombre que lo manejaba, un tipo taciturno que, ante las continuas preguntas de Gilmore —le había preguntado si creía que el rumbo era el correcto, la altura la conveniente, el viento el adecuado...—, se había limitado a encogerse de hombros y a cambiarse de lugar el sucio palillo que llevaba encajado entre los dientes. Gilmore se imaginó estrangulándole con sus propias manos, y esa imagen le proporcionó cierto consuelo. Aun así, no trató de llevarla a la práctica, porque le habría obligado a soltar el borde de la cesta, imprudencia que ni siquiera se atrevía a hacer para enjugarse el sudor que resbalaba por sus sienes. Así que se limitó a permanecer encajado entre el grupo de saltimbanquis que atestaba la cestita —que ensayaban su inminente número acrobático rebullendo como un hatajo de monos desmandados— e intentó mantener una sonrisa de desdeñosa indiferencia mientras se preguntaba en qué demonios estaría pensando cuando decidió vestirse de aquel modo, con aquel traje malva brillante, aquella chistera que pesaba una tonelada y aquella pajarita cuyo mecanismo giratorio amenazaba con degollarle a cada instante.

En hacerla reír, se dijo. En eso pensaba: en hacerla reír. Las instrucciones de la carta habían sido claras. Por eso estaba allí, subido en aquel globo que no dejaba de oscilar peligrosamente, vestido como un ridículo payaso. E iba a conseguirlo. Aunque tuviera que morir en el intento. Se imaginó cayendo del globo y estampándose contra la hierba, pero enseguida desechó la idea por poco práctica: no había organizado todo aquello para inmolarse. Así que apretó sus manos con más fuerza sobre el borde de la cesta, decidido a llegar vivo a los pastos de Horsell, donde al cabo de unos minutos comenzaría la invasión marciana más divertida que había podido concebir, con la que pretendía conquistar a la mujer que amaba. O, en el caso de que al Creador aquello le pareciera demasiado ambicioso, al menos hacerla reír.

Porque, para su desgracia, Emma Harlow no era una mujer a la que se la pudiera conquistar empleando las mismas tácticas que con el resto de las mujeres. Gilmore lo había intentado todo: le había regalado treinta y siete sombreros, había agasajado a sus padres y había puesto su inmensa fortuna a sus pies, asegurándole una y otra vez que podía concederle cualquier deseo que se le antojara, por imposible que pudiera parecer. Pero con su insistencia lo único que había conseguido era que la muchacha, harta de su torpe acoso, le propusiera un desafío tan cruel como inalcanzable: si conseguía reproducir la invasión marciana que el escritor H. G. Wells describía en su novela *La guerra de los mundos*, ella se casaría con él. No era necesario que destruyera la Tierra y a todos sus habitantes, naturalmente. Bastaba con que recreara el comienzo de la invasión con tal verosimilitud que todos los periódicos de Inglaterra se hicieran eco de la noticia. Si conseguía eso, ella le otorgaría su mano. Pero si fracasaba, debería reconocer que concederle lo imposible era algo que quedaba fuera de su alcance, y tendría que abandonar de una maldita vez su ridículo cortejo.

Cuando la oyó formular aquella caprichosa petición, Gilmore no supo si reír o llorar.

Wells.

H. G. Wells.

Otra vez él. Otra vez le obligaba el destino a batirse en duelo contra la imaginación del escritor. ¿Acaso no podría librarse nunca de su presencia? ¿Acaso su vida debía estar enredada a la de Wells hasta que la muerte de alguno de ellos deshiciera el enojoso nudo?

Gilmore sabía que la muchacha le había propuesto aquel reto tan solo para desembarazarse de él, su más irreductible pretendiente, el único al que no lograba desanimar con desplantes ni desafectos, y a pesar de ello, había aceptado el guante y había viajado a Londres, dispuesto a hacer creer al mundo que los marcianos estaban invadiendo la Tierra, aunque esta vez fuera por amor. Sin embargo, enseguida descubrió que reproducir una invasión marciana con la veracidad necesaria para engañar a toda Inglaterra no era tan fácil como le había parecido en un principio, por mucha voluntad que se le pusiera. Tras numerosos intentos fallidos y con el plazo que Emma le había otorgado a punto de expirar, Gilmore se había visto obligado a pedir ayuda a la única persona en el mundo que podía proporcionársela: el propio H. G. Wells, el autor de la novela que debía plagiar. Lo había hecho movido por la desesperación, seguro de que cuando el escritor leyera su carta, no dudaría en hacer una bola con ella y tirarla a la papelera. Aun así, una parte de su alma albergaba la esperanza de que le respondiera, pues estaba convencido de que Wells se creía mejor que él y no dejaría pasar la oportunidad de demostrárselo. Y así había sido. Una carta con el nombre H. G. Wells en el remite había brotado en su buzón unos días después, tan milagrosamente como una flor en la nieve:

> Querido Gilliam:
>
> Por extraño que te resulte, saberte enamorado me llena de dicha. Sin embargo, poco es lo que yo puedo hacer para ayudarte, salvo aconsejarte que no te esfuerces en reproducir la invasión marciana. Hazla reír. Sí, consigue que esa muchacha ría, que su risa se vuelque en el aire como una bolsa de monedas de plata.
>
> Y entonces será tuya para siempre.
>
> Un abrazo muy fuerte de tu amigo,
>
> GEORGE

¡Sí, Wells, su enemigo de cabecera, probablemente la persona que más debía de odiarlo en el planeta, le había respondido! Y no solo eso: también había bendecido su amor, le había dado su consejo y, lo más increíble de todo, se había despedido con un abrazo, autoproclamándose su amigo. Gilmore jamás habría esperado tanto, teniendo en cuenta todo lo que había sucedido entre ellos dos años atrás. De hecho, al principio, incapaz de sustraerse del todo de su vieja suspicacia, había creído atisbar una amenaza agazapada bajo aquellas líneas aparentemente inofensivas, sobre todo en aquel saludo, dado que Wells le llamaba por su nombre auténtico. ¿Le estaba advirtiendo del poder que tenía sobre él ahora que conocía su secreto? ¿Pensaba chantajearle más adelante o, sin la paciencia necesaria para la tortura, limitarse a destruirlo de una vez, desvelando al mundo su auténtica identidad? ¿A qué quería jugar Wells? Pero, tras aquel brote de desconfianza, Gilmore se había tranquilizado. Sus temores resultaban absurdos, sobre todo teniendo en cuenta que había sido él mismo quien había escrito a Wells confesándole lo que, por otro lado, probablemente el escritor ya sospechaba, un secreto que, salvo sus esbirros más fieles, nadie conocía: que el empresario Gilliam Murray, el dueño de Viajes Temporales Murray, el famoso Dueño del Tiempo, no había muerto devorado por ningún dragón en las rosadas llanuras de la cuarta dimensión, como la prensa había anunciado a los cuatro vientos, sino que había fingido su propia muerte y seguía vivo, oculto nada menos que bajo la piel del millonario Montgomery Gilmore. Vivo y enamorado.

Pero Wells no le había delatado, aunque tampoco le había explicado en su carta el modo de confeccionar un marciano tan creíble como los que describía en su novela, que era lo que Murray había esperado que hiciera. No, Wells le había dicho que la hiciera reír. Solo eso. Como si estuviera convencido de que con aquello bastaría. Y Murray había decidido hacerlo. Tampoco tenía otra opción.

Una serie de fuertes zarandeos interrumpió sus pensamientos. Murray dirigió una mirada amenazadora a los saltimbanquis que habían comenzado a descolgarse por los costados del globo, hasta que cayó en la cuenta de que eso solo podía significar una cosa: se acercaban a su destino. El corazón se le aceleró. Miró hacia abajo con aprensión, y sus sospechas se vieron confirmadas. Más allá de las mullidas copas de los árboles que en aquel momento sobrevolaban, se extendían los verdes pastos de Horsell, donde, al amparo de la noche, sus ayudantes habían colocado el cilindro marciano. Una alborotada muchedumbre lo rodeaba, y cuando el globo se acercó y perdió altura, Murray percibió el olor a pólvora que impregnaba el aire tras los fuegos artificiales —él mismo había dispuesto que surgieran del cilindro, inaugurando el espectáculo—, oyó a la banda de música que tocaba allí abajo y, poco a poco, empezó a distinguir la colorida algarabía de caballos, elefantes, bailarinas, ilusionistas, tragasables, payasos y malabaristas que había contratado. Según podía apreciar desde las alturas, estaban haciendo las delicias del público. Y aguzando la vista, discernió la silueta del supuesto marciano, una marioneta que, asomada por una trampilla abierta en el cilindro, bailaba al ritmo de la música festiva mientras sujetaba un cartel cuyas letras no necesitaba descifrar desde allí porque las había escrito él mismo: «¿Quieres casarte conmigo, Emma?».

En aquel instante se oyó un redoble de tambores, y todos giraron la cabeza para mirar alrededor, excitados ante la nueva maravilla que anunciaban. El globo bajó unos metros más, aunque nadie acertó todavía a mirar en su dirección. Murray, sin embargo, se hallaba ya tan cerca de la multitud que podía distinguir algunas de las caras que se volvían de un lado a otro. El corazón se le encabritó cuando, asomando bajo una sombrillita que no dejaba de girar, vislumbró el rostro de Emma, con una adorable estupefacción decorando sus rasgos. Allí estaba, valiente como una amazona, delicada como una flor, fiel a la cita que ella misma había acordado como plazo final de su desafío. «Los marcianos aparecerán en los pastos comunales de Horsell, señorita Harlow —le había asegurado él—. Aparecerán, tiene mi palabra. Vendrán desde Marte para que se case conmigo.» Y ella había acudido a la cita, dispuesta a comprobar cómo él fracasaba en su intento de conseguir lo imposible. Y se había encontrado con un cilindro de cuyo interior, como una cornucopia, se había derramado un circo entero... Murray tragó saliva, incapaz de contener los nervios. ¿Cuál sería la reacción de la muchacha cuando él bajara del globo, revelándose como el artífice de aquel delirio?

No tuvo tiempo de responderse, porque, unos metros más allá de la muchacha, distinguió a Wells. El escritor vestía un llamativo terno a cuadros que solo él podía llevar con tanta naturalidad, e iba acompañado de un tipo larguirucho envainado en un austero traje negro, como si Wells se hubiese apropiado de todos los colores del mundo. Pese a su agitación, Murray no pudo evitar que una sonrisa se le derramara por los labios. El escritor no solo se había dignado a darle un consejo, sino que había decidido ir hasta allí para apoyarle con su presencia. ¿Hasta tal punto le preocupaba su futuro sentimental? Aquello lo conmovió más que si hubiese oído cantar a una ballena, y le provocó una repentina oleada de ternura hacia el escritor y, por extensión, hacia toda la raza humana, a excepción del imperturbable piloto del globo. Transido por la emoción, se prometió que si conseguía casarse con Emma, Wells sería su padrino de bodas, y que jamás volvería a odiar a ninguna otra persona como había odiado al escritor, ni volvería a pelearse con nadie, ni a crearse ningún otro enemigo en lo que le quedaba de vida. Sería el hombre más generoso del planeta, alguien cuya felicidad lo incapacitara para desear la infelicidad de los demás. Un hombre purgado por amor, pura bondad, pura filantropía.

Fue entonces cuando la inmensa sombra del globo se deslizó sobre la multitud y un centenar de rostros se volvieron, ahora sí, hacia arriba. Murray se apresuró a apartarse del borde. No quería que nadie lo viera hasta que la cesta tocara el suelo y él bajase a tierra con los majestuosos ademanes que durante los últimos días había ensayado ante el espejo. Su aparición debía ser triunfal, se recordó, mientras los saltimbanquis comenzaban a deslizarse por las cuerdas de colores ejecutando sus cabriolas, hasta quedar graciosamente colgados de los extremos. Cuando el globo llegó hasta el lugar donde debía aterrizar, justo al lado del cilindro, los saltimbanquis saltaron a tierra y, como la corte de lacayos más estrafalaria que pudiera imaginarse, se desplegaron por la hierba y adoptaron gráciles posturas de reverencia para recibir a su jefe. Murray tomó entonces una bocanada de aire, conectó el mecanismo de humo de su sombrero y el de la pajarita giratoria, y se apuntaló en los labios la sonrisa más radiante que fue capaz de forjar: había llegado el momento de aparecer en el espectáculo que él mismo había orquestado para hacer reír a la mujer que amaba.

Pero si bien la escena transcurría así para Murray, desde tierra, Wells la observaba con ojos muy diferentes. Cuando la inmensa sombra se deslizó sobre su cabeza como la oscuridad de un eclipse, el escritor y el agente Clayton alzaron el rostro hacia el cielo y contemplaron con silencioso pasmo el enorme globo aerostático que descendía en dirección al cilindro, preparándose para aterrizar. Wells observó aquella gigantesca esfera pintada de alegres colores, en la que brillaba una pomposa «G», con los labios apretados en una pálida línea. Bajo ella se mecía una cestita; de momento, solo podía ver su base, pero no tuvo necesidad de preguntarse quién viajaba en su interior. Lo sabía de sobra. Lanzó un bufido al ver la *troupe* de saltimbanquis disfrazados de lacayos descolgarse desde la cesta. Aquella entrada tan vulgar y ostentosa solo podía haberla planeado una persona. Lo que sí se preguntó fue si tendría estómago para volver a contemplar aquel rostro tan odiado después de dos apacibles años creyendo que se había librado de él para siempre.

A punto estuvo de darse la vuelta y marcharse, pero recapacitó y decidió permanecer en el mismo lugar, pues no tenía muy claro en calidad de qué le había pedido el agente Clayton que lo acompañara. Aquel policía flaco y manco, que observaba el espectáculo resumiendo su estupefacción en un ligero alzamiento de la ceja derecha, se había presentado en su casa con la noticia de que un cilindro marciano había aparecido en los pastos de Horsell, tal y como ocurría en su propia novela. Y Wells lo habría tomado por un lunático o un bromista de no ser porque, un mes antes, él mismo había recibido una carta anunciándole aquella locura.

La carta, la maldita carta... La había abierto con cierto temor al ver el nombre del remitente, pero tras leerla, una furia casi animal había empañado cualquier otra sensación.

> Estimado George:
>
> Imagino que no te sorprenderá recibir una carta escrita por un muerto, pues los dos sabemos que, de toda Inglaterra, eres la única persona que sabe que sigo vivo. Lo que sí te sorprenderá, estoy seguro de ello, es el motivo por el cual te escribo, que no es otro que pedirte ayuda. Sí, has leído bien: te envío esta carta porque necesito tu ayuda.
>
> Permíteme, ante todo, que no pierda el tiempo en disfrazar la verdad. Sé que me profesas un odio absoluto, similar al que yo te profeso a ti. Eso es un hecho, y ambos lo sabemos. No te será difícil comprender, por tanto, que escribirte estas líneas supone para mí una humillación. Pero una humillación que he decidido enfrentar por la posibilidad de conseguir tu ayuda, lo cual te dará suficientes pistas de mi desesperación. Imagíname arrodillado y gimoteando

ante ti, si eso te complace. No me importa. Mi dignidad no vale tanto como para resistirme a sacrificarla. Sé que es absurdo que uno suplique ayuda a quien considera su enemigo, pero ¿acaso no es también una muestra de respeto, un modo de reconocer su inferioridad? Y yo reconozco la mía: siempre he presumido de imaginación, lo sabes. Pero ahora necesito la ayuda de alguien con una imaginación mayor que la mía. Y no conozco a nadie cuya imaginación pueda compararse con la tuya, George. Es tan sencillo como eso. Si me ayudas, estaría dispuesto a dejar de odiarte, aunque imagino que eso no será ningún aliciente para ti. Pero piensa también que te deberé un favor y, como sabes, ahora soy millonario. Tal vez esto sí te suponga un aliciente. Si me ayudas, tú mismo podrás ponerle precio a esa ayuda. El que quieras. Te doy mi palabra, George.

¿Y para qué necesito tu ayuda?, te preguntarás. Bien, eso tal vez avive aún más tu odio hacia mí, pues nuevamente está relacionado con una de tus novelas, esta vez con *La guerra de los mundos*. Como sin duda tu brillante mente habrá deducido, he de reproducir una invasión marciana. Pero te aseguro que esta vez no busco demostrarte nada, ni pretendo lucrarme con ello. Tienes que creerme. Ya no preciso nada de eso. Esta vez me mueve algo que necesito por encima de todo, sin lo cual moriré: el amor, George, el amor de la mujer más hermosa que he visto nunca. Si has estado enamorado alguna vez, comprenderás a qué me refiero. Imagino que te resultará muy difícil de creer, incluso quizá inconcebible, que un hombre como yo pueda enamorarse, pero si la conocieras, lo que te resultaría extraño sería que no lo hubiese hecho. Ah, George, no tenía otra opción que caer rendido ante sus encantos, y te aseguro que su inmensa fortuna no es uno de ellos, pues, como te he dicho, tengo más dinero del que podría gastar en varias reencarnaciones. No, George, me refiero a su encantadora sonrisa, a su dorada piel, a la salvaje dulzura de su mirada, incluso a la adorable manera con que hace girar su sombrillita cuando está nerviosa... Ningún hombre puede resultar inmune a su belleza, ni siquiera tú.

Pero para tenerla, George, debo conseguir que el 1 de agosto un cilindro marciano aparezca en los pastos comunales de Horsell, y que de su interior surja un marciano, tal y como sucede en tu novela. ¡Y no sé cómo hacerlo! Lo he intentado todo, pero, como te he dicho, mi imaginación tiene un límite. Necesito la tuya, George. Por favor, ayúdame. Si lo consigo, esa dama se casará conmigo. Y te aseguro que si eso sucede, ya no me tendrás como enemigo, pues Gilliam Murray habrá muerto definitivamente. Por favor, te suplico, te ruego, que ayudes a este pobre enamorado.

Atentamente,

G. M.

¡No podía creerlo! ¿Cómo tenía Murray la desfachatez de pedirle ayuda para reproducir la invasión marciana de su novela? ¿Pensaba realmente que existía una mínima posibilidad de que se la ofreciera? Aquello era demasiado suponer incluso para alguien tan presuntuoso como Murray.

Fue a tirar la carta, pero antes de hacerlo, decidió mostrársela a Jane, dando por sentado que a su esposa le invadiría la misma cólera que a él y que ambos podrían despotricar a gusto sobre la soberbia e ingenuidad del millonario, quizá saboreando una copa de vino mientras el sol se derrumbaba cansadamente entre los árboles. Pero no. A Jane el plan de Murray le pareció una de las gestas más románticas que nadie pudiera llevar a cabo, e incluso le había animado a prestarle su ayuda. «La gente cambia, Bertie —le había dicho—. Tú eres una persona demasiado inamovible, pero el resto de la humanidad es más versátil. Y está claro que Murray ha cambiado. ¡Y lo ha hecho por amor!» Wells soltó una carcajada irónica.

¡Por amor! Murray no habría podido escoger un argumento mejor para convencer a Jane de aquella dudosa conversión de Hyde en Jekyll, ni uno mejor para disuadirlo a él. Si se dignase a responderle, lo haría únicamente para informarle de que el rencor que le profesaba era tan indeleble que nada podría borrarlo, y mucho menos aquella sarta de palabras sentimentaloides. Pero eso habría supuesto entrar de nuevo en un juego que no le traía buenos recuerdos, así que finalmente había optado por no darle ninguna clase de respuesta, convencido de que la indiferencia sería la mayor injuria que podría infligirle.

La indiferencia... Quizá esa debería haber sido su postura cuando, tres años atrás, aquel presuntuoso le había pedido opinión sobre una novelita que había escrito. Como algunos de ustedes recordarán, por aquel entonces Murray todavía no era el famoso Dueño del Tiempo, sino un simple aspirante a escritor con más ínfulas que talento, que deseaba la aprobación de quien consideraba uno de los mejores escritores de Inglaterra. Y lo cierto es que Wells podría haber salido del paso con un par de frases tan vagas como amables. Sin embargo, había optado por la sobrevalorada sinceridad, no solo porque aquel gordo petulante no mereciera el esfuerzo del fingimiento, sino porque toda su persona clamaba que alguien le administrase una cura de humildad, y él mismo le había concedido a Wells el poder de hacerlo. ¿Podría alguien resistirse a semejante invitación? Él no, desde luego. Así que le había hecho partícipe de su opinión sobre su novelucha con una crueldad a todas luces innecesaria, deseoso de ver su reacción y lanzando, sin saberlo, a aquel pobre aspirante a escritor el desafío que enredaría a ambos en un duelo absurdo durante los años siguientes.

La novelita de Murray era un ingenuo romance científico que imaginaba un año 2000 en el que los autómatas habían conquistado la Tierra y solo una pequeña resistencia humana liderada por el bravo capitán Shackleton se atrevía a plantarles cara. Se trataba de un argumento delirante que había permitido a Wells rematar su despiadada disección afirmando que aquel futuro no era en absoluto «verosímil», lo que convertía la obra en un disparate inútil y digno de olvidar. Según él, la imaginación era un don que debía estar siempre al servicio de la verdad. Cualquier idiota era capaz de imaginar cosas imposibles, pero solo los auténticos genios podían imaginar las infinitas posibilidades de la realidad, y quedaba claro que Murray no lo era. Aquel rapapolvo encendió al millonario, que se marchó indignado de su casa, no sin antes amenazarlo con hacer que todo Londres creyera que su fantasía era real, algo que ningún escritor podría conseguir nunca por muy hábil que fuera.

Unos meses después Viajes Temporales Murray había abierto sus puertas para llevar al ciudadano del siglo XIX al futuro, un futuro que, para estupefacción de Wells, era exactamente igual al que Murray había imaginado en su «vapuleada» novela.

Y durante dos años, el escritor había padecido aquella humillación, recibiendo puntuales invitaciones para embarcarse en las expediciones que organizaba a su *inverosímil* futuro un Murray cada vez más rico, poderoso y, si hacía caso a los rumores que circulaban por las tabernas del puerto, también más peligroso. Hasta que un buen día, el Dueño del Tiempo decidió fingir su muerte, y Wells pudo al fin respirar tranquilo y tratar de convertir todo aquel asunto en un mal sueño.

Pero entonces, cuando ya casi lo había conseguido, aquella ridícula carta había aparecido en su buzón. Y aunque no la había respondido, tampoco la había tirado. Era demasiado hermosa. A veces la sacaba a hurtadillas del libro en el que la había escondido, para deleitarse en las palabras con las que Murray le reconocía definitivamente su superioridad. A pesar de que Wells nunca había dudado de aquella verdad, le resultaba de lo más gratificante que Murray la asumiera al fin.

La última vez que había leído la carta había sido aquella misma mañana, en la que expiraba el plazo que el millonario tenía para lograr el reto de su amada. Mientras ponía la tetera a hervir, imaginó la frustración que habría invadido a Murray al constatar que, pese a todo su dinero, no podía reproducir su invasión marciana, que en el mundo había cosas imposibles hasta para él. Y eso le tranquilizaba y satisfacía, pues la imaginación era un don sublime que elevaba al hombre por encima de las bestias, abría las puertas del conocimiento, de la evolución y del progreso a la raza humana y, en consecuencia, debía ser preservada de burdos imitadores, de aspirantes sin talento, de comerciantes deseosos de lucrarse y, especialmente, de enamorados dispuestos al ridículo público.

Fue entonces cuando el agente Clayton llamó a su puerta para informarle de que un cilindro marciano había aparecido en los pastos de Horsell. Y maldiciendo a Murray, que era incapaz de darse por vencido ante nada, Wells subió al carruaje del agente. ¿Qué otra cosa podía hacer? Después de todo, si en Horsell había aparecido un cilindro idéntico al que él había descrito en su novela, era lógico que Scotland Yard requiriese su presencia allí. Lo que ya no le resultó tan lógico fue que el agente creyera que existía alguna posibilidad de que se encontraran ante una auténtica invasión marciana, tal vez orquestada por él mismo a través de su novela. Wells tuvo que mostrarle la carta de Murray para que Clayton comprendiera que todo aquello no era más que una broma del antiguo Dueño del Tiempo, muy dado a este tipo de humor. Para sorpresa de Wells, el agente cogió la carta y se la guardó en la chaqueta. Admitía que aquello otorgaba una nueva perspectiva al asunto, pero el trabajo de la División Especial de Scotland Yard consistía precisamente en barajar todas las posibilidades, y una de ellas era que el propio Wells hubiera escrito la carta con el fin de obstaculizar la investigación culpando a un muerto. Ante tan demencial argumento, el escritor había enmudecido, y el resto del trayecto había transcurrido en un tenso silencio.

—¡Es absurdo que piense que tengo alguna relación con los marcianos porque escribí una novela para anunciar su invasión! —protestó finalmente, incapaz de contener su furia.

—Tan absurdo como que alguien reproduzca una invasión marciana para conquistar a una dama —fue la condescendiente respuesta del agente.

Pues bien, se dijo Wells, apartando la mirada del estúpido sombrero humeante de Murray para contemplar al agente con una sonrisa de satisfacción; al parecer, alguien estaba haciendo todo aquello *precisamente* para conquistar a una dama. Era evidente que Clayton le debía una disculpa. Sin embargo, el agente no parecía estar por la labor.

—Así que el Dueño del Tiempo está vivo... —se limitó a anunciarle, como si Wells no se hubiese cansado de repetírselo durante el viaje hasta allí.

El escritor puso los ojos en blanco y alzó las manos, como si esperase que un par de palomas se posaran sobre ellas. Sí, Gilliam Murray no había muerto. El fantoche que había bajado del globo era él, aunque tenía que admitir que muy pocos le habrían reconocido con tantos kilos de menos y aquella barba pelirroja que le tiznaba el rostro, por no mencionar el ridículo disfraz. Pero sus ojos, aquellos ojos de animal taimado capaces de esconder cualquier cosa, como la chistera de un mago, seguían siendo los mismos. Y Wells notó cómo el viejo odio que sentía hacia él se desperezaba en su interior. Allí estaba otra vez Murray, ridiculizándole, convirtiendo su última novela en una vulgar pantomima circense, esta vez para conquistar a una dama. Y allí estaba él, arrancado de su hogar antes de que pudiera acabarse su taza de té, con los zapatos llenos de barro, presenciando el espectáculo en medio de una multitud vociferante, arrastrado de nuevo por la fuerza magnética de aquel hombre que atrapaba todo a su paso, y obligado nada menos que a defenderse de una acusación de espionaje y alta traición a nivel planetario. ¿Acaso no podría librarse nunca de la presencia de Murray? ¿Acaso su vida debía seguir enredada a la del millonario hasta que la muerte de alguno de ellos deshiciera el enojoso nudo?

—Interesante, muy interesante —oyó reflexionar a Clayton en voz alta, sin poder apartar los ojos de la escena—. La resurrección del señor Murray resulta de lo más oportuna, pues me quedé con ganas de hacerle algunas preguntas sobre su empresa, que sin duda siguen siendo pertinentes. Muchas preguntas, sí, a las que ahora tendré que añadir algunas más.

Wells le miró con sorpresa mientras por los labios del policía empezaba a derramarse una sonrisa maliciosa, sin duda anticipando el momento en que al fin tendría al misterioso Dueño del Tiempo a su merced, sentado en la sala de interrogatorios y obligado por un juez a aclarar todas sus dudas.

—Le felicito entonces por su suerte, agente Clayton —dijo Wells con displicencia—. Y puesto que la ausencia de marcianos me exime de cualquier sospecha, le ruego que me disculpe, pero tengo cosas más importantes que hacer que quedarme a ver el desenlace de este ridículo folletín.

Clayton asintió distraído, hipnotizado por el espectáculo. Y Wells tampoco se movió. Costaba apartar los ojos de la escena que se estaba desarrollando ante ellos. La muchedumbre había comenzado a separarse hasta abrir un pasillo humano que iba directamente desde Murray hasta una encantadora jovencita tocada con una sombrilla, sin duda la muchacha para quien el millonario había organizado todo aquello. Y observándola con atención, Wells tuvo que admitir que Murray se había quedado corto a la hora de describirla en su carta. La joven era hermosísima: poseía la delicada levedad de una pompa de jabón, su piel se antojaba barnizada de oro, y sus ojos, a pesar de la expresión de estupor que los mantenía exageradamente abiertos, destilaban esa mezcla justa de dulzura y fiereza capaz de seducir a cualquier hombre. Durante unos segundos eternos, Wells la contempló: permanecía inmóvil, girando nerviosa la sombrilla, mientras al otro extremo del pasadizo que construía la silenciosa multitud la pajarita de Murray giraba también. Era lo único que se movía de todo él, pues el millonario parecía petrificado: con los brazos abiertos, el sombrero que acababa de quitarse sujeto en una mano y una amplia sonrisa en los labios, se mantenía a la espera de que Emma, como una Medusa despistada, lo devolviera a la vida con una mirada de amor. Pero eso no iba a ocurrir, se dijo Wells, convencido de que la muchacha se daría la vuelta y se marcharía por donde había llegado, dejando a Murray con su sombrero humeante y su pajarita giratoria, enfrentado a la piedad de la multitud.

¿Qué otra cosa podía hacer? El millonario no había conseguido reproducir la invasión, por mucho que intentara sacar partido de su derrota organizando aquel colorido espectáculo. Y Emma Harlow parecía una muchacha demasiado inteligente para dejarse engañar por aquel numerito. Pero de pronto, para estupefacción de Wells, una sonrisa asomó a sus labios, y aunque al principio la muchacha intentó resistirse, finalmente dejó escapar una encantadora risita. Al instante, un suspiro de deleite recorrió la multitud. Lleno de decepción, Wells contempló a la muchacha, que caminaba hacia Murray entre los aplausos de la muchedumbre, y decidió que ya había visto suficiente.

Se apartó del gentío visiblemente enojado, en busca de algún carruaje que lo devolviera a Worcester Park, a la novela que tenía entre manos y a aquel té olvidado sobre la mesa de la cocina. A aquella vida normal y corriente que llevaba, tan impermeable a gestas amorosas como las que Murray protagonizaba a diario. Sacudió la cabeza. Que tuvieran mucha suerte, pensó con desdén. La muchacha iba a necesitarla si terminaba casada con aquel individuo. No debía de ser tan inteligente, al fin y al cabo, si creía que el sentido del humor era base suficiente para una relación, se dijo, mientras una vocecilla en su cabeza le preguntaba cuánto hacía desde la última vez que él había hecho reír a Jane de aquella manera.

De todos modos, la felicidad de la pareja no duraría demasiado, pues el intrépido agente Cornelius Clayton estaba a punto de reanudar la investigación de Viajes Temporales Murray. Por fin alguien haría lo que durante tanto tiempo había deseado, pensó. Y suspiró con cansancio, deseoso de llegar a su casa cuanto antes y contarle a Jane todo lo sucedido para que ella obrara su magia, para que aportara su sensata ironía a aquel asunto, le restara cualquier importancia y le invitara a mirarlo desde la perspectiva correcta, de modo que él pudiera arrumbarlo en algún lugar de su mente donde no estorbara el paso.

Miró hacia la colina donde se arracimaban los carruajes, intentando calcular la distancia que le quedaba por caminar, cuando de pronto una silueta lejana llamó su atención. Por su encorvada postura parecía un anciano, y aunque estaba demasiado lejos para distinguir sus rasgos, tuvo la impresión de que el desconocido lo estaba observando a él con idéntica atención. De repente, lo abrumó un desasosiego tan intenso que tuvo que detenerse y doblar el cuerpo como si tuviera náuseas. Sentía el estómago revuelto y el alma rebosante de una espesa tristeza. Hacía tanto que no se sentía así... ¿Por qué ahora? La sensación desapareció con la misma brusquedad con la que había aparecido, sin dejarle más que un vago poso de melancolía, y ninguna respuesta. Cuando levantó la vista de nuevo hacia la colina, reparó en que la silueta del anciano también había desaparecido.

XI

Cuando, irritado y exhausto, Wells entró en casa, Jane acababa de llegar de Londres, donde había almorzado con los Garfield, y lo primero que hizo fue contarle el vergonzoso espectáculo que había tenido que presenciar en Horsell. Le describió cada una de las sorpresas que surgieron del cilindro en un tono que dejaba bien claro lo ridículo que le había parecido todo aquello, pero a medida que hablaba, la cara de Jane se iba iluminando cada vez más. Para su asombro, la apasionada gesta del millonario la emocionó como pocas cosas lo habían hecho en la vida. Le parecía lo más romántico que un hombre podía hacer por una mujer, y aquella rotunda afirmación, más que incendiarlo por dentro con el fuego de los celos, lo abatió, porque de un modo implícito volvía terriblemente decepcionantes sus pequeños gestos de amor. Él no había descendido de un globo para conquistarla. No, no lo había hecho, era cierto. Pero ¿qué mérito o esfuerzo había en eso, aparte del logístico? Wells había conquistado el corazón de Jane durante largas caminatas a la estación de Charing Cross, en las que la había fascinado con la palabra, solo con lo que él era, sin necesidad de contratar ningún grupo de faquires y acróbatas o de lucir un sombrero humeante en la cabeza. Había escogido el camino difícil, se había valido únicamente de su graciosa y envolvente oratoria. En otras palabras: no había hecho trampas. Pero evidentemente Jane no lo veía así. Para ella, Murray no solo había organizado todo aquello cuidando hasta el más mínimo detalle, sino que se había expuesto al ridículo público por conseguir el amor de aquella mujer. ¿Habría sido capaz Wells de hacer algo semejante?, preguntó a su esposo. ¡Claro que no! Así que ya podía ir desbrozando su corazón de antiguos rencores, le amenazó, pues empezaba a acumular tanto odio que apenas quedaba sitio para la felicidad, ni siquiera para los goces más sencillos de la vida.

Tras decir aquello, abandonó la salita dando un fuerte portazo, y Wells quedó varado en mitad de la habitación. Odiaba que Jane rematara sus discusiones marchándose a otra parte de la casa con un gesto airado, no tanto porque aquello le dejaba con la palabra en la boca, sino porque impedía que la discusión se resolviera allí mismo, obligándolo a discutir a plazos. Se derrumbó en un sillón de la sala, sin ganas todavía de perseguirla de habitación en habitación. Que se despojara de sus antiguos rencores, le había dicho ella, remedando lo que ya le dijera cuando le mostró la carta de Murray. Desde aquel fatídico día, Wells no había vuelto a sacar el tema, y ante la falta de alusiones por parte de su mujer, creyó que ella había acabado olvidándolo. Pero quizá Jane nunca lo había olvidado, quizá solo había fingido olvidarlo por el bien de la convivencia, y con el tiempo el asunto había salido inesperadamente a la superficie, como el cadáver del que uno creía haberse deshecho arrojándolo al fondo de un lago.

Wells suspiró. Jane era una caja de sorpresas. En cambio, él carecía de misterio para ella, como su mujer no se cansaba de repetirle. Era como si estuviese tallado en cristal, con su corazón, su estómago, su hígado y demás órganos vitales al aire. De hecho, su mujer aprovechaba cualquier situación para estudiarlo, extrayendo cada día nuevas y originales teorías sobre el funcionamiento de lo que cariñosamente denominaba «el espécimen Wells».

La semana pasada, sin ir más lejos, le había hecho partícipe de otra de ellas. Podía suceder en cualquier parte, Wells no podía preverlo. Aquella vez se encontraban cenando en el restaurante Holborn, y él llevaba casi diez minutos alabando el vino que le habían servido, sin conseguir la confirmación de Jane. Su mujer se limitaba a escuchar su panegírico sonriendo de vez en cuando, más atenta al ambiente del local que a su elogiosa cháchara. Así que Wells, que no soportaba que se reservase para sí misma ninguna de sus opiniones sobre el mundo, y mucho menos sobre algo que él había tasado de excelente, se vio obligado a preguntarle directamente si no estaba de acuerdo con sus palabras. Jane suspiró y contempló a su marido en silencio, considerando si debía decirle lo que pensaba al respecto o dejarlo correr. Al cabo de unos segundos se encogió de hombros y, encomendándose a la Providencia, dijo:

—No está mal, Bertie. Pero no me parece tan excelente como a ti. Es más, me atrevería a decir que a ti tampoco te lo parece.

Esa última afirmación desconcertó a Wells. Fue oírla e insistir aún más obstinadamente en el placer que le estaba produciendo el vino: en cómo se deslizaba aterciopelado por su garganta, en cómo le hacía sentir en la boca un sabor a bosque al amanecer... Jane lo dejó hablar mientras con la lengua emitía un molesto ruidito con el que consiguió que el exaltado discurso de su marido fuera extinguiéndose poco a poco. Finalmente, un tanto enojado, Wells se decidió a escucharla. Y Jane habló con la autoridad que le otorgaban otras muchas revelaciones como la que estaba a punto de hacer.

—El vino no te parece excelente por sí mismo —le explicó, luciendo la sonrisa que siempre afloraba a sus labios cuando se entregaba a descifrarlo—, sino por la situación.

Y, señalando a su alrededor con un gesto de la mano, invitó a Wells a analizarla. Se encontraban en un restaurante que, como describía su publicidad, combinaba con acierto el atractivo de los establecimientos parisinos con la tranquilidad y el orden inherentes a la costumbre inglesa, y daba la casualidad de que, además, no había muchos clientes esa noche, por lo que las conversaciones a su alrededor no constituían un ruido molesto, sino más bien un agradable arrullo. Les habían dado una mesa en una esquina del fondo, a resguardo de los demás comensales, a los que podían observar sin disimulo. Al traerles la carta, el camarero lo había reconocido e incluso había celebrado su última novela. El vino estaba servido a la temperatura perfecta, y en una copa de tallo alto que se adaptaba graciosamente a la mano, haciéndole creer que sostenía una pompa de jabón. La música de la orquesta sonaba suave, había sido un fructífero día de escritura... ¿Era necesario que siguiera?

—Cualquier vino decente te parecería excelente en estas circunstancias, Bertie. Y ese mismo vino no habría merecido ninguna consideración por tu parte, o incluso te habría parecido pésimo, si nos hubiesen dado una mesa junto a la puerta y hubiésemos tenido que cenar recibiendo las intermitentes ráfagas de frío que provocan los clientes al entrar o salir. O si el camarero no hubiese sido tan amable. O si la íntima iluminación del local te resultara excesiva o insuficiente. O si...

—De acuerdo, de acuerdo. Pero eso le ocurre a todo el mundo... —se había defendido él sin demasiada convicción, como si aquella protesta no fuese más que un obligado trámite que debía cumplir antes de rendirse a la nueva teoría de Jane.

Ella negó con la cabeza.

—Nadie es tan sugestionable como tú, Bertie. Nadie.

Wells guardó el tradicional silencio reflexivo que seguía a las revelaciones de Jane. Su mujer se puso entonces a hojear la carta, fingiendo decidir entre el buey o el salmón, mientras le dejaba cavilar a sus anchas, sabiendo que él estaba haciendo lo que siempre hacía tras cada uno de sus juicios: repasar algunas escenas de su vida para comprobar si aquella ley también se cumplía. Cuando, después de unos minutos, se cansó de tan estéril labor, Wells aceptó a regañadientes que ella tal vez tuviera razón. Y de camino a casa, se preguntó si Jane temía que todo su amor se sostuviera sobre unos pilares tan frágiles como las azarosas circunstancias que reinaban el día que se conocieron: el buen humor con que él llegó para impartir su clase, el vestido de luto que ella llevaba por la reciente muerte de su padre, la luz que entraba por la ventana del aula para incendiarle el cabello, el aburrimiento de los otros alumnos, que les permitió hablar sin sentirse espiados... Quizá si ese día hubiese llovido y él hubiera llegado a clase empapado y de mal humor, o si ella hubiese escogido un vestido que no la hiciera parecer tan frágil, aquella cena no se habría celebrado nunca. Pero qué más daba, concluyó. Las circunstancias habían sido las propicias, y allí estaban ahora, juntos y felices, pesara a quien pesase.

La puerta del salón se abrió de nuevo, sacándolo de sus cavilaciones, y desde el sillón vio entrar a Jane con las tijeras de podar los rosales en la mano y coger su sombrerito de paja del perchero. Una vez que se lo puso, salió de la habitación dedicándole una mirada adusta, como si le molestara encontrarlo allí, despatarrado en aquel sillón en vez de estar adiestrando a un grupo de chimpancés para que bailaran para ella. Cada vez que discutían, Jane salía al jardín y descargaba su furia sobre los pobres rosales, por lo que durante unos cuantos días la casa entera olía a rosas recién cortadas. Un olor que Wells asociaba irremediablemente a sus enfados, aunque también a las reconciliaciones, pues tarde o temprano él iba a buscarla con una sonrisa de resignación como primer paso de los muchos que tendría que dar hasta que ella aceptase firmar un armisticio, cosa que siempre acababa haciendo. De algún modo sabía que el tiempo que las rosas tardaban en marchitarse era el plazo del que disponía para reparar su relación. Si por pereza o desinterés lo dejaba expirar, sería mejor que hiciera las maletas.

Y una vez más, antes de ponerse manos a la obra, Wells se preguntó si todo aquel esfuerzo merecía la pena por un matrimonio en el que cada vez se sentía más ahogado. De un tiempo a esa parte, por ejemplo, había notado cómo germinaba en sus entrañas el deseo de saborear otras mujeres, de descubrir la novedad de otros cuerpos, de volver a emprender la aventura ya olvidada del cortejo, de seducir a alguien que todavía no conociera todos sus trucos. En un primer momento se había sentido mal, pero luego comprendió que aquel punzante deseo no atentaba contra el amor que sentía por Jane. Tenía muy claro que ella era la mujer junto a la que quería morir. Además, les había llevado casi tres años acostumbrarse el uno al otro como para pensar siquiera en fraguar una complicidad semejante con otra hembra de su especie. No, no traicionaba a Jane por experimentar aquel apetito. Sin embargo, sentía que se traicionaba a sí mismo al tratar de sofocarlo, pregonando con sus higiénicos actos un orden de virtud y honestidad en el que no creía.

¿Quién había sido el lumbreras que había forzado al hombre a la monogamia cuando resultaba más que evidente que ese no era su estado natural? Él tenía necesidades que su matrimonio no podía cubrir. Quizá debía hablar con Jane de todo aquello, pensó, tratar de explicarle que su espíritu necesitaba más emociones de las que ella podía procurarle. Le pediría que de vez en cuando le permitiera llevar a cabo alguna correría amorosa fuera del lecho conyugal, y él se comprometería a no involucrar nunca el corazón, a mantener únicamente aventuras fugaces y lúdicas que no supusieran el menor riesgo para su matrimonio; en el fondo él también las prefería, pues le eximirían de adoptar el talante romántico que tanto le exigía ella. Jane siempre sería el timón de su vida, mientras aquellas amantes futuras solo alcanzarían la triste condición de tonificantes, cada vez más necesarios a medida que envejeciera, si no quería que el lento pero inexorable camino hacia la decrepitud acabara hundiendo su ánimo. Sin embargo, dudaba mucho que su mujer comprendiera aquella explicación, por muy lógica que a él le sonase, y menos aún que accediera a inaugurar una nueva rutina donde sus escapadas controladas fuesen admitidas como lubricante conyugal.

Se levantó del sillón y, deseoso de que las aguas volvieran a su cauce, algo que no sucedería si él no daba su brazo a torcer, fue a buscarla para suplicar su perdón. Lo obtuvo alrededor de la medianoche. Esta vez Jane pareció olvidarse de su decepcionante modo de amarla, o fingió hacerlo por el bien de la convivencia. Pero Wells no pudo. Y no porque tuviera remordimientos al respecto, sino porque Murray se lo impidió. Durante los días que siguieron, no había periódico que no albergara entre sus páginas algún artículo laudatorio recordando su increíble y maravillosa gesta, ni club donde no se debatiera apasionadamente sobre la audacia o temeridad del millonario. Desde su original petición de mano en los pastos de Horsell, Montgomery Gilmore y la señorita Emma Harlow se habían convertido en la pareja de moda. Todo Londres hablaba de ellos. Cientos de personas de vidas miserables los contemplaban con adoración, felices de que alguien pudiera vivir sus sueños por ellos. Wells trató de sobrellevar lo mejor que pudo aquel asombroso fervor del pueblo hacia la figura del millonario, y durante varias semanas, evitando los periódicos y los corrillos de los salones, incluso lo consiguió.

Pero su suerte no podía durar para siempre, y dos meses después, el destino quiso que coincidieran en la ópera. Wells había acudido con Jane al Royal Opera House a ver *Fausto*, y estaba cómodamente instalado en su asiento, dispuesto a disfrutar de aquel momento en el que las circunstancias parecían propicias —la butaca era cómoda, se encontraba lo suficientemente cerca del escenario para no tener que forzar la vista, la obra de Goethe le gustaba, la acústica era inmejorable...—, cuando de repente apareció un elemento desestabilizador. Hubo un murmullo general y todos los gemelos enfocaron uno de los palcos principales en el que acababa de irrumpir el millonario Montgomery Gilmore acompañado de su novia y la tía de esta. Al descubrir que eran el blanco de todas las miradas, Gilmore esbozó un magnánimo saludo, como un emperador romano, e invitó a Emma a realizar una graciosa reverencia, ante la mirada reprobatoria de su tía, aquella anciana de aspecto temible en cuya residencia se alojaba la joven, según había oído Wells. El saludo arrancó una entusiasta ovación al público. Sin la menor duda, la felicidad parecía hecha expresamente para ellos, como un traje a medida. Aun así, Wells se negó a contribuir a la algarabía con su aplauso. Permaneció cruzado de brazos, contemplando cómo aplaudía Jane, que con su actitud dejaba bien claro que en aquel asunto siempre tendrían posturas irreconciliables.

Una vez que se descorrió el telón, Wells intentó disfrutar de la ópera, pero tal como Jane había pronosticado, el factor desestabilizador, o lo que era lo mismo, la presencia de Murray, se lo impidió. Se rebulló en la butaca, repentinamente incómodo, mientras en sus entrañas crecía un odio casi visceral hacia aquel género musical. Cerró los ojos, y el escenario donde la soprano deshojaba una margarita ante el elegante Fausto desapareció de su vista. Volvió a abrirlos, y cuando los iba a cerrar de nuevo, Jane, al reparar en su rictus de angustia, posó una mano sobre la suya con dulzura y le dedicó una sonrisa de ánimo. «Ignora el factor desestabilizador, Bertie —parecía decirle—. Disfruta del espectáculo y olvídate de todo lo demás.» Wells lanzó un suspiro. De acuerdo, lo haría. No permitiría que la presencia de Murray le estropeara la noche. Intentó concentrarse en el escenario, donde Fausto, con su gorro emplumado y su ceñido jubón violeta, daba vueltas alrededor de Margarita, pero unos cuchicheos provenientes de las filas traseras le distrajeron. «Qué hermosa es la muchacha», oyó comentar a alguien con admiración. «Sí, y dicen que le pidió matrimonio reproduciendo la novela de un tal Geoffrey Wesley.» Wells tuvo que apretar los dientes para no lanzar una maldición. ¿Cuánto faltaba para que acabase aquella estúpida ópera?

Mientras ellos se encontraban allí dentro, fuera se había desencadenado una de esas lloviznas tan típicas de Londres en las que la mayor parte del agua parece flotar en el aire, como si su densidad le impidiera atravesarlo, por lo que al salir del teatro los asistentes a la ópera tuvieron la sensación de sumergirse de repente en una gigantesca pecera. Los lacayos, resplandecientes con sus libreas rojas y doradas, se afanaban en poner orden en la caótica hilera de carruajes que avanzaba trabajosamente por la calle hacia la entrada del Royal Opera House. Las damas enviaron a sus acompañantes, ya fueran maridos o amantes, a la heroica misión de azuzar a los criados para que estos consiguieran que su coche levitara por encima de los demás, mientras ellas se refugiaban en los soportales y, en grupitos nada azarosos, intercambiaban educados comentarios sobre la obra, aunque la mayoría de ellas ni siquiera le hubiesen dedicado una mirada distraída. Todas deseaban llegar a casa cuanto antes, quitarse la capa empapada, el asfixiante corsé, los insufribles zapatos y descansar los ateridos pies frente a la chimenea. No obstante, todas sonreían gentilmente, como si no quisieran estar en ningún otro lugar. El espectáculo era más digno de contemplar que el que se había representado dentro del teatro.

Y uno de los caballeros expuestos a la lluvia era Wells, que intentaba llamar la atención del lacayo que tenía más cerca con unos insistentes golpecitos en su hombro que este ignoraba, atareado como estaba en increpar a los soñolientos cocheros. Harto de sufrir empujones y aceptar disculpas de otros acompañantes ocupados en la misma labor, el escritor optó por regresar a los soportales, donde había dejado a Jane conversando con el anciano matrimonio Stamford. Discretamente oculto tras una columna, Wells oteó el océano de chisteras y elaborados peinados en busca del delicado tocado de rosas pálidas de Jane sin apenas levantar la vista, pues temía tropezarse con la mirada de Murray. Por suerte, no distinguió su enorme corpachón despuntando entre la multitud como un marcapáginas. Quizá habría sido de los afortunados que ya habían conseguido su carruaje, pensó con optimismo, o tal vez se había subido a uno cualquiera, fiel a su antigua costumbre de apropiarse de lo que no era suyo. Atisbó la cabeza castaña de Jane a una docena de metros y se dirigió hacia ella con gran alivio, pero apenas había logrado dar un par de pasos cuando una manaza se posó sobre su hombro con la intención de clavarle en el suelo.

—¡George, maldita sea, ya pensé que no te encontraría entre toda esta gente!

Wells se dio la vuelta con exagerada cautela. Y allí estaba. Frente a él. El difunto Dueño del Tiempo. Sonriéndole con el enternecedor entusiasmo de quien acaba de encontrarse con un amigo de la infancia.

—¡George! —volvió a exclamar, palmeándole el hombro repetidas veces—. ¡Qué maravillosa coincidencia! Oh, no, por favor, no digas nada: debes de considerarme un ser despreciable, y tienes toda la razón. —Murray bajó la cabeza en señal de profunda contrición—. Soy un ingrato. Lo sé. Ni una sola nota de agradecimiento durante estos dos meses, después de lo que hiciste por mí... ¡Aunque te juro que he pensado varias veces en escribirte! —Wells lo miró con la misma expresión imperturbable de un cochinillo asado. Eso sofocó un poco el entusiasmo del millonario—. Oh, vamos, ¿estás enfadado? Bien, bien, tienes todo el derecho a estarlo. ¿Qué puedo esgrimir en mi defensa? ¿Que en estos dos meses he vivido inmerso en una nube de felicidad, que la Tierra y todos sus habitantes se me antojaban tan lejanos e irreales como un sueño? En fin, ¿qué podría decirte sobre el amor que tú no sepas y no puedas expresar más bellamente que yo? Oh, George, George... —Murray tomó al escritor por ambos hombros, como si quisiera prensarlo, y le envolvió con una mirada tan tierna que Wells temió que toda aquella euforia desembocara en un beso—. ¡Pero no voy a permitir que sigas enfadado! Precisamente mañana iba a escribirte para invitarte a la recepción que doy el mes próximo en mi residencia, y ya te adelanto que no existe ninguna razón en el mundo que pueda excusar tu ausencia. Sin embargo, la Providencia ha querido que esta noche nos encontremos, así que te comunicaré en persona la maravillosa noticia. ¿No te imaginas a qué me refiero?

Wells solo acertó a negar débilmente, desbordado por la exaltada perorata de Murray, que alargó el suspense como un mago experimentado.

—La adorable señorita Harlow y yo, tras mantenerme en vilo dos meses..., ¡nos hemos prometido!

El millonario sonrió triunfante, esperando la reacción de Wells. Hasta entonces el escritor había escuchado su cháchara con la misma mezcla de asombro y temor de quien oye hablar a un árbol mágico, pero en aquel instante sintió que despertaba en su interior una antigua cólera. Dio un paso hacia él.

—¿Se puede saber a qué estás jugando, Murray? —le espetó, tan enfurecido que apenas podía respirar—. ¿Qué demonios pretendes con...?

El millonario no le dejó acabar. Lo tomó del brazo y, antes de que pudiera protestar, lo arrastró tras la columna más apartada del gentío.

—¿Estás loco, George? —le susurró con dramatismo—. ¡Me has llamado por mi nombre!

—¡Suéltame, maldita sea! —rugió Wells—. ¿Qué crees que estás haciendo? ¿Y cómo demonios quieres que te llame?

Murray compuso una mueca de perplejidad.

—¡Lo sabes de sobra, George! Ahora, para todo el mundo, soy Montgomery Gilmore...

—Oh, sí, lo sé. Pero no para mí —escupió Wells entre dientes—. Yo sé muy bien quién eres y de lo que eres capaz, *Gilliam Murray*.

El millonario miró asustado a su alrededor.

—¡Calla, George, te lo ruego! —le suplicó—. Emma puede acercarse en cualquier momento y...

Wells le contempló con la boca abierta.

—¿Tu prometida tampoco sabe quién eres realmente?

—Yo... —balbució Murray—. Aún no he encontrado el momento adecuado para decírselo, pero pienso hacerlo... ¡Por supuesto que lo haré! Simplemente tengo que encontrar las circunstancias más idóneas para...

—Las circunstancias más idóneas... —repitió Wells con ironía—. Bueno, quizá las encuentres cuando vaya a visitarte a prisión. Si es que le quedan ganas de hacerlo, claro.

Murray entornó los ojos.

—¿Qué insinúas? —inquirió sombríamente.

Wells retrocedió medio paso.

—Oh, nada.

—¿Sabes algo de ese maldito agente que no me deja en paz? —le susurró Murray, tomándole de nuevo por el brazo—. Claro, por supuesto que sabes algo. Te vi con él cuando bajé del globo.

—Suéltame, Gilliam —le exigió Wells con firmeza, intentando que su voz no trasluciera el miedo que le había causado la repentina ferocidad de sus pupilas, que parecía haber emergido a la superficie desde las profundidades del antiguo Murray. Ahora temía que la conversación desembocara en algo menos delicado que un beso—. He dicho que me...

—Le dijiste quién era yo, ¿verdad? —le interrumpió el millonario, apretando aún más la tenaza de su mano.

—¡Sí, lo hice, maldita sea! —masculló el escritor, debatiéndose entre el miedo y la rabia—. Tuve que enseñarle tu carta. ¿Qué querías que hiciera? Se presentó en mi casa acusándome de haber iniciado una invasión marciana. Y por el amor de Dios, Gilliam, si querías continuar fingiéndote muerto, ¿de verdad crees que el numerito que montaste en Horsell era la mejor manera de pasar inadvertido?

Murray guardó silencio, inmerso en una especie de lucha interior. Cuando reaccionó, observó su propia mano apretando el brazo de Wells, casi con curiosidad, como si no fuese suya. La abrió de repente, asqueado de su propio gesto.

—Lo siento, George, no quería hacerte daño... —Se pasó las manos por el rostro, intentando dominar su desesperación—. Estoy muy nervioso. Ese policía me está volviendo loco, ¿sabes? —Contempló a Wells mientras una mueca de perplejidad contraía sus facciones—. ¿De verdad pensó Scotland Yard que estabas dirigiendo una invasión marciana? ¿Y ese tipo larguirucho y pomposo era el encargado de salvarnos a todos? Me gustaría verlo luchando en una verdadera invasión marciana... Maldito pelmazo. Se ha empeñado en investigar mi antigua empresa, y no deja de hacerme preguntas... Pero no te preocupes, no puede encontrar nada porque nada tengo que ocultar. Y, que yo sepa, nadie va a la cárcel por fingirse muerto, ¿no? Lo que realmente me inquieta es que está consiguiendo levantar algunos rumores, y no soportaría que llegaran a oídos de Emma antes de que yo pudiera contárselo todo. Por suerte, al menos de momento, he conseguido acallarlos.

—Puedo imaginar cómo los has acallado —le espetó Wells con un desprecio mayúsculo, masajeándose el maltrecho brazo.

—Oh, no, George. No me refería a eso. Yo no hago ese tipo de cosas. Al menos, ya no. Como te dije en la carta, ahora soy un hombre nuevo. Y el dinero también puede acallar muchas bocas, por no decir todas. Aunque ese policía parece inmune al soborno. Es como un maldito perro de presa. ¿Qué demonios pretende encontrar?

—Supongo que la verdad.

—¿La verdad? —Murray sonrió con tristeza—. ¿Y qué es la verdad, George? ¿Dónde está escrita? Actualmente, dentro de Viajes Temporales Murray no hay más que polvo y telarañas, porque el agujero temporal se cerró...

—El agujero temporal se cerró... —repitió Wells—. Naturalmente.

—Así es, George. Se cerró. Pero el público, hambriento de sensaciones, jamás habría aceptado eso. Tú lo sabes. Por eso decidí fingir mi muerte, para que la gente me dejara en paz. Y eso es lo que he intentado explicarle a ese policía amigo tuyo, George, pero no cree una palabra de mi historia.

—¿Y le culpas? —masculló Wells.

—¿Qué te pasa, George? —Murray suspiró consternado—. ¿Por qué de repente te comportas como un crío? ¡No entiendo nada! Cuando contestaste mi carta creí que todo había quedado olvidado entre nosotros...

—¿Qué?—Wells lo miró con estupefacción—. Yo no contesté a tu maldita carta.

—Claro que lo hiciste —dijo el millonario, confundido.

—Te digo que no.

—Oh, vamos, ¿por qué lo niegas? Quizá no te explayaste demasiado, es cierto, pero respondiste a mi carta. Me dijiste que no debía esforzarme por reproducir la invasión marciana, que si quería conquistar a Emma me limitara a hacerla reír.

Wells soltó una carcajada de incredulidad.

—Estás loco. ¿Hacerla reír? ¿Por qué demonios iba yo a aconsejarte eso?

—¡Lo ignoro, George! ¡Pero eso fue lo que me dijiste, y yo seguí tu consejo! Por eso organicé aquel circo, para hacerla reír. ¡Y funcionó! ¡Vaya si funcionó! ¡Tú mismo fuiste testigo de ello! Emma y yo estamos enamorados y vamos a casarnos, y toda esta felicidad te la debo en parte a ti, amigo mío. —Murray miró a los ojos del escritor, profundamente emocionado—. ¿Y qué otra conclusión podía sacar de tu carta, excepto que habías decidido enterrar el hacha de guerra? No comprendo por qué intentas negarlo... ¿Acaso te has arrepentido de haberme escrito?

—¡Claro que no! ¡Quiero decir: no puedo arrepentirme de algo que *no he hecho*!

—¿Bertie?

Los dos hombres se volvieron bruscamente. A unos metros de ellos, una mujer con un tocado de rosas pálidas los contemplaba llena de curiosidad.

—¿Ocurre algo, Bertie? —preguntó Jane, inquieta ante el repentino silencio que había cristalizado entre ellos—. No te encontraba por ninguna parte, y nuestro coche es el tercero de la fila... ¿Estás bien?

—Sí, Jane, estoy bien —dijo Wells.

Se despidió de Murray con una mirada furiosa y se dirigió hacia ella con la intención de tomarla del brazo y alejarse de allí lo antes posible. Pero el millonario se le adelantó con un par de vigorosas zancadas, se plantó ante Jane y, sin que nadie pudiera impedírselo, tomó su mano y ejecutó una reverencia.

—Señora Wells, permítame que me ponga a sus pies —dijo, desovando un ceremonioso beso sobre su mano—. Montgomery Gilmore, a su servicio. Es posible que mi cara le resulte familiar. Tal vez le recuerde al hombre que hace unos años acudió a su casa para pedirle consejo a su marido sobre una novela que había escrito... Sin embargo, permítame señalarle que se equivoca: yo no soy ese hombre. Ante usted se encuentra un hombre recién nacido, redimido por el amor. Y en nombre de ese amor, del cual me declaro absolutamente indigno, le suplico que interceda por mí ante su testarudo marido.

—¡Vámonos de una vez, Jane! —bufó Wells.

Pero su mujer no pareció oírle. Contemplaba con los ojos desorbitados el rostro del millonario, que todavía acunaba su mano como si fuera un gorrión tembloroso. Y algo debió de ver en el fondo de su mirada, porque, para desesperación de Wells, una suave sonrisa emergió en sus labios.

—Tiene usted razón, señor... Gilmore —le contestó

gentilmente—. Aunque es la primera vez que nos presentan, su cara me resulta familiar, pero quizá se deba a que su fama le precede. Conozco muchas cosas de usted, y me entristece confesar que no todas buenas. Sin embargo, debo decirle que su petición de mano es lo más hermoso, emocionante y romántico que jamás he visto hacer a un hombre por una mujer.

—¡Por el amor de Dios, Jane! —exclamó Wells—. ¿Has perdido el juicio? ¿Y por qué le llamas Gilmore? Sabes tan bien como yo que...

—Le llamo como se me ha presentado, Bertie.

—¡Se acabó! —estalló Wells—. ¡Esto es el colmo, nos vamos!

Tomó del brazo a su esposa, quien logró despedirse de Murray con una fugaz sonrisa de disculpa, y tiró de ella hacia la acera donde esperaban los carruajes. El millonario les cortó el paso.

—George, te lo ruego, no me delates —le suplicó—. Si no quieres ser mi amigo, está bien, lo entiendo. Pero no descubras mi secreto, al menos hasta que hable con Emma. Sabré recompensarte si...

—¡Montgomery Gilmore! —exclamó una voz cristalina a sus espaldas—. ¿Se puede saber dónde te habías escondido? Solo tenías que preguntar por nuestro coche. Espero que no estés pensando en contratar un globo, mi tía no lo soportaría.

El trío se dio la vuelta sobresaltado, como tres conspiradores pillados en falta, a pesar del tono de broma que impregnaba la voz de Emma.

—¡Emma, amor mío! —exclamó Murray caminando hacia ella con los brazos extendidos—. ¿Dónde estabas? Me tenías enfermo de preocupación. ¡Empezaba a temer que me hubieras abandonado!

—¡No digas tonterías! Soy yo quien lleva buscándote más de quince minutos.

—¿De verdad? Pues estaba aquí, charlando con mis queridos amigos, los Wells —respondió Murray, volviéndose hacia ellos con una sonrisa de mundana desenvoltura que al escritor le provocó náuseas—. Señor y señora Wells, tengo el honor de presentarles a mi prometida, la señorita Emma Harlow. Cariño, tienes ante ti al insigne escritor H. G. Wells y a su adorable esposa.

—¡Señor Wells! ¡Es un inmenso placer conocerle! —exclamó Emma agradablemente sorprendida—. Soy una gran admiradora de su trabajo. He leído toda su obra.

Wells besó la mano que Emma graciosamente le tendía, maldiciendo la sangre fría del millonario e intentando disimular su cólera. Nada le hubiera gustado más que desenmascarar a aquel impostor ante la ingenua muchachita que había tenido la desgracia de prometerse con él. Sin embargo, su sentido del decoro, y sobre todo del ridículo, era muy superior a su sentido del deber. Aunque... ¿y si se olvidaba de las normas de cortesía y anunciaba a voz en grito que Montgomery Gilmore era en realidad Gilliam Murray, el fallecido Dueño del Tiempo? ¿Qué cara pondría la pobre Emma? ¿Y la gruesa señora que subía a su coche apretando un diminuto pequinés contra su exuberante pecho?, ¿y el lacayo que se acercaba para indicarles que su carruaje era el siguiente?, ¿y cada uno de los caballeros del grupo que charlaba animadamente cerca de ellos? Allí, apretujados en aquel soportal y empujándose unos a otros con amables sonrisas, se encontraba la mitad de la alta sociedad de Londres. Estaba seguro de que su revelación les ofrecería un apasionante tema de conversación para la larga y aburrida temporada invernal. ¿Y qué podría hacer el todopoderoso Murray para impedirlo?

—Bertie, querido, la señorita Harlow te ha hecho una pregunta.

—¿Qué?

Wells parpadeó desconcertado, pero antes de que pudiera disculparse, su estómago se contrajo en un doloroso nudo. No pudo evitar lanzar un gemido prolongado.

—Bertie, ¿qué te ocurre? —Jane se asustó.

Repentinamente pálido, Wells sacó su pañuelo y se enjugó el sudor que le había empapado la frente, preguntándose si estaba sufriendo una indigestión.

—¿Se encuentra bien, señor Wells? —oyó interesarse a Emma.

—Sí, sí, estoy bien. Es solo que, eh..., me hacen daño los zapatos —masculló, intentando enderezarse—. Discúlpeme, señorita Harlow, ¿qué me había preguntado?

—Oh, Monty me estaba comentando que quizá no puedan asistir a la recepción que daremos la semana próxima, y quería saber si tengo alguna posibilidad de convencerles de lo contrario. Puedo ser muy persuasiva cuando me lo propongo.

—Emma, querida —intervino apresuradamente Murray—, estoy seguro de que George y su encantadora esposa tendrán una buena razón para no...

—No lo dudo, querido. Pero una buena razón es algo que tu futura mujercita no puede resistirse a rebatir, como ya deberías saber a estas alturas —respondió la muchacha, sonriendo al matrimonio con el tranquilo encanto de quien está acostumbrada a salirse con la suya—. Verá, señor Wells, como sin duda sabrá, su última novela ha tenido una gran importancia en nuestra historia de amor, casi me atrevería a decir que decisiva —precisó, sonriendo a Murray—. Además, Monty le profesa una admiración sin límites, al igual que yo. Y por si eso no bastara, sé que también existe entre ustedes cierta amistad, sobre la que, por cierto, mi reservado prometido apenas ha querido contarme nada. Aunque lo cierto es que eso no me preocupa, pues confío en poder sacarle a su encantadora esposa algo más de información. Así que, como puede ver, señor Wells, su presencia y la de su esposa en nuestro baile son inexcusables.

La radiante sonrisa de la muchacha vaciló imperceptiblemente al reparar en que Wells había dejado de escucharla para contemplar absorto un punto situado más allá de ella. La exquisita educación de la joven le impidió volverse, por lo que no pudo averiguar qué era lo que el escritor observaba con tanto interés, pero yo sí, y no tengo reparos en revelárselo: Wells había clavado los ojos en la espalda de uno de los caballeros, que se había separado discretamente de su grupo y había acabado casi adosado a la enorme espalda de Murray, como si quisiera escuchar la conversación que estaban manteniendo. Y la visión de aquellos hombros ligeramente encorvados estaba provocando en el escritor un inexplicable desasosiego, una profunda tristeza que le resultaba tan familiar como inquietante. Emma lanzó una mirada de reojo a su prometido, quien se encogió de hombros.

—Señorita Harlow —intervino entonces Jane—, George y yo le agradecemos mucho su amable interés, y le aseguro que haremos todo lo posible por complacer sus deseos...

—Lo siento, querida, pero no creo que podamos satisfacer los deseos de la señorita Harlow —la interrumpió Wells. A causa del malestar que sentía, sus palabras sonaron demasiado groseras, por lo que, mirando a los ojos a la sorprendida muchacha, añadió en un tono más civilizado—: Le ruego que acepte nuestras disculpas, señorita Harlow.

—Caballero, su carruaje le está esperando —informó entonces a Wells uno de los lacayos—. Si es tan amable...

—¡Estupendo, estupendo! —celebró Murray con visible alivio—. Qué suerte tienes, George: ahí está tu coche. Tus pies al fin encontrarán el descanso que tanto parecen necesitar. Ese sí que es un buen cochero, un cochero como los de antes. Tienes que darme los datos de la agencia que te lo proporcionó, aunque puedes ahorrarte los de tu zapatero. ¡No te imaginas qué mala suerte estoy teniendo con los cocheros! El de ahora es un estúpido al que le encanta empinar el codo a todas horas. Y por lo que tarda, mucho me temo que esta noche estará bastante borracho. Ni siquiera consigo ver el maldito carruaje en la fila. En fin, no es la primera vez que me deja tirado, ¡aunque te juro que será la última! Esta misma noche le despido. Pero vamos, George, date prisa, no hagas esperar más a tu adorable mujercita bajo esta abominable llovizna. —Murray tomó la mano de Jane y, en su nerviosismo, la besó repetidas veces. Después agitó sus manos hacia ambos, como un padre afectuoso instándoles a partir—. Subid a vuestro coche, vamos, sin ceremonias. Ha sido un placer verte, George, como siempre. —Hizo ademán de palmearle un hombro, pero pareció pensárselo mejor y acabó dibujando un vago gesto en el aire—. Ah, y no te preocupes por la recepción, estás disculpado. Emma y yo comprendemos que un escritor de tu éxito debe de tener cientos de compromisos ineludibles, ¿no es así, cariño?

Antes de que Emma pudiera protestar, varios fenómenos de extraña naturaleza se sucedieron rápidamente: el carruaje donde viajaba la oronda dama del diminuto pequinés se detuvo antes de abandonar la fila, y sus caballos empezaron a corcovear y pifiar con creciente nerviosismo; casi al mismo tiempo, Wells sintió que la inexplicable angustia que atenazaba su alma desaparecía como por ensalmo, y, sin saber por qué, buscó con la mirada al hombre que se había parapetado tras Murray, al que divisó a lo lejos, doblando presuroso la esquina del edificio con el paso vacilante de un anciano. Entonces el pequinés comenzó a ladrar histérico, y todos los caballos de la fila parecieron contagiarse de su agitación, relinchando y coceando con violencia, mientras los cocheros trataban en vano de tranquilizarlos. A continuación, antes de que nadie pudiera comprender lo que ocurría, el perrito saltó por una de las ventanillas del carruaje y, poseído por el característico arrebato que suele invadir a dicha raza en los momentos de pánico, corrió hacia las patas de los caballos ladrando con furia, dispuesto a morder cualquier hueso que le saliera al paso. Su dueña había asomado la cabeza por la ventanilla y lo llamaba con estridentes grititos mientras intentaba abrir la portezuela, pero el brusco traqueteo que los caballos imponían al carruaje dificultaba su labor. Jane, al ver que el trastornado pequinés se aventuraba en el mortífero laberinto de patas de caballo, intentó atraparlo para evitar que acabara pisoteado.

Fue en ese momento cuando varias personas vieron cómo un hombre de increíble estatura, embozado en una larga capa negra y tocado con un sombrero de ala ancha, emergía de la oscuridad desde el otro extremo de la calle. La misteriosa figura permaneció un par de segundos inmóvil en el charco de luz que derramaba un farol, y luego, sin previo aviso, se precipitó a la carrera hacia el pórtico de la ópera. Quienes lo presenciaron explicarían más tarde a sus amistades que la escena les resultó aterradora, pues el gigante corría a una velocidad imposible, con la capa ondeando siniestramente a sus espaldas y un extraño bastón en cuya empuñadura algunos pudieron apreciar una estrella de ocho flechas que refulgía como un hechizo. Sus pies, enfundados en gruesas botas negras jalonadas de remaches, hacían retumbar el suelo, componiendo una sinfonía de truenos metálicos. Sin embargo, nuestros amigos, ocupados como estaban en el rescate del pequinés, no repararon en él hasta que el extraño cruzó entre ellos como un poderoso vendaval. Wells recibió un empujón tan fuerte que lo hizo girar como una peonza, aunque finalmente consiguió mantener el equilibrio y, algo atontado por el golpe, pudo ver cómo la figura desaparecía tras la misma esquina por la que momentos antes había huido el anciano.

Un griterío aterrador le obligó a volverse hacia el grupo, y ante sus incrédulos ojos se presentó una espantosa escena, congelada en la gota de ámbar que semejaba el resplandor de la farola: Emma con el rostro desfigurado en una mueca de terror, la oronda dama asomada por la ventanilla con sus rollizas manos crispadas sobre el marco, los caballos erguidos sobre sus patas traseras como majestuosas estatuas, y bajo ellos estaba Jane, su Jane, caída en el suelo, a merced de los cascos. Durante un segundo eterno, Wells contempló a su mujer allí tumbada, a punto de ser aplastada, a punto de morir, como si estudiara el cuadro de un pintor cruel, con la sensación de que podría demorarse en sus macabros detalles durante toda su vida. Entonces, una ola de pánico le arrancó el aire de los pulmones y el alma del cuerpo, y el tiempo volvió a insuflar movimiento a la escena. Y antes de que Wells pudiera reaccionar, un bulto enorme rodó por el suelo, envolvió a Jane como una fuerza de la naturaleza, y la apartó de debajo de los animales apenas un segundo antes de que estos incrustaran sus cascos en los adoquines.

Cuando Wells consiguió transmitir órdenes a sus piernas, corrió hacia su mujer seguido de Emma. Jane permanecía en el suelo, bajo el corpachón del millonario. Varios hombres habían tomado las riendas de los caballos y trataban de mantenerlos alejados de ellos, aunque las monturas se habían calmado milagrosamente, al igual que el pequinés, que tras su exhibición de bravura había vuelto al mullido regazo de su dueña. Wells y Emma se arrodillaron junto a sus parejas, todavía presos del horror que habían presenciado. Murray levantó la cabeza y, únicamente cuando comprobó que en efecto estaban a salvo, se apartó de Jane, liberándola de la improvisada armadura de su cuerpo. La joven tenía los ojos cerrados.

—Señora Wells, Jane... —le susurró con ternura—. ¿Se encuentra bien?

Ella asintió, un tanto desorientada, y buscó el rostro de su marido.

—Oh, Bertie, he tenido tanto miedo... —logró articular—. Los caballos se encabritaron, ese hombre de la capa me empujó, perdí el equilibrio y caí justo debajo de... Dios, pensé que iban a...

—No lo pienses, querida. Ahora estás a salvo. Ya ha pasado todo.

Se abrazaron sollozantes mientras, a su lado, Murray y Emma hacían lo mismo, y la multitud, que se había arracimado a su alrededor, aplaudía enfervorecida. A través del despeinado cabello de Jane, Wells cruzó su mirada con la de Murray, que le sonrió.

—Maldito loco —mascullό Wells—, no sé cómo te las arreglas para acabar siendo siempre el protagonista del espectáculo.

Murray lanzó una sonora carcajada, henchido de felicidad. Poco a poco, los cuatro se fueron levantando del suelo, todavía temblorosos, ayudados por los lacayos, sorprendentemente solícitos. Wells se sacudió las ropas, oyendo a la gente felicitar al millonario, y advirtió que Jane le dedicaba un ligero ademán. No fue más que una inclinación de cabeza y una mirada fugaz, pero el escritor comprendió. Asintió con un bufido y se volvió hacia Murray.

—Bueno, eh... Creo que ni siquiera yo soy capaz de encontrar palabras para agradecerte lo que has hecho esta noche, así que te ruego que al menos Emma y tú aceptéis nuestro coche, ya que diría que tu cochero ha decidido desentenderse de ti, demostrando en mi opinión un gran juicio... —Un discreto codazo en las costillas por parte de Jane le disuadió de seguir por ese camino—. Eh... Bien, permitid que os acompañemos a vuestras respectivas residencias. Seguro que durante el trayecto se me ocurren algunas palabras de agradecimiento...

La oferta fue graciosamente aceptada, y los cuatro se dirigieron hacia el coche de Wells mientras recibían todavía alguna que otra palmada en el hombro por parte de la concurrencia.

Localizaron a la tía de Emma. La vieja solterona había dedicado la última media hora al grato pasatiempo de criticar ante sus amigas al insufrible pretendiente de su sobrina, y no se había enterado de nada de lo que había sucedido a sus espaldas. Cuando subió al carruaje, torció el gesto como quien entra en una porqueriza. Una vez que estuvieron acomodadas las tres damas, los hombres se dispusieron a subir también. Sonriéndole gentilmente, Murray le cedió el paso al escritor.

—George, por favor...

Wells le devolvió la sonrisa con sorna y, dando un paso atrás, le respondió:

—No, por favor, tú primero. Prefiero no tenerte a mis espaldas..., Monty.

XII

¿Está uno obligado a hacerse amigo de quien salva la vida de su mujer? Y si esa persona es tu peor enemigo, ¿también? Estas preguntas atormentaron a Wells durante las semanas que siguieron a la noche de la ópera, una noche a la que, debido a los diversos estados de ánimo que había atravesado, le costaba arrimar un adjetivo. Jane no dejaba de insistirle en que debían agradecerle a Murray —Monty, lo llamaba ella— que le hubiera salvado la vida. ¿Acaso la educación no estaba por encima del rencor? Wells asentía con pesadumbre, como un niño tratando de digerir una revelación adulta, pero se limitaba a guardar un insobornable silencio. En vista del éxito, Jane dejó de azuzarlo, y el escritor pensó que finalmente su pasiva resistencia había sido más fuerte que el afán de cortesía de su mujer. Pero se equivocó de nuevo, pues una mañana ella le informó desde la cocina, como si el asunto no tuviera la mayor importancia, de que ese mediodía Monty y su prometida vendrían a almorzar.

En busca de un aire más beneficioso para la delicada salud del escritor, los Wells se habían mudado a Beach Cottage, en Sandgate, donde habían alquilado una pequeña casita que enseguida se les reveló más provisional de lo que pensaban porque estaba tan cerca del mar que cuando había temporal las olas rompían aparatosamente contra el tejado. Y fue a aquella casita adonde se acercó aquel mediodía un carruaje con una pomposa «G» pintada en un costado.

El nuevo cochero de Murray, un viejo de movimientos flemáticos, abrió la portezuela del coche y de él se apearon el millonario y su prometida, ambos radiantes y sonrientes. Acudían dispuestos a pasar un agradable día en compañía de sus nuevos amigos, los Wells. Huelga decir que el recibimiento de Wells fue un tanto frío. Sin embargo, Jane, que no estaba dispuesta a permitir que su marido arruinara la comida que con tanto cariño había planeado a sus espaldas, tomó a la pareja del brazo y la condujo hasta el jardín mientras los ilustraba sobre las bondades del lugar. Wells se quedó atrás, mascando su rabia. Observó que el cochero de Murray le sonreía con absurda complicidad, y unos segundos después sintió unas repentinas ganas de llorar. Pero no de derramar un llanto recatado, sino de hacer rebosar los océanos, pues una honda melancolía había empezado a corroerle las entrañas. Sorprendido por aquella brutal tristeza, que ni siquiera la molesta presencia de Murray podía justificar, Wells regresó al interior de la casa, temeroso de acabar enterrando el rostro en el hombro del cochero. Ya en el comedor, algo más recuperado, consideró oportuno dedicar unos minutos a reflexionar sobre aquellos intermitentes raptos de melancolía que últimamente lo asaltaban, pero no tuvo tiempo porque enseguida oyó las voces de Jane y sus invitados.

La visita guiada por el jardín y la pequeña casa, inevitablemente breve, desembocó en el diminuto comedor, donde el escritor les esperaba con la huraña expresión de una rata acorralada. Murray se apresuró a calificar la estancia de «acogedora», y Jane sonrió orgullosa, pues aquella mañana había repartido rosas recién cortadas por toda la habitación para tratar de exorcizar su austeridad. Wells, en cambio, desde un principio dejó claro que no se esforzaría lo más mínimo para que sus invitados se sintieran cómodos allí. Todo lo contrario: lo primero que salió de su boca al sentarse a la mesa fue un comentario jocoso sobre la «exultante juventud» del cochero que había contratado Murray. El millonario, sin embargo, pasó por alto su impertinencia y se limitó a alegar que conducía despacio y no bebía, y que a él aquello le bastaba. Era evidente que Murray se encontraba demasiado feliz para entregarse a la esgrima verbal y que el talante hosco de Wells resultaba tan inútil como ridículo en el ambiente festivo que se había instalado en la mesa. Emma y Jane no tardaron en demostrar una complicidad propia de amigas de la infancia, y Murray, contento de ver disfrutar a su amada, parloteaba desordenadamente sobre esto y aquello, reía por cualquier cosa, alababa la comida y la belleza de las mujeres y, cuando tenía ocasión, se deshacía en muestras de afecto hacia Wells, quien las recibía cada vez más enfurruñado por los derroteros que estaba tomando la comida.

En cierto momento, Murray escondió una manaza en el interior de su chaqueta y con gesto de prestidigitador hizo aparecer sobre la servilleta del escritor una invitación a la recepción de su pedida de mano. Jane aseguró que asistirían, pero Wells esbozó un gesto vago que podía significar cualquier cosa y se apresuró a hacer desaparecer la invitación en el interior de la chaqueta, con la vana esperanza de que todos olvidaran haberla visto. Más tarde, cuando Jane secuestró a Emma para enseñarle los hibiscos del jardín y los hombres se sentaron a fumar frente a la chimenea, Murray sonrió ampliamente a Wells y, por si aún le quedaba alguna duda, le dijo que se sentía el hombre más feliz del mundo y que toda esa felicidad se la debía al consejo que él le había dado en su carta. Poco importó que por enésima vez Wells negara haberla escrito, pues a Murray no dejaba de parecerle deliciosa su obstinada resistencia a admitir aquel hermoso gesto.

Cuando la pareja al fin partió hacia Londres, Wells tuvo que reconocer que el entusiasmo del millonario había logrado abrir una delgada grieta en el muro de su hostilidad. Aun así, no había que alarmarse: se trataba de una fisura sin importancia, que necesitaría años para ensancharse, y él no pensaba permitírselo. Sin embargo, pronto descubrió que lo que él pensara o dejase de pensar apenas contaba, ni siquiera en su propia vida, pues las mujeres habían conspirado ante los hibiscos para fijar otro encuentro la semana siguiente, en el hipódromo de Ascot, donde se reunía la flor y nata de Inglaterra. Wells encajó la noticia de la cita con entereza, y durante la semana no se molestó en protestar, pues sabía que discutir de aquello con Jane equivaldría a gastar saliva inútilmente. Él ya había manifestado sus reticencias a forjar una amistad con la pareja por motivos más que razonables, y el hecho de que su esposa fomentara aquellos encuentros contra natura dejaba claro que su parecer significaba bien poco para ella.

La tarde de la cita acudió al hipódromo con una mueca de digna rendición en los labios. Murray, envainado en una elegante levita gris con chistera a juego, los recibió de excelente buen humor y los condujo hasta su palco sin dejar de agradecerles efusivamente su presencia. Para llegar hasta su reducto, tuvieron que atravesar una marea de damas y caballeros que se deslizaban de un lado a otro como lánguidos bailarines, midiendo cada uno de sus gestos para que resultara lo más distinguido posible. Como Murray, los caballeros vestían impecables levitas grises en cuya solapa se apreciaba el disparo de una flor blanca, llevaban las puntas de los bigotes inhiestas y de sus cuellos colgaban los inevitables prismáticos. Las mujeres, por su parte, lucían hermosos vestidos, muchos de ellos dotados de largas colas que era difícil no pisar, collares de perlas, sombrillitas orladas de encaje, y enormes y absurdos sombreros.

En el palco los esperaba Emma, ceñida en un vestido blanco que envolvía su ondulante cuerpo desde el cuello hasta los pies, adornado con listas negras a los costados. A tono con lo que parecía ser la costumbre del hipódromo, también exhibía un aparatoso sombrero tocado con un gran lazo de rayas blancas y negras, una espumosa nube blanca y dos flores de un rojo encendido que, como una concha, acogían la perla de su hermosa cabeza. Al ver a las mujeres saludarse con tanto alborozo, y al millonario tan exultante en su compañía, Wells resolvió que lo mejor era desembarazarse de una vez del papel de hombre resentido y sarcástico que se había empeñado en interpretar y disfrutar de aquella magnífica tarde en las carreras, como estaban haciendo todos. ¿De qué le serviría nadar contra la corriente, si lo único que conseguiría con ello sería ahogarse?, se dijo. Así que se fingió uno más entre aquellas criaturas pudientes y refinadas, y pronto se descubrió bromeando con Murray sobre los remilgados ademanes que exhibían los caballeros de los palcos vecinos y buscando parecidos a los imposibles sombreros de las damas.

—Ese parece una campana —dijo Murray.

—Y ese otro una aleta de tiburón —contraatacó Wells.

—Y ese de allí una seta.

—Y el de su amiga un nido de aves —dijo el escritor, y, antes de que el millonario señalase otro, se le adelantó para que le quedase claro su superioridad inventiva—: Y el de aquella muchacha parece un frutero.

Murray miró hacia la mujer que señalaba el escritor y meció silencioso la cabeza, sonriendo para sí.

—¿Acaso se te ocurre un símil mejor? —preguntó Wells con suspicacia.

—Oh, no, George. Has dado en el clavo, como siempre. Solo sonreía porque conozco a esa muchacha. Y te aseguro que es capaz de hacer cosas aún más extravagantes que lucir ese sombrero. —Wells observó intrigado a la mujer—. Se llama Claire Haggerty, y el hombre que la acompaña es su marido, el hijo de un adinerado empresario naval apellidado Fairbank. Nos los presentaron en una recepción la semana pasada. Ella no me reconoció, por supuesto, pero yo jamás podré olvidarla.

—¿Y eso por qué? —inquirió Wells, adivinando un amorío.

—Porque fue uno de los pasajeros de la segunda expedición que organicé al futuro —respondió Murray—. Y te juro que cuando la vi subirse al Cronotilus, ni por asomo imaginé que en su cabecita bullía la loca idea de separarse del grupo y esconderse entre las ruinas del año 2000 para quedarse a vivir allí. Por suerte, la encontramos antes de que llegara demasiado lejos. No quiero ni pensar lo que hubiese ocurrido si no la hubiésemos descubierto a tiempo.

—¿Y por qué querría alguien quedarse a vivir en un mundo en ruinas? —murmuró el escritor, atónito.

—Creo que se enamoró del capitán Shackleton. —Murray sonrió indulgente cuando vio que Wells alzaba las cejas—. Te aseguro que no fue la única, George. No te imaginas hasta qué punto son capaces de fantasear algunas muchachitas.

—Pues parece que ya ha encontrado a su héroe, y sin necesidad de viajar al futuro —dijo Wells al ver los arrumacos que profesaba a su acaudalado marido.

Murray asintió y, desentendiéndose de la pareja, se puso a hurgar en los bolsillos.

—Por cierto, George, te he traído algo.

—¿Una invitación para viajar al año 2000 con la que aumentar mi colección?

Murray soltó una franca carcajada que casi hizo retumbar el palco.

—Deberías haber aceptado alguna, George —dijo—. Te aseguro que habrías disfrutado del viaje. Pero me temo que no se trata de una invitación.

Con un cuidado reverencial, colocó en las manos de Wells la carta que este negaba haberle enviado. El escritor la desplegó y empezó a leer aquellas líneas en las que alguien que firmaba como H. G. Wells aconsejaba a Murray que se olvidara de reproducir una invasión marciana y se limitara a hacer reír a Emma.

—¿Y bien? ¿Qué tienes que decir ahora, George?

Wells dibujó una sonrisa de triunfo.

—Esta no es mi letra —le aseguró, devolviéndole la carta—, y puedo demostrártelo cuando quieras. Como te dije, se trata de un imitador.

Murray plegó la carta y se la guardó en el bolsillo con sumo cariño. Luego estudió a Wells con una sonrisa divertida.

—Sin embargo, un imitador trataría de imitar tu letra, ¿no crees? Además, ¿cómo explicas que un desconocido haya respondido a una carta de cuya existencia solo sabemos tú y yo?

Wells se encogió de hombros. Por un momento, se imaginó a Jane respondiendo a escondidas la carta a la que él no había querido contestar, pero enseguida desechó esa posibilidad: Jane nunca haría nada a sus espaldas. Y tampoco era la letra de Jane.

—¿Sabes cuál es mi teoría? —dijo Murray. Wells volvió a encogerse de hombros—. La caligrafía es tan increíblemente torpe que parece un burdo intento por parte del autor de encubrir su auténtica letra, tal vez en previsión de poder negar después su acto altruista.

El millonario concluyó su teoría con un guiño que a punto estuvo de exhumar los viejos rencores que con tanto esfuerzo Wells había enterrado. Sin embargo, consciente de que aquel misterioso malentendido acabaría por aclararse, el escritor consiguió contenerse y cambiar de tema. Y al final de la jornada, agotado por la arrolladora simpatía de aquel Murray renovado, incluso llegó a pensar que quizá con el tiempo, como anunciaba aquella carta apócrifa, terminaría por considerarlo su amigo.

Una semana después, durante el anuncio de su compromiso, Wells fue uno de los invitados que más aplaudió. De algún modo, se había acostumbrado a las muestras de afecto que la pareja se profesaba y, al verlos sellar su unión, se alegró de corazón. Murray y Emma acordaron casarse en Londres, la ciudad invadida por los marcianos que había anudado sus destinos para siempre; sin embargo, la fecha del enlace quedó en suspenso hasta que el padre de la muchacha, que había sufrido una aparatosa caída de caballo, se recuperase. Pese a las ganas que ambos tenían de casarse, decidieron esperar a que los padres de la novia cruzaran el Atlántico, pues ya habían atentado demasiado contra el protocolo establecido.

La vida continuaba pese a todo, y Wells, tras el indulto que había concedido a Murray, comenzó a experimentar una especie de ocio espiritual que, para su sorpresa, le procuró cierta calma. Ahora que no tenía ningún gran enemigo que lo alterase con regularidad ni que prendiera fuego a su alma cada vez que se acordaba de él, se sentía extrañamente sereno. Y si no se atrevió a calificarse de feliz fue porque siempre había recelado de las afirmaciones rotundas. En cuanto a su trabajo, también había empezado a fluir armoniosamente, como si se hubiese sincronizado con su ánimo. Atrás quedaban ya sus voluntariosos comienzos, cuando intentaba encontrar su propio estilo leyendo a sus autores preferidos con la metódica atención de un espía mientras soñaba con fraguar una trama tan insólita que nada de lo escrito hasta entonces se le pudiera comparar. Y no lo había hecho mal del todo: la crítica había celebrado la imaginación que rezumaban todas y cada una de sus novelas. Ahora bien, para ser honesto, debía reconocer que algunas no habían surgido de una idea original suya. *La máquina del tiempo*, al igual que *La isla del doctor Moreau* y *Una visita maravillosa* se las debía en parte a Joseph Merrick, más conocido como el Hombre Elefante, con quien había tenido una entrevista de lo más inspiradora en 1888. Y *La guerra de los mundos*... Si alguna de sus novelas tenía un origen extraño, sin duda era esta, la obra que precisamente había inaugurado su insospechada amistad con Murray.

Su argumento se lo había regalado un desconocido cuando tenía quince años. Por aquel entonces, Wells trabajaba en una aborrecible pañería de Southsea a la que su madre lo había enviado para que se convirtiera en un hombre de provecho, y cada tarde, al acabar el trabajo, acudía al malecón y contemplaba sus negras aguas mientras se preguntaba con desesperación si morir ahogado en ellas no sería el único modo de burlar el tenebroso futuro que le aguardaba. Fue en uno de esos crepúsculos melancólicos cuando un extraño hombre de unos cincuenta años se le había acercado para hablarle como si lo conociera mejor que nadie de su entorno. Pese al recelo inicial del joven Wells, habían acabado manteniendo una conversación, tan breve como sorprendente, durante la cual el desconocido le había contado una aterradora fábula en la que los marcianos conquistaban la Tierra. Cuando terminó, le dijo que aquella historia era un regalo: podía escribirla si algún día se convertía en escritor —hecho sobre el que no parecía albergar ninguna duda—, aunque si eso sucedía, debía prometerle que le encontraría un final más digno y esperanzador. Con el tiempo, su vaticinio se había hecho realidad: aquel adolescente había acabado convirtiéndose en escritor, y, tras cinco novelas, al fin se había sentido preparado para cumplir el encargo que había recibido de aquel extraño diecisiete años atrás y, a su juicio, había salido bastante airoso. Como ya ocurriera con *La máquina del tiempo*, el público, impermeable al mensaje social que escondía su novela, la había recibido como una simple historia fantástica. No obstante, Wells hallaba consuelo en una idea: si el desconocido del malecón seguía vivo y la leía, quizá se sentiría satisfecho del giro que había conseguido dar al desenlace.

Sin embargo, la búsqueda de tramas sorprendentes para sus romances científicos era algo que cada vez le importaba menos, pues en los últimos meses había decidido dar un golpe de timón a su trayectoria: abandonaría las historias fantásticas que tanto éxito le habían deparado y usaría sus propias vivencias y reacciones ante el mundo como material narrativo. De momento, había rematado mal que bien *El amor y Mr. Lewisham*, y casi sin salir a la superficie para tomar aire, se había sumergido de nuevo en *Kipps*, una novela cómica a la manera de Dickens, con un montón de personajes divertidos haciendo cosas ordinarias. Y lo cierto es que parecía haber encontrado una cantera inagotable en su interior. Mudarse a Sandgate había sido, qué duda cabía, un gran acierto: allí se le ocurrían más argumentos en un día que en Worcester Park en una semana.

Así que, cinco meses después, cuando quedó de sobra demostrado que el aire de Sandgate le beneficiaba en más de un sentido, se mudaron a Arnold House, una casa pareada no tan expuesta a los temporales, donde el mar acechaba a una prudente distancia del jardín trasero. Y allí acudían Murray y Emma a visitarlos con frecuencia.

Sus vecinos, los Popham, una pareja de ociosos rentistas de gustos cultivados, enseguida se revelaron como la compañía perfecta. Leían mucho, por lo que podían hablar con ellos de sus últimas lecturas y de sus obras favoritas, y eran también grandes deportistas. Entre todos enseñaron a nadar al millonario, amarrando una balsa a unos treinta metros de la orilla para que él se esforzara en alcanzarla.

De la noche a la mañana, sin que nadie lo pretendiera, Arnold House se convirtió en el centro de un efervescente universo cultural, donde se organizaban reuniones con líderes fabianos o se hablaba incansablemente de arte y política, aunque también de cocina, de deporte y de cualquier otro tema sobre el que se pudiera debatir tanto en serio como en broma. Muchos escritores y pensadores vivían cerca, y dado que allí todo parecía estar a un paseo en bicicleta, enseguida se estableció una red de casas, como la que los Bland tenían en Dymchurch, por las que pasaba un tráfago de escritores, actores, pintores y demás seres poseídos por las musas, protagonistas de largas tertulias que a veces terminaban en acaloradas discusiones sobre esto y aquello y se resolvían con un partido de bádminton. Aquellas charlas, que se convertían en improvisadas fiestas al caer la noche, se prolongaban hasta las dos o las tres de la madrugada. Al mediodía siguiente, una horda fantasmal de invitados resacosos surgía de los dormitorios para darse el ya tradicional atracón de huevos con beicon, puntualmente servidos en el comedor del anfitrión de turno.

Y Wells, que gracias al éxito de sus novelas ya no padecía las estrecheces del pasado, podía abandonarse de manera controlada a aquella plácida y falsamente irresponsable existencia. Disfrutaba sobre todo viendo a Murray y a Emma cómodamente integrados en el círculo de sus amistades, le enorgullecía haberles abierto las puertas a aquel mundo estimulante y creativo al que de otro modo no habrían podido acceder, y sobre todo, por qué negarlo, le excitaba irrumpir en aquellas reuniones en compañía del famoso millonario, presentarlo a sus conocidos como quien muestra un ave exótica, y dejar que todos especularan intrigados sobre los vínculos que los unían o la dimensión de su amistad. A veces, en mitad de alguna de aquellas tertulias, Wells dejaba de discutir con quien lo estuviera haciendo para contemplar con deleite cómo Murray se ganaba la simpatía de los demás con sus irónicos comentarios, o cómo lograba que a los pocos minutos todos se olvidaran de su condición de millonario, arremangándose para ayudar en cualquier tarea, ya fuera podar un seto o acarrear leña.

Pero si con algo disfrutaba verdaderamente Murray era charlando con los escritores que de cuando en cuando pasaban por allí. Así conoció a Bob Stevenson, primo de Robert Louis, y a Ford Madox o Jozef Teodor Konrad Korzeniowski, un polaco bajito y reservado que había podado su nombre para convertirse en Joseph Conrad de cara a los lectores ingleses. Murray los había leído a todos, y a la menor oportunidad solía manifestarles sus opiniones con descarnada sinceridad, aunque para sorpresa de Wells, que le había recordado la susceptible vanidad de los escritores, no había desencadenado ninguna tormenta. Más bien al contrario: muchos de aquellos escritores sonreían mientras el millonario desarmaba meticulosamente sus obras, otros terminaban dándole la razón e incluso algunos acababan pidiéndole consejo sobre alguna duda creativa. Wells no sabía si el obsequioso talante que sus colegas mostraban ante el millonario se debía a la armadura que le prestaba su inmensa fortuna o a la extraordinaria lucidez de sus comentarios, pero fuera lo que fuese, era evidente que Murray se sentía más cómodo entre ellos que él mismo, quizá porque no disponía de una obra que los demás pudieran atacar, como por desgracia le ocurría a él.

Aquellas charlas sobre la expresión perfecta y la palabra justa solían poner a Wells a la defensiva. Lo irritaba sobremanera, por ejemplo, la obstinación de Conrad por averiguar lo que pretendía en realidad cuando abordaba una novela, cuestión para la que Wells nunca tenía una respuesta clara ni satisfactoria. Sin embargo, fue precisamente la tozudez del polaco lo que le permitió darse cuenta de que durante todos aquellos meses Murray se había convertido en uno de sus mejores amigos.

La cosa sucedió así. Una tarde, tumbados en la playa de Sandgate, Conrad y él habían discutido sobre el mejor modo de describir un barco que había despuntado en el horizonte, y tras un par de horas sin que ninguno lograra convencer al otro, el polaco se había retirado a la orilla con el aire de un espadachín que sale victorioso de un duelo. Murray se había acercado entonces a Wells, se había sentado a su lado y había intentado animarle diciéndole que Conrad solo escribía acerca del terror a los lugares extraños, y que si disfrutaba del favor de la crítica era sencillamente por ese inevitable exotismo que la mente anglosajona siempre creía percibir cuando un extranjero manejaba el idioma inglés. Para el millonario, la prosa de Conrad se antojaba tan agotadoramente elaborada como una tracería india. Wells celebró la comparación lanzando una carcajada, e inadvertidamente se descubrió confesándole que más de una vez se había cuestionado si su falta de ambición estética lo descalificaba como escritor. Murray se escandalizó al oír aquello. ¿Estaba de broma? ¡Por supuesto que no! Simplemente no era un escritor como Conrad y los demás adeptos a la prosa emperifollada, y no tenía por qué jugar a su juego. El único propósito que él tenía al comenzar a escribir una novela era el de terminarla, usando para ello las frases más sencillas que pudiera encontrar, y mostrando en el proceso su visión del mundo de manera natural, sin impostarla. Solo quería tejer amenas historias con las que criticar las fallas que detectaba en la realidad, sin que el lenguaje desviara la atención del lector.

Wells se quedó estupefacto ante la certera definición que el millonario había trazado de él como escritor, y guardó silencio mirando el mar, que todavía surcaba el polémico barco. Después miró a Murray, que permanecía sentado a su lado, sonriendo mientras contemplaba a Emma retozar en la orilla con Jane. Sintió el impulso de abrazarlo pero se contuvo, y optó por decirle que en cuanto pudiera le presentaría a James Brand Pinker, su agente literario, para que le ayudara a publicar su novela, aquel romance científico que había desencadenado su ya lejana enemistad. Se trataba de un ofrecimiento que llegaba con cuatro años de retraso, pero Murray le agradeció su tardío gesto sin aludir a ello, aunque declinó la oferta sacudiendo la cabeza. Ya no tenía interés en publicar aquella novela, ni pensaba escribir ninguna otra. No lo necesitaba. Ahora era feliz sin hacer nada, únicamente disfrutando del amor de Emma.

Tras decir aquello, se levantó y caminó hacia la orilla con pasos alegres, y Wells lo contempló con una punzada de envidia. Allí iba un hombre colmado de felicidad, que ya no deseaba nada más de la vida. Salvo, quizá, que nadie le arrebatara lo que tenía.

XIII

Y ahora permítanme que, tras pasar estos dos últimos años a la velocidad con que un tahúr desliza las cartas de una baraja, espigue un naipe del mazo y lo coloque sobre el tapete, donde todos puedan verlo, pues conviene a nuestra historia que relate los siguientes hechos con mayor detalle. Así pues, detengámonos en una fría tarde de comienzos de febrero de 1900, en la que Arnold House acogería a uno de los escritores más famosos del momento. En un gesto altruista sin precedentes, Wells lo había invitado para darle una sorpresa a Murray, entusiasta lector de sus novelas.

A la hora convenida, el carruaje de la pomposa «G» anunció su llegada con el parsimonioso repiqueteo de cascos que le imponía su vetusto cochero. Cuando finalmente logró llegar a la entrada de Arnold House, Emma y Murray se apearon de su interior, envueltos en aquella felicidad suya que no desteñía. Los Wells salieron a recibirlos y, tras los saludos de rigor, se disponían a regresar a la casa cuando una pregunta del cochero retuvo al escritor junto al carruaje.

—No tendrá perro, ¿verdad? —inquirió el anciano, señalando con la barbilla la cancela abierta del jardín.

—Ya sabe que no —respondió Wells de mala gana.

Había vuelto a asaltarle aquella extraña melancolía que últimamente le acometía de improviso, confirmando sus sospechas de que la presencia del cochero tenía algo que ver con ella. Se trataba de una idea tan absurda que costaba darle crédito, pero durante los últimos meses había comprobado que la llegada del anciano siempre traía consigo aquella desazón.

—Es cierto, es cierto..., lo había olvidado. Es que les tengo un miedo instintivo desde que uno me mordió de niño, ¿sabe? —lo oyó excusarse. Nuevamente intentaba pegar la hebra con él.

—Entonces debe pasarlo bastante mal trabajando para alguien como Gilmore, pues tiene uno bien grande —le espetó Wells, observándolo con desconfianza.

—Eh..., sí. Bastante mal. Me paso todo el día evitando coincidir con Buzz. Por alguna razón ese chucho se empeña en olisquearme cada vez que me ve, como si me pasara revista. —Wells sonrió para sí ante el nombre con el que el millonario había rebautizado al viejo Eterno—. Mire, esta es la cicatriz del mordisco que me dio el perro cuando era niño —le explicó, tendiéndole su mano izquierda.

Wells no mostró el menor interés en examinarla. En cambio, aprovechó para formularle la pregunta que deseaba hacerle desde el día en que, un tanto sobrecogido, había reparado en la mutilación de la otra mano.

—Y los dedos que le faltan en la derecha, ¿también los perdió por culpa de un perro?

El cochero se miró la mano aludida, y adoptó una expresión entre misteriosa y melancólica.

—Oh, no, eso fue luchando contra un enemigo algo más temible... —dijo, y volvió al asunto que a él le interesaba—. Pero ya le había enseñado mi cicatriz, ¿verdad? Y usted me comentó que también le había mordido un perro, ¿no es cierto?

—No. De hecho, le contesté que nunca me había mordido uno. Las dos veces que me lo preguntó.

El anciano le observó con fijeza.

—¿Nunca? ¿Está seguro?

—Absolutamente —respondió Wells, sin molestarse en ocultar el enojo que le producía aquel estúpido diálogo—, por mucho que usted se crea convencido de lo contrario.

—Así que no tiene ninguna cicatriz en su muñeca izquierda... Sin embargo, tiene una en la barbilla, y yo no.

—Me caí por unas escaleras a los quince años —repuso Wells, llevándose la mano a la cicatriz, entre confuso e irritado.

—Ya. En cambio yo siempre fui muy cuidadoso con las escaleras.

Wells lo observó en silencio, considerando la posibilidad de interrogarle sobre el motivo, si es que lo había, de las absurdas conversaciones que se empeñaba en mantener con él, pero finalmente decidió dejarlo correr.

—Me alegro mucho por usted —se limitó a decir.

Y se encaminó a la entrada de la casa. Allí le esperaban el millonario y las mujeres, envueltos en una animada conversación. Al verlo acercarse, todos le dedicaron una sonrisa cómplice.

—¿Qué? —preguntó el escritor, intentando sin éxito disimular su angustia.

—¿Otra vez los zapatos, George? —preguntó el millonario entre risas—. Dios, llevas dos años soportando esa tortura, ¿no te parece que ya va siendo hora de jubilarlos?

—Deja de reírte de él, querido —le reprobó Emma a su prometido—. Y dale la buena noticia.

—Eh, sí, querida... Escucha, George: el padre de Emma ya está perfectamente recuperado de aquel maldito accidente que tantas complicaciones le ha causado, así que al fin hemos fijado la fecha de nuestra boda, antes de que se le ocurra volver a subir a otro caballo. Será el primer domingo de marzo. Sus padres embarcarán pronto hacia Londres. Llegarán unos días antes de la ceremonia. Y bueno... —el millonario dibujó una sonrisa emocionada al tiempo que le pinzaba el hombro con una de sus manazas—, me encantaría que fueses mi padrino.

—Será un verdadero honor —respondió Wells ante la sonrisa de Jane.

—Después de todo —continuó Murray—, si estamos juntos te lo debemos a ti. Si en tu carta no me hubieses aconsejado que...

—¡Maldita sea, yo no contesté a tu carta!

Todos rieron discretamente, cabeceando como si se tratara de una vieja broma entre ellos.

—Pero, George, ¿nunca vas a cansarte de este juego?

—Ya te he demostrado mil veces que... Da igual. —Wells zanjó el tema con hastío—: Olvidémoslo. Hoy tengo una sorpresa para ti.

—¿Una sorpresa?

—Así es. Esta tarde tenemos un invitado muy especial: tu escritor favorito —le anunció Wells con una sonrisilla traviesa.

Sin darle tiempo a reaccionar, Wells condujo al millonario y a las mujeres hacia el salón de la casa. Allí, calentándose junto al fuego de la chimenea y dándoles la espalda, les esperaba un hombre. El millonario observó su figura con creciente curiosidad: era ancha de hombros, fornida, casi tan alta como él, y parecía asentarse sobre la tierra con la incontestable solidez de un menhir. Su postura, con las manos entrelazadas a la espalda y el cuerpo ligeramente envarado, evocaba a un capitán de navío dando las órdenes precisas para que su barco sorteara un grupo de escollos. Al oírlos entrar, el individuo se volvió y caminó hacia ellos con un brío excesivo, como si acudiera a apagar un fuego. Poseía un rostro severo y marcial, donde centelleaban unos ojos oscuros que dejaban traslucir el espíritu volcánico que lo alumbraba. El cabello empezaba a ralearle sobre las sienes, pero compensaba aquella retirada capilar con un esplendoroso bigote que le encapotaba la boca y acababa en un par de guías largas y finas como las puntas de un florete.

—No puedo creerlo... —balbució el millonario.

—Es evidente que las presentaciones son innecesarias —dijo Wells con una sonrisita—. Aun así, permitidme que siga el protocolo. Montgomery, te presento a Arthur Conan Doyle, el creador de Sherlock Holmes, tu detective favorito. Arthur, estos son Montgomery Gilmore y su encantadora prometida, Emma Harlow.

Con los enérgicos movimientos que le caracterizaban, Doyle besó la mano de la muchacha al tiempo que inclinaba cortésmente la cabeza, y luego le tendió la suya al millonario, que lo contemplaba sin poder salir de su estupefacción. Al fin y al cabo, uno no se encontraba todos los días en casa de su mejor amigo al escritor más rico de Inglaterra, el creador de uno de los iconos de la historia de la literatura. En la época en la que había querido convertirse en escritor, Murray había devorado con glotonería las aventuras del detective, rendido ante su carisma, y también había estudiado la biografía de su autor en busca de las claves de su éxito, para averiguar cómo había sido posible que un joven médico que intentaba ganarse la vida en Portsmouth hubiera sacado de la nada al mítico Sherlock Holmes.

Era aquella una pregunta que Doyle tenía que responder con más frecuencia de la que le habría gustado, cada vez que se encontraba con algún lector fascinado por su personaje o con algún colega que ansiaba descubrir la alquimia que lo había convertido en una celebridad. Y debía reconocer que, de haber sabido que al crear a Sherlock

Holmes estaba obrando un milagro cuyas circunstancias tendría que narrar una y otra vez, en distintos círculos y ambientes, habría bailado una danza ancestral en su desierta consulta, o habría realizado algún ritual pagano, o como mínimo se habría puesto calcetines limpios. Por desgracia, el proceso de creación había sido mucho menos épico. En realidad, lo único que había hecho antes de que sucediera el prodigio había sido tamborilear con los dedos sobre la mesa mientras buscaba desesperadamente el modo de descerrajar las puertas de las editoriales.

Corría el año 1886, y Doyle, que por aquel entonces contaba veintisiete años, llevaba tres en aquella consulta de Portsmouth, donde se dedicaba a matar el dilatado tiempo entre paciente y paciente pergeñando relatos y novelas. Había publicado algunos textos breves en revistas locales, pero su primera novela, *La firma de Girdlestone*, una ambiciosa historia que llevaba tiempo macerando en sus entrañas, no había logrado llamar la atención de ninguna editorial. Había sido un duro revés, pero Doyle no pensaba desanimarse. Lo intentaría otra vez. No obstante, antes de ponerse de nuevo manos a la obra, se hizo una pregunta: ¿y si en vez de escribir otra de esas novelas ambiciosas que a nadie parecían interesar, buscaba algo más novedoso y sorprendente? ¿Qué le gustaría a él encontrar en las librerías? ¿Con qué vibraba su alma? Hizo memoria y se remontó a los días de su infancia, como si quisiera consultar al niño que había sido sobre los verdaderos gustos del adulto que ahora era.

Y dio con un nombre: Auguste Dupin, el magistral detective de Edgar Allan Poe que lo había encandilado con su razonamiento deductivo. Para aquella criatura de papel, ningún detalle era trivial, y lo cierto era que el detective no iba desencaminado, pues bastaba con echar un vistazo a los periódicos del mundo real para constatar que de las pruebas se desprendían indicios y que hasta el más leve de ellos podía conducir a la horca, o dejar en libertad, a un acusado. Y aunque Poe solo había escrito tres relatos de Dupin, el personaje del detective había asomado discretamente en las novelas de otros autores posteriores, como Wilkie Collins o Charles Dickens. Era como si llevara varios lustros realizando tímidas tentativas por venir al mundo. ¿Y si lo traía él?, se preguntó. ¿Y si lo convertía en el protagonista absoluto de una novela? ¿Sería capaz de ejercer de comadrona en aquel difícil parto? Sí, por supuesto que sí. Haría lo mismo que su admirado Poe, pero de un modo más sencillo y al alcance de la gente corriente. Solo tenía que inventar a un detective que fascinara al público.

Se acordó entonces de Joseph Bell, el cirujano del Hospital de Edimburgo para quien había ejercido de ayudante mientras estudiaba medicina. Su cometido consistía en pastorear a los pacientes hasta la consulta del singular médico, donde tenía lugar una especie de truco de magia, el mejor que había visto hasta la fecha: con su perfil aguileño y sus penetrantes ojos grises, Bell los recibía sentado entre su cohorte de ayudantes, y, antes de pasar a reconocerlos mediante los métodos tradicionales, jugaba a averiguar el oficio y el carácter del paciente mediante el silencioso e intenso escrutinio de su persona. En una ocasión, por ejemplo, Bell había adivinado que un paciente había servido en el ejército, que había sido dado de baja hacía relativamente poco e, incluso, que había estado destacado en Barbados. A continuación explicó a su fascinado auditorio que lo había deducido porque el sujeto en cuestión no se había quitado el sombrero, aún no se le habían contagiado los modales de la sociedad civil y padecía elefantiasis, dolencia propia de las Antillas. Aun así, durante los primeros minutos el efecto que provocaban sus palabras era devastador. Doyle se dijo entonces que si creaba un detective científico que aplicara el método de Bell —es decir, que resolviera los casos por méritos propios y no a partir de los errores y las locuras del delincuente—, podría reducir el desorganizado asunto de la investigación a algo muy parecido a la ciencia exacta.

Cada vez más entusiasmado, pensó que podría ser un detective asesor que colaborase con Scotland Yard, aunque despreciaría sus métodos, como Dupin despreciaba los de la policía parisina. Sintió entonces la urgente necesidad de darle un nombre a aquel trasunto de Bell, porque solo bautizándolo dejaría de antojársele un ente difuso y empezaría a cobrar carnalidad. Tomó su cuaderno y garabateó posibles nombres: Sheridan Hope, Sherringford Holmes, Sherlock Holmes, y se detuvo. Ese último nombre, tomado del padre de la suegra de su tío Henry, que dirigía la National Gallery de Dublín, era el que mejor sonaba. «Sherlock Holmes», susurró en su desolada consulta. Sin saberlo, acababa de pronunciar, por primera vez en la historia, un nombre inexistente que en poco tiempo el mundo entero pronunciaría, y seguiría pronunciando incluso después de su muerte...

Doyle se felicitó por haber resuelto el asunto del nombre con tanta rapidez, pero entonces reparó en que, si su Sherlock se jactaba de sus hazañas para fascinar a los lectores, correría el riesgo de resultarles un personaje antipático. Necesitaba, por tanto, que alguien las glosara por él, quizá un compañero de fatigas, alguien que viviera en un perpetuo asombro ante la capacidad deductiva del detective, que se deshiciera en alabanzas hacia él y lo elevara a un altar ante el que los lectores, contagiados de su asombro, se postraran para adorarlo. Y ese compañero, al que bautizaría con un apellido tan anodino como «Watson», debía ser un hombre de acción capaz de participar en sus hazañas aunque lo suficientemente instruido para narrarlas después, tal vez un médico militar, un hombre íntegro y sin dobleces, aficionado a los deportes y a los relatos marineros de William Clark Russell, como él. Holmes, en cambio, leería *El martirio del hombre*, de William Winwood Reade, lectura que habría influido en su alejamiento de la fe católica, y sería de ascendencia irlandesa, astuto e inquisitivo, con gran memoria retentiva, un hábil boxeador, mejor esgrimista y un estupendo tirador de revólver, altivo con los poderosos pero lleno de bondad con los humildes y afligidos, al que le gustaría tomar cocaína y meditar durante largas horas envuelto en una bata púrpura, fumando de su pipa mientras juntaba las yemas de los dedos bajo su mentón, también como él. Doyle reflexionó sobre aquel desdoblamiento de su personalidad en dos seres de ficción contrapuestos, y decidió otorgar a alguno de ellos un rasgo que no formara parte de su carácter. Quizá convenía que Holmes, por ejemplo, tocara el violín. Sí, podía imaginarlo sentado en su mecedora y rasgando distraídamente las cuerdas de un Stradivarius o un Amati mientras meditaba sobre algún caso, como si la música reflejara sus bulliciosos pensamientos.

Una vez que tuvo perfilados a los personajes, escribió su primera aventura, titulada *Una madeja enmarañada*, y, rebosante de ilusión, la envió a las editoriales. Pero el manuscrito, rechazado por todas ellas, regresaba a sus manos una y otra vez como una paloma mensajera. Finalmente, un tanto decepcionado, la envió a Ward, Lock & Co., una editorial especializada en novelas populares, que le ofreció veinticinco libras por ella. La primera novela de Sherlock Holmes, rebautizada como *Estudio en escarlata*, se publicó, por tanto, un año después, aunque no alteró las calmadas aguas del estanque de la literatura, como Doyle esperaba. Tampoco lo hizo *El signo de los cuatro*, su siguiente aventura.

¿En qué se había equivocado? No lo sabía, pero en vista de que al parecer nunca encontraría el modo de vivir de la literatura, se trasladó a Londres y abrió una consulta de oftalmología en Devonshire Place, a un paso de Baker Street, en cuyo 221B, en el mundo paralelo de la ficción, vivía el detective consultor Sherlock Holmes. Y allí permanecía desde las diez hasta las cuatro, sumido en una nueva espera que le llevó a desenvainar otra vez la pluma.

Era evidente que cuanto más se confirmaba su fracaso profesional, más aumentaban sus posibilidades de afianzarse en el mundo literario. Pero ¿qué escribir esta vez? ¿Otra novela histórica que publicar despiezada?, se preguntó, observando la pila de publicaciones semanales que se había traído a la consulta para paliar las esperas. En Inglaterra se publicaban un sinfín de ellas, pese a que a él le parecía que tenían más inconvenientes que ventajas: el lector que se perdiera un número, por ejemplo, y no pudiera continuar la historia perdería también todo interés por la revista. ¿Por qué nadie escribía historias autoconclusivas? Doyle se irguió repentinamente en su silla. ¿Y si lo hacía él? ¿Y si en vez de ofrecerles a algunas de aquellas revistas otra novela que publicar por entregas, les proponía historias breves protagonizadas por un mismo personaje? Buscó entre su repertorio un personaje que se prestara fácilmente a una sucesión de relatos cortos, y, como si por los intersticios entre dimensiones pudiera escuchar los acordes de un violín desgranándose en el 221B de Baker Street, se le apareció el nombre de Sherlock Holmes.

Gracias a su agente, Doyle publicó en *The Strand Magazine* la primera de aquellas historias del detective, *Escándalo en Bohemia*, y, en apenas unos meses, Sherlock Holmes y Conan Doyle eran nombres conocidos en todos los hogares. Incluso su madre le escribió declarándose admiradora del detective consultor. El milagro se había obrado al fin, y Doyle decidió clausurar su inútil gabinete oftalmológico y apostarlo todo a aquel personaje que, aunque tarde, había acabado demostrando que era capaz de fascinar a toda clase de lectores. A Doyle le complacía comprobar que su popularidad aumentaba con cada nueva entrega, propagándose también por América. A pesar de ello, no tardó en descubrir que lo que en un principio se le había antojado la idea que cambiaría su vida estaba a un paso de convertirse en su maldición particular. Había metido el pie en un cepo construido por él mismo, pues la dificultad con Sherlock estribaba en que cada relato necesitaba de un argumento tan bien perfilado y original como el de cualquier libro más largo. Y si a algo no estaba dispuesto Doyle era a dar por válidas tramas que a él mismo le dejarían insatisfecho como lector.

Cuando terminó la serie de doce historias a la que se había comprometido con *The Strand*, Doyle estaba exhausto. La revista, que gracias a él había visto incrementadas sus ventas notablemente, le encargó otra serie; pero Doyle sospechaba que la veta del detective estaba a punto de agotarse, y sobre todo temía que, si seguía escribiendo más aventuras sobre Sherlock, el público lo identificara con lo que, en su opinión, no representaba lo mejor de su literatura. Así pues, le pareció que pedir mil libras esterlinas por media docena de relatos era un modo cortés de zanjar el asunto. No obstante, la revista aceptó sin una sola queja, y Doyle se vio obligado a escribir seis historias más, aunque convertido para entonces en el escritor mejor pagado de Inglaterra.

Sin embargo, pronto corroboró que no existía retribución posible para el titánico esfuerzo que Holmes le exigía. «Preveo matar a Sherlock Holmes en su sexta aventura. Me impide que piense en cosas mejores», escribió a su madre, quien, para evitar que acabara con la vida de aquel ángel tutelar de Londres, el único capaz de hacer frente al crimen y a la sinrazón que se cernían sobre la ciudad, se comprometió a encontrarle nuevas intrigas en las que enredarlo. Auscultaría los periódicos, preguntaría a los vecinos, le remitiría cualquier caso que pudiera inspirarlo.

Doyle aceptó a regañadientes, y Holmes obtuvo una prórroga. Cuando *The Strand* le encargó otra serie, Doyle volvió a pedir una cantidad desorbitada, y la revista, para su estupefacción, volvió a aceptar sin dudarlo. Comprendió entonces que solo había un modo de librarse de Holmes: matándolo. Lo haría al final de aquella nueva serie, por mucho que su madre protestara.

En unas breves vacaciones en Suiza, ante las pavorosas cataratas de Reichenbach, el escritor sonrió con malicia: había encontrado una tumba digna para el pobre Holmes. Lo despeñaría allí, en aquel terrible abismo de incalculable profundidad donde se precipitaban las aguas, produciendo un estrépito ensordecedor que sobrecogía el alma. «Tomo la pluma con tristeza para redactar estos pocos párrafos, que serán los últimos que dedique a dejar constancia de las singulares dotes que distinguieron a mi amigo Sherlock Holmes...», empezaba Watson mientras Doyle sonreía lleno de felicidad al otro lado del papel, como en un espejo inverso. Y en *La solución final*, el último relato de la serie, publicado en diciembre de 1893, aquel personaje que había trascendido hasta cotas inimaginables, aquel coleccionista que clasificaba los recortes de la sección de crímenes de los periódicos y no disimulaba su admiración por el delito bien concebido y artísticamente ejecutado, que sabía mucho de anatomía y de química pero no sabía que la Tierra giraba alrededor del Sol, que podía distinguir las cenizas de ciento cuarenta tipos de cigarrillos y adivinar el oficio de un hombre examinando los callos y las uñas de sus manos, cayó en la catarata de Reichenbach abrazado al profesor Moriarty, un antagonista que le igualaba en capacidad intelectual, un archienemigo creado ex profeso para la ocasión. Y allí, en el fondo de aquel espantoso caldero de aguas en remolino y espuma hirviente, permanecía el detective desde hacía siete años, sin que Doyle tuviese la más mínima intención de resucitarlo, pese a las continuas ofertas de los editores y las insistentes súplicas de sus numerosos lectores, feliz de disponer de tiempo para escribir otras cosas, o simplemente para atender las peticiones de sus amigos, como aquella reunión que había organizado Wells con el fin de que conociera al millonario Montgomery Gilmore, quien, tras sobreponerse a su pasmo, estrechaba al fin su mano.

—Tenía muchas ganas de conocerlo, señor Gilmore —le dijo Doyle mientras le daba un vigoroso apretón—. Sus aparatosas declaraciones amorosas son famosas en toda Inglaterra. Ha conseguido que todas las muchachas del reino exijan a sus pretendientes algo más que un vulgar anillo.

—Bueno, no era mi intención ponérselo tan difícil a los demás. Yo solo quería demostrarle a una insoportable joven que estaba dispuesto a hacer cualquier cosa por conquistar su gélido corazón —respondió Murray, sonriendo a Emma con complicidad—. De todos modos, aunque me halaga que deseara conocerme, puedo asegurarle que mis ganas de conocerle a usted eran todavía mayores. Con el tiempo la gente olvidará mi humilde hazaña. Pero usted... ¡Usted ha creado a Sherlock Holmes, y eso nadie podrá olvidarlo jamás!

—Le aseguro que Monty es absolutamente sincero —intervino Emma—. Las aventuras de Sherlock Holmes le tienen hechizado, señor Doyle. Estoy convencida de que ninguna mujer me robará nunca su atención, pero a ese detective suyo no le cuesta nada hacerlo.

—Entonces me alegro todavía más de haberlo arrojado a las cataratas de Reichenbach. Que un hombre deje de prestar atención a damas tan encantadoras como ustedes, aunque solo sea durante un segundo, me parece un crimen imperdonable —respondió galantemente el escocés, sonriendo también a Jane.

Y mientras las mujeres le agradecían el halago, Wells

sonrió satisfecho ante el jovial intercambio de cumplidos al que se habían entregado sus amigos. Como había sospechado, dos hombres tan parecidos como Murray y Doyle no podían más que simpatizar desde el primer momento.

—Es cierto, es imperdonable —concedió Murray—. A una dama hermosa no se le debería negar nada, ¿no cree?

—Absolutamente de acuerdo —se apresuró a afirmar el escocés.

—¿Aunque le pidiera que resucitara a Holmes?

Doyle sonrió ante la broma.

—Me temo que en eso no podría complacerla —se disculpó—. Holmes está muerto para siempre. Nadie puede sobrevivir a una caída semejante sin atentar contra la verosimilitud de la historia.

—Bueno, yo no estaría tan seguro —replicó Murray—. Quizá haya una forma.

—¿Ah, sí? ¿Y cuál sería? —inquirió Doyle con divertida curiosidad—. ¿Cómo haría usted para que los lectores aceptaran que Holmes pudiera sobrevivir a una caída de más de ochocientos pies?

—Oh, no hay modo alguno de sobrevivir a esa caída —reconoció el millonario—. De hecho, desde que leí *La solución final* estuve pensando en la forma en que Holmes podría haber esquivado su fatal destino, pues me resistía a creer que usted lo hubiese matado. Alguien tan extraordinario como Holmes no podía morir. Y créame si le digo que durante estos últimos siete años he intentado encontrar una solución, como si fuera un pasatiempo. Incluso viajé hasta las cataratas para observar el escenario por mí mismo. Y apoyado de espaldas contra una roca, con los brazos cruzados y viendo precipitarse las aguas en el abismo que había a mis pies, como si quisiera emular la última visión que Watson tuvo de Holmes, me vi obligado a reconocer con sumo pesar que nadie sería capaz de sobrevivir a una caída tan aterradora. Hasta que comprendí que Holmes no había caído por las cataratas.

Doyle, que había estado asintiendo con íntimo regocijo a cada una de las palabras del millonario, alzó repentinamente las cejas.

—¿Cómo dice? ¡Claro que cayó por las cataratas!

Murray negó con una sonrisa aviesa.

—Eso es lo que Watson cree —explicó—. Pero... ¿y si no fuera así? Recuerde que no había testigos. Cuando Watson, tras descubrir que había sido engañado por Moriarty, regresó a las cataratas, solo encontró el bastón de montañero de Holmes, una nota de despedida y dos líneas de huellas que terminaban en el borde de la cascada, por lo que dedujo que el detective y su archienemigo habían caído juntos al abismo. Pero imagine que durante el forcejeo, Holmes, usando sus conocimientos de jiu-jitsu, o lucha japonesa, se zafara del abrazo del profesor Moriarty, y que fuera únicamente este quien se precipitara al abismo. Después, al ser consciente de que el destino le había deparado una oportunidad única de fingir su muerte y poder cazar así al resto de sus enemigos, escaló el muro del abismo para no dejar huellas en el sendero que alertaran a Watson de que el mejor y más entendido de los hombres a quienes le había sido dado conocer había burlado a la muerte.

La sorpresa pareció desmoronar las facciones de Doyle.

—Excelente resolución, señor Gilmore —admitió cuando venció su estupor—. He de reconocer que esa sería una forma bastante verosímil de salvar a Holmes, aunque lo de la lucha japonesa no me convence demasiado.

—Me alegro de que piense eso —celebró Murray—. Ahora ya puede corregir el gran error que cometió al matarlo y continuar escribiendo sus aventuras.

—¿El gran error? Yo no lo llamaría así. Como comprenderá, no maté a Holmes para luego resucitarlo. Si lo hice fue para librarme de él de una vez por todas. Ese maldito detective ha oscurecido el resto de mi obra, impidiendo que ocupe un puesto más alto en la literatura.

Doyle intentaba disimular el enojo que aquel asunto le producía, aunque sus esfuerzos no pasaron desapercibidos a Wells, a quien había empezado a inquietar el rumbo que estaba tomando la conversación. Parecía que Murray había tropezado al fin con un escritor que no estaba dispuesto a dejarse impresionar por su desenvuelta sinceridad, o por su condición de millonario, y tal descubrimiento, que en otras circunstancias le habría regocijado, ahora le producía el efecto contrario.

—Siempre había pensado que quienes decidían el lugar que un escritor debía ocupar en la literatura no era el propio escritor, sino sus lectores. —Murray sonrió—. Esos a los que usted ha privado de uno de sus disfrutes semanales, y, en algunos casos, probablemente hasta de la única razón que tenían para levantarse de la cama. Y al parecer lo ha hecho usted sin sentir el más mínimo remordimiento. Pero no le culpo: los escritores suelen ser inmunes a su propia magia, y sin duda usted creía que lo que estaba arrojando a las cataratas no era más que una criatura de papel, un puñado de palabras, y no un personaje que para muchos de sus lectores se había convertido en alguien tan real como su hermano o su primo.

—¿Que no me culpa...? —Doyle sacudió la cabeza, incrédulo—. ¡Holmes me pertenecía! Fui yo quien lo creó de la nada, y por lo tanto estaba en mi derecho de hacer con él lo que me viniera en gana, ya fuera matarlo o convertirlo en cartujo.

Murray lanzó una risotada mientras Wells cruzaba una mirada de alarma con Jane y esta hacía lo propio con Emma.

—Ese habría sido un destino aún peor que la muerte

—dijo el millonario—. De cualquier modo, me temo que se equivoca, señor Doyle: desde el momento en que publicó su primera aventura, Holmes ya no le pertenecía solo a usted, sino también a sus lectores.

—Entiendo. Así que debía consultarles a ellos antes de matar a mi propio personaje. ¿Y qué va a hacer ahora, señor Gilmore? ¿Va a ofrecerme dinero para que lo resucite? ¿Para eso has organizado esta cita, George? —preguntó dirigiéndose a Wells, que hizo amago de negarlo, antes de que Doyle le mandara callar con un brusco gesto de la mano—. Bien, adelante, haga su oferta, señor Gilmore, pero le advierto que va a costarle superar la de mis editores.

Murray lo miró divertido durante unos segundos.

—Créame, podría centuplicar la cantidad que le ofrecen sus editores, pero no lo haré. Eso sería faltarle el respeto a usted como escritor y a mí como lector, aunque no creo que alguien que no tiene ningún respeto por sus propios personajes pueda entender eso.

Wells hizo amago de intervenir, pero Doyle lo mandó callar de nuevo con un gesto de la mano.

—Espera, George, espera. Esta conversación se pone cada vez más interesante —repuso, dando un paso hacia Murray que solo podía calificarse de amenazador—. ¿Le parece que no soy respetuoso con mi personaje, señor Gilmore? ¿Es eso lo que está insinuando?

—Así es —dijo Murray sin inmutarse—. En mi opinión, pone mucho más cuidado al escribir sus novelas de caballerías que las del detective.

Doyle lo contempló un instante en silencio; luego miró a las mujeres y a Wells, considerando si debía abandonarse al fuego que había empezado a incendiarle las entrañas o intentar controlar el furibundo temperamento que le confería su mitad irlandesa.

—Es cierto, señor Gilmore —reconoció al fin, optando por un talante conciliador que alivió a Wells—. Pero eso no significa que descuide a Holmes.

—Oh, sí que lo hace —insistió Murray.

Doyle soltó una risita forzada, como si quisiera hacer creer a todos que aquel asunto lo divertía sobremanera.

—¿Tiene alguna prueba de lo que dice? —inquirió casi con despreocupación.

—Por supuesto —respondió Murray—. He leído cada una de las aventuras de Sherlock Holmes cientos de veces, y he anotado en un cuaderno todos los errores e imprecisiones que he detectado, por si alguna vez tenía la oportunidad de comentarlos con usted.

—Es una pena entonces que no hayas traído tu cuaderno, Monty —intervino Wells—. Pero bueno, ya se lo enviarás a Doyle mañana, así podrá leerlo con calma. Ahora vamos a...

—Lo haré, no te quepa duda, George —le aseguró Murray—. Pero por suerte recuerdo algunas de las anotaciones. Por ejemplo, el lugar en el que aparece el cadáver envenenado de Drebber en *Estudio en escarlata* no existe. El número 3 de Lauriston Gardens no corresponde a ningún emplazamiento, ¿verdad, Emma?

Todos miraron a la muchacha, especialmente Doyle, que ya no hacía ningún esfuerzo por sonreír.

—Es cierto. Una noche me llevó a buscarlo y recorrimos la calle varias veces sin encontrar ninguna casa como la que usted describía en su novela —dijo Emma con cierto embarazo, en un tono de voz que contenía tanto unas disculpas hacia Doyle como el recuerdo de una tediosa noche de pesquisas junto a su prometido, transmutado de repente en el mismísimo Sherlock Holmes.

—También en esa novela —continuó Murray, ajeno a la irritación que embargaba a Doyle—, Watson comenta que una bala le había herido en un hombro durante la guerra de Afganistán, mientras que en *El signo de los cua-*

tro habla de una pierna herida. ¿Dónde se fabrican esas balas tan revoltosas, capaces de causar dos heridas distintas, señor Doyle? Me gustaría comprar algunas.

—La bala sencillamente rebotó contra el hueso del hombro, rozó la arteria subclavia, salió del cuerpo siguiendo una trayectoria cerrada y luego acabó alojándose en la pierna —explicó Doyle con aspereza.

—Ya... —Murray sonrió—. O quizá dispararon al pobre Watson mientras se aliviaba tras unos matorrales, de modo que la misma bala pudo atravesarle el hombro y luego la pierna.

Tras la broma, el millonario removió el aire con una risotada que nadie secundó. Cuando dejó de reír, un tenso silencio se asentó perezosamente sobre el grupo. Nadie sabía qué decir. Por suerte, Jane tomó el timón de la situación y les invitó a sentarse a la mesa, como si la discusión que acababan de presenciar no hubiese sido más que una desagradable alucinación.

Cinco minutos después, estaba sirviendo el té asistida por Emma, que hacía orbitar el platito de pastas entre el grupo. La muchacha intentó exorcizar el silencio que gravitaba sobre ellos elogiando el delicioso sabor de las galletitas, y Jane aprovechó para confesarle que, debido a su perfecta mezcla de anís y mantequilla, las galletas Kemp eran sus favoritas. Pero, por desgracia, el tema de las pastas no daba para mucho más, así que el silencio pronto volvió a posarse sobre ellos como una capa de polvo.

Wells le dio un mordisco distraído a lo que su mujer consideraba un milagro de la repostería, cada vez más arrepentido de haber organizado aquel encuentro. Conocía de sobra el odio que el escocés profesaba a su personaje, un odio que entendía perfectamente, pues a él tampoco le gustaba el detective que tanta fama había otorgado a su amigo. Las historias de Sherlock Holmes le parecían ingeniosos juegos malabares donde, más que de escritor, el escocés ejercía de prestidigitador, y cualquier mago, por grande que fuera, dejaba de embelesar al público cuando explicaba sus trucos. Le gustaba mucho más el otro Doyle, aquel que admiraba a Walter Scott y había escrito espléndidas novelas históricas como *Micah Clarke* o la ambiciosa *La compañía blanca*, aquella descripción un tanto idealizada de la caballería inglesa. Y no otra cosa que uno de aquellos atléticos y valerosos caballeros de antaño le parecía a Wells aquel grandullón, alguien demasiado honrado y altruista para los tiempos que corrían, un hombre que se movía por el mundo como si llevara una armadura puesta, siguiendo un código de caballería trasnochado. Doyle había venido al mundo con uno de esos físicos intimidatorios que parecían concebidos para vivir rudas y viriles aventuras, lo cual, unido a su intrépido y animoso espíritu, le había permitido salir indemne de todas las celadas que la vida le había tendido hasta el momento, aunque también había sido dotado de un temperamento vehemente que le costaba embridar. Wells suspiró al verlo tieso en la silla, procurando que su semblante no reflejara lo ofendido que se sentía. Comprendió que su educación era lo único que le impedía levantarse de la mesa y largarse, e intentó pensar en algún tema que propiciara una conversación algo más relajada y, ya puestos, también más profunda que la de las galletas. En ese instante, un fuerte golpe proveniente de la planta de arriba obligó a todos a dar un respingo.

—¡Otra vez esa ventana! —exclamó Jane—. Se le soltó el gancho y siempre que sopla algo de viento... Siento el susto, querida —se disculpó dirigiéndose a Emma, que casi se había derramado el té sobre el vestido—. Bertie prometió que la arreglaría... —y, dedicándole una mueca irónica a su marido, añadió—: hace dos meses.

—Mi promesa sigue aún vigente, Jane —se defendió Wells—. Te dije que la arreglaría y lo haré... En cuanto termine la novela.

—«En cuanto termine la novela...» —repitió Jane con resignación—. Los escritores creen que la vida se detiene mientras escriben sus novelas.

Se oyó otro golpe, todavía más atronador.

—Yo que tú arreglaría esa ventana cuanto antes, George, si no quieres que tus invitados hagan correr la voz de que tienes espíritus —bromeó Murray—. Es una suerte que ninguno de los que estamos aquí crea en esas tonterías.

Se hizo un repentino silencio. El millonario paseó la mirada por el grupo, sin entender cuál era la causa de la súbita palidez de Wells y de Jane, y de las llamaradas que relampagueaban en los ojos de Doyle. Fue este último quien se ofreció a explicárselo:

—Este embarazoso silencio, señor Gilmore, se debe a que desde hace siete años formo parte de la Sociedad de Investigación Paranormal —anunció con una mezcla de acritud y orgullo—. También estoy suscrito a la revista psíquica *Light*, para la que he escrito algunos artículos... En fin, lo que intento decirle es que me tomo la cuestión de los espíritus bastante en serio. Aunque también sé valorar una buena broma —concluyó, dejando en el aire si incluía la broma de Murray en esa categoría.

El millonario lo observó sorprendido. Él no se consideraba ningún experto en la materia, pero solía leer con gran curiosidad los artículos sobre espiritismo que de vez en cuando publicaban los periódicos.

—¿Quiere decir que cree que, cuando alguien muere, su alma se desgaja de su cuerpo y vaga suelta por ahí, como una tortuga sin caparazón?

—Monty, por favor... —empezó a decir Wells, antes de que Doyle alzara una mano en su dirección para hacerlo callar.

—Si con esa curiosa imagen se refiere a la existencia de la vida más allá de la muerte, la respuesta es sí. Y cada vez estoy más convencido de ello, señor Gilmore —respondió el escocés.

Murray sonrió con indulgencia.

—Perdone, señor Doyle, pero cuesta creer que el creador de un personaje tan racional como Sherlock Holmes...

—Le aseguro que mi modo de abordar el espiritismo es absolutamente racional —le interrumpió Doyle, que no necesitaba que el millonario terminara una frase que ya había oído hasta la saciedad—. Como sin duda George podrá confirmarle, jamás afirmo nada si no estoy profundamente convencido de su veracidad, aun en perjuicio de mis propios intereses o, como en el caso del espiritismo, pese a las burlas que he de soportar. De todos modos, no debería sorprenderle tanto que alguien como yo crea en los espíritus. Desde los comienzos del espiritismo, un gran número de hombres eminentes se han convertido a la causa, y muchos de nuestros científicos más sobresalientes han dado fe de la existencia de fenómenos paranormales. Por desgracia —se lamentó casi para sí—, esta larga lista de prohombres ha aumentado la virulencia de los detractores de la causa, que han comprendido que ya no tienen que vérselas con un puñado de iluminados o de bobos, sino con ciudadanos cuya valía puede convencer a las masas.

—No lo dudo. Las masas son fáciles de convencer. Pero ¿podría convencer a un solo hombre, señor Doyle? —dijo Murray, ofreciéndose a sí mismo de cobaya con una mueca divertida.

—Arthur no ha venido aquí para eso, Monty —intervino Wells, cada vez más irritado por la actitud del millonario.

—Lo supongo, George. Pero ya que está aquí, a lo mejor no quiere dejar pasar la oportunidad de captar al famoso millonario Montgomery Gilmore para su causa. ¿Qué opina usted, Doyle? ¿Se atreve a intentarlo? ¡Las religiones me resultan insuficientes! ¡Rescáteme del valle de sombras en el que me encuentro, por favor! ¡Hágalo, se lo ruego! Piense en todo el dinero que podría aportar a los fondos de esa sociedad a la que pertenece si consigue convencerme —le retó con una sonrisa.

—¡Ya basta, Monty! —le reprobó Emma—. El señor Doyle no tiene ninguna obligación de prestarse a tus jueguecitos.

—Así es —la apoyó Wells.

Murray protestó, y los tres se enredaron en una pequeña discusión. Entonces se oyó la voz de Doyle, fuerte y clara:

—Imagine que alguno de sus seres queridos muere, señor Gilmore. —El vozarrón del escocés hizo que todos se tensaran en su silla, sobre todo el millonario—. Imagine que lo entierra y que lo llora. —Casi sin ser consciente de ello, Murray tomó la mano de Emma mientras atendía un tanto sobrecogido a las palabras de Doyle—. Imagine que tras varias semanas de sufrir dolorosamente su pérdida, de tratar de aceptar que jamás volverá a hablar con esa persona, su espíritu estableciera contacto con usted. E imagine que le habla y le dice algo que solo usted sabe, un detalle tan íntimo que un impostor no habría podido descubrir. ¿No creería entonces en la existencia de los espíritus, señor Gilmore?

Murray, que aún apretaba la mano de Emma, tragó saliva durante unos segundos, como si intentara hacer pasar disimuladamente por su garganta una pelota de críquet. Respondió tratando de aparentar serenidad:

—Podría hacerlo si se comunicara directamente conmigo, señor Doyle, pero, desde luego, jamás lo haría si sus palabras me llegaran a través de uno de esos charlatanes que se autodenominan médiums.

—En eso tengo que darle la razón —repuso el escocés—. La mayoría son farsantes, embaucadores sin escrúpulos que recurren a todo tipo de trucos y artimañas para hacer creer a los incautos que poseen poderes sobrenaturales, generalmente con fines delictivos. Como suele ocurrir, los falsos profetas siempre superan en número a los auténticos. Pero bastaría con encontrar un médium auténtico, solo uno, para demostrar que el espíritu sobrevive después de la muerte. Entonces ya no importaría que hubiera cientos, miles de médiums falsos, ¿no le parece?

—Supongo que no —concedió el millonario.

—¿Le ha ocurrido a usted alguna vez, señor Doyle? —preguntó Emma—. ¿Se ha tropezado con algún médium que le hiciera pensar que era auténtico?

—Así es, señorita Harlow, más de uno, aunque desde luego no fue el primero al que acudí. —Doyle se reclinó en la silla y pareció reflexionar—. Si no recuerdo mal, empecé a interesarme por los fenómenos psíquicos antes de abandonar Portsmouth, hará doce o trece años, aunque por aquel entonces yo no era más que un joven instruido que solo sentía una divertida curiosidad por esos milagros que supuestamente infringían las leyes de la ciencia. Con aquel talante escéptico asistí a varias sesiones, aunque ningún espíritu se dirigió a mí... Hasta que uno lo hizo.

Emma guardó silencio unos instantes, sintiendo cómo algo le atenazaba la garganta.

—¿Y qué le dijo? —se atrevió a preguntar al fin.

—Que no leyera el libro de Leigh Hunt.

Ante el desconcierto de la muchacha, Doyle le explicó que llevaba varios días preguntándose si debía o no leer *Dramaturgos cómicos de la Restauración*, del tal Hunt.

—Bueno, no es un ejemplo muy espectacular —intervino Murray.

—Quizá a usted no se lo parezca, señor Gilmore, pero yo no había comentado con nadie aquel asunto, por lo que no le costará deducir cuánto me impresionó la experiencia; incluso la describí en la revista *Light*. De todos modos, tal vez aquel episodio no fue más que una prueba de que la telepatía entre personas era posible. Voy a contarle otro que...

—¡Espere! ¿La telepatía? —preguntó Murray.

—La telepatía, sí, la transmisión de pensamientos de un sujeto a otro. Por aquel entonces yo ya la había practicado con Stanley Ball, mi arquitecto, con notables resultados.

—¿Ha practicado la telepatía? —Murray no se molestó en disimular su incredulidad—. Creo que se le acumula el trabajo, señor Doyle: ahora también tendrá que convencerme de eso.

—Cuando quiera podemos practicar juntos la transmisión de pensamientos —se ofreció Doyle.

—Eh... Bien, queda pendiente... Bueno, volviendo al asunto del espiritismo, creo que cuando dijo que tenía muestras de la existencia de los espíritus todos esperábamos escuchar algo más espectacular, como ya le he dicho. Por ejemplo, ¿se ha tropezado alguna vez con uno de esos..., cómo los llaman..., ectoplasmas? Me refiero a uno auténtico, no a un vulgar truco.

—No. —Doyle suspiró—. Pero eso no quita que no considere la posibilidad de que algunos médiums sean capaces de generarlos. Son muchos los que pueden exhalar de sus costados esas nubes luminosas que ellos mismos moldean hasta conferirles una vaga apariencia humana. Y, aunque en menor número, también hay algunos que realizan materializaciones que en nada se distinguen de un ser humano. Los hermanos Eddy, unos pobres labriegos de Vermont, podían hacer aparecer a un gigante indio piel roja y a su mujer, una india llamada Honto. Una noche los testigos pesaron once veces a la mujer, que bajó de peso cada vez, como si su cuerpo fuera un mero simulacro, capaz de variar de densidad a capricho. —Murray trazó una sonrisa de escepticismo, y Doyle añadió—: Naturalmente, no tengo la menor duda de que un gran porcentaje de esos médiums recurren a trucos, aunque nuestros más reputados científicos han estudiado a muchos de ellos y la mayoría ha asegurado en sus informes que no había fraude alguno en sus milagros. Puedo poner en duda los juicios de algunos, pero por pura lógica no puedo cuestionarlos todos. Además, no siempre necesito ver para creer.

—Ya. Pero ¿y si yo le ofreciera la posibilidad de *ver*? —dijo Murray sonriendo maliciosamente—. ¿Aceptaría?

Doyle estudió su rostro con recelo, intentando dilucidar si el millonario se estaba burlando de él o no, y decidió responderle como si su proposición fuera auténtica:

—Sin dudarlo.

—¿Aunque se tratara del espectro de un perro?

—¿De un perro?

—Un sabueso, para ser exactos —matizó el millonario.

—¿Eso es lo único que ha podido conseguir? Pensaba que su fortuna le daría para algo más... espectacular —bromeó Doyle.

—Oh, le aseguro que se trata de un sabueso bastante espectacular. ¿Conoce la zona de Dartmoor, en el Devonshire?

—Sí —dijo Doyle—. Allí se encuentra el famoso penal de Princetown.

—Bien, allí hay una casa, la Brook Manor, que según los habitantes de la zona está embrujada. Parece que fue la residencia en la que hace un par de siglos vivió Richard Cabell, un escudero local de Buckfastleigh. Cabell sentía pasión por la caza y se dice que era un hombre monstruosamente malo. Al parecer se ganó esa reputación por haberle vendido el alma al diablo, entre otras muchas cosas.

Una noche, sospechando de la infidelidad de su esposa, la atacó movido por los celos. La mujer huyó a través del páramo, y Cabell la persiguió con su perro de caza, al que había dado a olisquear algunas de sus prendas. Finalmente la alcanzó y la mató. Sin embargo, el perro se volvió contra él y tuvo tiempo de desgarrarle el cuello antes de que Cabell consiguiera matarlo clavándole repetidas veces su puñal. El 5 de julio de 1677 enterraron en un sepulcro los restos de aquel ser que había infamado cuanto en el mundo podía infamarse, pero aquello solo fue el comienzo de la historia. La misma noche de su entierro apareció un fantasma con forma de perro aullando sobre su tumba y caminando por el páramo. Eso ocurrió hace mucho, pero los lugareños aseguran que algunas noches un perro espectral ronda la mansión. Dicen que parece un sabueso, pero que es mayor que cualquier otro perro jamás visto por ojos mortales, y que su boca despide fuego, sus ojos brillan como ascuas rojas y un resplandor fantasmal envuelve su cuerpo.

Se hizo un silencio sobrecogedor, en el que todos agradecieron secretamente que la ventana que Wells se resistía a arreglar no hubiera rematado la historia de Murray con otro golpe intempestivo.

—¿Le apetece ver a ese chucho, señor Doyle? —preguntó entonces el millonario.

—Naturalmente, pero me temo que habría que convencer al dueño de la casa para que nos dejara visitarla, y estas cosas nunca son fáciles. Por experiencia sé que...

—Por eso no se preocupe, señor Doyle —le interrumpió Murray—, porque la casa es mía. Esta misma mañana la he comprado.

—¿Has comprado una casa embrujada? —preguntó atónito Wells.

—Así es, George, junto con un par más. A causa de los extraños fenómenos que llevan produciéndose en la zona desde hace varios años, nadie se atrevía a comprarlas, y estaban a un precio ridículo. Pero como puedes comprobar, donde otros no ven más que fantasmas, yo veo un buen negocio. Emma y yo pensábamos ir a ver las casas la semana próxima para proyectar algunas reformas. Puede acompañarnos si lo desea, señor Doyle. Y vosotros también, por supuesto —les dijo a Wells y a Jane—. Podríamos organizar una divertida excursión. ¿Qué me dice, señor Doyle? Quizá haya suerte y nos tropecemos con el sabueso espectral.

—Me temo que todo eso no sean más que leyendas —repuso el escocés—. No le negaré que me gusta visitar casas encantadas, pero, por desgracia, la mayoría acaban revelándose como simples escenarios lúgubres. Existen atmósferas muy propicias para la sugestión, señor Gilmore, lugares que incitan a ver fenómenos extraños donde no los hay...

—Vamos, anímese —insistió Murray—. Aunque no encontremos fantasmas, tal vez podamos practicar un poco de telepatía usted y yo.

—A eso no puedo resistirme, señor Gilmore —respondió Doyle, dedicándole una sonrisa al millonario.

Emma sacudió resignada la cabeza con cansancio y luego se dirigió al escocés:

—Gracias por aceptar, señor Doyle. Para nosotros será un placer contar con su compañía. Y no tema: le aseguro que la descortesía de mi futuro marido es absolutamente inofensiva. En realidad, su descortesía no es más que una incontrolable y ruda sinceridad. Monty es la persona más auténtica que conozco. Pese a sus otras virtudes, eso fue lo que me enamoró de él —confesó con una sonrisa adorable—, si bien comprendo que en usted no produzca el mismo efecto.

Y por primera vez desde que había llegado a Arnold House, Doyle lanzó una carcajada. Fue una risotada franca, un jovial estrépito de piedras rodando por una ladera. Wells suspiró aliviado. Doyle había reído, y su reacción parecía haber relajado el ambiente. Tal vez a partir de aquel momento todo iría bien. Sí, por qué no. Quizá Murray y el escocés pudieran hablar al fin sin tensiones, incluso entenderse. Fue entonces cuando Jane reparó en que se habían acabado las pastas e hizo amago de levantarse para reponerlas, pero Murray se le adelantó, ofreciéndose educadamente a traer la caja de la cocina. Y mientras el millonario se perdía hacia el pasillo y Doyle comenzaba a contar a las mujeres las fabulosas aventuras que había vivido en el Ártico cuando apenas tenía veinte años, Wells se dejó caer en su silla casi con voluptuosidad, contento de que al fin la tarde hubiera tomado el rumbo correcto.

El viento aullaba fuera, removía el mar en la distancia y de cuando en cuando sacudía la ventana del desván, que profería un quejido siniestro, recordándole al mundo su pereza. Sin embargo, allí dentro se estaba caliente, el fuego de la chimenea extendía su reconfortante aliento por la estancia y todos parecían disfrutar de aquel momento de inesperada quietud.

Por desgracia, aquella felicidad apenas duró un par de minutos, porque a través de la ventana que los demás tenían a su espalda, Wells distinguió a Murray vagando cabizbajo por el jardín, como si le hubiesen dicho que interpretara al hombre más desdichado del mundo.

—Eh..., parece que Monty no encuentra las pastas. Voy a ayudarle —le dijo a Jane.

Su mujer asintió distraída, atenta a las aventuras de Doyle, y Wells se dirigió al pasillo.

—Pero si algo aprendí de aquel viaje fue que, para apreciar realmente a una mujer, un hombre tiene que pasar seis meses seguidos sin verla —oyó decir al escocés mientras esquivaba el pasillo y, asegurándose de que nadie le veía, salía al jardín.

XIV

Si en ese momento alguien hubiese ocupado la silla que Wells acababa de dejar libre, habría podido ver al escritor, que todos suponían en la cocina, cruzar el jardín arrebujado en su chaqueta. Y si aquella imagen le hubiese intrigado lo suficiente como para levantarse del asiento, aproximarse a la ventana y torcer el cuello en el ángulo adecuado, le habría visto además acercarse al hombretón que contemplaba los hibiscos para propinarle un par de vacilantes palmaditas en la espalda. Como ustedes, yo también sospecho que allí fuera va a tener lugar una conversación mucho más interesante que el monólogo de Doyle, así que permítanme que, mientras el escocés describe las multitudinarias reuniones que las focas componían sobre los témpanos para parir a sus crías todas a una, me acerque a espiar a Wells y a Murray.

—Si crees que enterramos la caja de las pastas bajo los hibiscos vas muy desencaminado, Monty —bromeó el escritor.

Murray sonrió con abatimiento.

—Ya sé que las guardas en el canasto de mimbre que hay en la cocina. No he salido al jardín por eso, George.

—Entonces, ¿por qué has decidido exponerte a este

condenado frío? ¿Qué te ocurre? Hace un momento eras el charlatán más impertinente del mundo, y ahora pareces un fantasma.

—«Monty es la persona más auténtica que conozco.» ¿No has oído a Emma? —respondió el millonario sin apartar la vista de las flores.

—Sí, claro que la he oído —murmuró Wells.

—Bien, entonces ya sabes lo equivocada que está.

Así que aquello era lo que atormentaba a Murray. Otra vez... Al comprender que iban a enredarse en otra de aquellas charlas rituales sobre la conveniencia o no de contarle a Emma quién era en realidad el millonario, Wells dejó escapar un suspiro. Aquellas conversaciones esporádicas que se veían obligados a mantener a espaldas de las mujeres solo servían para que Murray se desahogara, pues nunca resolvían nada. Miró por encima del hombro hacia la ventana del salón, y distinguió a Doyle moviendo las manos en el aire, como si estuviera haciendo bailar un par de títeres. Parecía que, de momento, nadie iba a salir a buscarlos.

—Pero, Monty —dijo Wells—, ya hemos hablado mil veces de esto. Si quieres decirle a Emma quién eres realmente, hazlo de una vez, porque cuanto más tardes, más difícil te resultará. Te recuerdo que ya han pasado dos años desde que bajaste de aquel ridículo globo. Y si decides no decírselo, convéncete de que eso es lo mejor para los dos, de modo que ese tipo de comentarios no te afecten.

—Lo sé, George, pero el problema es que no sé qué decisión debo tomar. Una parte de mí opina que debería confesárselo. Buscar el momento adecuado y explicárselo lo mejor posible. Estoy seguro de que lo entenderá... O al menos eso quiero creer.

—Pues hazlo.

—Pero la otra parte no quiere arriesgarse a estropear la felicidad de la que disfrutamos. Si perdiera a Emma...

Si la perdiera, George, no sé qué haría... Me temo que no querría seguir viviendo.

—Pues entonces no lo hagas.

—No eres de mucha ayuda, George —rezongó Murray.

—¡Maldita sea, Monty, no soy yo quien tiene que decidirlo, sino tú! —exclamó Wells—. Y hazlo de una vez, porque si sigues con ese peso en tu corazón, acabarás volviéndote loco.

Murray asintió al tiempo que fruncía los labios, semejando una herida recién cosida.

—Ya casi lo estoy, George. Paso los días entre los remordimientos que me asaltan al pensar que ella ignora quién soy y el miedo a que lo descubra. ¿Te acuerdas de aquel agente de Scotland Yard que estuvo investigándome durante un tiempo? Aquel larguirucho arrogante al que revelaste mi identidad para salvar tu pellejo...

—Sí, sí, lo recuerdo —respondió Wells con incomodidad—. Y ya te dije que lo sentía. Pero ¿qué querías que hiciera? En aquella época tú y yo no éramos...

—Lo sé, George, lo sé. Ya sabes que no te culpo. Pero durante los meses en que aquel agente estuvo investigándome lo pasé realmente mal. Me costó mucho dinero abortar todos sus intentos por descubrirme. Aquel tipo parecía obsesionado conmigo. Llegó un momento en que ya no sabía qué hacer. Había sobornado a medio Londres y aquel maldito engreído seguía empeñado en descubrirme. Resultó un pulso agotador, te lo aseguro, pero lo peor fue evitar que Emma reparase en lo asustado que estaba. Hasta que un día, de buenas a primeras, cuando ya casi me tenía acorralado, dejó de atosigarme.

—¿De verdad?

—Sí, de pronto pareció perder todo interés por la investigación, y desde entonces no ha vuelto a molestarme.

—¿Y nunca llegaste a saber por qué abandonó?

—Supongo que algún superior al que soborné le ordenaría que dejara de hacerlo, aunque me cuesta creer que ese tipo no intentara protestar. Quizá decidió dejarlo él mismo, sin sospechar que su presa estaba a punto de rendirse. Quién sabe, tal vez no fuese tan obstinado como yo creía. Entonces me calmé, ¿sabes? Y empecé a acariciar la idea de que ya nadie podría descubrirme, de que Emma jamás conocería mi verdadera identidad a menos que yo mismo decidiera confesárselo. Hasta esta tarde.

—¿Hasta esta tarde? —se sorprendió Wells.

—Sí, esta tarde, al verte aparecer con Doyle, he vuelto a sentir aquel antiguo miedo y me he echado a temblar. Creía que me reconocería, que usaría sus habilidades deductivas y no tardaría en dirigirse a mí por mi verdadero nombre.

Wells soltó una carcajada.

—Oh, vamos, ¿por qué iba Doyle a relacionarte con Gilliam Murray? Eso sería como pensar que yo tengo una máquina del tiempo en el desván de casa.

Murray se encogió de hombros.

—Imagino que, como la mayoría de sus lectores, siempre he pensado que era tan astuto como su detective. —Hizo una pausa y pareció reflexionar—. Cuando Viajes Temporales Murray existía, Doyle fue uno de sus más fervientes defensores. Escribió muchos artículos contra quienes me acusaban de ser un embaucador, ¿lo sabías? Incluso cruzamos un par de cartas, en las que le conté con todo detalle cómo había descubierto el agujero que conducía a la cuarta dimensión en aquella expedición a África. Cuando mostró su interés por viajar al año 2000, incluso le escribí diciéndole que, en agradecimiento a su defensa, organizaría una expedición especial solo para él, como había hecho para la propia reina. Pero desafortunadamente, mientras la organizaba... Bueno, ya sabes..., el agujero desapareció.

—Ya. Una verdadera lástima. A Doyle le habría encantado ver tu futuro.

—Y cuando te he visto aparecer con él... —continuó Murray, ignorando el comentario del escritor—. Dios, George, pensé que le bastaría un rápido vistazo para descubrir todo el pastel. Y, además, ante Emma. Sin embargo, no me ha reconocido, y el hecho de que ni siquiera el mismísimo creador de Sherlock Holmes haya podido hacerlo me lleva a pensar que mi identidad tal vez esté a salvo. Nadie me ha reconocido hasta ahora. A estas alturas, todos parecen haberse olvidado del Dueño del Tiempo. Así que Emma jamás se enterará de mi secreto, a menos que yo mismo se lo confiese.

El millonario fue bajando la cabeza poco a poco, cada vez más, como si sus pensamientos fueran de hierro, hasta que acabó mirándose los zapatos. Wells aguardó pacientemente a que continuara.

—En realidad, podría dejar las cosas tal como están —dijo al fin—. Así no correría ningún riesgo. Y descartado el miedo, ya solo tendría que lidiar con los remordimientos. ¡Aunque no sabes qué terrible amargura me inunda al saber que le estoy mintiendo! Así que no sé qué demonios hacer. ¿Qué me aconsejas, George?

—Yo no soy nadie para darte consejos, Monty.

—Oh, vamos. Tú me diste en tu carta el mejor consejo que me han dado nunca. Dime qué debo hacer, por favor.

—Yo no escribí esa maldita... Da igual. —Wells lanzó un suspiro de cansancio—. De acuerdo, Monty. Te diré qué haría yo.

Durante unos segundos Wells no dijo nada. Se sentía incapaz de decidir cuál de las dos opciones era la mejor, pues ambas eran igualmente defendibles. Podía decirle que se lo contara, que ella merecía saber quién era realmente él. Pero también podía decirle que no lo hiciera, que Emma era feliz así y que lo que él hubiese hecho en el pasado carecía de importancia porque Murray había cambiado tanto que era como si lo hubiese hecho otra persona. No obstante, lo peor de todo no era su incapacidad de escoger entre ambas opciones, se dijo Wells, sino la imposibilidad de ver un drama en todo aquello. Por mucho que se esforzara —y llevaba dos años haciéndolo—, no lograba comprender dónde estaba el problema. Desde su punto de vista, Emma no debería enfadarse por algo así. ¿Acaso abandonaría él a Jane si ella le confesara que antes de conocerle había sido la famosa tragasables Selma Cavalieri? Por supuesto que no. Y tampoco comprendía los remordimientos que atormentaban a Murray al pensar que ella ignoraba quién era. Estaba seguro de que, en su caso, si él decidía que lo mejor para preservar cuanto tenía era guardar un secreto, lo haría sin sentir la menor preocupación. ¿Por qué le costaba tanto a Murray hacer eso? No lo sabía, pero intuía que la pregunta no era esa, sino otra: ¿por qué le resultaba tan fácil a él? Por su falta de empatía, se dijo, aquella carencia a la que tanto aludía Jane para explicar ciertos comportamientos suyos. Si tuviera esa capacidad, podría ponerse en el lugar de Murray y aconsejarle lo mejor para él. Pero aquella mudanza a otra piel que la mayoría de la humanidad realizaba casi como un acto reflejo a él le estaba vedada. Murray le había pedido consejo, y para no defraudarlo, lo único que podía hacer era darle uno, por arbitrario que fuese, y disimular con aquel gesto de amigo que cualquier asunto relacionado con la vida de los otros carecía de gravedad para él.

—¿Y bien, George? —dijo Murray ante su prolongado silencio.

—Debes contárselo —respondió Wells, como podría haber respondido justo lo contrario.

—¿Eso es lo que crees?

—Absolutamente.

—¿Por qué? —preguntó Murray con aire desvalido.

Wells tuvo que reprimir un encogimiento de hombros.

—Porque si no lo haces, vuestra felicidad se sostendrá sobre una mentira —improvisó—. ¿Crees que ella se merece eso? A mí me parece que no. Ella confía en ti, Monty. Jamás te consideraría capaz de ocultarle nada, y menos que eres el Dueño del Tiempo. Si lo descubriese, se sentiría traicionada por la única persona del mundo de la que jamás esperaría una traición. Y no irás a creer que eres menos traidor por el hecho de que no pueda descubrirlo. ¿No dices que la amas? Entonces, ¿cómo puedes permitir que tu amor no sea del todo sincero?

Murray reflexionó sobre sus palabras mientras a su lado Wells cavilaba sobre lo difundida que estaba entre la humanidad la absurda práctica de pedir consejo, de exponerse a que otro decidiera por uno mismo, estudiando el problema desde fuera, de un modo teórico, a salvo de sus consecuencias.

—Supongo que tienes razón, George —admitió Murray—. Me enorgullezco de amarla, pero mi amor no es perfecto. Tiene una impureza, una mancha que he de borrar. Ella no se merece un amor que no sea completamente sincero. Se lo diré, George. Seré valiente y lo haré. Y antes de la boda.

Tras aquella promesa, estrechó entre sus brazos a Wells, que se sintió como si lo abrazara un oso grizzly. Regresaron al interior de la casa y ocuparon sus puestos en la mesa. Nadie preguntó por las pastas. Doyle continuó hablando un rato más de focas y océanos erizados de témpanos, mientras Murray se limitaba a asentir de vez en cuando, visiblemente distraído. Era evidente que seguía dándole vueltas a lo que Wells acababa de decirle, pero el escritor sabía que, por mucho que en aquel momento tuviera intención de seguir su consejo, los días se sucederían sin que el millonario le confesara a Emma su verdadera identidad, como siempre ocurría.

Al rato, hasta las aventuras de Doyle demostraron tener un límite, y cuando el escocés remató su monólogo con la inevitable lección moral que había extraído de todo aquello, la conversación languideció y nadie hizo ningún esfuerzo por avivarla. Era ya muy tarde y les esperaba un largo viaje de vuelta, así que lo mejor era empezar a despedirse, y citarse para la excursión a Dartmoor la semana siguiente. Sin embargo, por la mirada de determinación que Murray le dedicó al subir a su carruaje, Wells tuvo la repentina sospecha de que esta vez el transcurrir de los días no lograría sofocar su resolución. Lo más probable era que, la próxima vez que se vieran, ya le hubiera confesado a Emma que estaba a punto de casarse con el Dueño del Tiempo.

Esa noche le costó conciliar el sueño. Le preocupaban las consecuencias que su consejo podría acarrearle al millonario si se atrevía a llevarlo a cabo. Emma le parecía una muchacha lo bastante inteligente y enamorada como para que la confesión de Murray no hiciera más que unir a la pareja. Pero ¿y si no era así? ¿Y si la muchacha lo abandonaba, incapaz de perdonarlo? ¿Debería él sentirse culpable? ¿Acaso en alguna parte poco frecuentada de su mente pervivía un diminuto rescoldo del viejo odio que había sentido hacia Murray, y el consejo que le había dado iba encaminado a desbaratar su felicidad, aquella felicidad resplandeciente e hipnótica que quizá envidiaba en secreto? No, en su mente no perduraba ninguna brasa de aquel antiguo fuego, de eso estaba seguro. De haber sido así, no habría acudido a hablar con el agente Clayton dos años atrás.

Wells solo conocía al agente de su breve excursión a

Horsell la mañana en la que había aparecido el cilindro marciano, pero algo le decía que aquel muchacho presuntuoso y metódico no cejaría en su empeño de desenmascarar a Montgomery Gilmore, por muchos medios que el millonario usara para disuadirlo. Así que una mañana se había presentado en el despacho del policía y él mismo le había contado todo lo que había que saber sobre Viajes Temporales Murray; al fin y al cabo, el agente habría acabado averiguándolo tarde o temprano por sí solo. Y lo había hecho rogando para que el ansia del joven por encontrar la verdad fuera mayor que su deseo de gloria. Tras aquella revelación, empleó sus dotes oratorias para tratar de convencerlo de que abandonara el caso, diciéndole que aquel hombre en nada se parecía al que había sido, que todo el mundo merecía una segunda oportunidad, y muchas otras cosas. Por desgracia, ninguno de sus argumentos logró conmover a Clayton. Finalmente, movido por la desesperación, incluso había apelado a la historia de amor que el millonario y Emma estaban protagonizando para regocijo de toda Inglaterra, una historia que había comenzado con la llegada del cilindro marciano y que el agente no tenía ningún derecho a desbaratar, por mucho que su actuación le reportara una medalla más para su solapa. Si hacía público todo lo que sabía sobre Murray, sin duda Emma lo abandonaría y nunca más volverían a estar juntos. «¿Cree que con ese argumento va a convencerme?», le había dicho Clayton con una sonrisa burlona, a lo que él había respondido, ruborizándose ante sus propias palabras: «Lo dudo, porque para eso debería saber la terrible condena que supone seguir viviendo cuando has hecho daño a lo que más amas». El agente había guardado silencio unos segundos, y luego le había pedido educadamente que abandonara su despacho. Wells obedeció, maldiciéndose por su lamentable actuación. Por Murray se había convertido en un cruzado del amor, aunque de nada había servido, salvo para ponerse en ridículo ante aquel muchachito engreído. Sin embargo, las semanas fueron sucediéndose sin que Murray volviera a mencionar al agente Clayton y, poco a poco, Wells comprendió que aunque a su juicio el amor estaba sobrevalorado, era un sentimiento que muchos apreciaban, y cuando se tropezaban con él, incluso lo bordeaban para no pisarlo, como si se tratara de un macizo de flores.

Así que, en resumen, Wells había evitado que Emma se enterase del secreto de su prometido. Pero entonces, ¿por qué demonios le había aconsejado a Murray que se lo contara, cuando podría haberle sugerido justo lo contrario? Para encontrar la respuesta a esa pregunta había que excavar demasiado hondo en su alma, de modo que prefirió dejarlo correr.

No obstante, el gran parecido de esa escena con cierta tarde de su pasado en la que Murray había acudido a su casa para conocer su opinión sobre su infumable novelita le sorprendió. También entonces Wells había podido elegir entre dos opciones. Había tenido en sus manos los sueños de aquel desconocido que esperaba su veredicto patéticamente encajonado en un sillón de su salita. Y esta tarde, cinco años después, alguien había dispuesto las piezas del mismo modo junto a los hibiscos, para que volviera a sentir lo mismo: que podía conducir la vida de Murray por el camino que a él se le antojara, por mucho que ahora fuera millonario y su mejor amigo.

Con un escalofrío, Wells se preguntó qué encontraría Murray al final del sendero que esta vez había escogido para él.

XV

A pesar de hallarse en el porche de la casa de su tía, al abrigo de un cielo empedrado de nubarrones, Emma Harlow abrió su sombrillita mientras lanzaba un suspiro y comenzó a girarla sobre su cabeza. Aquel era el día acordado para la excursión a Dartmoor, y ya hacía media hora que Monty debería haber llegado. El día anterior le había prometido que sería puntual. «¡Ni un minuto más!», le había dicho con solemnidad, como si declamara el lema inscrito en el blasón de su familia. Incluso le había pedido que le esperara en el porche unos minutos antes porque le tenía preparada una sorpresa, algo relacionado con el modo de trasladarse a Dartmoor, que valía la pena contemplar en todo su esplendor. Y Emma había aceptado con condescendencia mientras ocultaba una sonrisita de deleite, pues en el fondo nada le gustaba más que la atmósfera teatral con la que su prometido rebozaba cualquier situación, haciéndola sentirse como una niña en el desván prohibido de un mago prodigioso. Pero ya llevaba media hora allí, helada y aburrida, y empezaba a arrepentirse de haberle hecho caso. Con los ojos entornados, escudriñó la avenida que cruzaba los jardines de la mansión de su tía y dedicó una mirada fugaz al anubarrado cielo, pues cabía la posibilidad de que el millonario apareciera desgarrando las nubes, encaramado a algún artefacto delirante.

—¡Santo cielo! ¿Todavía sigues aquí?

Emma se volvió con expresión belicosa, dispuesta a descargar el enfado sobre su tía, pero al verla plantada en medio del porche, enterrada bajo varias capas de chales, parte de su irritación se evaporó.

—Sí, tía Dorothy —suspiró—. Tal y como has deducido gracias a tu increíble sagacidad, aquí sigo.

—Te lo dije —rezongó la anciana, ignorando la ironía de su sobrina—. No hacía falta que salieras a esperarle tan temprano. No sé cómo no te has dado cuenta todavía de que la puntualidad no es la mejor virtud de tu prometido. Aunque... lo cierto es que no sabría decir cuáles son sus otras virtudes.

—Tía, por favor... Ahora no.

—Oh, descuida, no he salido al porche con este tiempo infernal para hablar de tu querido Gilmore. Ese es un tema del que ya poco o nada tengo que decir. Para serte sincera, después de dos años tan solo me causa tedio. Únicamente he venido para rogarte que entres, niña. ¡Aquí fuera hace un frío espantoso! Los criados te avisarán de su llegada.

—No, tía. Monty me pidió expresamente que lo esperase en el porche. Parece que tiene una sorpresa para mí y no...

—¡Pues ya te la dará cuando salgas a su encuentro! —la interrumpió su tía—. ¿No te das cuenta de que puedes enfermar? Hay demasiada humedad. No quiero ni imaginarme qué pasaría si cayeras enferma a tan solo unas semanas de tu boda. ¡Sería una auténtica catástrofe! ¿Qué iba a decirles yo a tus pobres padres, que están a punto de llegar? Después del disgusto que les diste con tu extravagante compromiso y con tu posterior negativa a casarte en

Nueva York, y de los reproches que yo he tenido que soportar...

—Vamos, tía; nadie que me conozca bien, y te aseguro que mis padres me conocen perfectamente, te haría responsable de mis actos.

—¡Pues lo hicieron! ¡Vaya si lo hicieron! Tu madre, mi *queridísima* cuñada, se ha ocupado de hacérmelo saber entre líneas, con esa artera sutileza que tanto la caracteriza, en cada una de sus encantadoras cartas. Estoy segura de que piensan que no te protegí debidamente cuando, hace dos años, te encomendaron a mi cuidado para que disfrutaras de unas inofensivas vacaciones en el Viejo Continente. Pero ¿cómo iba yo a imaginar, en una muchachita de tu origen y educación, tamaño desprecio hacia las normas y la urbanidad? En fin, para bien o para mal —añadió con la resignación de un mártir—, dentro de unas semanas serás la señora de Gilmore, y por fin dejarás de ser responsabilidad mía. Pero te diré una última cosa, querida sobrina: a pesar del horror que me causa la idea de que una ilustre Harlow se una a un patán de origen desconocido que ha hecho su fortuna a la manera de los vulgares mercaderes, debo confesarte que, por otra parte, no alcanzo a imaginar, después de estos dos años conviviendo contigo, qué otro hombre podría soportarte.

—Y yo, querida tía, debo darte la razón. De hecho, antes de conocer a Monty, había decidido no casarme con nadie, pues dudaba que algún hombre fuese capaz de hacerme feliz.

La anciana lanzó un resoplido.

—La felicidad está absolutamente sobrevalorada, querida, y, desde luego, me parece un grave error dejarla en las incompetentes manos de los hombres. Una mujer debe buscar la felicidad por sí misma y evitar en lo posible inmiscuir a su marido en dicha empresa.

—¿Por eso no te casaste nunca, tía? —le preguntó

Emma con delicadeza—. ¿Para que ningún hombre menoscabara tu felicidad?

—¡No me casé porque no quise! Pero si lo hubiera hecho, no habría sido con el propósito de hacerme con un simpático bufón. Lo principal en un marido es la educación y el dinero, condiciones que han de ejercer de marco para la belleza y la inteligencia de su mujer. Un marco ayuda a ennoblecer la obra, pero no es imprescindible y, por encima de todo, no puede ser de mal gusto. Si así fuera, la obra luciría mejor sin marco. En fin, al menos me consuela saber que entre el patrimonio de tu futuro marido y tu generosa dote, no os faltará el dinero. Pero dime, ¿pretendes estropearlo todo justo ahora pillando una pulmonía? ¿Quieres que vaya a recibir a tus padres para darles la triste noticia de que han cruzado el océano para despedirse de ti en tu lecho de muerte?

Emma puso los ojos en blanco.

—No seas melodramática, tía. Un poco de frío no me va a postrar en ningún lecho de muerte, te lo aseguro, entre otras cosas porque no creo que tenga jamás un lecho de ese tipo. —La muchacha sonrió para sí—. Tengo pistas suficientes para sospechar que mi futura vida al lado de Monty va a ser de todo menos convencional. Ambos compartimos un miedo tan intenso hacia el aburrimiento que estoy segura de que no moriremos en una simple cama. Tal vez lo hagamos entre las fauces de un plesiosauro en el centro de la Tierra, o luchando contra una invasión marciana...

—¡Jovencita! —exclamó escandalizada tía Dorothy—. No bromees con la muerte. Es bien sabido que la parca no tiene ningún sentido del humor.

—Te recuerdo que has comenzado tú —repuso Emma sonriendo, y suavizando el tono al reparar en la palidez de la anciana—. Pero quédate tranquila, tía. Jamás me he sentido más sana. Y voy bien abrigada. Además, seguro que Monty está a punto de llegar... —concluyó, oteando la avenida sin mucha convicción.

Tras olfatear las dudas de su sobrina con el entusiasmo de un sabueso, lady Harlow retomó con renovado brío el tema de los defectos que a su juicio lastraban a Montgomery Gilmore, comenzando naturalmente por la falta de puntualidad a la que parecía tan aficionado. El discurso de la anciana era harto conocido para Emma, pues no en vano llevaba dos años escuchándolo sin cesar, y debo confesarles que la muchacha estaba de acuerdo en todo: su prometido poseía cada uno de aquellos enervantes, inoportunos y agotadores defectos, e incluso alguno más que su tía había pasado por alto. Sin embargo, la mezcla de todos ellos daba como resultado un precipitado tan poderoso y excitante, y de una energía tan extraordinaria, que a su paso uno no tenía más remedio que dejarse aniquilar o reinventarse. Montgomery Gilmore había pasado por su vida hacía dos años como un tren por una estación de cristal, sin dejarle más opción que subirse a él o permanecer atrapada el resto de su vida en un apeadero hecho añicos. Y Emma se había subido a aquel tren sin pensárselo dos veces. Y también se había subido a un globo aerostático, donde se había reído tanto que, para terror del pobre Monty, casi había volcado la cesta. E incluso se montaría sobre una garza de plumaje anaranjado para volar más allá de las estrellas si él se lo pidiese.

No sin cierto regocijo, Emma se dio cuenta de que cuanto más escuchaba la diatriba de su tía, menos enfadada se sentía contra la tardanza de su prometido. Al fin y al cabo, antes o después, él aparecería. No tenía la menor duda. Sabía que podía confiar en él como jamás había confiado en nadie. Y eso era lo único que importaba. Monty llegaría esgrimiendo la más divertida de las excusas, enredándose de tal manera con las disculpas que, más que justificarse, se condenaría sin remisión, y a ella no le quedaría otra opción que echarse a reír.

La joven miró de soslayo a su tía, casi con cariño. Descubrió entonces que la echaría en falta, al menos un poco, y supuso que la anciana también la echaría en falta a ella cuando volviera a dejarla sola tras la boda, para instalarse en su nuevo hogar. Emma se prometió no olvidarse de ella y se propuso buscar un hueco en medio de su felicidad para visitarla con tanta frecuencia como le permitieran sus nuevas obligaciones de recién casada. Recién casada... Aquella idea provocó en el vientre de la muchacha un febril aleteo que fue propagándose por el resto de su cuerpo.

—Espero que esa sonrisa bobalicona no signifique que te estás burlando de mí, Emma. ¡Y haz el favor de dejar quieta tu sombrilla! Me estoy empezando a marear.

La muchacha parpadeó un par de veces antes de comprender que su tía había puesto fin, al menos de momento, a la despiadada autopsia de su prometido y se dirigía a ella.

—Lo siento, tía. Estaba... recordando algo gracioso que me pasó el otro día.

—¿Algo gracioso? No me imagino qué podría ser. ¿Tal vez la visión del señor Gilmore intentando utilizar con propiedad un cuchillo y un tenedor...?

Y entonces, para sorpresa de lady Harlow, Emma estalló:

—¡Basta ya, tía! ¡Basta ya! ¿No lo entiendes? ¡Le amo!

La muchacha vaciló ante la dolida expresión de su tía, quien la miraba con la boca abierta, y buscó con desesperación alguna frase menos ajada que aquellas dos palabras para intentar que la anciana comprendiera sus sentimientos. Deseaba encontrar una fórmula mágica que describiera con exactitud lo que palpitaba en sus entrañas, lo que cualquiera vería si en aquel momento la tendieran en una camilla y la abrieran en canal. Pero no la había. Vencida, se limitó a repetir aquellas dos palabras muy lentamente:

—Le amo... Le amo... No me importa lo más mínimo cómo usa los cubiertos. No me importa si se ha hecho rico comerciando con cordones para los zapatos o limpiando cloacas. No me importa si siempre llega tarde, si habla demasiado fuerte o si no deja de pisarme cuando bailamos. Antes de conocerle, yo no sabía reír... Jamás supe, ni siquiera de niña. Mi infancia fue lo más absurdo y patético del mundo: ¡una niña triste que no sabía reír!

—A mí siempre me pareciste una niña de lo más interesante —porfió la anciana—. Nunca entendí cómo había salido un diablillo como tú del vientre ñoño de mi cuñada. Estaba convencida de que crecerías libre de todas estas zarandajas del amor y el romanticismo, y eso me enorgullecía. ¡Por fin una Harlow de carácter! Incluso te confesaré que me recordabas un poco a mí de pequeña. ¡Y ahora me sales con todas estas estupideces del amor verdadero! Si querías reírte, podías haber ido al zoo. Los monos son muy graciosos. A mí siempre me hacen reír, aunque no por eso corro a casarme con ellos.

Emma suspiró mientras se mordía los labios con impaciencia. ¿Cómo hacer comprender a su tía la razón por la que ella amaba a Gilmore? ¿Cómo explicarle que no tenía otra opción más que amarlo? ¿Cómo resumirlo en una sola frase, en unas pocas palabras? De pronto, lo supo:

—Monty es auténtico.

—¿Auténtico? —repitió la anciana.

—Sí, auténtico —remachó Emma—. Él es auténtico. Mira a tu alrededor. Todos caminamos por la vida con una máscara sobre nuestro rostro. Pero Monty no. Él no se esconde bajo ninguna máscara. Él es genuino, no tiene dobleces. Puedes tomarlo o dejarlo. Pero si lo tomas... —Emma sonrió con los ojos rebosantes de lágrimas—. Oh, si lo tomas sabes que no hay engaño, que lo que te ofrece es todo lo que hay. No sé si Monty es el hombre más maravilloso del mundo, pero sí sé que es el único que no me mentiría para *parecerlo*. Y eso es precisamente lo que le hace maravilloso.

—No sigas por ese camino, querida —la interrumpió desabridamente la anciana—. Me espantan sobremanera los tópicos románticos. Creo que todos los novelistas que escriben tan nefasto género deberían ser ahorcados. Por supuesto, ahora me dirás que no quieres vivir en un mundo donde él no esté, o algo por el estilo...

Emma respiró hondo. Había dicho cuanto quería decir, sabía que había encontrado las palabras justas, y de pronto descubrió que ya no le importaba si con ellas había convencido o no a su tía.

—Un mundo donde él no esté... —murmuró con una débil sonrisa—. Mi querida tía, el mundo entero se reduce a la distancia exacta que en cada momento nos separa.

Justo entonces, un rumor sordo que llevaba un par de minutos oyéndose en la lejanía y al que ninguna de las dos había prestado demasiada atención comenzó a aumentar de volumen, advirtiéndoles que, fuera cual fuese su origen, se estaba acercando rápidamente a la casa. Con cierta alarma, Emma y su tía observaron el muro que separaba los jardines de la calle, tras el cual retumbaba aquel rugido, avanzando hacia la entrada principal. De pronto, se oyó un nuevo sonido, parecido a la sirena de un buque, y un instante después, envuelto en una sinfonía de fragores y estridencias, un extraño carruaje sin caballos irrumpió en la avenida de la mansión dejando una densa estela de humo tras de sí. A una velocidad que solo podía calificarse de diabólica, llegó hasta el porche, donde, sin salir de su pasmo, las dos mujeres lo observaron detenerse con un estertor de animal moribundo. Nunca antes había visto Emma un coche como aquel. Había examinado algunas ilustraciones de los primeros carruajes que habían sustituido la tracción animal por el impulso de un motor, pero no le habían resultado muy distintos de los carruajes de caballos. Además, por lo que había leído, aquellos coches no alcanzaban grandes velocidades, apenas unos 20 kilómetros por hora, marca que cualquier ciclista con unas piernas fuertes podría igualar sin mucho esfuerzo. Sin embargo, la imponente máquina que jadeaba ante ella había atravesado la entrada principal como una centella, y en un segundo había llegado hasta el porche, salvando los cien metros que los separaban en menos de un suspiro. Por otro lado, su forma era absolutamente diferente a cualquier cosa que hubiese visto con anterioridad: la carrocería, de un blanco cremoso con adornos dorados, era alargada y plana, y tan baja que con solo levantar un poco el pie se salvaba la distancia que mediaba entre el suelo y el pescante; la parte frontal estaba constituida por una estructura de metal similar a una gran caja con una rejilla delantera, sobre la que descansaban, a modo de estrafalaria cornamenta, un par de aparatosos faros; las ruedas traseras eran ligeramente más grandes que las delanteras, y sobre ellas había una capota que en aquel momento permanecía plegada como un acordeón; por debajo del coche se adivinaba un tumulto de manivelas y engranajes que parecían gobernarse con la larga palanca que quedaba a la derecha del asiento, semejante a un trono de dos plazas; ante él se erigía el corto mástil que sostenía el volante, una enorme circunferencia adornada con una bocina retorcida como el rabo de un cerdo. Y en el centro de aquella delirante carroza, sentado muy tieso y con las manos todavía en el volante, como si temiese que en algún momento la máquina fuera a arrancar de nuevo por voluntad propia, se encontraba Montgomery Gilmore, equipado con unas enormes y extravagantes gafas que le tapaban la mitad del rostro y un casco de cuero con dos largas orejeras que pendían a ambos lados de la cara, otorgándole el aspecto de un insecto monstruoso y gigantesco. Aun así, el millonario se las apañó para dedicarle a Emma una sonrisa radiante.

—Santo cielo... —murmuró lady Harlow—. Me temo, mi querida niña, que tu prometido ha decidido dejar atrás su encomiable costumbre de ir por la vida con el rostro descubierto.

Emma ignoró a su tía y, tras bajar los dos escalones del porche, se detuvo indecisa, sin animarse a acortar lo que parecía una distancia segura entre ella y el artefacto. Su prometido la observó embelesado. Estaba tan bella y encantadora con aquella expresión de asombro en sus negros ojos que el millonario solo pudo dar gracias una vez más a quien había hecho posible el milagro de que una mujer así le amara.

—¡Emma, querida! ¿Qué te parece? —le gritó con entusiasmo, al tiempo que manipulaba torpemente la manecilla de la puerta para bajar del coche y correr a abrazarla mientras el prodigio durase. Sin embargo, la manecilla se negaba a ceder—. ¡Te dije que tenía una sorpresa para ti! ¡Es un Mercedes, el primer automóvil moderno de la historia! Pero solo es un prototipo, ni siquiera ha comenzado a comercializarse. En el taller todavía estaban realizándole algunos ajustes de última hora y he tenido que esperar, por eso he llegado tarde. Pero ha valido la pena, ¿no te parece? ¡Fíjate! ¡Alcanza los setenta y cinco kilómetros por hora sin apenas vibrar! Ya verás qué cómodo, querida: ¡es como deslizarse por el aire montado en una silenciosa nube!

Desesperado, dejó de forcejear con la manecilla y se incorporó en el asiento para saltar por encima de la portezuela. Pero al levantar una de sus largas piernas, el zapato se le introdujo por una de las aberturas del volante, y allí se quedó, atrapado como en un cepo, presionando con el talón la bocina de la máquina, cuyo ensordecedor bramido hizo retroceder a Emma. El estruendo continuó mientras el millonario, caído sobre el asiento en una postura grotesca, se retorcía sobre sí mismo intentando liberar el zapato. Cuando consiguió destrabar su pie de la improvisada trampa, poniendo fin al lastimero mugido, Gilmore saltó fuera del coche. Se quedó mirando a su prometida sin saber muy bien qué decir, con la cara colorada, la chaqueta arrugada y las gafas torcidas sobre el rostro. Emma elevó una ceja.

—¿Una silenciosa nube? —preguntó la joven.

Ambos estallaron en carcajadas.

Siete meses más tarde, lady Harlow juraría en su lecho de muerte que el aire se había iluminado entre los dos cuando comenzaron a reír. Sin embargo, nadie habría allí para escucharla, pues la mujer moriría sola, con la única compañía de una impasible enfermera que entraba y salía de la habitación sin prestar mucha atención a sus desvaríos de moribunda. Sí, repetiría una y otra vez para sí misma, lo había visto con sus propios ojos, desde el porche: al principio creyó ser víctima de algún efecto óptico producido por la niebla, o tal vez por los faros de la monstruosa máquina; pero más tarde, y durante las semanas que siguieron, mientras la soledad ya irremediable de aquel hogar sin Emma iba emponzoñándole el alma, alimentando el tumor que seis meses más tarde la entregaría a los helados brazos de una parca sin el menor sentido del humor, había acabado por convencerse de que aquella mañana había presenciado un auténtico milagro.

—El mundo entero se reducía a la distancia exacta que los separaba... —farfulló lady Harlow con su último aliento, ante la indiferente enfermera—, se reducía a la distancia exacta que los separaba.

Y en el preciso instante en que Emma subía al coche del millonario dejando escapar un emocionado suspiro, a varias millas de allí, Wells dejaba escapar otro, pero de aburrimiento. Ya no lo soportaba más. Había estado fingiendo un interés aceptable para no incurrir en la descortesía, pero a medida que el carruaje avanzaba hacia Dartmoor, la tediosa descripción de Doyle acerca de su última hazaña deportiva había ido sumiéndole en un desánimo cada vez mayor, hasta convencerle de que aquella excursión no iba a resultar tan agradable como todos imaginaban.

¿Cómo habían podido torcerse tanto las cosas?, se preguntó. Durante los días anteriores había hecho los preparativos convencido de que la excursión propuesta por el millonario no solo supondría un agradable pasatiempo para todos, sino que además le permitiría resolver de una sola tacada los dos asuntos que últimamente le preocupaban.

El primero de ellos concernía a Murray y a Doyle, cuyo primer encuentro en Arnold House no había salido como él esperaba. Dado que el millonario y Emma irían al condado de Devonshire por su cuenta, los Wells habían acordado con Doyle viajar juntos en un mismo carruaje, lo que ofrecería al escritor la oportunidad de apaciguar al escocés antes de que volviera a verse las caras con el millonario. No le resultaría excesivamente difícil conseguirlo, se dijo Wells, pues Doyle era hombre de genio impetuoso, como él mismo reconocía culpando sin complejos a su mitad irlandesa, si bien era incapaz de fraguar ningún rencor perdurable. En eso no se parecía a él, que poseía la dudosa habilidad de preservar cualquier mínimo brote de odio contra el vendaval de los años. En cuanto a Murray... En fin, ¿qué podía decirse de aquel hombre nuevo y enamorado, que parecía dispuesto a ofrecer su amistad hasta al mismísimo diablo? Pese al mal pie con que habían empezado, Doyle y Murray estaban condenados a entenderse, pues eran más parecidos de lo que querían reconocer. Era cuestión de tiempo que acabaran congeniando. Solo había que darles una segunda oportunidad. Y eso era precisamente lo que Wells pensaba proponerle a Doyle camino de Dartmoor.

El segundo asunto le preocupaba más. Debido a varios compromisos por ambas partes, aquella sería la primera vez que Wells vería a Murray desde la fatídica noche en la que le había aconsejado tan inconscientemente que confesara su verdadera identidad a Emma. Al principio, preocupado por las terribles consecuencias que tan insensato consejo podría acarrear al millonario, Wells le había preguntado por el asunto en algunas de las notas que se habían cruzado para ultimar los detalles de la excursión, pero como Murray le había advertido que nunca consignara por escrito nada relacionado con su verdadera identidad, el escritor había tenido que recurrir a toda suerte de rodeos e insinuaciones para indagar sobre el tema, y dudaba mucho de la interpretación que había dado a las igualmente crípticas respuestas de su amigo. Sin embargo, con el paso de los días, la ausencia de novedades lo había tranquilizado. El plan de la excursión seguía en pie, y lo que era más importante, la boda también. Aquello solo podía significar dos cosas: o bien Murray se lo había contado todo a Emma y no se había producido ningún cataclismo, o bien todavía no lo había hecho. Si se trataba de lo primero, su misión durante la excursión sería la de felicitar a su amigo y celebrar juntos el éxito de su sensato consejo; pero si se trataba de lo segundo, Wells tendría que propiciar algún momento de intimidad con Murray para transmitirle sus dudas sobre la recomendación que le había dado ante los hibiscos y eximirse así de cualquier responsabilidad.

Ante la perspectiva de resolver ambos asuntos, había esperado la excursión con verdadera impaciencia, aunque tuviera que viajar hasta Dartmoor en el carruaje de Murray —por diversas razones, ni Doyle ni él disponían aquel día de sus coches—, exponiéndose a las extravagantes preguntas de su cochero. Aun así, se trataba de un mal menor en comparación con los felices augurios del viaje, por lo que la mañana de la excursión Wells se había levantado de excelente humor y había bajado a la cocina para disfrutar de una taza de té mientras hojeaba el periódico a la espera de la llegada del coche de Murray, que primero debía recoger a Doyle, sin sospechar que el transcurrir de los minutos se encargaría de aplastar aquel ánimo tan festivo.

El primer golpe se lo asestó el propio periódico: «¡Viene el hombre invisible!», rezaba el titular. Wells tuvo que parpadear varias veces, como si hubiera recibido las salpicaduras de un limón. Al parecer, al autor de la noticia, una más de las muchas que recogían los numerosos sucesos paranormales que ocurrían en Dartmoor, le había parecido divertido usar como titular el grito de alarma que aullaban los personajes de su novela mientras huían aterrorizados de la criatura invisible. Como pueden imaginar, la broma molestó al escritor, que no llevaba demasiado bien que otros se apropiaran de sus ideas. Había escrito aquella frase con la intención de sobrecoger al lector ahondando en uno de sus miedos más ancestrales: el pánico a aquello que no se puede ver, a aquello que tan solo puede imaginarse. Y le enervó que aquel gacetillero irrespetuoso con el trabajo ajeno la usara para mover a la risa a los lectores, si bien el resto del artículo le hizo aún menos gracia, pues tras el *ingenioso* titular, aquel periodista de medio pelo desgranaba con sorna los últimos fenómenos extraños ocurridos en la zona. Según parecía, los espíritus habían desarrollado una desmedida querencia por aquel lugar. Aunque también podía ser, especulaba con ironía, que el hombre invisible hubiera encontrado allí a la mujer de sus sueños, tan incorpórea como él, y que ambos hubieran engendrado una copiosa y etérea estirpe que, asentada con sigilo entre el pueblo de los «visibles», tratara de conquistar la comarca mediante aquel régimen de terror. ¿Por qué no?, concluía con un imaginario encogimiento de hombros: si se daba crédito al abundante número de sillas que se movían solas y de platos que volaban repentinamente por los aires en aquellas lúgubres tierras, cualquier explicación podía ser tan legítima o más que la absurda creencia de que la mitad de los espíritus de Inglaterra habían escogido aquella desolada región como destino vacacional.

Wells dejó de leer. Había empezado a sentir un vacío en el estómago. ¿No era demasiada casualidad que, justamente aquella mañana, la prensa hubiese rescatado aquella frase de su novela para titular un artículo que hablaba del lugar al que pensaban ir de excursión? Aunque lo intentara, no podía ignorar aquella azarosa conjunción de elementos. ¡Pero si hasta algunos de los espeluznantes fenómenos que se mencionaban habían sucedido en Brook Manor, la primera de las casas que iban a visitar! Los lugareños aseguraban haber visto la luz de un candil vagando como una luciérnaga revoltosa de una ventana a otra de la casa, supuestamente vacía, y varios de los guardeses que habían desfilado por la propiedad habían renunciado a su cargo a causa del insoportable y constante ruido de voces, pisadas y aullidos que recorrían día y noche los tenebrosos pasillos de la mansión.

¿Y aquella era la casa que se disponían a visitar dentro de pocas horas?, pensó Wells atemorizado, no por aquellas viejas historias de fantasmas que poco le afectaban, sino por el pavoroso mensaje cifrado que solía intuir en cualquier casualidad. ¿Por qué habían publicado ese artículo justo aquel día, y no ayer o mañana? ¿Se hallaba ante alguna advertencia oculta? Quizá no fuese una buena idea dirigirse hacia la guarida donde, tras escapar de las páginas en las que él la había encerrado, parecía ocultarse su atormentada creación...

Trató de embridar su febril imaginación con el objeto de recuperar la cordura perdida. De acuerdo, se dijo, no le sentaba nada bien que alguien difuminara las fronteras entre sus novelas y el mundo real, aunque lo hiciera medio en broma, pero no se trataba de una reacción pueril, sino de una aprensión lógica, pues siempre que eso había sucedido, su vida había resultado afectada de alguna u otra forma. Tras escribir *La máquina del tiempo*, la aparición de Viajes Temporales Murray le había reportado, aparte de numerosos quebraderos de cabeza, un enemigo acérrimo. Aunque, por otro lado, la reproducción de la invasión marciana de *La guerra de los mundos* había convertido a aquel enemigo en uno de sus mejores amigos. Se preguntó qué le depararía un posible encuentro con el hombre invisible de su novela. ¿Una nueva mascota? ¿Que Jane le diera trillizos? Resultaba difícil de imaginar.

Ni siquiera había tenido tiempo de reírse de su propia broma cuando oyó el rumor de cascos que anunciaba la llegada del carruaje con la pomposa «G». A través de la ventana de la cocina, vio a Doyle apearse del coche, y luego contempló con fastidio cómo ayudaba a bajar a la señorita Jean Leckie. Aquello terminó de redondear su mal humor. No es que Wells tuviera algo en contra de la muchacha, que poseía ese tipo de belleza exquisita y etérea —ojos verde avellana, cabello rubio oscuro, figura pequeña y esbelta— propio de las ilustraciones de hadas que tanto agradaban a Doyle. Más bien todo lo contrario: apreciaba su sagaz inteligencia y su franco sentido del humor; de hecho, ambas parejas procuraban coincidir siempre que tenían ocasión desde que Doyle y Jean se dejaban ver en sociedad —aunque hasta entonces la muchacha siempre había aparecido escoltada por su hermano Malcolm o por alguna otra carabina, para guardar las apariencias—. Sin embargo, aunque le cayera bien, Wells veía su presencia aquella mañana como una molestia para sus planes, y maldijo en silencio a Doyle por haberla invitado. Conocía sobradamente al escocés como para saber que, ante su amiga, no admitiría ninguna recomendación por parte de nadie sobre cómo debía tratar al impertinente Montgomery Gilmore.

Y lo cierto era que no se había equivocado. Durante el largo viaje a Dartmoor, Wells había intentado sacar el tema en varias ocasiones, pero todas habían fracasado estrepitosamente. Por suerte, Jane había conseguido relajar el ambiente preguntando a Doyle por el encuentro que había disputado hacía unos días en Lord's con el Marylebone Cricket Club, un partido mítico del que todo el mundo hablaba, y Doyle se había entregado a tejer aquella interminable crónica sobre bates que golpeaban pelotas siguiendo unas caprichosas reglas que solo él parecía entender. Para colmo, circulaban a una velocidad tan ridículamente lenta que Wells pensó que en cualquier momento el cuerpo dormido del cochero caería desde el pescante.

Abatido, se desentendió de las hazañas de Doyle y echó un vistazo por la ventanilla. Aunque todavía atravesaban una hermosa campiña y el camino estaba flanqueado de verdes pastos y mullidos bosques entre los que despuntaban primorosas casitas tapizadas de hiedra, Wells tuvo la impresión de que una especie de tristeza empezaba a embargar el paisaje: como una tormenta, el páramo anunciaba su proximidad. Si apoyaba la frente en la ventanilla, podía ver a lo lejos una siniestra formación de colinas recortándose contra un cielo tan oscuro que parecía una ciénaga. Y aquel tenebroso feudo de melancolía era su destino... Ya no tenía dudas: aquel iba a resultar un día espantoso.

Al cabo de media hora de atravesar caminos constreñidos por robles y abetos cada vez más siniestros, el carruaje alcanzó la cima de una pequeña loma, y allí se detuvo, exhausto. Doyle interrumpió al fin su eterna crónica, y todos se asomaron a las ventanillas. El terreno se abría en una profunda depresión en forma de copa, y ante ellos, como una alfombra raída, se extendía el fantasmagórico páramo. Parecía una superficie yerma e infinita en la que apenas se apreciaban tres o cuatro construcciones desperdigadas, separadas unas de otras por grandes distancias, y salpicada aquí y allá por rojizos coágulos de rocas y algún que otro árbol retorcido al que el viento imponía un cabeceo torturado. El páramo era la soledad hecha tierra, podía decirse. La muerte había extendido allí su manto, y vagaba desnuda y salvaje por el mundo.

—Brook Manor —dijo el cochero en tono sombrío, señalando con el látigo la primera de las casas.

Descendieron hacia la mansión en un lúgubre silencio, roto únicamente por el rumor de los cascos y el rechinar de las ruedas, mientras contemplaban cómo se erguía ante ellos su maciza silueta: una imponente mole de piedra de la que se elevaban hacia el oscuro cielo dos torres almenadas gemelas. A su derecha, desollado y onírico, se extendía el páramo, punteado en la lejanía por lo que parecía una pequeña aldea y un par de granjas. Wells recordó que, a cuatro o cinco millas de allí, se encontraba la prisión de Princetown, célebre por su dureza. Un par de minutos después, el carruaje se detuvo ante la espectacular cancela de la mansión, un delirio de hierro forjado moteado de herrumbre y flanqueado por dos desgastados pilares de piedra.

Animados ante la perspectiva de aquella primera distracción, el grupo bajó del coche con la intención de echar un vistazo y estirar las piernas, pero en cuanto pusieron un pie en el suelo, los embistió una helada ráfaga de viento que los obligó a arrebujarse en sus capas y abrigos. Tiritando, se acercaron a la verja y contemplaron sobrecogidos la larga avenida festoneada de árboles que se desplegaba tras los barrotes, en cuyo extremo, amortajada en una crisálida de niebla, se adivinaba la mansión. Parecía palpitar lentamente, como una criatura maligna que un oscuro maleficio hubiera devuelto a la vida. Durante varios segundos, todos permanecieron en silencio, agarrados a los barrotes de la verja como si aquel lóbrego corredor amenazara con aspirar sus almas. El viento arremetía contra ellos, tironeaba de sus ropas y barría la avenida, convirtiendo la hojarasca que cubría el camino en una enloquecida bandada de cuervos.

—Si el diablo deseara inmiscuirse en los asuntos humanos, no podría encontrar escenario mejor —susurró Wells.

—¡Una afirmación con la que no podría estar más de acuerdo! —bramó Doyle, volviéndose hacia él—. Confiésalo, George: a pesar de todo tu escepticismo, si en este momento un perro espantoso apareciera por esa avenida y corriera hacia nosotros con las fauces abiertas, pensarías que proviene directamente del mismísimo infierno.

—Supongo que sí...

El escritor escudriñó con aprensión la avenida, y le vino a la mente el peludo y enorme Black Shuck, el perro de la famosa leyenda de Norfolk, cuya salvaje mirada causaba la muerte. Murray iba a tener que gastarse una fortuna en bombillas eléctricas si quería que él fuera a visitarlo a aquella horrenda casa.

—Pues si yo viera correr a un maldito perro hacia mí, y perdonen que me meta donde no me llaman —dijo el cochero, que había bajado del pescante y se había acercado sigilosamente a ellos—, lo que menos me importaría es saber de qué mundo viene. Les aseguro que huiría como alma que lleva el diablo hacia cualquier puerta que pudiera separarme de él.

Todos miraron al cochero un tanto desconcertados.

—¿No le gustan a usted los perros? —preguntó Jean con amabilidad.

El anciano negó con vigor.

—Los odio, señorita Leckie, no se imagina cuánto. Me temo que quienes fuimos mordidos de niños por un animal tan traicionero nunca volveremos a confiar en uno.

—Es cierto que mucha gente les tiene aversión —medió Jane, dedicándole una sonrisa comprensiva al anciano—, pero no me negará que hay razas absolutamente adorables e inofensivas.

El anciano observó a Jane en silencio durante unos instantes, sonriéndole con un extraño afecto.

—Todas tienen dientes, señora Wells —objetó riendo.

—En eso tiene razón —le respondió ella, uniéndose a su risa.

—¡Hace demasiado frío aquí fuera! —gruñó entonces Wells, molesto ante la complicidad que su esposa mostraba con el cochero. De pronto, se preguntó qué demonios hacían en mitad de aquel horrible páramo, padeciendo un frío tan espantoso y hablando con el anciano sobre su terror a los perros—. Creo que sería mejor que esperásemos dentro del carruaje a Emma y a Montgomery.

Todos expresaron su conformidad y, arrebujándose de nuevo en sus abrigos, buscaron el cobijo del coche.

—Yo odio a los perros y usted odia las escaleras de la Pañería de Edwin Hyde, ¿verdad? —le susurró el cochero cuando Wells pasó a su lado.

El escritor lo miró boquiabierto mientras intentaba recordar cuándo le había contado al cochero que de joven se había caído por las escaleras de aquella pañería de Southsea. El anciano sonrió para sí, señalándose el lugar de la barbilla donde Wells tenía la pequeña cicatriz. En ese momento, un sonido estridente en la cima de la colina atrajo todas las miradas. Resplandeciendo a través de la niebla, una extravagante máquina rodante descendía hacia ellos a una velocidad estremecedora mientras los saludaba con una especie de bramido que resonaba a lo largo y ancho del páramo, compitiendo con el aullido del viento.

XVI

Cuando la puerta se cerró pesadamente a sus espaldas, las paredes del inmenso vestíbulo acunaron el eco del portazo durante varios minutos, y el pequeño grupo que había osado perturbar la soledad de aquel lugar se arracimó aún más. Todos miraron con inquietud a su alrededor, impresionados por la tristeza de mil inviernos que teñía aquellos muros asfixiados de armas y blasones. Murray, quien por haber organizado aquella expedición a lo más hondo de las tinieblas se sentía también responsable del estado de ánimo de sus miembros, se decidió a romper el silencio:

—Aquí, aquí y aquí instalaré un puñado de bombillas eléctricas Edison —dijo con resolución, señalando al azar algunos puntos de la oscuridad—. También tiraré todos esos escudos y armas, y colocaré hermosos cuadros...

—¿Tirar esas armas? —Doyle se escandalizó—. Eso sería una locura, Gilmore. Se trata de una colección digna de un caballero medieval. ¡Mire esta maza, por ejemplo! —Señaló un palo rematado por una enorme bola erizada de púas, medio devorada por la herrumbre, que colgaba de una de las paredes—. Es un arma ideada para el combate cuerpo a cuerpo, tan noble como la espada, aunque evidentemente requiere menos habilidad y más fuerza bruta. ¿Y qué me dice de esta ballesta? Yo diría que es del siglo XIX. —Se refería a un artilugio de madera, posado sobre el muro como una libélula monstruosa—. Aunque la verdad es que las ballestas siempre me han parecido armas despreciables, capaces de permitir que cualquier plebeyo mate desde la distancia a un caballero instruido en el arte de la guerra. Con ella no demuestras tu hombría, sino solo tu puntería. Por no mencionar que es tan complicado cargarlas que en las guerras el ballestero necesitaba a su lado un escudero para que le protegiera mientras recargaba el maldito chisme.

Acto seguido, el escocés empezó una demostración práctica de cómo se cargaba aquel trasto, acompañando la lección con las correspondientes explicaciones. Murray le interrumpió antes de que todos empezaran a bostezar:

—Celebro que encuentre tan interesantes todas estas armas, Doyle. Sin embargo, para mí no hacen sino ilustrar la inventiva del hombre para matar a sus semejantes, y en cuanto pueda me desharé de ellas —repuso, fingiendo unos escrúpulos que no tenía, o al menos nunca había tenido en su otra vida, pensó Wells, donde sin duda habría manejado armas con soltura—. En su lugar colgaré unos cuantos cuadros de Leighton. ¿Qué te parece, Emma?

Tomó a su prometida del brazo y, sin ofrecerle al escocés la oportunidad de responderle, emprendió el recorrido por su recién adquirida propiedad mientras parloteaba sobre las múltiples reformas que tenía pensadas. A los demás no les quedó más opción que seguir a la pareja.

Del vestíbulo pasaron a un gran salón que se les antojó algo más acogedor gracias a la majestuosa chimenea que bostezaba en una esquina y a los amplios ventanales de vidrios coloreados que, aunque aquel día destilaban una luz melancólica y grisácea, prometían arcoíris los días de sol, si es que los había allí. Sin embargo, las vigas de roble del techo, ennegrecidas por el humo, recordaban demasiado el oscuro cielo que se cernía sobre el páramo, y de las paredes colgaban docenas de cabezas de ciervo que parecían vigilar el paso del grupo con sus vidriosos ojos manchados de muerte. Del salón accedieron a un vasto comedor, que no supuso ninguna mejora respecto a la lúgubre atmósfera que se remansaba en toda la casa como agua sucia en una bañera; todo lo contrario: era un lugar sin ventanas donde se amontonaban las tinieblas, y despedía un fuerte olor a moho y desesperanza. Cuando Murray encendió una de las pocas lámparas que había allí y la colocó sobre la larga mesa del centro, esta apenas derramó un roñoso goterón de luz sobre la polvorienta madera. Aun así, resultó suficiente para distinguir, a través de la maleza de sombras que los rodeaba, un corro de pálidos espectros acechándolos. Tras el susto inicial, Murray levantó la lámpara y se acercó a una de las paredes. Un suspiro de alivio recorrió al grupo cuando comprobaron que aquellos rostros fantasmales pertenecían a una hilera de retratos, probablemente los antepasados de los Cabell. Si uno los miraba de izquierda a derecha, aquellos caballeros, con sus miradas severas o estoicas, sustituían la casaca por la levita isabelina, y esta por los sobrios pañuelos de los dandis de la Regencia, ilustrando el paso del tiempo de una manera más amena de lo que podrían hacerlo los anillos de un árbol. Aparte de la docena de retratos, en la pared había una segunda puerta que se abría justo enfrente de la que habían usado para entrar, algunos sables cruzados sobre escudos moteados de óxido, un par de tapices desteñidos que mostraban enrevesados dramas mitológicos y un gigantesco espejo que encerraba toda la habitación en una barroca filigrana de oro.

—Cielos... —murmuró Doyle señalando hacia los retratos—. Creo que sería incapaz de cenar tranquilo en semejante compañía.

Ignorando el comentario del escocés, Murray comenzó a rodear la mesa mientras se frotaba las manos con entusiasmo.

—¿Te imaginas, Emma, lo hermosa que quedará esta habitación cuando... —miró a su alrededor, intentando imaginar qué clase de reforma sería precisa para dotarla milagrosamente de hermosura— cuando la cambiemos por completo?

—Pues a mí me parece encantadora tal y como está, Monty —replicó Emma riendo—. ¿Por qué cambiar nada? Es perfecta... Si no consigues vender la casa, podríamos usarla para organizar veladas. Invitaríamos a todos aquellos que no soportamos, les obligaríamos a permanecer en este comedor durante largas e interminables cenas, y por las noches, mientras durmieran, arrastraríamos cadenas por los pasillos y aullaríamos pavorosamente. De esa manera nos aseguraríamos de que nunca más aceptaran ninguna invitación nuestra, y nosotros tampoco tendríamos que aceptar las suyas, en el caso de que después de una experiencia así siguieran enviándonoslas.

—Oh, es una idea brillante, querida —observó Murray, maravillado.

—La verdad es que no estaría mal disponer de un lugar para tal fin —convino Wells, a quien se le ocurrían decenas de personas a las que invitar a tales cenas.

—Entonces quizá no haga ninguna reforma, ni la venda —añadió Murray de buen humor—. Bien mirado, a esta mansión se le pueden dar innumerables usos tal y como está. Incluso... —sonrió con malicia— podríamos alquilarla para realizar sesiones de espiritismo.

—Monty, no empieces otra vez con... —dijo Emma, poniéndose repentinamente seria.

—Pero, querida, ¡fíjate qué *atmósfera*! —la interrumpió Murray, señalando a su alrededor con gesto de fingida admiración—. Me imagino que esto es lo que el señor Doyle llamó... ¿Cómo era? ¿«Atmósferas propicias para la sugestión»?

Doyle se limitó a mirarle con gesto torvo.

—¡Oh, sí! —Murray abrió los brazos, como si quisiera amasar toda aquella oscuridad con sus manazas—. Creo que acabo de encontrar otro gran negocio. Cualquier médium pagaría gustoso lo que le pidiéramos para celebrar aquí sus sesiones. Con una atmósfera tan *propicia* como esta, casi no haría falta que realizaran ninguno de sus habituales trucos...

—Monty, ya basta —le regañó Emma—. Arthur, le ruego que nos disculpe otra vez. En ningún momento hemos pretendido ofenderle burlándonos de sus creencias, solo estábamos bromeando. —Miró con severidad a Murray—. ¿No es cierto, querido?

—Claro, tan solo era una inocente broma, Doyle —confirmó el millonario encogiéndose de hombros.

—Le agradezco su preocupación, señorita Harlow —dijo el escocés, ignorando a Murray para dirigirse a su prometida con dolido orgullo—. Como ya les dije cuando nos conocimos, sé valorar una buena broma.

—Oh, estoy segura de que sabe —respondió la muchacha, sin aclarar tampoco si el comentario de Murray merecía aquel rango—. Aunque, hablando de atmósferas lúgubres, hay que reconocer que la de esta casa resulta sin duda inquietante.

—Pues yo no estoy en absoluto inquieto —intervino Murray.

—Vamos, Monty —dijo Wells, rogando para que Murray y Doyle no se enzarzaran en otra desagradable discusión—, debes reconocer que este lugar provoca escalofríos.

—Obviamente, este sitio está infectado de energías que no comprendemos —sentenció Doyle con aires de entendido, paseando lentamente la mirada por la habitación—. Todos las percibimos, aunque algunos no se atrevan a reconocerlo.

—¿Quién no se atreve a reconocerlo? —preguntó Murray.

—Tú, querido —respondió Emma—. *Elemental.*

—¿Ah, sí? ¿Y qué se supone que he de percibir?, ¿que las almas de esta simpática *troupe* están ahora mismo aquí, vigilándonos para que no nos burlemos de sus bigotes? —se defendió Murray, señalando los cuadros.

—Yo no he dicho eso, querido —respondió Emma sin perder la calma—. Pero al igual que Arthur, también creo que hay algo en esta casa que nuestros sentidos perciben y no saben descifrar. Tal vez no sean las almas de los difuntos, o al menos la idea que tenemos de las almas. Pero quizá todo lo que estas personas han vivido —señaló los retratos que colgaban a lo largo de las paredes mientras giraba lentamente sobre sí misma—, todo lo que han sufrido y amado, les haya sobrevivido de algún modo... —Se acercó a la mesa y acarició distraída el respaldo de una de las sillas mientras continuaba hablando con aire soñador—. Imaginen las incontables escenas que han sucedido en este comedor: las cenas, los dramas familiares, los anuncios de guerras, las noticias felices... Quizá todo eso siga aquí, sucediendo eternamente, vibrando de alguna forma en el aire, aunque ya no seamos capaces de verlo ni de oírlo porque nuestras mentes perciben solo el presente... Puede que existan algunos lugares, como este, que se comporten como los remansos de un río, donde el flujo del tiempo se estanque y las vivencias se superpongan a lo largo de los siglos, formando un único e intrincado presente, y esa... sedimentación existencial, por llamarla de alguna forma, sea lo que ahora percibimos. George, tal vez el escalofrío que has sufrido se deba a que en ese instante has sido atravesado por un mayordomo que portaba una bandeja con copas. —Wells la miró sobresaltado y dio un discreto pasito hacia un lado—. Y tú, Jane, quizá ahora mismo te encuentras en medio del cruce de miradas de dos rivales que se batirán en duelo al amanecer. Y en esta silla sobre la que yo me apoyo, tal vez esté sentado un enamorado que acaricia el pie de su amada por debajo de la mesa, mientras ella dibuja las iniciales de ambos con el dedo sobre el mantel.

Mientras hablaba, Emma escribió una «M» y una «E» sobre el polvo con su delgado índice. Luego contempló las dos letras con una sonrisa pensativa —quizá preguntándose si al cabo de cien años, cuando aquellas letras hubieran desaparecido, y ella también, algún visitante la percibiría en aquel gesto—, hasta que advirtió que todos aguardaban en silencio. Levantó la mirada mientras un adorable rubor teñía sus mejillas.

—Oh, les ruego que me perdonen por estas absurdas divagaciones. He nacido en una nación joven cuyas piedras carecen de memoria, por lo que los lugares como este me parecen llenos de magia...

—No te disculpes, querida —dijo Jane—. Ha sido una exposición realmente hermosa.

Todos lo corroboraron, excepto Murray, que se limitó a mirarla con adoración.

—Y no solo eso —intervino Doyle con entusiasmo—. Ha sido una bonita manera de expresar lo que yo siempre he dicho: que algo de nosotros ha de sobrevivir a la muerte de nuestros cuerpos. ¿Y por qué no? Tal vez la muerte no consista más que en la repetición de nuestras existencias en un plano superior, una especie de hipercubo de Hinton donde vivimos todos los instantes de nuestra existencia al mismo tiempo... Al fin y al cabo, los médiums nos han transmitido numerosos testimonios de espíritus que describen el más allá como copias exactas de sus antiguas vidas.

—Creo que no ha comprendido ni una sola palabra de lo que mi prometida ha dicho, Doyle —dijo Murray.

—Por supuesto que sí —repuso indignado el escocés—. Únicamente digo que hay muchas formas de expresar un mismo concepto. Algo perdura más allá de nosotros, de nuestra voluntad, de nuestra percepción del tiempo y del espacio, o lo que es lo mismo, de nuestra muerte. Aunque nuestros cuerpos desaparezcan, algo de nosotros sigue existiendo para siempre. Y estoy totalmente de acuerdo con usted, Emma, en que debe de haber lugares, y por supuesto también personas, que son capaces de canalizar toda esa energía. Tal vez esta casa sea uno de esos lugares, pues es indudable que ahora mismo todos estamos sintiendo algo. Usted lo siente, Emma, y George y yo lo sentimos. Y tú también, Jean, ¿no es cierto?

La joven asintió con una mueca que reflejaba su desasosiego.

—Será la humedad —dijo Murray, mientras arrugaba la nariz y dirigía la mirada al techo.

—Oh, Monty, eres incorregible —se desesperó Emma—. Te prometo que si muero antes que tú, vendré a atormentarte cada maldita noche.

—Pues tendrás que buscar algún *canal adecuado* —le recordó su prometido con una sonrisa.

—Bueno —repuso ella—, con toda tu fortuna, doy por supuesto que contratarías al mejor de los médiums.

—No te quepa la menor duda, querida.

Los ojos de ella brillaron divertidos.

—Pero quiero que la sesión se celebre aquí —exigió Emma, dando una patadita en el suelo—. ¡Si fuera un espíritu, este sería el único lugar donde podría aparecerme! ¡Es tan adorablemente siniestro!

—Como siempre, querida, haces gala de un gusto exquisito para...

Temiendo que la pareja se embarcara en una de esas

conversaciones que provocaban vergüenza ajena, Jane se apresuró a interrumpirles preguntándole a Murray si lo de la humedad era cierto.

—Me temo que sí, querida —respondió el millonario—. Hemos encontrado graves problemas de humedad por toda la casa, algunos suelos están casi podridos, pero nada que no se pueda arreglar.

Tras decir aquello, con una señal de la mano invitó al grupo a seguirlo hacia la segunda de las puertas. Lanzando un suspiro, Wells se sumó a los demás, pero una enorme telaraña que colgaba del techo se le enredó en el cabello, obligándole a sacudírsela con ademanes nerviosos. Temiendo que el animalillo que había tejido aquella colosal red tuviera un tamaño proporcional a su hazaña arquitectónica y estuviera en aquel instante correteando por su espalda, se acercó al espejo de la pared y, mediante arriesgadas contorsiones, se entregó al escrupuloso escrutinio de su persona. Fue entonces cuando algo que vio reflejado en el vidrio le hizo detenerse. Reproducida en el espejo se veía la imagen del grupo saliendo del comedor, pero no por la puerta por la que lo estaba haciendo en la realidad, sino por la que habían entrado varios minutos antes y que se encontraba justo enfrente. Wells se volvió y su estupefacción no hizo sino aumentar. Allí seguían todos, atravesando la segunda puerta, con Murray a la cabeza parloteando sobre los distintos tratamientos que existían contra la humedad, seguido de Emma y Jane, que parecían escucharlo con atención, y detrás de ellos, Jean y Doyle, quien en ese momento desovaba en el oído de la mujer un comentario que le arrancaba una suave risita. Wells volvió a mirar el espejo, y sintió cómo el corazón se le encasquillaba. Allí también estaba el grupo, fielmente reflejado, pero cruzando la puerta equivocada. Sin poder dar crédito a lo que veía, giró la cabeza una y otra vez, contemplando cómo en cada mundo, el real y el reflejado, sus amigos abandonaban el comedor por una puerta distinta.

Cuando todos hubieron salido, Wells permaneció mudo ante el espejo, que ahora mostraba una habitación vacía en la que solo había un hombre aterrorizado. Se dio la vuelta y, a pesar de que las voces de sus amigos le llegaban con claridad desde la puerta por la que acababan de salir en el mundo real, corrió hacia la que habían traspasado en el espejo. Como era de esperar, el salón de la gran chimenea estaba vacío. Durante unos segundos, Wells se limitó a observar tontamente las cabezas de ciervo que colgaban de las paredes, mirándose unas a otras con la expresión alelada de las visitas que ya han agotado todos los temas de conversación. Luego corrió a la otra puerta, que daba al inmenso vestíbulo, y allí descubrió al grupo, subiendo a la planta superior por las espectaculares escaleras de mármol que había al fondo. Wells abrió la boca para llamarlos, pero la volvió a cerrar de inmediato. ¿Qué demonios iba a decirles?

Corrió de nuevo al espejo. Intentando pensar con lógica, se dijo que debía de haber sido víctima de algún extraño efecto óptico provocado por su posición, o por alguna cualidad deformante del cristal. Durante varios minutos estudió desde todos los ángulos posibles la luna y el marco dorado que la cercaba. Incluso tiró ligeramente del espejo para separarlo del muro y examinarlo por detrás, sin encontrar tras él otra cosa que el propio muro. Volvió a situarse delante del azogue y escudriñó el comedor vacío que reproducía el cristal, en apariencia idéntico al real: los mismos retratos colgados de las paredes, las mismas espadas cruzadas, la misma lámpara derramando su tembloroso charco de luz sobre la polvorienta mesa... ¡La polvorienta mesa...! Wells contuvo la respiración. Apoyó sus manos en el cristal y se acercó a él con los ojos entornados, hasta que la punta de su nariz casi lo tocó.

En el lugar exacto donde Emma había escrito las dos iniciales, el polvo reflejado de la mesa reflejada estaba intacto. Wells miró por encima de un hombro y, a pesar de la penumbra, pudo verlas: allí estaban, iluminadas por la luz de la lámpara, una «M» y una «E», esbozadas en la gruesa capa del polvo real. Claro, ¿por qué no iban a estar allí? En la habitación no había nadie más que él, y las letras no podían borrarse solas. Wells volvió a mirar el cristal, y comprobó de nuevo que el espejo no las reflejaba. Empezó a marearse. ¿Seguiría tratándose de un efecto óptico que no alcanzaba a comprender? Golpeó un par de veces la fría superficie con las palmas abiertas, suavemente, como si solo quisiera constatar que existía, que poseía la consistencia de los objetos reales, que no era el fruto de una alucinación. Y entonces reparó en que su reflejo carecía de la pequeña cicatriz de la barbilla que tanto le acomplejaba. Mientras se observaba lleno de estupefacción, sintió cómo el terror más absoluto reptaba por su columna y se le escurría por la base del cráneo como una serpiente voraz, dispuesta a alimentarse de su cordura. Porque ya no había explicación posible para aquel disparate, excepto la locura. Sus dedos palparon la conocida textura rugosa de la cicatriz, mientras su reflejo acariciaba la piel intacta con la misma expresión de terror que él debía de tener.

Wells trastabilló hacia atrás, y su reflejo lo imitó, ambos cubriéndose la barbilla con la mano. Y entonces, cuando estaba a punto de empezar a gritar, la luz de la habitación cambió. Wells miró a su alrededor, desorientado, intentando discernir la naturaleza de aquel cambio, pues no se trataba de que hubiera más o menos luz, sino de una sutil variación en la calidad de la misma que hacía que todo pareciera de repente menos aterrador. Volvió a acercarse al espejo aguantando la respiración, y el Wells que vivía en el espejo le contempló con la misma expectación, los mismos ojos desencajados, la misma tensión en el cuerpo... y la misma cicatriz en la barbilla.

El escritor exhaló el aire retenido mientras una creciente paz le aflojaba el cuerpo. Luego descubrió en el espejo las letras que Emma había escrito en el polvo, y le entraron ganas de reír, pero se contuvo por temor a sucumbir a una risa histérica. La sensación de normalidad era tan abrumadora que se sintió algo ridículo por el terror que había mostrado ante un inofensivo efecto lumínico. ¿Cómo era posible que la atmósfera de aquel lugar hubiera llegado a sugestionarle hasta tal punto? Permaneció un largo instante ante el espejo, mirando su rostro desde todos los ángulos posibles, pero la alucinación no volvió a repetirse. Al rato comprendió que no podía permanecer allí eternamente, viendo envejecer a su reflejo, y decidió buscar a sus amigos.

Salió al gran hall por la misma puerta que los otros habían usado, intentando tranquilizarse sobre lo que acababa de ver, y subió la escalinata de mármol que conducía a la planta superior hasta alcanzar una especie de galería que, como una balconada interior, se asomaba al vestíbulo desde ambos lados de la escalera. Frente a ella había una gran cristalera que enmarcaba un cielo de lana sucia, y de cada lado partían dos largos corredores. Sin saber cuál tomar, Wells aguzó el oído en busca de alguna voz que le indicara dónde se hallaba el grupo, pero lo envolvía un silencio denso, tan solo punteado por los ocasionales crujidos con que la madera anunciaba su senectud. Decidió entonces acercarse al ventanal, por si algo allí afuera pudiera orientarlo.

La cristalera ofrecía una majestuosa vista del páramo, que rumiaba su melancolía bajo una luz cenicienta. A lo lejos, tras una franja de rocas y brezales, se adivinaba la ciénaga en la que Wells había oído que se habían hundido varios desdichados ponis, y más allá aún, espolvoreados sobre las ondulantes colinas, se distinguían algunos menhires, chozas de piedra y otras reliquias de los antiguos bretones. Al mirar hacia abajo, comprobó que se hallaba encima de la rotonda donde habían estacionado los coches, y observó la lúgubre avenida por la que habían llegado, custodiada por la doble hilera de árboles cuyas copas el viento continuaba manoseando con lascivia. Levantó la vista, y sobre la cima dentada de un risco, recortada contra el cielo como si fuese una estatua sobre un pedestal, distinguió una figura oscura y siniestra. Se trataba de un hombre de gran estatura que, apoyado en un bastón —o tal vez fuese un fusil, estaba demasiado lejos para discernirlo—, parecía vigilar el páramo como si este, y cualquier alma que se atreviera a internarse en él, le pertenecieran. Estaba embozado en una larguísima capa que el viento hacía ondear a su espalda, de modo que su cuerpo parecía estar dotado de alas gigantescas, y se cubría la cabeza con un sombrero de ala ancha. Todo en ella le resultaba tan familiar que Wells no pudo más que observarla atónito, hasta que lo distrajo una curiosa escena que estaba sucediendo bajo la ventana.

El cochero de Murray se encontraba en la rotonda, y su comportamiento resultaba aún más extraño e inquietante de lo habitual: acuclillado detrás del carruaje del millonario y asomando la cabeza, parecía acechar al vigilante del páramo al tiempo que intentaba esconderse de él. Estupefacto, Wells observó cómo el anciano, tras varias miradas nerviosas y encorvando al máximo su ya vencida espalda, se dirigía hacia el Mercedes, se escondía tras él y volvía a realizar el mismo ritual. Le entraron ganas de abrir la ventana y preguntarle a gritos qué demonios estaba haciendo, solo por el morboso placer de poner a prueba su corazón, pero en ese instante una manaza cayó bruscamente sobre su hombro, como si quisiera comprobar el aguante del suyo.

—¡George! ¿Dónde demonios te habías metido?

Wells, con la mano en el pecho y súbitamente pálido, se volvió para encarar a Murray.

—Dios mío, Monty, ¿pretendes matarme de un susto?

—¿Estás de broma? ¡El susto nos lo hemos llevado nosotros al descubrir que habías desaparecido!

—Pues habéis tardado bastante... —rezongó el escritor.

—¡Pero si llevo un buen rato buscándote por toda la casa! Doyle estaba convencido de que una fuerza maléfica te había retenido en algún lugar, así que me envió a buscarte mientras él se quedaba protegiendo a las damas en la galería norte. Dios santo, ha conseguido poner nerviosa incluso a Emma. Pero ¿se puede saber dónde estabas?

—Yo, bueno... —Wells dudó si contarle el episodio del espejo, a riesgo de quedar como un loco o un estúpido, o dejarlo correr—. ¿Dónde iba a estar? —resolvió preguntar—. Aquí, observando a tu cochero. Monty, te lo he dicho muchas veces: hay algo muy extraño en el comportamiento de ese anciano. Y aquí tienes otro ejemplo. —Señaló la ventana—. Compruébalo tú mismo. En mi opinión, u oculta algo o está rematadamente loco.

Murray echó una ojeada al exterior.

—Yo no veo nada, George.

—¿Qué? —Wells lo imitó. El cochero había desaparecido, la rotonda volvía a estar desierta, y más allá, sobre el peñasco, tampoco se distinguía a nadie—. Bueno, pues estaba ahí abajo —farfulló indignado—, y parecía esconderse de una extraña figura que había sobre un risco del páramo. Una figura embozada en...

—¡Sí, todos la hemos visto! —le interrumpió Murray—. Doyle dijo que probablemente era uno de los guardias de Princetown. Por lo visto, cuando algún prisionero se escapa, es habitual verlos vigilando los caminos y las estaciones.

—Pues tu cochero no parece llevarse muy bien con los guardias de prisiones. ¿No te parece extraño eso?

Murray rio.

—¿Sospechas que es un fugitivo? Pobre hombre... ¡Pero si tiene más de ochenta años, George! Desde luego, cuando alguien te causa una mala impresión eres inmisericorde. ¿Qué debería hacer mi malvado cochero para que le dieras una segunda oportunidad? —Sonrió con sorna—. ¿Salvarle la vida a Jane?

—No bromees con eso, Monty. Aunque... hablando de malas impresiones... —apuntó Wells, comprendiendo que quizá aquella fuera la única oportunidad del día de hablar a solas con el millonario—. ¿Crees que podrías hacer un pequeño esfuerzo y darle *tú* una oportunidad a Doyle? No sé si te has percatado de que no lleva nada bien tus bromas... ¡Y maldita sea, es mi amigo, Monty, y si te lo presenté fue porque se suponía que era uno de tus escritores favoritos! Pensé que os llevaríais bien. No entiendo ese afán tuyo por sacarle de quicio continuamente.

—¡Yo no hago eso! —se defendió el millonario—. Al menos, no a propósito. Te juro que jamás he conocido a ningún hombre más susceptible que él. Excluyéndote a ti, naturalmente.

—Tú mismo, Monty. Pero ten en cuenta que Doyle zarpará hacia la guerra de África en cuestión de semanas...

—¿Ha conseguido alistarse? ¡Pero si ya no es ningún jovencito!

—No, pero un amigo lo ha admitido como médico auxiliar en su hospital y pronto se irá. Así que deberías ser más amable con él, ¿no te parece? Ya sabes, quienes van a la guerra no siempre vuelven...

—Oh, estoy seguro de que Doyle es de los que vuelven. Y si no lo hace en persona, seguro que lo hará convertido en un ectoplasma gruñón —bromeó Murray—. Pero está bien, George. Intentaré ser un poco más amable con nuestro quisquilloso amigo...

—No sé si «un poco» será suficiente, aunque imagino que no eres capaz de más... Pero dejemos eso —dijo Wells, y bajando la voz, añadió—: ¿Qué hay de lo otro?

—¿De lo otro?

—Lo de... Emma y tú, ya sabes.

—¿La boda? Oh, todo marcha estupendamente. Creo que el primer ensayo está previsto para...

—¡No disimules conmigo, Monty! ¡Lo que quiero saber es si le has dicho ya a Emma que eres el Dueño del Tiempo! —estalló Wells, zapateando en el suelo con furia.

Murray le observó un tanto alarmado.

—¿Te importaría escenificar tu disgusto de otra forma, George? El suelo de esta planta está medio podrido por la humedad. Otro golpe como ese y podríamos acabar en el comedor.

—¡No cambies de tema!

El millonario le sostuvo la mirada en silencio durante unos instantes, resopló por la nariz, y luego salió corriendo por el corredor de la derecha, dejando a Wells solo en la desolada galería. Tras un segundo de vacilación, el escritor lo siguió por el pasillo, cruzó la puerta por la que lo había visto escabullirse y fue a parar a un cuartito que al parecer los albañiles encargados de las reformas usaban de almacén, pues estaba atestado de sacos de yeso amontonados y herramientas desperdigadas por el suelo. Allí se encontraba el millonario, dando vueltas como un animal enjaulado. Wells observó con desagrado cómo a cada paso levantaba una nube harinosa que, tras formar graciosos remolinos en el aire, procedía a posarse sobre sus brillantes zapatos y su impoluto traje.

—Monty, ¿puedes parar un segundo? —exclamó, sacudiéndose las mangas de la chaqueta—. O pronto ni tú ni yo podremos respirar aquí. Y dime de una maldita vez si le has confesado a Emma tu secreto.

Murray se detuvo y le dedicó una mirada atribulada.

—Ya que sacas el tema, George... Lo cierto es que quería comentarte algo al respecto... —Guardó silencio. Se miraba las manos como si llevara el discurso escrito en ellas.

Wells suspiró. Tal y como sospechaba, Murray todavía no le había dicho nada a Emma. Lo había intuido nada más ver a la pareja bajar del coche, y ahora el millonario acababa de confirmárselo. Bien, bien, se dijo. Murray todavía no había hecho nada irreparable, por lo que él aún podía desdecirse del consejo que le había dado. Acababa de encontrar la ocasión perfecta para hacerlo, y cuando lo hiciera, su atribulado espíritu volvería a encontrar la paz.

—He estado pensando mucho en el consejo que me diste —dijo al fin Murray, mientras Wells asentía con una sonrisa paternal—. De hecho, lo he sopesado detenidamente y he llegado a la conclusión de que..., eh... ¿Cómo decirlo sin que te ofendas...? —Murray buscó las palabras adecuadas, pero no las encontró—. Creo que es uno de los consejos más estúpidos que me han dado en toda mi vida.

La sonrisa de Wells se borró de su cara.

—¿Cómo dices?

—Digo que fue un consejo estúpido, George, y tú también estarás de acuerdo si lo piensas un poco. No te niego que hace dos años habría sido una gran idea contárselo todo, pero ahora... En fin, todos los matrimonios tienen sus secretos, ¿no? Mira a tu querido Doyle... ¡Incluso tú, George! Sí, tú tampoco te libras. Contestaste a mi carta, y aunque puedo llegar a comprender que no quieras reconocérmelo, me parece horrible que seas incapaz de confesarle la verdad a Jane... ¡A tu propia esposa, George! —Murray sacudió la cabeza para expresar su desaprobación—. Bien mirado, comparado con vosotros dos, creo que lo mío no es tan grave..., un pequeño secretillo de mi pasado que nada tiene que ver con el hombre que soy ahora. Así que no pienso contarle nada a Emma. —Murray cruzó los brazos sobre el pecho para mostrar la firmeza de su decisión—. Y nada de lo que digas, George, podrá hacerme cambiar de opinión.

Entonces Wells tomó aire y... ¡Ah, qué puedo decirles a ustedes que no sepan sobre la irresistible necesidad del hombre de reivindicar sus convicciones más falsas, antiguas y caducas cuando alguien las pone en duda! Estoy seguro de que en más de una ocasión se habrán sorprendido a sí mismos defendiendo posturas absurdas en las que ya no creían, por la única razón de que alguien les cuestionó la capacidad de hacerlo. Pues bien, eso fue lo que hizo Wells. Pero permítanme que les ahorre la larga y farragosa conversación que tuvo lugar a continuación, en la cual ambas partes esgrimieron argumentos de sobra conocidos para todo aquel que haya seguido con atención esta historia. Baste decir que Wells nunca estuvo tan brillante, lúcido y convincente en su discurso, tan implacable en sus razonamientos e incontestable en sus réplicas, como en ese debate sin testigos, improvisado en aquel cuartito. De modo que, para cuando oyeron los gritos de Doyle —quien, preocupado por la tardanza, había ido a buscarlos—, Murray salió de la habitación transformado en un hombre devastado otra vez por los remordimientos, más ansioso que nunca por enmendar cuanto antes el imperdonable pecado que pesaba sobre su alma, mientras que Wells lo hizo con el pecho henchido, victorioso y eufórico; al menos hasta el instante en que cobró conciencia de lo que había hecho.

Cuando el grupo se reunió en torno a los coches para organizar la partida hacia la segunda de las casas que tenían previsto visitar, el millonario se acercó a Doyle, deseoso de comenzar a cumplir las promesas que aquel día había hecho a Wells.

—Me alegro de que hayas disfrutado de la visita, Arthur —dijo sonriente, palmeando la espalda del escocés, que no pudo disimular su sorpresa ante aquel repentino interés del millonario por su bienestar—. Y dime, ¿no crees que la leyenda de los Cabell y su sabueso maldito sería una excelente idea para una novela?

—Tal vez —concedió a regañadientes Doyle.

—¡Sabía que estarías de acuerdo! —celebró Murray—. No en vano tenemos los mismos gustos literarios...

—Ya... Entonces, ¿por qué no la escribes tú?

—Lo haría. Pero piensa una cosa: ese sabueso espectral que describen los lugareños ha de tener forzosamente una explicación racional, y quién mejor para descubrirla que Sherlock Holmes, el paladín de la razón. Un caso de tintes sobrenaturales pondría en jaque la sagacidad del mejor detective de todos los tiempos, y de paso haría las delicias de todos sus seguidores, ¿no te parece? En fin, Arthur, aunque la idea sea mía, puedes usarla. Te la regalo. Solo tú, con tu inmenso talento, eres capaz de sacarle todo el partido que merece. Aunque para ello deberás rescatar primero al pobre Holmes del agua, ¿no crees? —Murray rio, y le propinó una nueva palmada—. Pero, bueno, eso ya te expliqué cómo hacerlo.

—Sí, lo recuerdo. Pero, como ya te dije, por mucho que te pese, Holmes yace en el fondo de las cataratas de Reichenbach, donde cayó junto al profesor Moriarty, de cuyo abrazo no pudo zafarse por no tener conocimientos de jiu-jitsu ni de wushu ni de...

—Claro, claro, eso es estupendo... —murmuró Murray, ya sin escucharle, pues acababa de ver a Emma esperándole en el Mercedes.

La muchacha se había sentado en el asiento del conductor y simulaba conducir. Murray tragó saliva. Estaba tan hermosa, confiaba tanto en él, y él iba a hacerle tanto daño...

—¡Montgomery! —aulló Wells a su lado—. ¿Me escuchas?

—¿Qué? —Murray parpadeó.

—Te estoy preguntando dónde se ha metido tu cochero —dijo el escritor, tratando de disimular su enojo.

Algo aturdido, el millonario echó un vistazo a su alrededor.

—Oh, pues... supongo que estará por alguna parte. En fin, a su edad no puede andar muy lejos...

—Tal vez haya regresado a su celda de Princetown... —apuntó Wells.

Murray suspiró.

—Oh, maldita sea. Voy a buscarlo. ¡Y no digas nada más, George! Te aseguro que no estoy de humor.

Wells resopló y entró en el carruaje, donde ya estaban acomodándose Doyle y las mujeres.

—Pero, querido, ¿por qué eres tan cabezota? —le estaba diciendo Jean al escocés—. La idea que te ha dado Montgomery es maravillosa.

—¿Tú crees? A mí me parece que no es para tanto.

—Oh, pero sería tan emocionante... ¡Una nueva aventura de Sherlock Holmes! —exclamó la mujer con entusiasmo—. Y tal vez podrías llamarla... *El sabueso maldito.*

—Querida, no insistas... —le pidió Doyle—. Además, ese es un título absolutamente espantoso.

—Bueno, pues... *¿El sabueso del páramo?*

—Te lo ruego, Jean, no sigas...

—*¿Un sabueso tras un sabueso?* —sugirió Wells.

—Muy gracioso, George —rezongó el escocés—. Muy gracioso.

—*¿El sabueso de los Cabell?* —propuso Jane.

Doyle se rindió y, suspirando, consideró la propuesta durante unos instantes.

—Hum, *El sabueso de los Cabell* no suena mal del todo. *El sabueso de los...*

—¡Baskerville! —El vozarrón de Murray retumbó como un trueno, obligando a los pasajeros del carruaje a dar un respingo.

—¿Y ahora qué demonios pasa? —saltó Wells, desesperado, asomándose por la ventanilla.

—¡Baskerville! —volvió a rugir Murray, llamando a su cochero como si este se encontrara a varios kilómetros de distancia, y justo en aquel momento el anciano apareció tras una de las esquinas del edificio—. ¡Maldita sea, Baskerville! —bramó—. ¿Dónde demonios estaba?

Wells observó con desagrado cómo el anciano se acercaba al carruaje con un lánguido trotecillo, sin dejar de dirigir fugaces miradas hacia el páramo. Dios, ¿es que a nadie salvo a él le parecía que aquel viejo ocultaba algo? De todos modos, gracias a la estúpida conversación que había mantenido con Murray en la habitación de los sacos de yeso, las rarezas del cochero volvían a ser la menor de sus preocupaciones. Se arrellanó en el asiento, enojado consigo mismo, triste, melancólico y deprimido, mientras el viejo se encaramaba al pescante, haciendo gala de una agilidad que nunca antes había demostrado. Las mujeres comenzaron una tranquila charla sobre las últimas revistas de moda que habían llegado desde París, y Doyle cerró los ojos. Wells se preguntó si el escocés estaría meditando sobre la idea de Murray de resucitar a Sherlock Holmes, aunque era mucho más probable que estuviera intentando sintonizar su alma con las energías que borboteaban en aquel lugar. Suspiró y dejó que su mirada vagara a través de la ventanilla mientras hacía balance de la excursión. Todo había salido mal, todo. Aunque al menos no había tenido que enfrentarse a ningún hombre invisible, se dijo, a modo de triste consuelo.

Tras la partida del carruaje, Murray tomó una honda

bocanada de aire y, apuntalándose una rígida sonrisa en los labios, se volvió para acercarse al coche donde Emma le esperaba.

—¡Quieto ahí, señor Gilmore! —le amenazó la muchacha con un dedito antes de que su prometido llegara hasta ella—. Usted va a sentarse en el asiento del copiloto, pues tengo el placer de comunicarle que la futura señora Gilmore será la encargada de conducir este cacharro hasta la próxima casa.

—De eso nada, Emma —repuso Murray, asustado—. Esto no es como llevar una delicada calesa de dos caballos en un paseo por el parque. Esta máquina es muy difícil de gobernar, y muy peligrosa...

—¿No me crees capaz? Pues para que lo sepas: puedo hacer tan bien como tú, o incluso mejor, cualquier cosa que me proponga.

—Jamás lo dudaría, querida. De hecho, estoy convencido de que esa es una de las pocas certezas del universo. Pero conducir..., eh..., no es propio de una dama.

—¿Cómo que no? —replicó Emma, ignorando el halago de Murray—. Te recuerdo que tú mismo me has contado, mientras veníamos hacia aquí, que el primer viaje largo en un automóvil lo realizó Bertha Benz, una mujer. Si no recuerdo mal, dijiste que recorrió ciento cinco kilómetros en solitario, parando en las farmacias del camino para rellenar el depósito con gasolina. Así que... ¿por qué no puedo conducir yo?

—Por favor, cámbiate de sitio, señorita Pesadumbre.

Emma había abierto la boca para protestar, pero la cerró de inmediato. Monty se había dirigido a ella con el apodo que usaban en la intimidad. Cada uno había puesto al otro un apodo cariñoso, un nombre clave que habían prometido no pronunciar jamás ante otras personas, porque de común acuerdo habían decidido otorgarle el mayor poder que podía tener una palabra. Podían pasarse los días bromeando e intercambiando dardos envenenados de ironía, pero cuando alguno se dirigía al otro por su apodo, significaba que el frívolo y delicioso juego que mantenían debía aplazarse momentáneamente para dar paso a la seriedad. El apodo de Emma había surgido el día en que mostró a su prometido un hermoso dibujo que había traído consigo desde Nueva York, una especie de mapa que representaba un cielo imaginario, poblado de asombrosas criaturas y fantásticos prodigios. Lo había dibujado su bisabuelo especialmente para ella, y hablaba de otros mundos donde todo era posible. Tal vez por eso, el mapa se había convertido en su mayor consuelo durante su infancia, cuando era una niña triste y apesadumbrada, convencida de que en este mundo nada podría hacerla feliz. No obstante, aquella niña todavía no conocía a Montgomery Gilmore, el más irritante de sus futuros pretendientes, aquel que le aseguraría que podía conseguirle cualquier cosa que ella deseara, por imposible que le pareciera.

—¿Qué ocurre, señor Imposible?

Murray contempló a su prometida con un nudo en la garganta, intentando guardar en su memoria la luz de aquellos ojos que lo miraban con tanto amor, quizá por última vez. Apretó con fuerza los labios, hasta que se sintió preparado para hablar sin que le temblara la voz.

—No quiero que conduzcas tú. Tengo que contarte algo que... tal vez te altere un poco. De hecho, estoy seguro de que va a alterarte, y mucho; incluso puede que te enfades conmigo, aunque me temo que esa no será la peor de las consecuencias que voy a sufrir. De cualquier forma, es mejor que conduzca yo. —Abrió la portezuela y ofreció la mano a Emma, que lo miró con fijeza, dudando entre exigirle más detalles sobre aquel misterioso asunto y cederle obedientemente el asiento—. Por favor, Emma —insistió Murray, tendiéndole la mano con desesperación mientras las lágrimas le anegaban los ojos—. Confía en mí.

Emma no necesitó escuchar nada más. Aceptó la mano de su prometido y bajó del coche, mirando con inquietud los ojos brillantes de aquel hombretón al que nunca antes había visto llorar.

—Tranquilo, querido —dijo acariciándole la mejilla—. No sé qué tienes que contarme, pero seguro que no es tan grave. Sabes que confío en ti.

XVII

Tommy Dawkins, de diez años de edad, pedaleaba con todas sus fuerzas por el sendero que iba desde el jardín trasero de su casa hasta la carretera de Hexworthy tratando de conquistar la velocidad del viento. Sentía cómo le zumbaban los oídos y cómo se le alborotaba el pelo, por lo que estaba casi seguro de que, en aquel instante, no existía en el mundo nada más veloz que él y su bicicleta. Y cuando Benjamin Barrie le viera aparecer con aquella maravilla en la puerta de su casa, tendría que tragarse sus palabras. El muy imbécil siempre se burlaba de él acusándole de que no podía caminar sin tropezarse con sus propios pies. Pues bien, esa mañana Barrie iba a descubrir que podía hacer algo más que caminar y tropezarse. Barrie estaba a punto de descubrir que Tommy Dawkins podía volar.

Al distinguir el cruce frente a él, Tommy intensificó su pedaleo, preparándose para tomar la carretera con uno de aquellos virajes cerrados que tanto había practicado a escondidas de su hermano, apenas rayaba el alba, antes de que nadie en la casa, ni siquiera los criados, se hubiesen levantado aún. Sintió un ramalazo de angustia al pensar que si algún día Jim descubría que había estado usando su preciada bicicleta sin su permiso, y que incluso había ido al pueblo con ella, se llevaría una buena tunda. Pero, por suerte, su hermano acababa de partir a la guerra de Sudáfrica, y para cuando regresara, si es que lo hacía, un asunto tan nimio y lejano ya no tendría importancia. Tommy se curvó sobre el manillar y entornó los ojos. Tan ensimismado iba en sus sueños de gloria, y tan fuerte soplaba el viento en sus oídos, que no oyó el rugido del automóvil que se aproximaba, oculto tras una curva, por la carretera en la que se disponía a irrumpir. Y si aquella mañana Tommy hubiera tardado cinco segundos menos en untar de miel las rebanadas de su desayuno o en anudarse los cordones de sus zapatos, seguramente aquel habría sido su último día sobre la Tierra. Pero, por fortuna para él, no estaba escrito que muriese hasta quince años después en un accidente de ferrocarril, así que, apenas un par de segundos antes de que Tommy irrumpiera en el cruce, un prodigio rodante apareció tras la curva de la carretera, obligándole a frenar en seco. Las ruedas derraparon, y la bicicleta se deslizó de lado hasta el límite del camino, donde el muchacho pudo anclar un pie a tierra.

Y desde allí, con la bicicleta desmadejada entre sus piernas y los ojos abiertos como platos, vio pasar frente a él un extraordinario artefacto, que trenzaba a sus espaldas una densa polvareda. Jamás había visto nada parecido. Admiró embelesado el brillo de la carrocería color crema y las enormes ruedas que giraban vertiginosamente, aunque apenas tuvo más que una vaga visión de la pareja que iba dentro de la máquina antes de que la oscura estela de humo le hiciera toser. Cuando la humareda se disipó, el milagroso carruaje ya había desaparecido tras la siguiente curva.

Tommy no perdió el tiempo. Enderezó su bicicleta y pedaleó ferozmente, siguiendo los surcos que el artefacto iba dejando en la tierra. ¡Tenía que volver a verlo! Sabía que no podría alcanzarlo, pero necesitaba verlo de nuevo aunque fuera desde lejos: no quería olvidarse de ningún detalle importante cuando le describiera la fantástica máquina al sabelotodo de Barrie, o este no daría crédito a su historia. Varias curvas seguidas le ocultaron su objetivo durante un tiempo, pero tras una de ellas el terreno descendió de golpe hasta formar un profundo desnivel, que le ofreció una vista inmejorable de la carretera, que serpenteaba bordeando un pequeño precipicio. Y allí, a varios metros de distancia, delatado por una nube de humo y polvo, distinguió el artefacto. Tommy se detuvo al borde de la colina, sudoroso y jadeante, y lo contempló atónito. ¡Dios, qué hermoso era! ¡Y cómo brillaba! Ahora que iba cuesta abajo, parecía todavía más rápido. ¿Cómo sería atravesar el mundo a esa velocidad?, se preguntó, envidiando profundamente a la pareja que iba dentro del carruaje. Y entonces, de pronto, la sonrisa se le congeló en los labios. El vehículo acababa de salirse de la carretera y avanzaba por un terraplén en pendiente, brincando sobre el abrupto terreno como un caballo desbocado por un disparo, sin que al parecer el hombre que lo conducía pudiera recuperar su control. Con un escalofrío, a Tommy le pareció oír los desesperados gritos de la pareja, y el miedo lo atenazó al comprender que la máquina y sus dos ocupantes se dirigían fatalmente hacia el borde del precipicio, por donde se despeñarían en pocos segundos si nadie lograba evitarlo.

Los pocos parroquianos que aquella mañana se encontraban en la posada de Hexworthy intentaban no mirar demasiado a los dos extraños que, sentados frente a la chimenea del fondo, hablaban en voz baja, indiferentes a la curiosidad que despertaban. Ninguno de ellos se había desprendido de su larga capa ni del sombrero de ala ancha que les cubría el rostro, y ambos sujetaban entre sus piernas unos extraños bastones, más largos y robustos de lo habitual, en cuyas empuñaduras refulgía el mismo símbolo: una estrella formada por ocho flechas que atravesaban dos círculos concéntricos. No era la primera vez que los asiduos a la posada veían a aquellos hombres por allí. A decir verdad, durante los últimos años habían aparecido varias veces, y si no habían sido exactamente aquellos dos, como algunos sostenían, habían sido otros muy parecidos; con aquellas gruesas capas y aquellos sombreros de los que jamás se despojaban, resultaba casi imposible diferenciarlos, y todavía ayudaban menos las escasísimas palabras que se dignaban cruzar con los demás, si es que se las podía llamar así, pues se asemejaban más a una especie de murmullo metálico, como el que haría un barreño de latón cayendo por un pozo.

El caso era que poco o nada sabían de ellos, ni de las razones por las que aparecían para después desaparecer durante meses, sin un patrón aparente que explicara aquellos caprichosos vaivenes. Algunos aseguraban haberlos visto por el páramo, apostados sobre los riscos, como siniestros vigilantes. Otras veces, como aquella, se presentaban de improviso en la posada, siempre por parejas, se sentaban al lado del fuego, pedían dos jarras de cerveza que jamás tocaban, y se limitaban a permanecer el uno frente al otro, guardando una inquietante inmovilidad de estatuas, rota únicamente por el ligero temblor que de tanto en tanto sacudía sus labios, una vibración casi imperceptible que sugería algún tipo de comunicación, aunque más que hablar o susurrar, parecía que se alimentaran, a la manera de los peces, de los pensamientos que el otro esparcía en el aire.

Nadie se había atrevido a preguntarles nunca quiénes eran o qué buscaban allí. Es más, nadie se acercaba a ellos si podía evitarlo, pues, a decir de todos, su proximidad provocaba una sensación turbadora: como si un peso insoportable le aplastara a uno el alma, como si le embargara toda la tristeza y la soledad del mundo. Esa misma mañana, el señor Hall, dueño de la posada y poeta ocasional para desesperación de la señora Hall, lo había definido como si dentro de uno se extendiera de repente el vacío descomunal e infinito de un universo sin estrellas.

Precisamente en aquel momento, la señora Hall se acercó a su marido para expresarle su malestar de una forma mucho menos poética:

—Esos dos me ponen los pelos de punta, George. Y, además, espantan a la clientela. ¿Por qué no te acercas y les preguntas si van a consumir algo más? Mientras, yo prepararé las mesas para las comidas. Tal vez así se den cuenta de lo mucho que nos molestan...

—Pronto se irán, mujer —contestó el señor Hall, con fingida despreocupación—. Ya sabes que no suelen quedarse mucho rato. Además, dejan buenas propinas.

—No quiero su dinero, George. A saber de qué siniestro modo lo obtienen... Dios, son tan espantosos... Lulú está debajo de nuestra cama, temblando —le informó, por si la estampa de su pequeña perrita muerta de miedo lograba azuzarlo—. ¿Y no oyes a los caballos piafar allí afuera? Los animales les tienen miedo, ¡y yo también! Los quiero fuera de aquí, y si no vuelven nunca, mejor que mejor. ¡Te ordeno que vayas a hablar con ellos, George Hall!

—Pero no te han hecho nada, Janny. —El señor Hall tragó saliva. Deseaba tanto como su esposa verlos lejos de allí, pero no deseaba en absoluto acercarse a ellos—. Y sería una grosería por mi parte pedirles a dos caballeros de educación intachable que...

—¡Me importa un pimiento que quedes como un grosero, George! —lo interrumpió la mujer. Luego bajó la voz—: No suelo equivocarme con la gente, ya lo sabes, y te diré una cosa: tengo la sensación de que ninguno de esos dos vacilaría ni un segundo en asesinar a sangre fría a un niño o a una indefensa anciana...

A pesar de que la señora Hall había hablado en un tenue susurro, sus palabras parecieron llegar a oídos de los dos extraños, pues uno de ellos arqueó la boca en una rígida sonrisa y, con un tono de voz monocorde, musitó a su compañero:

—Ancianas y niños. Eso es lo que más temo encontrar cada vez que localizo un rastro.

Su compañero no le contestó: se limitó a observarle largo rato mientras el primero le sostenía la mirada, sin que ninguno de los dos moviera un solo músculo.

Pero permítanme que deje constancia de que, a pesar del inquietante hieratismo de sus facciones, sus rostros, iluminados débilmente por el resplandor del fuego, no eran del todo desagradables: ambos poseían unos rasgos simétricos y marcados que incluso podrían considerarse hermosos. Sin embargo, la exquisita palidez de su piel no parecía humana, y además se hallaba empañada por una especie de tinte oscuro que no le pertenecía del todo, como la sombra de una nube sobre la nieve.

Tras un largo silencio, los labios del segundo hombre vibraron levemente:

—Padeces un grave defecto en tu peptidogénesis, amigo mío. Necesitas urgentemente un neutralizador de culpabilidad.

—Siento que has dicho verdad. Pero recuerda que ya no llegan envíos desde el Otro Lado.

—Siento que has dicho verdad.

Hubo un nuevo silencio.

—¿Cómo es el sentimiento de culpa? —preguntó el extraño que había hablado en segundo lugar.

Su pregunta dio paso a otro silencio, más largo que el anterior.

—¿Cómo explicártelo? Lo más parecido sería una dosis brutal de neuropéptidos AB3003 y AZ001 —contestó al cabo el primero—, que anulara cualquier neutralizador mutacional.

—¡Siento sorpresa! —exclamó el segundo, elevando ligeramente las cejas—. Entonces... debe de ser un sentimiento muy parecido a la piedad.

—Eso dicen. Aunque tengo entendido que la culpa es más adictiva. —El que había hablado en primer lugar acarició suavemente la empuñadura de su bastón con su dedo índice. Fue un movimiento suave, extremadamente lento e imperceptible. Después, recuperó su inmovilidad—. Entonces..., ¿tú conoces la piedad?

—La conocí: sufrí una mutación al poco de llegar aquí. Por eso siento comprensión ante lo que te sucede. Mis biocélulas desarrollaron conexiones propias a partir de algunos segmentos de mi serie AZ y crearon sus propias cadenas de neuropéptidos. Por un tiempo, supe lo que era la piedad. Por suerte, el diagnóstico fue rápido, y en aquella época los envíos funcionaban correctamente. Aun así, hicieron falta tres tipos diferentes de neutralizadores para solucionarlo.

—Según tengo entendido —dijo el hombre que temía encontrarse con ancianas o niños en su siguiente cacería—, hace unos años se descubrió que la serie AZ estaba en el origen de casi todas las mutaciones no controladas, y los científicos decidieron suprimirla. Por eso, la última partida de Ejecutores enviada hace dos años carece de ella.

—Entonces, son afortunados.

—Sí, aunque no pueden darse cuenta de que lo son: el sentimiento de autocomplacencia estaba en la serie AZ.

Los hombros de ambos temblaron durante unos instantes, en lo que tal vez fuera para ellos un momento de hilaridad compartida. Después sobrevino otro largo silencio.

—Dos años... Ya hace dos años que el Otro Lado no envía nada ni a nadie —comentó el hombre que había hablado en primer lugar.

—Están demasiado cerca del fin. La temperatura se acerca a cero, los agujeros negros se agotan. Todo es lento y oscuro ahora allí. Reservan sus débiles y últimas fuerzas por si todavía fuera posible el Gran Éxodo...

—Entonces reservan sus fuerzas para nada —sentenció su compañero—. Jamás podrán renacer aquí, porque este mundo ha quedado condenado. Siento impotencia. Siento frustración. Hemos llevado a cabo una matanza inútil.

—Hemos hecho nuestro trabajo y lo hemos hecho bien. Necesitaban tiempo y se lo dimos. Incluso les proporcionamos dos años más de lo previsto en sus predicciones más pesimistas. Recuerda que hace doce años los científicos predijeron que a este mundo le quedaba una década...

—Sí, pero nosotros, los Ejecutores, les hemos arañado dos años más. —El hombre que no deseaba encontrarse con ancianas ni niños golpeó el suelo con su bastón. Era un movimiento tan impropio que su compañero elevó unos milímetros las cejas en señal de asombro—. Hicimos nuestro trabajo —prosiguió el primero, sin atender a la muda reprobación del otro—. Y lo hicimos bien. ¡Para eso fuimos creados! —Su voz, todavía imperceptible para cualquiera que no pegara la oreja a sus labios, había subido algo de tono; o tal vez no, tal vez solo había adquirido algunos matices, como el sarcasmo y la amargura, que el oído humano sí podía captar—. Y, aun así, te repito que ha sido inútil. Inútil. —Volvió a golpear el suelo con el bastón mientras sus mejillas comenzaban a colorearse—. Los científicos no han conseguido encontrar la cura para la epidemia. Ni siquiera han estado cerca. Y el exterminio de infectados... En fin, siempre fue una solución torpe, tan caótica como la enfermedad en sí misma. La epidemia es incontenible, siempre lo fue. ¡Cuántas muertes para nada!

—Regresa al estado de calma, amigo mío. Regresa al...

—Ellos presumen de poseer el Conocimiento Supremo, y nos desprecian, nos llaman asesinos. Siento furia cuando lo pienso. No tienen ni idea de lo que es mirar a los ojos a un niño, mostrarle en tus pupilas el caos por el que va a morir, y después matarle... ¡Yo podría hablarles del supremo y maldito conocimiento!

—¡Regresa al estado de calma! —El otro hombre se inclinó hacia delante y posó una de sus manos sobre el bastón de su compañero. Fue un movimiento extremadamente rápido e imperceptible—. Ya llega el fin —le recordó con voz átona—. ¿Qué importa a cuántos hayas matado? Todos van a morir. ¿Qué importa lo que piensen los científicos de nosotros? Todos vamos a morir.

Tras aquellas palabras, ambos se irguieron de nuevo en sus asientos y guardaron silencio. Aquel que había golpeado el suelo con el bastón en un par de ocasiones pareció sosegarse poco a poco. Al rato, habló de nuevo:

—Pido perdón. Son los efectos de la culpa. Me acabará destruyendo si no consigo pronto un neutralizador. Pero, como bien has dicho, ¿qué importa? ¿Qué importa ya nada? El caos es inexorable.

—El caos es inexorable —repitió el otro—. Y nuestro trabajo también, amigo mío. Para eso hemos sido creados, y debemos continuar haciéndolo, hasta el mismísimo final. ¿Cuál sería si no el sentido de nuestra existencia?

El Ejecutor que padecía de culpa cerró los ojos y sonrió.

—Siento que has dicho verdad. Y si es cierto que a mí me falta un neutralizador para la culpa —miró a su compañero—, también es cierto que a ti no te vendría mal uno para la retórica pomposa.

Tal vez fue una nueva carcajada lo que provocó que ambos hombres se estremecieran apaciblemente durante unos instantes. Tal vez no.

—Continuar hasta el final... —repitió con un lento encogimiento de hombros aquel al que la culpa estaba destruyendo—. ¿Por qué no? Al fin y al cabo, ya no queda mucho para eso. El tejido de este universo se halla tan agujereado como una sábana comida por las ratas. Los saltadores lo siguen destruyendo con cada salto, y sus rastros se mezclan y confunden entre sí como las carreteras en un mapa arrugado. Sus estelas son cada vez más débiles, ya es casi imposible distinguirlos. Nuestros túneles ya no son certeros, nuestra cacería se ha vuelto aleatoria, intuitiva... Este mundo se desintegra. Cualquier día puede ser el último. Y ese día, los hombres se levantarán de su cama y al mirar por la ventana verán un mundo poblado de temibles e inimaginables prodigios, un mundo invadido por sus peores pesadillas. Y te aseguro que todos aquellos a los que no hemos matado desearán estar muertos.

—La bruma molecular de fondo se ha centuplicado en los últimos meses —convino su compañero—. Hoy mismo, en el páramo, sentí un pico de densidad altísimo. Supongo que en alguna casa del páramo debió de abrirse una ventana a otro mundo por algunos instantes, pero no fui capaz de detectar si alguno saltó. Sin embargo, hace tan solo cuatro o cinco años, las capturas aquí eran diarias, ¿recuerdas? ¡Qué grandes trofeos hemos conseguido en este sector! Casi tan valiosos como en aquella famosa casa encantada de Berkeley Square. No terminaba un día de guardia en alguno de estos puntos de hiperproximidad sin que cazáramos, al menos, un par de destructores de grado 6. Pero eso hace tiempo que se acabó. Todo lo que he detectado hoy, y creo que por mera casualidad, ha sido el aura de un latente. Mi bastón lo reconoció. Por entonces era un saltador activo, un destructor de grado 3. Ya lo había perseguido otras veces; la última fue hace dos años, en las puertas del Teatro de la Ópera de Londres. Aquella noche casi logré cazarlo, pero tuvo suerte: le dejé escapar porque se me cruzó el rastro de un destructor de grado 6. Hoy ha vuelto a tener suerte, pues casi al instante de percibirlo lo he perdido. Sencillamente su aura se disolvió en la bruma de fondo.

—Cuando llevan mucho tiempo sin saltar, su aura es muy débil —le consoló su compañero—. De todos modos, un latente no es una gran captura...

—Es más que nada.

—Siento que has dicho verdad. Y dime..., ese destructor de grado 6 del que acabas de hablar, ¿no sería...?

Hubo un nuevo silencio. El Ejecutor que había perdido aquella mañana a la presa que perdonara dos años antes siguió con la mirada una gota que descendía perezosamente por el cristal de su jarra de cerveza, hasta verla morir en el pequeño charco que se estaba formando sobre la mesa. Unos segundos después, habló:

—No, no era el legendario M. Aquella noche hice una gran captura, es cierto, pero no era M. Las estelas de M son inconfundibles, y han seguido detectándose durante los últimos tiempos, hasta hace relativamente poco. Según parece, el legendario M continúa saltando.

—Siento estupor. ¿Cómo puede ser que todavía no se haya desintegrado? Otros saltadores, con menos actividad destructora que él, perdieron todas sus moléculas mucho antes... Hace tiempo que debía haber sido clasificado como terminal.

—Un saltador de grado 6 jamás es clasificado como terminal, amigo mío. Se les considera destructores hasta la pérdida de su última molécula. Y M es el destructor más poderoso y temible con el que nos hemos encontrado desde que comenzamos a combatir esta epidemia. Su talento es tan asombroso y terrible como su locura. Incluso si M ha alcanzado ya la invisibilidad, y me imagino que así habrá sido, sigue siendo tan virulento como un centenar de destructores de grado 6 juntos.

—Yo estuve rastreándolo durante un tiempo, y en algún momento llegué a pensar que podría cazarlo —dijo el hombre que se sentía culpable por su espantoso trabajo.

—¿Y quién no? Todos hemos soñado con esa captura. Todos hemos intentado pescar a ese legendario salmón de siete kilos que es capaz de comerse los cebos y eludir los anzuelos. Oh, sí, querido amigo, cada vez que voy al Windermere, rezo para que esa leyenda todavía siga viva y acabe colgada de mi caña de pescar.

El señor Hall, que había optado por acercarse a los dos hombres, obligado por las quejas de su esposa, carraspeó tímidamente.

—Caballeros..., disculpen que les interrumpa, pero ustedes... —Cuando los hombres le miraron, el señor Hall sintió en su interior aquel espantoso vacío que poéticamente había descrito a su esposa, y dio un comedido paso hacia atrás—. Eh..., ¿querrán tomar algo más?

Antes de que alguno de ellos pudiera responderle, la puerta de la posada se abrió de golpe y una pequeña figura entró trastabillando hasta detenerse en el centro de la sala. Permaneció allí unos instantes, jadeando, mirando a su alrededor con los ojos extraviados en el infinito. Temblaba de pies a cabeza, y su rostro estaba empapado de lágrimas y sudor. La señora Hall se acercó a ella y, con maternal dulzura, colocó una mano sobre su delgado hombro.

—Chico, ¿qué te ha pasado...? —le susurró.

Y, en ese momento, el pequeño Tommy Dawkins comenzó a gritar.

XVIII

Doyle zarpó hacia Sudáfrica en el Oriental rodeado de flores. Jean Leckie, que no había querido ir a despedirlo al puerto de Tilbury, le había llenado el camarote de rosas, hibiscos y azucenas, por lo que Doyle y su mayordomo, sentados en la cama y sitiados por aquel exuberante colorido, realizaron la travesía como una pareja de enamorados en un invernadero flotante. Si le hubieran dado a elegir, Doyle habría preferido ver a Jean, pero ella le había dejado muy claro que no pensaba formar parte de la alegre muchedumbre que despediría al barco como si partiera hacia una excursión campestre. No, ella no estaba dispuesta a celebrar que el hombre que cada 15 de marzo le enviaba una edelweiss, aquella flor cuyo blancor desafiaba al de la nieve, se fuera a una guerra de la que acaso regresara en un ataúd, con el regalo de una bala bóer en el estuche de su vientre. Por suerte, volvió seis meses después caminando por su propio pie, aunque envuelto en un olor muy distinto al de su viaje de ida. Las incontables semanas que había pasado como médico en el hospital de su amigo, remendando tripas y amputando miembros de soldados moribundos, entre los que se encontraba Jim Dawkins, que jamás volvería a subir a su bicicleta, lo habían rociado con el perfume indeleble de la muerte. Pero se trataba de una muerte sin heroicidad ni glamur, vil y sucia, aureolada de moscas y de efluvios hediondos, más propia de la Edad Media que del nuevo siglo que amanecía.

Ahora, sin embargo, mientras subía las escaleras de Undershaw, todo aquello le parecía una alucinación. Apenas llevaba una semana en su casa, y aquel lujo apacible ya había empezado a hacerle dudar de su participación en la guerra de África, al menos hasta que acudía al baño, pues sus intestinos todavía no se habían recuperado de los brotes de disentería que había sufrido. Una vez que remontó las escaleras, Doyle avanzó despacio por un largo pasillo hasta detenerse ante la puerta de la habitación que disponía de las mejores vistas de la casa. Stanley Ball, el arquitecto con quien había practicado la telepatía en el pasado, la había construido en la hectárea y media que había comprado en Hindhead, aquella región a la que llamaban «la Suiza de Surrey» por el particular clima del que gozaba. Aunque Ball no había tenido necesidad de hurgar en su mente para hacerse una idea de lo que Doyle quería, pues él mismo le había proporcionado un boceto en un trozo de papel. El escocés tenía muy claro cómo debía ser Undershaw: una imponente mansión digna de un escritor de su talla, pero también acogedora para una familia y práctica para una inválida.

Tras sopesar si llamar o no, Doyle decidió abrir la puerta sin hacer ruido. Últimamente su esposa solía quedarse dormida cuando subía a leer, y aquella mañana no fue una excepción: Louise, a la que desde los lejanos días en los que se conocieron él apodaba cariñosamente Touie, estaba recostada en el sillón, con la cabeza ladeada sobre el respaldo y los ojos cerrados.

Doyle la contempló, invadido por un súbito cariño. No era extraño que se encontrara tan agotada, pues llevaba demasiados años —desde su visita a las cataratas de Reichenbach— desmintiendo al doctor Powell, uno de los mejores especialistas en tisis de Inglaterra. De aquel viaje a Suiza, del que él se había traído en la mente la idea de cómo matar a Holmes, su mujer se había traído en los pulmones el maligno microbio de la tuberculosis. Los médicos no le habían dado más que tres meses de vida. Sin embargo, ya habían pasado ocho años desde aquel aciago diagnóstico y Touie aún seguía viva, gracias sin duda a los cuidados de su esposo. Nada más enterarse de la noticia, Doyle la había arrastrado a un curativo peregrinaje por Davos, Caux y El Cairo, y finalmente había mandado construir aquella mansión en Hindhead con todas las comodidades imaginables para una futura inválida. Y aunque sus cuidados parecían haber estabilizado la salud de la dulce Touie, todos sabían que era cuestión de tiempo que la parca llamara a la puerta de la mansión para llevarse a su mujer sin que él pudiese hacer nada.

Sin embargo, como si la trágica condena de Touie no fuera suficiente, el destino, en un alarde de creatividad, había movido sus piezas para que Doyle deseara que la consumación llegara cuanto antes. Para ello, tres años después de que los médicos desahuciaran a su esposa, había puesto en su camino a Jean Leckie, a quien ustedes tuvieron el placer de conocer durante la excursión a Dartmoor. Desde la primera charla que tuvo con ella, el escocés no dudó en calificarla como la mujer de su vida, y desde entonces vivía en una dolorosa encrucijada: por un lado, anhelaba que Touie muriese para descorchar el amor que sentía hacia Jean, con quien mantenía una relación tan platónica como trágica; y por otro lado, seguía esforzándose en velarla lo mejor posible, incluso más que antes, pues no quería que cierta parte de su consciencia interpretara cualquier flaqueo en sus cuidados como un modo sutil de apresurar su muerte. Entretanto, el amor que Jean y él se profesaban se había ganado el respeto de sus amigos más íntimos e incluso el de sus propias familias, pues, incapaces de realizar ninguna acción mezquina que mancillara el honor de Touie, la pareja, con una mezcla de anhelo y tristeza, se limitaba a esperar, en definitiva, a que la enferma perdiera su vida para que Doyle pudiera al fin recuperar la suya.

La imitación de Cristo, el libro que Touie leía una y otra vez, se hallaba abierto bocabajo en el suelo, componiendo un tejadito a dos aguas. Doyle lo colocó en la mesita junto al sillón, y se acercó a su esposa. Con sus bucles derramados por la almohada y la respiración acompasada, Touie dormía tan confiada como una niña. Sabía que él la velaba, que no existía un lugar en el mundo en el que pudiera encontrarse más segura que en el centro de aquella vida cómoda que él había construido para ella. Y una vez más, Doyle se lamentó por haber sido incapaz de amarla. Pero aquel sentimiento no había brotado en su pecho espontáneamente hasta que apareció Jean Leckie. Por Touie solo había sentido un cordial afecto que no había llegado a madurar lo suficiente para convertirse en amor, como al principio creyó que sucedería. No, la única mutación que aquel exiguo sentimiento había sufrido la había causado la noticia de su desahucio, y solo había servido para convertirlo en una suerte de infinita piedad. Pero por encima de cualquier otro sentimiento, lo que Doyle sentía cada vez que contemplaba a su esposa era una terrible impotencia por no haber sabido protegerla.

De pie ante su mujer inválida, recordó las historias de caballeros y princesas cautivas que le contaba su madre, rebosantes de desafíos, duelos y torneos, donde las espadas resonaban como tañidos de campana contra las pesadas armaduras, y el honor siempre se salvaba. A causa de ellas, los valores más atractivos de la caballería medieval —un caballero andante debía proteger a los débiles, mostrarse valiente con los fuertes y atento con las damas— habían calado en su alma de niño, y aunque en el mundo que le había tocado vivir el concepto «caballería» había degenerado en simple deportividad, a lo largo de su vida Doyle se había esforzado al máximo por poner en práctica aquel código: primero con su propia madre, luego en el colegio, protegiendo siempre a los más débiles, y finalmente con Touie, que un buen día apareció para convertirse en su dama, el bien más preciado de todo caballero. Y al tiempo que proclamaba su «sí, quiero» en aquella iglesia de Yorkshire, para que todos los presentes supieran que la amaba, en su interior se sellaba un pacto íntimo y mucho más sagrado: el de protegerla de los villanos envainados en armaduras negras que querrían secuestrarla, o de su equivalente actual, cualquiera que fuese: canallas de taberna, desaprensivos, cazafortunas... Y a esa gesta sagrada se había entregado Doyle con absoluta dedicación y notable éxito durante muchos años, hasta que había aparecido aquel enemigo invisible cuyas pisadas no había logrado oír, que no había ofrecido carne a su espada, que había llegado deslizándose por el aire, malévolo e incorpóreo, hasta anidar en los pulmones de su dama para pudrirla por dentro.

Lanzando un suspiro de impotencia, Doyle se acercó a la ventana y dedicó una mirada satisfecha al estrecho valle donde los bosques convergían, como un rey aprobando la tranquilidad que envolvía sus dominios. Entonces oyó a Touie desperezarse a sus espaldas.

—Me encanta el paisaje que se ve desde esa ventana, Arthur —dijo ella, como si, en su afán por rodearla de comodidades y belleza, también hubiera sido él quien hubiese mandado a la propia naturaleza, que había obedecido sumisamente ante su vozarrón, reordenar sus valles y montañas para componer aquella vista idílica—. Y nada me produce más alegría que saber que en el más allá también seguiré viéndola, pues, como una vez me dijiste, allí todo será exactamente igual que aquí.

—Así será, querida —le aseguró Doyle—. Todo exactamente igual.

Lo dijo sin volverse, para que ella no viera el rictus de desolación que le había arqueado los labios al comprender que la palabra «todo» abarcaba mucho más que aquel paisaje. Si tras la muerte todo se mantenía igual, Touie, Jean y él se verían atrapados eternamente en aquel triángulo amoroso. Touie moriría algún día en el plano real, de eso no había duda, y entonces Jean y él podrían amarse libremente. Ahora bien, ese amor no sería más que un calvero en el frondoso bosque de la existencia, un brevísimo recreo cuya duración dependería del vigor de sus corazones, pues su ingreso en el más allá repararía el triángulo quebrado. Y tal vez entonces Doyle tendría que rendir cuentas ante Touie, quien a través de una mirilla del trasmundo lo habría visto amar a otra como nunca había sabido amarla a ella.

Con gran esfuerzo, sustituyó aquel rictus abatido por la entusiasta mueca de optimismo con la que plantaba cara a la enfermedad de Touie para que ella olvidara que sobre su cabeza pendía una espada.

—Sigue descansando, querida —le dijo dándose la vuelta—. Debes reponer fuerzas. Yo bajaré a trabajar un poco hasta la hora del almuerzo.

Ella asintió con una sonrisa dócil, y Doyle pudo huir escaleras abajo, pensando en ese más allá cuya existencia no se cansaba de predicar, y que quizá no representara ninguna salvación para él, a no ser que Touie le perdonara en la muerte lo que él no se había atrevido a confesarle en vida.

Sentado ante la mesa del confortable despacho que había instalado en la planta baja, Doyle encendió su pipa para tratar de serenarse. Mientras le propinaba unas chupadas largas y distraídas, paseó la mirada a su alrededor, observando los muebles y estantes donde sus libros preferidos se amontonaban con sus numerosos trofeos deportivos. Por la ventana, en lugar de la sinfonía de cañones y fusiles con acompañamiento de obuses que sonaba insistentemente en Sudáfrica, se filtraban las risas de sus hijos, Kingsley y Mary Louise, mezcladas con el traqueteo del monorraíl de juguete que había mandado instalar al poco de construir la casa, para que los niños recorrieran en un viaje vertiginoso el pedazo de tierra que su padre había logrado conquistar al mundo.

Cualquier otro hombre se habría dejado mecer satisfecho en aquella calma benigna, pero Doyle sabía que solo era cuestión de tiempo que tanta tranquilidad empezara a enervarlo más que el caos de la guerra, porque él era un hombre de acción, y aunque tenía varios proyectos *in mente* —en el viaje de regreso había considerado la posibilidad de presentarse como candidato a las elecciones de Edimburgo, fundar un club de fusiles para perfeccionar la puntería de los ingleses e incluso escribir un ensayo sobre la guerra a la que acababa de sobrevivir—, estaba seguro de que no tardaría en añorar alguna empresa que le brindara de nuevo la posibilidad de medirse como hombre. La guerra era el error más aberrante que podía cometer la humanidad, eso no lo dudaba, pero también pensaba que para cualquier hombre de corazón noble podía significar un viaje emocionante, capaz de desenterrar sus mejores cualidades, talentos que de otro modo permanecerían sepultados en su interior hasta la muerte.

Así pues, Doyle había mandado telegramas a todos sus amigos anunciándoles su regreso, para que supieran que podían volver a contar con él, aunque dudaba mucho que alguno de ellos —escritores, agentes y editores en su mayoría— le escribiese para proponerle que se jugase la vida en una aventura peligrosa. Si bien a esas alturas, después de casi una semana de inactividad, tampoco pedía tanto: solo con que alguien lo invitara a comer le bastaría.

Se sacudió aquellas reflexiones con un resignado movimiento de cabeza y se dijo que había llegado el momento de inaugurar su rutina tras seis meses ausente. Escogió para ello una de las tareas más ingratas de todas las que debía solventar cada vez que regresaba de un viaje: despachar el correo atrasado. Se levantó y llamó a Wood, su secretario, que unos segundos después entró en el despacho con una pequeña y abultada saca de cartas.

Alfred Wood era un maestro de escuela que había contratado en los tiempos de Portsmouth, no tanto por su aspecto discreto, eficiente y honrado como por su más que decente brazo para el críquet. Al principio lo había empleado únicamente como secretario y amanuense, pero con el tiempo, casi sin darse cuenta, había acabado encomendándole otras funciones, como la de recadero, chófer o taquígrafo. En alguna ocasión, incluso, después de que Wood le hubiese ganado al billar o al golf, le había ordenado alguna tarea a todas luces absurda solo por cobrarse la revancha, y como su subalterno la había llevado a cabo sin rechistar, fingiendo no reparar en la condición estrafalaria del recado, o lo que era aún peor, dando a entender con su abnegado acatamiento que no esperaba otra cosa de su patrón, aquel juego de peticiones ridículas había pasado a convertirse para ambos en un divertimento que sublimaba su relación, o al menos eso le gustaba pensar a Doyle, ya que nunca habían hablado del asunto.

Cuando, con gesto diligente, Wood volcó la saca de cartas sobre la mesa, Doyle dedicó a la voluminosa pila una mirada de desánimo.

—Esto es casi peor que la guerra —se quejó—. Como mínimo, más tedioso. La guerra tendrá muchas cosas malas, Woodie, pero desde luego nunca resulta aburrida.

—Si usted lo dice, señor, que ha participado en varias...

Ambos respiraron hondo y se entregaron a la ímproba labor de clasificar las cartas. Muchas de ellas iban dirigidas a Doyle, y las habían escrito individuos que requerían su ayuda para solucionar los casos más variopintos, convencidos de que alguien capaz de idear tan complicados crímenes de ficción poseería unas dotes infalibles para resolver crímenes reales. Pero muchas otras cartas estaban dirigidas al mismísimo Sherlock Holmes. Sus remitentes las enviaban al inexistente 221B de Baker Street, y la estafeta de correos de Londres, con su habitual disposición, las reexpedía hacia Undershaw.

Antes de ahogarse en las cataratas de Reichenbach, desde San Francisco hasta Moscú enviaban al detective todo tipo de desafíos extravagantes: intrincados enigmas familiares, rocambolescos acertijos, ecuaciones matemáticas. Pero tras su trágica desaparición, solo cuatro despistados seguían retando su inteligencia, de manera que la gran mayoría de las cartas eran de mujeres que se ofrecían a mantener limpias sus dependencias, de aventureros que se brindaban a organizar expediciones en busca de su cadáver y, en general, de lectores cuyas insólitas ofertas, más que delatar el cariño que profesaban al personaje, revelaban una preocupante falta de cordura. Una vez leída la correspondencia, Doyle y Wood repartían las cartas en dos pilas: las que merecían una respuesta y las que, por delirantes, absurdas o directamente incontestables, solo merecían avivar el fuego de la chimenea.

—Jamás se me habría ocurrido pensar que la vida encerrase tantos misterios —suspiró Doyle tras leer una carta que adjuntaba el plano de un tesoro supuestamente enterrado en la costa sudafricana por la tripulación de un navío naufragado.

—¿Y por eso decidió aportar algunos más? —preguntó Wood, espigando otra carta del montón, que abrió con la rapidez y elegancia de quien ha dispuesto de años para curtirse en tal labor—. Oh, una tal Emily Payne, viuda desde hace solo un par de meses, también se ofrece a limpiar las dependencias de Holmes, aunque añade una novedad interesante: también se brinda a aliviar el dolor de Watson, en caso de que el fiel compañero del detective lo necesite.

—A la pila de la chimenea —gruñó Doyle.

Woodie obedeció, pese a que aquella era la primera carta que recibían que expresaba preocupación por el pobre Watson. Siguieron varios minutos de silencio, rotos únicamente por el rasgueo de sobres.

—Vaya, escucha esto —dijo Doyle tras un breve vistazo—: un tal William Sharp proclama que él es el verdadero Sherlock Holmes y asegura que no habrá de pasar mucho tiempo antes de que sus proezas asombren al mundo.

Wood elevó las cejas en obediente señal de asombro mientras leía otra misiva.

—Y en esta carta una familia polaca le invita a viajar a su país para resolver la desaparición de un valioso collar.

En ese momento, Cleeve, el mayordomo, que también había vuelto de Sudáfrica sin el regalo de ninguna bala bóer incrustada en el cuerpo, abrió la puerta del despacho para anunciar a Doyle que tenía visita.

—Siento molestarle, señor, pero el escritor H. G. Wells lo espera en la biblioteca.

—Gracias, Cleeve. —Doyle se levantó de la mesa sin disimular el alivio que le producía aquella interrupción—. Discúlpame, Woodie. Estoy seguro de que puedes encargarte del resto tú solo. Y cuando termines de clasificarlas, empieza a responderlas tú mismo. Después de todo, tienes una letra mucho más hermosa y legible que la mía.

—Le agradezco el cumplido, señor —dijo Wood, lamentando todo el tiempo que había invertido en su infancia para lograr aquella esmerada caligrafía—. Pero ¿dónde coloco la carta polaca? Están dispuestos a correr con los gastos del viaje y dejan la recompensa a su libre albedrío. Tendrá que reconocer que es una oferta harto tentadora.

—En la pila destinada a la chimenea, a no ser que quieras ir tú en mi lugar, Woodie —gruñó Doyle.

—¿Y arriesgarme a que en mi ausencia el correo lo sepulte, señor? —repuso Wood—. Nunca me lo perdonaría.

Doyle se dirigió a la biblioteca a grandes zancadas, por lo que Cleeve desistió de seguirlo: ya había corrido demasiado tras él en Sudáfrica, así que se escabulló hacia la cocina para repartir unas cuantas órdenes innecesarias entre las criadas.

Hacía seis meses que Doyle no veía a Wells, desde que el coche de Montgomery Gilmore se despeñara en el páramo. Había sentido tener que marcharse en plena tragedia, pero no podía rechazar la plaza de médico que tanto le había costado conseguir, y tampoco tenía la suficiente amistad con la pareja como para considerarlo siquiera. Al irrumpir en la biblioteca, encontró a Wells sentado en una de las sillas vikingas que había mandado tallar, con el mismo aspecto desvalido de una mosca entre las fauces de una planta carnívora. Al verlo, su amigo se levantó y ambos se fundieron en uno de esos abrazos propios de los hombres, tan perfectamente equilibrados de afecto y virilidad.

—¡Mi querido Arthur, me alegra que hayas regresado entero! —exclamó Wells.

—A mí también, George. Y te aseguro que no ha sido fácil —dijo Doyle, con una sonrisa que sugería toda suerte de aventuras al borde de la muerte.

Con un ademán autoritario fraguado sin duda durante sus días en el ejército, le invitó a sentarse de nuevo en la silla vikinga y acudió a la mesita de bebidas para servir un par de copas de oporto. Lo hizo con tanta rapidez que Wells tuvo la sensación de que había acabado de servirlas antes incluso de haber empezado. Fuera como fuese, enseguida se encontró con una copa en la mano, y a Doyle sentado frente a él, en una silla gemela a la suya.

—Bien, Arthur —comenzó—, supongo que tendrás muchas cosas que contar.

—No te falta razón, amigo mío. La travesía de regreso en el Briton resultó tan entretenida que podría escribir varias novelas sobre ello. Conmigo viajaban el duque de Norfolk y su hermano lord Edward Talbot. ¿Los conoces? Son un par de tipos bastante divertidos. También viajaba un buen puñado de militares famosos, y nos pasamos la travesía intercambiando anécdotas hasta altas horas de la noche. Por desgracia, en cierto momento también se nos unió un periodista llamado Bertram Fletcher Robinson, un auténtico pelmazo que casi logra estropearnos el viaje.

—¡Qué terrible contratiempo! —comentó Wells.

—Cierto, aunque imagino que no tan terrible como el que te ha obligado a venir a pedirme desesperadamente ayuda.

Wells lo contempló estupefacto.

—¿Cómo lo has sabido? —acertó a preguntar.

—Elemental, mi querido Wells, elemental. —Doyle sonrió—. Te has presentado en mi casa sin anunciarme tu visita el día antes con un telegrama, como acostumbras a hacer por tu insobornable apego a las etiquetas, y lo has hecho como si vinieras de asistir en un parto: mal afeitado, con ojeras y el traje arrugado. No obstante, la pista fundamental me la ha dado el educado interés con el que has escuchado mis aventuras, que no han sido más que la crónica de una estúpida e intranscendente travesía en barco. El viejo Wells me habría interrumpido diciéndome que ese crucero para jubilados era lo que menos le interesaba, pero tú ni siquiera te has inmutado: has asentido solemnemente a cada frase, lo cual demuestra que no estabas escuchando, sino barruntando la mejor manera de abordarme con tu petición. ¡No hace falta ser Sherlock Holmes para adivinar eso! Hasta mi hijo pequeño se habría dado cuenta. Algo grave te preocupa, mi querido George, y has venido aquí en cuanto supiste que había vuelto de África, porque crees que puedo ayudarte... ¿Acaso me equivoco?

Wells titubeó y se pasó una mano por la frente.

—¡Tienes razón, demonios! Yo... Bueno, perdona que no te haya escrito para anunciarte mi visita, Arthur, pero...

—Oh, no te disculpes. Soy yo quien debería hacerlo, George. Lamenté mucho haberme ido en... esas circunstancias. Me habría gustado al menos asistir al entierro.

—No te preocupes —Wells sacudió una mano en el aire—, todos lo comprendimos perfectamente.

—¿Cómo se encuentra? —preguntó con delicadeza el escocés.

Wells lanzó un resoplido, como si quisiera dejar claro al mundo que aquella no era una pregunta fácil de responder.

—Bueno, cuando un miembro de una pareja muere en semejantes circunstancias, el que sobrevive siempre se siente culpable por no haber muerto en su lugar —dijo, como si hubiera comprobado aquella regla numerosas veces a lo largo de su vida.

—Así es —confirmó Doyle, como si también él lo hubiese constatado con frecuencia.

—A pesar de todo, la culpa que embarga a Montgomery no se debe únicamente a que fuera él quien conducía el coche, Arthur. Se debe sobre todo a que Emma murió sin que él pudiera confesarle su secreto —explicó Wells.

—¿Su secreto?

—Sí, un secreto que muy pocas personas en el mundo conocemos. Y que ahora voy a contarte.

Se produjo entonces un tenso silencio de gato al acecho, que Doyle terminó rompiendo:

—¡Espera, George! Sea cual sea ese secreto, no creo que sea ético que me lo cuentes. Yo apenas lo conozco y...

—Tienes que saberlo, Arthur. Porque, como has dicho antes, necesito tu ayuda. Y solo si conoces toda la historia podrás ayudarme.

—De acuerdo, George. Como tú digas —convino Doyle, un tanto desconcertado.

—Bien, escucha: Montgomery Gilmore es un nombre falso; el auténtico es...

Wells calló antes de terminar la frase, pero no con la intención de realizar una pausa dramática, sino sencillamente porque tenía dudas: desvelarle al escocés la verdadera identidad de Murray quizá tan solo sirviera para empeorar las cosas. De repente, el plan que había tramado durante las últimas semanas se le antojó quimérico y descabellado. Pero era el único plan que tenía.

—¿Sí...? —dijo Doyle, expectante.

—Su nombre auténtico es Gilliam Murray —reveló al fin Wells—, más conocido como el Dueño del Tiempo.

Doyle lo contempló lleno de perplejidad.

—Pero... el Dueño del Tiempo murió —acertó a balbucir.

—No, Arthur, no murió. Fingió su propia muerte y empezó una nueva vida en Nueva York bajo el nombre de Montgomery Gilmore.

—¡Santo Dios! —exclamó Doyle. Guardó silencio, tratando de digerir la revelación, mientras Wells esperaba a que volviera a hablar, no sin cierta inquietud—. Ahora que lo dices, George, lo cierto es que Murray siempre me había recordado a alguien. ¡Demonios, soy el padre del detective más famoso del mundo y no se me ocurrió imaginar que...!

—¿Cómo ibas a sospecharlo? —se apresuró a tranquilizarlo Wells.

—Gilmore es Murray... Gilmore es Murray —repitió el escocés, sin salir de su asombro—. ¿Sabías que yo escribí varias cartas en su defensa, George?

Wells asintió en silencio, para que el escocés se recuperara poco a poco de la sorpresa.

—Pero... ¿por qué fingió su muerte? —preguntó Doyle unos segundos después.

Wells comprendió que su amigo había vencido el estupor inicial, pues su mente empezaba a plantearse las preguntas pertinentes. Sin embargo, no estaba seguro de que Doyle fuera a tragarse la única respuesta que podía darle.

—Porque el agujero al año 2000 se cerró bruscamente de buenas a primeras, sin que nadie supiera por qué —contestó con voz tranquila, fingiendo creer en lo que estaba diciendo—, y Murray sospechó que la gente no se contentaría con aquella explicación. Temía que la consideraran una argucia suya para dejar de compartir su descubrimiento con el mundo, así que decidió que lo mejor era..., en fin..., fingir que un dragón de la cuarta dimensión lo había devorado.

Doyle lo miró en silencio durante casi un minuto, sopesando la respuesta, mientras Wells sentía cómo se le aceleraba el corazón.

—Continúa —dijo al fin, con el tono resignado de quien sabe que le están mintiendo aunque comprende que no tiene derecho a preguntar más.

—El caso es que conoció a Emma siendo Montgomery Gilmore —prosiguió Wells, apresurándose a cambiar de tema—. Y, de hecho, ha pasado estos dos años tratando de decidir si confesarle o no su verdadera identidad. La última vez que hablamos de ello fue el mismo día del accidente, en Brook Manor. Monty me dijo que había resuelto no hacerlo, pero yo..., eh..., le convencí de lo contrario. —Se encogió de hombros, con una mueca de preocupación en los labios—. Y parece ser que lo intentó durante el viaje en coche. Fueron sus nervios los que provocaron el accidente, así que, en parte, yo también me siento responsable de la muerte de Emma. Para serte sincero, casi me siento el único responsable de ello —confesó con la voz estrangulada.

—Entiendo. —Doyle suspiró, asombrado ante aquella carambola de culpas que había golpeado a todos.

Con la voz cada vez más agrietada por la pena, Wells contó a su amigo lo que había sucedido durante los seis meses que Doyle había estado fuera. Al principio, Murray se había mostrado anonadado, incapaz de reaccionar, como si inconscientemente hubiese concluido que si no aceptaba el fallecimiento de su amada, esta no habría fallecido. Pero la aceptación se impuso, y con ella llegó el dolor, un dolor candente que trataba de arrancarse de su interior mediante un llanto desconsolado y casi inhumano. Se sucedieron entonces varias semanas en las que Murray quedó reducido a una criatura abatida a la que le dolía estar en el mundo, como si alguien hubiese forrado de espinos cada cosa que lo rodeaba. Luego, cuando el llanto vació al fin su cuerpo, la ira acudió a llenarlo, una ira proyectada contra la Tierra, el universo e incluso el mismo Dios en el que no creía, que habían conspirado a espaldas de su felicidad en un contubernio cósmico para arrebatarle a Emma. Pero también el tiempo de la rabia ciega terminó, dando paso a la estación de las promesas exaltadas lanzadas al aire, del delirio filosófico y la poesía macabra. Con una copa en la mano y derrengado en un sillón, Murray proponía tratos a la muerte: quemaría en una pira cuanto hubiera de valioso del mundo si a cambio le devolvía a su amada. O divagaba sobre la precariedad de todo y sobre lo absurdo que le resultaba aceptar que la ausencia de Emma fuera definitiva e irrevocable, que hubiese abandonado el mundo de los vivos cuando sabía que todavía se encontraba en él, enterrada en el cementerio de Highgate, a apenas unas horas en carruaje, su belleza marchitándose con sigilo de rosa en la oscuridad del ataúd. Y finalmente se apoderó de él la culpa. La culpa por no haber sabido velarla, la culpa por no haberla amado aún más de lo que la había amado, y, sobre todo, la culpa por no haberle confesado su verdadera identidad. A causa del miedo que le había impedido hacerlo, ahora le quedaba en las manos un puñado de recuerdos envenenados, pues su historia de amor no había sido más que una gran mentira. Y Wells, que también se sabía culpable de lo ocurrido aunque el millonario jamás se lo hubiera echado en cara, comprendió, con un escalofrío, que aquella última etapa era el preámbulo del suicidio. Murray no tardó en confirmárselo, diciéndole que tras haber sufrido todo lo estipulado, solo le restaba decidir el modo de quitarse la vida. Estaba dispuesto a hacerlo, lo quisiera Wells o no. Era incapaz de continuar viviendo tras comprender que había traicionado a la persona que más quería, y que jamás podría pedirle perdón.

—Intenté disuadirlo, Arthur, te aseguro que lo intenté. Usé todos los argumentos que se me ocurrieron. Pero resultó inútil. Le convencí para que le confesara su secreto a Emma, pero no puedo convencerlo para que continúe viviendo, tal vez porque mis argumentos ya no tienen ningún valor para él —se lamentó Wells—. Así que Murray va a quitarse la vida en cualquier momento. Durante estos últimos meses, Jane y yo lo hemos tenido vigilado día y noche, pero no podemos seguir así siempre, Arthur. Estamos exhaustos. Tarde o temprano cometeremos un descuido, y entonces Murray cumplirá su palabra. No sé cuándo ocurrirá, quizá mañana o pasado mañana, pero te aseguro que lo hará. A menos que alguien logre convencerlo de lo contrario.

—Pero ¿quién? —inquirió Doyle—. Si tú, su mejor amigo, no lo has conseguido, ¿quién podría hacerlo?

Entonces Wells forjó una sonrisa que Doyle juzgó un tanto desquiciada.

—Emma —respondió—. Emma podría.

—¿Emma? Pero Emma está... —No tuvo valor para acabar la frase, como si temiera que eso la matara doblemente.

Wells la terminó por él:

—Muerta. Sí, Arthur, Emma está muerta. Muerta y enterrada. Pero es la única capaz de convencerlo. Murray necesita acabar la conversación que empezaron en el coche. Necesita contarle quién es y obtener su perdón. Y hay un modo de hablar con un muerto, ¿no?

Doyle alzó las cejas.

—¿Quieres decir...?

Wells miró a Doyle a los ojos, intentando transmitirle la importancia de lo que estaba a punto de pedirle:

—Una sesión de espiritismo, sí. Es preciso que Emma contacte con Murray. Debe perdonarle desde el más allá lo que Murray no pudo confesarle en vida. Y para eso, Arthur, necesito tu ayuda.

Hasta aquel momento, Wood había leído una docena de cartas más, y durante los veinte minutos siguientes continuó lidiando desganadamente con el correo de su jefe, hasta que Cleeve lo interrumpió entrando en el despacho.

—Alfred, el señor quiere que acudas a la biblioteca.

—¿Te ha dicho qué quería? —preguntó el secretario con cierta inquietud.

—No, pero sigue con el señor Wells. Y ambos parecen muy... excitados. Cuando le he visto en ese estado me he temido lo peor..., pero por suerte solo quería mandarme a buscarte.

—Oh, no... —Wood palideció con la misma discreción con la que existía en el mundo—. Dime, Cleeve, ¿la tiene?

El mayordomo suspiró con desazón.

—Me temo que sí, Alfred: tiene la mirada.

El suspiro de desazón del secretario relegó al mayordomo a la condición de simple aprendiz en el arte de exteriorizar las pesadumbres interiores. Al igual que Cleeve, no había nada en el mundo que Wood temiera más que su jefe lo reclamara con *la mirada* en los ojos. Aquello podía significar muchas cosas, pero ninguna agradable: una invitación a pasar unos meses en el frente, unas clases de vuelo en globo, o cualquier descabellado plan para luchar contra alguna injusticia que probablemente implicaría un difícil equilibrio entre el ridículo y la ilegalidad. ¿De qué se trataría esta vez? Tras intercambiar con Cleeve una mirada de condolencia, Wood caminó hacia la biblioteca con presteza mientras se estiraba su impecable chaqueta, se pasaba las manos por su impecable peinado y ensayaba la impecable expresión de flemática indiferencia con la que solía acoger las peticiones más extravagantes de su jefe. Sin embargo, en su interior distaba mucho de reinar la calma. Y tal vez por eso, cuando llegó a la puerta de la biblioteca, Wood permaneció unos segundos más de lo correcto con el puño en alto, antes de anunciarse con unos ligeros golpecitos. Desde el interior le llegaban con total nitidez las voces de los dos escritores, que conversaban con visible entusiasmo:

—¡Aceptará porque está desesperado! —estaba diciendo Wells—. Y más si eres tú quien se lo propone, Arthur. Vi la expresión que puso cuando le hablaste del espiritismo la tarde en la que os presenté. Muy pocos logran cerrarle la bocaza, te lo aseguro, pero tú lo conseguiste, aunque solo fuera por un instante... Además, no tiene nada que perder...

—¡Claro que no tiene nada que perder, George! ¡Y sí mucho que ganar! —bramó Doyle—. Hablar con el ser amado por última vez... ¿Quién en su sano juicio no querría intentarlo? Aceptará, claro que lo hará. Sobre todo cuando le diga que he encontrado un médium auténtico oculto en una de las más desconocidas tribus de Sudáfrica, un médium con unos poderes indiscutibles, desconocido para el mundo entero, esperando a ser descubierto.

—Un médium auténtico... «Bastaría con encontrar un médium auténtico, solo uno.» ¡Tal y como dijiste aquel día! «Entonces ya no importaría que hubiera cientos, miles de médiums falsos.» —repitió Wells, entusiasmado.

—¡Es cierto! Aquella conversación... ¡Ha sido el destino, sin duda! —convino Doyle con idéntico entusiasmo—. Y así lo verá Murray.

—¡Ahora solo tenemos que traer a ese médium a Inglaterra lo más rápido posible! —Un alegre tintineo le indicó al secretario que los escritores acababan de entrechocar sus copas—. Por cierto, ¿dónde demonios está tu secretario?

Tras la puerta, Wood dio un respingo. ¿Qué pretendían aquel par de locos? ¿Enviarle a Sudáfrica en busca de aquel médium? Pues estaban muy equivocados si creían que... El vozarrón de Doyle interrumpió sus pensamientos:

—¡Wood, deja de escuchar tras la puerta y entra de una maldita vez!

—¿Cómo demonios ha sabido que...? —comenzó a murmurar el secretario, pero dejó la pregunta inacabada para dibujar su sonrisa más servil mientras abría la puerta.

—Disculpe, señor, pero he oído gritos y pensé que..., eh..., no era buen momento para interrumpirles.

—¿Qué tontería es esa? ¡Si he sido yo quien te he mandado llamar! —le cortó Doyle—. Woodie, necesito de tus servicios.

—Sí, señor... —dijo el secretario, preparándose para lo peor.

—No pongas esa cara, mi querido Woodie, te aseguro que no voy a pedirte nada complicado. Al menos nada para lo que no estés de sobra preparado.

Doyle guardó silencio durante unos instantes, sin dejarse engañar por la expresión de tibio interés que había compuesto su secretario, gozando en dilatar la temerosa expectación que sin duda se escondía tras ella.

—Creo que una vez más voy a requerir de tu maravillosa caligrafía —dijo sonriendo ante el desconcierto de su empleado. Sí, nada le gustaba más en el mundo que explorar los límites de la educada actitud de Woodie—. Necesito que escribas unas líneas.

XIX

A la mañana siguiente, al romper el alba, Wells y Doyle acudieron a la mansión de Murray, impacientes por comunicarle la buena noticia. Estaban convencidos de que su propuesta tendría un efecto inmediato sobre el desolado millonario. Le sacudiría la telaraña de las penas de un solo manotazo, o al menos le inyectaría la dosis mínima de esperanza para aguantar sin matarse unos cuantos días más, los que el médium tardaría en llegar desde Sudáfrica.

—Pero no es un médium cualquiera... ¡Se trata de un médium auténtico! —exclamó Doyle, intentando contagiar su entusiasmo al espantajo que yacía derrumbado en el sillón, apestando a alcohol y a ropa sucia—. Sus poderes están fuera de toda duda. Yo mismo lo comprobé personalmente, y te aseguro que los prodigios que presencié son indescriptibles.

Y mientras Murray lo observaba con los ojos enrojecidos y un rictus de apatía en el rostro, Doyle empezó a pasear por la habitación, desgranando la historia de aquel prodigioso médium que no buscaba fama ni dinero, pues tales palabras no tenían el menor significado para él.

El escocés lo había encontrado casualmente en un poblado bakongo cuando estaba en Sudáfrica. Se trataba de un occidental que, con dos o tres años de edad, se había perdido en el Veldt, las vastas y salvajes llanuras sudafricanas, y había sido adoptado por una tribu bantú. Con el tiempo, el niño, a quien los ancianos del poblado llamaron Ankoma, nombre que significaba algo así como «el último niño nacido», había asimilado las costumbres de sus padres adoptivos y se comportaba como un miembro más de la tribu, si bien cuando estaban todos juntos relumbraba como un dulce de nata entre carbones, debido al color de su piel. Sin embargo, con el despuntar de la adolescencia despertaron también sus poderes. Tan extraordinario resultaba su talento que, con apenas doce años, había destronado y ocupado el cargo del viejo chamán de la tribu, que únicamente sabía convocar a la lluvia, y eso solo si se anunciaba tormenta.

Cuando, al pasar junto al poblado bakongo tras la cruenta batalla de Brandfort, Doyle se había enterado de la leyenda del Gran Ankoma —el hombre blanco que levantaba cuencos y herramientas sin tocarlas y hablaba con los muertos—, no dudó en rogar a los jefes bantúes que le permitieran ser testigo de lo que su pálido chamán era capaz de hacer. Estos habían accedido a cambio de un puñado de baratijas, y en el interior de una choza miserable, Doyle pudo ver en acción a un auténtico médium. El despliegue de sus poderes había sido tan asombroso que podía afirmar que mientras viviera nunca olvidaría lo que había visto.

Así pues, cuando el día anterior Wells acudió a su casa para pedirle ayuda, comprendió que, pese a lo desafortunado de su primer encuentro, sus caminos se habían cruzado para que él, Arthur Conan Doyle, ayudara a Montgomery Gilmore... o, mejor dicho, a Gilliam Murray, el Dueño del Tiempo, porque ahora también él conocía su secreto. Y absolutamente convencido de que debía salvar al hombre que había abierto las puertas del futuro, se había pasado la noche dictando a su fiel secretario innumerables cartas dirigidas a importantísimas autoridades del ejército y del gobierno de Sudáfrica, prometiendo tantos favores a cambio de su ruego que a buen seguro tendría que empeñar el resto de su vida para devolverlos. Sin embargo, estaba convencido de que el precio valdría la pena: el Gran Ankoma acudiría a Inglaterra para convocar el espíritu de Emma, y de ese modo el millonario podría hablar con ella y solicitar su perdón.

Doyle terminó su perorata convencido de que aquellos ojos enrojecidos no tardarían en derramar lágrimas de agradecimiento, e incluso se preparó para recibir un ocasional abrazo de aquel hediondo despojo. No obstante, Murray se limitó a contemplarle en silencio durante un buen rato; después se levantó, cogió la botella de whisky que siempre llevaba consigo y, con paso vacilante aunque digno, abandonó el salón ante la atónita mirada de sus amigos, para volver a la cama de la que lo habían sacado al amanecer.

Los escritores comprendieron que convencer al millonario para organizar una sesión de espiritismo con el Gran Ankoma no iba a resultar tan fácil como creían. Durante los días que siguieron, comprobaron con impotencia que pese a hallarse destrozado, abatido y medio alcoholizado, Murray no había modificado su opinión con respecto al espiritismo. Cada vez que sacaban el tema, el millonario se negaba a escucharlos, demostrando una gran inventiva a la hora de hacerlo: a veces se reía en sus narices, otras los insultaba con balbuceos de borracho para acabar vomitándoles en los zapatos, las más los echaba de su casa con ademanes airados, sin importarle que se encontraran casi siempre en la de Wells, e incluso había ocasiones en las que les arrojaba lo que tenía más a mano, generalmente una botella medio vacía... Ni los ruegos de Wells, ni las amenazas de Doyle, ni las dulces súplicas de Jane, que llegó a recordarle que él le había salvado la vida una vez y que ella no soportaría no poder salvar la suya, hicieron mella en la terca negativa del millonario. Hasta que se hallaron en la víspera de la llegada a Inglaterra del Gran Ankoma.

Doyle, Wells y Jane acudieron a la mansión del millonario para comunicárselo, y allí se encontraron a un agitadísimo Baskerville. Al parecer, su patrón llevaba todo el día encerrado en su habitación, bebiendo, llorando y lanzando a los criados las más imaginativas y blasfemas imprecaciones, aunque lo más alarmante era que desde hacía al menos una hora guardaba silencio. Wells y Doyle intercambiaron una mirada de pavor, y corrieron escaleras arriba, hasta la torre donde se hallaba la habitación del millonario. Encontraron la puerta cerrada, pero eso no supuso ningún obstáculo para el escocés, que logró abrirla tras varias embestidas, astillando el marco y casi sacándola de sus goznes. Para alivio de todos, el millonario no se había colgado del techo ni se había arrancado la vida de ninguna otra forma; simplemente se había desmayado. Les costó dos teteras bien cargadas y una palangana de agua que se sentara en un sillón de la habitación y los escuchara.

—Mañana llegará al fin el Gran Ankoma, Gilmore —le dijo Doyle, en un tono tan áspero como agotado—. Y no necesito recordarte que para ello he tenido que empeñar mi palabra y recurrir a todas mis influencias, por lo que espero que todo ese esfuerzo haya servido de algo.

Murray se limitó a encogerse de hombros.

—Yo no le he pedido que venga.

—¡Pero ya está aquí! —rugió el escocés, perdiendo la paciencia—. ¿Qué demonios pretendes? ¿Que lo embarque de vuelta con una nota de agradecimiento colgada del cuello?

—Lo único que quiero es que me pagues la puerta del dormitorio.

Doyle lanzó un bufido propio de un toro, se acercó a una de las ventanas y miró hacia el exterior, intentando calmarse.

—Eres un cabezota y un egoísta, Monty —le increpó Wells—. No te importa el infierno que nos estás haciendo pasar, ¿verdad? ¿Qué te cuesta asistir a la sesión? ¿Qué demonios tienes que perder?

—Por favor, Monty —suplicó por enésima vez Jane—. Solo te pedimos que lo intentes.

El millonario le dedicó una mirada desgarradora.

—No puedo, Jane —murmuró—. No soportaría que el nombre de Emma se usase en vano. ¡No puedo permitirlo! No supe respetarla en vida, no hice otra cosa que faltarle al respeto cada uno de los días en que le mentí..., y no voy a permitir que se le vuelva a faltar después de muerta con una estúpida pantomima.

—¡Pero nadie va a faltarle al respeto! —gritó Wells, exasperado—. Te repito que ese médium es *auténtico*.

—¿De qué tienes miedo, Gilmore? —inquirió Doyle, dándose la vuelta de repente, con las manos entrelazadas a la espalda.

—¿Miedo? —Murray le miró desconcertado—. Yo no tengo miedo.

—Oh, por supuesto que lo tienes —le aseguró el escocés con severidad—. Tienes miedo de hablar con tu prometida y descubrir que no piensa perdonarte. Sí, es eso. No quieres arriesgarte a que tal cosa suceda, porque, entonces, ¿qué te quedaría? Ni siquiera el consuelo del suicidio... ¿Morir? ¿Para qué? ¿Para enfrentarte toda la eternidad a una mujer despechada? Prefieres seguir así, atormentándonos con tus estúpidas amenazas de suicidio, amenazas que jamás cumplirás porque eres un cobarde. Por eso no te has matado aún, por eso no quieres hablar con Emma, y por eso no fuiste capaz de contarle toda la verdad cuando estaba viva.

—¡¿Qué?! ¡Iba a hacerlo! —bramó Murray, levantándose del sillón medio tambaleante—. ¡Te juro que iba a hacerlo antes de que el maldito coche se despeñara! ¡Y por supuesto que voy a matarme! ¡No quiero seguir viviendo! No me importa lo que haya al otro lado, no me importa si solo hay un vacío espantoso, o si está Emma, enfadada conmigo para siempre... Nada puede ser peor que esto, nada...

—¿Vas a matarte? ¡Pues hazlo! —Con un gesto brusco, Doyle abrió de par en par la ventana que tenía a su espalda. Una brisa fresca y dulce, como un suspiro de enamorada, invadió la habitación—. ¡Adelante, salta! Por lo menos hay cuatro pisos de altura, morirás casi con total seguridad... ¡Salta ahora mismo y termina con todo!

Wells y Jane miraron aterrorizados a Doyle.

—Arthur, por favor, no creo que ese sea el modo de... —intervino el escritor.

Antes de que acabara la frase, Murray lo apartó de un empujón y, decidido, se dirigió hacia la ventana.

—¡Monty, no! —exclamó angustiada Jane, interponiéndose en su camino.

Con ella fue más cuidadoso, aunque también la apartó con firmeza.

—¡Arthur, por todos los santos, detenle! —gritó la mujer.

El escocés no le hizo caso. En vez de atajarlo, se apartó de la ventana sonriendo ampliamente, al tiempo que extendía el brazo con el gesto educado de quien cede el paso a alguien. Murray le lanzó una mirada hostil al pasar junto a él, y de un salto se encaramó al alféizar, agarrándose al marco de la ventana con las dos manos.

—Monty, baja de ahí, por Dios —le suplicó Wells, y se aproximó a él con pasos cautelosos.

—¡No te acerques, George! Quédate donde estás —le ordenó Murray.

Doyle, que se encontraba justo al lado del millonario, le hizo un gesto a Wells para que obedeciera. Reprimiendo las ganas de correr hacia él y sujetarlo, el escritor se detuvo, contemplando con inquietud el corpachón del millonario, que se recortaba contra la luz de la luna, ocupando casi por completo el hueco de la ventana.

Con las manos sujetas al marco y los pies sobre la estrecha cornisa, Murray respiró hondo. Mientras discutían, la tarde había terminado de derrumbarse entre resplandores cárdenos, dejando paso a una hermosa noche de verano lacrada por una luna llena. Una hermosa noche para morir, se dijo, mientras la dulce brisa nocturna le acariciaba el cabello y arrastraba hasta él el aroma de los jazmines. ¿Por qué no? ¿Por qué no acabar de una vez con su sufrimiento? ¿Acaso era un cobarde, como había afirmado Doyle? Adelantó un poco el pie derecho, provocando que un débil grito agudo, seguramente proferido por Jane, sonara a sus espaldas. Lo sentía por ella, y por George, incluso por el escocés. Sentía que sus amigos tuvieran que ser testigos de su suicidio, pero Wells tenía razón: les estaba haciendo pasar un infierno, a todos. Era mejor acabar de una vez con el patético espectáculo de su dolor. Y eso haría. Miró hacia abajo. A sus pies se extendían los jardines por los que tantas veces había paseado con Emma. En cada uno de sus recovecos, como un trozo de vestido prendido a la rama de un arbusto, había quedado el recuerdo de un beso, de una caricia, de una broma que ella había reído. La luz plateada de la luna perfilaba con delicadeza los contornos de los árboles, hacía brillar como lentejuelas las gotas de rocío que perlaban las rosas, y rielaba en el agua de los estanques, donde los nenúfares se mecían ensimismados, ejecutando un moroso vals para nadie. Al fondo, despuntando sobre las copas de un frondoso bosquecillo como una luna naciente, se vislumbraba la cúpula del hermoso invernadero, aquel pequeño y exquisito palacio de cristal que Murray había construido con sus propias manos para darle una sorpresa a su prometida, y que imitaba hasta en el más mínimo detalle al famoso Taj Mahal de la India.

Murray reparó entonces en la infinita distancia que lo separaba del suelo y lo asaltó un miedo irracional que le recordó la mañana en la que había descendido en globo para conquistar el corazón de Emma. Aquella vez también había tenido que luchar contra el vértigo, pero había merecido la pena porque su amada le esperaba en los pastos de Horsell. Murray cerró los ojos, y volvió a verla allí abajo tal y como la había visto aquel día, vestida de blanco, medio oculta por la sombrillita que no dejaba de girar nerviosa en su mano, esperándole... Y con las últimas reservas de valor que le quedaban, se dijo que debía acudir a su lado, y hacerlo cuanto antes, pues a ella le gustaba que fuera puntual, y ya llevaba varios meses de retraso... Abrió los ojos, decidido a arrojarse al vacío.

Y entonces la vio. En el sendero flanqueado por los rosales, en el mismo sitio donde ella solía detener sus paseos para aspirar con delicadeza el aroma de alguna rosa. Allí había una figura de mujer, resplandeciendo bajo la luna con su vestido blanco, y el rostro oculto bajo una sombrillita que no dejaba de girar. Una imagen tan luminosa y aterradora como una risa inesperada en el silencio de la noche. Murray envaró el cuerpo y parpadeó varias veces, sintiendo cómo su nombre se le derramaba en un balbuceo:

—Emma...

—No, Monty, por favor —suplicó Jane, aterrorizada—. No saltes. Emma no habría querido...

—¡Emma! —exclamó el millonario.

Se volvió bruscamente y entró de un salto en la habitación.

—¡Lo sabía! —exclamó Doyle en tono triunfal—. Sabía que no se tiraría.

Sin prestarle atención, Murray corrió hacia Wells y, agarrándole por el brazo, lo arrastró hacia la ventana.

—¡Mira, George, mira! —le dijo con los ojos encendidos—. Es Emma... ¡Está allí!

—¿Qué?

Todos se abalanzaron a la ventana y asomaron la cabeza por ella, en un rebujo expectante.

—Yo no veo nada —murmuró Wells.

—Yo tampoco —dijo Jane, entornando los ojos—. ¿Qué has visto exactamente, Monty?

Murray no contestó. Se dio la vuelta y salió a la carrera de la habitación. Desconcertados, todos le siguieron escaleras abajo, casi empujándose unos a otros. Cuando llegó al jardín en el que había visto a Emma, el millonario se detuvo y miró en todas direcciones, cada vez más ansioso y desorientado. Los demás fueron llegando y deteniéndose a su lado, jadeantes, pero antes de que pudieran preguntarle qué le ocurría, Murray echó a correr a través del jardín. Aullando el nombre de Emma, recorrió senderos y bordeó estanques, mientras sus amigos lo observaban con una mirada piadosa. El millonario corría de un lado a otro trastabillando, se detenía un instante, aguzaba el oído, y luego reanudaba su alocada carrera sin un rumbo claro. Finalmente, agotado, cayó de rodillas, sin dejar de pronunciar el nombre de su amada entre sollozos. Wells se acercó a él y, agachándose a su lado, le puso una mano sobre el hombro. Murray le miró, con los ojos arrasados por el desconsuelo.

—La he visto, George, te juro que la he visto —susurró entre jadeos—. Era ella. Estaba aquí... ¿Por qué se ha ido?

Agachándose a su lado, Doyle le sonrió bondadosamente.

—Intenta llegar hasta ti, amigo mío —le explicó casi con ternura, como un padre animando a su hijo—. Pero no encuentra el camino. Tal vez solo quería recordarte que tenéis una cita en Brook Manor. Ella misma la fijó el día de su muerte. Pero los espíritus necesitan los canales adecuados para llegar hasta nosotros. Te lo dije una vez. Los espíritus necesitan a los médiums...

XX

Tres días después de que el Gran Ankoma desembarcara en Inglaterra, Murray llamó a la puerta de Brook Manor cuando el atardecer empezaba a difuminar los contornos del mundo. Lo acompañaba Jane, que había estado velándolo durante la jornada. En la casa lo esperaban Wells y Doyle, quienes habían llegado por la mañana en un coche alquilado con el médium, para que este pudiera pasar las horas previas a la sesión en el escenario donde esta transcurriría, dejándose oler por las fuerzas espirituales que maceraban el lugar como quien se deja olisquear por un perro antes de acariciarlo.

—Aún no sé cómo me he dejado convencer para venir hasta aquí —le espetó el millonario a Wells cuando este acudió a abrirles la puerta.

Sin dejar de refunfuñar, se internó en el vestíbulo mientras el escritor intercambiaba una mirada de complicidad con Jane. Tras un abrazo apresurado, Wells condujo a Murray hacia el comedor, donde se celebraría la sesión. Con un rápido vistazo, comprobó que al menos su amigo se había aseado un poco y se había puesto toda la ropa del derecho, un logro que sin duda se debía más a Jane que a él mismo.

—No te arrepentirás, Monty, te lo aseguro. Únicamente relájate todo lo que puedas para que las misteriosas fuerzas del más allá no sientan ningún rechazo por tu parte y...

—Basta, George, por favor —lo interrumpió Murray, agitando la mano con irritación—. He venido para ver a Emma, no para escuchar tu cháchara espiritista.

Wells asintió con un suspiro, al tiempo que, seguidos de Jane, él y Murray se aventuraban en el vasto salón que colindaba con el vestíbulo. Aquella estancia se hallaba más caldeada, debido al retal de crepúsculo que ardía en el interior de la chimenea. Colgadas de sus muros, las cabezas de ciervo continuaban desafiándose unas a otras, detenidas en un duelo que jamás se produciría. Doyle los esperaba al otro lado de la sala, firmemente plantado ante la puerta del comedor, como un centinela que custodiara el acceso al más allá.

—Buenas noches, Gilmore —lo saludó—. Me alegra que hayas venido. Estoy seguro de que no solo no te arrepentirás de haber accedido, sino que además...

—Por favor, Doyle —lo cortó Murray con impaciencia—. Vamos al grano, si no te importa.

—Por supuesto, por supuesto. Enseguida iremos al grano —dijo el escocés, que no estaba dispuesto a dejar que las prisas del millonario le obligaran a saltarse ningún paso de la ceremonia—. Pero antes de que te presente al Gran Ankoma, que se halla concentrado en el comedor, permíteme recordarte que ha venido desde Sudáfrica solo para ayudarte, que nunca antes ha realizado ninguna sesión a nuestro modo y que no lo mueve ningún afán de lucro. Todo eso le honra, como comprenderás, por lo que espero que se lo reconozcas con una actitud debidamente respetuosa. —Miró a Murray a los ojos, esforzándose para no resultar amenazador, aunque paradójicamente consiguió el efecto contrario—. El Gran Ankoma solo habla el dialecto de los bakongo, pero yo me encargaré de traducir sus palabras. Durante mi estancia en el poblado llegué a entenderlo bastante bien. —Dicho esto, se volvió, tomó el picaporte de la puerta y la abrió ceremoniosamente al tiempo que añadía—: Espero que estés preparado, Gilmore. Esta noche tu idea del mundo cambiará.

La amplia estancia, que carecía de ventanas, estaba iluminada aquí y allá por docenas de velas, que arrancaban destellos al mellado acero de los sables y volvían aún más fantasmagóricos los rostros de los antepasados de los Cabell, como si el pintor los hubiera retratado tras morir ahogados. Presidiendo la mesa, con la cabeza ligeramente inclinada, los brazos estirados y las palmas sobre el mantel de lino que la cubría, se distinguía una silueta medio en sombras. El mísero resplandor de la lámpara que descansaba en el centro apenas lograba descifrar la oscuridad que la rodeaba. Guiado por Doyle, el grupo avanzó unos pasos hasta el otro extremo de la mesa. El escocés se separó de ellos, se acercó al médium con movimientos reverentes y le susurró algo con la presunta intención de sacarlo de su trance. El médium agitó la cabeza con gran parsimonia, como despabilándose de un prolongado letargo o una memorable borrachera, y contempló a los presentes sin verlos.

El tal Ankoma era un hombrecillo flaco, cuya edad resultaba difícil de precisar a causa de la tupida y generosa barba que le emboscaba el rostro, ocultando también la mayor parte de sus facciones, y de la no menos frondosa cabellera. Únicamente unos ojillos de ratón, divertidos e intrigantes, relucían entre la cascada de guedejas blancuzcas que se le derramaba desde la frente. Vestía una especie de túnica holgada de color oscuro, y del cuello le colgaba un variopinto rebujo de collares y abalorios, entre los que

Murray creyó atisbar el colmillo de alguna bestia ignota. Sin dirigirse a nadie en particular, el médium profirió una retahíla de ruiditos guturales, como si se hubiera atragantado con un hueso de pollo.

—Dice que los espíritus son fuertes aquí —tradujo servicialmente Doyle.

—Ya —bufó Murray, que no pensaba dejarse impresionar con tanta facilidad.

Doyle le reprobó su falta de educación con una mirada severa, y procedió a realizar las presentaciones. Cuando acabó, invitó a Murray a ocupar la silla que se encontraba al otro extremo de la mesa, para que quedara enfrentado al Gran Ankoma, mientras él se sentaba a su derecha y Wells y Jane a su izquierda. Una vez acomodados, retomó su papel de maestro de ceremonias.

—Bien. Ankoma está especializado en escritura automática —le explicó a Murray—. Esto es lo que hará: contactará con el espíritu de Emma, y si ella se muestra de acuerdo, le pedirá que se dirija a ti escribiendo en esta pizarra.

—¡Pero yo no quiero hablar con Emma a través de una estúpida pizarra! —protestó Murray—. ¡Quiero verla! ¡Quiero que aparezca frente a mí, como hizo en el jardín!

Doyle movió la cabeza, profundamente decepcionado ante la testaruda actitud del millonario.

—Verás, Gilmore... Cada médium tiene un método o un talento natural para comunicarse con los espíritus —le informó con paciencia—, no se les puede obligar a hacerlo de otra manera. Y lo importante es que puedas hablar con ella, ¿no te parece? Cómo lo hagas es lo de menos.

Murray dedicó una mirada desconfiada al pizarrín que descansaba sobre la mesa, junto a la lámpara de gas.

—¿Se comunicaba con los antepasados de los bantúes mediante pizarras? —inquirió con frialdad.

—Evidentemente no —respondió Doyle, al que la insolencia del millonario empezaba a irritar—. Lo hacía con hojas de palma. Pero aquí estamos un poco más civilizados.

—Hojas de palma... —Murray suspiró—. En fin. Adelante, Amoka.

—Ankoma —lo corrigió Doyle.

—Ankoma, Ankoma... —repitió el millonario, extendiendo las manos para indicarle al médium que podía proceder.

Ankoma asintió casi con indiferencia, como si sus órdenes se las dictaran fuerzas superiores ajenas a los hombres, y desde luego a Murray. Su cuerpo pareció relajarse: perdió el envaramiento que había mostrado hasta entonces, los ojos se le cerraron y una especie de paz beatífica le suavizó exageradamente la expresión, hasta rayar en una mueca bobalicona. Luego inició un tímido balanceo que fue intensificando de manera progresiva, hasta que pronto dio la impresión de removerse en la silla, como si alguien hubiese forrado su asiento de ortigas. Al poco, comenzó a sufrir espasmos fugaces y a emitir ridículos gorgoteos, como el agua que hierve en una tetera. Doyle se tensó sobre su silla.

Todos comprendieron que algo importante estaba ocurriendo o estaba a punto de ocurrir. Y no se equivocaron, pues en ese instante, un escalofriante y prolongado sonido parecido a un rechinar de dientes rasgó el aire. Sobresaltados, todos escudriñaron las sombras a su alrededor, intentando descubrir de dónde provenía aquel chirrido, hasta que comprendieron que debían de producirlo los viejos goznes de una de las puertas. Las escrutaron a través de la espesa penumbra, pero ambas permanecían cerradas. Entonces el entarimado del suelo emitió unos crujidos leves e intermitentes, anunciando que alguien cruzaba la habitación hacia ellos. El millonario arqueó las cejas. Los pasos sonaban cada vez más cercanos. Luego parecieron alejarse un poco, como si la presencia estuviera merodeando con siniestra lentitud alrededor de la mesa, estudiándolos. Murray se volvió hacia Wells y Doyle, pero los escritores lo ignoraron, ocupados como estaban en intercambiar entre sí miradas de desconcierto.

El Gran Ankoma permanecía en silencio, observando sobrecogido la oscuridad que sumía el comedor. Tras varios segundos en los que unos y otros se limitaron a mirarse confundidos, Doyle llamó la atención del médium con un gesto imperceptible y a continuación señaló la pizarra, como si quisiera recordarle que aquel era el modo con el que acostumbraba a comunicarse con los espíritus. El Gran Ankoma tomó entonces la pizarrita con sus delgadas manos recorridas de venas, que zigzagueaban bajo la pálida piel como raíces cubiertas de nieve, y durante unos instantes se limitó a sostenerla, como si no supiera muy bien qué hacer con ella. En ese momento, Wells pinzó bruscamente el hombro de Murray para transmitirle ánimo. Aquel gesto distrajo al millonario, si bien alcanzó a ver con el rabillo del ojo cómo Ankoma realizaba un movimiento sospechoso por debajo de la mesa. Cuando le miró directamente, el médium levantó la pizarra con una mano, le dio la vuelta y procedió a frotarla contra una tiza que había dispuesta en la mesa. Mientras, su cuerpo se estremecía con breves sacudidas y de sus labios se derramaba una letanía ininteligible. Algunos estremecimientos después, volteó la pizarra con la misma naturalidad con que alguien daría la vuelta a una tortilla, y la acercó a Murray. La letra de su amada Emma surcaba la superficie, antes impoluta. «Hola, soy la señorita Pesadumbre», leyó atónito.

—Vaya, me temo que el Gran Ankoma ha contactado con otro espíritu —dijo Doyle con desilusión.

Wells y Jane también cabecearon decepcionados, aunque sin dejar de mirar a su alrededor con desconfianza.

—No, no —se apresuró a explicarles Murray—. Señorita Pesadumbre es el apodo con el que yo me dirigía a Emma en la intimidad.

Contempló el mensaje de la pizarra con una mueca perpleja. Habría jurado que el médium acababa de realizar algún truco, probablemente un intercambio de pizarras por debajo de la mesa, aunque eso no explicaba el sonido de la puerta ni el de los pasos que le había parecido oír a su alrededor. Y, sobre todo, no cambiaba el hecho de que nadie en el mundo conocía el apodo con el que se dirigía a Emma cuando estaban a solas. Nadie salvo ella.

—Entonces... ¡Santo Dios, ha contactado con Emma! —exclamó Wells, conmocionado.

—¡Así es, mi querido George! ¡Lo hemos conseguido! —bramó con entusiasmo el escocés. Se volvió hacia Murray y le espetó—: ¿Recuerdas lo que te dije, Gilmore? ¿Quién no creería en los espíritus si un ser querido fallecido se dirige a ti diciéndote algo que solo tú conoces?

Murray lo miró con recelo y asintió lentamente.

—Adelante, Gilmore, la ventana está abierta —le apremió Doyle, exaltado—. Habla con Emma. Pregúntale lo que quieras. Por ejemplo, se me ocurre que podrías preguntarle si...

Con un gesto de la mano, Murray atajó el parloteo del escocés, que lo observó con una mezcla de desconcierto e indignación, y luego alzó el rostro hacia el techo.

—Emma, amor mío, ¿de verdad estás aquí? —preguntó con suspicacia, sin poder evitar que cierta esperanza impregnara sus palabras.

—Ya te ha dicho que está aquí, Monty —rezongó Wells—. ¿Por qué no le preguntas mejor si...?

Antes de que Wells pudiese acabar la frase, Murray dio un respingo en su silla y se tensó contra el respaldo. Todos lo miraron con extrañeza, sin comprender qué le ocurría. El millonario estaba pálido y permanecía envarado, con una mueca de estupefacción en el rostro y la respiración contenida.

—Dios mío... —gimió—, Dios mío...

Unos segundos después, dejó escapar el aire retenido con un profundo suspiro y, todavía inmóvil contra el respaldo, se llevó la mano izquierda al rostro y se acarició la mejilla lentamente, como si se la tocara por primera vez, mientras en sus labios iba cuajando una sonrisa de confusa dicha.

—¡Me ha acariciado! —anunció lleno de emoción, al tiempo que agarraba a Wells del brazo—. Todo es cierto, George. Emma está aquí. ¡Me ha acariciado, he sentido sus dedos en mi cara!

—Tranquilízate, Monty... —le pidió Wells, consultando a Doyle con la mirada.

—¿Tranquilizarme? Pero ¿no me has oído? ¡Emma está aquí! —Se levantó bruscamente de la silla y paseó una mirada ansiosa por la habitación, sin saber hacia dónde mirar. Finalmente, la posó en el médium, y le ordenó—: ¡Quiero verla!

Asustado, el Gran Ankoma emitió un ruidito que parecía expresar interrogación.

—¡Haga que se materialice, por favor! —le suplicó el millonario, invadido por una excitación casi infantil—. ¡Le daré lo que me pida!

Mientras rogaba al médium que invocara a Emma, aunque solo fuera en forma de vaporoso ectoplasma, Murray sintió que la sangre le batía las sienes con tanta fuerza que incluso experimentó un repentino mareo, o tal vez no fuera exactamente un mareo, aunque lo cierto era que la luz de la habitación, procedente de las velas, se le antojó de repente un poco más turbia.

—Eh..., me temo que eso excede los poderes del buen Ankoma —se excusó Doyle—. Pero podrías preguntarle a Emma...

—¡No quiero hacerle ninguna pregunta, maldita sea! —rugió Murray, desesperado—. ¡Lo único que quiero es verla!

De repente, se quedó callado, con la vista fija en el inmenso espejo de la habitación. Los demás también clavaron los ojos en él, intentando averiguar por qué había enmudecido Murray. Tardaron unos segundos en descubrirlo, pues la escena que transcurría en el comedor aparecía correctamente replicada en el azogue. Todos se hallaban repartidos de idéntico modo alrededor de la mesa que presidía el Gran Ankoma: a la derecha del médium estaba Doyle, mirando hacia el espejo por encima de su hombro, e intentando descubrir qué anomalía encerraba; frente a él se encontraban Wells y Jane, exhibiendo el mismo desconcierto. Sin embargo, de pie frente al Gran Ankoma no estaba Murray: una muchacha vestida de negro había sustituido el reflejo del millonario. La joven se levantó de la mesa en el preciso instante en que el grupo reparaba en ella y la bordeó con pasos vacilantes. Todos observaron enmudecidos aquella imagen invasora que caminaba hacia ellos desde el otro lado del espejo. Un instante después, la proximidad permitió que el resplandor de las velas descifrara su rostro.

—¡Emma! —exclamó Murray.

El descubrimiento le conmocionó tanto que perdió el equilibrio. Tras unos momentos, logró enderezar su corpachón y avanzó también hacia el espejo donde, con las manos apoyadas en la luna, como asomada a una ventana, estaba su prometida. La muchacha escrutaba el mundo de este lado con una mueca de sorpresa, como si viera a Murray con la misma claridad con que él podía verla a ella.

—Querida, he sentido tu caricia... —gimió el millonario mientras se acercaba al espejo con el rostro desencajado.

Emma le contemplaba caminar hacia ella hechizada mientras en sus ojos se relevaban, en un torbellino frenético, el horror, la perplejidad y la emoción. A medida que se acercaba, Murray estiró una mano con la intención de tocar el rostro de la muchacha, de sentir de nuevo el tacto de su piel y de su cabello, pero cuando la mano tropezó con la lisa superficie del cristal, comprendió que Emma seguía siendo inalcanzable, aunque la tuviera delante. Entretanto, el resto del grupo se había levantado de la mesa y se había situado a unos pasos por detrás de Murray para asistir al milagro que estaba sucediendo, de modo que aparecían duplicados en el reflejo, como un corro enmudecido que también escoltaba a la Emma del otro lado del espejo.

—¡Emma, amor mío! —exclamó el millonario, recorriendo con los dedos la gélida superficie del cristal, que le helaba las yemas con el frío de las cosas muertas.

La muchacha, una vez asimilado el extraño fenómeno, intentó entrelazar los dedos con los de Murray, sin encontrar más que el estorbo del azogue. Durante casi un minuto, ambos manotearon con impotencia a cada lado del espejo, tratando de escarbar en la superficie con unas manos que la desesperación convertía en garras, tratando de rasgar el aparentemente finísimo velo que los separaba, encerrándolos en prisiones gemelas. Hasta que la frustración desbordó a Murray, que empezó a golpear el espejo con las palmas abiertas. Desde el otro lado, Emma, cuya capacidad de comprensión —o quizá habría que decir de resignación— era mucho mayor, se limitaba a mirar a su prometido, susurrando su nombre con los ojos anegados de lágrimas. Había ladeado su hermoso rostro, conmovida por el inmenso amor cifrado en la desesperación con que Murray golpeaba el espejo, cada vez más rabioso pero al mismo tiempo contenido, consciente de que si rompía el cristal podría perder para siempre la imagen que atesoraba. Todos comprendieron que, aunque los reflejos estaban equivocados, reflejaban un mismo dolor.

Cuando Murray asumió que jamás podría abrir un túnel hasta los brazos de Emma, se apartó unos centímetros del espejo y contempló a su prometida con impotencia, reparando por primera vez en el ligerísimo aire marchito que empañaba su belleza: unas profundas ojeras ribeteaban sus ojos y su piel había perdido lustre, como si su alma llevase meses padeciendo una angustia que había empezado a agostar su lozanía. Con dedos temblorosos, Murray le acarició los labios sin poder tocarlos. En ese instante, a través de las lágrimas que habían empezado a brotar de sus ojos, notó que la luz de la habitación se aclaraba y perdía la extraña turbiedad que parecía haberla corrompido durante los últimos minutos, y entonces, tras un parpadeo, se descubrió acariciando su propio reflejo. Retrocedió un paso, entre sorprendido y contrariado.

—¡No, no! ¡Emma, no te vayas! ¡Vuelve! —bramó.

Pero el grito se fue extinguiendo poco a poco en su garganta, a medida que el despiadado transcurrir de los segundos amenazaba con convertir la imagen de Emma en una alucinación o un sueño. Finalmente quedó reducido a un gemido lastimero. Abatido y exhausto, Murray apoyó la frente en el espejo, y permaneció inmóvil, entregado a un sollozo cada vez más inaudible.

Por su cabeza volvieron a desfilar las imágenes del accidente, que no cesaban de acosarlo durante el sueño y la vigilia: sus manos empapadas de sudor aferradas al volante de la flamante máquina, el corazón latiéndole cada vez con más fuerza mientras buscaba el modo de iniciar su confesión, la sonrisa entre intrigada y divertida de Emma, aquella curva demasiado cerrada apareciendo de improviso, el coche saliéndose de la carretera y precipitándose por la empinada ladera, sus intentos por domeñar el artefacto, que había empezado a brincar sobre el terreno, el brutal tirón que lo arrancó del asiento lanzándolo por los aires, el mundo astillándose en un millar de fragmentos, y la voz de Emma, sonando cada vez más lejos, gritando su nombre mientras la oscuridad se cernía sobre él. Y luego, nunca supo cuánto tiempo después, el lento despertar, la bruma de la inconsciencia mostrando imágenes dantescas a través de sus descosidos: gente corriendo y gritando, rostros que lo miraban con preocupación, los talones de sus botas dibujando un surco en la tierra mientras lo arrastraban lejos de allí, y una voz destacándose con maldita nitidez entre aquella algarabía de órdenes lanzadas al aire, la voz ronca de un desconocido cuyo rostro nunca vería, resonando en su cráneo por encima del traqueteo del carruaje en el que lo llevaban al hospital, por encima de las preguntas de quienes lo acompañaban, por encima de cualquier otro sonido del mundo. Aquella frase que jamás lograría olvidar, aquella frase que le anunciaba el fin: «Habrá que serrar los hierros para sacar el cadáver».

—¿Qué demonios ha sucedido? —preguntó Doyle a su espalda.

Wells abrió la boca para responder. Ahora estaba seguro de que la experiencia que había sufrido frente al espejo durante el fatídico día de la excursión no había sido fruto de ningún efecto óptico. Mientras todos miraban a Emma y a Murray, él había aprovechado para examinar su propio reflejo, que también se había desentendido de los enamorados y le miraba directamente a él, con idéntica expresión de terror, pero sin la cicatriz que recorría su barbilla. Wells no sabía qué significaba todo aquello, aunque era obvio que ambos fenómenos estaban íntimamente relacionados. Pero antes de que pudiera pronunciar una palabra, escuchó la voz de Jane:

—Emma vestía de negro. Como si guardara luto.

—Es cierto —corroboró Doyle—. Y yo llevaba un traje distinto. Exactamente el que habría traído si esta mañana no me hubiese derramado el café encima.

—Y yo... —intentó continuar Wells.

Pero Murray no le dejó. Se volvió súbitamente y señaló al médium con un dedo.

—¡Hágalo otra vez! —exclamó—. ¡Tráigala de nuevo!

El Gran Ankoma retrocedió unos pasos, agitando las manos ante el pecho.

—Espera, Gilmore, deja que te explique —terció Doyle, apoyándole una mano en el hombro.

Murray se la sacudió con brusquedad, y avanzó hacia el médium.

—¡Makoma o como demonios te llames, vuelve a hacerla aparecer, o juro que te estrangularé con mis propias manos!

—¡No puedo! —se defendió el Gran Ankoma en un inglés perfecto, implorando la ayuda de Doyle.

El escocés intentó detener a Murray, esta vez tomándolo del brazo e inmovilizándolo con algo parecido a una llave.

—Escúchame, Gilmore: nada de lo que ha sucedido aquí tiene que ver con Ankoma.

—Es cierto, Monty —corroboró Wells, interponiéndose entre el millonario y el médium—. Me temo que Ankoma no tiene ningún poder.

Murray observó al médium, sin comprender.

—Es cierto, señor Gilmore —se disculpó el susodicho intentando recuperar la compostura—. Sé exactamente quiénes son mis padres, domino perfectamente la lengua inglesa, como puede apreciar, y nunca he estado en ningún poblado bakongo levantando sus cuencos sin tocarlos, sencillamente porque carezco del poder de elevar objetos... Mi único talento, según el respetable criterio del señor Doyle, es una caligrafía más hermosa y legible que la suya. Al menos eso me dice cada vez que me pide que escriba unas líneas por él. Y, para serle sincero, no creo que merezca ser estrangulado por ello.

—¿No puede elevar objetos? ¿Y cómo explica eso? —dijo Murray, señalando hacia la pizarrita que, separándose de la mesa, había empezado a flotar en el aire.

Boquiabiertos, todos contemplaron cómo se mecía en el vacío. Apenas habían logrado salir de su asombro cuando la tiza también emprendió el vuelo y se acercó a la pizarra para escribir algo en ella. Acabada su tarea, volvió a posarse en la mesa como un insecto extraño. Acto seguido, la pizarra se acercó flotando al grupo y se detuvo ante el millonario.

—«¿Quieres que vuelva a acariciarte otra vez, amor mío?» —leyó Murray—. Oh, Emma —balbució, mirando con infinito agradecimiento el aire por encima de la pizarra, donde supuestamente debía hallarse el rostro de su amada—. Claro que sí, mi amor, necesito tanto sentir tus manos...

Un violento manotazo borró el mensaje de la pizarra, que regresó a la mesa para que la tiza volviera a escribir sobre ella; luego flotó de nuevo hacia Murray.

—«Creo que será mucho más divertido mataros a todos» —leyó el millonario.

En ese momento, la pizarra cayó al suelo bruscamente, como si el que la sostenía la hubiera arrojado con desprecio, y la estremecedora carcajada de un hombre hendió el aire. Todos se miraron entre el espanto y el desconcierto.

—¿Qué demonios...? —exclamó Murray. Al comprender que no se trataba del espíritu de Emma, dibujó indignado una mueca de asco y se limpió la mejilla con la manga de la chaqueta. Luego, dirigiéndose hacia el lugar donde había caído la pizarra, rugió—: ¡Quién eres, maldito hijo de perra!

Las carcajadas arreciaron, cada vez más desquiciadas.

—Déjame a mí, Gilmore. Yo tengo más experiencia con los espíritus —dijo Doyle, apartando al millonario y dirigiéndose a un punto inconcreto del comedor—. ¡Quién eres, maldito hijo de perra!

Una voz afilada como un escalpelo cortó el aire.

—¿Quiere saber quién soy, señor Doyle? ¡Soy el mal en estado puro! ¡El mayor villano que se pueda imaginar! Le aseguro que, de conocerlos, el horror que le inspirarían mis crímenes se diluiría en admiración ante mi destreza.

Doyle compuso una mueca de perplejidad mientras en su mente aleteaban aquellas familiares palabras.

—Es fácil escribir sobre la maldad —prosiguió la voz—, pero no es tan divertido enfrentarse a ella cuando se escapa de sus páginas, ¿verdad, señor Doyle?

—¿Escaparse de mis páginas...? ¿Qué demonios quiere decir...? —Entonces recordó aquellas palabras que él mismo había escrito en *La solución final*—. Oh, santo cielo... No puede ser, no puede... ¿Eres... Moriarty?

—Oh, no —respondió el desconocido con una risita perversa—, aunque mi nombre también empieza por «m». Quizá George quiera probar suerte.

Wells arqueó las cejas al oír a la criatura referirse a él. La voz enmudeció por unos instantes, y cuando volvió a sonar, el escritor la sintió justo delante de él, incluso le pareció recibir la agria vaharada de su aliento.

—Adelante, George, ¿quién soy?

Unos dedos invisibles pellizcaron la nariz del escritor. Sobresaltado, Wells retrocedió un paso, arrastrando a Jane, que se había abrazado a él. A continuación, contemplando temeroso el vacío, se atrevió a formular la absurda y aterradora pregunta que había ido tomando forma en su mente desde que la criatura empezara a hablar:

—¿Eres... el hombre invisible?

—Eso no empieza por «m», George —apuntó Doyle, que se había situado a su lado.

—No, pero la Muerte Invisible sí. Y así es como mi personaje firmaba la carta dirigida a su amigo Kemp.

—Pero ¿qué os pasa a los escritores? ¿Hasta dónde llega vuestra vanidad? —exclamó burlona la voz—. ¡Moriarty! ¡El hombre invisible! Yo solo soy alguien que ha venido a buscar lo que le pertenece, lo que la anciana le robó. Dámelo, George. Sé que lo tienes tú.

—¿La anciana? ¿De qué demonios hablas?

—No, no, George. No finjas conmigo. —La voz había empezado a orbitar alrededor del grupo con tanto sigilo que parecía que hablara la propia oscuridad—. ¡Hablo del libro! *¡El mapa del caos!* ¡Entrégamelo, o te juro que todos moriréis!

—¡Pero yo no tengo ese libro! —se defendió Wells.

Enseguida lamentó haber subido el tono de su voz, pues la criatura le respondió con un furioso alarido.

—¡Tú lo has querido, George!

A continuación, se oyó una algarabía de risas y pisadas que parecían provenir de todas direcciones, como si el espíritu hubiese empezado a trotar alocadamente por el comedor. Las llamas de las velas fluctuaban por turnos, señalando el errático itinerario de la criatura.

—El millonario enamorado, la adorable jovencita, el Gran Ankoma, el escocés vehemente... ¿A quién quieres ver morir primero, George?

Doyle avanzó unos pasos.

—¡Empieza por mí, criatura del demonio, si eres lo bastante hombre!

Apenas terminó de proferir su desafío, se oyó un agudo silbido, y todos giraron la cabeza en la dirección de la que provenía, incluido Doyle, quien apenas logró atisbar un fugaz destello plateado antes de sentir una ardiente punzada en la oreja derecha. Soltó una maldición y se llevó la mano a la zona afectada, que parecía haber estallado en llamas, mientras a su espalda se oía un golpe sordo. Las desconcertadas miradas del grupo confluyeron en la pared, justo detrás de él, donde había ahora una espada, clavada en la frente de un atildado caballero con gorguera y hundida hasta casi un cuarto de su hoja, todavía temblorosa. Doyle retrocedió, repentinamente lívido al comprender que su cabeza había sido el blanco de aquella espada.

—¡Dios mío, Arthur! —exclamó Jane, al ver cómo la sangre empapaba los dedos del escocés—. ¿Estás bien?

—Sí, es solo un rasguño —dijo Doyle, escrutando el amplio comedor con una mirada valorativa—. Pero es evidente que esa cosa aspiraba a mucho más.

Estremecido ante aquel claro intento de asesinato, el grupo permaneció arracimado en el centro de la habitación.

—¿Dónde demonios está? —preguntó Murray, mirando en todas direcciones.

—¡Allí, mirad! —exclamó aterrado el Gran Ankoma, señalando un escudo. La espesa barba se le había despegado y le colgaba de una parte del rostro.

Ante la mirada atónita de todos, una de las espadas se desprendió del escudo y levitó morosamente rotando sobre sí misma. Las velas más cercanas sembraban su hoja de malignos guiños, como si la criatura se hubiese detenido a admirar su filo antes de usarla contra ellos. De pronto, el arma cortó el aire con un par de mandobles. La contemplaron estremecidos. Había una amenaza perversa implícita en aquellos gestos preparatorios, pero también servían para indicarles dónde estaba la criatura. Doyle y Murray lo comprendieron en el acto. El millonario cogió una silla y, levantándola sobre su cabeza, la lanzó hacia el arma. Se oyó entonces un gruñido de dolor, al tiempo que la espada caía al suelo. Un rugido de furia erizó el aire. Entretanto, con un poderoso tirón, Doyle había extraído la espada clavada en el retrato, y avanzaba hacia donde supuestamente se hallaba la criatura, lanzando al aire furiosos mandobles, mientras gritaba:

—¡George, pon a Jane a salvo! ¡Woodie, Gilmore, coged un arma! ¡Rodead la mesa y...!

Doyle se dobló por la mitad profiriendo un gemido agónico, sin poder acabar la frase. Un segundo después, se irguió violentamente con el rostro hacia el techo, como si hubiese recibido un gancho brutal en la mandíbula, trastabilló unos instantes y cayó al suelo. Casi de inmediato, el Gran Ankoma sintió que una fuerza poderosa lo empujaba, arrojándolo contra la mesa del comedor. Como arrastrado por un huracán, el secretario aterrizó sobre el tablero, produciendo un escalofriante crujido de huesos y madera, mientras la lámpara rodaba por el suelo, arrebatándoles gran parte de la luz que iluminaba la habitación. Jane lanzó un grito de terror, que la maligna risa de la criatura enseguida ensombreció.

—¡Dime dónde está el libro, George! —insistió—. ¡Entrégame *El mapa del caos* y todo esto terminará!

El ser comenzó a proferir aullidos de una rabia casi animal al tiempo que varios retratos de las paredes se precipitaban al suelo.

—¡Coged todas las armas que podáis y defendeos! —farfulló Doyle mientras se incorporaba, intentando hacerse oír por encima de los escalofriantes alaridos de la criatura.

Murray obedeció. Tomó un sable del muro más cercano y se lo lanzó a Wells, quien, paralizado como estaba por el dantesco espectáculo que se ofrecía ante sus ojos, no atinó a cogerlo. La empuñadura le golpeó en la cabeza, y eso pareció despabilarlo un poco. Con movimientos atolondrados, recogió el arma del suelo y miró a Murray, visiblemente desorientado.

—¡Saca a Jane de aquí! —le ordenó el millonario mientras tomaba otro sable.

Wells asintió, pero permaneció en su sitio. Jane lo tomó del brazo y lo arrastró hacia una de las puertas del comedor. El millonario buscó entonces a Doyle con la mirada. El escocés avanzaba hacia la mesa del comedor, donde yacía desmadejado su secretario, describiendo amplios círculos con su espada. Murray lo siguió, lanzando regulares estocadas a su alrededor. Los gritos de la criatura habían cesado, de modo que era imposible localizarla; ahora podía estar en cualquier parte. Cuando llegó junto al médium, Doyle le tomó el pulso.

—¿Está vivo? —preguntó Murray, que se había colocado a su espalda, sin dejar de hendir el aire con su arma.

—Sí, solo ha perdido el conocimiento, pero tenemos que sacarlo de aquí, Gilmore. Ayúdame a...

—¡Las puertas están cerradas con llave! —gritó Wells desde un extremo del comedor, después de que él y Jane comprobaran ambas salidas—. ¡Estamos encerrados!

—¡¿Qué?! —exclamó Murray—. ¿Y las llaves?

—¡Demonios, las dejé puestas en una de las cerraduras! —respondió Doyle—. ¿Seguro que no están en ninguna, George?

—¡Si lo estuvieran no habría gritado que estamos encerrados, Arthur! —aulló irritado Wells, que había colocado a Jane entre la pared y él, y blandía su arma con más empeño que destreza, dispuesto a protegerla contra lo que se le echara encima.

—¿No llevas una copia de la llave encima, Gilmore? —le susurró Doyle al millonario, atento a cualquier ruido que pudiera revelar la posición de la criatura.

—No... Pero hay un juego de llaves en el vestíbulo, están colgadas de un gancho junto a la puerta de entrada —respondió Murray en otro susurro, mirándolo por encima del hombro con la espada extendida frente a él—. Podríamos intentar gritar todos juntos para avisar a Baskerville, aunque dudo que el viejo nos oiga desde fuera... Pero ¿qué demonios...? —gritó alarmado.

Doyle se dio la vuelta y, al tiempo que recibía una bofetada de calor en el rostro, vio lo que había asustado a Murray: la llama de una vela caída debía de haber prendido el aceite de la lámpara, y un reguero de fuego se extendía por uno de los desteñidos tapices que colgaban de la pared.

—¡Maldita sea! ¡Hay que apagarlo! —exclamó Doyle mientras le arrojaba su espada a Murray—. ¡Cúbreme!

El millonario se situó a su espalda, blandiendo ambos sables con fiereza, mientras el escocés se quitaba la chaqueta y golpeaba con ella el tapiz, provocando remolinos de chispas con cada sacudida. Sin embargo, todo resultó inútil. Las llamas, apenas sofocadas a pesar de sus esfuerzos, enseguida se propagaron por el lienzo vecino, y de ahí brincaron al siguiente, devorando con avidez las viejas telas y los marcos resecos. Con un gesto de derrota, Doyle abandonó sus intentos de extinguir el incendio. Como un inmenso ectoplasma, un humo negruzco comenzó a materializarse en la habitación con extraordinaria rapidez, extendiendo sus tentáculos hacia el techo. Tanto Doyle como Murray empezaron a toser. Desde el otro lado del comedor, Wells y Jane seguían el avance del fuego con expresión de pavor.

—¡Estamos atrapados aquí dentro con esa cosa! —maldijo el escritor, definitivamente superado por las circunstancias.

En ese momento, sintió una ráfaga de aire junto a él y recibió un golpe fuerte en la mano. Perdió la espada y la vio rodar por el suelo, desconcertado. Al instante, Jane fue arrancada de su lado, con la brutalidad con que un puñetazo haría saltar una muela de la encía.

—¡Jane! —gritó dando un paso hacia ella.

—¡Quieto o la mato, George! —le ordenó la voz, que

ahora brotaba desde detrás de Jane. Y, dirigiéndose a Murray y a Doyle, añadió—: ¡Y vosotros dos no os mováis ni un centímetro o partiré este frágil cuello antes de que podáis hacer nada!

Wells se detuvo con un gemido de desesperación. Murray y Doyle también se quedaron inmóviles, y, durante un momento eterno, los tres hombres observaron impotentes a la mujer que, de puntillas, permanecía casi colgada del aire, con el rostro cada vez más congestionado. Un tapiz envuelto en llamas resbaló de la pared, produciendo un crepitar sordo, como de lluvia sobre el mar.

—Bien, así me gusta. Ahora dame el libro, George, o tu mujercita morirá —dijo la voz.

—¡No le hagas daño, por favor! —le suplicó el escritor. Tragó saliva y, aparentando una calma que estaba lejos de sentir, añadió—: Escúchame: no tengo ningún libro llamado *El mapa del caos*, pero te daré lo que quieras, de verdad. Cualquier cosa que me pidas. Cualquier cosa que...

La criatura se impacientó.

—¡No quiero nada de ti, más que el libro!

—Por favor, suéltala, no puede respirar, por favor... ¡Te digo que no puede respirar! —gritó Wells con la voz quebrada—. ¡Maldito seas! —añadió abandonándose a un aullido irracional—. ¡No le hagas daño o...!

—¿O qué? —lo desafió la voz riendo.

Wells sacudió la cabeza, con los ojos empañados de lágrimas, derrotado por el sinsentido de todo aquello. El fuego había comenzado a extenderse por el techo, y desde las alturas llovían pequeñas astillas incandescentes, decenas de llameantes luminarias que bajaban meciéndose dulcemente hasta apagarse y morir en el suelo, como si alguien estuviese disparando sobre una bandada de hadas. Comprendiendo la impotencia de su amigo, Murray hizo amago de rodear la mesa, pero la voz de la criatura lo detuvo:

—¡Quieto! ¡He dicho que nadie se mueva o juro que la mataré!

Y para corroborar su amenaza, alzó a Jane unos centímetros más. Ahora sus pies no tocaban el suelo. Mientras las lágrimas corrían por sus mejillas, Wells contempló cómo las manos de su mujer se aferraban a su cuello y el rostro empezaba a teñírsele de púrpura. La vio elevar un brazo y manotear desesperadamente en el aire, como si quisiera arañar algo que había detrás de su pelo, pero lo único que consiguió fue deshacerse el recogido del cabello.

Mientras Wells observaba debatirse a su esposa lleno de rabia, Doyle, con el cuello y el hombro empapados de sangre, permanecía atento a otro detalle: sin que nadie se hubiera percatado de ello, el picaporte de la puerta que daba al vestíbulo había empezado a moverse lentamente. El cochero de Gilmore llegaba al rescate, tal vez alertado por el griterío. No obstante, aquel era un pobre consuelo, no solo por la escasa disposición física del anciano, sino porque cuando abriera la puerta y mirara al interior, no podría ver a ningún enemigo, ni comprender lo que estaba pasando, y si él trataba de alertarlo, la criatura, con toda seguridad, mataría a Jane. Luchando contra el mareo que le provocaba el humo, Doyle intentó pensar, pero no tuvo tiempo. Enseguida vio abrirse la puerta y asomar la cabeza de Baskerville.

—¡Santo cielo! —exclamó al reparar en las llamas.

Y eso bastó. Al instante, Jane se volvió como una marioneta, delatando que la criatura también había oído al cochero. Pero entonces sucedió algo con lo que nadie contaba: la mujer lanzó hacia atrás, por encima de su cabeza, una de sus manos —que parecía empuñar algo— y la criatura profirió un terrible alarido de dolor al tiempo que la dejaba caer al suelo.

—¡Mi ojo! —aulló la voz, mientras una de las largas agujas con las que Jane se sujetaba el cabello flotaba en el aire, sacudiéndose convulsamente de un lado a otro, clavada en la nada—. ¡Mi ojo!

Wells corrió hacia su mujer, quien, de rodillas, luchaba por recuperar la respiración entre jadeos y arcadas. La aguja continuaba agitándose en el vacío a unos metros de ellos y de repente descendió hacia el suelo y luego volvió a ascender, flotando junto a la espada que Wells había perdido. Ambas se apresuraban hacia la salida de la habitación.

—¡Baskerville, apártate de la puerta! —gritó el millonario al comprender lo que estaba sucediendo.

De un salto, se encaramó a la mesa, lanzándole una de las espadas al escocés. Doyle la cogió al vuelo, al tiempo que saltaba también sobre la mesa. Ambos la cruzaron en un par de zancadas con las espadas enarboladas, jaleándose a sí mismos con exclamaciones que se enredaron entre sí, volviéndose ininteligibles. Pero el ser invisible llegó antes que ellos a la puerta, donde se hallaba el desconcertado anciano que, paralizado por la incredulidad, contemplaba la espada que avanzaba hacia él flotando en el aire. La hoja se hundió en su estómago sin la menor resistencia, como un cuchillo en un bizcocho esponjoso. El cochero abrió mucho los ojos al sentir cómo el arma le excavaba un túnel de hielo en las entrañas, pero no emitió un solo gemido. Entonces su cuerpo, con la espada todavía ensartada en él, fue arrojado violentamente contra Doyle y Murray, que se acercaban a la carrera. Los tres cayeron en un rebujo de carne y acero.

Doyle se levantó a toda prisa y se precipitó hacia el vestíbulo mientras Murray cogía a Baskerville en brazos. Aguzando la vista, el escocés distinguió la aguja de Jane, que subía flotando las escaleras, y en cierto momento era arrojada violentamente al suelo, como si el hombre invisible se la hubiera arrancado de un zarpazo desesperado. Doyle volvió al interior del comedor, donde el calor era ya insoportable.

—¡Está subiendo a la planta superior! —anunció, cubriéndose la boca con la manga para protegerse del humo—. ¡Allí arriba no tiene ninguna escapatoria! ¡Gilmore, vamos tras él! —Y mirando a Wells, que estaba ayudando a Jane a levantarse, ordenó—: ¡Vosotros, sacad a los heridos y metedlos en el carruaje! ¡Luego llevadlos al hospital y avisad a la policía!

—¿Te has vuelto loco, Arthur? —protestó Wells—. ¡Olvídate de esa criatura! ¡Hay que salir de aquí cuanto antes!

—Sí, el fuego está fuera de control... —apuntó Murray.

El escocés estudió el avance del fuego, que se había propagado desde el foco inicial a lo largo de toda la pared y reptaba por el techo, enroscándose en las vigas que lo sostenían.

—¡Ya lo sé, maldita sea! —rugió, intentando hacerse oír por encima del ensimismado crepitar de las llamas—. Pero escuchadme: ese monstruo no se detendrá ante nada. ¿No os dais cuenta? Si quisiera huir, podría haber salido por la puerta y desaparecido en el páramo. Pero se ha quedado en la casa, para tratar de asesinarnos antes de que podamos escapar. Si no lo atrapamos ahora que está en desventaja, ninguno de nosotros volverá a dormir tranquilo el resto de su vida, especialmente tú, George...

—¡Pero esa cosa es invisible, por si no lo has notado! —estalló Wells, desquiciado—. ¿Cómo demonios vas a encontrarlo?

—¡Lo encontraremos! —intervino Murray adelantándose a Doyle—. ¡Mirad, él mismo nos ha señalado el camino!

En el suelo, frente a sus atónitos ojos, un reguero de sangre surgía de la nada, dibujándose sobre la madera como por arte de magia. La estela rojiza cruzó entre las piernas de Doyle, salió al vestíbulo y subió por las escaleras.

—¡Está dejando un rastro de sangre! —exclamó el escocés, fascinado ante aquel golpe de suerte—. ¡Hay que actuar con rapidez!

Se dirigió a grandes zancadas hacia el cuerpo de su secretario, que seguía derrumbado sobre la mesa, lo cogió por las axilas y comenzó a arrastrarlo hacia la puerta. Contagiados por el repentino brío de Doyle, los demás tomaron al cochero, que gemía quedamente, como si no quisiera molestarles con su sufrimiento. Cuando lo depositaron en el suelo del vestíbulo, el anciano clavó una mirada febril en Jane.

—¿Estás bien, querida mía? —balbució, empleando las escasas fuerzas que le quedaban en forjar una sonrisa para ella—. No soportaría que te hubiera pasado algo...

Conmovida por las palabras de aquel anciano al que apenas conocía, la muchacha le aseguró que estaba perfectamente.

—Pobre, delira... —dijo Wells, un tanto receloso por la excesiva preocupación que el cochero mostraba hacia su mujer.

Doyle tendió a Wood junto al cuerpo de Baskerville, que había extraviado la mirada en el techo y boqueaba como un pez fuera del agua. Un hilillo de sangre había comenzado a brotarle mansamente de la comisura de la boca. Tras estudiar su herida con gesto profesional, el escocés le dedicó una mirada de infinita piedad, y todos comprendieron que no había ninguna esperanza para él.

—George, llévalo al carruaje. E intenta detener la hemorragia con... Bueno, estoy seguro de que encontrarás con qué hacerlo... —Suspiró con impotencia, y luego miró a Wells a los ojos—. Ahora escúchame bien: Gilmore y yo vamos a subir a por esa cosa. —Lanzó una vaga mirada hacia las escaleras—. Si no hemos salido en quince minutos, id en busca de ayuda. ¡Quince minutos, ni uno más!

Wells asintió con resignación. La cacería que el escocés pretendía llevar a cabo le parecía una locura, pero no se sentía con ánimos para discutir. Doyle le había ordenado evacuar a los heridos, una misión increíblemente sencilla en comparación con la que se había adjudicado, así que lo mejor era obedecerle. El escocés miró entonces a Murray.

—¿Estás conmigo, Gilmore?

—Por supuesto —contestó sonriendo el millonario—. Pero si vamos a morir juntos, Arthur, creo que, aunque solo fuera por esta noche, podrías llamarme Gilliam.

XXI

Mientras Jane y Wells sacaban al cochero de la mansión, Murray y Doyle se dirigieron a la escalera. Wells temió por la vida de ambos, no tanto por la del escocés, que siempre se le había antojado moderadamente indestructible, como por la del millonario, a quien la muerte, quizá molesta por la irreverente pantomima que había realizado en la cuarta dimensión, ya había empezado a tantear.

—¡Espera, Arthur! —exclamaba precisamente Murray en aquel instante—. ¿Por qué contentarnos con un par de espadas? —Se acercó a una de las paredes del vestíbulo, descolgó la enorme maza de hierro y se la tendió ceremoniosamente a Doyle—. Esta arma parecía estar esperándote. Además, tengo entendido que eres un gran bateador, ¿no?

Doyle se colgó la espada al cinto, tomó la maza con ambas manos y la sopesó con satisfacción.

—¡Es un arma fantástica, realmente digna de un honorable caballero! —declaró, y bateó el aire con un par de terribles mazazos—. ¿Y tú, Gilliam, cuál vas a coger?

Murray se dio la vuelta. En sus manos sujetaba la gran ballesta, cargada con una flecha desde que el escocés los ilustrara sobre su complicado mecanismo el día de la excursión.

—La verdad es que nunca me he considerado un hombre muy honorable —se disculpó, esbozando una media sonrisa.

Pese a la penumbra, el rastro de sangre era bastante visible sobre el blanco de los escalones. Doyle inició la subida, con el millonario pegado a sus talones, intentando prenderse al cinturón una segunda flecha. La había descolgado de la pared tras un momento de duda. Dos eran mejor que una, aunque al recordar las palabras de Doyle sobre lo complicado de su mecanismo, esperó sinceramente no tener que recargarla. En uno de los peldaños encontraron la aguja que había sujetado el cabello de Jane. Doyle se agachó y la tomó con cuidado por un extremo. Al reparar en que pesaba más de lo debido, poco a poco acercó un dedo al otro extremo, hasta que su yema encontró cierta resistencia en el aire. Notando cómo se le hundía en algo mullido y viscoso, compuso una mueca de asco.

—Dios mío, creo que su ojo está ensartado en la punta... Que me cuelguen si entiendo lo que está sucediendo.

Con un gesto de repugnancia, volvió a dejar la aguja en el suelo y reanudó la subida. Murray le siguió, intentando no pisar el alfiler.

—Pues si no lo entiendes tú, que eres el experto... ¡Oh, quizá podríamos preguntarle a ese médium tan *auténtico* que te has traído de África! —propuso, fingiendo un repentino entusiasmo—. ¿Cómo le has llamado hace un momento? Ah, sí... Woodie. No suena tan impresionante como Amoka, la verdad.

Doyle caminaba concentrado en el reguero de brillantes rubíes que parecían brotar en el suelo como flores malsanas. Escudriñaba cada escalón con suma atención, temiendo que el hombre invisible se hubiera desviado de repente, o incluso hubiera vuelto sigilosamente sobre sus pasos.

—No creo que sea el momento de hablar de eso, Gilliam —gruñó.

—Ya, pero tal vez no dispongamos de otro momento mejor, mi querido Arthur —dijo Murray, que subía pegado a su espalda, sin dejar de apuntar con la ballesta a cualquier pliegue de oscuridad que pareciera agitarse—. Y no quisiera morir sin saber de dónde sacaste a ese desgraciado y, sobre todo, cómo demonios conocía el apodo de Emma.

—Es mi secretario.

—¡¿Qué?!

—¡No levantes la voz! —le ordenó el escocés en un susurro—. Woodie es mi secretario. Y no existe ningún Gran Ankoma: George y yo nos inventamos al personaje y toda su historia... —Doyle continuó subiendo, sin volverse a contemplar la mueca de sorpresa del millonario—. Respecto al apodo de Emma... Verás, cuando estuvimos en tu casa, el día en que te hablé por primera vez del médium, George se ausentó durante unos minutos del salón. Imagino que, debido al lamentable estado en que te encontrabas, no lo recordarás, pero lo cierto es que aprovechó para registrar tu despacho en busca de cualquier cosa que pudiese servirnos. En un cajón de tu escritorio encontró tu correspondencia con Emma y robó algunas cartas. Ahí fue donde descubrió vuestros apodos..., *señor Imposible*.

Subieron algunos escalones en silencio mientras Murray trataba de seleccionar una pregunta entre las muchas que bullían en su cabeza.

—Pero ¿para qué demonios queríais celebrar una sesión de espiritismo falsa? —preguntó finalmente.

—Para evitar que te suicidaras —respondió Doyle—. George estaba desesperado... Se sentía culpable por la muerte de Emma. Él te había aconsejado que se lo contaras todo, ¿recuerdas? Y creía que su deber era conseguir a toda costa que terminaras tu confesión. Estaba convencido de que solo así encontrarías la paz.

—Qué considerado.

—Cuando me dijo que lo único que podía salvarte era hablar con Emma durante una sesión de espiritismo, pensé que se refería a una sesión auténtica, pero pronto me sacó de mi error. George quería que hablaras con ella, pero no estaba dispuesto a correr ningún riesgo. Necesitaba tener todas las variables bajo control: el médium, las respuestas de Emma, su perdón... Todo. Pretendía que ella te ordenara seguir viviendo, que incluso te obligara a ser feliz, en la medida de tus posibilidades... —Doyle cabeceó, sonriendo ligeramente—. No sé cómo me convenció para participar en una de esas estafas espiritistas que tanto he condenado... ¡Pero qué demonios! ¡Al final casi acabé disfrutando! Has de reconocer que conseguimos construir una historia bastante verosímil: el médium desconocido, la mano del destino...

—¡Yo vi a Emma en el jardín! —le interrumpió Murray.

—Oh, eso... —dijo Doyle, deteniéndose a contemplar el rastro de sangre con el ceño fruncido, como un ama de llaves descontenta con el trabajo de las criadas—. La Emma del jardín también fue cosa nuestra... —confesó, reanudando la subida—. Era la señorita Leckie, que amablemente se prestó a echarnos una mano. Con la ayuda de tus criados, conseguimos uno de los vestidos de Emma y una de sus sombrillas... Fue lo único que se nos ocurrió. ¡Estábamos desesperados! Los días pasaban y no éramos capaces de convencerte para que asistieras a la sesión con el Gran Ankoma...

—Entonces, cuando me desafiaste a que me tirara por la ventana... —reflexionó Murray—. ¡Lo que querías era que viera a la señorita Leckie!

—Elemental, mi querido Gilliam.

—Santo cielo... ¿¡Y si no la hubiera visto y me hubiese tirado!?

—Era claramente visible —dijo el escocés encogiéndose de hombros—. Además, sabía que no te tirarías.

—Santo cielo... —repitió Murray, incapaz de añadir nada más.

Al llegar a la cima de la escalera, Doyle estudió el suelo con detenimiento.

—El rastro se dirige hacia el ala derecha de la casa —anunció, señalando con la barbilla el largo corredor que se hundía en la penumbra.

—Ese pasillo es un callejón sin salida... —murmuró Murray con aire ausente—. Todas las habitaciones están cerradas con llave, excepto la que se usa para guardar los sacos de yeso y las herramientas.

—Entonces será una cacería fácil —dijo Doyle—. Aunque no nos vendrá mal algo más de... *vigor*.

Sacó de su bolsillo una cajita de pastillas de cocaína, con el dibujo de dos niños jugando felices en su tapa, y le ofreció una a Murray, que no dudó en rehusarla.

—Gracias, Arthur, pero tengo suficiente con la furia que me invade.

—Como quieras. —Doyle se encogió de hombros. Tomó una pastilla, volvió a guardar la cajita y alzó su maza con bravura—. ¡Ahora vamos a por ese hijo de perra!

El millonario lo detuvo agarrándolo del brazo antes de que pudiera dar un paso.

—Espera un momento, Arthur... Comprendo que lo de ese monstruo invisible no es otra de vuestras simpáticas pantomimas. —Durante un momento, meditó sobre lo que acababa de decir—. No, claro que no. Ensartar al pobre Baskerville habría sido llegar demasiado lejos incluso para vosotros. Pero... —miró al escocés directamente a los ojos— ¿y lo del espejo?

—Tampoco —dijo Doyle—. Nos empeñamos en realizar la sesión en Brook Manor para preparar con calma el truco de las pizarras; en tu casa habría sido imposible, en casa de Wells pasabas demasiado tiempo, y en la mía... Digamos que nunca me habría perdonado que mis hijos o mi mujer me hubieran descubierto tramando un vulgar fraude espiritista. Pero lo del espejo... ¿Cómo podríamos haber hecho algo así? —bufó, manifestando también su desconcierto al recordarlo—. Lo que vimos en ese espejo fue algo realmente prodigioso, un misterio que sin duda deberemos estudiar con calma. Pero lo primero es salir de aquí, ¿no te parece?

Murray asintió, pero no se movió del sitio.

—¿Y qué es lo que vimos, Arthur? ¿Dónde estaba Emma?

—No lo sé, amigo mío —reconoció Doyle, sacudiendo la cabeza confuso.

—¿Era... ese más allá del que tanto hablas?

Doyle bajó el mazo, lo apoyó en el suelo y resopló agotado.

—No creo que fuera el más allá, Gilliam. Creo que lo que vimos en el espejo era... otro mundo.

—¿Otro mundo?

—Sí, otro mundo. Y ese espejo debe de ser una entrada, una especie de portal... —Doyle pareció reflexionar—. Me recordó al agujero que abrían en el aire los junquianos, ¿a ti no?

—Oh, sí, desde luego —convino Murray con aire experto.

—Si no recuerdo mal, aquel agujero mágico también era un portal, pero llevaba a la cuarta dimensión, una inmensa llanura rosada donde había múltiples puertas, que conducían a instantes de nuestro futuro o de nuestro pasado. Pero... ¿y si no fuera así? ¿Y si esa llanura no fuera la cuarta dimensión, sino una especie de vestíbulo que llevara a otros mundos? ¿Y si los espejos son atajos, portales que conducen directamente a otras realidades, sin pasar por ese gran vestíbulo?

—¿Otras realidades?

—Sí, algo que podía haber sucedido, pero que por algún motivo no llegó a suceder, o al revés. —Doyle hablaba despacio, como si estuviera deduciendo todo aquello sobre la marcha—. No sé si reparaste en que mi reflejo llevaba otro traje. —Murray negó lentamente con la cabeza—. Da igual. El hecho es que llevaba el traje que me puse esta mañana y que, al derramarme el café encima, me cambié por este. ¿Entiendes lo que eso significa? Yo diría que el espejo nos ha mostrado una realidad alternativa donde los hechos sucedieron de forma diferente: yo no me eché el café encima y Emma...

—¡Y Emma no murió! —terminó Murray con más desconcierto que euforia.

—Exacto, en esa realidad no fue *ella* quien murió en el accidente —corroboró el escocés mirándolo significativamente, y observando cómo la expresión desconcertada de Murray se convertía en una mueca de turbación a medida que iba comprendiendo lo que implicaba aquella frase. Sin embargo, a Doyle no le convenía que siguiera pensando: lo necesitaba a su lado con la cabeza despejada. Se levantó, empuñó la maza y escudriñó las tinieblas que palpitaban al fondo del corredor—. Pero olvidémonos de eso ahora, Gilliam. Tenemos que cazar un maldito fantasma.

—¿Y qué tiene que ver esa criatura invisible con todo esto? —murmuró Murray, sin mover un solo músculo.

—No lo sé.

—¿Viene de otra de esas realidades?

—¡Tampoco lo sé, maldita sea! —estalló el escocés. Durante unos segundos, contempló con ansiedad el pasillo por el que debían aventurarse, donde los aguardaba un horror inimaginable, y luego se volvió hacia Murray—. Pero te diré algo, Gilliam... —Respiró hondo, comprendiendo súbitamente que aquel era el momento que tanto había anhelado en sus sueños infantiles, el momento de comportarse como un auténtico caballero medieval: tenía el cabello despeinado, enarbolaba un ridículo mazo carcomido de óxido y del cinto le colgaba una espada mellada que amenazaba con mutilarle fatalmente al menor movimiento; pese a todo, sonrió como solo podían hacerlo los héroes de antaño—. Escúchame, Gilliam Murray, Dueño del Tiempo: yo, Arthur Conan Doyle, el padre de Sherlock Holmes, te prometo que si conseguimos salir de aquí vivos, dedicaré el resto de mis días a desentrañar este misterio; y si existe algún camino que conduzca hacia tu dama, te aseguro que lo encontraré.

Murray asintió, entre conmovido e intimidado por el tono épico de Doyle.

—¿A qué esperamos entonces, Arthur? —exclamó de repente, anegado por una excitación casi infantil—. ¡Vayamos a por ese hombre invisible!

No habían dado un paso cuando los sobresaltó un rumor subterráneo. Ambos clavaron la mirada en el suelo, que había comenzado a trepidar cada vez con mayor intensidad, como tiemblan las vías cuando se acerca un tren, y antes de que pudieran comprender lo que estaba sucediendo, el piso se hundió. El estrépito fue ensordecedor. Sin suelo bajo sus pies, el millonario palmoteó en el vacío. Milagrosamente consiguió agarrarse a la baranda de la balconada con una mano mientras con la otra sujetaba la pesada ballesta para no perderla. Un terrible calambre le recorrió el brazo izquierdo al tiempo que un vendaval ardiente le abrasaba el rostro. Murray gimió, sintiendo cómo el dolor lo envolvía como alambre de espino. Cuando remitió un poco, descubrió que en su caída había arrancado parte de la baranda y ahora colgaba del aire, con el estómago apretado contra el dentado borde de un enorme agujero del que brotaba, como del cráter de un volcán, una humareda negruzca y un calor insoportable. Comprobó con alivio que entre el orificio y la baranda sobrevivía una quebradiza franja de suelo, estrecha como un pasillo. Colocó la ballesta lo más alejada posible del borde y, con un esfuerzo supremo, empezó a trepar por el repecho, usando a modo de escala la parte de la baranda que su propio peso había desclavado. Cada vez que ejercía presión con las rodillas o los codos, la pequeña rampa se desmigajaba, y pedazos del piso caían a las llamas como un presagio funesto. Temió despeñarse, pero con un último y titánico impulso consiguió alcanzar la cornisa. Se tumbó sobre ella jadeante, con los brazos y las piernas llenos de cortes. Había perdido la espada, pero no la flecha, que seguía colgada de su cinto. Hubiese preferido que fuera al revés, pero estaba claro que su opinión no contaba mucho allí. Al menos, estaba momentáneamente a salvo, aunque no podía permitirse el lujo de tomarse un descanso. Recuperó la ballesta, se irguió como pudo sobre aquel saliente de poco más de medio metro e intentó distinguir algo a través del humo. La mayor parte del suelo de la galería era ahora un gran agujero, aunque por suerte el borde sobre el que se hallaba era bastante largo y le permitiría alcanzar la escalera si no se derrumbaba bajo su peso a mitad de camino.

Su situación no era muy halagüeña, pero lo peor de todo era que no había rastro de Doyle. Murray lo había visto caer a plomo con una expresión atónita en su severo rostro. Se preguntó si se lo habría tragado el agujero y habría desaparecido entre las voraces llamas, o habría logrado también agarrarse a algo. El humo no le permitía ver nada. Aun así, se negaba a aceptar que el padre de Sherlock Holmes hubiera encontrado semejante muerte. Con cuidado, se asomó a la abertura, justo en el momento en que una gran llamarada se elevaba desde el piso inferior, obligándole a apartarse rápidamente del borde. Descartó volver a intentarlo.

—¡Arthur! —gritó entre toses—. ¡Arthur!

Siguió gritando su nombre hasta que se sintió al borde de la asfixia. Manoteó en el bolsillo de su chaqueta, sacó un pañuelo y se cubrió la boca y la nariz con él mientras luchaba contra el desfallecimiento y las náuseas. Varios sollozos convulsos le treparon por la garganta. No podía ser, Doyle no podía estar muerto... Con sus últimas fuerzas, volvió a aullar su nombre, sintiendo cómo los pulmones se le carbonizaban, desintegrándose en un millar de partículas resecas y ardientes. Nadie le contestó. Lo único que oía era el ávido e insaciable rugir del fuego, aquel fragor hambriento y animal, aquel espantoso e inacabable crujido, como si el planeta entero estuviera siendo triturado por las mandíbulas de un ser monstruoso. De pronto, una risita familiar sonó a pocos metros de donde se hallaba, en algún punto indefinido de la cornisa, entre él y la escalera.

—Así que tu amigo ha muerto... —dijo la voz, impregnada de una jubilosa rabia—. Entonces solo quedamos tú y yo. Y tú no puedes verme... ¿Quién es ahora el cazador y quién la víctima? —Sonó de nuevo aquella risa desquiciada, y el millonario pensó que si seguía oyéndola mucho tiempo más, lograría contagiarle su locura—. ¡Soy la Muerte Invisible, estúpido! Os lo avisé: todos vais a morir...

—¡Maldito seas! —gritó Murray, apuntando con su ballesta en la dirección desde la que provenían las carcajadas, sin atreverse todavía a disparar. Sabía que si fallaba no tendría tiempo de cargar la segunda flecha.

La risa enmudeció tan repentinamente como había brotado. Murray vaciló, apuntando en varias direcciones con movimientos nerviosos. Aguzó el oído, intentando no toser y parpadeando furioso mientras las lágrimas caían por sus mejillas y se evaporaban casi al instante con un ligero siseo. No podía saber si el hombre invisible continuaba de pie o se había agachado, ni si se había alejado o, por el contrario, se había acercado a él, incluso tanto que podría tocarlo si alargaba un brazo. Tampoco sabía si seguía sangrando, pues el suelo estaba manchado de su propia sangre y cubierto de cenizas y hollín, lo que hacía imposible identificar cualquier rastro. Pensó que lo mejor sería apuntar hacia el lugar donde debían de estar sus piernas, pero entonces se le ocurrió que a lo mejor el engendro se había colgado por fuera de la baranda, con el cuerpo asomando al hueco del vestíbulo, y quizá se le estaba acercando sigilosamente, colocando sus invisibles pies entre cada barrote. Cuando llegara a su altura, aquella cosa solo tendría que empujarlo para hacerlo caer en el agujero, agarrado a su estúpida ballesta.

Murray encajó apresuradamente uno de sus pies entre dos barrotes de la baranda y comenzó a barrer furiosamente el aire con el arma. Comprendió que era cuestión de tiempo que las fuerzas le fallaran y el temido empujón se produjera. Entonces sus pies se separarían del suelo, sentiría un súbito vértigo en el estómago y su cuerpo iría directo a las llamas. Lo recorrió un escalofrío de pavor. Él no quería morir, no ahora que sabía que Emma estaba viva en algún doble fondo de la realidad y que solo tenía que encontrar el modo de llegar hasta ella.

—¿Dónde estás, cobarde? —lo insultó mientras removía el aire con la ballesta—. ¡Vamos, sigue hablando! ¡Déjame escuchar tu asquerosa voz!

Murray miró con atención a su alrededor, pero por desgracia no logró ver nada. Si el humo inhalado por la criatura estaba esbozando en alguna parte su aparato respiratorio, como sucedía en la novela de Wells, pasaba desapercibido en la espesa humareda que lo enturbiaba todo.

¿Qué podía delatar entonces su presencia? ¿Las cenizas y el hollín posándose sobre su piel? No. Aunque aquel bastardo estuviera cubierto de pies a cabeza con alguna de esas sustancias, no sería más que otra sombra entre los miles que las llamas repartían por la galería. Para distinguirlo con claridad, era necesario que lo cubriera algo más refulgente, como la nieve o el agua...

Con un breve ramalazo de esperanza, Murray recordó los sacos de yeso almacenados en la primera habitación del corredor. Sí, aquello era lo que necesitaba. Si pudiera llegar hasta los sacos de yeso... Pero, por desgracia, era necesario que lo cubriera, estaban fuera de su alcance, pues en cuanto diera un paso y bajara la guardia, no tardaría en recibir el empujón que lo arrojaría por el agujero. Entonces sucedió algo muy extraño: una palabra se formó en su mente, o más bien se inmiscuyó en ella, procedente de un sitio ajeno a su propia consciencia: Reichenbach.

Con el cuerpo en tensión, Murray clavó la mirada en el oscuro corredor que se vislumbraba más allá del abismo llameante y al cabo de unos instantes distinguió una borrosa silueta que se acercaba a la carrera, con lo que parecía un enorme bulto sobre los hombros. El millonario abrió la boca, sorprendido. En un primer momento no alcanzó a comprender de quién podía tratarse, pero cuando la figura llegó al borde del agujero, entre el asombro y la euforia reconoció al escocés, que aprovechó la inercia de la carrera para dar un par de vueltas sobre sí mismo elevando el bulto por encima de los hombros, como los lanzadores de martillo escoceses, y arrojarlo por los aires soltando un rugido atronador. Murray advirtió que se trataba de un saco de yeso. Antes de que las intenciones de Doyle cristalizaran por completo en su mente, sus brazos alzaron la ballesta y disparó contra el saco. Y mientras el escocés se tambaleaba al borde del precipicio, moviendo de un modo ridículo los brazos en un intento desesperado por recuperar el equilibrio, la flecha lanzada por Murray atravesaba limpiamente el saco de yeso y una silenciosa explosión blanca se extendía en todas direcciones. Doyle se precipitó al vacío, aunque en el último momento consiguió agarrarse con las manos al borde del agujero.

—¡Arthur! —exclamó el millonario.

—¡Búscala, Gilliam! ¡Busca a la criatura! —le ordenó el escocés, mientras sus piernas pataleaban en el aire, intentando trepar por el borde.

Murray miró a su alrededor con los ojos entornados. Y entonces la vio. El yeso, que descendía del cielo como una nevada parsimoniosa, había comenzado a posarse sobre la criatura, perfilando su cabeza y parte de sus hombros contra el aire sucio y revelando un contorno todavía difuso pero claramente humano... No le sorprendió descubrir que el espíritu, o lo que fuera aquello, estaba a escasos metros de él, agarrado a la parte exterior de la baranda. Comprendió que durante todo aquel tiempo había permanecido aferrado a los barrotes, guardando la distancia suficiente para que los mandobles de su ballesta no le arrojaran por el hueco del vestíbulo mientras esperaba a que él se agotara para empujarlo al vacío.

Sin embargo, ahora aquella rata se había vuelto visible, y huía como la rata que era, recorriendo la barandilla en sentido contrario. Murray calculó que no tardaría demasiado en alcanzar el comienzo de la escalera y escapar por ella, sin que nadie pudiera impedirlo. Contempló entonces la ballesta, que todavía acunaba en sus manos. Desde allí disponía de una visión privilegiada de la escalera y de casi la totalidad del vestíbulo. Buscó a Doyle a través de la espesa humareda, y comprobó que aún trataba de trepar por el borde del agujero. Confiando en que no le fallaran las fuerzas, Murray comenzó a tensar la cuerda. El escocés les había asegurado que, una vez cargada la ballesta, la flecha adquiría una potencia incomparable, superior a la de cualquier arco, y que era prácticamente imposible errar el tiro. Eso le animó. Metió el pie en el estribo de hierro y, empleando todas sus fuerzas, tiró de la cuerda, que se desplazó sobre el tablero con exasperante lentitud. Echó otra ojeada a los avances de la criatura, que en aquel momento salvaba la pequeña grieta que se abría entre la cornisa y los primeros escalones, y comenzaba a descender por la escalera. Ahora que era visible, prefería huir, así que no le quedaba demasiado tiempo.

Entonces, para sorpresa de Murray, la criatura se detuvo y durante unos instantes estudió a Doyle, que seguía colgado patéticamente del agujero; tras unos segundos, en vez de continuar su huida, volvió sobre sus pasos y caminó despacio hacia el escocés. Murray la contempló aterrado, comprendiendo que el engendro, espoleado por la rabia y la maldad que lo habitaban, había decidido, antes de huir para continuar extendiendo por el mundo su régimen de terror, llevarse la vida de Doyle.

El millonario soltó una maldición. No conseguiría llegar hasta su amigo antes que la criatura. No tenía más remedio que terminar de cargar la ballesta lo más rápido posible y disparar de una maldita vez. Con un gruñido gutural, tiró fuerte hacia arriba, enseñando los dientes en una mueca feroz y sintiendo cómo se le hinchaba el cuello. Un dolor agudo le recorrió la espalda, desde la base hasta la nuca, como si su médula espinal fuera otra cuerda tensada hasta el límite de la rotura. Unas luces diminutas comenzaron a danzar ante sus ojos, pero no flaqueó. La cuerda avanzó unos centímetros, luego otros más. Apenas faltaban un par de pulgadas para que encajara en la muesca del disparador.

La silueta del hombre invisible se iba dibujando con mayor detalle a medida que el yeso se asentaba sobre ella. Entre la desesperación y la impotencia, Murray advirtió que se detenía ante Doyle y movía de un lado a otro su harinosa cabeza, buscando algo en el suelo. Aterrado, lo vio agacharse, tomar en sus incorpóreas manos una enorme piedra y levantarla sobre su cabeza. A continuación, la dejó caer con furia sobre la mano izquierda del escocés, que profirió un espantoso alarido al tiempo que su mano se soltaba del borde. La criatura cogió una nueva piedra, dispuesta a aplastarle la otra mano, mientras reía como un demente. La sombra de su boca simulaba un desgarrón en la sábana blanca y lisa que parecía cubrirle la cabeza. Murray lanzó un gemido de dolor, y, en ese instante, la cuerda encajó en la muesca. El millonario alzó la ballesta, apuntó a la silueta incompleta y lechosa de la criatura y, antes de que arrojara la segunda piedra sobre Doyle, disparó.

La flecha surcó el espacio a una velocidad que ningún arco podría superar, y se hundió en el hombro de la criatura, proyectándola varios metros hacia atrás, hasta impactar contra la pared del fondo. Allí quedó ensartada, moviendo espasmódicamente los brazos, como una gigantesca mariposa blanca clavada en un tapiz. Al ver que había dado en el blanco, Murray expulsó el aire que había estado reteniendo. ¡Lo había conseguido! ¡Había cazado al hombre invisible! Aun así, no tenía tiempo de recrearse en su hazaña, pues el escocés apenas podía mantenerse agarrado al borde del agujero con su mano sana.

Murray se deshizo de la ballesta, convertida de pronto en un trasto inútil, tomó una honda bocanada de aire como si fuera a sumergirse en un lago y echó a correr por la cornisa a toda velocidad, sintiendo cómo el suelo iba resquebrajándose como una capa de hojaldre a cada paso que daba. Cuando llegó al extremo del angosto repecho, saltó la grieta que lo separaba del otro lado de la habitación sin pensarlo, aprovechando la inercia de la carrera, y alcanzó la otra orilla. Le sorprendió haber salido airoso de la prueba, pero volvió a aplazar aquella celebración para cuando todo terminara y estuviera sentado en el cómodo sillón de algún club, rodeado de la dócil realidad de siempre. Sin perder un segundo, corrió hacia Doyle jadeando ruidosamente, se arrojó al suelo y logró agarrarlo de la mano en el instante en que los dedos del escocés resbalaban fatalmente del borde, apuradas ya sus últimas fuerzas.

—¡Arthur, te tengo!

—¡Gilliam, demonios, no me sueltes!

—Tranquilo, no lo haré... —bufó Murray, empezando a tirar hacia arriba del corpachón del escocés.

Fue una tarea ardua, pero nada comparable con cargar una ballesta. Con la ayuda de Murray, y tras hercúleos esfuerzos, el escocés consiguió trepar al borde del agujero, y ambos quedaron postrados en el suelo durante unos segundos, absolutamente extenuados, al límite mismo de la inconsciencia. Sin embargo, todavía no disponían de tiempo para descansar, y ambos lo sabían. Se levantaron trabajosamente, ayudándose el uno al otro. Doyle tosió un par de veces, se miró la mano ensangrentada con la serenidad del soldado que acepta sus heridas y contempló el boceto humano que había ensartado en la pared.

—Tenemos que llevárnoslo con nosotros —dijo.

—¡¿Qué?! —exclamó lleno de asombro Murray.

—Se trata de un ser excepcional. La ciencia debe estudiarlo.

De improviso, la cabeza de la criatura, que hasta aquel momento colgaba exangüe sobre su pecho, se elevó y, aunque carecía de ojos, se las arregló para mirarlos con aterradora fijeza, como si fuera el mismísimo rostro del odio o de la locura. Al instante siguiente, desapareció. Sencillamente dejó de estar allí. Y solo quedó la flecha clavada en la pared, que no ensartaba más que el aire; de su astil de madera empezó a chorrear un reguero de sangre roja.

—¡No! ¡Maldita sea! —gritó Doyle.

Hizo amago de acercarse, pero Murray le detuvo.

—¿Dónde demonios crees que vas? La casa está a punto de derrumbarse —le advirtió, señalando hacia la escalera.

El escocés se volvió y descubrió que el fuego había comenzado a trepar por los peldaños. Desde distintas partes de la casa les llegaban estampidos y golpes, delatando que comenzaba a desplomarse.

—El vestíbulo también está en llamas... —informó Doyle sin necesidad.

—Va a resultar difícil atravesarlo —añadió Murray.

—Pero no imposible —gruñó el escocés, sin dejarse desanimar por la situación—. Tenemos que cubrirnos con alguna tela gruesa y resistente, y cruzar corriendo entre las llamas. Es nuestra única alternativa.

Ambos se miraron.

—¡Los sacos de yeso! —exclamaron al unísono.

Corrieron a la habitación que servía de almacén y Murray empezó a desgarrar un par de sacos y a vaciar su contenido en el suelo. Lo invadía una moderada euforia. Quizá lograran salir vivos de allí, después de todo. Doyle, que había escapado de mil refriegas, estaba convencido de que así sería.

—¡Maldita sea, Arthur, creí que habías muerto! —exclamó el millonario casi con júbilo, mientras ayudaba al escocés a protegerse con uno de los sacos, cubriéndole la cabeza como si fuera la capucha de un monje medieval.

—Lo cierto es que no recuerdo muy bien qué me ocurrió —dijo Doyle, sujetándose la mano destrozada contra el pecho, para facilitar la labor de Murray—. Creo que logré agarrarme a algo cuando el suelo se desplomó, pero luego debí de golpearme la cabeza y perder el conocimiento. Me despertaron tus gritos. Iba a responder a tu llamada cuando oí hablar a la criatura. Entonces comprendí que me creía muerto y preferí no sacarla de su error, al menos por el momento. Luego, mientras pensaba en cómo ayudarte... —Doyle miró al millonario con gravedad—. Creo que... oí tus pensamientos.

—¿Mis pensamientos?

—Sí, los oí con tanta nitidez que parecía que estuvieras susurrándomelos al oído en una cita romántica: «Si pudiera llegar hasta los sacos de yeso...». Por eso fui a buscar uno, Gilliam.

Murray le miró lleno de sorpresa, pero no dijo nada. Aprovechó que tenía que cubrirse con el saco que le correspondía para apartar su mirada del escocés.

—Pensaste eso, ¿verdad? —le oyó preguntar, mientras se cubría con la tela la cabeza y parte de su cuerpo.

—Sí, pensé eso —admitió, y tras un momento de duda, añadió—: Y creo que a mí me pasó algo parecido. Creo que... también te oí.

Doyle compuso una mueca de perplejidad.

—¿Qué oíste? —preguntó, sin poder contener la emoción.

—Bueno, yo... —El millonario vaciló.

—¡Por Dios, Gilliam, qué demonios oíste!

—«Reichenbach.» Oí «Reichenbach» —respondió al fin, avergonzado por no haber captado un pensamiento más relevante, en vez de aquella palabra extranjera.

Doyle estalló entonces en carcajadas.

—¡Dios mío, ha funcionado! ¡Ha funcionado! —Se calmó un poco y miró al millonario, todavía anegado de incredulidad—. Eso es exactamente lo que yo pensé, Gilliam. Pensé en que no había caído al abismo, que me había salvado, como tú querías que salvara a Holmes de su tumba de Reichenbach. ¡Y me oíste! ¡Dios mío! ¿Sabes qué significa eso? ¡Hemos tenido un episodio de auténtica comunicación telepática!

Murray resopló y ajustó la tela de Doyle, que sus aspavientos habían desplazado. Cuando le pareció que ambos estaban todo lo preparados que podían estar, es decir, nada, palmeó el hombro del escocés.

—Mi querido Arthur, una vez te reté a que consiguieras hacerme creer en todo aquello en lo que no creía —le dijo mientras se daba la vuelta y se dirigía a la puerta—. Pues bien, te prometo que no volveré a retarte a nada durante el resto de mi vida.

—Bueno, Gilliam, tal vez estaría bien un último reto... —Doyle sonrió—. ¿Qué te parece? ¿Crees que es posible que escapemos vivos de una casa en llamas?

XXII

—¡Voy a entrar a buscarlos! —gritó Wells.

Se deshizo del brazo de Jane y dio un par de pasos hacia la puerta principal, pero el siniestro bosque de llamas que se adivinaba tras los ventanales le hizo vacilar de nuevo.

—Por favor, Bertie, no vayas... —volvió a suplicarle Jane—. ¿Qué podrías hacer tú para ayudar a dos hombres tan fuertes y grandes como Arthur y Monty...?

—¡No lo sé! Ni siquiera sé qué está pasando ahí dentro. Tal vez la Muerte Invisible haya acabado con ellos y ahora nos aceche a nosotros... —dijo Wells, mirando a su alrededor con una mueca donde convivían el espanto y el remordimiento—. ¡Deberíamos haber hecho caso a Doyle! ¡Si nos hubiéramos ido hace quince minutos, ya habríamos llegado al pueblo y vendría en camino algún tipo de ayuda! Ahora quizá ya sea demasiado tarde. Y todo por mi culpa.

—No debes atormentarte por atender la última voluntad de un moribundo, Bertie —susurró Jane, mirando de soslayo el cuerpo del cochero, que yacía en la avenida de tierra—. No es culpa tuya si...

—Pero su culpa es mi culpa, ¿no? —la interrumpió

Wells, señalando al anciano mientras se le escapaba una carcajada histérica, desquiciada, que estremeció a su mujer—. ¡Claro que lo es!

Se acercó a Baskerville a grandes zancadas, pero al arrodillarse junto a su cuerpo, el infantil resentimiento que lo anegaba se convirtió en una profunda piedad. El viejo tenía los ojos cerrados y hundidos en sus cuencas; su cabeza reposaba sobre el abrigo de Wells, y en su rostro, de una palidez cenicienta, destacaba una nariz súbitamente afilada, apuntando hacia el cielo como la proa de un barco que se hunde. Wells levantó la manta con la que lo habían cubierto, sobre la que se extendía una gran mancha oscura, y tras una triste ojeada volvió a taparlo.

—Todavía respira, aunque muy débilmente. Creo que no tardará en... —Se levantó sin acabar la frase, mientras Jane comenzaba a sollozar en silencio—. No llores, querida, él ya no sufre y pronto descansará en paz. Consiguió decirnos lo que quería. Ya no podemos hacer nada más por él. Ahora debemos pensar en nosotros y en nuestros amigos y... ¡Dios, ojalá no nos hubiéramos entretenido escuchándole!

—¿Lo dices en serio? —exclamó Jane, atónita—. ¿De verdad preferirías no saber lo que nos ha contado?

—¡Sí! ¡No! Supongo... Oh, Jane, ¡claro que preferiría saberlo! Es algo tan increíble... Pero... ¿y si el precio de este conocimiento ha sido la vida de nuestros amigos?

—Ellos están bien, Bertie, estoy segura... De un momento a otro saldrán por esa puerta...

—¿Cómo puedes saberlo? —inquirió Wells. Miró hacia la casa y lanzó un suspiro de desesperación—. Voy a entrar, Jane.

—¡Ni lo sueñes, Herbert George Wells! ¡No te dejaré morir abrasado en el interior de una estúpida casa encantada! ¿Quieres que sea la primera mujer de este mundo en enviudar dos veces en el mismo día?

Antes de que Wells tuviera oportunidad de responder, la puerta principal se abrió de par en par y dos cuerpos envueltos en llamas irrumpieron en la noche, rasgando la oscuridad como tambaleantes antorchas humanas.

—¡Qué demonios...! —exclamó el escritor.

Como en una ensayada coreografía, Murray y Doyle se despojaron de los llameantes sacos que los cubrían, se arrojaron al suelo y comenzaron a rodar sobre sí mismos entre quejidos y gritos de euforia. Tras vencer su estupor, Wells y Jane corrieron hacia ellos, sin saber qué iban a encontrarse, pero para cuando llegaron a su lado, sus amigos ya se incorporaban, bromeando y riendo a carcajadas, como si en vez de atravesar un incendio se hubieran tirado en trineo. Tenían los cabellos chamuscados y las ropas humeantes, pero aparte de la sangre que empapaba la mano derecha del escocés y de algunas quemaduras leves, parecían sanos y salvos. Durante varios minutos, los cuatro se abrazaron emocionados, palmeándose las espaldas con un entusiasmo tan exaltado que Murray incluso se atrevió a plantar un sonoro beso en los labios de Jane. En medio de aquel regocijo, Wells aprobó el gesto, si bien se cuidó de que Doyle no expresara su entusiasmo del mismo modo. Tras los abrazos comenzaron las explicaciones, un tanto atropelladas a causa de la euforia que sentían al saberse vivos: el hombre invisible había sido abatido por el que, según Doyle, probablemente fuese el mejor tiro con ballesta que aquellos muros centenarios habían visto jamás, aunque por desgracia la criatura había desaparecido antes de que pudieran atraparla, llevándose consigo los secretos de su inconcebible maldad.

—Pero no te preocupes, George, creo que a tu hombre invisible se le habrán quitado las ganas de volver a molestarnos —sentenció Murray con teatralidad, mientras una deslavazada sinfonía de explosiones provenientes del interior de la mansión subrayaba sombríamente sus palabras.

—Yo no estaría tan seguro —discrepó Doyle—. No creo que este haya sido el final de la historia. Me temo que muy pronto volveremos a tener noticias suyas... Y no os negaré que ardo en deseos de que eso ocurra. Estoy ansioso por saber quién es esa criatura maligna que tan bien te conoce, George, y qué demonios quiere de ti... ¡No soporto la idea de añadir un misterio más al mundo!

Wells y Jane intercambiaron una mirada, que al escocés no le pasó desapercibida.

—¿Qué ocurre? —inquirió con suspicacia. La pareja abrió la boca, pero ninguno dijo nada. Doyle se alarmó—. ¿Ha pasado algo mientras estábamos dentro? ¿Por qué no habéis ido a pedir auxilio? ¿Y cómo está Woodie?

—Oh, tu secretario está bien, no te preocupes —contestó Wells, feliz de poder responder al menos a una pregunta de forma sencilla—. Está dentro del carruaje. Sigue inconsciente, pero su pulso y su respiración son constantes. Creo que sufre una simple conmoción.

—¿Y Baskerville? —preguntó Murray con tristeza—. ¿Ya ha...?

Jane soltó un grito que sobresaltó a todos.

—¡Oh, no! ¡Me había olvidado de mi querido Bertie! —exclamó, corriendo hacia el cuerpo que yacía bajo la manta.

Jane se arrodilló junto al anciano y le tomó la mano con infinita ternura.

—¿Sigue vivo? —preguntó el millonario.

—Supongo que sí... —respondió Wells.

Doyle lo miró con los ojos entornados.

—Espera, ¿por qué lo ha llamado «mi querido Bertie»? ¿Y por qué demonios no os llevasteis de aquí a los heridos y fuisteis a pedir ayuda? Era una orden clara,

George —le espetó mientras improvisaba con su pañuelo un rudimentario vendaje para su mano herida.

—No sabía que estábamos en el ejército, Arthur —repuso Wells con más cansancio que ironía—. Además, íbamos a hacerlo, pero Baskerville se negó a que le subiéramos al carruaje.

—¿Y has hecho caso a un anciano que deliraba, George? —se escandalizó Murray.

—Te aseguro que no deliraba —se defendió el escritor—. Nos suplicó que no lo lleváramos a ninguna parte porque estaba convencido de que no sobreviviría al viaje. Además, tenía que decirnos algo antes de morir, algo de terrible importancia, para nosotros y para... el mundo. Así que lo tumbamos en el suelo, le cubrimos con una manta y..., bueno, dejamos que nos contara... su increíble historia.

Doyle y Murray observaron a Wells con expectación, y este se preguntó por dónde empezar aquel delirio.

—Arthur, Gilliam —dijo al fin—, sé que va a resultaros difícil de creer, pero ese anciano moribundo de ahí... soy yo.

Se produjo un silencio atónito.

—¿Baskerville eres tú? —exclamó confundido Murray.

—Sí, aunque no exactamente.

—No *exactamente*... ¿Qué demonios significa eso?

—Que es un Wells de otro mundo.

Murray meció la cabeza con expresión desconcertada mientras Doyle permanecía en silencio, paseando una mirada suspicaz entre Wells y el cuerpo del cochero.

—Ese Wells proviene de un mundo que discurre paralelo al nuestro —explicó el escritor, y antes de que Murray pudiera manifestar de nuevo su desconcierto, dibujó dos líneas paralelas en el suelo con la puntera del zapato—. Un mundo que es una réplica casi exacta del nuestro, idéntico en muchos aspectos, pero diferente en otros.

Y cada uno de los habitantes de ese mundo tiene un gemelo en el nuestro, o lo que es lo mismo, cada uno de nosotros tenemos una copia exacta allí: un gemelo que vive nuestra misma vida, a veces con pequeñas variaciones y otras no tanto, y tan ignorante de nuestra existencia como nosotros de la suya. —Hizo una pausa, y luego, mirando alternativamente a sus dos amigos, continuó—: En ese otro mundo también hay un Gilliam Murray, y seguramente otro Arthur Conan Doyle... A no ser, claro —reflexionó, dirigiéndose al escocés—, que tu madre del otro mundo sufriera un aborto durante su embarazo y tu gemelo nunca llegara a nacer. O que lo hiciera pero no sobreviviese a la malaria en aquel viaje a África que hiciste de joven. También podría ser que sorteara la muerte y que, como tú, se convirtiera en escritor, aunque quizá su famoso detective se llame allí Sherringford Hope. O tal vez, en ese otro mundo, Arthur Conan Doyle no sea más que un médico honesto y soñador, adicto a las novelas de caballería y con un penoso brazo para el críquet. Las posibilidades son infinitas, como podéis ver.

—Dudo que un gemelo mío carezca de mi habilidad para el críquet —puntualizó Doyle con seriedad.

—Quién sabe, Arthur, quién sabe... —Wells sonrió—. Pero lo que sí puedo aseguraros es que mi gemelo y yo hemos vivido vidas casi idénticas, al menos hasta el momento en el que su camino se truncó violentamente. —Subrayó sus últimas palabras cortando con el pie una de las dos líneas que había trazado en la tierra—. Él también escribió *La máquina del tiempo*, *El hombre invisible* y *La guerra de los mundos*..., y también se casó con Jane, o, mejor dicho, con su adorable gemela, pero su vida muestra algunas diferencias con la mía: siendo niño, a él le mordió un perro y a mí no; él jamás se cayó por las escaleras de una pañería, y yo sí; él viajó a la Antártida, donde perdió dos dedos de una mano, y yo no; y tiene un don, o una maldición, según se mire, que le permite saltar entre mundos, y yo..., bueno, es evidente que carezco de dicho talento.

—Sin embargo, tienes un don innegable para hacernos creer historias increíbles —dijo Murray.

—¿Y cómo sabes que no estaba delirando? —preguntó Doyle con un interés casi profesional, ignorando al millonario.

—Porque ese hombre me ha contado cosas que solo yo puedo saber: pensamientos, sueños, anhelos de mi infancia que jamás compartí con nadie, ni siquiera con Jane, y que solo podría conocer alguien que... hubiera vivido mi misma vida. —Wells suspiró, señalando con la barbilla hacia donde se hallaba el cochero—. Ese hombre soy yo, es mi *yo* de otro mundo. Tenéis que creerme.

Doyle sopesó el abatimiento de Wells y, tras unos segundos de reflexión, dijo:

—De acuerdo, George, supongamos que lo es y que ha llegado hasta aquí gracias a que posee un talento para, eh..., ¿saltar entre mundos?

Wells asintió, un poco más animado por la actitud que el escocés había decidido adoptar.

—Así es, Arthur. Pero no es algo que pueda controlar —le puntualizó—. Se trata más bien de una especie de capacidad latente que poseía sin saberlo, hasta que algo horrible que sucedió en su mundo la activó. Así cruzó a nuestra realidad, aunque apareció en 1829, casi con la misma edad que yo tengo ahora. Por eso es un Wells anciano. Y por eso no lo reconocí la primera vez que nos encontramos.

—¿Ya os habíais visto antes? —preguntó Doyle, sorprendido.

—Cuando yo tenía quince años, en el malecón de Southsea. Pero no fue casualidad. Él fue quien me buscó... En realidad, desde mi nacimiento, me vigilaba en la distancia, velándome sin dejarse ver. Tened en cuenta que cuando llegó a este mundo, ninguna de las personas que conocía había nacido aún... ¡Para mi nacimiento faltaban todavía treinta y siete años! Por lo tanto, este hombre ha pasado la mayor parte de su vida como un exiliado, solo y perdido. ¿Os imagináis lo que tuvo que sufrir? Desde un principio intentó vivir su existencia en este mundo de la forma más tranquila posible, pues temía que cualquier emoción fuerte volviera a hacerle saltar. Parece ser que eso es lo que provoca los desplazamientos. Y, naturalmente, cambió de nombre y de profesión, pues no quería usurparme ni una brizna de mi legítimo futuro. Después de todo, yo era el auténtico Wells de este mundo. Y cuando al fin nací, se prometió a sí mismo no interferir en mi vida por mucho que lo deseara, pues las consecuencias de una intromisión eran imposibles de calcular. Pero cuando cumplí los quince años, no pudo evitar romper su promesa. Por aquel entonces mi madre me había enviado a trabajar a una maldita pañería de Southsea, y aquel destino me hacía sentir tan infeliz que algunas tardes me acercaba al malecón con la idea de arrojarme a sus aguas y acabar con todo.

—¡Santo Dios! —exclamó Doyle, que poseía un espíritu demasiado indomable como para haber considerado nunca la rendición que suponía el suicidio.

—En realidad no era más que una pose, Arthur —matizó Wells—. Pero una de aquellas tardes, mi gemelo se acercó a mí y allí, mirando las negras aguas, tuvo lugar la conversación más extraña que he mantenido nunca. El motivo que le llevó a poner en peligro el universo dirigiéndose a mí fue puramente literario. En su mundo, él ya había escrito *La guerra de los mundos*, pero no había quedado muy satisfecho con el final, en el que los marcianos conquistaban la Tierra. Así que me regaló el argumento a cambio de una promesa: si alguna vez lo escribía, le daría un final más esperanzador para la humanidad. Y así lo hice: inventé un desenlace en el que los humanos vencían. Supongo que mi otro yo comprendió que una de las pocas ventajas que le reportaba su desgraciada situación era la posibilidad de mejorar su propia obra.

Doyle lanzó una carcajada que más pareció un relincho.

—¡Eres increíble, George! ¡Toda tu vida perdida y tú solo te preocupas de mejorar una de tus novelas! ¡A mí ese detalle me habría bastado para reconocerte!

Wells se encogió de hombros.

—El caso es que nunca identifiqué a tu cochero como el desconocido del malecón, Gilliam —continuó—, aunque siempre que me hallaba junto a él me asaltaba un malestar inexplicable, una especie de angustia indefinida, carente de todo sentido... Hoy he comprendido que tal vez se debía a la singularidad de encontrarme frente a mí mismo, o quizá su presencia me devolvía un eco de la incesante angustia que me atenazaba en mi adolescencia, no lo sé... Lo que está claro es que esa súbita tristeza solo me asalta cuando estoy cerca de él, por lo que no necesito más pruebas: ese anciano es mi gemelo de otro mundo... —Lanzó un suspiro de agotamiento. Sabía que estaba en lo cierto, pero por muy convencido que estuviese, una parte de su mente insistía en considerarlo un disparate—. Después del día del malecón, no hubo más encuentros. Aun así, velaba por mí desde lejos, constatando que todo me sucedía según sus recuerdos... Sin embargo, pronto se dio cuenta de que algunos detalles no coincidían, como nuestras diferentes cicatrices, y eso le llevó a un gran descubrimiento. Tardó varios años en comprender el porqué de aquellas diferencias, en deducir que no había viajado...

—... a su propio pasado, sino ¡a otro mundo! —lo interrumpió Doyle.

Wells lo miró con sorpresa.

—Eso es exactamente lo que me dijo. ¿Cómo demonios lo has...?

—¡Elemental, mi querido George! Cuando tu gemelo llegó aquí, pensó que había viajado al pasado. Ni se le pasó por la cabeza que había llegado a otro universo. ¿Quién habría sido capaz de adivinar tal cosa? Hasta que empezó a reparar en las diferencias entre vuestras vidas, debió de creer que había saltado únicamente *en el tiempo*, es decir, que había viajado a un pasado anterior a su propio nacimiento... Solo más tarde comprendió que estaba en otro mundo, un mundo casi idéntico, pero donde las cosas no sucedían *exactamente* igual.

Una vez más, a Wells le maravilló la rapidez deductiva del escocés.

—El mismo error que tú cometiste al surcar la llanura rosada, Gilliam —dijo Doyle, dirigiéndose ahora al millonario—: creías que viajabas por la cuarta dimensión hacia el futuro, cuando sin duda te dirigías hacia un portal que te llevaba a otro mundo... —Murray le dedicó una mirada hosca—. Oh, no te ofendas, Gilliam. Creer que uno viaja en el tiempo cuando de hecho está saltando entre mundos parece ser un error universal. Bien, entonces el mundo de Baskerville y el nuestro discurren paralelos —recapituló, dando un par de pasitos con los ojos brillantes de emoción, mientras se sujetaba la mano herida—, tal vez separados por una distancia microscópica, tal y como tú mismo escribiste en *La visita maravillosa*, George.

Wells sintió un profundo estremecimiento al reparar en que nuevamente se hallaban ante algo que él ya había escrito. Sacudió la cabeza, alejando aquel pensamiento recurrente, e intentó concentrarse en la conversación con Doyle.

—Me temo que sí. Aunque creo que no solo existen dos mundos. Al menos existen tres: el nuestro, el de Baskerville y el que hemos visto en el espejo, porque lo que vimos allí era una realidad distinta a las otras dos. Una realidad muy similar a la nuestra, pero con algunas diferencias, como por ejemplo, que Emma seguía viva. Sin embargo, Baskerville no proviene de ese mundo. Me lo dijo cuando se lo describí, y, por alguna razón, parecía profundamente convencido de ello. Así que tenemos tres mundos —concluyó encogiéndose de hombros.

—¿Y por qué un número tan arbitrario? ¿No es más lógico pensar que el número de mundos sea... infinito? —exclamó Doyle—. Estoy seguro de que hay muchos más, George, tantos como puertas se abren a la llanura rosada de los junquianos, incluso más...

Gilliam, que hasta ese momento había seguido la conversación en silencio, inquirió:

—¿Qué diferencias hay entre el mundo del espejo y el mundo del que viene tu gemelo, George?

—¿Qué?

—Ya me has oído. Tu gemelo asegura que no viene del mundo del espejo, por lo tanto, ha debido de encontrar alguna diferencia en tu descripción. ¿Cuál es? ¿Se trata de Emma?

—Eh..., la verdad es que no hemos hablado mucho de eso, Gilliam —titubeó Wells.

Murray le observó con suspicacia.

—¡Te conozco muy bien, George, y sé cuándo mientes! ¿Qué me estás ocultando? ¿Por qué sabe Baskerville que el mundo del espejo no es el suyo? ¿Porque Emma está viva? ¿Acaso en su mundo no ha ocurrido ningún accidente y Emma y yo seguimos juntos? —Murray lo había tomado por los hombros y lo zarandeaba con cada pregunta. Tras la última, su energía pareció extinguirse—. Oh, eso no puede ser, ¿verdad? Eso es algo bueno, me lo habrías dicho. Entonces... —dedujo con un sollozo ahogado—. ¡Maldita sea! ¿Quieres decir que hay infinitos mundos pero que Emma y yo no somos felices en ninguno...?

—Yo no he dicho eso, Gilliam —repuso Wells con un nudo en la garganta, intentando tranquilizarlo—. Solo he dicho que tenía muchas preguntas que hacer, y que tu cochero se estaba debilitando tan rápidamente que...

—¡Por supuesto que tenías muchas preguntas! De hecho, a mí se me ocurren varias —intervino Doyle, que no creía que aquel fuera el momento de ponerse dramático o melancólico—. Por ejemplo, ¿quién era ese hombre invisible? ¿Le preguntaste eso, George? Tal vez esa criatura venga de otra dimensión, igual que él.

—¡Claro que se lo pregunté, Arthur! La duda ofende —repuso Wells, molesto, mientras contemplaba cómo el millonario se apartaba un poco de ellos con la mirada ensombrecida. Era evidente que la conversación había dejado de interesarle—. Pero me dijo que no lo conocía. Hasta el día de hoy nunca se había tropezado con ningún hombre invisible, al menos no había visto ninguno, como es lógico, aunque está convencido de que existe una relación entre esa criatura y unos hombres misteriosos que lo persiguen desde hace dos años, al parecer con la intención de matarlo.

—Demonios, y yo que pensaba que mi vida era emocionante... —comentó Doyle, sorprendido.

—Él los llama «cazadores» —explicó Wells—. Y hasta nosotros los hemos visto. ¿Te acuerdas del incidente de la ópera, Gilliam, cuando salvaste a Jane?

—Claro, cómo iba a olvidar el día que dio comienzo nuestra amistad —respondió el millonario en tono adusto.

Wells suspiró.

—Entonces también te acordarás de aquel hombre extraño vestido con capa y sombrero que asustó a los caballos, se marchó a la carrera y se perdió en la calle vecina. —Murray asintió con displicencia—. Bien, pues era uno de esos cazadores. ¿Y adivinas a quién perseguía? ¡A Baskerville! Porque Baskerville estaba allí, justo detrás de ti, escuchando nuestra conversación. Así fue como se enteró de que pensabas despedir a tu cochero y solicitó el puesto. Como ya os he dicho, uno de sus mayores consuelos era vigilarnos desde la distancia: a Jane y a mí, pero también a ti y a Emma, ya que en su mundo erais dos de sus mejores amigos. Sabía que ahora te hacías llamar Montgomery Gilmore, e incluso observó tu circense petición de mano desde una colina. ¿Y recordáis la silueta que confundimos con un guardia de Princetown el día de la excursión a Brook Manor?

—Se trataba de otro cazador —dedujo Murray, a quien parecía habérsele pasado el enfado—. Por eso aquella mañana Baskerville actuaba de un modo tan raro...

—Así es. En estos últimos dos años, los cazadores han estado estrechando el cerco en torno a él, obligándole a cambiar de nombre y de oficio, aunque siempre ha conseguido eludirlos, con frecuencia gracias a la suerte.

—¿Y cuál es la relación entre sus perseguidores y el engendro que esta noche nos atacó? —quiso saber Doyle.

—*El mapa del caos* —respondió Wells—. Cuando Baskerville corrió a ayudarnos, alertado por nuestros gritos, oyó cómo el monstruo me gritaba que le entregara ese libro. Pues bien: él lo ha visto. Y, al parecer, muestra en su cubierta una estrella de ocho puntas, exactamente la misma que sus perseguidores lucen en sus armas.

—¡Baskerville conoce el libro! Entonces sabrá dónde está y para qué sirve —exclamó Doyle, lleno de entusiasmo.

—Eh... Supongo que sí —dijo Wells con cara de circunstancias—, pero se ha desmayado antes de poder decírmelo.

—¡No puedo creerlo! —exclamó desesperado Doyle—. Entonces, ¿todo lo que tenemos es un puñado de datos que más bien son un galimatías? —Wells se encogió de hombros, esquivando la mirada colérica del escocés, que al poco pareció calmarse—. Bien. No nos pongamos nerviosos. Tenemos dos Wells de dos mundos distintos, ambos amenazados de muerte, y la única conexión entre sus extraños atacantes parece ser un misterioso libro que no sabemos dónde está... Es evidente cuál es la pieza que falta en este rompecabezas. Y es una pena que no consiguieras obtenerla durante tu charla con el pobre Baskerville, mi querido George.

—Te recuerdo que su discurso era el de un hombre moribundo, mi *querido* Arthur. A menudo perdía el hilo o se repetía...

—Una razón aún mayor para que te hubieras molestado en meditar un poco más las preguntas. Un buen investigador siempre ha de conseguir que el interrogado descubra que sabe más de lo que piensa.

—Estoy totalmente de acuerdo con Arthur, George: yo también pienso que no le hiciste las preguntas adecuadas —dijo Murray—. Si yo hubiese estado en tu lugar, no me habría olvidado de averiguar el destino de mi mejor amigo y su amada en cualquier otro mundo, te lo aseguro.

—¡Oh, perdonadme! ¡Siento haberos desilusionado! —estalló Wells, elevando las manos hacia el cielo—. Estoy seguro de que cualquiera de vosotros lo habría hecho mucho mejor. Oh, sí, os imagino perfectamente en mi lugar: enfrentados a vuestro gemelo de otro mundo y descubriendo la verdadera naturaleza del universo mientras vuestros mejores amigos luchan contra un villano invisible en una casa en llamas, y, aun así, meditando con calma cada una de las preguntas.

En aquel momento, un estruendo infernal proveniente de la casa sacudió la noche. Los tres se volvieron a tiempo de ver cómo el tejado comenzaba a hundirse por varias partes. Con cada derrumbe, la mansión parecía encogerse más y más sobre sí misma, como un animal al que estuvieran apaleando. De entre los escombros brotaron unas enredaderas de llamas que se elevaron hacia el cielo, como si también pretendieran quemarlo. Poco a poco, el fragor comenzó a amainar, permitiéndoles oír los gritos de Jane:

—¡Bertie, se ha despertado!

Los tres hombres corrieron al lugar donde yacía el anciano. Al llegar junto a él, se detuvieron titubeantes, no tanto por el extraordinario milagro de saberse frente a un hombre traspapelado de otro mundo como por encontrarse ante el solemne y desolador espectáculo de la muerte. El anciano había abierto los ojos y los contemplaba como si pudiera ver más allá de ellos.

—George, ¿eres tú...? —le susurró Murray, que se había arrodillado junto a Jane.

El viejo asintió, sonriéndole sin fuerzas, al tiempo que sus ojos se anegaban de una repentina lucidez.

—Gilliam, mi querido amigo —musitó con voz ronca—, ¡qué feliz me hizo volver a encontrarte! Aunque me ha costado tanto llamarte «señor» durante estos dos años...

Le interrumpió un débil ataque de tos, que le obligó a volver la cabeza para escupir sobre el suelo un pequeño buche de sangre; acto seguido, el agotamiento le cerró los ojos. Murray se apresuró a sacudirle un brazo, ante la mirada desaprobatoria de Jane.

—George, George, no se te ocurra morirte... Te lo suplico, necesito preguntarte una cosa.

El anciano abrió los ojos trabajosamente.

—Gilliam, siempre has sido un tipo de lo más molesto... —Su voz sonó lejana, como si hubiera empezado a hablarles desde el más allá—. Como jefe, como enemigo... Creo que solo te soporto cuando eres mi mejor amigo.

—Tú también has sido mejor amigo que cochero, George —contestó Murray riendo, aliviado al ver que había vuelto a abrir los ojos—. Cielos, me parece increíble que todo este tiempo hayas sido tú, y yo no me haya dado cuenta. Y aunque me encantaría saber qué quejas puedes tener de mí como jefe, no insistiré, dadas las circunstancias... Pero necesito saber una cosa... ¿Fuimos Emma y yo felices en tu mundo? Dime la verdad...

—Gilliam —intervino Wells a sus espaldas, impaciente—, por favor, hay cuestiones más urgentes...

El anciano intercambió una mirada con su joven gemelo. Fue una mirada tan rápida y sutil que a Murray le pasó desapercibida, a pesar de estar atento a cualquier síntoma de desfallecimiento por parte del cochero, para volver a zarandearlo. Solo Doyle se percató de la ligerísima negativa con que el joven Wells le respondió, y su espíritu se ensombreció.

—Mi querido Gilliam... —musitó el anciano con visible esfuerzo—, Emma y tú fuisteis inmensamente felices en mi mundo. Tuvieron que pasar muchas cosas para que pudierais estar juntos, demasiadas, pero al final lo conseguisteis. Aunque me avergüenza confesarte que no fue gracias a mi ayuda... Por eso, cuando llegué aquí, decidí hacer todo lo posible para que vuestros caminos se encontraran... más fácilmente. Así que me permití contestar la carta que le habías enviado a mi gemelo de este mundo, idéntica a la que tu gemelo me escribió a mí. Temía que este Wells fuera tan rencoroso como yo era antes, y también decidiera no responderla.

Al oír aquella última frase, Wells desencajó la mandíbula, y la sonrisa beatífica que despuntaba en sus labios se esfumó.

—¡Fuiste tú! —exclamó, incapaz de contenerse—. ¡Tú contestaste la maldita carta en mi lugar! ¡Os dije que no había sido yo! Pero... ¡pero tú y yo deberíamos tener la misma letra!

El anciano levantó débilmente la mano en la que le faltaban dos dedos.

—Nunca aprendí a escribir del todo bien con mi mano izquierda... —masculló en tono de disculpa. De pronto, contrajo el rostro, como si intentara tragar una enorme y ardiente brasa que tuviera atravesada en la garganta. Abrió la boca y aspiró un par de míseras bocanadas de aire que no consiguieron saciar sus pulmones. Sus siguientes palabras surgieron entre jadeos, apenas inteligibles—. Gilliam, siento tanto que vuestra historia de amor terminara tan trágicamente en este mundo... Pero te aseguro que en el mundo del que yo vengo nada consiguió separaros... Por favor, vive pensando en eso.

Murray bajó la cabeza con los ojos anegados en llanto mientras Jane comenzaba a llorar ruidosamente. Wells se arrodilló junto a ellos y contempló aturdido al anciano, tratando de asimilar que estaba siendo testigo de su propia muerte.

—George, por favor... —le suplicó—, necesitamos saber dónde podemos encontrar *El mapa del caos*.

Doyle, que permanecía de pie, manteniendo a duras penas un impaciente silencio, se acercó un par de pasos. El anciano tenía ahora la boca muy abierta y su pecho temblaba febrilmente. Contempló a Jane, intentando transmitirle con la mirada cuánto la amaba. Después, sus ojos revolotearon hasta posarse en su gemelo.

—Buscad al agente Cornelius Clayton, de la División Especial de Scotland Yard —consiguió susurrar con una hilacha de voz—. Él tiene el libro. Y, por favor, George, ten mucho cuidado. Temo que mi maldición también esté latente en...

El anciano no pudo terminar la frase. Abrió desmesuradamente los ojos como platos y su pecho se elevó un par de centímetros. Jane soltó un grito agudo. Durante unos instantes, el anciano luchó por aspirar un aire que de repente se había vuelto increíblemente viscoso, pero enseguida su cuerpo se derrumbó y sus ojos, fijos en la nada, comenzaron poco a poco a velarse, hasta que la luz que los alumbraba desapareció. Doyle rezó una oración en silencio, plenamente consciente del milagro que acababa de presenciar, de aquellos lazos de amor y amistad que habían surcado el infinito para anudar dos universos enteros. Entonces, el joven Wells posó sus dedos sobre aquellos párpados arrugados que algún día serían los suyos, y con un levísimo movimiento, como si pasara las páginas de un misal, los cerró para siempre. Y, en ese preciso instante, el cuerpo del anciano desapareció.

Durante mucho tiempo, en aquel lugar del páramo, solo se oyó el ensimismado crepitar del fuego, que pintarrajeaba con trazos dorados los árboles de la avenida, las cuatro siluetas silenciosas y el vacío que había dejado el cuerpo del cochero, un vacío que les anunciaba que había otros mundos aparte del que conocían. Tal vez tres. Tal vez cientos, miles, millones. Tal vez infinitos. Y en uno de ellos, en un páramo semejante a ese, el cadáver de un anciano apareció de repente, como surgido de la oscura noche, para añadir un misterio más a aquel mundo.

Parte tercera

¿Has empezado a escuchar una respiración sobre tu hombro? Quizá alguien esté leyendo este folletín al mismo tiempo que tú.

Pero que eso no te detenga, valiente lector, pues hemos llegado a la parte donde todas tus preguntas encontrarán su respuesta, incluido el misterio de mi identidad.

Quizá tu idea del universo cambie. Quizá tus pesadillas ya no te parezcan tan inofensivas al despertar. Quizá no puedas volver a mirarte en un espejo con la misma tranquilidad.

Pero te aseguro una cosa: por cinco centavos, nadie te ofrecerá más.

«Pensó que tal vez llevaba siglos o milenios cayendo por aquel pozo, aunque si así era, nada importaba entonces, y bien podía dormir un poco mientras seguía despeñándose. Pero de pronto, apenas había empezado a roncar, ¡cataplum!, chocó contra algo duro y frío.»

XXIII

Al Ejecutor 2087V le hubiera gustado no padecer aquel sentimiento de culpa que lo incendiaba por dentro, o experimentarlo con mayor intensidad, la suficiente para obligarle a atentar contra su propia existencia. Si eso sucediera, si se atreviera a desconectarse, a abandonar la horrenda misión para la que había sido fabricado, podría descansar al fin en una calma eterna, sin culpas. Pero, desafortunadamente, la regulación de sus propios sentimientos no dependía de él, sino de quienes le habían implantado en la parte más inaccesible de su memoria profunda aquel código molecular diseñado ex profeso para conjurar la personalidad del perfecto asesino. Y el Ejecutor debía reconocer que los científicos habían hecho un trabajo excelente, también en los casos como el suyo: cuando algo fallaba, cuando la vida se abría paso entre la frondosidad de los circuitos y los sentimientos se desbordaban sin control, la sublime programación implantada en sus entrañas respondía debidamente, intentando compensar el error de algún modo. Así, contra el sentimiento de culpa que le acometía al matar inocentes, se erigía un sentimiento de culpa todavía mayor ante la idea de dejar de hacerlo, de faltar a su deber. Sí, aquellas mentes maquiavélicas que adoraban el Conocimiento Supremo habían hecho un gran trabajo con ellos, no había duda. Pero era un trabajo tan magistral como inútil.

El Ejecutor sonrió con tristeza, aunque tal vez sería más exacto decir que su boca se curvó sombríamente, como una cuerda de tender sobre la que se hubieran posado demasiados cuervos. Mantén el estado de calma, se dijo, nada importa ya, todo está a punto de terminar, todos vamos a morir... Sintió que había pensado una gran verdad, y sintió consuelo, y también algo de paz, y poco a poco atenuó sus constantes vitales, hasta tal punto que, al pasar como la sombra de una sombra por delante de un gato que dormitaba sobre un alféizar, el animal ni siquiera movió las orejas.

Aquel Ejecutor era bueno en eso. Sabía que cuando los animales los detectaban se ponían histéricos, y la única manera de evitarlo era alcanzar aquel estado lindante con la hibernación en el que sus movimientos se volvían imperceptibles, como el avance de las nubes en el cielo. Aquel era el estado emocional idóneo para el acecho. Después, cuando la cacería comenzara y llegara al fin el momento de la ejecución, habría que dejar paso a otros sentimientos: a la tensión, al anhelo, al odio, al placer, a la melancolía y a la culpa, sobre todo a la culpa... Para entonces, ya no importaría que todos los perros y gatos de los alrededores aullaran enloquecidos, anunciando su monstruosa presencia a la luna; cuando la víctima estuviera frente a él, mirándole a los ojos, sin comprender por qué tenía que morir, ya no tendría escapatoria.

Llegó a la casa y cruzó el pequeño jardín que la rodeaba. Si la oscuridad no fuera tan densa, y si él no se fundiera tan perfectamente con ella, podría describirles sus movimientos, pero solo puedo imaginarlos: una sinfonía de pasos suaves, casi felinos, seguidos del tremolar de una capa. Abrió sin dificultad una de las ventanas de la planta baja e irrumpió en el saloncito de la vivienda, que se hallaba en penumbra. Elevó su bastón y la estrella de ocho flechas que adornaba su empuñadura vibró débilmente, informándole de que en aquel momento la casa estaba vacía. Aun así, decidió inspeccionar sus habitaciones una a una, en parte por desconfianza hacia el lamentable estado de sus detectores, y en parte por la malsana necesidad que siempre le impulsaba a conocer las vidas que se disponía a segar. ¿Quién vivía allí? ¿Qué clase de persona era? ¿Qué tipo de felicidad, de melodramática existencia o de insulsa supervivencia se disponía a desbaratar? No lo sabía. Solo sabía que allí vivía alguien que había saltado alguna vez. Aquella tarde, mientras seguía el rastro de un destructor de grado 2, había creído detectar el aura residual de un latente en el corazón de aquella casa, y había anotado las coordenadas para regresar más tarde. Aunque no descartaba que sus detectores se hubieran vuelto definitivamente locos y acabara por matar no solo a un inocente —al fin y al cabo todos lo eran—, sino además a un inocente sano...

Para los Ejecutores, los latentes no resultaban capturas prioritarias, pues eran antiguos destructores cuya enfermedad, por alguna razón, había entrado en una fase de inactividad, aunque eso no significaba que no pudiera activarse de nuevo cualquier día. Sin embargo, los tiempos en los que las prioridades de la cacería estaban claras habían quedado atrás. Antes, los Ejecutores eran capaces de localizar infinidad de rastros en un solo día, gracias a que poseían detectores calibrados a la perfección, que trazaban con nitidez unas coordenadas fáciles de seguir y de clasificar. Pero ahora... Ahora hacían lo que podían, simplemente.

Sin necesidad de que ninguna luz iluminara sus pasos, el Ejecutor inspeccionó la planta baja hasta comprobar que, en efecto, se hallaba vacía; luego subió al piso superior. Allí entró en la primera habitación que encontró, un coqueto despachito que transpiraba una atmósfera indudablemente femenina. Se inclinó sobre el ramo de rosas que ocupaba una de las esquinas del pequeño escritorio y aspiró profundamente, dejando que su delicado olor le inundara las fosas nasales. Luego acarició con suavidad algunos de los objetos que había en la mesa mientras pensaba en las veces que su dueña los habría cogido, ya fuera con amor, desidia, o cualquier otra emoción, insuflándoles poco a poco un alma. Él era idéntico a aquellos objetos. ¿Acaso no le transferían sus víctimas, antes de expirar, parte de su humanidad? Sí, mientras ellas agonizaban entre sus manos, él no podía evitar asomarse a sus ojos, y entonces descubría si sus vidas habían sido plenas o cruelmente insatisfactorias; si dejaban tras de sí un rosario de rencores y malentendidos, o si habían conocido el verdadero amor; si se iban de este mundo con rabia, miedo o una triste resignación. Y en ese instante de comunicación absoluta, como un objeto que se empapa del alma de su dueño, el Ejecutor era invadido por el éxtasis del Conocimiento Supremo, aunque también por la fuerza devastadora de la culpa.

La mano del Ejecutor tropezó con lo que parecían tres manuscritos. Los dos primeros se titulaban respectivamente *El mapa del tiempo* y *El mapa del cielo*, pero fue el tercero el que llamó su atención. Se titulaba *El mapa del caos*, y su autor había dibujado en la cubierta, con cuidadosos trazos de tinta, una estrella de ocho puntas. El Ejecutor apoyó el bastón en la mesa, tomó entre sus manos aquel manuscrito y, allí de pie, en plena oscuridad, leyó con creciente avidez lo que parecía una novela cuya historia pronto comenzó a resultarle extrañamente familiar. Leyó de corrido hasta la página en la que se narraba cómo el matrimonio Wells, junto a su perro Newton, saltaba por un agujero de gusano —abierto en el laboratorio de su malogrado amigo, el profesor Charles Dodgson— hacia un destino incierto, dejando tras de sí al malvado Gilliam Murray y sus secuaces. Al llegar a ese punto, el Ejecutor hizo un alto en la lectura. Levantó la vista y, con las cuartillas todavía en sus manos, miró a lo lejos. Se mantenía tan inmóvil que la oscuridad se fue posando sobre él como un millar de mariposas negras, hasta que casi desapareció. Entonces arrastró la silla del escritorio, se sentó en ella, tomó el resto del manuscrito y dejó escapar una exhalación que tal vez fuera un suspiro. Al fin y al cabo, en algo tenía que ocupar su tiempo hasta que su víctima llegara.

Y ahora permítanme que les cuente lo que el Ejecutor leyó en aquellas páginas, como si todos ustedes estuvieran en aquella habitación oscura leyendo por encima de su hombro, o mejor, a través de aquellos ojos que creían haber visto cosas que ninguna de sus víctimas podría imaginar jamás; y sin embargo...

Una luz cegadora pareció envolver a la pareja al atravesar el agujero, como si un rayo circular girase vertiginosamente a su alrededor, mientras los golpeaba un pedrisco de sensaciones contradictorias: sintieron cómo se despeñaban en un vacío abismal, y cómo flotaban en una ingravidez absoluta, y cómo los aplastaba una presión monstruosa, laminándolos hasta que creyeron alcanzar el ridículo grosor de un cabello...

Todo cesó de repente, como si el río del tiempo se hubiera congelado. Wells abrió los ojos, que había cerrado por instinto al entrar en el túnel, y se encontró cayendo a través de una especie de pozo, aunque no experimentaba ninguna sensación de caída; quizá se debiera a que las paredes subían, o tal vez bajaban, y por tanto él *caía* hacia arriba. En cualquier caso, se movía —él respecto al pozo o el pozo respecto a él, eso daba igual—, como demostraba el hecho de que diversos objetos pasaran frente a sus narices. Wells vio algunas estanterías llenas de libros —incluso tuvo tiempo de coger uno, hojearlo y dejarlo más tarde en uno de los estantes siguientes—, su sillón preferido, algunas lámparas y relojes, el sarcófago de una momia, una baraja de cartas, la corona de la mismísima reina Victoria... Sin embargo, a través de aquel cardumen de cachivaches, no vio a Jane, lo cual habría podido inquietarle de no haber tenido tanto sueño: los ojos se le cerraban sin remedio y no podía parar de bostezar. Pensó que tal vez llevaba siglos o milenios cayendo por aquel pozo, aunque si así era, nada importaba entonces, y bien podía dormir un poco mientras seguía despeñándose. Pero de pronto, apenas había empezado a roncar, ¡cataplum!, chocó contra algo duro y frío. Y comprendió que aquella absurda e inacabable caída había concluido.

Wells permaneció con los ojos cerrados, vagamente consciente de hallarse tendido sobre un suelo sólido. Luchando contra las ganas de seguir durmiendo, intentó abrir los ojos, aunque temía descubrir algún horror sin nombre, o con nombre, o peor aún, no ver nada; tal vez la luz intensa le había dejado ciego, tal vez todo lo que había sucedido a continuación no había sido más que un absurdo sueño hilado en la inconsciencia.

Un par de enérgicos lametazos dieron al traste con sus temores, obligándole a abrir los ojos de golpe. El *horror* que descubrió no fue otro que el hocico húmedo y brillante de Newton, pendiendo sobre él. Cuando consiguió apartarlo de un débil manotazo, descubrió a Jane tirada a su lado, en un suelo de mármol cuyas baldosas negras y blancas imitaban un damero. Wells se incorporó como pudo, presa de un desagradable mareo, y sacudió el hombro de su mujer, quien, tras parpadear varias veces, lo miró algo desorientada; después paseó una mirada estremecida a su alrededor.

—Bertie... ¿Dónde estamos?

Wells no respondió. Observaba fijamente la baldosa situada bajo su mano derecha, y su expresión era tan extraña que a Jane la asustó más que todo lo ocurrido hasta entonces.

—¿Qué sucede, querido?

—Yo... —titubeó Wells—, no sé si la baldosa que está bajo mi mano... es negra o blanca.

Jane le observó en silencio durante unos segundos, sin comprender a qué se refería, y luego siguió la mirada alucinada de su marido hasta la baldosa que se hallaba bajo su palma.

—Es negra —le aseguró, pero al segundo siguiente parpadeó confusa—. No, espera... —Observó la baldosa con el ceño fruncido—. ¡Es blanca! No, no, es negra, pero... qué extraño, no puedo dejar de verla también blanca...

Bajo la atenta mirada de Jane, Wells levantó la mano y la volvió a bajar, colocándola con suma delicadeza sobre la misma baldosa.

—He puesto mi mano derecha sobre la baldosa negra. Lo he hecho así y no de otra manera. ¿No es cierto, Jane? —le preguntó lleno de ansiedad.

—Creo que sí —respondió ella con desazón—, aunque... Oh, Bertie, ¡por las barbas de Kepler!, no lo sé. Tal vez no. Después de todo, también habrías podido poner tu mano sobre la baldosa blanca. ¿Por qué has elegido la negra? Y... espera, ¿seguro que esa es tu mano derecha? También podrías estar apoyado en tu mano izquierda.

Wells la miró estupefacto, y elevó su mano izquierda hasta la altura de sus ojos, observándola como si la viera por primera vez.

—Esta es mi mano izquierda, y me estoy apoyando en el suelo con la mano derecha... Aunque, efectivamente, también podría ser al revés...

—O también podrías estar de pie...

—O inconsciente...

Una dulce voz interrumpió tan interesante debate:

—¿Quiénes sois vosotros?

Wells y Jane dejaron de estudiar la baldosa cuyo color no lograban determinar y alzaron sus respectivas cabezas, para descubrir a una adorable niñita a pocos metros de donde se hallaban arrodillados. Tendría unos seis años, vestía una túnica harapienta y estaba descalza. Enseguida les llamó la atención su espontánea belleza: su rostro, en forma de corazón, estaba enmarcado por una melenita castaña, cuyo flequillo se cernía sobre unos ojos ávidos e inquisitivos, y sus labios, fruncidos en un mohín de fastidio, prometían el regalo de una hermosa sonrisa a quien realmente se la mereciera. Newton corrió hacia ella moviendo la cola y se tumbó a sus pies ofreciéndole la panza, que la niña le acarició con su pie descalzo.

—¿Sois duendes? —quiso saber.

Mientras esperaba alguna respuesta, le dio un trago al vaso de limonada que sostenía entre sus manitas. Wells se incorporó, ayudando a Jane, e intentó no pensar en que la niña podría estar bebiendo leche, en vez de limonada, o desenrollando un yoyó o haciendo malabares con manzanas mientras aguardaba su respuesta.

—Eh..., ¿por qué deberíamos ser duendes? —acertó a preguntarle.

—No tenéis ningún *deber* de ser duendes. Tan solo lo he sospechado por la forma en que habéis aparecido, aunque espero que mi pregunta no os haya ofendido. —Era evidente que la niña había recibido una educación esmerada, a pesar de ir vestida como una vagabunda—. Porque habéis aparecido de repente —explicó aleccionadora, en un tono teñido de ligera impaciencia, como una diminuta profesora dirigiéndose a dos alumnos ineptos—. De pronto se ha abierto un agujero en el aire y una luz muy muuuy fuerte, tan fuerte que he tenido que cerrar los ojos, salió de él, y cuando volví a abrirlos ahí estabais vosotros, en el suelo, mirando una baldosa como si nunca hubieseis visto una. Sois unos duendes muy graciosos —sentenció con seriedad.

Wells y Jane intercambiaron una mirada. Así que aquel era el lugar al que los había conducido el agujero de Dodgson... Pero ¿dónde estaban? ¿Habían llegado a otro universo? Miraron a su alrededor con mayor atención y comprobaron que se encontraban en una habitación que les resultaba familiar, pese a su aspecto deteriorado y antiguo. El empapelado de girasoles, las cajas de música, los dibujos infantiles... De inmediato sospecharon dónde se hallaban. Sin embargo, a aquel cuadro le faltaban algunas pinceladas para que pudieran reconocerlo del todo. Por mucho que miraron, no vieron ninguna pantalla comunicadora, ni ningún calentador de alimentos, ni ningún otro cachivache tecnológico. Era como si hubiesen purgado aquella habitación de todo lo que el hombre había inventado a lo largo de los siglos, ratones tragapolvo incluidos. No habían verbalizado aún aquellos pensamientos cuando una voz les llegó desde algún punto a sus espaldas:

—¡Alicia, ven! ¡Rápido! Ya está todo preparado para la fotografía... ¿Por qué tardas tanto?

Wells y Jane se volvieron al mismo tiempo que un joven entraba en la habitación acunando en sus manos una especie de cilindro oscuro, cuyo extremo frotaba cuidadosamente con un paño. Al ver a los dos desconocidos, y al perro que le ladraba en pleno ataque de histeria, el hombre echó raíces junto a la puerta. Alicia dejó el vaso de limonada sobre una mesa y corrió hacia él, pasando como una exhalación entre los intrusos.

—¡Charles, Charles, son dos duendes que han llegado de repente a través de un agujero en el aire! —le anunció entusiasmada.

Con gesto posesivo, la niña se abrazó a una de las piernas del joven, quien inmediatamente posó una mano protectora sobre uno de sus hombros mientras examinaba con inquietud a la supuesta pareja de duendes que se había materializado en sus dependencias, como si se preguntara si el saludo humano sería también interpretado por la raza feérica como gesto de bienvenida. Por su parte, el presunto matrimonio duende contemplaba al recién llegado con los ojos desencajados, resistiéndose a aceptar que fuera quien parecía ser...

¿Y cuál era el aspecto del joven?, se preguntarán. Bien, se trataba de un hombre de unos veinticinco años, alto y delgado como un insecto palo, que poseía uno de esos rostros cuyas facciones parecen divertirse contradiciéndose entre sí: si la frente abombada y la barbilla huidiza le otorgaban cierto aspecto bovino, ahí estaban para desmentirlo los ojos, rebosantes de inteligencia, y las aristocráticas proporciones del cráneo; y si sus cejas, dos caballitos de mar recostados sobre unos párpados soñolientos, le conferían el aspecto de un ser carcomido por la melancolía, ahí estaba el rictus socarrón de sus labios para proclamar tanto su agudo sentido del humor como su espíritu soñador. En cuanto a su vestimenta, llevaba una elegante chaqueta de terciopelo, unos pantalones demasiado estrechos, un sombrero con el ala doblada y un deslumbrante lazo blanco ciñéndole el cuello, aunque a pesar de tan extravagante atuendo, todo él desprendía un aura de extremada pulcritud, tan intensa como el denso perfume que lo envolvía. El joven abrió la boca, pero durante unos instantes ningún sonido salió de ella. Luego las palabras surgieron en tromba, tropezando unas con otras, revelando un tartamudeo que al matrimonio Wells le resultó tan familiar como la habitación. Entonces no tuvieron más remedio que aceptar lo imposible.

—D-d-d-disculpen, pero ¿q-q-quiénes son ustedes, y q-q-q-qué hacen en mi c-casa?

—Es él... —le susurró Wells a Jane, que asintió vehementemente, mientras tomaba a Newton en brazos para intentar calmarlo—. Maldita sea, es él. Aunque mucho más joven...

—Pero ¿cómo puede ser? ¿Hemos viajado al... pasado?

—Es imposible viajar en el tiempo, Jane. Está totalmente demostrado... ¡Y por Dios, coge al perro en brazos para que se calle!

—¡Ya lo he cogido!

—Entonces déjalo en el suelo.

—¿Cómo quieres que lo deje en el suelo si ya está en el suelo?

—D-d-disculpen... —intervino tímidamente el joven.

—Oh, no... —gimió Jane, sin atender al joven y mirando a Newton desconcertada—. ¡Si lo tengo en los brazos!... ¡Por el Códice Atlántico! ¿Nos estamos volviendo locos? ¿Es esta una consecuencia del viaje temporal?

—¡Te digo que no hemos viajado en el tiempo, Jane!

—¡Pero es él, Bertie, es él! —protestó ella, señalando al joven. Ambos le miraron, mientras Newton redoblaba sus ladridos—. Y no debe de tener ni treinta años... Sin embargo, cuando saltamos al agujero, tenía sesenta y seis. Además de que estaba...

Jane no pudo terminar la frase. Para ocultar su llanto, enterró su rostro en el cuerpo del cachorro, quien inmediatamente dejó de ladrar, sorprendido por su nueva función de almohada.

—P-p-perdonen... —volvió a probar el joven.

—¡Un momento! —le interrumpió Wells con cierta irritación. El joven levantó la mano en son de paz. Wells se dirigió entonces a su mujer, procurando que su voz sonara lo más tranquila posible—: Jane, te lo ruego, regresa al estado de calma. No comprenderemos nada si nos dejamos llevar por nuestras emociones. Necesitamos serenar nuestras mentes para que en ellas arraigue el conocimiento.

Jane asintió y sus sollozos fueron amainando poco a poco. Wells se masajeó el puente de la nariz e, intentando que su gesto resultara lo más amable e inofensivo posible, se dio la vuelta para encarar al joven.

—Le ruego que disculpe el imperdonable modo de presentarnos en su hogar mi mujer y yo. Le aseguro que existen razones de fuerza mayor que lo justifican, y nos encantaría explicárselas. Pero, para ello, debo primero suplicarle que me conteste a un par de preguntas. A ser posible... —hizo un gesto imperceptible hacia la pequeña— *a solas*. Tiene mi palabra de que es totalmente necesario y de que después responderemos a las suyas con mucho gusto, señor... Dodgson. Porque usted es Charles Lutwidge Dodgson...

El joven los estudió con curiosidad.

—¿L-les c-conozco?

Wells no supo qué contestar. Si todas las teorías estaban equivocadas y en efecto acababan de viajar al pasado, entonces aquel Charles de veintitantos años todavía no los conocía, ya que ninguno de ellos había ni siquiera nacido... Sin embargo, *era imposible* viajar en el tiempo. Wells observó al joven con detenimiento, estudiando sus ropas, su peinado, el cilindro que tenía en sus manos... Entonces, en un golpe de intuición, se le ocurrió la que quizá fuera la respuesta correcta. Al joven iba a resultarle sin duda una respuesta extraña, pero si conocía a ese Charles tanto como al otro —y rogó que así fuera—, estaba seguro de que la aceptaría, porque aparte de extraña también era bella.

—No en este mundo, señor Dodgson. No obstante, en el mundo del que venimos, otro Dodgson idéntico a usted me enseñó cómo disfrutar de una tarde dorada.

Jane observó a su marido con los ojos muy abiertos; un brillo de comprensión iluminaba su mirada. Wells le sonrió con ternura, orgulloso de su rápida inteligencia, de tenerla como compañera en el largo viaje hacia el Conocimiento Supremo. Dodgson carraspeó.

—L-l-les ruego que me-me-me disculpen un momento, s-s-s-si son tan ama-amables, ¿eh..., señores duendes? —Se dirigió a Alicia y la desató de su pierna con dulzura—. Mi querida niña, me temo que ahora debes reunirte con tu institutriz y tus hermanas en el jardín y, eh..., pedirles que te lleven a casa. Hoy no podremos realizar la fotografía, pues, como ves, tengo invitados inesperados, y debo atenderlos. —Le hablaba en voz baja, no como se les suele hablar a los niños sino con modales distinguidos propios de una conversación entre adultos y, sorprendentemente, sin apenas tartamudear—. ¿Te parece bien?

—No, no me parece bien —protestó la niña un tanto enfurruñada—. Mira... ¡ya estoy disfrazada de mendiga! Incluso he estado ensayando la pose que me dijiste. —Corrió hacia una de las paredes, se apoyó en ella elevando una de sus piernas, extendió una mano en forma de cuenco y miró desafiante al joven—. Tal vez mañana no la recuerde bien —lo amenazó, no sin cierta dulzura.

—Estoy seguro de que mañana la recordarás a la perfección —le respondió el joven mientras la tomaba por los hombros y la conducía suavemente hacia la puerta—. Aunque para mayor seguridad, quizá deberías dormir en esa postura toda la noche.

—Pero... pero... ¡Me habías prometido que iría contigo a la cámara oscura para revelar las placas!

—Promesa que seguirá vigente por la mañana. A no ser que esta noche lluevan estrellas de mar. Entonces, sintiéndolo mucho, tendré que romper mi promesa, pues como todo el mundo sabe...

—¡Pero yo quiero quedarme a hablar con los duendes! Son tan graciosos...

—Oh, no creo que eso sea buena idea... —El joven miró a la pareja con nerviosismo y bajó la voz—. Los duendes son seres muy quisquillosos, Alicia, y creo que muy pocas cosas les enfadan más que una niña desobediente. Bueno, tal vez la visión de unos pies humanos descalzos... ¡Oh, sí, ahora recuerdo que eso les horroriza! Les causa insomnio, sordera y espantosos problemas intestinales. Ah, y también odian la mermelada de naranja, porque les produce una terrible urticaria con solo olerla de lejos... ¡Es una suerte que ninguno de los dos haya desayunado hoy mermelada de naranja, y que tú no seas una niña desobediente!

—Pero, Charles... —susurró la pequeña—, ¡yo estoy descalza!

—¡Santo cielo! ¡Alicia Pleasance Liddell!, ¿por qué no me lo has dicho antes? —se horrorizó el joven, mirando con espanto los pequeños pies de la niña—. ¡Rápido, rápido! —La empujó fuera de la habitación—. Corre a casa y pídele a tu madre que te unte urgentemente las plantas de los pies con mermelada de naranja... ¡Es cuestión de vida o muerte! Te prometo que mañana iré a buscarte... —Y cerrando la puerta de golpe, se dio la vuelta y apoyó todo el cuerpo contra ella, como si temiera que la niña pudiera echarla abajo de un momento a otro.

La extraña pareja intentó tranquilizarle ofreciéndole sendas sonrisas, que por lo impostado del gesto al joven se le antojaron más propias de asesinos desquiciados.

—¿Q-q-q-quieren una taza de té? —logró preguntar—. ¿Limonada? ¿Tal vez un poco de f-f-f...?

—Cualquier cosa nos irá bien, gracias —le cortó

Wells, impaciente, sin esperar a descubrir qué empezaba por «f»—. Hemos hecho un largo viaje hasta llegar aquí.

—Eh... Bien, s-s-s-siéntense, por favor —los invitó el joven, señalando con la mano la exquisita mesa de madera tallada que ocupaba el centro de la habitación, custodiada por cuatro sillas Chippendale—. Pondré la tetera en el fuego —añadió, y antes de salir dejó en una esquina de la mesa el cilindro y el trapo que todavía llevaba en las manos.

—Muchas gracias —contestó Jane, tomando asiento.

Wells se derrumbó en la silla vecina, y ambos se sumieron en un compacto silencio, intentando no pensar en los infinitos lugares en los que el joven podría haber dejado el cilindro y el trapo.

—Permítame que nos presentemos —dijo el biólogo cuando el joven regresó—: mi nombre es Herbert George Wells y mi esposa se llama Catherine. Como le he dicho, para que nuestro relato sea lo más veraz posible, primero sería necesario que se aviniera a resolver algunas de las dudas que nos asolan. Aunque le advierto que muchas de nuestras preguntas quizá le sorprendan, y nuestras explicaciones quizá le resulten un tanto... increíbles.

—No se preoc-cupen —dijo Dodgson, sentándose en una de las dos sillas que quedaban frente al matrimonio—. A veces consigo creer hasta en seis cosas imposibles antes del desayuno.

Wells dibujó una sonrisa vacilante.

—¡Oh...! Veo que se ha sentado usted en la silla de la derecha. Sí, estoy casi seguro de ello... Aunque también podría haberse sentado en la de la izquierda, ¿no crees, Jane? —La mujer cabeceó confusa—. Bueno, dejemos eso... ¿Por dónde empiezo?

—Lo más f-f-frecuente es utilizar el principio —le animó Dodgson—, entonces puede usted seguir hasta el final. Allí se para.

—Sin embargo —replicó Wells, pensativo—, un final también podría usarse como principio...

—¿En qué año estamos? ¿Y dónde? —preguntó bruscamente Jane, abortando los circunloquios por los que su marido amenazaba con extraviarse.

Dodgson la miró un tanto perplejo.

—Estamos en el año de gracia de 1858, en Oxford, Inglaterra, bajo el reinado de S-s-su Graciosa Majestad la reina Victoria.

—¿Y cuál es su fecha de nacimiento? —volvió a preguntar Jane.

—El 27 de enero de 1832.

—¿Y su profesión?

—Me dedico a la ingrata t-tarea de enseñar a hombres mal dispuestos que no saben apreciar el conocimiento. Dicho de otra manera, soy p-profesor de ma-matemáticas aquí, en el Christ Church College de Oxford.

—¿Su último estudio matemático?

—E-estoy trabajando en un Compendio d-de Geometría Algebraica Plana.

—Creo que ya es suficiente, querida... —intervino Wells.

—¿Escribe usted poesía y cuentos infantiles? —preguntó Jane, ignorando el comentario de su esposo.

—S-sí, he publicado en varias revistas.

—¿Utiliza algún seudónimo?

—Mis últimos poemas en *The Train* han sido p-publicados con el seudónimo de Lewis Carroll...

Jane miró significativamente a Wells, mientras Newton, que acababa de decidir que aquel hombre no solo era inofensivo, sino también mortalmente aburrido, saltaba del regazo de su dueña y se entregaba a explorar la habitación.

—Es increíble —le susurró Wells a su mujer—. Este universo es casi igual al nuestro... Dodgson tiene aquí un gemelo, y también la mismísima reina Victoria... Supongo que todos los habitantes de nuestro mundo tienen una réplica en este lado. ¡Oh, y también nosotros, por supuesto! Pero como hemos llegado en el año 1858, nuestros gemelos todavía no han nacido. Sin embargo, este 1858 está científicamente mucho más atrasado que el de nuestro mundo: esta habitación, los estudios matemáticos de este Charles... ¿Y has visto esa lente? —Señaló el cilindro que Dodgson había dejado en una esquina de la mesa.

Jane asintió.

—Es prehistórica —sentenció.

—¿P-p-prehistórica? —preguntó su dueño, lleno de asombro—. Pertenece a una cámara Sanderson último modelo...

—No se ofenda, señor Dodgson —lo tranquilizó Wells—. Me temo que mi mujer ha sido algo exagerada al calificarla así, aunque debo admitir que en nuestro mundo este método de fotografía es totalmente arcaico. Porque mi mujer y yo venimos... de otro mundo. Cuando partimos de allí, corría el año 1898. Le confesaré que no tengo ni idea de por qué hemos caído aquí cuarenta años antes, aunque pienso reflexionar sobre ello en cuanto pueda. De todos modos, aunque no sea un experto en historia, estoy en condiciones de asegurarle que nuestros fotógrafos de 1858 llevaban ya mucho tiempo sin utilizar placas, ni el colodión húmedo, ni precisaban de trabajosas exposiciones ni laboriosos revelados... Nosotros llevamos más de un siglo captando imágenes de la realidad mediante una matriz formada por miles de diminutos elementos fotosensibles que convierten la luz en una señal eléctrica y la almacenan en forma numérica para... —Wells se interrumpió al ver el rostro atónito del joven—. Es igual, ya se lo explicaré con más calma en otro momento. Lo que quiero decirle es que su mundo es muy similar al nuestro...

—... tanto que casi es como estar en casa —apostilló Jane—: la ropa, los muebles, usted con la misma edad y aspecto que nuestro Dodgson tendría en 1858... Por un momento hemos llegado a creer que habíamos viajado al pasado...

—Pero los viajes en el tiempo no son posibles. Y al ver esa lente, que usted no trata como una reliquia, sino como si fuera un objeto de uso corriente...

—Y al reparar en que en esta estancia no hay ni un solo sirviente doméstico...

—Y que maneja conceptos matemáticos totalmente obsoletos para nosotros desde hace mucho más que cuarenta años. Desde hace siglos, de hecho...

—Todo eso, en fin, nos ha hecho comprender... que no estamos en nuestro pasado, sino que... hemos viajado a otro universo, un mundo muy parecido al nuestro, pero con algunas diferencias.

El joven matemático boqueó un par de veces, antes de poder articular una pregunta:

—¿Y q-quién me dice a mí que ustedes n-n-no están absolutamente l-l-locos?

—Señor Dodgson... —Jane le miró con extrema dulzura—, ¿le suena a usted un poema llamado «La caza del Snark»?

El profesor palideció.

—Yo... ¡Santo cielo! Es una idea que me ronda por la cabeza para un po-poema, pero n-no se lo había contado a nadie todavía... ¿Cómo puede usted...?

—Lo escribirá —afirmó Jane—. Escribirá ese poema, dentro de varios años, y será una auténtica maravilla. Siempre ha sido mi favorito. Nuestro Charles me confesó una vez que la idea se le había ocurrido siendo muy joven...

Dodgson se levantó bruscamente y tuvo que agarrarse al respaldo de la silla. Se pasó una mano trémula por su aristocrática frente. Su palidez había adquirido un leve tono verdoso.

—¿Debo e-entender entonces que ustedes vienen de... o-otro universo? —recapituló—. ¿Un mundo que es igual a este, al m-menos estéticamente, aunque mucho más..., eh..., evolucionado?

Wells y Jane asintieron.

—¿Y c-cómo han llegado aquí?

—Bueno, es difícil de explicar, señor... Charles. ¿Le importa que le llame Charles? —preguntó Wells—. Estoy más acostumbrado. —El joven asintió—. Oh, gracias... Bien, tal vez te ayude imaginarte una especie de... madriguera de conejo que atraviesa el hiperespacio, conectando dos universos distintos.

—¿Y dónde está ese túnel ahora? —inquirió Dodgson, señalando a su alrededor.

—Debió de colapsarse cuando lo atravesamos —respondió Wells, recordando el atronador zumbido que había oído justo después del salto—. Me temo que ha sido un viaje solo de ida.

Le dedicó a Jane una mueca consternada. Ella le apretó la mano. Tras un breve silencio, Dodgson se atrevió a preguntar:

—¿Y al Otro Lado de esa madriguera de conejo vive alguien idéntico a mí, con m-mi mismo nombre y una vida p-paralela a la mía?

—Así es, Charles —dijo Wells con orgullo—. Fue mi profesor. Un científico brillante. Él fue quien fabricó el agujero por el que hemos llegado hasta aquí.

—¿Y por qué no ha venido con ustedes?

Wells y Jane se miraron, esta vez con profundo pesar.

—Bueno, verás... —Wells no encontraba las palabras adecuadas.

—Porque lo mataron —lo interrumpió Jane.

A continuación le resumió brevemente lo que había

ocurrido en su laboratorio del Otro Lado antes de que ellos consiguieran saltar. Cuando terminó, Dodgson la miraba con espanto. En ese instante, el silbido de la tetera les llegó desde la habitación vecina. Tras una cortés inclinación de cabeza, el joven salió de la estancia con el caminar vacilante de un borracho, moviendo los labios y sacudiendo la cabeza, como si hablara consigo mismo. Durante su ausencia, la pareja mantuvo en voz baja el siguiente y apremiante diálogo:

—¿Por qué le has contado lo de su muerte, Jane? —preguntó Wells—. ¿Crees que ha sido buena idea?

—¿Y qué puede importarle? —Jane se sorprendió—. Al fin y al cabo, no es su *propia* muerte, sino la de su *otro* yo...

—Sí, pero si estos dos Charles han nacido el mismo día, y comparten tantas coincidencias..., a lo mejor también comparten la fecha de su muerte. ¿Y quién querría saber cuándo morirá?

—Puede que tengas razón... Sin embargo, como has visto, no son *tan iguales*. Nuestro Charles jamás sintió afición por la fotografía, que yo recuerde, ni creo que en su juventud se dedicara a hacer amistad con niñas tan pequeñas como esa... ¡Espera un momento! —Jane pinzó el antebrazo de su marido—. ¿Cómo ha llamado Charles a esa niña?

—Alicia... —contestó Wells—. No recuerdo qué más...

—Liddell —apostilló su mujer con un brillo febril en la mirada—. Alicia Pleasance Liddell. ¿Y cómo se llama la mujer de nuestro Charles?

—Lo sabes perfectamente, querida, era amiga tuya: Pleasance Dodgson...

—Sí, sí. —Jane cabeceó con impaciencia—. Pero su apellido de soltera ¡es Liddell! ¿Y adivinas cuál es su segundo nombre?

Wells no contestó. Se había quedado de una pieza.

—Se llama Pleasance *Alicia* Liddell... —explicó Jane—. ¿Te das cuenta? ¡Nuestra Pleasance es esa niña! Aunque aquí parece que sus padres le han puesto los nombres al revés. ¡Hágase Newton! Ahora comprendo tantas cosas... Nuestro Charles era veinte años mayor que su mujer, ¿lo recuerdas?, y a ninguno de los dos le gustaba demasiado hablar de cómo y dónde se conocieron. Se rumoreaba que en los preparativos de su boda hubo más investigaciones de lo habitual, que Charles tuvo que realizar innumerables visitas a su guía de relaciones personales y repetir varias veces sus informes prematrimoniales...

—¡Por las barbas de Kepler! Si la Iglesia descubrió que Charles había dedicado su vida a esperar a que esa niña creciera para casarse con ella, entonces debió de resultarle muy difícil convencer al sacerdote de que un amor tan desmesurado no iba a desviarle del camino hacia el cono...

Un tímido carraspeo hizo que el matrimonio alzara la cabeza. Habían estado tan absortos en su conversación que no habían oído llegar a Dodgson, quien permanecía junto a la mesa, sosteniendo la bandeja del té. La expresión de su rostro no dejaba lugar a dudas de que había escuchado sus últimas palabras.

—Incluso cuando viajamos entre universos, los ingleses nos las arreglamos para llegar a la hora del té —bromeó Wells.

Pero esa gracia no distrajo al joven Dodgson.

—En vuestro mundo —murmuró, mientras un súbito rubor encendía sus mejillas—, mi gemelo se casó con su Alicia... —Dejó bruscamente la bandeja sobre la mesa y se sentó, como si lo hubiera embargado un repentino mareo. Consumió unos segundos en sobreponerse—. Contadme —pidió al cabo—, ¿c-cómo será Alicia de mayor? ¿En qué clase de m-mujer se convertirá?

—Ahora te has sentado en la silla de la izquierda... —señaló Wells, dubitativo.

—¿Por qué no te has sentado en la misma silla que antes? —preguntó Jane.

—Eh..., si lo preferís, p-puedo cambiarme —ofreció Dodgson, solícito, trasladándose a la otra silla con una energía que no había mostrado hasta el momento—. Bien, y ahora c-contadme toda vuestra historia —les instó una vez acomodado—, y la del o-otro Charles...

—Por supuesto, por supuesto... Veamos..., nuestro mundo... —comenzó Wells, aunque enseguida se interrumpió—. Disculpa, Charles, ¿te has cambiado realmente de silla, o solo has tenido la intención de hacerlo?

—¡Por todos los santos! —estalló el joven—. ¿Qué os sucede con las sillas? P-parece como si tuvierais una extraña obsesión c-c-con la a-aleatoriedad...

La pareja le contempló atónita.

—¿Por qué íbamos a tener algún problema con un concepto que es absolutamente teórico e irreal...? —balbució Wells.

En aquella competición improvisada de expresiones de pasmo, le tocó el turno a Dodgson, y debo decir que obtuvo un excelente resultado.

—¿Queréis d-decir que en vuestro mundo t-todo está determinado?

—¿Determinado? ¿Qué demonios significa eso? —respondió Wells con irritación—. En nuestro mundo todo sucede de la única manera que podría suceder. Jamás se me habría ocurrido que pudiera ser de otra... Sin embargo, en este mundo, los objetos parecen poseer la enojosa propiedad de no estarse quietos... Es como si uno quisiera alcanzar algo que hay en un estante, y al acercar la mano para cogerlo, esa cosa estuviera de pronto en el estante de arriba, y así continuamente... Y cada decisión es tan...

—... imposible, tan incierta... —musitó Jane.

—Es una sensación extraña y desquiciante... —añadió Wells, abatido.

—Podríamos d-decir entonces que t-todo es *impocierto* al tiempo que *extriciante*[1] —apuntó Dodgson, sonriendo con aire soñador.

La pareja le miró sin comprender mientras Dodgson los observaba a su vez, aparentemente sumido en profundas reflexiones.

—Propongo una cosa —les dijo con repentino entusiasmo, o mejor dicho, con *repensiasmo*—: cada vez que os asalte una d-duda sobre en qué silla estoy s-sentado, gritáis: «¡Cambio de silla!», y los tres nos correremos un sitio, ¿de acuerdo? Me imagino que ese movimiento c-c-circular aliviará un poco vuestra desazón, al menos lo suficiente para que podamos mantener una charla tranquila...

Wells y Jane intercambiaron una mirada, y gritaron:

—¡Cambio de silla!

—Oh..., d-de acuerdo. —Los tres se levantaron y se sentaron en la silla de su derecha. Luego, sonriendo educadamente, Dodgson dijo—: Bien, ahora que todo está en su sitio... de momento, George, Catherine, ¿tendríais la amabilidad de contarme todas esas cosas increíbles en las que debería creer, si es que aún os queda alguna, antes del desayuno de mañana?

Y así fue como empezó aquella merienda de locos que señalaría el comienzo de su amistad. Si alguien los hubiera espiado desde la ventana, jamás habría podido sospechar que, aunque lo que estaba viendo se parecía mucho a un juego infantil donde faltaban los niños, en aquella habita-

1. Referencias a uno de los poemas más famosos de Lewis Carroll, el «Galimatón», en *Alicia a través del espejo*. La invención de neologismos era uno de los pasatiempos favoritos del autor. *(N. del a.)*

ción estaba sucediendo un milagro, pues entre discusiones, teorías e hipótesis febriles, mientras las tazas sucias de té se acumulaban en la mesa, tres mentes excepcionales empezaban a comprender lo que nadie había comprendido hasta entonces: la auténtica naturaleza del universo.

XXIV

Durante los días siguientes, Wells y Jane se alegraron de poder contar con Dodgson en lo que consideraron la mayor aventura de sus vidas. Les costaba imaginar qué habría sido de ellos al naufragar en aquel universo tan parecido y al mismo tiempo tan distinto al suyo sin la ayuda del joven matemático, que no solo les resultó de gran utilidad en la resolución de las cuestiones prácticas, tales como encontrar un modo de ganarse el pan o inventar una identidad con la que integrarse en la sociedad, sino también en otros asuntos no menos importantes, como la simple conservación de la cordura. Era evidente que solo alguien como Dodgson habría sido capaz de aceptar casi sin pestañear su delirante historia, pues el matemático veía el mundo con los ojos de un niño, y como todo el mundo sabe, los niños son la audiencia perfecta del disparate: solo ellos dejan que las cosas extrañas sigan siendo extrañas, rehusando aplicarles las reglas de ningún sistema conocido. Y lo cierto es que, empleando dicho método, Wells, Jane y el joven Dodgson encontraron muchas respuestas a sus preguntas.

La más importante de todas la descubrieron aquella primera noche, cuando, tras numerosas reflexiones que inevitablemente oscilaban entre la lucidez y el despropósito, consiguieron averiguar la principal diferencia entre sus dos universos, colocando así la piedra angular que sostendría sus futuras cavilaciones. Fue Dodgson quien, inspirado por su desmedido amor al teatro, encontró el afortunado símil que daría origen a la que acabarían llamando «Teoría de los Teatros».

Y la principal diferencia tenía forzosamente que estar relacionada con la obsesión de los Wells por la aleatoriedad. Tras profundas reflexiones llegaron a la conclusión de que lo único que podía determinar que un suceso fuera de una manera y no de otra era la observación. Si alguien lo observaba, las infinitas posibilidades de que ocurriese de alguna otra forma se colapsaban, se convertían en una única verdad: aquella que el observador había constatado. El universo de los Wells debía de ser, por tanto, como un teatro donde el drama de la vida se representaba ante un público que con su atenta observación colapsaba cualquier otra posible versión de la obra, de modo que solo la función que estaba viendo pasaba a existir con absoluta certeza. Eso explicaba por qué en aquel universo lejano no existía la aleatoriedad.

El universo del joven Dodgson, por el contrario, era un teatro sin público, los únicos espectadores de la obra eran los propios actores. Pero la observaban «desde dentro», mientras la representaban, y, por lo tanto, sus puntos de vista eran limitados, sesgados, e incluso infinitos, pues dependían de las infinitas decisiones que cada actor tomara en cada momento. Era como si en aquel teatro de butacas vacías se estuvieran representando al mismo tiempo infinitas versiones de la misma obra, en infinitos escenarios paralelos, unos encima de otros, sin que ninguna de las infinitas compañías de teatro tuviera noticias de sus gemelas, por lo que se creerían únicas, aunque ningún espectador determinaría con su observación cuál lo era.

Tal vez el universo del joven Dodgson no era más que eso: la suma de las infinitas probabilidades de cómo podría ser dicho universo, coexistiendo todas ellas de algún modo.

Se trataba de una idea demasiado bella para no ser cierta, decidieron los tres casi con lágrimas en los ojos. Por eso Wells y Jane tenían aquel problema con la aleatoriedad, por eso les asaltaba aquella sensación de atronadora disonancia ante cada pequeña decisión que debían tomar... El matrimonio había desliado toda su vida entre las cuatro paredes de un teatro donde el reverencial silencio del público no acunaba ni un solo eco aleatorio. Y cuando, gracias al agujero mágico del viejo Dodgson, habían cruzado la calle hasta el teatro de enfrente, se habían sentido abrumados por la terrible cacofonía proveniente de los infinitos escenarios, un runrún que solo ellos podían escuchar. Para los habitantes de aquel lado del agujero, las infinitas posibilidades del libre albedrío configuraban un murmullo imperceptible, puesto que se habían acostumbrado a él desde su nacimiento, pero para nuestros náufragos recién llegados resultaba ensordecedor.

—¿Y quién es el espectador que asiste al teatro del Otro Lado, fundiendo en una sola obra los infinitos libretos? —preguntó Wells—. ¿Es Dios quien se sienta en el patio de butacas?

—¿Por qué iba Dios a elegir unos teatros y otros no? —dijo Dodgson—. Y si estuviese en todos, o en ninguno, no existirían las diferencias que hemos encontrado, pues todos los teatros serían idénticos. Creo que no deberíamos considerar a Dios como público, sino algo así como el director de la obra, el dramaturgo que la sigue entre bambalinas, o incluso el apuntador... Un espectador tan implicado en la obra que no fuese capaz de fusionar en uno solo los infinitos escenarios.

—Sin embargo, en el teatro del que venimos solo se representa una obra —apuntó Jane—, así que *alguien* debe de observarla. ¿Quién es? ¿Para quién interpretamos nuestra vida?

Se produjo un silencio meditabundo, hasta que Wells exclamó:

—¿Y si el poder de colapsar todas las posibilidades proviniera de los propios actores? —Jane y Dodgson le miraron sin comprender—. Imaginaos una compañía de actores con una cualidad observadora fuera de lo común, una capacidad extraordinaria que les permitiera ver al mismo tiempo la obra desde dentro y desde fuera, como si una parte de su mente permaneciera sentada en el patio de butacas mientras ellos declaman sus textos en el escenario. Los universos donde sus habitantes tuvieran esa prodigiosa cualidad observadora existirían entonces como una única y determinada realidad, no se desflecarían en infinitas posibilidades, como ocurre con este.

—¿Quieres decir que nosotros tenemos esa cualidad observadora...? —preguntó Jane, asombrada—. Pero entonces, ¿por qué nunca nos dimos cuenta?

—Porque no teníais con qué compararos —respondió Dodgson tras un instante de reflexión—. ¿Acaso apreciaría un hombre su talento de ver a través de las paredes si viviera en un mundo donde los edificios fueran invernaderos de cristal?

A partir de entonces, el matemático bautizó a los habitantes del Otro Lado como «Observadores», y en adelante se refirió a ellos como «Dodgson Observador» o «reina Victoria Observadora», para diferenciarlos de los respectivos gemelos que vivían en el teatro de este lado de la calle. Y en los días que siguieron, la Teoría de los Teatros fue cobrando fuerza, pues enseguida descubrieron que aplicándola podían explicar cualquier duda que les surgiera. También se plegaba con docilidad a las comprobaciones matemáticas que Dodgson y Wells se aficionaron a realizar, más como pasatiempo que otra cosa, aunque para ello el primero debiera lidiar con las avanzadísimas matemáticas de los siglos venideros, y el segundo, desempolvar sus conocimientos de una de las materias que más le habían aburrido en la universidad. Aun así, se entregaron con divertida seriedad a dibujar intrincados mapas matemáticos que pretendían mostrar, como el mapa de un país cualquiera, los distintos caminos, atajos y veredas que un viajero podría recorrer para ir de un mundo a otro, inventando fórmulas que permitiesen calcular las coordenadas de cualquier punto del universo desde el extremo contrario, como si el cosmos entero pudiera reducirse a una única e imponente ecuación.

Por desgracia, la primera comprobación empírica de la Teoría de los Teatros se produjo gracias a un acontecimiento que causó una gran consternación en Jane. Sucedió cinco meses después de su llegada. Wells, Jane y el joven Dodgson habían ido de excursión a las praderas de Godstow con las hijas del decano del College, las pequeñas hermanas Liddell, como solían hacer muchas tardes desde que comenzara el buen tiempo. Aquella en concreto era una hermosa tarde dorada de finales de primavera. El sol calentaba con fuerza, el fluir del río arrancaba una melodía de xilofón a los juncos de la orilla, y las tres niñas jugaban al escondite mientras los adultos disponían la merienda sobre un mantel extendido sobre la hierba, charlando de esto y aquello. Newton, por su parte, se dedicaba a perseguir mariposas. Cuando se aburrió, el perro se entregó a rondar las cestas, intentando sisarles alguna vianda, hasta que Jane, medio en serio medio en broma, le gritó: «¡Vamos, desaparece de aquí, glotón!». Y como si aspirase al título de perro más obediente del mundo, Newton desapareció. Literalmente. Primero estaba ahí, con sus patitas hundidas en una de las esquinas del mantel, y de repente ya no estaba. Lo único que quedó de él fueron sus cuatro huellas hendiendo la tela. Jane se sintió como si hubiera realizado un truco de magia. Luego lanzó un grito. Al estupor general le siguió una absurda y desesperada búsqueda por los alrededores, hasta que se vieron obligados a aceptar lo que al principio se habían resistido a creer: el perro, en efecto, había desaparecido ante sus ojos. Tras consolar a Jane como pudieron e inventar una excusa verosímil para las niñas, regresaron a Christ Church con la intención de recapacitar sobre lo sucedido. Y ayudados por varias teteras bien cargadas, llegaron a la única conclusión posible: acababan de descubrir que el virus de la cronotemia funcionaba. Y aunque para Jane eso apenas supuso un triste consuelo, Wells sintió que lo inundaba una oleada de satisfacción.

No habían estado tan equivocados en sus investigaciones, después de todo. Con la desaparición de Newton había quedado demostrado que los infectados por el virus sí podían saltar aunque solo entre escenarios de un mismo teatro. Al parecer, usando el símil de Dodgson, no podían cruzar la calle hacia el teatro de enfrente. Por eso el perro no había saltado cuando le inocularon el suero en el Otro Lado, porque en su teatro no había otro escenario al que saltar. Tal vez el virus solo posibilitaba el trasvase entre los escenarios o mundos paralelos que formaban, con su suma, una única realidad, un único teatro, reflexionó Wells. ¡Por las barbas de Kepler!, ¡de haberlo sabido, no se habría tomado como un fracaso la falta de resultados en el Otro Lado! Habría continuado investigando, habría hecho los ajustes necesarios en el suero para lograr el trasvase entre teatros, habría... Pero qué importaba. Ya no valía la pena pensar en eso. Nada podría hacer desde aquel mundo primitivo que apenas acababa de descubrir el fuego. Su momento había pasado. Él había hecho lo que había podido, al igual que el viejo Dodgson, y acababa de descubrir que ambos habían tenido parte de razón... Pero su mundo debería arreglárselas sin ellos, se dijo. De todos modos, haber descubierto que las dos investigaciones iban bien encaminadas le hacía albergar esperanzas, pues existía la posibilidad de que en el futuro sus sucesores consiguieran llevar alguna de aquellas teorías a buen puerto.

Y así, entre descubrimientos asombrosos y tardes doradas, el matrimonio fue adaptándose poco a poco a su nueva vida. Sin duda, lo que más les costó fue aprender a convivir con la cacofonía que producía la arbitrariedad, aquel perpetuo y molesto ruido que reverberaba en sus cerebros siempre que debían tomar una decisión, es decir, cada segundo de su existencia. Pero con el tiempo lograron idear unos cuantos trucos y técnicas mentales para hacer más soportable aquel zumbido continuo, y cuando alguno de ellos se sentía desfallecer, siempre podía contar con el apoyo del otro, o del propio Dodgson, que no dejaba de velarlos. Afortunadamente, a medida que se sucedían los días les resultaba más fácil ignorar aquella angustiosa sensación. Para su sorpresa, una de las actividades que más les ayudó a controlarla fue la práctica de la fotografía. Aquel proceso largo y laborioso, que con su antigua alquimia les impregnaba el espíritu de olores misteriosos, se convirtió en un inesperado bálsamo para sus agotados cerebros. Por las tardes, después de las clases, no era extraño que los alumnos y los profesores del College, al doblar cualquier esquina, se tropezaran con el profesor Dodgson y sus nuevos amigos, acarreando de un lado a otro el pesado equipo de fotografía, o los vieran plantados frente a la espigada catedral o la tiendecita de caramelos cercana al Christ Church, manipulando la lustrosa cámara y tirando de sus articulaciones y goznes, como cazadores disponiendo una extravagante trampa con la que capturar algún efímero retazo de belleza antes de que se desvaneciera.

Los Wells tomaron varias fotografías de los alrededores, «alcanzando una notable destreza» con la cámara, en palabras de Dodgson, que contemplaba maravillado cómo sobre las placas sensibilizadas con nitrato de plata surgían los rebaños de ciervos de las praderas del Grove, los rectilíneos patios de los *colleges*, el ilustre silencio de sus bibliotecas o el hermoso paseo arbolado que bordeaba el río Cherwell, siempre invadido por bandadas de estudiantes ociosos. Al matemático le causaba un placer inagotable intentar reconocer su vulgar realidad diaria desde aquellos ángulos novedosos que le conferían una atmósfera mágica. Sin embargo, más que el mundo que le rodeaba, prefería fotografiar a las adorables hijas del decano: la encantadora Lorina, la pequeña Edith, y Alicia, la más bonita e inteligente, su favorita, con quien acabaría casándose en el mundo del que sus amigos provenían. Las sesiones de fotografía con las niñas eran siempre una fiesta. Dodgson abría su baúl de disfraces y las fotografiaba vestidas de chinos, indios, príncipes o mendigos, recostadas en divanes o protagonizando alambicadas escenas mitológicas, consciente de que estaba atrapando para siempre un instante fugaz, un momento irrepetible de sus vidas, el recuerdo al que siempre volverían cuando fueran mujeres.

Enseguida constataron los Wells que el profesor de matemáticas no cultivaba demasiadas amistades adultas, a excepción de ellos mismos, quizá porque a causa de su timidez, su tartamudeo o su talante soñador, no terminaba de sentirse cómodo con ellas, y solo con las niñas parecía sentirse a gusto. Los niños le atemorizaban, pues solían burlarse de él, y jamás consiguió entenderse con ellos, pero con las niñas era otra cosa. Las niñas eran dulces y consideradas, poseían una fragilidad que invitaba al llanto y despertaban en él sentimientos de cariño y protección. Y, sobre todo, sabía en qué tono dirigirse a ellas. Lo veía con tanta claridad que le asombraba que nadie más lo advirtiera, que el resto de los adultos, ya fueran sus padres o sus profesores, se dirigieran a ellas de igual modo que a los niños, como si ambos pertenecieran a una misma raza, la raza de los pequeños, cuando en absoluto era así. Las niñas demandaban un trato muy diferente, y si algún adulto se lo ofrecía, ellas no dudaban en entregarles su corazón, entre asombradas y agradecidas por haber logrado la complicidad de un miembro de las edades superiores.

Así pues, Dodgson nunca les parecía tan feliz a los Wells como cuando estaba rodeado por las hermanas Liddell. Con ellas podía charlar durante horas de mil tonterías sin sentido. Una tarde, por ejemplo, durante una excursión por el río, oyeron cómo les explicaba que no podían rematar una carta con un «Recibe millones de abrazos» porque, a razón de veinte abrazos por minuto, y en el caso de que, siendo benévolos, se fijara tan imprecisa cantidad en solo dos millones, serían necesarias veintitrés semanas de duro trabajo para cumplir su palabra. Al igual que el Charles de su universo, aquel Dodgson también parecía alérgico a las exageraciones, comentaron divertidos Wells y Jane.

Siempre que podían, los Wells se sumaban encantados a aquellas excursiones, en las que Dodgson se revelaba como el compañero de juegos más delicioso que se pudiera imaginar: compartía con las niñas sus sencillos e ingenuos goces, se contagiaba irremediablemente de sus pequeñas tristezas, y sobre todo les narraba cuentos improvisados que flotaban en la brisa del verano como brillantes pompas de jabón. Los relataba con tanta gracia y pasión que, cuando terminaba, las niñas, indiferentes a su agotamiento, siempre exclamaban: «¡Cuéntanos otro!». Para el matrimonio Wells, por su parte, aquellas tardes repletas de risas y de juegos se convirtieron en otro método infalible con el que acallar el ensordecedor enjambre de sus mentes.

Ah, fueron tiempos felices, quién podría negarlo, pese a las numerosas dificultades que la pareja debía afrontar en su día a día, especialmente Jane, que tropezó con un escollo añadido en su adaptación a aquel nuevo mundo: el triste papel al que la mujer quedaba relegada en la sociedad. Al principio le costó dar crédito a lo que Dodgson le contaba, e incluso a lo que sus propios ojos veían, pues jamás habría podido imaginar semejante humillación.

En el Otro Lado, desde hacía siglos, los Observadores no hacían diferencias entre la mente femenina y la masculina. Cada género comprendía la realidad de forma distinta, naturalmente, pero eso no implicaba superioridad o inferioridad. En el lado donde se encontraba, en cambio, lo único que se esperaba de Jane era que fuera la dulce esposa del nuevo profesor de biología, que invitara de tanto en tanto a las otras esposas a tomar el té en sus habitaciones del Merton College o, como mucho, que organizara algún club femenino de lectura. Como no les resultará difícil de comprender, al principio Jane intentó rebelarse contra aquel destino de mera comparsa, convencida de que jamás podría acatarlo. Incluso fue a hablar con los decanos de varios *colleges* para intentar que la aceptaran en algún departamento de ciencias, aunque fuera como simple ayudante. Sin embargo, tras el pasmo inicial que les provocaba su sorprendente petición, todos la despedían con alguna excusa amable. Uno de ellos, mientras la acompañaba a la puerta con paternal solicitud, incluso le espetó: «Mi querida niña, comprendo que tal vez se sienta sola, a muchas mujeres les ocurre, pero ya que le gusta tanto la ciencia, ¿no le apetecería dibujar láminas de animales?». Y esa frase, que una indignada Jane repitió más tarde a su marido y al joven Dodgson, se convirtió en una chanza recurrente entre ellos. Así, cada vez que Jane discutía o argumentaba en contra de una hipótesis de Dodgson o de Wells en el transcurso de una tarde dorada, estos le contestaban con una sonrisa burlona: «Querida, ¿no te apetecería ir a dibujar algunas láminas de animales?». No obstante, aquellas eran bromas sin maldad, que Jane siempre aceptaba entre risas. Y es que de risas entrelazadas parecían estar hechos aquellos tiempos. Aunque, al igual que el verano está destinado a morir bajo el yugo del otoño, aquella luminosa felicidad estaba condenada a perecer.

Tres años después de la llegada de los Wells a su mundo, Dodgson fue ordenado diácono. El matemático había hecho lo imposible por retrasar aquel primer paso hacia su inexorable destino, que no era otro que convertirse en sacerdote al año siguiente, pues la ordenación eclesiástica superior era condición obligatoria para cualquier profesor del Christ Church, y Dodgson se consideraba laico hasta lo más profundo de su corazón. Por supuesto, creía en Dios, incluso acudía a la iglesia dos veces los domingos, aunque dudaba que su Dios fuera la misma divinidad silenciosa que habitaba en la fría y oscura catedral, cuya temible cólera había que apaciguar mediante aburridas, quejumbrosas y larguísimas ceremonias. Sus discrepancias en este punto con el decano Liddell aumentaron las reservas de la señora Liddell, que dejó de ver con buenos ojos la creciente intimidad de sus tres hijas con aquel extraño profesor y el extravagante matrimonio de misterioso pasado que siempre lo acompañaba. Sus excusas para sabotear las excursiones por el río, que se habían convertido en una especie de tradición, se fueron volviendo más frecuentes y menos disimuladas, y Dodgson, rabiando de impotencia, veía como cada vez le resultaba más difícil mantener su amistad con las niñas, especialmente con Alicia. Aun así, se resistía a creer que aquello fuera el principio del fin. Sin embargo, lo era. Las tardes doradas llegaban a su fin, y aquel verano de 1862 supuso el bello canto de cisne de los tiempos felices.

La tarde del 4 de julio, una barca de remos tripulada por un clérigo, un matrimonio y tres niñas bogaba sobre un afluente del Támesis rumbo a la villa de Godstow. El azul del cielo era tan resplandeciente que parecía teñir el mundo entero, la barca se deslizaba suavemente sobre el trémulo espejo del río y el paisaje parecía adormecido, sumido en una ardiente quietud alterada solo por el chapoteo de los remos y las tres voces infantiles que suplicaban, cada vez más imperiosas: «Charles, por favor, cuéntanos un cuento». Dodgson, que se había fingido dormido para hacerlas rabiar, abrió los ojos cuando lo consideró oportuno y, tras desperezarse largamente, decidió complacerlas. Acompañado por el sedante zumbido de los insectos, empezó a narrarles la historia de una niña llamada Alicia que caía a través de una madriguera de conejo y que iba a parar a un mundo maravilloso que parecía regirse por una única regla: si puedes imaginarlo, puede ser real.

—¿Es una de tus historias inventadas, Charles? —le preguntó con una sonrisa burlona Wells, que remaba en la proa.

—P-por supuesto, George. La estoy i-improvisando mientras n-navegamos —contestó Dodgson guiñándole un ojo.

Y a lo largo de todo el día, durante la travesía por el río y en el prado donde almorzaron a la sombra de unos dorados montones de heno, el profesor mantuvo embrujados con su historia tanto a las niñas como a la pareja, que se sonreía mutuamente cada vez que reconocía una de sus aventuras, tamizada por la fantasía de Dodgson, incluida aquella merienda de locos que protagonizaron la tarde de su llegada. Para Wells aquella era la mejor demostración de que el hombre era capaz de imaginar por sí mismo, sin necesidad de inhalar ningún polvo de hada. Sí, era capaz de imaginar sin más ayuda que una luz dorada y unas niñas atentas. Por la tarde, cuando regresaron para dejar a las pequeñas en la residencia del decano, Alicia, la de carne y hueso, la niña de diez años para la que el matemático había inventado aquella historia, le tomó una mano entre las suyas y, mirándole a los ojos con inusitada gravedad, le dijo, a modo de despedida: «Quisiera que me escribieses las aventuras de Alicia, Charles».

Así pues, Charles consumió la noche hilvanando en el papel las extravagantes imágenes con las que aquella tarde había tratado de fascinar a Alicia como si quisiera retener su atención para siempre, porque si existía en el mundo un hombre incapaz de negarse al ruego de una niña, ese era Charles Dodgson. Unos días más tarde, fue a entregarle el fruto de aquella noche en vela, un fajo de cuartillas recorridas por su letra estirada y curvilínea, y salpicadas de ilustraciones hechas por él mismo, pero la señora Liddell se lo impidió. Es más, extremó tanto sus prohibiciones que a partir de entonces los encuentros con las niñas pasaron a ser tan fugaces como urgentes, y tan teñidos de culpabilidad que, cuando terminaban, Dodgson quedaba sumido invariablemente en una sombría desesperación. Wells y Jane intentaron consolarlo diciéndole que Alicia crecería, y si la conocían tan bien como creían, las opiniones de sus padres no tendrían entonces ninguna importancia para ella. Solo debía quedarse en Christ Church, cerca de la niña, y esperar a que creciera, a que se convirtiera en la mujer de corazón sencillo y entusiasta en la que se acabaría convirtiendo. Esperar, sí. Esperar para poder casarse con ella.

Sin embargo, a Dodgson le quemaba por dentro el suplicio de no poder verla más que unos instantes fugaces al día, y tras un año lidiando con aquel dolor secreto, las Navidades de 1863 se le antojaron la excusa perfecta para regalarle al fin el manuscrito que había escrito para ella, provisionalmente titulado *Aventuras subterráneas de Alicia*. Ante la insistencia de las niñas, sobre todo de Alicia, que amenazó con dejar de comer hasta que cumpliera cien años si no le permitían aceptar aquel regalo, los Liddell se vieron obligados a recibir al joven profesor, si bien nada les impedía dispensarle el trato más frío imaginable. Pero Dodgson no se dejó desanimar por un comienzo tan poco alentador. Había franqueado el hogar de los Liddell con un propósito firme, y pensaba llevarlo a cabo. Así que, en cierto momento de la tarde, entre patéticos tartamudeos y nerviosas divagaciones, formuló la siguiente pregunta al estirado señor Liddell y a la horrorizada señora Liddell:

—¿Habría alguna p-posibilidad en un f-futuro, dentro de siete u ocho años, cuando Alicia ya sea una mujer, y siempre que sus s-sentimientos correspondieran a los m-míos, de que consideraran..., eh..., una u-unión entre nosotros?

Pese a la buena intención de Dodgson y a la honestidad de sus sentimientos, el resultado fue el mismo que habría obtenido si hubiera recolectado boñigas de vaca en una carretilla y se las hubiera echado por encima. Pues los Liddell, que soñaban con matrimonios aristocráticos —e incluso regios— para sus hermosas hijas, contestaron sin ni siquiera consultarse:

—Jamás. —Y era evidente que nunca habían estado más de acuerdo en algo.

Todos coincidieron en que, de todas las torpezas que Dodgson había cometido a lo largo de su vida, aquella fue sin duda la más memorable. Tras su delirante petición de mano, la señora Liddell prohibió tajantemente las excursiones en común por el río y, en general, cualquier encuentro al margen de su estricta vigilancia. Aun así, durante los siguientes meses Dodgson mantuvo la esperanza de que las aguas volvieran a su cauce. Con la ingenuidad propia de los niños, confiaba en que las tardes doradas regresarían, en que el verano sobreviviría al yugo del gélido otoño, y aferrado a tales ideas continuó cumpliendo con sus clases como pudo, cada vez más envenenado de amargura e indolencia. Y si tres años atrás los Wells se habían preguntado qué habría sido de ellos sin la ayuda del joven matemático, ahora era Dodgson quien se preguntaba qué habría sido de él sin la pareja del Otro Lado.

Wells y Jane se aplicaron a velarlo, dándole ánimos y recordándole que en el mundo del que ellos provenían su amor a Alicia había triunfado frente a dificultades mucho mayores que aquellas. Pero Dodgson los escuchaba con una sonrisa triste y luego les decía:

—Mis queridos amigos duendes, me temo que en este teatro la obra terminará para mí de forma muy diferente.

Por suerte, la corrección del manuscrito de las aventuras de Alicia y la búsqueda de un editor le mantuvieron entretenido durante algún tiempo. Finalmente, el 4 de julio de 1865, fecha en que se cumplía el tercer aniversario de la tarde dorada en que fue inventada, Macmillan publicó *Las aventuras de Alicia en el País de las Maravillas*, firmada con el seudónimo de Lewis Carroll. Ese mismo día, Alicia Liddell recibió su ejemplar. Y Dodgson esperó con ansia una nota de agradecimiento que nunca llegó.

En cualquier caso, apenas tuvo tiempo de lamentarse, pues el fulgurante éxito del libro lo arrastró a una espiral de eventos literarios y reconocimientos públicos que lo mantuvo de nuevo entretenido. También les permitió a los Wells meditar sobre el asunto al que llevaban dándole vueltas las últimas semanas, y que habían preferido omitir por temor a enturbiar aún más el ánimo de Dodgson: si el libreto de la obra que se estaba representando en aquel escenario coincidía en ese punto con el del Otro Lado, el año siguiente, concretamente el 21 de septiembre de 1866, nacería en

Bromley un niño que se llamaría Herbert George Wells, y seis años después, nacería una niña que se llamaría Catherine Robbins, alumna del primero y más tarde su mujer.

Por alguna razón que todavía no alcanzaban a comprender, los Wells sentían que su deber era estar lo más cerca posible de aquellos gemelos suyos que pronto saldrían a escena. No encontraban ninguna explicación lógica para justificar una certeza tan profunda, a no ser que aquella cualidad observadora que de momento solo les había servido para arrastrarlos casi hasta la locura los estuviera avisando de algo que su conciencia no era capaz de comprender.

Aprovechando que la mismísima reina Victoria había enviado una nota de felicitación a Dodgson por su maravilloso libro, lo cual lo había animado un poco, los Wells decidieron hablarle de sus planes, un tanto temerosos de que no se tomara demasiado bien aquella deserción. Pero su amigo les sorprendió una vez más. Los animó a que se mudaran a Londres lo antes posible, e incluso les anunció que tal vez él se mudara con ellos.

—Sí, ¿por q-qué no? —dijo con un brillo de exaltación en la mirada—. ¡Ya estoy harto de todo esto!: de enseñar m-matemáticas a un hatajo de jovenzuelos irrespetuosos, de aguantar las p-presiones de Liddell... ¡Ahora soy el famoso Lewis Carroll! Puedo dedicarme solo a escribir. Y tú, George, podrías intentar e-encontrar trabajo en la Escuela Normal de Ciencias donde t-tu joven gemelo estudiará si sigue tus mismos pasos... ¿Te imaginas? Ser su profesor, ser testigo, ¡incluso artífice!, de su despertar intelectual... Londres, la gran metrópoli, lejos de los campos y de las tardes doradas... Sí, c-creo que eso será lo mejor...

Los Wells también lo creían, aunque ellos lo creían de verdad.

Así las cosas, los tres decidieron que cuando Dodgson regresara de un viaje por Europa y Rusia, al que ya se había comprometido con su amigo el reverendo Henry Liddon, organizarían sin demora su traslado a Londres.

Pero Dodgson nunca regresó.

Una ventosa tarde de noviembre, once meses antes de que el pequeño Wells viniera al mundo, el profesor Dodgson le dijo a Liddon, con quien acababa de cenar en el lujoso comedor del barco que los llevaba de vuelta a Inglaterra, que necesitaba tomar un poco el aire antes de retirarse a su camarote. El reverendo le advirtió que tal vez no fuera una buena idea, pues hacía demasiada marejada.

—Oh, tengo fundadas razones para sospechar que mi muerte no se producirá hasta dentro de treinta y dos años, amigo mío —repuso Dodgson, sonriendo misteriosamente, y se dispuso a abandonar el comedor.

—No es por ahí, sino por allí —lo avisó Liddon.

Dodgson miró ambas salidas, y volvió a posar sus ojos azules en el reverendo.

—Cuando no sabes adónde vas, cualquier camino sirve —le dijo con amargura, antes de abandonar el comedor, olvidando sobre la mesa el cuaderno de notas que lo había acompañado durante el viaje.

Sacudiendo la cabeza, Liddon tomó el cuaderno para hojearlo mientras se acababa el café. Allí estaban descritas, con la mirada maravillada de un niño, las fachadas de los palacios, museos, teatros, iglesias y sinagogas que habían visto durante los dos últimos meses, y al leer aquellas palabras, el reverendo tuvo la sensación de haber realizado todo el viaje con una venda en los ojos.

Se guardó el cuaderno en el bolsillo de la levita, con la intención de devolvérselo a su amigo al día siguiente, pero Dodgson no se presentó a desayunar. Y tras un minucioso registro del barco, se llegó a la conclusión de que debía de haberse caído por la borda. Desde la cubierta, el reverendo Liddon observó largamente las grises aguas del océano, imaginándose a Dodgson en el fondo del mar, contándoles cuentos a los peces y enamorando a las sirenas con sus silogismos.

Cuando llegó a Oxford la noticia de que Charles Lutwidge Dodgson, más conocido como Lewis Carroll, había desaparecido tragado por el océano, la universidad entera lloró su muerte, y también Inglaterra y el resto del mundo: ¡nadie podía siquiera imaginar las grandes obras literarias de las que la humanidad se vería privada como consecuencia de aquella temprana tragedia! Pero seguramente nadie sufrió tanto por aquella pérdida como los Wells, quienes acababan de perder a su amigo por segunda vez en la vida. La corona de flores que ambos dejaron sobre su tumba el día de su multitudinario entierro fue ampliamente comentada por los asistentes, pues ninguno entendió lo que había escrito en la banda de raso: «Charles Lutwidge Dodgson (1832-1898-1866). Querido amigo, te lloramos en más de un mundo. George y Catherine Lansbury».

XXV

El profesor Lansbury se despertó en mitad de la noche con el corazón desbocado y bañado en sudor, agarró el brazo de su mujer como si se tratara del último asidero al que sujetarse antes de caer por el borde del mundo, y gritó la misma frase que en aquel instante estaba aullando su madre con idéntico terror en otros universos: «¡Me voy a morir!». Permítanme aclararles que, a pesar de sus atronadores lamentos, casi todas las Sarah Neal desperdigadas por los muchos mundos eran mujeres de temperamento, acostumbradas a enfrentar con resignado coraje los numerosos sinsabores de la vida, y para la mayoría de ellas aquel no era su primer hijo. Pese a todo, le tenían terror al parto. Los dolores del alumbramiento las horrorizaban y, como casi ninguna era un dechado de entereza —por decirlo de un modo suave—, cada vez que las temidas contracciones las atravesaban, sus proclamas de muerte despertaban a todo Bromley y al resto de los pueblos vecinos del habitualmente tranquilo condado de Kent. Y mientras las agonizantes señoras Wells se arqueaban en sus camas con los ojos desorbitados, el profesor Lansbury yacía ovillado en la suya, asegurando entre gimoteos que se moría, así como otras incoherencias aún más terribles que a su asustada esposa le costaba entender.

—Por Dios, Bertie... ¿Qué te ocurre? —sollozaba Jane—. ¿Dime qué puedo hacer?

—Jane..., me ahogo —balbució su marido.

—¿Abro la ventana?

—No, agua..., necesito agua —suplicó Wells en el mismo instante en que sus infinitas madres rompían aguas.

Jane corrió a la cocina y volvió con un vaso lleno hasta los bordes.

—Bebe, querido...

—¡No! —gritó Wells, arrebatándole el vaso y derramándose su contenido por la cara—. ¡Necesito agua para respirar! ¡Mis pulmones están secos, me duelen!

—Bertie...

El baño de agua pareció calmar a su marido, pero al poco volvió a aullar, sentándose en la cama y mirando despavorido a su alrededor:

—¡Las paredes! ¡Se acercan a mí, me aplastan! —Intentó detener su inexistente avance con los brazos extendidos, para caer a los pocos segundos rendido sobre la cama, casi inconsciente. Durante unos minutos, boqueó penosamente como un pez fuera del agua. Luego todo volvió a comenzar—: ¡Mi cabeza! —gritó, agarrándosela con ambas manos, en el mismo momento en que sus infinitas madres pujaban con las venas del cuello hinchadas y el rostro desencajado, agarrándose a los cabeceros de sus infinitas camas—. ¡Me están comprimiendo la cabeza! ¡Me va a reventar!

—Bertie, nadie te está...

—¿Por qué berreas, mujer?

—No estoy gritando, querido... —le aseguró Jane con los ojos inundados de lágrimas.

—Pues hay una mujer que grita. No, varias..., muchas,

todas gritan... ¡Haz que se callen! Por favor, Jane, te lo suplico, haz que se callen. No puedo respirar...

Aquello se alargó durante muchas muchísimas horas, y si Jane no corrió en ningún momento a buscar un médico fue porque, tras el susto inicial, enseguida comprendió lo que le estaba ocurriendo a su marido. Al atardecer del día siguiente, cuando Wells al fin dejó de gritar y rompió a llorar entre hipidos de felicidad, sin ser capaz de expresar con palabras el inconmensurable alivio que se extendía por todo su cuerpo, relajándolo de tal forma que incluso parecía que los huesos se le habían desatornillado un poco, Jane permaneció a su lado, acariciándole el cabello sudoroso, hasta que se durmió.

—Querido mío, no te estabas muriendo... —le susurró con dulzura—. Lo que has hecho es nacer.

En realidad, si no lo hubiera arrasado aquel aniquilador tumulto de sensaciones, también Wells habría comprendido desde el primer momento lo que le estaba ocurriendo. No en vano llevaba varios meses teniendo extraños y hermosísimos sueños. Unos sueños rojizos donde flotaba en un líquido tibio y rosado. Feliz, se mecía placenteramente en aquella especie de elixir mágico que lo rodeaba, bebiendo de él de tanto en tanto, sintiendo cómo el fluido inundaba todos sus orificios. Lo arrullaba el latido atronador de un corazón que parecía retumbar en aquel lugar desde el principio de los tiempos, como un timbal ancestral que se imponía al resto de los sonidos misteriosos y sedantes que esponjaban el silencio. En aquel bendito lugar, acogedor y dulce, Wells se sentía a salvo de todo. Allí dentro no existía el frío, ni el dolor, ni la soledad, tampoco el miedo o la rabia... Lo embargaba una paz infinita, y una dicha tonta e incomprensible, y, sobre todo, el insobornable deseo de querer quedarse allí para siempre.

Cuando le contó a Jane aquellos sueños increíblemente vívidos que se repetían cada noche, ambos llegaron a la conclusión de que Wells estaba percibiendo las sensaciones que experimentaban sus gemelos, que se preparaban para nacer en los diferentes mundos, durmiendo un sueño sin sueños dentro del vientre de sus madres. Maravillados, repararon en que tal vez fuesen los únicos seres de la creación a los que se les había concedido vivir un milagro como aquel: regresar al vientre materno y experimentar de nuevo aquellas sensaciones, olvidadas para el resto de los mortales. Estaban recibiendo un retazo inesperado de Conocimiento Supremo. Sin embargo, como no podía ser de otro modo, sus mentes se llenaron de inquietantes preguntas: si la conexión con sus gemelos de este universo iba a ser tan fuerte como insinuaban aquellos sueños, ¿qué pasaría cuando estos nacieran? ¿Se convertiría el difuso zumbido que trastornaba sus cerebros en algo aún peor? ¿Quizá en un ensordecedor estruendo de sensaciones y visiones tan intensas y nítidas que los despeñaría definitivamente en el abismo de la locura?

Sus oscuros presagios se cumplieron dos meses antes de lo previsto, pues varios de los gemelos de Wells decidieron adelantar su llegada a este mundo. Era evidente que los relojes de los diferentes escenarios no estaban sincronizados, sino que marchaban a ritmos distintos, lo que provocaba que algunas obras se representaran más rápido que otras. Debido a ello, los meses siguientes supusieron una terrible tortura para Wells, ya que tuvo que continuar sufriendo aquellas espantosas apoplejías cada vez que se daba el milagro de la vida en otro universo.

Todo apuntaba a que sus gemelos carecían del más elemental sentido de la organización, pues lejos de ponerse de acuerdo para nacer todos a una, habían decidido hacerlo según su capricho, provocando una serie de nacimientos escalonados que amenazaban con destruir la salud mental de Wells. Según qué días, aquellos ataques eran muy débiles, debido probablemente a que nacían pocos gemelos, y Wells conseguía superarlos ovillándose en la cama con la habitación a oscuras, la mano de Jane entre las suyas y paños fríos de vinagre en la frente, como si enfrentara una vulgar migraña. Eso le hizo pensar en los puntuales dolores de cabeza que había padecido anteriormente, y dedujo que se debían a los dispersos nacimientos de sus gemelos en algunos de los mundos que marchaban más adelantados. También recordó las extrañas visiones que le habían acosado y que había considerado alucinaciones provocadas por la agotadora sensación de aleatoriedad, y comprendió, no sin cierto pavor, que no habían sido otra cosa que conexiones con gemelos ya nacidos.

Sin embargo, ahora parecía encontrarse en una franja del tiempo universal en la que múltiples mundos se hallaban alienados, y sus gemelos estaban irrumpiendo en la existencia como una horda gritona, multiplicando hasta el infinito todas aquellas sensaciones. Los días más habituales eran los que presentaban unos picos de nacimientos tan intensos que el profesor de biología solo conseguía soportar el dolor recurriendo al láudano, que Jane le administraba en dosis tan grandes que lo arrastraban a la inconsciencia.

El 21 de septiembre de 1866, la fecha de su propio nacimiento, fue el peor, como si, después de todo, la mayoría de sus gemelos hubiesen decidido respetar las pautas de su hermano mayor y lo sucedido hasta entonces no hubiera sido más que un breve ensayo para la función principal. Ese día Jane creyó que la mente de su marido no soportaría aquel espanto, ni su organismo las brutales dosis de láudano, y que moriría o enloquecería sin que ella pudiera evitarlo. Pero Wells lo soportó, y aunque el suplicio continuó un par de meses más, mientras nacían los gemelos rezagados, su intensidad fue disminuyendo gradualmente, hasta que un día pareció que todo había terminado. Tras dos semanas sin sufrir ataques, el matrimonio concluyó, no sin cierta cautela, que casi todos los infinitos gemelos de Wells habían salido ya a sus respectivos escenarios. Sin embargo, el relativo alivio que eso les supuso no trajo consigo el descanso, pues cuando Wells consiguió librarse de las últimas y pegajosas telarañas con que el láudano había envuelto su mente, reparó con horror en que todo había cambiado inevitablemente, y para peor.

En su cerebro ya no resonaba aquel familiar e inofensivo ruido de fondo. Ahora, a todas horas, lo asaltaba un torbellino de visiones sorprendentemente nítidas, de sensaciones violentas que ya no podía considerar alucinaciones puntuales. De repente, al margen de lo que estuviera haciendo, lo invadía un hambre voraz, una sed insaciable o, por el contrario, un súbito hartazgo que le provocaba somnolencia o, en el peor de los casos, un irreprimible vómito. Sin venir a cuento, le inundaba las entrañas un miedo cerval, o le aplastaba contra el suelo una soledad atávica. A veces veía rostros que aparecían de la nada y se inclinaban hacia él exhibiendo grotescas sonrisas, o sentía una humillante humedad en las nalgas, o lo embargaba un sueño profundo, o un llanto desconsolado o una risa convulsa que terminaba contagiando a Jane... En cualquier momento y sin que pudiera impedirlo, Wells sentía y veía todo lo que un bebé sentiría y vería desde su cuna o desde los brazos de su madre, amplificado y repetido hasta el infinito. Era como si de repente lo hubiesen encerrado en una habitación atestada de murciélagos que revoloteaban y chillaban intentando salir. Aquello nada tenía que ver con la molesta sensación de desdoblamiento que habían sentido al naufragar en este mundo, ni con los placenteros sueños rojizos de meses atrás... Aquello era la locura mirándose en mil espejos enfrentados, si me perdonan la alambicada comparación.

Por suerte, su añorado amigo Dodgson, en una oportuna previsión que no habían descubierto hasta un mes después de su muerte, los había nombrado herederos de los derechos de su obra «en justa compensación por las brillantes ideas que me regalaron durante tantas inolvidables tardes doradas». El motivo que había llevado a Charles a tomar aquella decisión justo antes de viajar a Europa les dio mucho que pensar, pero independientemente de sus razones, el dinero les permitió pasar aquella terrible prueba protegidos por una relativa seguridad económica.

Wells, reducido a un guiñapo balbuciente, inválido e increíblemente llorón, tuvo que dejar el puesto de profesor que había conseguido en una academia de Bromley, su pueblo natal, y abandonarse por entero a los cuidados de su esposa. Y fue gracias a la herencia de Dodgson que pudieron seguir pagando el alquiler de la casita que habían arrendado en el cercano pueblecito de Sevenoaks. Durante aquel tiempo, Jane lo fue todo para su marido: fue su madre, su amiga, su esposa; en definitiva, la mano que lo aferraba con fuerza mientras él pendía del borde del abismo. Y ambos comprendieron que era una gran suerte que ella fuera seis años más joven que él, y que no tuviese que pasar por aquel tormento hasta más adelante. Gracias a aquella feliz circunstancia, cuando le llegó el tormento, fue la mano de Wells la que agarró la de Jane para evitar que cayera al abismo que él tan bien conocía. No quisieron ni imaginar qué habría sido de ellos si hubieran tenido que enfrentar aquel infierno al mismo tiempo.

Pero a pesar de tener el sustento asegurado y de contar el uno con el otro, al principio creyeron que no podrían soportarlo, que aquello era realmente el fin, el castigo que merecían por haber infringido las reglas del juego. Nadie podía desafiar el orden establecido sin sufrir las consecuencias. Habían huido de la casilla en la que los había colocado el Creador, sin esperar a que este tirase sus dados sobre el tablero. Bien, ahora había llegado el momento de pagar por ello. Aquella cualidad observadora de sus mentes que había convertido su universo de origen en un lugar único, indivisible y cierto, un templo de sabiduría, era ahora su mayor condena. Según parecía, en aquel nuevo teatro su don observador no actuaba del mismo modo: allí no colapsaba todas las realidades posibles, sino que les permitía ver todos y cada uno de los infinitos escenarios a través de las mentes de sus gemelos, con las que parecían estar íntimamente conectados. De repente, lo quisieran o no, todo lo veían y todo lo sabían. Y aquello les pareció una condena mayor que la que sufría su universo moribundo. Una condena sin escapatoria.

Al principio, el brutal cañoneo de visiones y sensaciones que los hostigaban a diario los dejaba doloridos y confusos, sin ánimo para reflexionar sobre lo que les ocurría ni para esbozar siquiera algún tipo de reacción. Tuvieron que recurrir de nuevo al láudano para conciliar el sueño, y los días se convirtieron en una larga sucesión de dolores indescriptibles. Era como vivir encerrados dentro de una Virgen de Núremberg, sintiendo cómo las afiladas púas ensartaban sus cuerpos sin tocar los órganos vitales. «¡No puedo soportarlo más! ¡Córtame la cabeza!», se gritaban el uno al otro. Sin embargo, poco a poco, al igual que hicieron con la sensación de aleatoriedad, consiguieron embridar aquel alud de conocimientos múltiples que amenazaba con aniquilarlos. ¿Cómo?, se preguntarán. Bien, no resulta fácil explicarlo sin recurrir a las metáforas: imaginen que dentro de cada cráneo palpita un cosmos inmenso, en su mayor parte desconocido, y que Wells y Jane fueron capaces de crear un agujero mágico en sus conciencias, una especie de desagüe a través del cual enviar aquella descomunal carga de información a la parte más recóndita de sus cerebros. Naturalmente, la información borboteaba sin descanso dentro de sus cabezas, como una bandada infinita de meteoritos precipitándose hacia un vórtice de oscuridad, pero, con mayor o menor fortuna según el día, consiguieron acostumbrarse a ella. Así que, diez años después, ambos estaban en condiciones de afirmar que habían logrado controlar aquel don del que nunca habrían tenido noticias si no hubiesen abandonado su mundo.

Y no solo consiguieron acostumbrarse a él, también lograron perfeccionar aquella técnica. Si se concentraban lo suficiente, eran capaces de cerrar un instante el agujero mágico que latía en el centro de sus mentes y apresar alguno de los infinitos mundos que se precipitaban hacia él. Y durante un breve tiempo, aquel mundo rescatado *in extremis* flotaba dulcemente en sus conciencias, reinando sobre cualquier otra percepción. Los Observadores podían espiar entonces las vidas de los gemelos de aquel mundo como si las estuvieran viendo a través de sus propios ojos, antes de que la visión se desvaneciera. Y enseguida se dieron cuenta de que, paradójicamente, aquel curioso juego aliviaba la profunda concentración que debían mantener a todas horas, pues mientras el neblinoso mundo que habían atrapado ondeaba plácidamente dentro de sus cabezas, la atronadora cascada que provocaban los restantes desaparecía.

Tras aquel descubrimiento, la pareja adoptó la costumbre de rematar sus días, casi siempre agotadores, sentándose frente a la chimenea para intentar conectar con la mente de alguno de sus gemelos. Se servían una copa de licor, la bebían a pequeños sorbos, cerraban los ojos y, tras unos minutos de concentración, *voilà*, se descubrían en la cabeza de otro Wells u otra Jane, contemplando el mundo que habitaban a través de sus ojos, y macerados en sus más íntimos pensamientos. Era como anclar en el alma de otra persona, aunque esa persona eran ellos mismos, o una *posibilidad* de ellos mismos. Tras el truco de magia, cuando la visión de aquel mundo se desvanecía, volvían a abrir los ojos y cada uno narraba al otro las historias de aquellas vidas apenas entrevistas, como si improvisaran relatos al calor de la lumbre, hermosos cuentos para conjurar al sueño. Y a medida que los contaban, intentando fascinar a su pareja con alguna de las asombrosas permutaciones del libreto de sus vidas, iban descubriéndole al otro los universos secretos que sus gemelos ocultaban en su interior, ese feudo privado del ser humano donde nunca nadie puede entrar del todo. Así pues, aquellos cuentos, además de aportarles unos preciosísimos minutos de paz, lograron que Wells y Jane se conocieran como ninguna otra pareja lo había hecho nunca en ninguno de los mundos posibles.

Durante los primeros años, cuando la mayor parte de sus gemelos eran todavía muy jóvenes, las historias que se narraban no dejaban de ser simpáticas anécdotas infantiles, como cuando Wells le contó a Jane que uno de sus gemelos solía robarle a su padre el bate de críquet para jugar a espadachines con sus hermanos, o que la mayoría de ellos habían decidido estrenarse en la escritura escribiendo sobre el cristal de la cocina la palabra «mantequilla». Sin embargo, los relojes de algunos escenarios marchaban algo más adelantados, y a medida que los gemelos crecían, se enamoraban de una de sus alumnas —invariablemente la misma delicada muchachita llamada Amy Catherine Robbins— y se casaban con ella, sus pensamientos y anhelos más secretos se convertían para la pareja en motivo de absurdas discusiones. A la Jane Observadora no le gustó demasiado descubrir que muchas de aquellas copias de su marido habían decidido conquistarla únicamente porque sus ideas progresistas y desinhibidas le sugerían que sería una entusiasta compañera de cama. Aquello la alteró tanto que Wells tuvo que recordarle que él no era responsable de los pensamientos ni de las acciones de sus gemelos. Aun así, Jane había permanecido casi dos días sin hablarle, sintiendo cómo sus entrañas ardían en un dulce fuego, algo que invariablemente le sucedía a toda enamorada despechada, pero que ella experimentaba por primera vez.

Y fue al intentar describir aquellas nuevas emociones con la mayor exactitud cuando ocurrió el milagro: sin darse cuenta, estaban recorriendo a la inversa el camino que habían transitado en su mundo de origen. Así, a través del conocimiento profundo de las emociones, acabaron sintiéndolas. Se amaron de infinitas maneras distintas, según infinitas fórmulas distintas y con infinitos resultados distintos, para finalmente descubrir que solo existía una manera de amarse: aquella en la que dos corazones latían a la vez. Cuando eso sucedía, nada más importaba, acabó por admitir llena de perplejidad Jane, a quien le había sorprendido descubrir que muchas de sus gemelas aceptaban que sus respectivos Wells tuvieran amantes, siempre que las mujeres escogidas fueran de su agrado, es decir, no representaran una amenaza para su matrimonio. Lo único que su marido no debía hacer era enamorarse de ellas, exigencia que, en honor a la verdad, siempre cumplía. Luego, cuando las abandonaba, en algunos universos era la propia Jane quien se encargaba de escribirles largas cartas de consuelo.

En este universo, por supuesto, fue el Wells Observador quien tuvo que cargar con las culpas de aquellos gemelos disolutos.

—Pero, querida —había objetado con timidez, intentando que su mujer dejara de diezmar los rosales del jardín—, has de reconocer que al menos es un pacto intelectualmente brillante. ¡Y no digo que esté de acuerdo! Pero si lo piensas, en este mundo dominado por las pasiones, la monogamia no representa el estado natural del hombre desde ningún punto de vista lógico. En mi humilde opinión, creo que la postura que han adoptado algunos de nuestros gemelos resulta muy lúcida. Deberíamos enorgullecernos de su inteligencia. Al fin y al cabo, siempre que no estén comprometidos los sentimientos y haya aquiescencia por ambas partes, ¿qué daño puede hacer alguna que otra correría fuera del lecho conyugal?

—¿Te gustaría pasar de la teoría a la práctica y comprobarlo empíricamente, *querido*? —respondió Jane, dándose la vuelta con una sonrisa gélida, al tiempo que enarbolaba las tijeras de podar, que a Wells le parecieron más grandes y afiladas de lo habitual.

—Yo... Ya te he dicho que no estoy de acuerdo con esa postura, querida. Solo me limitaba a analizar..., eh..., la lógica de su *planteamiento*. —Pese a la peligrosa proximidad de las tijeras, Wells no pudo evitar rematar su disculpa con una pulla—: Pero no te preocupes. Seguiré el ejemplo de aquellos de mis gemelos que han decidido sofocar sus instintos para pregonar con sus higiénicos actos un orden de virtud y honestidad en el que no creen.

—Pienso que es la postura más *lúcida* que puedes tomar, querido, en *mi humilde opinión* —fue la respuesta de Jane.

A pesar de todo, aquellas peleas formaban parte de su nuevo modo de amarse, y ambos descubrieron que las reconciliaciones posteriores, envueltas siempre en un sofocante aroma a rosas recién cortadas, hacían que merecieran la pena.

Solventadas esas pequeñas diferencias, volvieron los tiempos felices. Wells descubrió con alegría que muchos de sus gemelos se convertían en escritores de éxito gracias a las mismas historias que él había quemado en su universo de origen. Además, le supuso una gran liberación poder compartir al fin con Jane aquel antiguo secreto. Aunque todavía le sorprendió más descubrir que ella ya lo conocía: un día había entrado en su despacho para averiguar por qué se encerraba allí todas las noches, y no había podido evitar leerlas.

—Me parecieron tan maravillosas, Bertie..., que sentí enormemente que las quemaras —le confesó—. ¿Por qué no vuelves a escribir historias como esas? En este mundo podrías hacerlo sin esconderte...

—No lo sé, Jane... —dudó él—. Antes era tan... desgraciado. No me daba cuenta, pero lo era. Y supongo que aquellas historias me supusieron un escape, una especie de liberación... —Tomó la mano de su mujer y la besó con ternura—. Pero si quieres que te diga la verdad, ya no siento la necesidad de escribir.

—Pero «somos lo que imaginamos» —dijo ella, recordándole las palabras que el Dodgson de su mundo le había dicho una vez.

—No, querida —la corrigió Wells, sonriéndole con intención—. Somos lo que amamos.

Ella le devolvió la sonrisa, y durante varios segundos ambos se limitaron a seducirse con la mirada, como últimamente habían aprendido a hacer. De pronto, Jane preguntó:

—¿Y si lo hiciera yo?

Wells la miró sorprendido.

—¿Escribir? ¿Tú? Bueno... —titubeó—, si es lo que quieres... Pero ¿por qué? ¿Y qué escribirías?

—Oh, no lo sé. Y tal vez no lo haga —respondió ella con un mohín despreocupado—. Solo hablaba por hablar... Además, si lo hiciera, no te lo diría, igual que tú hiciste conmigo. He estado pensando y, conociendo las «pulsiones» de tus gemelos tan bien como las conozco, he llegado a la conclusión de que debo mantenerte entretenido, y la única forma de conseguirlo es evitando que me conozcas del todo. De lo contrario, me temo que te aburrirías y buscarías otros... *misterios*.

—Querida mía... —dijo Wells con la voz enfangada

de deseo, al tiempo que se inclinaba sobre la boca de su mujer, que se entreabrió sensualmente para recibirlo—, puedo jurarte que en ninguno de los infinitos mundos en los que existes se te puede considerar una mujer aburrida.

Y no lo decía por decir. Jane lo sabía, pues, para su consuelo, había podido comprobar que sus gemelas habían conseguido, de un modo u otro, escapar del anodino destino que aquel universo reservaba a las mujeres. Todas eran muchachitas brillantes que habían sorteado el tedio entregándose a febriles actividades intelectuales o a disciplinas artísticas de lo más variadas, y aunque aquello las convertía en miembros muy poco apreciados de la sociedad, a ninguna parecía importarle. Aquel infinito ejército de Janes disfrutaba formando parte de los círculos culturales y políticos de sus maridos, pero no como simples acompañantes, sino como valiosas y admiradas colegas. Ninguna de ellas cumplía con el papel que se esperaba de la mujer en sus respectivos mundos, y eso llenaba de orgullo a la Jane Observadora, tanto como si las hubiera aleccionado una a una.

Sin embargo, le entristecía comprobar que todas ellas tenían la misma queja: sus maridos no sabían amarlas. Sus gemelas pensaban, mientras podaban rabiosas sus rosales y llenaban sus respectivas casas de reproches que olían a rosas recién cortadas, que sus esposos jamás alcanzarían a comprenderlas ni a vislumbrar lo lejos que estaban de hacerlas felices. Pero se equivocaban. Todas se equivocaban. A la Jane Observadora le habría gustado contarles lo que solo ella sabía, lo que su Wells le había descrito con tanto detalle, lo que sus maridos escondían en lo más hondo de sí mismos, a salvo de cualquier indagación: cuánto las admiraban y respetaban, cuán grande y profundo era su amor hacia ellas y cuán terrible la impotencia que sentían por no saber cómo demostrárselo. Tal vez Wells no fuera un hombre capacitado para las grandes gestas románticas en ninguno de los universos posibles, pero la Jane Observadora sabía que aquella capacidad anidaba en su interior, y solo era cuestión de tiempo que lograra eclosionar en algún mundo, que algún Wells demostrara a su Jane de lo que era capaz por amor. Sin ir más lejos, el Wells Observador —sin duda amedrentado por la colección de Janes descontentas que poblaban el universo— había desarrollado un inesperado talante romántico que habría hecho palidecer de envidia al mismísimo Casanova. Y si un Wells podía hacerlo... Aunque aquel no era un Wells cualquiera, pensaba Jane con orgullo, sino un Wells único. Un Wells diferente a todos. Y era suyo.

Cuando su gemelo se marchó a Londres para estudiar en la Escuela Normal de Ciencias, el biólogo decidió que ya era hora de retomar su antiguo plan e intentar formar parte de la vida de aquel Wells y de su futura esposa. Curiosamente, sus mentes eran las únicas que el matrimonio Observador no podía colonizar: por mucho que se concentraran, no lograban acceder a ellas. Aunque aquello tenía cierta lógica, después de todo: el escenario en el que se encontraban debía de ser una suerte de mirador desde el que poder contemplar el resto de los escenarios del teatro, y tal vez por eso les resultaba más difícil observar el suyo. Por ello, para conocer la vida de aquel Wells y de aquella Jane había tenido que espiarlos a la manera *tradicional*, vigilando de lejos unos pasos que, a decir verdad, se parecían bastante a los de sus otros gemelos. Y, de momento, nada en la tranquila existencia de aquella pareja parecía justificar la creciente necesidad que había espoleado a Wells y a Jane a mudarse a Sevenoaks, aunque tal vez la cosa cambiara ahora que su doble había arribado a la metrópoli más grande del mundo. Con la intención de vigilarlo lo más de cerca posible, el Wells Observador pidió referencias a su antiguo decano de Oxford y consiguió un puesto de profesor en la Escuela Normal de Ciencias. Era la segunda mudanza que la pareja realizaba desde que cayera a través de una madriguera de conejo en la habitación de Dodgson, frente a los asombrados ojos de la pequeña Alicia, por lo que se preguntaron si aquel cambio, como el anterior, inauguraría un nuevo tiempo de oscuridad. Ahora que habían encontrado de nuevo la felicidad, que habían convertido su vida en una prolongación de aquellas tardes doradas, que habían aprendido a amarse con absoluta precisión, no querían que aquello terminara. El destino no podía ser tan cruel.

Pero lo era. Lo descubrieron una semana después de instalarse en Londres. Como era su costumbre, la pareja se encontraba sentada frente a la chimenea tras un día que a Wells le había resultado en extremo agotador. Había enfrentado su primera jornada en la escuela como profesor, y aunque había llegado a casa bastante satisfecho tras la experiencia, también se hallaba exhausto. Después de casi veinte años sin dar clase ni relacionarse prácticamente con nadie aparte de Jane, había tenido que hacer un esfuerzo titánico para dominar su don y no mostrarse como un demente frente a sus alumnos. Tal vez por eso llevaba tanto rato con los ojos cerrados, la copa olvidada —su mano la sostenía tan lánguidamente que amenazaba con derramarse sobre la alfombra— y una sonrisa cansada en los labios. Tan derrotado parecía que Jane decidió no importunarle. Esa noche no habría ninguna historia, se dijo con resignación, al tiempo que se levantaba para buscar algún libro con el que entretenerse.

De repente, su marido profirió un grito, abrió los ojos y se agarró la mano izquierda, derramando al final la mitad de la copa. Su expresión era de auténtico desconcierto.

—¿Qué sucede, Bertie? —le preguntó Jane, alarmada.

Wells dejó que la realidad se fuera asentando a su alrededor antes de balbucir:

—Acabo de ver a Newton... Y me ha mordido.

—¿Nuestro perro?

—Claro, querida. No iba a referirme al científico.

Jane ignoró su comentario.

—¿Qué quieres decir con que te ha mordido?

—Bueno... No me ha mordido a mí, por supuesto, sino al gemelo con el que había conectado —le explicó, mientras se masajeaba distraídamente la mano izquierda—. Era un Wells casi niño, y estaba paseando por el campo un día hermoso y soleado, cuando de repente Newton salió de entre unos matorrales. Parecía muy nervioso y asustado. Quizá porque reconocía mi olor en aquel joven Wells pero al mismo tiempo percibía que no era yo. Supongo que eso le confundiría... El caso es que se abalanzó sobre mi gemelo y le mordió en una mano.

—¿Estás seguro de que era *nuestro* Newton? —preguntó Jane, resistiéndose todavía a creerlo.

Wells asintió con pesadumbre.

—Era él, querida, estoy seguro. Tenía esa mancha blanca en forma de corazón en el centro de la frente.

—Oh, Dios... ¿Y qué hizo tu gemelo?

—Eh..., le propinó una patada.

—¡Bertie, cómo pudiste...!

—¡No era yo, Jane! —se defendió Wells. Luego carraspeó y añadió—: Newton escapó lloriqueando y..., bueno...

—¿Y qué? Por el amor de Dios, Bertie, ¿qué le...?

Wells la tomó de las manos con una mueca abatida.

—Lo siento mucho, querida, pero un carruaje cruzaba en aquellos momentos por la carretera y Newton...

—¡No! —exclamó Jane, enterrando el rostro en las manos y abandonándose a un ruidoso llanto.

—No llores, querida —intentó consolarla Wells—. Al menos tuvo una vida feliz.

—Eso no puedes saberlo —farfulló Jane.

—Sí que puedo —la corrigió él—. Después de, eh..., la tragedia, una mujer se acercó corriendo a Newton y lo tomó entre sus brazos.

—¿Una mujer?

—Su dueña. Según le explicó a mi gemelo, el perro se le había escapado mientras lo paseaba. Cuando reparó en la mano ensangrentada del muchacho se horrorizó. Le dijo que no entendía qué podía haber pasado, que Bobbie era un perro dócil y cariñoso que jamás, en todos los años que llevaba con su familia desde que lo encontraron perdido en la campiña de Oxford, había hecho algo así. —Wells acarició el cabello de su esposa con ternura—. Querida, esa mujer amaba de verdad a Newton. Yo mismo vi cómo lloraba desconsoladamente y lo abrazaba como si quisiera devolverlo a la vida con el calor de su cuerpo... Nuestro cachorro encontró enseguida un buen hogar, y ha sido muy feliz durante todo este tiempo.

Sin embargo, sus palabras no consolaban a su mujer, así que Wells guardó silencio y escuchó cómo se desahogaba. Jane no había dejado de pensar en Newton ni un solo día; deseaba que se encontrara sano y salvo allí donde estuviera. Pero constatar que así había sido no calmaba el espantoso dolor que sentía por la horrible forma en que había muerto: bajo las ruedas de un carro y tras recibir una patada de quien quizá acababa de reconocer como su antiguo dueño. Cuando levantó su rostro arrasado por las lágrimas, le enfureció ver a su marido con la mirada perdida en el infinito, sin que sus ojos mostraran el menor rastro de humedad.

—¡Herbert George Wells, cómo puedes ser tan insensible! —le reprochó—. ¿Acaso no te importa lo que le ha sucedido a Newton? ¡Todo ha sido por nuestra culpa..., *por tu culpa*, en realidad! ¡Tú le inyectaste ese maldito virus! ¡Tú le...!

—Regresa al estado de calma, querida.

Jane interrumpió su llanto en el acto y observó a su marido con sorpresa al oír aquella antigua fórmula, pronunciada en un tono ya olvidado para ambos.

—Escúchame, Jane —continuó Wells, antes de que ella le interrumpiera—, siento terriblemente el dolor que te asola, y ojalá pudiera hacer algo para evitártelo, por dos razones: porque no me gusta que sufras, y porque el dolor enturbia tu mente. Necesito tu inteligencia, Jane, y la necesito ahora. Piensa, querida, piensa... Como bien has dicho, yo inyecté el virus al perro. Un virus que al llegar aquí descubrimos que funcionaba... ¿Qué crees que pasaría si Newton se lo hubiese transmitido a mi gemelo? Tal vez ahora el virus sea más contagioso, y puede que incluso haya mutado y sea activo en los humanos...

—Pero... ¡Oh, por las barbas de Kepler...! —Jane abrió los ojos perpleja cuando el conocimiento iluminó su mente—. Si el virus empieza a propagarse entre los humanos, y los infectados comienzan a saltar de un mundo a otro..., ¿qué pasará entonces, Bertie?

Wells la contempló con gravedad.

—No lo sé, querida... Pero me temo que seré culpable de algo más que de la triste muerte de un perro.

XXVI

Sin embargo, durante un tiempo, no sucedió nada. El Wells mordido no empezó a saltar alegremente de mundo en mundo como si cruzara un río sobre una hilera de piedras. Se limitó a continuar con su vida, plagiando los insulsos pasos de la mayoría de sus gemelos, cuya existencia, por otro lado, desconocía. Como es evidente, tampoco sospechaba que la cicatriz que lucía en su mano izquierda le diferenciaba de los demás y le hacía único, ya que el perro que se la había causado también era único, y en ningún otro universo había surgido de unos matorrales para atacar a un muchacho como si siguiera un plan establecido.

Durante meses, Wells se dedicó a vigilar a aquel gemelo por el que enseguida sintió un aprecio especial —dado que era casi tan único como él— mientras hurgaba en su mente en busca de algún síntoma —no sabía qué: sueños extraños, sensaciones insólitas...— que delatara la presencia del virus en su organismo. Sin embargo, aparte del fuerte resfriado con altísimas fiebres que sufrió justo después del ataque de Newton, del que se había recuperado sin mayores consecuencias, no había encontrado nada significativo. Y tras dos años sin que nada especial le sucediera, Wells desechó que el catarro fuera un posible efecto del virus. Un virus que, según parecía, no se contagiaba de los animales a los hombres, y si lo hacía, no ponía en marcha ningún mecanismo oculto en el cerebro humano, por lo que el individuo que lo portara podía vivir su vida sin sospechar que por su sangre discurría plácidamente un microorganismo sintetizado en un universo lejano.

De todas formas, era lógico que no se activara, pensó Wells con cierto alivio, pues cuando se lo habían inyectado a Newton, el virus de la cronotemia todavía estaba en fase experimental. Con toda probabilidad, aún habría necesitado muchos ajustes para funcionar en seres humanos. Pese a todo, con el ánimo tenso y preocupado, la pareja continuó espiando al gemelo mordido, que desliaba su existencia en un universo cuyo reloj avanzaba más rápido que el de su mundo adoptivo, sin que su destino sufriera ninguna alteración relevante. Finalmente, tuvieron que admitir que, aparte de la curiosa cicatriz y de la fobia hacia los perros, la mordedura de Newton no le había ocasionado mayores consecuencias, ni a él ni a los muchos mundos que configuraban el universo donde habían naufragado.

Aliviados, Wells y Jane fueron poco a poco tranquilizándose y, como habían hecho antes de la aparición del malogrado Newton, recuperaron su costumbre de sentarse junto a la chimenea y espiar otros mundos solo por placer. Con la práctica, cada vez conseguían alejarse más de los universos colindantes, de las líneas más próximas y similares de aquel pentagrama infinito de mundos paralelos. Conectaron con gemelos muy lejanos que nada tenían que ver con ellos. Se infiltraron en la mente festoneada de carámbanos de un Wells que asesinaba prostitutas abriéndolas en canal, en el armónico cerebro de un Wells pianista, en el alma refulgente de una Jane religiosa, y cuanto más se alejaban de su universo adoptivo, más inconcebible les resultaba la personalidad de sus gemelos. Llenos de asombro, descubrieron que las líneas más remotas eran las que contenían las notas más prodigiosas de la melodía universal. Avistaron mundos tan maravillosos como extravagantes, donde la raza humana se hallaba fusionada con el resto de la naturaleza, dando como resultado hombres murciélago y mujeres loba y muchachas lluvia; y mundos en los que los autómatas habían conquistado el planeta y casi habían exterminado a la humanidad, excepto a una pequeña resistencia que, liderada por el bravo capitán Shackleton, luchaba con valentía; y otros mundos donde existían más colores de los habituales, o donde el hombre tenía un solo ojo en mitad de la frente, o donde se podía levitar y caminar sobre las aguas porque las leyes físicas que embridaban la naturaleza eran muy distintas a las que ellos conocían. Un brillante calidoscopio de mundos imposibles que Wells y Jane trataban de describir recurriendo a metáforas y a símiles que solo lograban devaluar los prodigios de los que eran testigos.

Y muy de tanto en tanto, volvían a vigilar al Wells de la cicatriz, al Wells que sentía un temor hacia los perros que no sentía en ninguna de sus otras vidas posibles. A pesar de todo, en su mundo todo transcurría con normalidad: aquel Wells acababa de publicar su primera novela, *La máquina del tiempo*, que le había permitido vivir de la escritura, aunque también le había enredado, como a muchos otros de sus gemelos, en una absurda enemistad con Gilliam Murray, apodado allí el Dueño del Tiempo porque había abierto una empresa de viajes temporales, y que estaba igual de gordo que el peligroso gemelo que los había obligado a saltar por el agujero mágico en su mundo de origen.

Mientras tanto, la vida también continuaba desplegándose, aunque con una cadencia mucho más lenta, en el universo en el que habían recalado. Allí corría el año 1887, y el gemelo de Wells ya no era alumno del profesor Lansbury. Con veintiún años recién cumplidos, se había licenciado en la Escuela Normal de Ciencias y daba clases en la Academia Holt, de Wrexham. Por suerte, el matrimonio seguía en contacto con él gracias a la amistad que el Wells Observador había conseguido fraguar con su joven copia, una amistad muy similar a la que había mantenido con el viejo Dodgson en su universo de origen, aunque había cambiado el papel de discípulo bisoño por el de profesor decrépito. ¿He dicho «decrépito»? Sí, pues a pesar de que el Wells Observador tenía cincuenta y nueve años, semejaba cada vez más un anciano ruinoso y desvencijado. Y por desgracia, Jane, seis años más joven, no le iba a la zaga. Ambos estaban envejeciendo a un ritmo acelerado, tal vez como consecuencia de su salto entre universos. Aun así, habían tardado en reparar en ello porque los síntomas de la vejez no se habían manifestado tan pronto ni tan escandalosamente como su don observador. Quizá su reloj de origen iba tan adelantado con respecto al de su mundo adoptivo que la inercia de aquella aceleración permanecía en sus organismos, abocándolos a aquel vertiginoso deterioro físico. De momento, no llamaban la atención de la gente de su entorno, puesto que solo ellos conocían su verdadera edad y, exceptuando a su gemelo, apenas se habían molestado en cultivar amistades en aquel Londres alternativo; preferían pasar las veladas a solas en su hogar, conversando frente a la chimenea sobre universos posibles e imposibles, antes que mezclarse con los nativos de aquel mundo, incapaces de ver más allá de su realidad. Por tanto, aquel deterioro no les preocupaba demasiado. Además, habían burlado tantas veces a la muerte que casi les parecía un gesto de cortesía permitirle que llegara más pronto.

Decidieron no malgastar el poco tiempo que les quedara en aquella cuestión contra la que nada podían hacer.

De todos modos, antes de olvidar el asunto se permitieron algunos pensamientos tristes y melancólicos sobre su antiguo mundo, pues si el tiempo allí transcurría a un ritmo tan veloz, era probable que las estrellas ya hubieran comenzado a apagarse.

—¿Habrá entrado ya nuestro universo en la Era Oscura, Bertie? —le preguntó Jane una noche.

—Probablemente —respondió su marido con tristeza.

—¿Y crees que habrán conseguido encontrar un modo de escapar de su terrible destino?

—Quiero pensar que sí, querida. Las siguientes generaciones habrán continuado investigando, igual que lo hizo la nuestra, y tal vez hayan conseguido abrir otro túnel a alguna de las muchas realidades de este universo. ¿Por qué no? Quizá incluso ya haya tenido lugar el Gran Éxodo.

—Pero, de ser así, deberíamos haber tenido noticias a través de nuestros gemelos, ¿no crees? —repuso Jane, sorprendida—. Si una civilización entera hubiera invadido uno de estos mundos, dudo que nos hubiera pasado desapercibido.

—Probablemente existan muchos universos donde no tengamos gemelos, querida, y si nuestra antigua y moribunda civilización se hubiese trasladado a alguno de ellos, nosotros jamás lo sabríamos. Además, al igual que algunos universos discurren a un ritmo más rápido que este, otros lo hacen a una velocidad más lenta, por lo que habrá mundos que se hallen en las primeras escenas de la obra, justo cuando acaba de alzarse el telón y el hombre aún no ha salido al escenario. Cualquiera de ellos sería perfecto para que nuestra civilización resurgiera.

—Y nosotros no lo veríamos porque todavía faltarían millones de años para que nacieran nuestros gemelos... —dedujo Jane—. Así que a lo mejor ya lo hemos conseguido, a lo mejor nuestro mundo ya se ha salvado.

Wells asintió con una sonrisa de ánimo. Con todo,

ambos sabían que también era posible que no se hubiese salvado, que su maravillosa y brillante civilización agonizara en aquellos momentos sumida en la oscuridad eterna, presenciando impotente cómo expiraba su tiempo... Sin embargo, ninguno lo dijo. Como les he relatado, prefirieron no dilatar aquellas reflexiones más de lo necesario. Poco podían hacer por el mundo que habían dejado atrás. Por otro lado, a ellos tampoco les quedaba mucho tiempo, y ahora se debían el uno al otro. En contra de lo que muchos creen, el amor vuelve terriblemente egoístas e insensibles a las personas, y ellos se amaban, como ya hemos dejado claro, y cada vez con más precisión. Así que aquel problema al que habían dedicado su vida pronto empezó a antojárseles tan ajeno como remoto: ya nada tenía que ver con ellos.

Por desgracia, se equivocaban. Tuvo que transcurrir más de un lustro en su mundo adoptivo para que la pareja recibiera la primera señal de que el destino de su antiguo universo seguía irremediablemente ligado al suyo.

Sucedió una noche de marzo de 1894. Wells y Jane estaban todavía convalecientes de un fuerte resfriado que les había provocado altísimas fiebres y los había mantenido postrados en la cama durante las últimas semanas. Sospechaban que aquel constipado se lo habían contagiado sus gemelos durante la merienda que habían concertado para que el joven Wells les presentara a Amy Catherine Robbins, la adorable muchachita por la que había abandonado a su prima Isabel. Cuando la pareja llegó, se encontró a sus jóvenes copias con los ojos llorosos, la nariz roja y goteante, y el rostro incendiado por la fiebre, por lo que el encuentro fue bastante breve, aunque más que suficiente para que la señora Lansbury le confesara más tarde a su esposo que aquella Jane parecía tan inteligente y brillante como todas las demás, así que probablemente muy pronto se sentiría insatisfecha con la forma de amar de su bisoño marido. Al día siguiente, el matrimonio mostraba los mismos síntomas que sus gemelos, aunque debido al deterioro de su organismo tardaron un poco más en recuperarse.

Aquella noche de marzo era la primera que se habían atrevido a levantarse de la cama para disfrutar de su querida e íntima ceremonia frente a la chimenea. Apenas llevaban unos minutos abstraídos cuando ambos abrieron los ojos de golpe, se miraron aterrados y exclamaron al unísono:

—¡He visto saltar a un Wells!

—¡He visto saltar a una Jane!

Durante varios minutos, se ordenaron mutuamente calmarse, entre gritos y aspavientos, sin que ninguno diera muestras de escuchar al otro. Cuando al fin se serenaron, convinieron que debían rastrear otros mundos, tantos como pudieran, para comprobar si en el resto del universo estaba ocurriendo lo mismo. Se hacía necesario valorar en su justa medida la importancia de lo que acababan de ver, y si querían proceder con el máximo rigor científico, debían mantener la calma. Así pues, ambos se entregaron a una frenética búsqueda que duró varias horas y los dejó exhaustos y temblorosos. Por desgracia, los resultados obtenidos fueron tan reveladores como terroríficos. De los casi tres mil gemelos con los que Wells había podido conectar, durante brevísimos segundos, a lo largo de la noche, cinco se habían traspapelado a otro mundo en algún momento de las últimas semanas, y vagaban aterrorizados por aquella nueva realidad, sin entender qué demonios les había sucedido. Dos creían haber viajado en el tiempo, tres no sabían qué pensar, y el último parecía haber enloquecido. Jane había conectado también con miles de gemelas y, al igual que su marido, había encontrado a varias de sus copias extraviadas en un escenario diferente al que les correspondía, como si hubieran caído por una trampilla oculta en el suelo, de la que nadie les había advertido.

La pareja se miró con profunda angustia. Wells fue el primero en expresar en palabras lo que ya sabían:

—Es el virus... —musitó.

—Es *nuestro* virus... —le corrigió Jane, mientras se masajeaba las sienes—. Newton se lo debió de inocular al Wells que mordió... Tu gemelo no desarrolló la enfermedad, pero se convirtió en portador y se lo contagió a otras personas... ¡en diferentes mundos! ¿Cómo es posible?

—Tal vez el virus mutó y ahora sea altamente contagioso —especuló Wells—. Quizá toda la población de Londres fuera portadora poco tiempo después del contagio cero, y bastó con que un infectado desarrollara la enfermedad y saltara a otro mundo para que el virus se extendiera también por esa realidad. Allí comenzaría de nuevo el ciclo, y así sucesivamente... Hasta convertirse en una epidemia global, que asola a todos los universos posibles —dijo sin poder disimular un estremecimiento.

Jane sacudió la cabeza y dejó escapar un gemido.

—Pero ¿cómo pudimos ser tan irresponsables? No, ¿tan... estúpidos? Nos contentamos con vigilar a aquel Wells durante unos años, y al ver que no mostraba ningún síntoma, decidimos tranquilizarnos... Deseábamos tanto vivir sin preocupaciones que casi nos autoconvencimos de que no era portador. Y, mientras tanto, una epidemia universal se desarrollaba delante de nuestras narices.

—¿Y cómo querías que lo advirtiéramos? —protestó Wells, que se resistía a cargar con la culpa de todo aquello—. Ten en cuenta que el primer saltador, o la primera saltadora, no tuvieron por qué ser gemelos nuestros. Y si no lo fueron, ¿cómo querías que los detectáramos? Solo podemos establecer contacto con nuestros dobles, ya lo sabes. —Hizo una breve pausa para pensar—. Supongo que ha debido de pasar un tiempo hasta que algunos de nuestros gemelos contagiados desarrollaran la enfermedad y comenzaran a saltar. Y como acabamos de comprobar, el porcentaje todavía es bastante bajo. En realidad, ha sido cuestión de suerte que hoy conectáramos justamente con dos de ellos. Podríamos habernos enterado antes, es cierto, pero también mucho después... No podemos culparnos por ello, Jane.

—¿Ah, no? ¿Y de quién es la culpa, entonces? —estalló ella—. ¡Somos científicos! Y, aun así, no tuvimos en cuenta todas las variables. Esta epidemia es culpa nuestra —sentenció sin compasión—. Nosotros trajimos el virus, fue *nuestro* perro el que mordió al paciente cero. Cuanto pase a partir de ahora pesará sobre nuestras conciencias.

—Vamos, querida, no debemos ser pesimistas —intentó defenderse Wells—. ¿Qué puede pasar? ¿Que unos pobres diablos salten a otros mundos y tengan que rehacer su vida allí? ¿Y qué? Es cierto que es un trago terrible, pero puede superarse. Nosotros lo hicimos, ¿no?

—Sí, pero ¿y si no se trata solo de eso? ¿Y si la epidemia tiene consecuencias sobre el... tejido del universo? ¿Qué ocurriría si la población universal, incluidos nosotros, fuera portadora del virus y al cabo de un tiempo todos comenzáramos a saltar sin control? Oh, por las barbas de Kepler... Si eso le sucediera a toda la población del universo al mismo tiempo... sería el caos.

—Pero no tiene por qué ser así, Jane... El paciente cero, por ejemplo, jamás ha desarrollado la enfermedad, y fue el primero. Eso podría significar que el porcentaje de activación del virus es muy bajo. Puede que se contagie con rapidez, lo admito, pero también puede que la mayoría de los infectados no desarrollen la enfermedad en toda su vida. Y quizá no estemos todos infectados. No hay modo de saberlo, así que no seas derrotista, querida...

—Sí lo estamos. No sé por qué, pero algo me dice que todos estamos infectados... —murmuró Jane casi para sí misma—. ¡Santo Dios! ¡El resfriado!

—¡¿Qué?! Todo el mundo se resfría varias veces en su vida. Eso no significa nada, Jane.

—O tal vez significa todo. —Su marido la miró con un nudo en la garganta—. Haz memoria, Bertie: todos los gemelos con los que hemos contactado después del contagio cero estaban aquejados de ese extraño resfriado que acabamos de pasar tú y yo, o lo habían estado poco antes, o tenían a un familiar que lo estaba... Y mostraban exactamente los mismos síntomas extraños: brusca aparición de la enfermedad, fiebres altas, rapidísima y completa recuperación... En tu escuela, durante el trimestre pasado, todos los profesores cayeron presa de ese extraño resfriado... ¡Y nuestros gemelos de este mundo estaban resfriados cuando fuimos a verlos el mes pasado!

—Pero es invierno, Jane... ¡Mucha gente se resfría!

—¿Mucha gente se resfría justo después de que le muerda un perro de otro mundo? —inquirió ella con ironía.

—¡No sabemos si *aquel resfriado* fue provocado por la infección del virus, maldita sea! —gritó Wells, levantándose del sillón como si le acabara de impulsar un resorte.

Se acercó a la chimenea, se acodó en la repisa y enterró su rostro entre las manos dando la espalda a su mujer. Pero Jane no estaba dispuesta a otorgarle ni un segundo de tregua.

—Por cierto, has dicho que el paciente cero no ha desarrollado la enfermedad... ¿Cómo lo sabes? —le preguntó con falsa dulzura—. ¿Has contactado con él esta noche?

—No, Jane —farfulló Wells con cansancio a través de los dedos—, esta noche no he conectado con él porque... La verdad, no lo sé.

Jane sonrió tristemente. Se levantó con cuidado y abrazó a su marido por la cintura, apoyando su cabeza en aquella espalda tan amada que ya había comenzado a encorvarse.

—No lo has hecho porque, en el fondo, tienes tanto miedo como yo, ¿no es cierto? —le preguntó con ternura—. Él es el paciente cero, y si ha desarrollado ya la enfermedad, si ha comenzado a saltar... De ser así, las esperanzas de controlar mínimamente esta epidemia serían casi nulas. Y tú lo sabes, ¿verdad? Tú lo sabes... —repitió en un susurro casi inaudible.

Wells permaneció inmóvil, sintiendo el tibio cuerpo de su mujer apretado contra el suyo. Al cabo de unos segundos se dio la vuelta y, muy despacio, aproximó su frente a la de ella hasta juntarlas. Ambos se abandonaron agradecidos, honrando la mente del otro mediante aquel antiguo gesto procedente de su viejo mundo. Sus manos se entrelazaron, y, obedeciendo a los impulsos que habían desarrollado en este universo, subieron por los brazos y se derramaron en caricias por la espalda, dibujando con pulso tembloroso el cuerpo amado. Wells tomó el rostro de su esposa y con repentina pasión besó sus labios, aquellos labios que seguían pareciéndole un milagro de la genética, y que ahora sabían salados por las lágrimas.

—¿Qué hemos hecho, Jane? —preguntó Wells al rato, enterrando su rostro en la acogedora curva del cuello de su esposa, como un niño asustado—. ¿Qué hemos hecho? ¿Y qué vamos a hacer? Queríamos salvar un mundo y vamos a destruirlos todos...

Jane le acarició el ralo cabello durante varios minutos. Después, se secó las lágrimas que le corrían por las mejillas, y apartó a su marido con dulce determinación.

—Busca al paciente cero —le ordenó con renovada energía—. Hazlo, Bertie. Búscalo y conecta con su mente. Quiero saber qué está haciendo ahora...

Wells suspiró. Aquella mujer era inagotable. Volvió a sentarse en su sillón y cerró los ojos mientras Jane le miraba atentamente desde la chimenea, frotándose las manos con impaciencia. Después de cinco larguísimos minutos, su marido abrió los ojos.

—¿Le has encontrado? —le preguntó Jane—. ¿Ha saltado?

—Eh..., no, no ha saltado. Sigue en su universo...

—¡Bien, eso es una buena noticia! Pero... ¿por qué pones esa cara?

—Yo... Estoy desconcertado.

—¿Por qué? —Jane desesperaba—. ¿Qué está haciendo ahora tu gemelo?

Wells dibujó una mueca de perplejidad.

—Está huyendo de una invasión marciana.

Aquella increíble historia consiguió distraerles durante un tiempo de la amenaza que suponía la epidemia que ellos mismos habían provocado. Al fin y al cabo, era igual de extraordinaria, o quizá más. En el mundo del Wells de la cicatriz, los marcianos estaban destruyendo Londres sin que las rudimentarias armas del Imperio pudieran impedirlo, tal y como el propio escritor y otros muchos de sus gemelos habían descrito en una de sus novelas. Así pues, durante varias noches, en vez de vigilar el resto de los universos para cuantificar los avances de la epidemia, siguieron maravillados las aventuras de aquel Wells que, además de ser el paciente cero, en aquel momento se veía obligado a hacer frente a la aterradora fábula que él mismo había escrito en *La guerra de los mundos*. Hasta que sucedió lo que más temían: un día, mientras huía de los marcianos por las alcantarillas de Londres acompañado de un variopinto grupo de supervivientes, su gemelo saltó a un universo vecino.[1] Aquel

1. Yo mismo narré esta emocionante aventura en *El mapa del cielo*. (*N. del n.*)

salto, además de privarles del final de la escalofriante obra, les arrebató las escasas esperanzas que albergaban de que las consecuencias de la epidemia no fueran tan catastróficas como se temían. Al parecer, todo infectado terminaba saltando, tarde o temprano.

Se obligaron entonces a buscar y a vigilar a otros gemelos que también hubieran desarrollado la enfermedad, para medir los posibles efectos de sus saltos sobre el tejido del universo. En consecuencia, cada noche se convertían en testigos de docenas de fantásticas aventuras. Pero como todo el mundo sabe, toda aventura que se precie ha de tener su villano. Así fue como descubrieron a Marcus Rhys.

El nombre quizá les suene a algunos, pues apareció brevemente al final de la primera historia que les conté. Se trataba de un despiadado asesino que había desarrollado la enfermedad de la cronotemia casi desde el mismo instante en que el virus irrumpió en su organismo, como si su malvada sangre estuviera ávida de poder. Y a diferencia de otros enfermos, había aprendido a controlar el destino de sus saltos con bastante precisión, gracias a su talento natural, tan incomparable como tenebroso. Por supuesto, Rhys ignoraba la verdadera naturaleza de su enfermedad. En su mundo de origen, que se encontraba en un futuro bastante avanzado, los gobiernos habían descubierto la epidemia, pero al igual que en otros muchos universos similares, la habían confundido con una misteriosa mutación que creaba saltadores temporales. Para luchar contra el indiscutible peligro que suponía tal mutación, habían prohibido de inmediato los saltos en el tiempo y perseguían a quienes incumplieran la ley.

Naturalmente, Rhys fue uno de los que la infringió. Se consideraba el más poderoso espécimen de *Homo temporis* —la especie del eslabón evolutivo destinada a dominar el mundo—, pero en vez de poner su maravilloso talento al servicio del bien, lo había empleado en vagabundear por los siglos como un turista travieso: acribilló vikingos con ametralladoras, desvalijó las tumbas de los faraones, apareció disfrazado de diablo en los juicios de Salem, yació con María Antonieta... Y cuando se aburrió de trastocar la historia a su capricho, se dedicó a robar novelas todavía inéditas de sus escritores preferidos, a quienes luego asesinaba, para hacerse con una biblioteca única, formada por obras de autores célebres de la literatura en cuyas páginas solo él podría sumergirse, pues para el resto del mundo jamás existirían.

Los Wells Observadores detectaron a Rhys precisamente cuando intentaba robarles el manuscrito de *El hombre invisible*, pero, por suerte, aquel gemelo consiguió escapar saltando a otro universo, pues también había desarrollado la enfermedad. Comenzó entonces una trepidante persecución a través de los mundos, una cacería salvaje que la pareja observadora presenció conteniendo la respiración, y aplaudiendo como niños cada vez que un gemelo lograba burlar a su malvado perseguidor...[2] Aunque quizá no lo burlara, pues se trataba de una persecución múltiple: decenas de Rhys perseguían a decenas de Wells a través de decenas de mundos, y todos ellos se creían únicos, todos ellos pensaban que viajaban en el tiempo, que atravesaban los siglos; y tantas veces se habían cruzado e intercambiado los perseguidores y los perseguidos, sin llegar nunca a saberlo, que incluso la pareja observadora empezó a dudar de quién era el primer Wells, quién había inaugurado aquella carrera de relevos infernal.

Sin embargo, no tenían ninguna duda con respecto a cuál de aquellos Marcus Rhys merecía el título del Villano.

2. Si quieren saber más, apreciados lectores, no duden en hacerse con *El mapa del tiempo*, donde narré estos emocionantes acontecimientos. *(N. del n.)*

«Por su maldad le reconocerás», decía Wells cada vez que lo perdían en el caos del multiverso. «Y por su habilidad», apuntaba Jane sin conseguir disimular el miedo que aquella conjunción de rasgos le provocaba. No era para menos: el Villano fue el único de todos sus malvados gemelos que jamás abandonó la persecución; estaba tan obsesionado por encontrar a aquel escritorzuelo que se había escurrido de entre sus dedos que se había prometido a sí mismo no descansar hasta atraparlo. Lo buscó infatigablemente, y cada vez que descubría a uno de los gemelos de Wells, lo asesinaba de un modo brutal, convencido de que había matado al único Wells que existía. Pero cuando —según su errónea creencia— regresaba al pasado o al futuro de su realidad, deseoso de contemplar al fin el fruto de su venganza y de disfrutar de un mundo donde el único rastro del irritante escritor H. G. Wells fuera una tumba olvidada, volvía a encontrárselo con vida. Y sin llegar a comprender cómo era posible aquel prodigio, volvía a asesinarlo. De ese modo, incontables Wells murieron en incontables mundos a manos del Villano, cada vez más furioso, más enloquecido... y más transparente.

Así pues, la pareja de Observadores, atenta a las evoluciones de aquel demente a través de los desdichados Wells que morían en sus manos, descubrió que otra de las consecuencias de los saltos entre universos era la pérdida molecular: Marcus Rhys se estaba volviendo traslúcido; había iniciado lo que quizá fuera un viaje sin retorno hacia la invisibilidad. Y eso solo podía significar que, con cada salto, el cronotémico derramaba parte de sus moléculas en el hiperespacio, provocando una reorganización de su materia que poco a poco le iba otorgando aquella extraordinaria cualidad traslúcida. La pérdida molecular causada por un solo salto era insignificante, por lo que aquellos infectados que no sufrían más que dos o tres saltos a lo largo de su vida apenas la notaban. Los cronotémicos más graves, en cambio, aquellos en cuyo organismo la enfermedad había fermentado con inusitada virulencia, abocándolos a una interminable sucesión de saltos, observaban aterrados cómo su piel, sus músculos, sus órganos y su sangre se iban volviendo cada vez más transparentes, hasta que la luz atravesaba sus cuerpos como una lanza. Por fortuna, para entonces la mayoría de ellos ya habían perdido la razón y no recordaban quiénes eran ni de dónde venían.

El Villano, sin embargo, no olvidaba nunca quién era ni a quién perseguía. Y si se daba cuenta de las terribles consecuencias que acarreaba su organismo a causa de su ávida búsqueda de venganza, no parecía importarle lo más mínimo. Más bien abrazaba su progresiva invisibilidad como un regalo inesperado que le hacía sentirse aún más poderoso y temible. Cuando alcanzara la invisibilidad completa, para el maldito Wells no existiría escondite adonde ir, ni truco al que recurrir para huir de él. Cuando él fuera la Muerte Invisible, Wells no tendría escapatoria.

Los innumerables peligros que de pronto acechaban a sus gemelos enturbiaron las hermosas historias que la pareja se contaba junto a la chimenea, confiriéndoles un aire cada vez más siniestro. Ambos sentían escalofríos al pensar en los efectos todavía desconocidos de la epidemia sobre el tejido universal, o simplemente al contemplar las desventuras de aquellos enfermos que debían rehacer su vida en otros mundos, sin comprender qué les había sucedido. Si bien estos últimos podían considerarse afortunados, comparados con aquellos a los que el virus impelía sin descanso de universo en universo, desdichados a los que se les iba deshaciendo el cuerpo y la cordura hasta, en los casos más avanzados, disolverse como un recuerdo borroso en la conciencia universal.

Antes de que eso sucediera, aquellos desdichados solían ser prisioneros de un fenómeno relacionado con la naturaleza de los mundos paralelos que Wells había bautizado como Coordenadas Maelstrom. En varios universos, el biólogo había descubierto determinados puntos que, como gigantescos desagües de un océano, absorbían hacia el centro de sus poderosos vórtices cualquier elemento extraño que cayera allí proveniente de otro mundo. Así, cuando un cronotémico saltaba, con frecuencia era arrastrado por uno de aquellos remolinos cósmicos y, en vez de aparecer en el mismo lugar del que había partido o en sus coordenadas equivalentes, aparecía en un sitio diferente. Aquellas coordenadas podían estar situadas en un lugar concreto, como una casa, un páramo o una gruta, o bien en el interior de ciertas personas. De ese modo, un cronotémico podía saltar desde las cumbres nevadas del Himalaya o las inflamadas dunas del desierto del Sahara, e irrumpir en el Londres de otro mundo a través de una casa encantada o del cuerpo de un médium que estuviera celebrando una sesión de mesas movedizas.

A Wells se le escapó una sonrisa al descubrir que aquella epidemia de saltadores era la responsable de la moda del espiritismo y de la horda de médiums que asolaba tantos mundos de aquel universo múltiple. Aquellos mundos, a años luz del Conocimiento Supremo, intentaban explicar de algún modo aquella extraña plaga, ya fuera concediendo a los infectados el rango de *Homo temporis*, como en el mundo de Rhys, o confundiéndolos con las almas de los muertos, con espíritus que erraban perdidos por lugares malditos y que se comunicaban con los vivos a través de los médiums, hasta que conseguían resolver sus asuntos pendientes. Sin embargo, aquellos lugares llenos de fantasmas y aquellas personas *especiales* con un supuesto don para hablar con los muertos no eran sino las Coordenadas Maelstrom de cada universo, que absorbían a los cronotémicos en pleno salto para regurgitarlos luego como apariciones aterradoras, ya fuera una dama vestida de negro que de repente se materializaba en la torre de una casa abandonada o un nebuloso ectoplasma que surgía del costado de un médium en trance.

La pareja también descubrió que, cuando un Maelstrom succionaba un cronotémico, dejaba en él su propia marca, condenándolo a regresar a aquel universo una y otra vez, y siempre por el mismo portal. Por ello, algunos infectados permanecían atrapados en un circuito demencial formado por unos pocos mundos, obligados a aparecer invariablemente en la misma casa encantada o a través del mismo médium, y a perder moléculas y recuerdos con cada salto. Muchos terminaban dominados por la voluntad de los médiums, convertidos prácticamente en sus esclavos, en tristes marionetas que creían ciegamente cuanto les decían: que estaban muertos y que los nebulosos recuerdos de su existencia no eran más que visiones del más allá, el lugar al que ahora pertenecían y que debía de ser una copia exacta del mundo de los vivos. Hasta que un día cualquiera, en uno de aquellos saltos, su debilitada estructura molecular estallaba en un millar de quimeras dispersas. Entonces la casa encantada quedaba libre de su maldición, al menos hasta que otro cronotémico ocupara la vacante de fantasma, o el médium perdía el contacto con el espíritu que tenía esclavizado, creyendo que este finalmente había encontrado el camino hacia la luz.

Durante cuatro largos años, los Wells vigilaron los avances de la epidemia, sufriendo por el terrible destino de los gemelos que habían desarrollado la enfermedad y preguntándose con angustia cómo terminaría todo aquello. A veces, decididos a cultivar la semilla de la esperanza entre tanta locura, se decían que se arreglaría solo: tal vez llegara un día en el que todos los infectados activos se desintegraran, incluido el malvado Villano, y solo quedaran los inofensivos portadores; estos desarrollarían entonces una especie de inmunidad que transmitirían a sus descendientes, y de esa manera tan sabia, el universo se sanaría a sí mismo. En cambio, cuando la culpabilidad los aplastaba, lo único que se les ocurría decirse el uno al otro era que quizá el caos, siempre inexorable, llegaría a aquel universo tal y como estaba escrito, aunque con millones de milenios de antelación, gracias a H. G. Wells y a su bellísima y brillante esposa.

XXVII

La respuesta a sus sombrías cavilaciones les llegó unas semanas después, cuando Wells se infiltró en la mente de un gemelo que acababa de saltar por cuarta vez en apenas dos meses. El primer salto había interrumpido su tranquilo paseo por la metrópoli para abandonarlo en una llanura desolada en la que, temblando de miedo tras una roca, había reconocido el lejano retumbar de varios cuernos de caza y el atronador galope de cientos de caballos. Sin embargo, cuando se dispuso a levantar la cabeza para echar un vistazo, fue arrastrado de vuelta a Londres, apenas un par de años antes de su propio nacimiento. En aquel pasado, mucho menos inhóspito, había sobrevivido casi dos meses, hasta que fue extirpado de nuevo, esta vez mientras cruzaba Grosvenor Square, y trasplantado a un tenebroso futuro en el que Londres habría quedado reducido a una escombrera de cascotes de los que emanaban hilachas de un vapor caliente. Creyó entonces que moriría devorado por las monstruosas criaturas parecidas a cangrejos gigantes que merodeaban entre las ruinas, pero otro salto lo devolvió de nuevo a Grosvenor Square, donde el Wells Observador contactó con él en el preciso instante en que se preguntaba cuándo terminaría aquel desquiciado periplo a través del tiempo.

La plaza había sufrido muchos cambios —algunos de los edificios que rodeaban los jardines centrales habían sido remplazados por construcciones más funcionales—, pero al menos seguía en pie. Aunque en aquel momento se encontraba atestada de gente, en su mayoría jóvenes, que habían tomado la plaza y, sentados en corrillos sobre la hierba de los jardines o amontonados por los rincones, cantaban y tocaban la guitarra, enarbolando pancartas que rezaban «Haz el amor, no la guerra», y otras consignas cuyo significado a Wells se le escapaba. Las arengas de aquellos jóvenes iban dirigidas a un edificio de asombrosa fealdad ubicado en el lado occidental de la plaza, frente al cual se apostaba un ejército de policías, muchos de ellos a caballo, que observaban a los jóvenes con expresión amenazadora. Durante varios minutos, el gemelo de Wells se limitó a pasear medio aturdido entre la ruidosa multitud, observando con asombro las estridentes ropas de los jóvenes y las flores que parecían brotar de sus largas y desaliñadas cabelleras. Un tanto embriagado por el aroma dulzón de los cigarrillos que fumaban, tropezó con uno de aquellos jóvenes.

—¡Hey, mira por dónde vas, Teddy Boy! —le increpó el muchacho, que lucía un chaleco de piel y una melena hasta casi la cintura.

—Lo siento, lo siento —se apresuró a disculparse Wells, un tanto amedrentado.

El joven pareció calmarse y se lo quedó mirando en silencio, con una vaporosa sonrisa colgándole de los labios. Wells, aprovechando que accidentalmente había entablado conversación con un nativo de aquella época, le preguntó en qué año estaban. No obtuvo respuesta porque, antes de que el joven pudiera responderle, se oyeron varios gritos de angustia provenientes de uno de los extremos de la plaza, seguidos de un par de disparos. A lo lejos, la multitud empezó a levantarse apresuradamente, y Wells advirtió que, como una ola que avanza hacia la orilla, aquella marea de jóvenes asustados corría hacia él. La ola lo arrastró sin darle tiempo a reaccionar; apenas acertó a ver cómo una docena de policías a caballo se abría paso entre el gentío desde el fondo de la plaza, sin ningún cuidado. Se oyó entonces una atronadora explosión, que convirtió la marea humana en un océano embravecido. Un humo espeso empezó a cernirse sobre la asustada muchedumbre. Todo el mundo corría de un lado a otro en el caos más absoluto. La policía a caballo repartía golpes indiscriminadamente mientras los jóvenes se defendían lanzándoles piedras, que al rebotar contra sus cascos producían un crujido siniestro. Temiendo quedar atrapado en medio de aquella repentina batalla campal cuyas razones ni conocía ni le importaban, Wells intentó alejarse de allí a través de un descosido entre la multitud. No sabía en qué dirección estaba corriendo, pero no le importaba mientras lograra huir del epicentro de la refriega. A su alrededor vio a muchos jóvenes con los rostros cubiertos de sangre y las miradas perdidas, llorando y pidiendo ayuda, pero no se detuvo.

De pronto, una de aquellas explosiones sonó peligrosamente cerca y Wells cayó al suelo, enredado en un amasijo de cuerpos nada decoroso. Durante unos segundos, creyó que se había quedado sordo, pues el mundo parecía encerrado en una acolchada crisálida de silencio. Se incorporó como pudo y miró a su alrededor: a través de la bruma del humo vio cómo los jóvenes se ayudaban entre ellos a levantarse y echaban a correr sin rumbo. Sintió un inmenso alivio al notar que empezaba a embargarlo el familiar vértigo que anunciaba los saltos. En cuestión de segundos, cruzaría el universo hacia otra época que, por muy inhóspita que fuera, no podía ser peor que aquella.

Sin embargo, antes de que el mareo se intensificara, vio una inmensa silueta envuelta en una capa negra caminando hacia él a través del humo. Avanzaba a resueltas zancadas, sin que el alboroto que sucedía a su alrededor lograra perturbarla. Con la gruesa capa ondeando a su espalda, un bastón de refulgente empuñadura enarbolado en su mano, y el sombrero ocultándole el rostro, la figura parecía embozada de irrealidad. Aun así, a Wells le pareció más real que cualquier otra cosa que le rodeara. ¿Era la muerte, que venía a por él?, se preguntó, petrificado en mitad del tumulto. Cuando la figura llegó junto al escritor, lo tomó de un brazo y tiró de él con una fuerza que solo podría calificarse de sobrehumana. Sobrecogida ante la siniestra aparición, la marea de jóvenes se abría a su paso como el mar ante Moisés, y los caballos pifiaban y se encabritaban pregonando su pavor. Alcanzaron entonces la intimidad de un callejón cercano, y el extraño lo aplastó contra una de sus paredes. Wells apenas tuvo tiempo de frotarse el dolorido brazo, que parecía haber sido apresado por las tenazas de un herrero, cuando la figura le rodeó el cuello con una de sus enguantadas manos, inmovilizándolo. Comprendiendo con horror que ni la fuerza de una docena de bueyes de tiro conseguiría liberarlo de aquella poderosa garra, no hizo ningún esfuerzo por zafarse. Se limitó a enfrentar su rostro, semioculto por el enorme sombrero de ala ancha. Repujado de sombras, apenas iluminado por la luz azulada y onírica que supuraba el extraño bastón, las pálidas facciones del desconocido se le antojaron tan hermosas y temibles como las de un dios. Entonces, sus labios parecieron vibrar levemente, y Wells pudo escuchar su voz, lejana y metálica, como si surgiera de una larga tubería:

—Soy el Ejecutor 2087V y he venido a matarte. Siento pena por ti, pero nada puedo hacer para evitar tu destino. Y si deseas saber por qué has de morir, encontrarás la respuesta en el fondo de mis ojos. —Medio aturdido, Wells buscó la mirada del extraño casi en un acto reflejo—. ¡Míralos! Y no dejes de hacerlo aunque sientas miedo o desesperación. Aunque desees rendirte. No lo hagas. Continúa mirándome, hasta consumir tu último instante de vida en este mundo.

Wells obedeció y, mientras el caos rugía fuera del callejón, se sumergió en las pupilas de su verdugo, donde dos estrellas de ocho flechas brillaban cada vez con más fuerza, hasta que aquella luz cegadora estalló y lo traspasó y se expandió hasta el infinito, desflecándose en los millares de galaxias de un universo. Wells vio la muerte de todas aquellas estrellas, y también vio cómo la oscuridad más absoluta se derramaba sobre el mundo, y vio a una civilización agonizante ovillada junto a los fríos rescoldos de un agujero negro, intentando huir de su fatal destino; y vio también el rostro del caos, y comprendió entonces por qué su muerte era justa y necesaria; y descubrió que el Ejecutor sentía culpa, e intentó decirle que le perdonaba, y aunque no fue capaz de articular palabra, supo que su asesino le había oído; y en ese instante de comunicación absoluta se pertenecieron el uno al otro, y a ambos les invadió el éxtasis del Conocimiento Supremo; y a pesar de la intensidad de aquel postrer pensamiento, el escritor consiguió mantener los ojos abiertos, clavados en los del Ejecutor, hasta que consumió su último instante de vida en este mundo.

En el mismo momento en que su gemelo moría, el Wells Observador abrió los ojos y aspiró con ansia una profunda bocanada de aire. El corazón le golpeaba en el pecho con tanta fuerza que temió que se lo perforara, y sentía la espalda bañada de un sudor helado. Al mirar a su alrededor con ojos desencajados, descubrió a Jane arrodillada a su lado con expresión preocupada.

—Lo consiguieron, querida. —Su voz era una hebra temblorosa. Ella lo miró sin entender—. Están aquí, ya están aquí...

—¿Quiénes?

Wells se dejó caer bruscamente contra el respaldo del sillón.

—El gemelo con el que he conectado esta noche... ha encontrado a alguien de nuestro mundo.

—¿Hay alguien más de nuestro mundo aquí? —exclamó Jane.

—Bueno, en realidad, no es *alguien*, sino *algo*... No es humano, quiero decir, aunque tampoco es un autómata. Y... ha asesinado a mi gemelo.

Jane le miró horrorizada.

—Dios mío, Bertie. Pero... ¿por qué?

—Porque ese es su trabajo. —Wells suspiró—. Porque para eso fue creado por los científicos del Otro Lado, para exterminar hasta el último de los infectados. Hay cientos como él repartidos por los mundos paralelos. Se hacen llamar Ejecutores y su cometido es detectar los rastros moleculares de los cronotémicos y perseguirlos hasta darles muerte.

Jane se llevó las manos a la boca para ahogar un grito. Wells esperó a que asimilara aquella información.

—Clasifican a los cronotémicos según la virulencia de su infección —prosiguió al cabo—, y los llaman destructores... Destructor de grado 1, grado 2... ¡*Destructores*, Jane! ¿Entiendes lo que significa eso? ¡Los cronotémicos están destruyendo este universo!

Jane asintió, cada vez más pálida. Su marido se pasó por el rostro una mano temblorosa mientras intentaba poner orden en la barahúnda de imágenes que le había transmitido el Ejecutor a través de su gemelo moribundo.

No obstante, no resultaba fácil expresar en palabras los pensamientos de un ser que no era humano. ¿Por dónde debía comenzar el relato de aquella locura? Empieza por el principio, luego sigue hasta el final y ahí te paras, se dijo, recordando las palabras que hacía mucho tiempo le había dicho su viejo amigo Dodgson. Así que empezó por el principio...

Después de la misteriosa desaparición del matrimonio Wells, los científicos de su generación y de las siguientes habían continuado investigando. Por desgracia, transcurrieron muchos siglos hasta que consiguieron resultados efectivos. Quizá demasiados. Como la pareja siempre había sospechado, su antiguo mundo discurría a mayor velocidad que su mundo adoptivo, de modo que en el Otro Lado las estrellas habían comenzado a apagarse, inaugurando la Era Oscura. El tiempo se les acababa, y en el remoto futuro en el que ahora se encontraba su mundo de origen, el caos era inminente. Por eso, cuando los científicos consiguieron abrir y estabilizar un agujero mágico, comprendieron que era la última de sus esperanzas: habían gastado sus postreros y escasos recursos energéticos en aquella proeza, estaban agotados, agonizaban, y no disponían de la energía necesaria para abrir otro agujero. Así que les llenó de alivio y alborozo comprobar que el túnel los conducía directamente a un mundo joven, en plena era estelífera, un mundo formado por infinitos mundos, la mayoría preparados para recibir a una civilización sin hogar. Un multiverso, un teatro de infinitos escenarios. Sin embargo, cuando los científicos comenzaron a estudiarlo con el propósito de organizar el Gran Éxodo, descubrieron con horror que aquel multiverso estaba terriblemente enfermo.

—La epidemia de la cronotemia... —musitó Jane.

Wells asintió con gesto lúgubre.

—Así es, querida. La epidemia de la cronotemia... Aun

así, no se rindieron. Estudiaron la extraña epidemia para intentar comprender sus causas, pero descubrieron algo peor: sus consecuencias. Tenías razón, querida. Siempre la tienes. Esta enfermedad va a destruir el multiverso. La estela molecular que los cronotémicos dejan con cada salto provoca *cicatrices* en el hiperespacio, lo encogen, le restan elasticidad, por lo que los mundos paralelos que conforman este multiverso están cada vez más cerca entre sí. Si esa aproximación continúa, pronto acabarán colisionando, y se producirá una hecatombe apocalíptica de explosiones en cadena... Los escenarios caerán unos sobre otros, arderán en una gran bola de fuego cósmico y el teatro se desintegrará.

—¡Santo Dios! —exclamó Jane. Luego, tras unos segundos de silencio, añadió con gesto de incredulidad—: ¿Y exterminar a todos los cronotémicos es la solución que han encontrado? Me cuesta creerlo. No son tan crueles, Bertie.

Su marido se encogió de hombros, abatido.

—Quizá quieren ganar tiempo, querida. Supongo que la muerte de unos cuantos inocentes les ha parecido un precio relativamente bajo comparado con la salvación de dos universos. Porque no se trata solo de *este* universo, Jane. Si no logran sanarlo a tiempo para el Gran Éxodo...

—... el Otro Lado también perecerá —concluyó su esposa con un susurro horrorizado.

Ambos permanecieron en silencio. Durante varios minutos, en el saloncito solo se oía el atareado crepitar del fuego y las desvencijadas respiraciones de los dos ancianos.

—¿Recuerdas el día del Gran Debate, Jane? —preguntó de pronto Wells, con la voz estrangulada por la angustia—. ¡Cómo me admiraba la gente! Gritaban mi nombre con adoración. Si cierro los ojos todavía puedo oírlos. Confiaban en mí, se pusieron en mis manos. Creían que yo poseía la verdad, y yo también lo creía, pero... ¡Oh, Jane! —Lanzó un suspiro y buscó los ojos de su mujer—. ¡Te mentí! ¡Lo hice por vanidad! Y tú lo sabías, ¿verdad? Soñaba con que mi nombre pasara a la historia como el del Salvador de la Humanidad. Y ahora sin embargo... ¿Te imaginas lo que deben de pensar de mí en nuestro mundo? ¿Te imaginas la sorpresa que se llevaron nuestros colegas científicos cuando al fin llegaron a la tierra prometida y descubrieron que estaba condenada por culpa de un estúpido experimento fallido de su época victoriana? ¿Cuando vieron destruidas sus esperanzas a causa de un diminuto virus sintetizado por H. G. Wells, el mayor fiasco de la historia de la Iglesia del Conocimiento, el mil veces maldito, el destructor de universos...?

Jane se levantó de golpe y se apoyó en el borde de la chimenea. Wells quedó en el sillón, náufrago sin ella, sollozando con la cabeza hundida entre los hombros, aplastado por la inmensa pena que sentía hacia sí mismo. Al rato, el silencio de su mujer le obligó a alzar tímidamente los ojos. Fue como recibir la luz de un faro. Ella contemplaba su llanto, con aquella mirada de fiera determinación que él tan bien conocía.

—Bueno, Bertie, si eso es lo que piensan de ti... —sonrió—, entonces tendremos que hacerles cambiar de opinión.

XXVIII

Durante los días siguientes, la pareja se entregó a la gesta de diseñar un plan con el que salvar dos universos y, de paso, cambiar la nefasta opinión que los habitantes de su mundo tendrían de H. G. Wells. O viceversa. Comenzaron estudiando atentamente el botín de conocimientos e imágenes que el biólogo había expoliado de la mente del Ejecutor, al menos todo lo que este podía recordar o expresar en palabras. Al parecer, aquella siniestra matanza llevaba tiempo sucediendo —calcularon que el equivalente a unos diez años de su universo adoptivo—, y el hecho de que ellos hubieran tardado tanto en tropezarse con un Ejecutor ponía de manifiesto, lo quisieran o no, la inmensidad de ese universo, su naturaleza infinita. ¿Y cómo podrían los científicos del Otro Lado erradicar una epidemia que afectaba a infinitos mundos? No podían. Esa era la cuestión. A no ser que alguien les mostrara el camino hacia el contagio cero, de modo que pudieran segarla de raíz.

En su ojeada a la mente del Ejecutor, Wells había descubierto que aquellos asesinos podían saltar entre mundos gracias a los bastones que portaban, cuyas empuñaduras ostentaban la estrella del caos. Según parecía, dichos artilugios les permitían perseguir a los cronotémicos de escenario en escenario, excavando túneles en el hiperespacio que luego cerraban sin provocar ninguna cicatriz en el tejido universal. Pero lo más importante era que los bastones podían fijar su destino mediante un complicado cálculo de coordenadas a partir de las estelas moleculares que dejaban los cronotémicos. En otras palabras: los Ejecutores podían viajar a cualquier punto del universo, siempre que un infectado les dejara suficientes migas de pan en el camino. Y probablemente también podrían hacerlo si alguien les dibujaba un mapa de coordenadas matemáticas que sus bastones fueran capaces de interpretar.

—¡Un mapa que guiara a cualquiera de ellos, desde el mundo en el que se hallara, hasta el lugar y el momento del contagio cero! —exclamó Wells con entusiasmo—. O, mejor aún, hasta un minuto antes... para evitarlo.

—¿Y quién sería capaz de dibujar ese mapa? —preguntó Jane cándidamente.

Conocía perfectamente bien la respuesta, pero ofreció a su marido el placer de pronunciarla. Wells sonrió por primera vez en mucho tiempo. Una sonrisa luminosa, esperanzadora. Quizá ingenua, pero qué importaba.

—Alguien con los conocimientos matemáticos suficientes —respondió ufano—. Alguien que todo lo viera y todo lo oyera, aunque no quisiera.

Así que, rebosando entusiasmo por todos sus poros, Wells desempolvó los viejos pasatiempos con los que Dodgson y él se habían entretenido en Oxford, y los extendió sobre la mesa. No obstante, le bastó echar un vistazo a aquellas páginas atestadas de fórmulas, ecuaciones y diagramas para que el alma se le cayera a los pies: aquellos garabatos pretenciosos no habían sido más que meros juegos intelectuales, unas filigranas tan brillantes como huecas, absolutamente teóricas, pensadas sin el menor sentido de la utilidad... Ahora, sin embargo, para descubrir si en su esencia había algo de verdad, se veía obligado a aplicarlas a un problema real y de una magnitud inimaginable. Tenía que dibujar un mapa, el mayor mapa de todos los tiempos y de todos los mundos, un mapa que resumiera el infinito en un simple cálculo de coordenadas, un mapa que redujera el universo entero a una sencilla ecuación... No sabía si tal empresa era posible. Y si lo era, tampoco estaba seguro de querer demostrar que la existencia era un espejismo trenzado con los etéreos mimbres de las matemáticas, una de las materias que más le aburrían. Pero no parecía que tuviese demasiadas alternativas, así que debía intentarlo.

Comenzó a trabajar día y noche en aquel mapa que, si estaba en lo cierto, permitiría a cualquier Ejecutor viajar a las coordenadas exactas del contagio cero desde cualquier punto del multiverso. Decidió llamarlo *El gran mapa matemático del inexorable caos*. A Jane se le antojó un nombre algo pomposo, pero Wells se mostró inflexible: si aquella iba a ser su obra magna, con la que pasaría a la historia como el Salvador de la Humanidad, el título debía reflejar la grandeza de la misma.

La titánica empresa no tardó en absorberlo, y Jane tuvo que volver a cuidar de su esposo como en los peores tiempos: vigilar que comiera, que se aseara y que durmiera las horas necesarias, aparte de avivar su entusiasmo cada vez que este amenazaba con extinguirse. Tal dedicación los obligó a sacrificar también sus veladas frente a la chimenea. De hecho, no habrían podido mantenerlas aunque hubiesen querido, pues al caer la noche, Wells se hallaba tan agotado que empleaba sus últimas fuerzas en arrastrarse hasta la cama.

Y mientras él permanecía encerrado en su despacho, lidiando con fórmulas que se contradecían, realizando comprobaciones que anulaban los cálculos anteriores y maldiciendo la ausencia de Dodgson, Jane se fugaba al coqueto despachito que había acondicionado en una de las habitaciones de la casa cuando sus labores se lo permitían. Allí, sentada frente a un escritorio donde nunca faltaba un jarrón de rosas recién cortadas, consumía algunas horas del día, intentando que la soledad se le hiciera más soportable. De mutuo acuerdo, habían decidido que ella ayudaría con las revisiones de cada capítulo, donde sería necesaria la visión clara de una mente que no hubiese sido contaminada por el tortuoso proceso del cálculo y la escritura. Entre capítulo y capítulo, se dedicaría a solucionar los no menos importantes aspectos domésticos de la vida diaria, para que Wells pudiera trabajar sin descanso en su obra.

Aquel reparto de tareas obligaba al matrimonio, por primera vez en muchos años, a permanecer tristemente separados varias horas al día. Aunque no sería del todo sincero si no les dijera que, durante esas horas de soledad, Jane también conocía la felicidad. Era cierto que echaba mucho de menos a su marido, pese a encontrarse separada de él tan solo por un tabique, pues la unión entre ambos se había ido estrechando de tal manera que habían acabado por convertirse en un solo ser. Jane sentía la falta de su marido en cada fibra de su ser como una desapacible molestia, como si se hubiera dejado el sombrero y la chaqueta en casa en un día especialmente ventoso. Pero al mismo tiempo, aquella desazón se convertía a veces en una embriagadora sensación de libertad, como si, una vez asumido el inevitable olvido, no le quedara más remedio que correr contra el viento, sintiendo cómo le helaba la cara y le revolvía el cabello.

Su marido, sin embargo, no parecía llevar igual de bien aquella separación forzosa. Desde que su mujer le había dicho que quería montarse un despacho en una de las habitaciones disponibles de la casa, Wells había decidido emplear parte de su tiempo libre, tan escaso como valioso, en averiguar qué hacía ella allí dentro. Las preguntas directas no habían funcionado, pues Jane las respondía encogiéndose de hombros. Tampoco los chistes: «¿Te encierras ahí dentro para dibujar láminas de animales?», le había dicho una vez, sin que ella soltara la risita que siempre le provocaba aquella broma. Jane era una fortaleza inexpugnable, y, como torturarla quedaba descartado, Wells había tenido que recurrir a las incursiones por sorpresa. Así había descubierto que se encerraba allí para escribir, lo cual no fue un gran descubrimiento, pues casi podría haberlo deducido sin entrar. Encerrarse allí para criar conejos, invocar al diablo o bailar desnuda eran posibilidades más difíciles de considerar. Además, ya una vez le había amenazado, medio en broma, con hacerlo. Pero ahora tocaba descubrir *qué* escribía.

—Oh, algo sin importancia —respondía Jane, apresurándose a ocultar las cuartillas en el cajón de la mesa, cuya cerradura Wells había tratado de forzar inútilmente—. Ya te dejaré leerlo cuando esté terminado.

Cuando esté terminado... Aquello era como no decir nada. ¿Y si nunca estaba terminado? ¿Y si por algún motivo decidía no terminarlo? ¿Y si el mundo se terminaba antes? Si eso sucedía, él jamás sabría en qué había ocupado Jane las dos o tres horas del día que pasaba encerrada en su despacho. ¿En un diario? ¿Un libro de recetas, tal vez? No. Si fuese un libro de recetas no se mostraría tan esquiva.

—Una de las cosas que menos me gustan de este mundo es que las parejas tengan secretos entre ellas —comentaba Wells con deliberado dramatismo.

—Pensé que lo que menos te gustaba era que nadie hubiera inventado todavía la navaja de afeitar eléctrica —bromeaba ella. Y sin dejar de hablar, lo tomaba del brazo y lo conducía hacia la puerta con disimulo, para que no notara que lo estaba echando—. Vamos, deja de refunfuñar. Qué más da lo que yo escriba. Es tu obra la que verdaderamente importa, Bertie, así que no pierdas el tiempo espiándome y ponte a escribir.

Y tras ejecutar un encogimiento de hombros para nadie, Wells bajaba a la planta baja y se escondía también en su despacho. Allí contemplaba el mazo de cuartillas que tenía delante, donde se había propuesto consignar todo lo que él sabía, dejar el fruto de todo cuanto había visto. Tomaba la pluma y continuaba su «gran obra», como la había llamado Jane, mientras por la ventana se filtraban los sonidos de la calle y del parque cercano, ruidos de un mundo que discurría envuelto en la plácida satisfacción de creerse único... y a salvo.

Tardó casi un año en terminar el libro que, tras sufrir varias podas que llegaron a alcanzar las altas ramas del título, acabó llamándose simplemente *El mapa del caos*. Cuando Jane repasó la última de sus páginas y dio el visto bueno a aquella hazaña matemática, en su mundo adoptivo corría el año 1899.

Habían pasado más de cuarenta años desde su llegada, y muchas eran las cosas que habían cambiado desde entonces. La pareja de duendes tenía el aspecto de dos ancianos casi centenarios —aunque Wells acababa de cumplir setenta y un años y Jane sesenta y cinco—, y así era como se sentían: extremadamente viejos y cansados. El último año había sido muy duro para ambos. Durante aquellos meses ni siquiera habían conectado con sus gemelos, pues habían invertido todas sus fuerzas y casi todas las horas del día en la colosal tarea de escribir *El mapa del caos*. Además, a ninguno de los dos le apetecía comprobar el curso de la epidemia y del cruel exterminio de infectados. ¿De qué les habría servido, más que para aumentar su nerviosismo? Si el fin del mundo llegaba antes de que lograran terminar el libro, ya se darían cuenta, pues dudaban que las explosiones cósmicas que provocaría la colisión entre los infinitos mundos les pasaran desapercibidas. A pesar de todo, lo habían terminado. Y el universo, al menos de momento, seguía intacto.

Wells decidió entonces que la conclusión de la obra que contenía las claves de la salvación del mundo —de aquel y de todos los que pudieran imaginar— merecía una celebración, y ellos un poco de descanso, así que encendieron la chimenea, se sirvieron dos copas —apenas un par de deditos, pues el licor ya no les sentaba tan bien como antes— y se derrumbaron en sus respectivos sillones entre suspiros de gozo y crujidos de huesos. Había llegado el momento de disfrutar de una de aquellas ceremonias mágicas y consoladoras junto al fuego que tanto echaban de menos. Con todo, antes de comenzar acordaron que esa noche solo contactarían con gemelos felices: nada de desdichados que hubieran desarrollado la enfermedad, o que huyeran de los marcianos, del hombre invisible o de cualquier otra amenaza igual de exótica. No, ya habían tenido suficientes aventuras y sobresaltos. Aquella noche vivirían por unas horas la vida anodina aunque apacible de aquellos gemelos suyos a quienes únicamente preocupaba su aburrida existencia, pues, afortunadamente, en un universo de mundos infinitos también existía la posibilidad de llevar una vida normal y corriente.

Pero Wells hizo trampas. No pudo evitarlo. La tentación de echar un vistazo a la vida del paciente cero era demasiado grande. Quería saber cómo había transcurrido su existencia desde que dejara de espiarlo, aunque lo que pudiera encontrar le daba tanto miedo como que Jane le descubriera llevando a cabo aquella pequeña rebeldía. Al principio le costó un poco localizar a su gemelo, pues después de un año sin utilizar su don había perdido algo de práctica, pero finalmente dio con él: aquel Wells era ya un anciano. A continuación pasó hacia atrás las páginas de su memoria y descubrió todo lo que le había sucedido desde la última vez que se había aventurado en su cerebro. Le alegró comprobar que al final de su azarosa vida había alcanzado una relativa calma. Tras unas emocionantes aventuras en la Antártida, donde había perdido dos dedos de la mano derecha, había saltado al universo en el que ahora se encontraba. Allí su enfermedad había entrado en fase latente, lo que le había permitido rehacer hasta cierto punto su maltrecha existencia. Sin embargo, cuando ya creía que los últimos días de su vida consistirían en una sosegada preparación para la muerte, un Ejecutor había encontrado su rastro, y tuvo que pasarse varios meses escondiéndose de él; incluso logró escabullirse en varias ocasiones, gracias a la suerte más que a otra cosa, como aquella vez frente al Royal Opera House. Más adelante cambió de casa, se hizo llamar Baskerville, se buscó otra profesión... Wells no consiguió reprimir una sonrisa al descubrir que había acabado como cochero de Gilliam Murray, quien en aquel universo se hacía llamar Montgomery Gilmore.

En el preciso momento en que se había infiltrado en su mente, el Wells de la cicatriz conversaba con el Wells original de aquel mundo.

—Así que no tiene ninguna cicatriz en su muñeca izquierda... —le estaba diciendo Baskerville—. Sin embargo, tiene una en su barbilla, y yo no.

—Me caí por unas escaleras a los quince años —repuso el otro Wells.

—Ya. En cambio, yo siempre fui muy cuidadoso con las escaleras.

—Me alegro mucho por usted —resopló su joven gemelo.

El Wells Observador rio en silencio desde su sillón

frente a la chimenea, todavía con los ojos cerrados. Se sintió inmensamente orgulloso de Baskerville, aquel Wells único como él, no solo porque había conseguido abortar sin ayuda una invasión marciana, sino porque parecía haber llegado a comprender, también sin la ayuda de nadie, la auténtica naturaleza del universo y de su enfermedad... Satisfecho, se despidió de él sin palabras y dejó que aquel mundo desapareciera perezosamente en el agujero mágico del centro de su mente. Entonces abrió los ojos.

Jane permanecía con los ojos cerrados, así que esperó a que despertara observándola con ternura. No sabía qué estaba viendo su mujer, pero debía de resultarle de lo más agradable, a juzgar por la dulce sonrisa que asomaba a sus labios. Unos diez minutos después, Jane abrió los ojos. Wells la recibió con una sonrisa intrigada.

—¿Dónde has estado, querida? Sonreías como una niña subida a un carrusel.

—Oh, he contactado con una gemela joven que estaba empezando a enamorarse de su profesor de biología. —Sonrió evocadoramente al recordarlo—. Como en otros muchos mundos, también en este tenían la costumbre de caminar juntos hasta la estación de Charing Cross para tomar sus respectivos trenes. Pero si la mayoría de tus gemelos aprovechaban el trayecto para conquistar a las mías con su brillante charla, este Wells ha resultado ser mucho más... atrevido. Al pasar junto a un parque cerrado, nos hemos colado dentro y allí, ocultos tras unos setos y bajo la luz de la luna... Oh, Bertie, ha sido maravilloso... —Reparó en que su marido la contemplaba lleno de estupefacción, y decidió que era mejor no recrearse en el episodio—. ¿Y qué has hecho tú, querido?

—Eh... Bueno, me temo que el Wells con el que yo he contactado no ha sido capaz de semejantes hazañas.

Pero por más que hubieran concluido *El mapa del caos* su trabajo no había terminado. Todo lo contrario, aún les quedaba la parte más difícil: lograr que el libro llegara a las manos de algún Ejecutor. Pero ¿cómo? Aquellos despiadados asesinos no solían pasear por las calles de Londres, oliendo las flores de sus parques o viajando en sus tranvías, ni dejaban ninguna tarjeta de visita con sus señas tras aniquilar a los cronotémicos. Wells y Jane solo podían verlos a través de la mente de aquellos gemelos que estaban siendo perseguidos, y aun así no era posible comunicarse con ellos. Tampoco cabía la posibilidad de que alguno de aquellos asesinos los buscara para matarlos, ya que ellos no eran saltadores; quizá desarrollaran la enfermedad en el futuro, pero también podían no hacerlo. Sin embargo, estaban convencidos de una cosa: en el escenario en el que se encontraban debía de haber como mínimo un Ejecutor inmerso en la persecución de algún infectado, o lo habría en algún momento. Y a cualquier Ejecutor le llamaría forzosamente la atención un libro titulado *El mapa del caos*, sobre todo si mostraba en su cubierta la misma estrella de ocho flechas que adornaba la empuñadura de su bastón. Solo tenían que conseguir, por tanto, que aquel libro se hiciera lo suficientemente famoso como para aparecer en todos los escaparates y periódicos de Inglaterra durante el mayor tiempo posible. Sí, tenían que conseguir que se hiciera tan popular como la *Alicia en el País de las Maravillas* de Dodgson o como las novelas de su propio doble, o, mejor aún, como las aventuras de aquel detective sabelotodo llamado Sherlock Holmes.

Pero ningún editor quería publicar *El mapa del caos*, aquel intrincado tratado matemático imposible de comprender, por mucho que contuviera la clave de la salvación del mundo. Tras dos semanas pateándose todas las editoriales de Londres, se dieron por vencidos. Wells tuvo que conformarse con encuadernar su despreciado manuscrito en una lujosa pasta de piel y con estampar en su cubierta una estrella del caos plateada. Había invertido un año de su vida en la absurda tarea de escribir un libro indescifrable, un mapa que solo tendría sentido si unos ojos no humanos se posaban en sus páginas, lo cual parecía harto improbable.

Una vez en casa, colocaron la única copia de *El mapa del caos* sobre la mesa y se sentaron en sus sillones para intentar encontrar juntos otro modo de hacerla llegar a un Ejecutor. Pero el problema parecía irresoluble.

—Quizá deberíamos cambiar la dirección de la búsqueda —sugirió Jane tras unos instantes de reflexión.

—¿Qué quieres decir? —preguntó su marido.

—Que en vez de buscar a un Ejecutor para darle el libro, deberíamos dejar que fueran ellos los que lo encontraran. Podríamos buscar a un gemelo nuestro, uno que se hubiera convertido en destructor, y entregarle el libro a él, a la espera de que un Ejecutor lo encontrara.

Wells la miró con sorpresa.

—¿Te refieres a... encomendarle nuestra misión a un gemelo infectado?

Jane asintió, aunque tampoco parecía muy convencida.

—Sí, podríamos hacerlo... —contestó Wells meditabundo—. Pero tendría que ser un cronotémico lo suficientemente activo para atraer a los Ejecutores, uno que no hubiese comenzado todavía su deterioro mental y molecular y que, además, fuera lo bastante joven y sano como para que, así, cuando comenzaran los primeros síntomas de degeneración, pudiera legar su misión a otro gemelo. En resumen: tendríamos que buscar al Gemelo Perfecto. Solo a él o a ella podríamos entregarle el libro sin miedo.

El Gemelo Perfecto. De acuerdo, pero ¿cómo encontrarlo? Podían localizarlo mentalmente en otros universos sin moverse del sillón, claro, pero eso de nada iba a servirles porque no podrían comunicarse con él. Y si, por un casual, ese gemelo saltaba al mundo donde ellos se hallaban, le perderían el rastro nada más llegar, pues no podían infiltrarse en la mente de ningún doble que pisara el mismo escenario que ellos. Así que tendrían que buscarlo por todo Londres, pues dudaban que el pobre infeliz esperara sin moverse en el sitio donde hubiera aparecido hasta que ellos llegaran. Y eso suponiendo que cayera en el mismo lugar del que había partido, pues siempre cabía la posibilidad de que fuera succionado por alguna Coordenada Maelstrom y regurgitado en el Himalaya, el desierto del Sahara o cualquier punto del planeta igual de remoto...

—¡Las Coordenadas Maelstrom! —exclamaron al unísono, cuando ambos recibieron al mismo tiempo la luz del Conocimiento Supremo.

¿Cómo no se les había ocurrido antes? No tenían que dedicar sus días a deambular a ciegas por la ciudad. Bastaba con esperar frente a uno de aquellos remolinos hasta que un gemelo cronotémico fuera arrojado a su mundo, y con cruzar los dedos para que se tratara del Gemelo Perfecto. Entonces le entregarían el libro, explicándole que allí se encontraba la clave de su salvación y la del universo entero. Esperaban convencerlo sin demasiados problemas. Después de todo, se suponía que a nadie conocían mejor que a sus propios dobles. Sería como convencerse a sí mismos, o al menos confiaban en que así fuera. De todos modos, ya se preocuparían de eso luego. Lo primero era traer a uno de sus gemelos del más allá.

—Me temo, querida mía, que tendremos que convertirnos en adeptos al espiritismo —dijo Wells.

Y ambos sonrieron, recordando la piedad con la que habían mirado a quienes acudían a las sesiones espiritistas para hablar con sus familiares muertos.

Durante el año siguiente, Wells y Jane visitaron a todos los médiums que en aquel momento ejercían en Inglaterra o incluían la isla en sus giras europeas. Asistieron a las sesiones de C. H. Foster, de Madame d'Esperance, de William Eglinton o del reverendo Stanton Moses, entre otros muchos, y en gabinetes sumidos en una penumbra rojiza, juntaron los dedos con los de su vecino de mesa mientras el médium de turno levitaba sobre sus cabezas, sujeto por ganchos disimulados bajo la túnica, o invocaba a algún ectoplasma confeccionado con un velo de gasa pintado. También visitaron la rectoría de Borley, el palacio de Hampton Court, el número 50 de Berkeley Square y otros muchos lugares supuestamente encantados de Inglaterra. A pesar de sus esfuerzos, el saldo que arrojó aquella fatigosa búsqueda resultó de lo más desalentador. Entre tanto farsante les resultó difícil dar con médiums auténticos que guardaran en su interior las Coordenadas Maelstrom, y las pocas veces que localizaron uno, tampoco coincidieron con gemelos suyos, pues los cronotémicos que surgían de sus costados solían ser pobres desdichados medio traslúcidos que, perdida por completo la razón, se limitaban a recitar con patetismo lo que el médium previamente les había ordenado. Solo una vez creyeron reconocer a un posible gemelo de Wells en los rasgos inquietantemente espectrales de un niño de seis o siete años que se materializó en mitad de una sesión, gritándoles que quería volver con su madre. Se les antojó tristemente perdido y mugriento, como un Oliver Twist del multiverso. En la rectoría de Borley también se encontraron con una gemela de Jane, desquiciada y octogenaria, cuyas apariciones habían sido la causa de que las hijas del rector tacharan su hogar de maldito.

Aquellos encuentros estériles eran cuanto habían logrado obtener con su desesperado plan. No resulta extraño, pues, que con el transcurso de los meses empezara a cristalizar en el interior de la pareja la certeza de que aquella estrategia tampoco daría fruto, si bien ninguno de los dos se atrevía a verbalizarlo, para no abatir definitivamente al otro. Sin embargo, una tarde los acontecimientos se precipitaron.

Regresaban a casa tras una sesión con un médium que finalmente se había revelado falso, y, durante el camino, Wells no había dejado de despotricar contra aquella pandilla de escamoteadores que mediante trucos baratos se aprovechaban de las desgracias ajenas.

—¡Y a nosotros nos están haciendo perder un tiempo precioso! —rugió lleno de rabia—. ¡Por no mencionar que están esquilmando nuestra cuenta bancaria!

Jane sentía la misma furia, pero cuando se internaron en la estación de Charing Cross, le pidió a su marido que dejara de vociferar.

—Regresa al estado de calma, Bertie, si no quieres que te llamen la atención por alborotador.

Pero eso solo logró soliviantar más a Wells, que continuó con su cantinela de viejo cascarrabias mientras bajaba las escaleras del recinto. De pronto, se detuvo en mitad de la bajada, pálido y envarado como un muñeco de nieve. Tras unos segundos en los que pugnó desesperadamente por respirar, se llevó al pecho una mano repentinamente crispada y se desplomó sobre los peldaños, en el lugar exacto donde docenas de gemelos suyos de otros mundos se habían derrumbado a causa de la tuberculosis. Pero su diagnóstico era muy diferente: la desesperación, los nervios y la rabia que le causaba aquella frustrante búsqueda habían cuajado en una bola de angustia que le había obstruido los engranajes del corazón.

De haber dispuesto de los medicamentos de su universo de origen, Wells se habría recuperado enseguida, pero allí la medicina se encontraba en pañales y solo le recetaron un preparado de digitalina, una ridícula planta herbácea que brotaba en los acantilados de Asia, y varias semanas de reposo. Postrado en la cama de su habitación, humillado por aquella ciencia rudimentaria, Wells se sentía más impotente que nunca. ¿Qué más podían hacer? Habían encontrado la solución al problema, pero la solución no bastaba para expiar sus pecados.

Jane, por su parte, se había olvidado momentáneamente del destino del universo; le preocupaba más el rumbo que había tomado el de su marido. Al verlo derrumbarse en plena calle, se había temido lo peor, y luego se había entregado a velarlo con el mismo cariño de siempre, infinitamente agradecida de que su marido hubiese resistido aquella primera arremetida de la muerte. Le colocaba paños de vinagre sobre la frente, y algunas tardes, sentada a su lado en una butaca, le leía novelas de aventuras escritas por autores de su universo adoptivo, como Stevenson, Swift o Verne, que en aquel mundo inventaba artilugios solo con palabras. Y cuando él se dormía, ella se abandonaba al fin a un llanto silencioso. Sabía que aquella primera acometida había sido un mero tanteo, que su esposo muy pronto recibiría otra estocada, quizá mortal. Y aunque muchas veces había pensado en la muerte, nunca se le había ocurrido que su marido y ella pudieran morir por separado. Todo lo habían hecho siempre juntos y de común acuerdo, ¿por qué cambiar las cosas a esas alturas? Sin embargo, parecía que Bertie planeaba adelantársele en aquella última tarea, y a ella le resultaba inconcebible, incluso vergonzoso, seguir viva en un mundo donde él ya no estuviera. El dolor, pero sobre todo la estupefacción de dejar de ser dos, se le antojaban devastadores. Novios desde siempre, no creía que pudiera vivir con aquella mutilación en el alma. Pero si eso ocurría, tendría que hacerlo, porque entonces sería ella, la esposa frágil y rota, lo único que se interpondría entre el universo y su destrucción.

Por suerte, Wells parecía recuperarse a medida que pasaban los días. Cada vez tosía menos e incluso las mejillas habían recuperado un poco el color. Aunque con alfileres, seguía prendido a la vida. Una tarde, ya más recuperado, llamó a Jane. Su mujer entró en aquel cuarto que olía a vejez, medicinas y muerte aplazada, y se sentó junto a él en la butaca. Wells intentó hablar, pero empezó a toser escalonadamente, como si entonara la escala musical. Jane le cogió una mano y esperó a que acabara el ataque, contemplándole con aquel cariño que el tiempo había redondeado, como hacen los arroyos con los guijarros de su lecho. No soportaba su aspecto vulnerable, ver tan expuesto a la muerte a aquel hombre con el que había compartido su vida, que la había amado a la manera racional que imponía la Iglesia del Conocimiento y a la manera desquiciada que le imponían las pasiones del corazón, y que había sido el encargado de ofrecerle la felicidad que el mundo había reservado para ella.

—He estado pensando, querida —le oyó decir cuando se repuso, con una vocecita aflautada, casi de niño—, y creo que deberíamos dejar de acudir a las sesiones de espiritismo. No van a conducirnos a ninguna parte.

Aquello asombró a Jane. Había imaginado que cuando su marido se recuperase continuarían con su búsqueda, por mucho que les disgustara a ambos, incapaces de sustraerse a aquella responsabilidad que habían asumido.

—¿Y qué otra cosa podemos hacer? —le preguntó, sabiendo que rendirse no era una opción.

Wells tomó aire antes de responder:

—Creo que lo único que nos queda por hacer es entregarles el libro... *a ellos*.

—*¿A ellos?* Pero, Bertie, habíamos decidido no involucrarlos en esto, dejarles vivir su vida, ¿recuerdas?

—Claro que lo recuerdo, querida. Pero me temo que no tenemos elección. Míranos, no nos queda mucho tiempo. Tú y yo... —dudó sobre qué palabra emplear— desapareceremos pronto, y si para entonces no hemos entregado el libro a un Ejecutor, o al menos hemos encomendado a alguien esa misión, lo habremos escrito para nada. Y el universo entero morirá sin ni siquiera saber que tenía una mínima posibilidad de salvarse.

—Aun así, Bertie, no creo que debamos depositar esa terrible carga sobre sus hombros. —Jane titubeó—. Son jóvenes, arruinaremos su...

—¿Su vida? —la interrumpió Wells con tristeza—. ¿Qué vida? Si no hacemos nada, ningún muchacho de este multiverso llegará a ser un anciano decrépito como yo.

Jane asintió, y se sonrieron con amargura. Entonces apoyó la cabeza en el pecho de su marido y se dejó acunar por los latidos de su corazón, lentos y voluntariosos. Era la música de un tambor cansado, y ella no quería seguir bailando si alguna vez cesaba. Un rato después, oyó la voz de Wells:

—¿Nunca te has preguntado el motivo de esa sensación tan acuciante que nos impulsó a mudarnos desde Oxford para estar cerca de ellos cuando nacieran?, ¿de esa inexplicable certeza que nos susurraba que debíamos formar parte de su vida?

—Todos los días —admitió ella.

—¿Y a qué conclusión has llegado?

Jane suspiró.

—Creo que nuestro instinto observador quería avisarnos de que tarde o temprano ellos serían quienes heredarían nuestra misión —respondió con resignación.

—Es la misma conclusión a la que yo he llegado, querida.

No añadieron nada más. Se limitaron a permanecer en silencio, abrazados con las que —sabían— eran sus últimas fuerzas, sintiéndose más náufragos que nunca mientras el cielo se oscurecía tras los ventanales.

XXIX

Una ventosa tarde de finales de febrero de 1900, cuando Wells se sintió lo suficientemente recuperado para caminar sin marearse, la pareja acudió a Arnold House con la intención de entregar el libro a sus gemelos de aquel mundo. Jane lo llevaba en un pequeño bolsito de seda bordada, que apretaba contra su pecho con una mano mientras con la otra se sujetaba la capa para que el viento no se la arrebatara. Plantados ante la gran verja de entrada, tocaron la campanita varias veces, pero nadie acudió a abrirles. Aplastándose el sombrero contra el cráneo, Wells lanzó una maldición. El viaje en carruaje hasta allí les había molido los huesos, ¿y todo para nada? ¿Dónde estaban sus gemelos? La nota que les habían enviado dejaba muy claro la hora de su visita. Estaban a punto de volverse por donde habían venido cuando vieron llegar el carruaje de la pareja.

—¡Profesor Lansbury, señora Lansbury, les ruego que disculpen nuestra tardanza! —exclamó el joven Wells al apearse del coche y descubrirlos en la entrada, sujetándose los sombreros y las capas.

Las dos parejas se saludaron efusivamente, pues llevaban sin verse desde que el joven matrimonio Wells se había mudado a Sandgate en busca de un aire más revitalizante para sus pulmones.

—Lamento muchísimo el retraso. La excursión a Dartmoor que teníamos fijada para hoy se ha alargado un poco más de lo previsto, pues de regreso hemos tenido un pequeño susto —explicó el gemelo de Wells—. Nuestro amigo, el millonario Gilmore, y su prometida han estado a punto de sufrir un accidente al salirse de la carretera el Mercedes en el que viajaban, uno de esos automóviles modernos... Por fortuna, Gilmore consiguió dominar ese cacharro del demonio.

—Cuánto me alegro —comentó un poco espantada Jane.

Le pidieron al cochero que los había llevado hasta allí que aguardara, con la vaga promesa de una taza de caldo, y los cuatro se internaron por el jardín que conducía hacia la casa. Durante el recorrido, Wells reparó en que su gemelo le estudiaba de soslayo, y recordó cuánto le había costado trabar amistad con él en sus tiempos de profesor, pues siempre que le dirigía la palabra parecía encogerse sobre sí mismo, como si le hubiera asaltado un repentino dolor de estómago, y, tras cruzar un par de frases para no mostrarse descortés, alegaba tener algún asunto urgente y acababa huyendo de su lado. Tal vez el pobre muchacho sufriera los efectos de hallarse ante sí mismo. Por suerte, con el tiempo, la inevitable afinidad que existía entre ambos había cristalizado en un afecto que había mitigado cualquier aprensión que sintiera el joven hacia su extravagante profesor. Y ahora aquel doble suyo le observaba a hurtadillas, tratando de disimular la piedad que le inspiraba su vacilante caminar. Era evidente que le asombraban los aparatosos estragos que los últimos seis años habían causado en su cuerpo. Pero qué quería. Él también envejecería. En su rostro florecerían exactamente aquellas arrugas que ahora miraba con lástima y su altanera espalda se encorvaría del mismo modo. Y como todos, cuando cayera el telón abandonaría el escenario, ya fuera entre abucheos o aplausos.

Tras entrar en la casa, la gemela de Jane se refugió en la cocina para preparar el té, y su marido los guio al saloncito. Allí los invitó a tomar asiento alrededor de la mesa mientras él encendía la chimenea. Cuando llegó con el té, Jane empezó a servirlo con unos movimientos diligentes que inundaron a la anciana de melancolía. ¿Cuánto hacía que ella no mostraba en sus quehaceres aquel brío tan familiar? De pronto, un golpe atronador interrumpió sus reflexiones. Todos dieron un respingo.

—Qué raro, ¿no habías arreglado la ventana del desván, Bertie? —preguntó Jane, observando con suspicacia el techo.

—Así es, querida. Ayer mismo. Pero se ve que soy más ducho escribiendo novelas que arreglando ventanas —bromeó, pero como nadie le rio la gracia, enseguida preguntó—: Eh... Y bien, profesor, ¿cuál es ese asunto tan urgente que les ha traído hasta aquí esta desapacible tarde?

Wells cruzó una significativa mirada con su mujer y luego se aclaró la garganta. Había llegado el momento de demoler la tranquila existencia de sus gemelos.

—Bueno, se trata de algo que desearíamos no tener que contaros, porque somos conscientes de que lo que vamos a revelaros cambiará vuestra vida para siempre. Y me temo que no para bien —anunció con voz grave—. Pero desgraciadamente no tenemos elección.

—He de reconocer que sabe cómo llamar la atención de su audiencia, profesor —comentó divertido el joven Wells—. Habría sido un gran novelista.

El anciano le agradeció el cumplido con una mueca de amargura, y a continuación le propinó un sorbo a su taza, tratando de ganar un poco de tiempo. Desde que decidieron realizar aquella visita, no había dejado de darle vueltas al mejor modo de empezar su historia, y había concluido que ante todo debía decirles quiénes eran, porque si no le creían, sería inútil continuar con las explicaciones. Así pues, se irguió al máximo en el asiento y les mostró su mejor perfil.

—Mírame, George, y tú también, Jane. Miradme detenidamente. Mirad debajo de todas estas arrugas y de mi barba. Mirad sobre todo mis ojos, leed en ellos. Y no descartéis ninguna posibilidad.

Sorprendidos ante aquella petición, la pareja se inclinó sobre la mesa y estudió el rostro del anciano con detenimiento, entornando exageradamente los ojos, como un orfebre que examina un diamante. Al cabo de varios segundos, el gemelo perdió la paciencia.

—¿A dónde quiere llegar, profesor? —inquirió con una sonrisa burlona.

Decepcionado ante las escasas dotes de observación de su doble, Wells sacudió la cabeza y se concentró en la muchacha.

—¿Qué ves, Jane? ¿Cómo me imaginarías con treinta y cuatro años? —le preguntó, aludiendo a la edad que su gemelo tenía en aquel momento.

La muchacha adoptó una expresión de seriedad y trató de llevar a cabo el ejercicio de imaginación que le pedía el anciano: cepilló de arrugas su rostro, le afeitó la barba, le tapizó con pelo las entradas de la frente y sustituyó su mirada cansada por la de un joven lleno de fe en la vida. El resultado le hizo fruncir el ceño. Al ver su expresión, el anciano sonrió con dulzura.

—Sí, Jane —le dijo—, no te resistas a escuchar lo que tu mente intenta decirte. Es justamente lo que estás pensando.

—¡Pero lo que estoy pensado es absurdo! —exclamó al borde de la hilaridad.

—No lo es, mi querida muchacha —la contradijo el profesor—. Es exactamente eso.

—Pero ¿qué es absurdo? ¿Y qué demonios has pensado, Jane? —preguntó su gemelo sin comprender.

—Henry Lansbury es un nombre falso —reveló entonces Wells, observando al joven con gravedad—. Mi verdadero nombre es Herbert George Wells. Y soy tú, aunque con algunos años más, como puedes ver. —Señaló a su esposa—. Y ella no es la señora Lansbury. Es Amy Catherine Robbins. Mi mujer, y la tuya. Porque somos vosotros.

La pareja intercambió una mirada de perplejidad y luego volvió a examinar a los ancianos que, cogidos de la mano, parecían posar para un retrato. Unos segundos después, la muchacha balbució:

—Dios santo... ¡Pero es imposible!

—No si creéis lo que voy a contaros —dijo Wells.

Y con voz tranquila, consciente del delirio que supondría a sus gemelos todo aquello, empezó a relatarles su historia, una historia que ustedes ya conocen de sobra. Les habló de su mundo de origen, el cual describió con breves pinceladas, de la inevitable extinción del universo, de cómo habían llegado a aquel mundo en 1858 a través de un agujero mágico, de los años que habían pasado en Oxford junto a Dodgson, de la desaparición del perro y de la propagación del virus que había viajado en su sangre, de su don observador, del exterminio de los cronotémicos y del motivo por el que habían escrito *El mapa del caos*, el libro que contenía la clave de la salvación de aquel mundo y de todos los que pudieran imaginar. Los gemelos le escuchaban sin interrumpirle, oscilando entre la estupefacción y el pavor. Cuando Wells terminó, un silencio espeso se asentó en el saloncito. Al rato, tras carraspear ruidosamente, el joven Wells dijo:

—¡Santo Dios...! Los cronotémicos, los Ejecutores,

los mundos paralelos... Parece una de mis novelas de fantasía.

—Ojalá lo fuera. —Wells suspiró—. Pero cuanto te he contado es real, George, te lo aseguro.

El gemelo miró a su esposa, se mordió los labios y volvió a hablar:

—No se ofenda, profesor, pero nos está pidiendo que creamos en un montón de cosas imposibles basándose en la única prueba del... ligero parecido físico que existe entre nosotros.

Wells suspiró decepcionado, a pesar de que ya sabía que no iba a resultarle fácil convencerlos, en especial a su gemelo, quien, como no podía ser de otro modo, era tan testarudo como él. Estaba a punto de responder cuando una voz cargada de maldad sonó a sus espaldas:

—¿Y qué os parecería un auténtico cronotémico como prueba?

Alarmados, los cuatro se volvieron hacia la entrada del salón, de donde provenía la voz. Y lo que allí vieron les hizo levantarse de sus sillas de un salto. Junto a la puerta del saloncito, observándolos con una sonrisa maliciosa, había un hombre transparente. Vestía un sencillo traje oscuro y poseía una complexión atlética, pero lo más inquietante era que a través de la gasa de su carne apreciaban todo lo que había a su espalda: la puerta, el pasillo en penumbra, los cuadros de las paredes... Con una mueca burlona, el extraño se dejó admirar unos segundos, y luego caminó hacia ellos con los andares elásticos y arrogantes con que un depredador se acercaría a su presa. Wells y Jane lo reconocieron de inmediato y se tomaron inconscientemente de la mano. Cuando la aparición llegó hasta el grupo, todos repararon con pavor en la extraña pistola que empuñaba: el cuerpo era metálico y la culata de madera, y aunque el cañón se veía demasiado fino en comparación con el resto, no dejaba de ser un arma que despachaba muerte.

—¿Quién demonios es usted y qué hace en mi casa? —inquirió el joven Wells, procurando que no le temblara la voz.

La criatura chasqueó la lengua, manifestando su desilusión.

—Mi querido George, en cualquier otra ocasión, cansado de oír siempre el mismo saludo por tu parte, te habría dicho: «¿Tanto te cuesta recordarme? Me llamo Marcus Rhys, y he venido a matarte, como siempre» —le reprochó en tono de disgusto. El joven palideció—. Sin embargo, ahora comprendo por qué nunca me recuerdas. Ahora lo comprendo *todo*. —Sonrió con ferocidad a su sobrecogida audiencia. Luego, dirigiéndose al anciano, añadió—: Así que, si no le he entendido mal, profesor, no soy un *Homo temporis*, sino solo un desdichado, infectado por un virus que usted mismo diseñó en otro universo. Por lo tanto, sería más apropiado que dijera: «Me llamo Marcus Rhys, y he venido a matarte, como a muchos de tus gemelos en otros mundos», ¿no es cierto, profesor?

El Wells Observador no dijo nada. Era evidente que Rhys había escuchado toda la conversación oculto tras la puerta —recordó el ruido de la ventana y dedujo que debía de llevar un buen rato allí—, y ahora sabía cuanto había que saber sobre su propia naturaleza y la del universo. Con todo, no parecía que esa información hubiera cambiado lo más mínimo sus malvadas intenciones. La criatura se había colocado estratégicamente ante la mesa, arrinconándolos contra la pared del fondo, y mientras los apuntaba con aquella extraña pistola, paseó una mirada demente por el paralizado grupo, hasta detenerla en la gemela de Jane, que era quien desafortunadamente se encontraba más cerca de él.

—Me alegro de haber traído conmigo la Walther semiautomática que conseguí en mi último viaje —declaró de pronto, alzando el arma con orgullo, y provocando que todos pegaran un respingo—. Es la pistola estándar que la Wehrmacht utilizó en la Segunda Guerra Mundial, un arma bastante rudimentaria en comparación con mi rifle de rayos calóricos, aunque ese lo perdí luchando contra un *Tyrannosaurus rex*. De todos modos, y a pesar de que nada me gustaría más que arrebatarte la vida con mis propias manos, George, tendré que usarla, pues parece que esta tarde tengo más trabajo del habitual. Porque me temo que tendré que matarles a todos... —se disculpó con fingido apuro— después de destruir ese libro que usted ha escrito, profesor, y que puede arrebatarme mi don.

—Lo que usted tiene no es ningún don, señor Rhys. Solo es una terrible enfermedad —replicó el anciano, intentando que su voz sonara lo más persuasiva y calmada posible—. Y si no le ponemos remedio, acabará destruyéndole, como a todos los cronotémicos. Antes o después, sus moléculas se esparcirán en el vacío sin dejar rastro, si es que el universo no explota antes.

—Entiendo —dijo Rhys con un punto de melancolía. Dedicó unos instantes a reflexionar sobre el asunto, y luego añadió—: Pero ¿sabe una cosa, profesor? No le creo. ¿Destruirme? Al contrario... Tal vez a otros infelices les suceda eso, pero a mí no. A mí su virus me ha hecho inmortal... Me ha convertido en una especie de dios que está más allá de la existencia de cualquier universo. No me importa si soy una especie superior o un vulgar enfermo. Sea lo que sea, quiero seguir siéndolo. ¡Mi poder es maravilloso! Y ahora que lo comprendo plenamente, y que gracias a usted he descubierto que vivimos en un multiverso donde todo es posible, imagine las cosas que podría hacer. ¡Podría seducir a madame Bovary, beberme la pócima del doctor Jekyll, hundir el arca de Noé con un misil...! Estoy seguro de que sería capaz de llegar a los mundos más lejanos y fantásticos... Tal vez incluso saltar a multiversos vecinos antes de que este estalle... Y muy pronto seré la criatura más poderosa de la creación. ¡Seré la Muerte Invisible! ¡El dios del caos! ¡Y no pienso permitir que ningún estúpido libro me lo impida! —concluyó con un alarido brutal, salvaje.

Durante unos segundos, el Villano permaneció jadeando ruidosamente, con la mirada perdida, tal vez extraviada en los tenebrosos pasadizos de su propia locura. De pronto, volvió a fijarla en el anciano.

—Deme el libro, profesor —le ordenó con sorprendente tranquilidad—, para que pueda arrojarlo a la chimenea como si nunca hubiese existido.

Wells negó con la cabeza, apretando con fuerza la mano de Jane. No pensaba entregarle el libro. Contenía la clave de la salvación del universo y además... era el trabajo de un año entero.

—¿No? —dijo Rhys, teatralmente decepcionado—. Estoy seguro de que puedo hacerle cambiar de opinión.

Y con un movimiento increíblemente rápido, tomó a la gemela de Jane por el cabello, le aplastó la cabeza contra la mesa y le colocó el cañón de la pistola en la sien. Su gemelo hizo amago de intervenir, pero la amenazadora sonrisa de la criatura lo disuadió, y el joven se limitó a contemplar la escena tan impotente como la pareja de ancianos.

—No hagas tonterías, George: los dos sabemos que no eres ningún héroe. Mejor ayúdame a convencer a tu viejo profesor. Dile que me entregue el maldito libro o la mataré.

El joven obedeció de inmediato. Se volvió hacia el anciano y le suplicó:

—¡Déselo, profesor, por el amor de Dios!

Wells lo miró con infinita lástima. Aquello no le salvaría la vida, ni a la muchacha ni a ninguno de ellos. Haciendo honor a su apodo, el Villano los mataría y luego quemaría el libro, o quemaría el libro y luego los mataría, el orden era lo de menos. Él lo sabía mejor que nadie.

—Ese libro es lo más valioso que existe ahora en este mundo. ¿De verdad me cree tan idiota como para llevarlo encima? —improvisó, dirigiéndose a la criatura.

—Pues lléveme hasta donde demonios se encuentre, antes de que pierda la paciencia. Quizá a todos nos venga bien tomar un poco el aire —masculló el Villano, siseando como una serpiente a punto de morder a su presa.

Wells miró a la gemela de Jane, que permanecía con el rostro brutalmente aplastado contra la mesa bajo la mano traslúcida de la criatura, e intentó ganar tiempo:

—Señor Rhys, escúcheme, podemos llegar a un acuerdo. Si deja que el universo se salve, le prometo que hallaré el modo de que el virus permanezca en su organismo. Después de todo, fui yo quien lo sintetizó. De ese modo, usted sería la única persona del multiverso con el poder de...

El Villano estiró su brazo armado en dirección al joven Wells, que sin saber cómo se encontró frente al cañón de la pistola, y apretó el gatillo sin ni siquiera mirarlo. El gemelo se desplomó sobre el suelo con la cabeza destrozada. Rhys sonrió y liberó entonces a la muchacha, quien, medio aturdida por lo que acababa de suceder, se arrodilló y tomó el desmadejado cadáver de su amado entre sus brazos. Por suerte, la pareja anciana no pudo ver la trágica estampa que compusieron. Desde donde ellos estaban, solo atisbaban la nuca de la muchacha, que empezó a temblar al compás de sus sollozos. Allí fue donde el Villano apuntó su pistola.

—¿Me toma por idiota, profesor? —dijo con apatía, como si todo aquello empezara a aburrirle—. Esta vez la mataré a ella a menos que me diga dónde está el libro.

Wells apretó la mano de Jane con fuerza mientras balbucía para sí:

—Lo siento, lo siento...

El Villano sacudió la cabeza, visiblemente descontento ante su tozudez, y apretó el gatillo. El ánima de la pistola escupió un destello azulado. No vieron dónde impactó la bala, pero los sollozos de la muchacha se interrumpieron de repente. Rhys contempló los frutos de su maldad sin demasiado interés, y sonrió a la pareja de ancianos.

—Cada vez quedamos menos.

—Maldito hijo de perra —farfulló Wells, sintiendo cómo la rabia le incendiaba la garganta—, espero que pagues por todos tus crímenes.

—Lo dudo mucho, profesor. —La criatura sonrió—. Bien, ha llegado el momento de pinchar donde duele —anunció, y apuntó a la anciana con el arma.

Ver amenazada a Jane bastó para que Wells perdiera todo su aplomo y dejaran de importarle la destrucción del libro y la del propio multiverso. Se dispuso a tomar el bolso de su mujer, pero ella lo apretó contra su pecho. El Villano comprendió.

—Ah, así que es ahí donde lo lleva. Entonces usted ya no me sirve, profesor. —La pistola barrió el aire hasta apuntar a Wells—. Esto es entre su adorable esposa y yo.

Wells observó el arma que lo encañonaba y después miró a Jane. Se le partió el alma al ver cómo el miedo desencajaba su rostro y las lágrimas le humedecían las mejillas. Le ofreció una sonrisa de ternura que los labios de Jane enseguida reflejaron. No necesitaban palabras. Durante los años compartidos habían aprendido a hablarse con los ojos, así que Wells dejó que todo lo que sentía por ella le desbordara las pupilas. Había sido una vida extraña, una aventura digna de ser contada, y le había gustado vivirla junto a ella, la mejor compañera que habría podido tener en el camino hacia el Conocimiento Supremo. «Te amo, te amo de todas las maneras posibles e imposibles de imaginar», le dijo en silencio; y ella le respondió lo mismo... aunque Wells sintió que lo decía desde muy lejos. Observó con atención aquel rostro tan amado, y le pareció que ya no estaba allí, frente a él, sino que era un recuerdo. Reparó entonces en las pupilas de su mujer, veladas por una especie de mareo, y comprendió lo que estaba a punto de pasarle, pues conocía de sobra aquellos síntomas. Al ver la expresión de Jane supo que ella también había comprendido, y con una última sonrisa henchida de orgullo y de ánimo se despidió de ella, deseándole toda la suerte del mundo. Entonces se volvió hacia el Villano, que en ese preciso instante —solo un segundo después de que Wells se volviera hacia su mujer, pues solo un segundo habían necesitado para decirse todo lo que acabo de contarles— apretaba el gatillo. Wells recibió la bala en pleno corazón, allí donde guardaba su amor a Jane, que empezó a derramarse mientras el mundo se oscurecía.

Jane reprimió un gemido cuando el hombre que amaba se derrumbó a sus pies. Agradeció que el vértigo que la embargaba le enturbiara la vista lo suficiente para no ver la expresión de su rostro. No quería que ninguna imagen sustituyera la última mirada que su Bertie le había dedicado, aquella mirada cuyo recuerdo necesitaría para afrontar el oscuro destino que se cernía sobre ella. Alzó la cabeza y enfrentó la pistola del Villano. Con todas sus fuerzas, apretó el bolso contra su pecho para no perderlo durante el salto. El gesto pareció divertir a Rhys: estaba convencido de que no le supondría ningún esfuerzo arrancarlo de sus manitas muertas.

—Adiós, Marcus —se despidió la anciana.

—Adiós, señora Lansbury. —El Villano sonrió cortésmente.

Y apretó el gatillo. Pero la bala nunca alcanzó a Jane. Sin nada que la frenara, atravesó el aire y se estrelló contra el cristal de una de las fotografías que colgaban de la pared, justo la que se encontraba a la altura del corazón de la anciana. Al recibir el impacto de la bala, el cristal se resquebrajó, y ya no resultó tan fácil ver a Wells y a su esposa subidos a aquella barquita, él remando sonriente y ella sentada a su espalda, mirándole con infinito afecto, como si el mundo no fuera más que lo que podían ver y tocar, y tuvieran toda la vida para disfrutarlo juntos, siempre juntos.

El Ejecutor 2087V acabó de leer y dejó los papeles sobre la mesa. Permaneció inmóvil, y su hierática figura, que había sido modelada con la primera oscuridad que envolvió el mundo, se hizo una con las sombras.

Al poco, oyó cómo una llave hurgaba con torpeza en la cerradura de la puerta de entrada, pero no se movió. Se limitó a seguir los movimientos de su víctima con sus sensores auditivos: la oyó abrir la puerta, encender el candil que estaba junto a la entrada, dirigirse despacio hacia la cocina, abrir la despensa y guardar su exigua compra, y finalmente le llegó el canturreo de sus débiles pasos subiendo la escalera que conducía a la planta superior, donde se encontraba el dormitorio y el pequeño gabinete, con la muerte dentro. Después de remontar la escalera, los pasos se dirigieron hacia el dormitorio, pero de repente se detuvieron. El Ejecutor comprendió que el latente acababa de reparar en la puerta entornada del gabinete. Hubo unos segundos de silencio, en los que el despiadado asesino percibió en sus circuitos el miedo de su víctima. ¿Había cerrado la puerta de su despacho o la había dejado así?, estaría pensando, paralizada en mitad del pasillo. Entonces oyó de nuevo sus pasos, más lentos si cabe, acercándose con cautela hacia donde él se hallaba, disuelto en la negrura. Una línea de claridad se filtró en el gabinete cuando su víctima se detuvo ante la entrada. Pese a que fue un sonido casi inaudible, el Ejecutor oyó que apoyaba una mano en la puerta y la empujaba despacio, permitiendo que el resplandor del candil esculpiera uno a uno, casi por orden alfabético, los muebles del gabinete, incluida la enorme silueta que la esperaba sentada en la silla. El Ejecutor se levantó entonces, alto y oscuro como un arcángel de la muerte, y víctima y verdugo se miraron durante unos segundos, reconociéndose. El Ejecutor acarició su bastón casi imperceptiblemente cuando la señora Lansbury dijo:

—Ya que ha entrado en mi casa de esta forma, espero que al menos tenga la amabilidad de tomar una taza de té conmigo antes de matarme.

XXX

—Eh..., ¿lo tomará con leche?

El Ejecutor y la señora Lansbury estaban sentados junto a la pequeña mesa de la cocina, alumbrados únicamente por la vacilante luz de un candil. Sobre la mesa reposaban una tetera descascarillada, dos tazas humeantes y la delicada jarrita de porcelana que, con mano temblorosa, la anciana acababa de levantar.

Los labios del Ejecutor 2087V apenas temblaron.

—¿Sentiré más placer?

—Oh..., bueno, creo que sobre eso existen diferentes opiniones. Yo prefiero tomarlo solo, pero desgraciadamente este brebaje barato, el único que puedo permitirme, es bastante malo, y tampoco tengo ninguna pasta que ofrecerle como acompañamiento, así que le aconsejo tomarlo con un poco de leche.

Siguió un silencio. Después otro.

—De acuerdo. —Los ojos del Ejecutor enfocaron a la diminuta anciana, y algo correteó fugazmente tras sus pupilas, logrando que por unos instantes resultaran menos aterradoras—. Muchas gracias, señora Lansbury... ¿O debería llamarla señora Wells?

La anciana sonrió.

—Llámeme Jane. Y supongo que el hecho de que, a estas alturas, todavía siga con vida, se debe a que usted es el Ejecutor... 2087V.

El aire que envolvía al asesino asintió imperceptiblemente. Jane también asintió, y tras verter una ligera nube de leche en la humeante taza del Ejecutor, se sirvió ella misma. Sus movimientos eran rápidos y enérgicos, aunque sus manos temblaban a causa de la decrepitud, que la envolvía como un denso aroma a incienso, sin llegar a poseerla del todo. Cerró los ojos y dio un pequeño sorbo a su taza. Sentir el líquido caliente quemándole los labios y perfilándole la garganta la reanimó. Estaba viva, se dijo, seguía viva... Lo había conseguido, después de todo. Su anciano y desvencijado cuerpo había resistido las acometidas de los años, la carcoma de la soledad, y ahora estaba protagonizando al fin el encuentro que su marido y ella ansiaran durante tanto tiempo. Solo había sufrido dos saltos, pero al parecer alguna divinidad había escuchado sus plegarias, porque su grado de cronotemia había resultado suficiente para atraer a uno de aquellos despiadados asesinos. Y no a uno cualquiera, sino al que abrió la mente a su marido, aquel al que su espantoso trabajo lo anegaba de culpa. El Ejecutor perfecto para entregarle *El mapa del caos* y encomendarle la salvación del mundo. Si no fuera, claro, porque ella ya no lo tenía... Tras maldecir para sus adentros, Jane suspiró y, devolviendo la taza al platito, abrió los ojos para descubrir que el Ejecutor estaba observándola fijamente. Y pese a la inmensa tristeza que la asolaba, pensó que su antiguo mundo había creado una de las muertes más hermosas que pudiera imaginarse. Observó con científica curiosidad las pálidas manos de aquel prodigio, que reposaban inertes sobre la mesa como dos pájaros mitológicos que algún cazador hubiera abandonado allí, y luego miró su rostro, cuyos rasgos parecían haber sido moldeados mezclando la tierna luz del amanecer con la oscuridad ancestral de la madrugada. ¡Hágase Newton!, pensó, extasiada. ¡Y nosotros nos maravillábamos con los autómatas de las Empresas Prometeo...!

—¿Puede beber y comer? —le preguntó con interés, señalándole la taza que le había ofrecido, aún intacta.

El Ejecutor sonrió, aunque sería más exacto decir que su boca se curvó como el cuello de un cisne al morir.

—No lo necesito, pero puedo hacerlo.

La anciana tendió sus dedos temblorosos hacia una de las manos del asesino y la acarició suavemente, maravillada como una niña.

—Oh, es cálida... Creo que no podría diferenciarla de la piel auténtica...

—Es *piel* —le informó el Ejecutor—. La mayor parte de mi organismo está formado por biocélulas sintéticas.

—Pero entonces..., ¿qué es usted?

—Soy un organismo cibernético. Me crearon los mejores ingenieros biorrobóticos del Otro Lado. —Hizo una pausa—. Hubo un tiempo en el que sentía orgullo al decir eso... Ahora ya no.

—Pues debería intentar sentirlo de nuevo —le recomendó Jane mirándole a los ojos—. Usted es... una obra maravillosa. ¡Habría dado cualquier cosa por que en mi época hubiese existido una tecnología capaz de crear algo como usted! Además, el orgullo es bueno. Mantiene a raya la culpa y la desesperación. Sé de lo que le hablo, créame. A veces, cuando lo has perdido todo, solo te queda el orgullo... —La voz de la anciana se quebró como una ramita seca. Se llevó una de sus arrugadas manos a los labios y parpadeó varias veces hasta que recuperó el dominio de sí misma—. El día en que mi marido fue... *asesinado* —prosiguió con inusitada rabia—, yo salté a otro mundo, como habrá leído en mi manuscrito... De nuevo era un náufrago en una playa desconocida, pero para entonces era viuda, estaba sola, destrozada por el dolor y perseguida por un asesino enloquecido... Me imagino que lo más fácil habría sido rendirme, suicidarme del modo menos doloroso posible, dejar que la noche eterna del caos cayera sobre el universo sin que eso me importara lo más mínimo... Sin embargo, comprendí que en mis manos no residía solamente el destino de todos los mundos, sino también el de la obra magna por la que mi marido había dado la vida, aquella por la que debería ser recordado. Entonces me prometí a mí misma que un día la humanidad estaría tan orgullosa de H. G. Wells como lo estaba yo. —Dejó escapar un suspiro y sonrió con tristeza al despiadado asesino—. Ya lo ve: fue por orgullo que decidí seguir adelante. A veces, es lo único que te queda.

Durante unos instantes, ambos velaron el nacimiento y la muerte de un nuevo silencio. Entonces Jane cabeceó con aire soñador.

—Ingenieros biorrobóticos... —dijo paladeando aquellas palabras que la remitían al exquisito y lejano placer de la investigación científica—. Me gustaría ver qué habrían hecho ellos en las terribles circunstancias a las que yo me vi abocada...

—¿Y qué hizo usted, Jane?

La anciana le miró con sorpresa. Había creído percibir un interés tan... humano en aquel murmullo metálico, un interés casi infantil...; incluso le pareció que las mejillas del Ejecutor se impregnaban de un leve rubor. O tal vez no. Tal vez aquel ser reflejaba únicamente los sentimientos de sus víctimas. Y *ella era su víctima*, se recordó.

—Oh, usted quiere saber cómo continúa la historia que ha leído, ¿me equivoco? De acuerdo, se la contaré. Tras escapar con el libro seguí con nuestro plan; era la opción más sensata. Es cierto que podía haberme limitado a esperar a que algún Ejecutor me rastreara, pues de pronto era una cronotémica activa, pero debía tener en cuenta que solo había saltado una vez, y había demasiado en juego para que todo dependiera de un nuevo salto, así que pensé que no perdía nada si continuaba probando con el espiritismo. Al menos hasta que se me ocurriera algo mejor. No me extenderé mucho contándole cómo logré sobrevivir en el nuevo mundo al que llegué, solo le diré que no me fue mal del todo; en menos de un año había conseguido amasar una pequeña fortuna gracias a un invento que revolucionó las casas más pudientes de la City: el Sirviente Mecánico. Era una bagatela más ingeniosa que científicamente innovadora, con la que intenté no llamar demasiado la atención, pues no se me olvidaba que el Villano seguía mis pasos. Aun así, me convirtió de un día para otro en la viuda más rica y misteriosa de todo Londres... —Jane sonrió al evocar aquellos días, pero algo en el rostro del Ejecutor, quizá una ligerísima sombra de impaciencia, la obligó a continuar—. Bueno, tal vez le cuente esa sorprendente historia en otra ocasión. Lo que de verdad importa para este relato es que ese dinero me permitió asistir a cientos de sesiones de espiritismo y visitar docenas de casas encantadas durante casi dos años. Por desgracia, nunca me encontré con uno de nuestros gemelos cronotémicos. Una vez tropecé con una Jane vagando por un cementerio, pero se trataba de una infectada terminal, casi transparente y absolutamente enloquecida, que no me servía para nada. Los meses pasaban con rapidez, y yo cada vez me sentía más débil y más cansada. Temía no encontrar a tiempo un gemelo perfecto al que entregar *El mapa del caos*, pero aun así me resistí a acudir a nuestros dobles de aquel mundo... No podía quitarme de la cabeza a la encantadora pareja que ya había muerto por nuestra culpa, y no deseaba echar más muertes sobre mi conciencia... Decidí entonces retomar el plan original y publicar *El mapa del caos*, pero no el que había escrito mi marido, sino el que yo estaba escribiendo, el relato que había comenzado como un regalo para Bertie, y el que contaba con todo lujo de detalles cómo H. G. Wells consiguió salvar al mundo, intentando redimirlo de paso del hecho de que, para salvarlo, antes había tenido que ponerlo en peligro. Lo había comenzado como un simple pasatiempo en el primer mundo en el que naufragué, en el que tuve el placer de pasear en barca con el mismísimo autor de *Alicia en el País de las Maravillas*, pero cuando el Villano asesinó a Bertie, obligándome a saltar, no pude llevármelo conmigo, así que tuve que empezar a escribirlo de nuevo, aunque esta vez mi intención era publicarlo. Si nuestra historia aparecía en los escaparates con la estrella del caos estampada en su cubierta, era probable que algún Ejecutor se tropezara con ella, y tras leerla buscara urgentemente a su autor. Entonces yo podría al fin entregarle *El mapa del caos* verdadero. Por eso escogí un narrador masculino para contar la historia, pues en la atrasada sociedad en la que vivía un libro firmado por una mujer habría resultado mucho más difícil de publicar —aunque esa mujer fuese la inventora del Sirviente Mecánico—, y yo necesitaba que eso sucediera cuanto antes, y en el mayor número de países posible. Incluso pensé firmarlo cuando estuviera finalizado con el seudónimo de Miles Dyson, el biocientífico que había creado el primer prototipo de Ejecutor. Era un plan tan ingenuo como el de acudir a las sesiones de espiritismo en busca del gemelo perfecto, pero no se me ocurrió ninguno mejor. Por desgracia, antes de que alguno de mis planes diera resultado, el Villano volvió a encontrarme. Sucedió el 12 de septiembre de 1888, en el domicilio de la famosa médium conocida como Lady Ámbar. Allí se materializó el malvado Rhys, y me reconoció al instante. Naturalmente, me exigió que le entregara *El mapa del caos*. Luego intentó estrangularme. Gracias a la intervención del valiente agente Cornelius Clayton, de la División Especial de Scotland Yard, conseguí escapar con vida de entre sus garras, pero ya no albergaba ninguna duda sobre lo que tenía que hacer. El Villano me había encontrado. De entre todos los infinitos universos, había dado con aquel en el que me escondía, y no lo abandonaría hasta conseguir arrebatarme lo que creía suyo. Así que en cuanto llegué a mi hogar me pasé casi toda la noche decidiendo qué hacer. ¿Debía involucrar al Wells de aquel mundo o dejarlo al margen de todo aquello? Finalmente, decidí avisarlo, y al rayar el alba desperté a la pobre Doris y la mandé a buscarlo con una nota. Me decidí por Wells porque por aquel entonces mi gemela apenas contaba con dieciséis años. Y le aseguro que fueron las líneas que más me ha costado escribir de toda mi vida. Tuve que repetirlas varias veces, pues en mi nerviosismo no atinaba a encontrar las palabras adecuadas para convencer a un jovencito de veintidós años de que acudiera en plena noche y con la mayor urgencia posible al hogar de una anciana desconocida, por un asunto de vida o muerte... Cuando al fin terminé la nota, la envié con mi fiel sirvienta a Fitzroy Road, donde Wells vivía con su tía. Esperé temblando de angustia, encerrada con llave en mi gabinete, abrazando mi amado libro, lo único que me quedaba de mi Bertie, aunque sabía que no existían puertas ni paredes capaces de detener al Villano...

—Conozco el poder de M —intervino el Ejecutor—. Es un poderoso destructor de grado 6. Ninguno de nosotros ha conseguido cazarle jamás.

Jane asintió con tristeza y prosiguió su relato:

—El Wells de aquel mundo no contestó a mi demanda de auxilio. Y Doris jamás regresó. No sé qué fue de ella, ni sé si la nota llegó a su destinatario... De todos modos, llegara o no, el Villano me encontró antes. Por fortuna, en aquel segundo asalto, el joven Clayton volvía a estar conmigo... El policía del corazón roto se había presentado en mi casa al amanecer, supongo que con la intención de hacerme algunas preguntas sobre los misteriosos sucesos que se habían producido la noche anterior en la mansión de Lady Ámbar... —Jane sonrió casi con ternura—. En cuanto abrí la puerta y vi su rostro pálido y solemne, se me ocurrió que quizá aquel extravagante jovencito era la solución que había estado esperando desde que envié a Doris con la nota. ¿Por qué no?, me dije. Sabía que podía confiar en él, le conocía bien... Si no a él, al menos a uno de sus gemelos: le había visto luchar contra los marcianos, y me había parecido un muchacho honrado y valiente... —Las cejas del Ejecutor insinuaron una elevación irónica que no llegó a concretarse—. ¡Estaba desesperada! —se defendió la anciana airadamente—. Y tampoco tenía ante mi puerta una cola de candidatos para salvar el mundo... Cuando comencé a explicarle la situación, Rhys irrumpió en mi casa. Solo tuve tiempo de entregar al agente *El mapa del caos* y rogarle que lo protegiera con su vida. Clayton se lo guardó en un bolsillo de su abrigo, me pidió que me encerrara por dentro en mi gabinete y salió a enfrentarse con el Villano. Al poco, oí un estruendo en el piso de arriba, después los gritos del monstruo, sus golpes salvajes contra la puerta de mi gabinete y, para acabar, un disparo. Entonces, por segunda vez en mi vida... salté. Gracias a que me encontraba encerrada en mi propio gabinete, pude llevarme el manuscrito de *El mapa del caos*. Sin embargo, como ya sabrá, publicarlo en este mundo tan atrasado era imposible. La imprenta aún no se ha inventado, y no parece muy probable que lo haga en los próximos siglos. Si lo seguí escribiendo fue únicamente para evitar el suicidio. Como se imaginará, mi vida aquí no ha sido precisamente fácil. He tenido que sobrevivir con trabajos duros y precarios que han mermado aún más mi ya delicada salud. En este mundo de candiles y supersticiones, inventar el Sirviente Mecánico se hubiese considerado poco menos que un acto de brujería. Y, por supuesto, nadie celebraba sesiones de espiritismo. Así que, cuando la escritura de *El mapa del caos* llegó al punto en el que ya no podía seguir, pues desconocía el final de la aventura que Bertie y yo habíamos emprendido al atravesar el agujero mágico, decidí escribir dos de las historias que habían vivido nuestros gemelos, y que eran las favoritas de mi marido. Las titulé respectivamente *El mapa del tiempo* y *El mapa del cielo*, y le aseguro que han resultado un auténtico bálsamo para...

—Usted no tiene el libro —la interrumpió el Ejecutor.

El peso de aquella sentencia habría bastado para aplastar un yunque. La anciana lo miró en silencio.

—No, no lo tengo —dijo al fin, mientras una lágrima se deslizaba por su apergaminada mejilla, siguiendo el curso de sus arrugas—. Salté a este universo después de abandonarlo en manos de un desconocido, al que apenas pude explicar el porqué de su importancia ni lo que debía hacer con él... ¡Y le aseguro que desde entonces eso me ha torturado sin descanso! Durante mucho tiempo lloré amargamente y mis noches se poblaron de pesadillas en las que mi marido me reprochaba que no había sabido cuidar de su obra. No ha habido un solo día en el que no haya valorado la opción de acabar con todo, créame. Miles de veces me preguntaba qué sentido tenía continuar... Pero siempre me respondía lo mismo: hasta el segundo anterior al caos, existe una esperanza, por mínima que sea. Tal vez algún día un Ejecutor me encontraría y podría explicarle dónde estaba el libro... Y ahora usted está en mi cocina, tomando un té conmigo.

—Pero no sabe dónde está el libro.

—Claro que lo sé —le replicó la anciana—. Como le he dicho, lo tiene el agente Cornelius Clayton, de la División...

—No. Lo tiene *uno de sus infinitos gemelos* —la corrigió el Ejecutor—. Y necesito saber cuál.

Jane lo contempló con expresión suplicante.

—¿Y cómo quiere que yo lo sepa? Todas las noches

rastreo el multiverso a través de las mentes de mis gemelas en busca del Clayton al que entregué el libro. Pero hasta ahora no he obtenido ningún resultado. Solo sé que aquel joven tenía una mano metálica, que tenía el corazón hecho cenizas, que tenía...

El asesino barrió el aire con un movimiento de mano que Jane solo intuyó; no habría sabido decir si había sido demasiado rápido o demasiado lento.

—Muchos de sus gemelos tendrán esas características —dijo con voz átona—. Pero solo un Clayton tiene el libro. En el caso de que haya cumplido su promesa y siga custodiándolo.

—¡*Tiene* que haberla cumplido! Como le he dicho, es un muchacho honrado y...

—Entonces necesito las coordenadas de su universo para localizarlo. Así funciona mi detector en este multiverso infinito —dijo señalando su bastón—. Calcula coordenadas a partir del rastro de los cronotémicos. Aunque también podría utilizar un mapa matemático como el que escribió su marido. Pero necesito algo. Quizá bastara un detalle de aquel universo. Un detalle único, singular, que lo diferencie del resto de los mundos posibles. Si alguna vez estuve allí, sus coordenadas permanecerán guardadas en el historial de mi detector.

—¿Un detalle único de aquel mundo? —reflexionó la anciana—. ¡Yo soy única! —exclamó de pronto, esperanzada—. Solo hay una Jane Observadora en todo el multiverso, y yo estaba allí...

El Ejecutor negó.

—No me sirve. Es evidente que en aquel mundo usted y yo no nos encontramos... Ha de ser algo que me ayude a identificar aquel universo.

—Hum... —Jane se mordisqueó una uña—. Algo *único*... ¡Espere! ¡Yo inventé el Sirviente Mecánico!, así que ese invento es único y, por tanto, solo existe en ese mundo. Tal vez usted lo vio al entrar en alguna casa para... para hacer su trabajo. —El Ejecutor volvió a negar, y Jane resopló, decepcionada—. De acuerdo... —Siguió pensando—. Veamos..., allí existían unas galletitas deliciosas, las galletitas Kemp. ¡Nunca he probado algo tan exquisito! Esas galletitas no estaban en el primer mundo al que mi marido y yo llegamos, y tampoco están en este, así que..., bueno, tal vez eran unas galletitas únicas de aquel universo. —La anciana reparó en el rostro del Ejecutor. ¿Era sarcasmo lo que reflejaba?—. Oh, disculpe, usted no suele comer, así que no es un detalle demasiado significativo... En fin, lo siento, pero no se me ocurre qué más podría haber que fuera único en aquel mundo... El palacio de Buckingham estaba en el mismo lugar y tenía el mismo aspecto que en otros mundos, el sol salía por el este, el Támesis recorría los mismos lugares, el fuego quemaba si lo tocabas y las notas musicales eran siete... ¡Por las barbas de Kepler! —exclamó desesperada la anciana—. Estamos en un maldito multiverso de mundos paralelos, por si no se ha dado cuenta —increpó rabiosa al Ejecutor—. ¡Todo tiene su copia en algún lugar! Solo usted y yo somos únicos. Como dijo el doctor Ramsey en la maldita sesión donde me localizó el Villano: «Toda realidad es un plagio de sí misma...».

De repente, el Ejecutor se levantó de la silla. Su silueta se recortó inmensa contra la pared, custodiada por una sombra todavía más gigantesca.

—¿El doctor Ramsey?

—Sí, creo que se llamaba así.

—¿Era profesor de la Facultad de Medicina, cirujano, químico y biólogo?, ¿un hombre alto con la irritante manía de crujirse los dedos de las manos?

—Sí. ¿Cómo sabe que...?

Una serie de espasmódicas convulsiones sacudieron de pronto al Ejecutor. La anciana se levantó y retrocedió un par de pasos, temerosa de que estuviera sufriendo una especie de cortocircuito y explotara de un momento a otro.

—¿Se... encuentra bien? —le preguntó con un hilo de voz.

—Siento hilaridad —respondió el Ejecutor. Tras un par de espasmos más pareció calmarse—. Jane, el doctor Ramsey es tan único como usted y como yo. Es un científico del Otro Lado que se encuentra en este multiverso realizando estudios de campo.

Jane abrió la boca.

—¿Hay científicos aquí? —logró farfullar—. Bertie y yo creíamos que solo estaban ustedes, los asesi... los Ejecutores.

—Y al principio así fue. Cuando los científicos abrieron el agujero de gusano, nos enviaron primero a nosotros. Por aquel entonces no éramos asesinos, sino exploradores. Llegamos aquí, descubrimos la naturaleza de este multiverso, instalamos antenas de comunicación, tomamos imágenes, llevamos muestras de todo tipo al Otro Lado, diseñamos nuestros bastones... Todo para que los científicos pudieran investigar este universo desde el Otro Lado, cómodamente y sin peligro. Pero cuando descubrieron la epidemia, nos modificaron. Nos reprogramaron para convertirnos en... asesinos despiadados. Más adelante, cuando comprobaron que con sus investigaciones a distancia no obtenían resultados satisfactorios, decidieron enviar a algunos hombres y mujeres a este multiverso para realizar estudios de campo. Fue una decisión difícil, pero ineludible. En el Otro Lado, los cuerpos humanos llevan siglos siendo modificados genéticamente para resistir las bajísimas temperaturas, y hubo que realizar ajustes de urgencia en el organismo de los elegidos para evitar que se fundieran en este mundo tan cálido. Les implantaron mecanismos de refrigeración, y electrocircuitos neuronales para inhibir la angustia de la aleatoriedad. Se eligieron las mentes más brillantes y los cuerpos más resistentes, y los enviaron a diferentes mundos, pero sin éxito. Los científicos provenían de un futuro tan remoto que no tenían gemelos en este multiverso. Por tanto, nunca desarrollaron el prodigioso don que poseían usted y su marido, gracias al cual descubrieron el contagio cero. Solo ustedes podían verlo y saberlo todo.

—¡Pero nunca los vimos a ellos!

—No sienta rabia, Jane. Es lógico. Hay muy pocos científicos en este multiverso infinito, y su labor es clandestina, sumamente discreta. Cuidan mucho de darse a conocer. No se ensucian las manos. Eso nos lo dejan a nosotros.

Los ojos de Jane vagaron como enloquecidos de un lado a otro de la habitación mientras se toqueteaba los cabellos. De pronto, golpeó la mesa con sus escasas fuerzas.

—¿Me está diciendo que durante aquella sesión estuve sentada junto a un científico del Otro Lado, alguien a quien podría haber entregado *El mapa del caos*? ¿Me está diciendo que pude terminar con toda esta pesadilla en aquel preciso momento, y de la manera más tonta, evitando tanto sufrimiento y tantas muertes?

—Sí.

Jane abrió la boca para replicar, pero se derrumbó en la silla, muda, y enterrando la cara en sus manos comenzó a llorar.

El Ejecutor dio un paso hacia ella.

—Jane.

La anciana negó débilmente con la cabeza.

—Jane.

—¿Qué?, maldita sea —dijo levantando la vista.

La estrella de ocho flechas del bastón del Ejecutor había empezado a supurar una refulgente luz azulada que inundaba la cocina. Jane miró a su alrededor, maravillada. Era como si estuvieran en el fondo de un océano del que hubieran desahuciado a los peces.

—Mi detector está conectado con la mente de todos los científicos del Otro Lado que se hallan en este multiverso —le informó el Ejecutor con su voz lejana y metálica, sin inflexiones—. Puedo localizarlos y trasladarme a donde se encuentren. Es parte de mi trabajo. Generalmente no les gusta tratar con nosotros. Nos desprecian. Pero a veces alguno necesita que le llevemos a otro mundo para continuar allí con sus estudios. Aunque Ramsey nunca se ha movido del primer mundo al que llegó.

Jane le miró unos segundos. Y el Conocimiento Supremo iluminó su mente. Sonrió con sus escasas fuerzas.

Alrededor del Ejecutor, el aire le devolvió la sonrisa.

XXXI

¡Y así, palabra a palabra, hemos llegado al tan temido día del caos, damas y caballeros! ¡El día de la destrucción del mundo, del que ustedes conocen, pero también de todos los que puedan imaginar! ¿Y cómo narrarles un día tan especial, sobre todo teniendo en cuenta que la mayoría de los acontecimientos que he de relatarles sucederán al mismo tiempo? ¿Acaso existe un modo ordenado de describir el caos? Probablemente no, pero pese a mis escasas dotes narrativas, intentaré hacerlo. Dejen que atraviese la trampilla disimulada en el suelo de la cocina de la señora Lansbury y regrese a un escenario más familiar, al mundo donde murió el anciano Baskerville. Mi aparición tiene lugar exactamente el 23 de septiembre, algunos días después del incendio que asoló Brooke Manor. En este universo corre una fría brisa que ya anuncia el otoño, y el amanecer empieza a roer tímidamente la gastada oscuridad nocturna.

Bien, ese es nuestro nuevo escenario. Y mientras se ilumina, aprovecharé para decidir por cuál de los numerosos actores que van a participar en esta función empezaré mi relato. Aunque, de momento, no hay muchos entre los que escoger, pues solo tres de ellos están en pie. Wells se encuentra en la cocina de su casa colocando una tetera en el fuego. Unos segundos después, el agente especial Cornelius Clayton corre por el pasillo de su casa para retirar del hornillo la suya, que ha empezado a pitar enloquecida. Y un minuto después, el pitido de otra tetera resuena en la casa del capitán Sinclair, provocando que la buena de Marcia dé un respingo en la cama. Bien, ¿por cuál de estos tres madrugadores amantes del té me decido?

Escojo a Wells sin ningún motivo en particular, salvo el afecto que he desarrollado hacia él tras tanto tiempo compartiendo sus aventuras. Como les he adelantado, pese a que todavía no ha amanecido, nuestro escritor se encuentra en la cocina. Lo ha despertado un golpe brusco proveniente de algún lugar de la casa. «La ventana, la maldita ventana del desván», había mascullado tras recuperarse del susto, y medio sonámbulo, se había levantado a cerrarla antes de que el concierto de golpes despertara a su mujer; era demasiado temprano aún para que Jane le reprochara por enésima vez su insobornable pereza a la hora de solventar los pequeños problemas domésticos. Pero cuando llegó al desván, se encontró la ventana cerrada. Invirtió varios segundos en contemplarla tontamente. Entonces, como si hubiese algún tipo de relación entre ambas cosas, bajó a la cocina a colocar la tetera en el fuego.

Luego se dirigió al salón y, desde la puerta, estudió la habitación con detenimiento. Todo parecía en orden. Sin saber qué pensar, se acercó al ventanal desde el que se divisaba el jardín, que se insinuaba con timidez bajo la primera claridad del día. Tal vez había imaginado el ruido. Podía ser. Últimamente estaba más nervioso de lo habitual. No era para menos, teniendo en cuenta que hacía unos días un temblor sísmico había zarandeado bruscamente todo su mundo, se había encontrado con un gemelo suyo proveniente de un universo paralelo —en un sorprendente estado de decrepitud— y lo había visto morir a manos de un hombre invisible. Tales sucesos le obligaban a creer en más cosas de las que su cerebro estaba dispuesto a aceptar en tan corto periodo de tiempo.

El pitido de la tetera interrumpió sus pensamientos. Corrió a retirarla del fuego medio arrepentido de haberla puesto a calentar, rogando para que aquel nuevo escándalo no despertara a su mujer. De repente ya no le parecía tan urgente aquella infusión nocturna... Fue entonces cuando reparó en que sobre la mesa había tres tazas que él no había colocado allí. Las observó con expresión estúpida, preguntándose si, por alguna absurda razón, Jane las habría puesto antes de irse a dormir. Sin embargo, juraría que no estaban cuando entró a preparar la tetera. Y eran tres. Entonces el cajón de los cubiertos del aparador se abrió parsimoniosamente, y tres cucharillas flotaron hacia la mesa, aterrizando grácilmente junto a las tazas.

—¿Bertie? —La voz de su mujer le llegó desde el piso de arriba.

—¡Jane, no se te ocurra...!

Antes de que pudiera terminar la frase, un cuchillo se alzó desde el fregadero y voló hasta su garganta, dibujando en el aire el mismo arco que trazaría un salmón remontando la corriente. Eso ya no le sorprendió. Clayton se lo había advertido: tarde o temprano todos deberían reanudar su duelo con el hombre invisible.

—Oh, dejemos que tu adorable mujercita desayune con nosotros, George —dijo la voz que infectaba sus pesadillas desde hacía días—. ¿Por qué crees que he puesto tres tazas?

Con el cuchillo pegado al cuello y la espalda arqueada sobre la encimera de la cocina, Wells oyó los pasos de su esposa bajando la escalera. Entró en la cocina aún medio dormida, en camisón y con el cabello sobre la cara.

—¿Qué haces, querido? ¿Por qué no subes? —preguntó antes de reparar en la extraña postura de su marido, en la palidez de su rostro y en el cuchillo que apuntaba a la garganta y que nadie parecía sostener—. Oh, Bertie... —balbució—. Está aquí...

—Buenos días, señora Wells —dijo el cuchillo, separándose del cuello de su marido y flotando hacia ella—. Es un auténtico placer volver a verla.

Jane tragó saliva, sin dejar de mirar el revoloteo de la hoja.

—Y ha tenido el detalle de bajar sin sus agujas para el pelo..., no sabe cuánto me alegro. —Una silla se separó de la mesa—. Siéntese aquí, señora Wells, tenga la bondad.

Jane obedeció, y, una vez que se sentó, Wells observó cómo una mano invisible le recogía el cabello a la espalda, dejando a la vista su hermoso cuello, donde al segundo siguiente se posó el cuchillo. El filo de la hoja provocó en su mujer un escalofrío.

—¡No le hagas daño, maldito hijo de...! —gritó Wells, a punto para correr hacia ella.

—¡Quieto! —ordenó la voz—. No me obligues a volver a mataros, George. Ya lo he hecho demasiadas veces y, la verdad, comienza a resultarme de lo más aburrido.

Wells observó con angustia el rostro de su mujer que, con los labios apretados, mostraba esa expresión de forzada firmeza de quien trata de controlar desesperadamente el pánico. El escritor intentó hablar con serenidad, aunque la voz que surgió de su garganta se pareció más a un gemido lastimero:

—Por favor..., te lo suplico. Estás cometiendo un terrible error. No tenemos lo que buscas.

—¿Un terrible error? —Una risa viscosa como un goterón de tinta se diluyó en el aire, oscureciéndolo—. No, George, sé que tienes escondido el libro en alguna parte. La anciana te lo entregó. De eso no tengo ninguna duda. Un H. G. Wells escribió *El mapa del caos*. Cuando le asesiné, su mujer me lo arrebató, y después se lo volvió a entregar a otro H. G. Wells, completando el círculo de una manera magistral; al menos eso debo reconocérselo.

—¿Qué? —parpadeó Wells, confuso.

—No me hagas perder la paciencia, George —le reprobó la voz—. Te advierto que ya no me queda demasiada.

—¡No sé de qué demonios hablas! —aulló Wells, rojo de ira.

—Mientes —susurró el Villano—. Y no sabes cuánto lo lamento.

La punta del cuchillo pinchó la piel de Jane, arrancándole un gemido. Una brillante gota de sangre resbaló por su cuello, zigzagueando como un riachuelo por una ladera.

—Por favor, no, por favor... —suplicó Wells—. Te juro que no tengo ese maldito libro...

—¿De verdad? —La punta del cuchillo reptó por el cuello y la mejilla de su mujer, y empezó a bordear amenazadoramente su ojo derecho—. Muy bien. Llevo mucho tiempo esperando este momento. Quiero que tu mujercita experimente el terrible dolor que se siente cuando te sacan un ojo.

—¡Para, para! —aulló Wells—. ¡De acuerdo, tú ganas! ¡Te diré dónde está el libro!

—¡No, Bertie...! —farfulló Jane con un hilo de voz—. Nos matará igualmente...

—Eres una mujer tan inteligente como bella, querida —siseó el hombre invisible en su oído—. Tal vez os mate de todos modos, sí. Pero, Jane, déjame decirte que hay muchas formas de morir...

Wells dio un paso hacia delante, con las manos extendidas en un ademán de rendición.

—¡El libro está en la Cámara de las Maravillas!

El cuchillo se detuvo.

—¿Y qué demonios es eso? —gruñó la voz.

—Te llevaré allí... —dijo Wells—, cuando me cuentes quién eres y por qué es tan importante ese libro.

Detrás de la cabeza de Jane, el silencio titubeó durante unos instantes.

—¿No te lo explicó la anciana cuando te lo entregó? —preguntó el Villano con suspicacia—. Me cuesta creerlo, George...

Wells dedicó una mueca de infinito cansancio al vacío que palpitaba detrás de su mujer. Luego se encogió de hombros.

—Ninguna anciana me entregó ningún libro... ¿Por qué iba a seguir mintiéndote? Pero sé dónde está. Eso es lo único que sé, aparte de que cuando consigas el libro nos matarás. Así que no voy a suplicarte por nuestra vida. Solo te pido dos cosas: que no nos hagas sufrir y que nos otorgues el derecho de saber por qué morimos...

El cuchillo pareció reflexionar.

—De acuerdo, George —ronroneó la voz—. Pero si lo que pretendes es ganar tiempo, te advierto que no va a servirte de nada. ¡Tengo todo el tiempo de todos los mundos en mi poder! —De repente, el cuchillo rasgó el aire, separándose del rostro de Jane como si la criatura hubiese abierto los brazos en un ademán teatral—. ¿Quieres saber quién soy? —gritó con voz estentórea—. ¿De verdad quieres saberlo? ¡Soy el ser más poderoso de toda la creación! ¡Soy el epílogo del hombre! Cuando el universo llegue a su fin, tan solo yo permaneceré... reinando sobre vuestras malditas tumbas. ¡Mi nombre es Marcus Rhys y soy el dios del caos!

Y empezó a contarles su historia.

XXXII

Como, al contrario que Wells, ustedes ya conocen la historia de Marcus Rhys, aprovecharé para revolotear sobre el tablero en busca de otra de las piezas de esta partida. ¿Qué les parece si adelantamos una hora el reloj y espiamos a Doyle, quien acaba de apearse de un carruaje ante la mansión de Murray? Pese a lo temprano de la hora, el escocés ya muestra el mismo aire de enérgica contención de siempre, como un café a punto de rebosar de la taza.

Tras respirar un par de veces vigorosamente, para que el aire helado de la mañana le higienizara los pulmones, Doyle traspasó la barroca verja de entrada. Había acudido a casa del millonario para descubrir la razón por la que no había asistido a la reunión con el agente Clayton ni contestado a ninguna de sus llamadas. Y lo descubrió nada más esbozar un par de pasos sobre la avenida. Desconcertado, se detuvo y observó el camino que conducía hacia la casa, sin dar crédito a lo que estaba viendo. Sin embargo, sus ojos no le mentían: de las ramas de los árboles que flanqueaban la avenida colgaban cientos de espejos. Los había de todos los tamaños y formas, meciéndose en la brisa como frutos de una nueva especie, ensanchando los límites del mundo que reflejaban, creando perspectivas mareantes. Durante varios minutos, Doyle se limitó a sacudir la cabeza, sobrecogido ante aquel espectáculo; luego suspiró y continuó su avance. Así que aquel era el método mediante el cual Murray pensaba encontrar a la Emma que vivía en los espejos. Era evidente que desde que volvieran de Brook Manor, el millonario se había dedicado a recorrer todas las tiendas y anticuarios de Londres para reunir aquella variopinta colección de espejos, obligando a los habitantes de la metrópoli a afeitarse y maquillarse a ciegas. Y eso no era todo. También había ordenado a su ejército de criados que los vigilasen, dedujo Doyle al encontrarse repartidos a lo largo de la avenida a doncellas, mozos de caballeriza y demás personal de servicio, cada uno sentado en una silla ante el árbol asignado, con una campanita en la mano. Probablemente tenían orden de hacerla sonar si Emma Harlow, la malograda prometida de su señor, aparecía en alguno de ellos, trastornando las leyes de la física. No era extraño que las expresiones de los criados oscilaran entre la perplejidad, el aburrimiento e incluso el temor supersticioso. Sin saber si maravillarse o inquietarse ante aquel delirio, el escocés continuó su recorrido por la avenida mientras su corpachón era reflejado desde todos los ángulos posibles.

Al llegar a la casa, comprobó que la fachada también se encontraba tapizada de espejos, que resplandecían al sol del amanecer como las escamas de un enorme dragón. La puerta de la mansión estaba abierta de par en par, así que entró sin llamar. El vestíbulo y el amplio salón principal, por el que deambuló llamando a Murray con su vozarrón de ogro, también estaban plagados de espejos. En una de las salas se tropezó con Buzz, el perro del millonario, que se hallaba sentado muy quieto ante un inmenso espejo apoyado en la pared, como si también él confiara en que su dueña aparecería allí tarde o temprano. Doyle bufó. Aquello era de locos. Acarició la cabeza del perro con resignación.

—¡Señor Doyle, no le esperábamos hoy! —exclamó una voz a sus espaldas.

El escocés se volvió y descubrió a Elmer, el mayordomo de Murray.

—A decir verdad, no esperábamos a nadie —añadió el joven encogiéndose de hombros, como disculpándose de que la casa se hubiera convertido en una barraca de feria sin que él pudiese evitarlo.

Elmer estaba acostumbrado a las excentricidades de su dueño, pero evidentemente aquella le superaba.

—Ya lo supongo, Elmer —se solidarizó Doyle—. ¿Dónde está?

—En el jardín frente al invernadero, señor.

Doyle abandonó el salón a paso casi marcial, decidido a poner fin a aquella locura. Los jardines que se abrían al lado derecho de la casa tampoco se habían librado de la invasión de espejos, que se desperdigaban por doquier. Apoyados en las pequeñas fuentes, amarrados a los setos e incluso flotando en los estanques, docenas de ellos reproducían el mundo, ampliándolo y dotándolo de recovecos. Las hojas de los árboles empezaban a exhibir los rojos encendidos del otoño, que el azogue multiplicaba, dando la impresión de que algún demente había prendido fuego al jardín. Sacudiendo la cabeza, Doyle se dirigió hacia el impresionante mausoleo de cristal que replicaba al Taj Mahal, ante el que distinguió a Murray en mangas de camisa. Estaba atareado en construir una especie de Stonehenge de espejos alrededor de una butaca, desde la cual podría vigilar casi una veintena de reflejos con solo girar el cuello. En aquel momento, intentaba apuntalar un enorme espejo veneciano sobre la hierba, ayudándose de varias piedras.

—Buenos días, Gilliam —saludó Doyle cuando llegó a su lado.

Murray levantó la cabeza y le dedicó una mirada distraída.

—Mira a quién tenemos aquí... —murmuró—. ¿Qué pasó con la vieja costumbre de anunciar las visitas?

—Me anuncié telepáticamente, ¿no me oíste? —bromeó Doyle.

Murray sonrió sin ganas.

—No. Se ve que mi mente solo está receptiva durante los incendios. De todos modos, Arthur, dado que debes de ser la única persona de Inglaterra que dispone de teléfono propio, aparte de mí, tendrías que usarlo más a menudo; no es tan complicado como parece.

—¡Te he llamado varias veces, Gilliam! Pero es evidente que tus criados están demasiado atareados para contestar.

Murray se encogió de hombros, como si las actividades del servicio no fueran con él. Comprobó que el espejo había quedado bien sujeto, se incorporó y estudió al escocés de arriba abajo, evaluando sus heridas.

—Vaya, diría que no estás en tu mejor momento... —gruñó mientras contemplaba su oreja y su mano vendadas, y su rostro moteado de pequeñas quemaduras—, aunque imagino que un soldado como tú estará orgulloso de sus cicatrices. ¿Y el Gran Ankoma cómo se encuentra?

—Oh, Woodie se recuperó bastante bien de su conmoción, aunque está insoportable: después de lo sucedido en Brook Manor se cree un verdadero médium, y anda todo el día captando presencias misteriosas por la casa.

—¿Y por qué no le cuentas la verdad? —preguntó Murray sin demasiado interés.

—Lo haré cuando deje de divertirme —respondió Doyle con sorna. Luego examinó al millonario, también de arriba abajo—. Diría que tú tampoco estás en tu mejor momento, Gilliam. ¿Cuánto hace que no duermes?

—¿Dormir? ¡No tengo tiempo para eso, Arthur! Como ves, estoy muy ocupado.

—Sí, ya lo veo... —Doyle suspiró, observando el círculo de espejos—. ¿Y qué pretendes con todo esto?

Murray lo miró indignado.

—¿Que qué pretendo? Encontrarla, naturalmente. Encontrar a Emma.

—Ya. Pero, Gilliam... —Murray se dio la vuelta de golpe y se dirigió hacia un montón de espejos que estaban apilados o apoyados unos contra otros de cualquier manera, cerca de la construcción. Doyle no tuvo más remedio que seguirlo—. ¿No te parece que todo esto es muy poco científico?

—¿Eso es lo que has venido a decirme, Arthur?

—No, no he venido a decirte esto —respondió Doyle en tono conciliador—. He venido a informarte de la entrevista que George y yo mantuvimos con el agente Clayton al volver del páramo, a la que, por cierto, no acudiste...

—El agente Clayton... Ah, sí, ya recuerdo. —Murray estudió el rimero de espejos y tomó uno cuyo marco parecía de oro macizo—. Es realmente pesado —sentenció con un resoplido, sin que Doyle supiera si se refería al agente o al espejo.

Con gran esfuerzo, optó por mantener un tono amigable, al menos de momento:

—Bien, puede que ese tal Clayton sea algo... impertinente, no lo negaré. Y comprendo que no quisieras verle... Wells me contó lo tozudo que se puso cuando investigó tu empresa de viajes temporales, y también que en una ocasión incluso llegó a acusarlo a él de orquestar una invasión marciana. Pero Baskerville nos lo dijo bien claro antes de morir: buscad al agente Clayton porque él tiene *El mapa del caos*. De cualquier forma, ¿a quién podíamos acudir, sino a él, para informar de la existencia de un asesino invisible, un viajero universal y un espejo que es un portal entre mundos? No teníamos otra opción, Gilliam. Y, pese a todo, deberías haber venido, pues la reunión resultó de lo más interesante —añadió en tono de misterio.

Murray le indicó con un movimiento de cabeza que cogiera el espejo por un extremo y le ayudara a acarrearlo. Doyle apretó los dientes y obedeció.

—Después de que le resumiéramos todo lo ocurrido en Brook Manor —continuó entre bufidos, mientras se acercaban al círculo de espejos con pasitos cortos—, Clayton reconoció que, efectivamente, tenía en su poder *El mapa del caos*, y nos contó que se había encontrado con la criatura en una falsa sesión de espiritismo en 1888.

—¿De verdad? —preguntó Murray, señalando con la barbilla el lugar donde debían acomodar el espejo.

Tras apoyarlo en el suelo, Doyle le explicó entre jadeos que el hombre invisible había intentado robarle el libro a una ancianita que asistía a la sesión, pero Clayton había conseguido evitarlo, aunque no pudo apresar a la criatura porque esta desapareció sin dejar rastro, como había hecho en Brook Manor cuando él le atravesó con la ballesta. La anciana también había desaparecido del mismo modo. Por fortuna, antes había tenido tiempo de entregarle el libro a Clayton, aunque solo había podido decirle que contenía la clave para la salvación del mundo, de aquel y de todos los que pudiera imaginar, y que debía protegerlo con su vida, pues estaba segura de que la criatura regresaría para destruirlo.

—¿Comprendes lo que te estoy diciendo, Gilliam? Durante todo este tiempo, el libro ha estado en poder del agente Clayton, pero el monstruo, por alguna razón, cree que lo tiene Wells...

—Sí —asintió Murray con expresión sagaz.

Eso animó al escocés.

—Bien, bien... Entonces, si como dijo la anciana ese libro contiene la clave para la salvación de todos los mundos, y la criatura lo encuentra, o si encuentra a Wells...

—Sí —volvió a asentir Murray, dirigiendo su mirada hacia el círculo de espejos—. Creo que no ha quedado ningún resquicio de este mundo sin reflejar, y eso es lo más importante, porque ella podría estar en cualquier parte.

—¡No me estás escuchando, maldita sea! —exclamó Doyle—. ¡Lo que estoy intentando decirte es que no solo tu querido amigo George está en grave peligro, sino quizá el universo entero!

Murray le miró inexpresivamente.

—Vamos al invernadero —dijo tras unos segundos, dirigiéndose hacia allí.

Una vez más, Doyle se vio obligado a seguirlo. Cuando entraron en el recinto, le sorprendió encontrarlo vacío.

—Emma solía pasar mucho tiempo aquí cuidando sus flores —le explicó el millonario—. Así que lo he vaciado para llenarlo de espejos. Esta tarde recibiré otro cargamento que Elmer compró en Bristol.

—Qué bien —dijo Doyle con expresión huraña—. Mira, Murray, comprendo tu obsesi..., eh..., tu *interés* por encontrar a Emma, pero lo que te estoy contando debería interesarte por igual. Si, como vaticinó esa anciana hace doce años, el fin del mundo está a punto de llegar, difícilmente podrás encontrar a Emma, ¿no crees? Hay que solucionar este galimatías cuanto antes, porque no sabemos el tiempo que nos queda. Así que escúchame con atención: creo que la clave está en la historia que Baskerville le contó a Clayton...

—¿Baskerville? —preguntó Murray mirándole con sorpresa.

—Sí, Baskerville, Baskerville —contestó Doyle, tratando de no perder la paciencia—. Resulta que tu cochero fue a ver al agente Clayton hace seis o siete meses. Al parecer, el viejo había conocido en otro mundo a un gemelo de Clayton, junto al que intentó sofocar una... invasión marciana. Por eso, cuando los cazadores empezaron a perseguirlo, pensó en recurrir al Clayton de este mundo con la esperanza de que le ayudara, como había hecho su gemelo en el otro universo. Sin embargo, durante un tiempo se resistió a acudir a él. Después de todo, llevaba dos años esquivando con bastante éxito a los cazadores, y en los últimos meses creía haberles dado esquinazo definitivamente. Entonces vio al vigilante del páramo, y comprendió que habían vuelto a localizarle, y, demasiado agotado para continuar con aquello en solitario, se decidió a recurrir a Clayton, rogando para que el agente le creyera y, sobre todo, para que tuviera alguna solución... *Nuestro* Clayton le creyó, pero no sabía nada sobre esos asesinos. De todos modos, reconoció el símbolo que lucían en sus bastones cuando tu cochero se lo describió. ¡Era la misma estrella de ocho puntas que adornaba la tapa de *El mapa del caos*! El agente mostró el libro a Baskerville con la esperanza de que le diera alguna pista sobre su contenido, pero el viejo no sabía nada de ese libro... Sea como sea, queda claro que todo está conectado: los cazadores, el libro, la criatura invisible y los viajes entre mundos... ¡Solo tenemos que averiguar cómo!

Murray asintió mientras miraba meditabundo a su alrededor.

—Hum... ¿Cuántos espejos calculas que cabrán aquí, Arthur?

Doyle ya no pudo más.

—Pero ¿qué demonios te pasa, Gilliam? —estalló—. ¿Tan poco te importa lo que les pase a George y a Jane? ¡Son tus amigos, por el amor de Dios! ¿Y el universo? ¿Tampoco te importa el fin del mundo?

Murray lo miró con expresión resentida.

—¿Y qué podría hacer yo por el universo que no estéis haciendo ya las mentes más preclaras de este mundo? —preguntó con ironía—. Arthur Conan Doyle, el agente Clayton, H. G. Wells y su inteligente esposa... Todos estáis intentando resolver ese asunto, así que el universo está en buenas manos y yo puedo dormir tranquilo. Sin embargo..., ¡nadie se ocupa de buscar a Emma! ¡Nadie! —rugió de pronto, señalando al escocés con un dedo acusador. Doyle lo contempló estupefacto—. ¡Y tú me prometiste que me ayudarías! En Brooke Manor, antes de enfrentarnos a esa criatura invisible, me prometiste que si salíamos de allí con vida, dedicarías el resto de tus días a desentrañar aquel misterio. ¡Me dijiste que si existía algún camino que condujera hasta Emma, lo encontrarías! Y yo te creí. ¡Creí en tu palabra! ¡Creí en tu maldito discurso de caballero andante!

Doyle aguardó unos segundos a que se calmara, observándolo con disgusto.

—Y te lo prometí de verdad, Gilliam. ¿Qué crees que estoy haciendo, si no? ¿O acaso piensas en serio que ese método tuyo va a funcionar? —exclamó un tanto irritado, señalando los espejos—. Estoy absolutamente convencido de que tan solo si comprendemos lo que está pasando encontraremos el camino hacia tu amada. Ya te lo he dicho antes. Todo está conectado. Todo. Si resuelvo el caso de ese misterioso libro, no solo salvaré a Wells y tal vez el universo entero; también averiguaré su verdadera configuración... ¿Te lo imaginas, Gilliam? Antes barruntaba la idea de escribir un libro sobre espiritismo, pero ¿qué es eso en comparación con una teoría que explique todo lo que somos y todo lo que nos rodea? La llamaré la Teoría de los Muchos Mundos. Y cuando la realidad no tenga misterios para mí, tampoco los tendrán los viajes entre mundos y, por lo tanto, podré mostrarte el camino hasta la Emma del espejo, tal y como te prometí.

Murray contempló a su amigo con cierto recelo, sin decidirse aún a mostrar su entusiasmo. Todavía se sentía enfadado, pero debía reconocer que lo que decía Doyle tenía cierta lógica.

—Bien... —rezongó—, ¿y en qué puedo ayudaros?

—Oh, en muchas cosas, en muchas. Hay un plan que aún tengo que explicarte..., pero de momento necesito que me cuentes todo lo que averiguaste de la cuarta dimensión cuando la recorriste en tu Cronotilus, pues a la vista de lo que ahora sabemos, resulta cada vez más evidente que esa llanura rosada es un vestíbulo entre mundos. Y estoy seguro de que contiene muchas respuestas, incluido el modo de llegar hasta Emma.

Murray lo miró lleno de incredulidad; luego sonrió con amargura.

—¿Ese es tu plan para encontrar a Emma? —dijo con visible desilusión—. Entonces me temo que nunca la encontraremos.

—¿Por qué dices eso? —preguntó Doyle, asombrado—. Estoy convencido de que en esa llanura rosada hay una puerta que conduce hasta ella, seguramente muy parecida al agujero por el que creías aparecer en el año 2000, y mucho más fácil de atravesar que un espejo.

Murray suspiró.

—¿Quieres saber toda la verdad sobre la cuarta dimensión?

—Por supuesto que quiero —afirmó Doyle, entusiasmado.

—Bien... —El millonario volvió a suspirar—. Entonces escucha, creo que la verdad va a sorprenderte más de lo que crees.

¡Un momento! Murray y Doyle están distraídos con su charla, ajenos a lo que sucede a su alrededor, pero yo todo lo veo aunque no quiera, y acabo de reparar en que los cientos de espejos con que el millonario ha decorado su mansión han dejado de reflejar lo que tienen delante. Ahora las doncellas y los mozos de caballeriza, en vez de contemplar sus aburridas expresiones en el azogue que Murray les había encargado vigilar, estaban viendo una realidad muy distinta, mundos extraños que su imaginación jamás podría inventar. Un espejo mostraba un valle de sedosa hierba, por el que cabalgaba una manada de centauros; otro descubría un océano de agua verdosa, donde bogaba una inmensa bestia anfibia en cuyo lomo se erigía una ciudad de chapiteles de cristal; otro dejaba ver un baldío ceniciento martilleado por una lluvia espesa y cegado por relámpagos atronadores, donde unos enormes escarabajos metálicos se afanaban por sobrevivir; otro exhibía un mundo de setas grandes como árboles, sobre las que departían orugas con levita y chistera; otro desvelaba una bandada de castillos flotantes que cruzaban entre nubes malvas, con cataratas derramándose por sus bordes como flecos de espuma; y otro enseñaba la cúpula de Saint Paul, que un majestuoso pterodáctilo sobrevolaba en ese momento.

Ninguno de ellos lo sabía, por supuesto, pero aquellas imágenes correspondían a los infinitos escenarios del teatro, que al desplomarse y caer unos sobre otros barajaban entre sí las realidades. El fin del mundo había comenzado, damas y caballeros. Pero en vez de trompetas, lo anunciaba el histérico tintineo de docenas de campanillas.

XXXIII

Quince minutos antes, el doctor Ramsey se había levantado de la cama, ignorando que aquel era el último día del universo. Le gustaba inaugurar su jornada con un ritual de aseo que, entre otras cosas, incluía un peligroso afeitado con la rudimentaria navaja de aquel mundo. Al contrario que sus colegas, que habían incorporado la navaja eléctrica en el ajuar de microscopios y demás cachivaches tecnológicos traídos del Otro Lado, Ramsey sentía una romántica predilección por aquella antigualla. Pensaba que el ritmo pausado y medido que le exigía aquel afeitado le permitía acomodarse al moroso compás de aquel mundo mejor que cualquier otra cosa. Cuando culminó su artesanal afeitado sin degollarse, bajó al comedor, sin reparar en que a su espalda el espejo del baño empezaba a mostrar un intrincado laberinto en cuyo centro se aburría un minotauro. Con la puntualidad de siempre, su criada acababa de servirle su peculiar desayuno: una taza de café casi enterrada en cubitos de hielo, varias clases de fruta repartidas sobre un grueso lecho de hielo picado, y helado de diferentes sabores. Tras dedicarle una sombría mirada al soleado día de otoño que se vislumbraba por la ventana, el científico se sentó a la mesa dejando escapar un ligero suspiro, crujió los dedos de sus manos, abrió el periódico y, mientras daba un largo y distraído sorbo a su gélido café, comenzó a leer los titulares de aquel anodino 23 de septiembre de 1900, sin sospechar todavía, como ya les he dicho, que esa era la fecha, al menos en el mundo en el que se encontraba, del temido día del caos.

Con gesto aburrido, fue pasando las páginas del diario, sin encontrar novedades que le llamaran la atención, pues la mayoría de los artículos todavía hablaban del gran huracán que el 8 de septiembre había arrasado por completo la ciudad de Galveston, en Texas, dejando alrededor de ocho mil víctimas mortales. Ramsey observó con vaga curiosidad algunas fotografías que mostraban docenas de carros rebosantes de cadáveres e interminables filas de piras funerarias a lo largo de la playa, donde se quemaban los cuerpos terriblemente hinchados que el océano regurgitaba sin descanso en la arena. El profesor dibujó una mueca irónica y siguió pasando las hojas con indiferencia. Después de tantos años, aún le sorprendían los aspavientos y melindres que el ser humano de este lado realizaba cada vez que la naturaleza exhibía su poder, como si ignorase la segunda ley de la termodinámica. «El caos es inexorable», se dijo. Aquella ley también había sido enunciada en la mayoría de los mundos de aquel multiverso, y, sin embargo, sus habitantes parecían esforzarse en olvidarla. Tornados, terremotos, meteoritos, eras glaciales... Cualquiera de esos fenómenos les asustaba y sorprendía a partes iguales, pese a no ser más que unas cuantas picaduras de mosquito que únicamente afectaban a su diminuto planeta, una molestia ridícula en comparación con la Era Oscura, el gélido, tenebroso e irremediable fin que aguardaba a cualquier universo... y que él había visto con sus propios ojos.

Apartó a un lado el periódico con gesto hastiado, echó otro par de cubitos en el café y, recostándose en la silla, perdió su mirada más allá de las paredes que le rodeaban, más allá del universo en el que se encontraba, más allá de los mundos que coexistían en aquella habitación, mientras rememoraba con tristeza la historia de la larga lucha que su civilización había decidido entablar contra el caos, y que aún no había terminado.

Desde la época victoriana, muchísimo antes de que él naciera, los habitantes del Otro Lado habían intentado encontrar el modo de huir de su universo condenado. Lo habían intentado durante milenios, sin éxito, mientras las estrellas se iban apagando gradualmente y, noche tras noche, el firmamento se hacía más oscuro. Y pronto tuvieron que enfrentar otro problema más acuciante, de índole casi doméstica: la extinción de su propio Sol, que con el tiempo había crecido hasta convertirse en una estrella gigante roja que ocupaba el cielo de un extremo al otro del horizonte, obligando a los habitantes de la Tierra a refugiarse en el interior de los mares. Allí abajo habían creado prodigiosas ciudades subacuáticas donde la Iglesia del Conocimiento seguía conduciendo las mentes y los corazones de sus feligreses hacia el Conocimiento Supremo. A Ramsey no le costaba imaginar a los calamares gigantes que habitaban la fosa abisal más profunda del océano, en la que habían enclavado el nuevo Palacio del Saber, bostezando aburridos ante los incontables debates que fueron necesarios para decidir cuál debía ser su siguiente paso, mientras sobre sus cabezas los océanos comenzaban a hervir y las montañas a fundirse. Por suerte, fueron capaces de tomar una decisión a tiempo: atrapando una serie de asteroides en la órbita de la Tierra, provocaron que el planeta se alejara gradualmente de la voraz bola de fuego que ya se había tragado a Mercurio y a Venus, hasta situarlo a una distancia segura. Aquella ingeniosa solución les concedió algo más de tiempo para seguir trabajando en la única solución aparentemente definitiva: el Gran Éxodo a otro universo a través de un agujero de gusano. Sin embargo, los intentos de estabilizar aquellas aberturas fracasaban generación tras generación.

El Sol ardió durante algunos milenios más como una gigante roja, hasta que agotó su combustible nuclear y se enfrió, comprimiéndose hasta convertirse en una enana blanca, apenas un débil punto rojizo en el espacio que los vientos cósmicos acabaron apagando, como un dios que soplara una cerilla. Para entonces, el universo mostraba un aspecto desolador: la mayoría de las estrellas habían agotado su energía y los planetas que orbitaban alrededor de ellas se habían congelado. Las únicas fuentes de luz y calor que habían sobrevivido eran las enanas rojas, pequeñas estrellas que quemaban muy lentamente su combustible nuclear, ofreciendo a cambio una luz débil y enfermiza.

La prodigiosa civilización QIII encontró la manera de recolocar la órbita de la Tierra alrededor de una de aquellas luciérnagas moribundas, la Próxima Centauri, situada a solo 4,3 años luz de distancia, y bajo su exiguo resplandor el hombre continuó investigando, inasequible al desaliento. Pese a todo, muchos empezaron a perder la esperanza. Creían que jamás lo conseguirían, que nunca escaparían de aquel sótano frío y lóbrego en el que habían sido encerrados antes de que el Creador tapara la última rendija de luz, hundiéndoles en la oscuridad eterna. Pero lo consiguieron. Cuando apenas quedaba combustible en la debilitada Próxima Centauri, casi todas las enanas rojas del universo habían expirado y el hombre había remodelado su cuerpo con mutaciones genéticas y sustituido la mayoría de sus órganos por piezas robóticas para hacer frente a las gélidas temperaturas, lo consiguieron. Lograron abrir un agujero de gusano estable y bidireccional, perfectamente apto para el envío de grandes cantidades de información compleja, un pasadizo que podían abrir y cerrar a su antojo, y que conducía a un universo joven, en plena era estelífera, repleto de estrellas, de trillones y trillones de brillantes luces que resplandecían e iluminaban el cielo de uno a otro confín. Y cuando descubrieron que se trataba de un universo múltiple, formado por infinitos universos paralelos, su alborozo fue aún mayor, pues era como si el Creador, en un inesperado gesto de cortesía, les hubiera regalado la posibilidad de elegir, entre infinitas realidades, aquella que se les antojara más idónea para renacer... Las celebraciones duraron días y días. La Iglesia del Conocimiento decretó fiestas y repartió gloria y honores. Hasta que descubrieron que aquel multiverso estaba enfermo, que el agujero los había conducido a un paraíso envenenado.

Ramsey suspiró, dejó la taza de café sobre la mesa y se crujió parsimoniosamente los dedos de las manos. Aquel terrible descubrimiento había tenido lugar solo tres generaciones antes de la suya. Su propio bisabuelo, el célebre científico Timothy Ramsey, había sido uno de los que habían identificado la epidemia de la cronotemia al conseguir aislar el virus en la sangre de uno de los infectados que los Ejecutores habían capturado y enviado al Otro Lado para su estudio. Naturalmente, aquellos desdichados habían muerto enloquecidos a las pocas horas de llegar a su mundo, un mundo de pesadilla, coronado por un cielo absolutamente negro, y en cuyo horizonte solo se apreciaba un inmenso y aterrador vórtice aún más oscuro que la oscuridad, que giraba lenta y tenebrosamente. Allí todo parecía congelado, incluso el tiempo, y habían muerto de frío y de terror, sin comprender por qué morían o dónde estaban. No obstante, su cálida sangre había dado algunas respuestas, aunque de lo más desalentadoras para aquella civilización QIII ya absolutamente agotada.

Al apagarse la Próxima Centauri, los habitantes del Otro Lado habían consumido las escasas fuerzas que les quedaban en trasladar de nuevo la órbita de la Tierra a los confines de un agujero negro, cuya lenta evaporación constituía una de las últimas y endebles fuentes de energía del universo. Había sido una jugada tan ingeniosa como la anterior, pero todos sabían que ya no les quedaba ninguna otra carta que jugar. Cuando aquella fuente se extinguiera para siempre, las temperaturas alcanzarían el cero absoluto, los átomos se detendrían, los protones se descompondrían y la vida inteligente moriría inevitablemente. En tales circunstancias, la noticia de la epidemia resultó devastadora. Ya no les quedaba tiempo ni fuerzas para abrir otro agujero mágico a otro universo. Comprendieron entonces que solo les quedaba una alternativa: intentar sanar el multiverso que habían encontrado, aunque las esperanzas de conseguirlo fuesen mínimas.

El profesor Ramsey se levantó, se acercó a la ventana y contempló la calle. Qué eterna y hermosa parecía cualquier escena observada desde detrás de un cristal, advirtió con melancolía: la brillante cúpula de Saint Paul se recortaba a lo lejos, contra un cielo intensamente azul, dos caballeros charlaban bajo su ventana, un matrimonio bajaba de un carruaje, un par de pilluelos corrían por la acera, como si acabaran de robar algo, y la florista atusaba las flores de su puesto con el mismo cuidado de cada mañana, ignorando todos ellos que habitaban un mundo enfermo que pronto llegaría a su fin. ¿Seguirían paseando tan tranquilamente bajo aquel sol de otoño si de pronto un inmenso barco apareciera en mitad de la calle haciendo rugir sus cañones, o si la tierra vomitara una plaga de hormigas gigantes? Cuando los muchos mundos colisionaran entre sí, sin duda se verían delirios como esos, antes de que sobreviniera la Gran Aniquilación. Los universos se mezclarían, las realidades se barajarían, y los habitantes de los infinitos mundos, apretados en un mismo cubilete, serían sacudidos por la mano de un Dios ebrio y lanzados a un mismo tablero. Y ninguno de ellos comprendería lo que estaba sucediendo. Solo él y un puñado de afortunados, si es que podían considerarse así, lo sabrían. El profesor sonrió casi con ternura. «Huracanes, qué minucia», bufó, mirando de soslayo el periódico que seguía abierto sobre la mesa. Él sí que podía hablar de auténticos desastres naturales. En el Otro Lado, donde las bajas temperaturas provocaban pensamientos increíblemente lentos y profundos, que surcaban las mentes como gigantescos icebergs, todo sucedía frente a los ojos del hombre a una velocidad descomunal, y, debido a ello, Ramsey había sido testigo involuntario de la muerte de cientos de estrellas, del nacimiento de inmensos agujeros negros, de la implosión de fantásticas galaxias. Si los habitantes de este mundo hubiesen visto los mismos fenómenos que él, si hubieran presenciado aquel espectáculo de majestuosa destrucción, no armarían tanto escándalo por un poco de viento.

Chasqueó la lengua y regresó a la mesa con la intención de servirse otra taza de café helado antes de comenzar su jornada de trabajo, que se le presentaba especialmente agotadora. Por suerte, se dijo, los esfuerzos de tantas generaciones iban a dar sus frutos, o eso parecía. Durante los últimos doce años, varios científicos habían estado trabajando con la muestra de sangre que el doctor Higgins había extraído al agente Cornelius Clayton y, tras infinitos sueros experimentales, habían logrado sintetizar una vacuna efectiva. Había sido una suerte obtener una muestra de sangre de aquel sujeto tan especial, se dijo Ramsey. Estudiadas hasta la saciedad por los microscopios más avanzados de este y del Otro Lado, las células CoCla —bautizadas así en honor a su dueño— pronto habían demostrado que eran capaces de aislar el virus y, con el tiempo, destruirlo. Por lo visto, se había producido una combinación milagrosa: una saltadora natural había inoculado su ponzoña en el receptor apropiado, provocando una mutación en la que parecía residir la definitiva cura de la enfermedad.

Ramsey se entristeció al pensar en Armand de Bompard, el principal defensor de aquella teoría, pues no había alcanzado a ver los resultados de la línea de investigación que él mismo inaugurara. Bompard siempre había defendido que la clave para combatir la epidemia de saltadores cronotémicos residía en la naturaleza de los saltadores naturales, cuya existencia los científicos del Otro Lado habían descubierto al estudiar aquel multiverso con mayor profundidad. Se trataba de sujetos que, quizá succionados por ciertos puntos de hiperproximidad, se habían traspapelado de un mundo a otro de forma natural, sin la intervención de ningún virus. Los primeros trasvases detectados databan de mucho antes de la aparición de aquella maldita epidemia, por lo que no era aventurado suponer que quizá se habían dado siempre. Fuera como fuese, a diferencia de los cronotémicos, que surcaban el multiverso como malignas células cancerígenas, creciendo y destruyendo el tejido sano sin darle tiempo ni espacio para regenerarse, los saltadores naturales no dañaban el tejido universal, por lo que quizá encontraran algunas respuestas estudiándolos. Convencido de que su teoría era cierta, Armand de Bompard había sido uno de los primeros en presentarse voluntario para los trabajos de campo en este lado. Más adelante, tras varios años infructuosos, había estado a punto de abandonar aquella línea de investigación, según había oído Ramsey, y lo habría hecho de no ser porque una mañana se había encontrado a una hermosa niña perdida en un bosque.

Bompard no pudo resistirse a acogerla bajo su tutela, sospechando casi desde el principio que aquella niñita no era de este mundo. Le realizó los análisis pertinentes, pero, para su sorpresa, en su sangre no había el menor rastro del virus de la cronotemia. Comprendió entonces que tenía viviendo en su castillo a una saltadora natural, y no a una cualquiera, como pronto descubrió con horror, sino a una que provenía de un mundo muy lejano.

Bompard ya había oído hablar de especímenes de su clase, aunque nunca había tenido uno delante, y mucho menos había podido estudiarlos. Muy pocos seres conseguían saltar entre realidades tan lejanas y distintas entre sí, y cuando lo hacían las peculiaridades de su naturaleza los convertían inevitablemente en monstruos ante los ojos aterrados de sus nuevos vecinos. Bompard comprendió que aquella niñita, a la que bautizó como Valerie, debía de provenir de alguno de los sectores más lejanos de aquel multiverso, donde, según los informes, existían mundos en los que los seres vegetales, animales y humanos se hallaban fusionados en un mismo ser. Allí las existencias racionales e irracionales convivían en armonía, como un solo y milagroso ente de vida; la naturaleza era una sola especie que fluía entre diversos estados, dando lugar a mujeres loba, hombres murciélago, niños flor, ancianos niebla o muchachas brisa. E inevitablemente, cuando alguno de aquellos seres se traspapelaba a otro mundo regido por diferentes leyes físicas, su naturaleza sufría aberrantes mutaciones en su intento de adaptarse a un medio extraño. Muchos de ellos se convertían en criaturas atormentadas o enloquecidas, sedientas de sangre, con sus instintos más salvajes exacerbados por el miedo y el afán de supervivencia. Así, vagaban como monstruos entre los humanos, alimentando las pesadillas del hombre que, sin comprender su verdadera esencia, había inventado mil nombres para aquel horror: licántropos, vampiros, duendes...

Pero Armand sí había comprendido su esencia. Más allá del monstruo en el que Valerie se convertía bajo el influjo de su mitad animal, el científico no había podido evitar ver a la niña temblorosa que se había agarrado con fuerza a su cuello cuando él la subió a su caballo. Como tampoco había podido evitar enamorarse de ella. Y a juicio de Ramsey y de muchos otros de sus colegas, aquel había sido su error: intentar luchar contra el instinto asesino de la joven, tratar de apartarla de la carne humana, sin sospechar que la ponzoña en la que se habían convertido sus fluidos tenía que infiltrarse en la sangre de un receptor para crear la inmunidad que todos buscaban con desesperación. Persuadido por la Iglesia del Conocimiento, que le sugirió que continuara sus estudios en otro mundo, Bompard se vio obligado a abandonar a la muchacha, a quien había convertido en su esposa, y, a pesar de que cumplió con su deber en el nuevo destino, nunca consiguió olvidarla. Su carácter se agrió, se tornó taciturno y melancólico, incluso arrogante, empezó a beber más de la cuenta, desobedeció órdenes, y cuando empezaba a rumorearse que el Otro Lado no tardaría en ordenar a algún Ejecutor que se hiciera cargo de él, Bompard evitó aquella molestia. Se quitó la vida apenas una semana después de que Higgins consiguiera la sangre de Clayton, el mismo día que, como tantos otros científicos desperdigados por el multiverso, recibió un envío con las instrucciones de que diera prioridad al estudio de la muestra que contenía: un preparado de células CoCla, las míticas células que habían nacido del sacrificio de su amada por otro hombre.

Bompard se había suicidado por amor, sentenció Ramsey en la soledad de su salón. Y aunque aquel acto de rebeldía daba la razón a la Iglesia del Conocimiento, en cuanto a la toxicidad de cualquier sentimiento demasiado intenso, también era cierto que el multiverso estaba a punto de salvarse gracias a que un policía enamorado y una mujer atormentada sí se habían rendido a sus sentimientos. Más aún: si aquel multiverso merecía ser salvado, no era para que una civilización rancia y moribunda encontrara un nuevo hogar. No, desde luego que no, se dijo Ramsey, mirando a su alrededor con cautela, como si temiera que alguien pudiera leer sus impíos pensamientos. Aquel mundo merecía ser salvado por los sentimientos que atesoraba, sentimientos que todavía no se habían sacrificado como ofrenda a ningún Conocimiento Supremo. En este lado todo era erróneo, desacertado y alejado de la verdad, admitió, pero precisamente por eso la imaginación era tan fértil, el arte tan embriagador, los sentimientos tan enloquecedores...

Sí, Ramsey comprendía perfectamente que Bompard hubiera estado a punto de traicionar a su mundo por amor. ¿Acaso él mismo no había estado tentado de hacerlo por un simple sentimiento de amistad? Sonrió con tristeza al acordarse de Crookes, aquel hombre apasionado y entusiasta, tan brillante como ingenuo, por quien había sentido un profundo afecto y al que, sin embargo, tanto daño había hecho. Cuando su amigo se enamoró perdidamente de aquella desdichada cronotémica llamada Katie King, que se creía la difunta hija de un pirata, Ramsey había considerado seriamente la posibilidad de contarle toda la verdad, de mostrarle el Conocimiento Supremo y compartirlo con él. ¿Acaso no merecería su amigo aquella muestra de confianza? ¿No era eso la amistad, o lo había entendido mal? No obstante, Ramsey no había hecho nada de eso. Todo lo contrario: cuando la comunidad científica se burló de las investigaciones de Crookes, Ramsey también lo hizo, renegando públicamente de su humillado amigo. Y no contento con eso, había dado parte a los Ejecutores para que cazaran a aquella *destructora*. Luego se consoló diciéndose que había cumplido con su deber. Al fin y al cabo, estaba en juego el destino de dos universos. Pero aquel pensamiento no le había consolado, como tampoco habría consolado a Bompard, y, a pesar de los años que habían pasado desde entonces, siempre que se acordaba de Crookes o tenía noticias de él —recientemente había oído rumores de que el científico había instalado en su jardín unas misteriosas columnas que por la noche brillaban y relampagueaban, sembrando el terror en sus vecinos—, Ramsey sentía un fogonazo en el pecho, como si alguien hubiera acercado una cerilla a su corazón.

Pero no era el momento de pensar en ese tipo de cosas, se reprochó, ni de cuestionarse si en su mundo estaban o no equivocados. No cuando era preciso un último esfuerzo. Higgins acababa de regresar del Otro Lado, y ese mismo día, tras el periodo de hibernación necesario para recuperarse de las extremas condiciones a las que había estado expuesto, acudiría a su casa con el último suero aprobado por la Iglesia, el más prodigioso de los prototipos sintetizados. Así pues, tenían que ponerse a trabajar en él de inmediato, ya que, aunque su esencia era inmejorable, todavía existía el problema de su administración. De momento, la vacuna debía inocularse directamente en la sangre del sujeto, y durante los meses siguientes debían suministrarse al menos tres dosis de refuerzo para que alcanzara toda su efectividad. Naturalmente, administrar aquel tratamiento a toda la población multiversal individuo a individuo era inviable, por lo que había que buscar otra manera de hacerlo.

Ojalá supieran cuándo y dónde había tenido lugar el contagio cero, se dijo Ramsey, pues así podrían administrar el antídoto al primer agente portador. Si lo hacían, la onda expansiva de causalidad inversa neutralizaría la epidemia, razonó, aunque no estaba completamente seguro. De todos modos, no habían localizado el contagio cero, así que la única opción era intentar cambiar la vía de administración del suero. Quizá si lograban que se transmitiera por el aire, que se filtrara en la población a través del aparato respiratorio... Entonces bastaría con esparcirlo por el hiperespacio como un fino rocío que polinizara las infinitas atmósferas del multiverso y todos lo inhalarían sin saberlo. ¡Había una esperanza, aunque fuese mínima, de que pudiera salir bien!, se dijo Ramsey, levantándose de la mesa con energía. Y tal vez llegaran a tiempo...

Fue entonces cuando sintió una vibración en el bolsillo. Sacó el reloj, abrió la tapa en cuyo reverso había grabada una estrella del caos, y la dirigió hacia la pared. La brillante esfera proyectó un haz de luz, que dibujó en el aire el rostro parpadeante del doctor Higgins.

—¿Qué sucede, Higgins? —preguntó Ramsey—. ¿Todavía estás en tu casa?

Higgins le contestó con otra pregunta:

—¿Has mirado por la ventana?

Durante unos segundos, Ramsey observó con desconcierto el rostro de su colega, que se tironeaba de la negra perilla con violencia.

—Sí, hace un rato. ¿Por qué?

—¿Y no has visto nada... extraño? —inquirió el otro con angustia.

Ramsey negó con la cabeza.

—Entonces vuelve a mirar —casi le ordenó.

El profesor dejó caer la mano que sujetaba el reloj y se dirigió hacia la ventana con paso tembloroso, arrastrando el rostro de su colega por el suelo como si fuera un trapo sucio. No tenía la menor idea de qué iba a encontrarse, pero sabía lo que significaría. Con el corazón en un puño, se asomó a la ventana y repasó la calle de punta a punta: los dos caballeros que había visto antes continuaban charlando tranquilamente, un par de policías a caballo cruzaban en aquel momento bajo su ventana, una niñera con un cochecito compraba rosas a la florista... Era una mañana como otra cualquiera, la misma estampa cotidiana de todos los días. ¿Qué quería Higgins que viera? Entonces, cuando estaba a punto de volverse, una especie de graznido atronador rasgó el aire como un serrucho. Al igual que todas las personas que había en la calle, Ramsey levantó la cabeza hacia el cielo. Y, asombrado, contempló la silueta de un inmenso pterodáctilo, con sus membranosas alas majestuosamente extendidas, recortándose contra la cúpula de Saint Paul.

—¿Lo estás viendo, Ramsey? —oyó preguntar a Higgins con voz histérica—. ¡Ha empezado! ¡Y tenemos que huir de este multiverso cuanto antes! He llamado a un Ejecutor, y también a Melford... Nos largamos al Otro Lado. Al menos allí podremos disfrutar de una muerte dulce... Este multiverso va a estallar... Ramsey, ¿me estás oyendo?

Ramsey dejó que su reloj resbalara entre sus dedos y cayera al suelo. Luego lo pisó con el zapato, haciendo crujir sus engranajes. El rostro perplejo del doctor Higgins desapareció en el acto. Ramsey se apoyó en el marco de la ventana mientras miraba a través de las lágrimas que arrasaban sus ojos cómo los caballos emprendían el galope, la niñera gritaba, los caballeros hacían aspavientos señalando hacia el cielo... «Ya ha llegado —se dijo—. El día del caos al fin ha llegado. Como estaba escrito.» Y no habían podido evitarlo. Todos aquellos mundos desaparecerían en la Gran Aniquilación, y el Otro Lado se congelaría. De nada había servido tanto sacrificio, de nada había servido alcanzar el Conocimiento Supremo, ni la espantosa matanza de inocentes que había ordenado su sabia civilización. Todos ellos desaparecerían, los ignorantes y los sabios, los que habían amado y los que no, víctimas y verdugos, y el único legado que dejaría su existencia serían sus átomos, que flotarían en el eterno vacío, dibujando por siempre y para nadie el símbolo de la barbarie...

—El caos es inexorable —murmuró con tristeza.

—El caos es inexorable —respondió a sus espaldas una voz metálica.

Ramsey se dio la vuelta, sabiendo lo que iba a encontrar. Allí, en medio del salón, había un Ejecutor, oscuro y brillante como una llamarada de penumbra. El científico lo reconoció de inmediato.

—¿A qué has venido, 2087V? —le preguntó con brusquedad—. ¿Te ha enviado Higgins? Dile que no quiero irme. Partid sin mí. ¡Fuera! Estoy cansado. De todas formas... —sacudió la cabeza con desesperación—, ¿qué más da morir en un mundo que en otro? ¿Qué más da...?

Ramsey interrumpió de pronto su lastimera letanía. El Ejecutor había empezado a abrir lentamente los brazos, separando las dos mitades de su capa como si se tratara de un cortinaje, y de su interior surgió una figurita frágil y vacilante. Cuando la claridad que se filtraba por la ventana la iluminó, descubrió que se trataba de una anciana, tan decrépita y temblorosa que parecía hecha de lágrimas fosilizadas. La mujer dio un paso hacia delante, frotándose las manos con nerviosismo, y dirigió al científico una mirada solemne.

—Buenos días, profesor Ramsey. ¿Se acuerda de mí? —Sonrió ante el desconcierto del científico—. Ya veo que no... Nos conocimos hace mucho tiempo en casa de Lady Ámbar.

Ramsey entornó los ojos.

—¿Señora Lansbury...?

Jane asintió.

—Así nos presentaron, pero mi verdadero nombre es Catherine Wells. Soy la viuda de H. G. Wells, el célebre biólogo del Otro Lado que sintetizó el virus de la cronotemia.

Ramsey abrió la boca, entre fascinado y estupefacto. Asintió como pudo. Entonces Jane respiró hondo. «Bertie, querido —se dijo—, allá voy.»

—Debo confesarle con inmensa vergüenza que fuimos nosotros quienes originamos esta epidemia. Nosotros trajimos el virus a este mundo, condenándolo a la destrucción. Pero, por suerte, antes de morir... mi marido dejó escrita la forma de salvarlo.

XXXIV

Y por fin ha llegado el momento de que el agente Cornelius Clayton recupere su protagonismo perdido. Volvemos a encontrarlo donde siempre, donde se esconde cuando no quiere ser encontrado, observando pensativo *El mapa del caos*, que reposa sobre su mesa junto a una tetera ya helada.

El agente acarició con los dedos la estrella que adornaba la tapa del libro, y después se recostó en la silla, dejando que su mirada vagara con melancolía sobre el botín de objetos mágicos que se almacenaban en la Cámara de las Maravillas, aquel sitio húmedo y polvoriento que con los años había llegado a considerar su refugio, y al que había acudido tan temprano que ni siquiera había visto salir el sol.

Suspiró y volvió a mirar el libro. Después de tantos años, aún seguía siendo un misterio para él. Un misterio que no hacía más que aumentar a medida que pasaba el tiempo, se dijo acordándose de Baskerville. Unos meses atrás, aquel extraño anciano se había presentado en su despacho y le había confesado que provenía de un mundo paralelo al suyo, un mundo donde cada persona tenía un gemelo, una variante potencial de sí mismo. Él, por ejemplo, era la copia del escritor H. G. Wells, aunque bastante más deteriorada que la de aquel mundo, como podía ver, y en la realidad de la que provenía había sido amigo de otro Clayton. Cualquier agente le habría echado de su despacho tachándolo de loco, pero el trabajo de Clayton consistía precisamente en escuchar a los locos, así que le había dicho que se sentara, había cerrado la puerta y en apenas diez minutos se había convencido de que aquel anciano decía la verdad. Cómo no hacerlo, si le había contado que su gemelo del otro mundo había perdido la mano en un feroz duelo con la mujer que amaba, cuyo retrato colgaba ahora en su sótano. Durante una hora había escuchado fascinado las aventuras del anciano, que acudía a él para pedirle ayuda, pues desde hacía dos años le perseguían unos extraños asesinos. Y al describírselos, un detalle hizo que Clayton se irguiese en su silla: aquellos cazadores lucían en sus armas la misma estrella que *El mapa del caos* ostentaba en su tapa. Emocionado, Clayton le había mostrado el libro al anciano, deseoso de que aportara luz a aquel misterio. Baskerville reconoció el símbolo y admitió que el libro y aquellos perseguidores debían de estar relacionados, pero ahí acabó el intercambio de información.

Después de que se marchara, Clayton había enviado una patrulla a peinar el páramo en busca de individuos que cuadraran con la descripción que el viejo le había ofrecido de sus perseguidores —hombres imposiblemente altos, pertrechados de largas capas, sombreros de ala ancha y extraños bastones—, y él mismo se había dedicado a vigilar durante varios meses a aquel supuesto Wells de otro mundo. El anciano trabajaba de cochero, como le había dicho, para el famoso millonario Montgomery Gilmore, que por aquel entonces se hallaba medio ahogado en un profundo pozo de dolor debido a la muerte de su prometida en un accidente de coche. Una trágica circunstancia que no solo había provocado que Clayton juzgara con un poco menos de severidad a aquel hombre al que no soportaba y al que había dejado de investigar en nombre de algo tan peregrino como el amor —todavía se sonrojaba cuando recordaba los argumentos con los que Wells le había convencido—, sino que también había vuelto su vigilancia de lo más aburrida. El millonario se pasaba los días bebiendo en su casa o en la de Wells hasta perder la conciencia, y eso obligaba a su cochero a permanecer de brazos cruzados en sus habitaciones la mayor parte del tiempo. Así que, tras varios meses de estéril vigilancia, Clayton decidió abandonar sus guardias; no podía continuar aplazando sus otras investigaciones por un caso que sus superiores hacía tiempo que habían archivado.

Y fue una verdadera lástima, pues si hubiera aguantado apenas unos días más, como muchos de sus gemelos en otros mundos, habría visto al famoso escritor Arthur Conan Doyle presentarse en la mansión de Murray casi de madrugada, acompañado de Wells y de su mujer, e intrigado por aquella intempestiva reunión habría vigilado a los dos escritores durante los días siguientes. Cada vez más extrañado, los habría visto visitar algunas tiendas de disfraces, comprar varias pizarras y realizar secretas excursiones a Brook Manor. Y finalmente los habría seguido el día de la falsa sesión de espiritismo con el Gran Ankoma en la que el hombre invisible había hecho su aparición, evitando con su intervención la muerte de Baskerville e imponiendo otro rumbo a los acontecimientos.

Pero por desgracia no les estoy contando la historia de ninguno de esos mundos, sino la de este, donde Clayton se rindió y los hechos sucedieron como todos ustedes ya saben. Por ello, fue una gran sorpresa para el agente que, a los pocos días de que abandonara su vigilancia, Wells y Doyle se presentaran en su despacho para informarle de la muerte de Baskerville: había sido atravesado por la espada medio oxidada que empuñaba un hombre invisible. Ni que decir tiene que Clayton había recibido la noticia como un mazazo. El anciano había muerto, y, a pesar de que Doyle y Wells aseguraron que su asesino era un ser completamente invisible, era evidente que se trataba del Villano, quien, como la señora Lansbury le había asegurado doce años antes, había regresado a por el libro, creyendo que lo tenía Wells.

Habían sido, en fin, unos días llenos de revelaciones, a cada cual más sorprendente. Sin embargo, solo habían servido para añadir más interrogantes a los que llevaba recolectando desde hacía doce años: ¿se refería la anciana a esos cazadores cuando le dijo que les entregara el libro a «aquellos que vienen del Otro Lado»? Y si era así, ¿cómo los encontraría? ¿Y si, como el Villano, querían destruir el libro? Después de todo, también eran asesinos. Por otra parte, si lo que Baskerville le había dicho era cierto y habitaban un universo múltiple, entonces tal vez había más de un Villano, como había más de un Wells y más de un Clayton... El agente suspiró. Los peligros que acechaban al libro se multiplicaban, y él seguía sin tener ninguna pista sobre a quiénes debía entregárselo.

Todas aquellas reflexiones le condujeron una vez más a Valerie de Bompard. ¿Cómo evitar pensar en ella? ¿Cómo evitar preguntarse si, en ese universo rebosante de mundos imposibles que ahora se dibuja ante él, existía más de una condesa de Bompard? ¿Sería la Valerie que él conoció una viajera de otro mundo? Debía reconocer que eso explicaría su extraña naturaleza, se dijo, y recordó lo que experimentó al verla por primera vez: aquella inquietante sensación de encontrarse ante algo insólito, ante una criatura tan fascinante que no podía pertenecer al vulgar universo que la rodeaba. El corazón se le llenó de espinas al imaginar el tormento de aquella niña náufraga, perdida en un mundo que debió de resultarle aterradoramente extraño, abandonada luego por el único hombre que de verdad la había comprendido. Y, para colmo, unos años más tarde se había enamorado de él, un agente de policía estúpido y arrogante que tan solo quería descifrarla porque —como ella misma le dijo— aquella era la forma de posesión más profunda que existía. Aun así, en aquel ramillete de mundos posibles había uno donde eran felices, un mundo donde Valerie seguía viva y no era ningún monstruo, sino parte de una realidad tan prodigiosa y sublime como su propia esencia, aunque él solo podía visitarlo durante sus sueños.

Unos golpes en la puerta un tanto desesperados lo trajeron de vuelta a la realidad. El agente lanzó un profundo suspiro y fue a abrir, sorteando los numerosos cachivaches que se amontonaban en la estancia y las extrañas columnas que, jalonadas de cables y bombillas, brotaban entre ellos como árboles de un bosque robótico. Cuando llegó junto a la puerta, tomó una profunda bocanada de aire y la abrió. Arqueó mucho las cejas al encontrarse con Wells y su mujer, ambos en pijama, como si acabaran de levantarse.

—Señor y señora Wells... ¿Qué demonios...?

—Agente Clayton —farfulló el escritor—, ¡cómo nos alegra encontrarle aquí! Necesitábamos verle, y como nos dijo que pasaba mucho tiempo en esta cámara, decidimos probar suerte antes de pasarnos por su despacho, dado lo temprano de la hora.

Clayton asintió con suspicacia.

—¿Y qué quieren? Debe de tratarse de algo muy urgente, ya que ni siquiera les ha permitido vestirse... —dedujo con ironía.

—Lo es, lo es. Verá... —empezó Wells un tanto azorado—, mi mujer y yo tenemos que hablarle de un asunto de suma importancia, relacionado con..., hum..., el libro.

—Oh, *el libro* —repitió el agente con recelo—. Bien,

bien. Hablemos pues sobre *el libro*. Pasen, por favor, y síganme.

El agente los guio hasta su mesa a través de la marea de objetos que inundaba el sótano. De camino, Wells observó alguno de los prodigios junto a los que pasaban —un esqueleto de sirena, la cabeza del minotauro, la piel de un inmenso licántropo...—, aunque no pudo prestarles demasiada atención, pues sus ojos volaban una y otra vez hacia el cuchillo que oscilaba tras la espalda de su mujer, con la punta casi acariciándole el principio de la columna.

—Les ofrecería té —dijo el agente cuando llegaron junto a su mesa—, pero me temo que se ha enfriado hace rato. Dudo que ahora sea bebible...

—Oh, no se preocupe, agente, ya hemos desayunado. Eh..., ese libro de ahí —dijo Wells, señalando con timidez el que descansaba sobre la mesa—, ¿es *El mapa del caos*?

—Así es —corroboró Clayton.

Al instante, el escritor salió despedido hacia el agente, como si de repente le hubiesen entrado unas irreprimibles ganas de abrazarlo. Seguidamente, un cuchillo surgió de detrás de Jane y apoyó su afilada punta en el cuello de la mujer.

—Buenos días, agente Clayton —saludó una voz—. Volvemos a encontrarnos. Ha pasado mucho tiempo desde la última vez.

Clayton, que acababa de zafarse de Wells, contempló aquel cuchillo que nadie sostenía con una mueca de odio, pero no dijo nada.

—Por favor, George, mientras el agente se repone de la sorpresa —continuó la voz—, ¿podrías aligerarlo de su pistola? ¡Y sin hacer tonterías, o dibujaré una hermosa sonrisa en el cuello de tu mujer!

Tensando la mandíbula, Clayton se abrió la chaqueta para que Wells pudiera despojarle de la pistola.

—Lo siento, lo siento —se disculpó el escritor—. No he tenido otra opción. Iba a hacerle daño a Jane.

Clayton le dedicó una mirada de desdén. El escritor agachó la cabeza y se volvió, pero apenas había dado un paso hacia la criatura cuando la voz lo detuvo.

—Oh, perdona, George, se me olvidaba... No querría abusar de tu amabilidad, pero ya que estás ahí, ¿serías tan amable de traerme también el libro? He venido a destruirlo, ¿recuerdas?

XXXV

Mientras el Villano visitaba a Clayton en la Cámara de las Maravillas, en un invernadero construido a imagen y semejanza del Taj Mahal, el famoso escritor Arthur Conan Doyle asistía a la peor defensa que había oído en toda su vida.

—Si de algo soy culpable, Arthur, es de hacerles soñar —estaba diciéndole el millonario—. Y los sueños son necesarios. ¡Son el reconstituyente de la humanidad!

—¿«Hacerles soñar»? ¿Así lo llamarías? —preguntó con incredulidad el escocés, dejando que su vozarrón retumbara en el espacio vacío del invernadero.

—Tú hiciste lo mismo con Sherlock Holmes —se defendió Murray—. Les diste a tus lectores el bálsamo que necesitaban para sobrellevar su miserable existencia. ¡Y luego se lo arrebataste!

—Holmes era un maldito personaje de ficción —protestó Doyle, cada vez más irritado—. En ningún momento lo presenté como un personaje real.

El millonario dejó escapar un bufido y probó a cambiar de táctica.

—Es cierto. Pero ¿y el Gran Ankoma? ¿Acaso George y tú no me lo presentasteis como un médium auténtico capaz de ponerme en contacto con Emma?

—El fin de esa mentira era salvarte la vida, por eso decidí participar en ella: pensábamos que si te tragabas aquella farsa, abandonarías la idea del suicidio. En cambio, el propósito de Viajes Temporales Murray era bien distinto. ¡Y yo te defendí, maldita sea! ¡Escribí docenas de artículos defendiéndote!

—¿Y no te lo agradecí en su momento? De todos modos, ¿qué culpa tengo yo de que creas en cualquier cosa?

—¡Yo no creo en cualquier cosa! —rugió Doyle, fuera de sí.

Murray alzó la cabeza, pero antes de que pudiera soltar la carcajada que ya le trepaba por la garganta, un punto en el cielo llamó su atención. Entrecerró los ojos para tratar de enfocarlo. Su boca se fue abriendo en un gesto de estupor a medida que la silueta tomaba forma. Cuando descubrió de qué se trataba, apenas pudo farfullar con voz estrangulada:

—¿Y si te dijera que en estos momentos un pterodáctilo va a pasar por encima de nuestras cabezas?

—¿Un pterodáctilo? ¡Por el amor de Dios, Gilliam! —exclamó indignado Doyle—. ¡Por quién me tomas! ¡Claro que no me lo creería!

Apenas había terminado de hablar cuando un sonido como de sábanas azotadas por un vendaval empezó a oírse cada vez más cerca. Un segundo después, el día se nubló de repente y una inmensa sombra pasó sobre ellos. Sorprendido, Doyle levantó la cabeza y, a través del techo del invernadero, contempló con el mismo pasmo que Murray cómo un enorme pterodáctilo cruzaba el cielo. Era idéntico a las reconstrucciones que había visto en los grabados: tenía el cráneo estrecho, una mandíbula picuda sembrada de dientes, y las alas desplegadas, de un gris verdoso, debían de medir casi dos metros. Cuando el animal desapareció en el horizonte, Doyle preguntó con voz temblorosa:

—¿Cómo demonios has hecho eso?

Murray se encogió de hombros, lívido y demudado.

—¿Me creerías si te dijera que no tengo nada que ver?

Doyle perfeccionó aún más su pasmo. Entonces..., ¿el bicho que acababa de cruzar el cielo era real? ¿Habían visto pasar sobre su cabeza a un reptil volador extinguido hacía millones de años? En aquel preciso instante, ambos repararon en un sonido que ni su acalorada discusión ni el posterior batir de las alas del animal les había permitido oír: el histérico tintineo de cientos de campanillas. Salieron a toda prisa del invernadero y se encontraron con Elmer, que acudía a buscarlos a todo correr.

—¡Señor Gilmore! —gritó el mayordomo cuando llegó hasta ellos—. Los espejos..., los criados..., cosas imposibles..., centauros..., dragones.

—Mi fiel Elmer, ¿te importaría ordenar tus palabras en frases que tengan sentido? —le recomendó el millonario con paciencia—. De lo contrario, ni el señor Doyle ni yo podremos entenderte.

—Eh... Lo siento, señor —se disculpó el mayordomo, tratando de recuperar la fría flema propia de su gremio—. Intentaré ordenarlas, pero me temo que seguirán sin tener sentido. Verá, los criados acaban de informarme de que los espejos han dejado de reflejar, eh..., la realidad.

—¿De veras? ¿Y qué reflejan ahora? —inquirió Murray.

—Bueno..., no sabría decirle, señor. Los criados no se ponen de acuerdo. Billy, el chico de las caballerizas, asegura que su espejo está reflejando a un caballero que lucha contra un dragón; la señora Fisher, la cocinera, dice haber visto a un grupo de niños con patas de cabra tocando la flauta; Ned, mi ayudante, a un hombre con cabeza de halcón; la señora Donner, el ama de llaves, dice que ha visto un campo nevado por donde se desplazaba un siniestro vehículo de hierro que vomitaba fuego por un enorme tubo...

Murray y Doyle intercambiaron una mirada y luego se precipitaron hacia el círculo de espejos. Una vez allí, comprobaron que lo que contaban los criados era cierto. Ninguno de los espejos reflejaba la prosaica realidad que tenían delante. Todos parecían soñar con otros mundos, a cada cual más increíble.

—Dios mío... —susurró Murray. Se volvió hacia su mayordomo y le ordenó—: Elmer, regresa a la casa e intenta tranquilizar a los criados.

—¿Que tranquilice a los criados? ¡Claro...! Descuide, señor... —ironizó el mayordomo, y partió a cumplir con su *sencillo cometido*.

Murray y Doyle estudiaron entonces con mayor detenimiento la colección de prodigios que mostraban los espejos, y pronto vieron que aquel delirio no se limitaba a los azogues. Fuera del círculo, unos árboles traslúcidos se habían materializado sobre la hierba, a unos metros de donde se encontraban. Emitían un ligero resplandor, como si la luz los atravesara.

—¿Qué demonios está pasando, Arthur? —exclamó Murray—. Yo mandé talar esos árboles cuando compré la casa.

—Pues en algún otro mundo decidiste dejarlos ahí —reflexionó el escocés. Luego miró atónito hacia el horizonte, donde gravitaban un par de lunas rojizas—. Dios santo... Da la impresión de que los infinitos mundos del universo están acercándose, incluso superponiéndose... ¿Será este el fin del mundo que anunció la anciana?

—¿Qué anciana? —preguntó con curiosidad el millonario.

—¿Cómo que qué anciana? —se desesperó Doyle—. ¡La anciana que le entregó el libro al agente Clayton!

¡Maldita sea, Gilliam, no te has enterado de nada de lo que te he contado! Cuando fuimos a verle, Clayton nos dijo que...

Pero Murray ya no le escuchaba. Uno de los espejos había llamado su atención. Su cristal se había empañado de repente, convirtiéndose en una especie de niebla plateada y brillante que enseguida desapareció y desveló el dormitorio de una casa, donde una mujer llenaba apresuradamente una maleta mientras un hombre miraba con espanto por el ventanal. Murray se acercó al espejo con cautela y se inclinó sobre él.

—Conozco a esas personas —balbució un tanto sorprendido—. Son el señor y la señora Harlow, los padres de Emma.

Doyle observó la imagen por encima de su hombro. A juzgar por el rostro espantado del individuo que miraba por la ventana, el fin del mundo, o lo que demonios fuese, también había comenzado allí. Sus voces le llegaban distorsionadas pero audibles.

—¿Qué está ocurriendo, querido? —preguntó la mujer mientras cogía más ropa del armario.

El hombre tardó en responder, como si le costara darle un sentido a lo que estaba viendo.

—Creo que... están atacando Nueva York —respondió al fin con voz sombría.

—Dios mío... Pero ¿quiénes?

—No lo sé, Catherine —dudó el hombre—. Los edificios se están... emborronando. Y nuestro jardín... Oh, Dios, es como si alguien estuviese dibujando otro jardín encima.

La mujer lo miró tratando de comprender sus palabras, y gritó:

—¡Emma, si ya has terminado con tu equipaje, ven a ayudarme!

Doyle advirtió que el millonario se encogía al tiempo que Emma entraba en la habitación.

—Dios mío... —susurró Murray.

La muchacha empezó a ayudar a su madre a meter en la maleta toda la ropa que estaba expoliando del armario, y de tanto en tanto lanzaba miradas preocupadas a su padre, que continuaba hipnotizado ante el espectáculo que se ofrecía tras la ventana. Emma vestía de negro, como la primera vez que la habían visto, y su rostro seguía mostrando los estragos del dolor.

—¿Crees que es necesario que nos llevemos todo esto, madre? ¿Y a dónde demonios se supone que vamos? —la oyeron quejarse.

—A las alcantarillas, como están haciendo los Britton —respondió su padre sin mirarla—. Allí estaremos a salvo.

Murray tomó aire, se aclaró la garganta y la llamó:

—¡Emma!

Y su voz debió de llegar hasta ella, pues la muchacha alzó la cabeza de inmediato, se volvió muy despacio —al parecer, hacia el espejo de la habitación— y se quedó boquiabierta. Sus padres miraron hacia el mismo punto, llenos de perplejidad. Nadie dijo ni hizo nada. Al cabo de unos segundos, la muchacha caminó lentamente hacia el azogue. Murray la observó acercarse a él con pasos temblorosos y el rostro recorrido por una confusa oleada de sentimientos. Cuando al fin llegó hasta él, ambos se miraron a los ojos.

—Monty... —susurró ella con voz nebulosa—. Sabía que volverías, lo sabía...

—Sí —respondió Murray entre el llanto y la risa—. Siempre vuelvo, ya lo sabes, aunque a veces llegue tarde.

—¡Y ahora puedo oírte! —dijo Emma con el entusiasmo de una niña.

—Pues escucha esto: te amo y nunca dejaré de hacerlo.

Ella sonrió feliz conteniendo las lágrimas mientras apoyaba las manos en la superficie del espejo. Murray la imitó, pero tampoco esta vez pudieron tocar la piel del otro. Una mueca de resignación contrajo el rostro de ambos. Estaban tan cerca que podrían abrazarse, y sin embargo volvían a estar encerrados en prisiones gemelas.

—Siento lo que pasó —le dijo ella con la voz estrangulada por el llanto—. Si no hubiese insistido en conducir, como una niña caprichosa..., ahora estarías vivo.

Murray negó con la cabeza, incapaz de pronunciar una palabra. ¿En serio pensaba eso Emma? ¿Que él era el espíritu de un muerto al que le encantaba aparecérsele en los espejos? Durante un instante barajó la posibilidad de sacarla de su error, de explicarle que estaba vivo, aunque era un Gilliam diferente, que había visto morir a una Emma diferente. Pero desechó la idea. Probablemente aquello la desconcertaría demasiado, y no había tiempo para largas explicaciones. Si no te hubiera dejado conducir, pensó mientras le sonreía con dulzura, serías tú quien habría muerto.

—¿Dónde estás? —oyó preguntar entonces a Emma.

El millonario dejó escapar un suspiro.

—A mundos de distancia —respondió—. Pero iré a por ti, te lo prometo. Encontraré el modo de llegar hasta tu mundo.

—El mundo entero se reduce a la distancia exacta que nos separa —susurró ella.

El padre de Emma se acercó al espejo.

—¿Qué está pasando, Montgomery? ¿Puedes ayudarnos?

Antes de que Murray pudiera responder, la visión comenzó a desvanecerse. Las figuras de Emma y de su padre se diluyeron poco a poco, y otra imagen fue conquistando el espejo. Parecía la sala del trono de un castillo, y estaba ardiendo. Murray y Doyle vieron dos tronos vacíos sobre una tarima, que se consumían envueltos en llamas al tiempo que la muchacha se volvía borrosa.

—¡Emma!

—¡Ven a buscarme! —gritó ella, antes de que su figura se desvaneciera por completo.

—¡Lo haré, Emma! ¡Te lo prometo! —gritó Murray—. ¡Para mí no hay nada imposible!

Pero sus palabras apenas se oyeron por encima del crepitar del fuego que asolaba el castillo. Murray lanzó una maldición y cerró los puños, dispuesto a golpear el espejo que ahora se burlaba de él mostrándole un estúpido castillo en llamas, pero Doyle posó una mano en su hombro.

—Tenemos que irnos, Gilliam.

—¿Irnos? ¿A dónde? —preguntó confuso el millonario.

—Escúchame bien. —El escocés se puso frente a él y le miró directamente a los ojos—. Si quieres volver a ver a Emma, tendrás que confiar en mí. ¡Hay que salvar el mundo! Y sé dónde se esconde la clave para hacerlo...

—¿La clave? Pero ¿de qué demonios...?

Sin dejarle acabar, Doyle le tomó del brazo, lo arrastró fuera del círculo y le ordenó que corriera hacia la mansión al mismo tiempo que él emprendía la carrera. Murray lanzó un bufido y lo siguió a través de los jardines, donde las docenas de espejos que Murray había repartido allí comenzaron a estallar uno tras otro. Como apedreados por proyectiles invisibles, saltaban hechos añicos sembrando el aire de cristales. Doyle y Murray se protegieron la cabeza con los brazos apenas un segundo antes de ser rociados por una lluvia de afiladas esquirlas. Cuando cesó, el escocés echó un vistazo a su alrededor, intentando encontrar una vía de escape libre de espejos, pero Murray no había dejado un solo rincón sin cubrir. Tendrían que arriesgarse a huir por cualquier camino. Tiró del millonario hacia un pasadizo de arbustos, y empezaron a cruzarlo a la carrera mientras los espejos que había a ambos lados y los que colgaban de las ramas sobre su cabeza estallaban aleatoriamente.

—Maldita sea, maldita sea... —protestaba airado Murray mientras seguía a Doyle dando trompicones.

—Vamos, Gilliam, deja de quejarte. ¿Qué son unos cuantos cristales comparado con una casa en llamas? —lo animó Doyle.

Lograron salir de la trampa mortal en la que de repente se habían convertido los jardines relativamente ilesos. Pese a haberse protegido con los brazos, ambos tenían la cara llena de pequeños cortes, como si se la hubiesen frotado con un puercoespín. Al alcanzar la fachada lateral de la casa, forrada ahora de espejos rotos, vieron a los criados subir en desbandada desde la avenida y desperdigarse por los jardines laterales, asustados por los estallidos de los espejos y las extrañas imágenes que habían visto en ellos. En ese instante, un Elmer manifiestamente superado por las circunstancias salió de la mansión y se dirigió al escocés.

—¡Señor Doyle, menos mal que le encuentro! Hemos recibido una llamada telefónica de su secretario. Al parecer, el teléfono llevaba sonando bastante tiempo, pero con todo este escándalo nadie le prestaba demasiada atención. Le ofrezco mis más sinceras disculpas, señor, y lamento...

—¡Sáltese las disculpas y vaya al grano, Elmer! —lo interrumpió Doyle—. ¿Qué quería mi secretario? ¿También están estallando los espejos de Undershaw?

—Eh..., sí, señor... Pero quería que supiera que, a pesar de todo, su mujer, sus hijos y su personal de servicio se hallan a salvo. Desconcertados pero a salvo.

—Gracias a Dios... —Doyle suspiró.

—Una cosa más, señor. Al parecer, la tetera que guarda en su despacho empezó a pitar al poco de irse usted, y desde entonces no ha dejado de hacerlo. Su secretario no sabe cómo pararla. Quería pedirle permiso para silenciarla con el martillo, señor.

—¡Maldita sea, maldita sea! —exclamó Doyle visiblemente afectado—. La tetera... ¿Es que todo ha de suceder el mismo día? ¡Quién ha escrito este desquiciado libreto!

Prefiero no darme por aludido y seguir con la narración: Murray lo miró con expresión de sorpresa.

—¡Pero qué demonios importa una maldita tetera con lo que está sucediendo! —le reprochó.

—¡Elmer, llame a la señorita Leckie! —ordenó Doyle, ignorando al millonario—. ¡Dígale que no salga de casa, y que no tenga miedo, que yo solucionaré esto! —Una vez más, tomó del brazo a Murray y tiró de él hacia la avenida—. ¡Vamos, tengo mi carruaje en la entrada! Puede que aún lleguemos a tiempo...

—Eh..., limpia todo este desastre, Elmer —dijo el millonario mientras echaba a correr tras el escocés.

—Descuide, señor —respondió el mayordomo con su proverbial flema.

Murray y Doyle enfilaron la avenida soltando unos jadeos hondos y prolongados que venían a certificar que ninguno de los dos era ya un jovencito. También allí los espejos habían estallado, alfombrando la hojarasca con una crujiente costra de cristales. No había un solo criado en su puesto, evidentemente; solo una hilera de sillas vacías, algunas volcadas. Tras recorrer algo más de la mitad del camino, vieron materializarse al fondo un ejército de jinetes. Se detuvieron en seco y observaron hipnotizados el avance de aquella caballería erizada de estandartes que se dirigía hacia ellos al galope. Cuando estuvieron más cerca, apreciaron que los flancos de los caballos iban protegidos con armaduras repujadas, y las cabezas cubiertas con siniestros yelmos que les otorgaban un aspecto monstruoso. Los jinetes eran unos humanoides extraños de rostro alargado y anguloso, orejas picudas y melena albina, y también iban envainados en armaduras plateadas, cuyas hombreras estaban sembradas de púas. La mayoría enarbolaban espadas y lanzas, y tres o cuatro portaban estandartes que lucían extraños símbolos. Cuando logró sobreponerse al hipnótico espectáculo, el escocés se volvió y echó a correr hacia la casa.

—¡Corre, Gilliam, por lo que más quieras, o nos pasarán por encima!

El vozarrón del escocés despabiló a Murray, que rompió su parálisis y corrió tras él. Apretó los dientes; cada vez oía más cerca los rabiosos gritos de batalla de los jinetes, el tintineo de las corazas, el pifiar de los caballos y el fragor de sus cascos sobre la arena. Y enseguida comprendió que, por mucho que corrieran, no había escapatoria: la casa estaba demasiado lejos. En cuestión de segundos serían arrollados. Morirían de aquel modo absurdo, pisoteados por un feroz ejército que ni siquiera les prestaría la más mínima atención mientras les pasaba por encima. Resignado, Murray se preparó para recibir el golpe del primero de los jinetes, caer al suelo y ser pisoteado indolentemente por el resto.

—Lo siento, Emma —susurró mientras oía bufar a uno de los caballos a pocos centímetros de su nunca.

Sin embargo, el esperado impacto no llegaba. Atónito, vio cómo el jinete y su montura atravesaban su cuerpo, como si fuese de humo. Contempló primero las patas delanteras del caballo, que surgieron de su estómago, convirtiéndolo fugazmente en un centauro; luego el cuerpo del animal con su respectivo jinete, y después los cuartos traseros. En ningún momento sintió dolor alguno, solo un ligero escalofrío. Después ocurrió lo mismo con el siguiente jinete, y con el que seguía a este. Lo atravesaban uno tras otro, pero no por ello dejó de correr, comprobando de soslayo que Doyle tampoco lo hacía. Ambos continuaron corriendo mientras los jinetes pasaban a través de ellos, sin poder creer que ninguno de los dos cayera bajo aquella poderosa horda. Cuando el ejército los rebasó, Murray se detuvo y sus labios forjaron una dichosa aunque desconcertada sonrisa. Para su asombro, seguía entero. A su lado, Doyle le contemplaba con la misma expresión de radiante alivio.

—¡No puedo creerlo, nos han atravesado! —exclamó Murray—. ¡Son como espejismos!

Doyle asintió, todavía jadeante, y ambos observaron cómo se alejaba aquel extraño ejército, dibujando a su espalda una polvareda traslúcida.

—Pero ¿quiénes eran? —inquirió Murray.

—Un ejército de otro mundo, sin duda. Un mundo que en estos momentos debe de estar superponiéndose al nuestro —reflexionó Doyle—. Y me temo que esto solo es el principio.

—¿El principio?

Doyle asintió con pesadumbre.

—En Brook Manor vimos otro mundo a través del espejo. Estaba cerca, aunque no lo bastante, ya que nuestras voces no llegaban hasta él.

—Pero hoy he podido hablar con Emma...

—Eso significa que ahora los mundos se están rozando. Y es de suponer que si esto continúa así, esas transparencias que ahora resultan inofensivas... acabarán cobrando realidad.

—Dios santo... —susurró Murray, aterrado.

—No podemos perder más tiempo, Gilliam —dijo el escocés, echando a andar de nuevo hacia la entrada con aire resolutivo—. Debemos llegar a Londres cuanto antes. Me temo que el universo entero, todo lo que conocemos y todo lo que imaginamos, va a estallar. Y solo el agente Clayton puede impedirlo.

—¿Clayton? —Murray alzó las cejas—. ¿Por qué él?

—He intentado decírtelo desde que llegué. *El mapa del caos* es la clave para salvar el mundo y lo tiene él... —Doyle se acordó entonces de la maldita tetera que pitaba en su despacho—. O eso espero, que aún lo tenga.

XXXVI

En ese mismo instante, el profesor Ramsey, la señora Lansbury y el Ejecutor 2087V salían a la calle, que se había transformado en un hervidero de gente corriendo en todas direcciones presa del pánico. Les bastó una mirada para comprender de qué huían. Al fondo de la avenida, la catedral de Saint Paul parecía enterrada bajo incontables velos de gasa. Ramsey supuso que sobre ella se estaban superponiendo otras catedrales de otros Londres paralelos. Cuanto había ocupado aquel espacio a lo largo de los siglos volvía a llenarlo en aquel instante, produciendo la ilusión de que una crisálida resplandeciente envolvía la catedral, que se había transformado en un edificio de contornos turbios, múltiples. Al profesor le pareció distinguir entre todas aquellas capas la antigua catedral medieval de estilo neoclásico que había sido pasto de las llamas en 1666, e incluso la pequeña iglesia de madera erigida en el año 604, que tenía el honor de haber sido la primera iglesia de Inglaterra. Aquel efecto empezó a contagiarse a los edificios colindantes, que desaparecían poco a poco bajo aquel crespón nebuloso. Entre la multitud que corría despavorida también distinguió a varias personas y carruajes traslúcidos, fugados de otra realidad, que se cruzaban con sus dobles en aquella huida enloquecida. Ramsey lanzó un suspiro. No había tiempo que perder.

—Debemos dirigirnos lo antes posible a Great George Street —anunció mirando al Ejecutor—, donde se encuentran las oficinas de Scotland Yard.

—Pues me temo que tendremos que hacerlo al modo tradicional, profesor. Si nos transportamos a otro mundo, dudo que mi bastón pueda calcular correctamente las coordenadas de vuelta, con todos los universos colisionando.

—Comprendo —dijo Ramsey con resignación—, aunque te aseguro que aún nos resultará más difícil encontrar un carruaje libre en Londres, y más en estas circunstancias.

Decidieron echar a andar calle abajo, en dirección al Támesis, con la esperanza de dar con algún medio de transporte que los eximiera de la larga caminata. Ramsey le había ofrecido el brazo a la anciana y ambos caminaban muy juntos. El Ejecutor cerraba la comitiva, como un alto ciprés despuntando entre achaparrados riscos. En medio de aquel caos, nadie les prestaba atención. Al poco, en la siguiente calle, que se hallaba sorprendentemente desierta, distinguieron a un cochero que desde el pescante de su carruaje contemplaba hipnotizado una figura transparente que caminaba hacia él con pasos renqueantes.

—¡Eh, oiga, necesitamos un carruaje! —gritó Ramsey al verlo.

Su voz alertó al cochero, que apartó al fin la vista de la aparición para dedicarles una mirada inexpresiva.

—¿Podría llevarnos a Great George Street?

El hombre asintió silenciosamente, sin considerarlo siquiera unos segundos, como si supiera que continuar con su rutina era lo único capaz de evitar que el delirio que estaba presenciando resquebrajara su cordura. El Ejecutor disminuyó sus constantes vitales para no alterar a los caballos y subió al carruaje junto a la anciana. Ramsey, sin embargo, se demoró unos segundos para observar más de cerca la borrosa figura que estaba a punto de pasar junto a ellos. Por su aspecto, se diría que la criatura estaba hecha con piezas de cadáveres remendadas. Cuando estuvo a su altura, el profesor encaró la aterradora oscuridad de sus ojos, donde creyó distinguir la chispa de un relámpago. Luego estiró una mano hacia su rostro surcado de costurones, y vio cómo lo atravesaba y salía por su nuca. Se echó a un lado antes de que la figura pasara a través de él y la contempló mientras seguía su camino con andares bamboleantes.

—Fascinante... —susurró estudiándose la mano que había atravesado el cerebro del monstruo.

Subió al carruaje y le dio al cochero la orden de partir. El látigo restalló en el aire y pronto se encontraron bordeando el río por el Victoria Embankment. Durante el recorrido hacia su destino, vieron hileras de edificios revestidos de aquella costra traslúcida, y riadas de espectros resplandecientes corriendo de un lado a otro. A la altura de la Aguja de Cleopatra, sobre las aguas del Támesis, Ramsey contempló una escena presumiblemente de la batalla de Lepanto, en la que una fragata de la Liga Santa era embestida por una galera turca. Un grupo de curiosos observaba embelesado aquella batalla sobre la que tanto habían leído en la *Enciclopedia Británica*.

Cuando el carruaje llegó a Great George Street, Ramsey tenía la sensación de haber atravesado la mente de un loco. Bajaron del coche y se dirigieron a las oficinas de Scotland Yard, donde descubrieron que reinaba el mismo caos que en las calles: los agentes deambulaban a la deriva y se gritaban órdenes contradictorias, como hormigas en un hormiguero que se inunda. En tales circunstancias, nadie prestó la más mínima atención al extraño trío formado por el profesor, la señora Lansbury y el Ejecutor 2087V.

Ramsey se tomó unos momentos para evaluar la situación, e iba a ordenarle al Ejecutor que detuviera a alguno de los policías que pasaban a su lado cuando de repente un agente pálido y escuchimizado se dirigió hacia él caminando con diligencia, hasta que su barbilla chocó contra el pecho del Ejecutor, que no pareció acusar el golpe. El joven lo miró desconcertado, frotándose la barbilla dolorida con la mano.

—Eh..., me temo que nuestro amigo no es ninguna aparición, agente —dijo Ramsey.

El joven observó con curiosidad al profesor y a la anciana, y a continuación alzó la cabeza hacia el Ejecutor, tratando de distinguir su rostro, que el ala del sombrero mantenía en sombras.

—¿Y qué es? —inquirió con suspicacia.

—Es... extranjero —respondió Ramsey.

—Ya —dijo el agente sin disimular su recelo, y se dirigió a Ramsey, cuyo aspecto era mucho menos inquietante—: ¿Y a qué han venido? ¿Qué extraño prodigio han visto? Les aseguro que ya hemos recibido toda clase de avisos. —Para demostrarlo, agitó los papeles que llevaba en la mano—. Todo el mundo está tropezándose con los personajes de las novelas, los mitos o los cuentos infantiles. —Consultó rápidamente sus notas—. Alguien ha visto el Nautilus del capitán Nemo emergiendo del Támesis, y una señora dice que en el patio de su casa hay un león con cara de hombre y cola de escorpión. Que yo sepa, ¡eso es una mantícora! También hay un puñado de criaturas que no logramos identificar. ¿Conocen alguna historia sobre un gorila gigante? Nos han avisado de que hay uno encaramado al Big Ben...

En ese momento, una copia fantasmal del agente pasó junto a ellos agitando también un mazo de papeles, y atravesó a su doble sin inmutarse. El agente elevó los ojos al cielo, desesperado.

—Otra vez... ¡Es imposible trabajar así!

—Joven, por favor —le interrumpió la vocecita dulce de la anciana antes de que reanudara su discurso—, hemos venido a buscar al agente especial Cornelius Clayton. ¿Podría indicarnos dónde está?

El agente la observó con sorpresa.

—¡Eso quisiera saber yo, señora! —exclamó—. ¡El agente Clayton se ha pasado media vida persiguiendo criaturas mágicas, y justo el día en que todas esas cosas deciden organizar una fiesta, parece que se lo hubiera tragado la tierra!

—¡Agente Garrett! —lo llamó alguien desde el otro lado de la gran sala.

—¡Enseguida voy! —respondió el joven. Y volviéndose hacia la anciana, añadió—: Lo siento, pero no sé dónde está Clayton, ni siquiera el capitán Sinclair. En realidad, no queda nadie de la maldita División Especial. ¡Todos han desaparecido! Ahora, si me disculpan... —Acudió junto al policía que lo había reclamado.

—Me temo que va a ser difícil encontrarlo —dijo la anciana con desolación.

—Mmm... Quizá haya un modo —reflexionó Ramsey—. Busquemos un poco de intimidad.

Abrió una puerta cercana, vieron que daba a un despacho vacío, y allí se refugiaron. Tras atrancar la puerta con una silla para que no les molestara nadie, al menos nadie de aquel mundo, Ramsey se dirigió al Ejecutor:

—El agente especial Cornelius Clayton es un saltador mental —le dijo.

Si eso fue una revelación para el Ejecutor o una simple constatación, nadie habría podido distinguirlo.

—¿Qué es un saltador mental, profesor? —preguntó la anciana.

—Un sujeto infectado por el virus que, por alguna razón que desconocemos, no es capaz de completar el salto físicamente, sino solo con la mente —le explicó Ramsey—. Hasta el momento, el Clayton de este mundo es el único saltador mental que hemos localizado. No hemos detectado ningún otro caso como el suyo, ni siquiera sus gemelos. La mayor parte de los Clayton, incluidos aquellos a quienes mordió la criatura de la que tuvo la desdicha de enamorarse, tan solo padecen la enfermedad de la narcolepsia, pero ese mal no guarda ninguna relación con el incidente en el que perdieron la mano. A algunos la enfermedad se les desarrolla antes que a otros, y otros mueren sin que jamás se les presente... Sin embargo, en el Clayton de nuestro mundo, la eclosión de la enfermedad coincidió justo con el ataque de la saltadora natural. Y por causas que todavía no comprendemos, tal vez el poderío de sus sentimientos, o quizá alguna otra singularidad de este sujeto en concreto, su mente utiliza la enfermedad para volar hacia su amada. Como le he dicho, se ha convertido en un saltador mental. Cada vez que viaja, su cuerpo se queda aquí, tirado en cualquier parte como una cáscara vacía, pero su mente corre hasta ella. Y se da la circunstancia de que su rastro es el más luminoso de todos. Nuestros Ejecutores nunca le han perseguido porque resulta inofensivo, ya que no produce ninguna alteración en el tejido del multiverso, pero conocen su rastro perfectamente. Es como un relámpago dorado y brillante... —Adoptó una expresión soñadora—. Son las moléculas de la imaginación, de la capacidad de soñar..., esas cualidades que hacen tan especial este multiverso, y que tal vez sean su única esperanza de salvación. ¡Al fin y al cabo, fue gracias a la sangre de este saltador mental que conseguimos sintetizar una vacuna efectiva! Y su don, señora Lansbury, podría servirnos ahora para localizarlo, y encontrar así el libro de su marido. ¿Crees que eso sería posible, 2087V?

—Siento esperanza —murmuró el Ejecutor sin mover los labios—. Su estela es muy nítida y poderosa. Es posible que, a pesar del caos, pudiera seguirla hasta el mundo al que vuela, y después, antes de que desapareciera, regresar sobre ella, hasta donde se encontrara tirado el cuerpo del agente.

—Bien, entonces solo necesitamos que Clayton sufra uno de sus frecuentes desmayos, aunque no tenemos ninguna garantía de que eso vaya a suceder antes de que el universo...

—Perdone, profesor Ramsey —intervino la anciana con el rostro iluminado de entusiasmo—. ¿He oído bien? ¿Ha dicho que habían encontrado una vacuna efectiva?

—Así es. Aunque ahora ya no nos hará falta: gracias al mapa de su marido, podríamos llegar un minuto antes del contagio cero, y simplemente evitarlo...

—¡Y utilizar la vacuna con Newton! —le interrumpió la anciana con expresión suplicante—. Así no será preciso sacrificarlo, ¿no es cierto?

Ramsey sonrió con indulgencia.

—Podría intentarse... —respondió cauteloso—. Es cierto que el suero es efectivo, pero debe comprender, señora Lansbury, que ante el más mínimo indicio de la presencia del virus en el organismo del animal... En fin, no podríamos arriesgarnos a que todo volviera a comenzar.

—Oh, por supuesto, me hago cargo..., pero sería un final tan bonito para mi libro... —dijo la anciana, y luego se dirigió al Ejecutor—: Y usted podría dejarme junto a mi querido Newton en algún mundo apacible donde pudiera terminarlo con calma. —El Ejecutor asintió imperceptiblemente—. Bien, ¿a qué esperamos? Tenemos que localizar al agente del corazón roto.

Ramsey le pidió al Ejecutor que procediera. Este se colocó en el centro del pequeño despacho, esperó a que el profesor bajara la persiana de la ventana y enarboló el bastón por encima de su cabeza, con la gravedad con la que un rey mostraría su cetro ante sus súbditos. Instantes después, un ligero chisporroteo de luz azulada recorrió el bastón de un extremo a otro, cada vez más intenso, hasta que aquel resplandor añil empezó a conquistar la oscuridad que lo rodeaba, extendiéndose por la habitación palmo a palmo, como un papel que se desdobla, atrapando a todos en su interior. A continuación, cuando había ocupado casi la totalidad del despacho, unas líneas rojizas despuntaron en su superficie y se propagaron como un entramado de venas, dibujando la geografía del multiverso. Antes del día del caos, aquellos trazos carmesíes, que representaban cada uno de los infinitos mundos que existían, habían estado dispuestos paralelamente, como las cuerdas de un arpa. En cambio, ahora ondulaban y se inclinaban hacia los trazos vecinos, tocándose en algunos puntos, o incluso se enroscaban o fusionaban con ellos, provocando continuos estallidos y desgarrones violáceos en la lisa superficie azulada que semejaba el tejido universal. Aquel caótico enredo de líneas ilustraba fielmente lo que estaba ocurriendo fuera, era un esquema de la devastación, un cáncer de bellas tonalidades. Con todo, entre la madeja de trazos se distinguían docenas de estelas verdosas que saltaban de una línea a otra y luego a otra, uniéndolas como los cordones de un corsé. Eran los cronotémicos, que brincaban despavoridos entre mundos, creyendo que así podrían huir de aquel caos salvaje y repentino. Pero el caos era inexorable. No se podía escapar de él. Y lo único que los cronotémicos conseguían con sus alocados brincos era perforar aún más el castigado tapiz de la existencia.

—Este es el auténtico mapa del caos —susurró la anciana.

Ramsey asintió casi con reverencia.

—Y si el agente Clayton se durmiera ahora mismo, en alguna parte de él aparecería una estela dorada —le explicó, señalando con la mano aquella hermosa bruma de luces y colores que sin embargo reflejaba el mayor cataclismo que el universo presenciaría jamás.

—Entonces solo nos queda esperar —dijo la señora Lansbury—. Ojalá se duerma pronto...

XXXVII

Dios, no dejes que me duerma ahora, pensaba Clayton en ese preciso momento. El Villano le había arrebatado a Wells la pistola y el libro, y ambos objetos flotaban en el aire, a unos metros de donde el agente se encontraba.

—Bien, mis queridos amigos —la voz del Villano surgió melosa desde detrás del arma, que apuntaba alternativamente al matrimonio y a Clayton—, me temo que esta agradable reunión ha llegado a su fin. Nada me gusta más que vuestra compañía, pero ahí afuera existen muchos mundos que todavía no he explorado, así que, sintiéndolo mucho, debo irme. George, prometí mataros sin causaros sufrimiento y soy un hombre de palabra. Así que os dispararé una bala en el cerebro. Creo que es un piadoso modo de matarte, más que cualquiera que haya usado antes. Aunque, por supuesto —susurró mientras el oscuro hocico de la pistola se desviaba hacia Jane—, las damas primero.

Wells se colocó delante de su mujer, tan pálido que parecía moldeado en nieve. De pronto, Clayton soltó una ruidosa carcajada. La pistola vaciló durante unos segundos, y encañonó al policía.

—¿Qué es lo que le hace tanta gracia, agente? —inquirió colérica la criatura.

Clayton resopló un par de veces, intentando controlarse.

—Oh, lo siento..., pero no he podido evitar acordarme del día en que le disparé en la pierna, en casa de la señora Lansbury...

—Yo tampoco he olvidado aquel disparo, agente, se lo aseguro —gruñó el hombre invisible en tono amenazador—. Aquella bala me obligó a saltar dejando atrás el libro... ¡Después de lo que me había costado localizar a la anciana entre todos los mundos posibles! —La pistola se acercó flotando a Clayton, como un insecto mortífero—. Así que fue usted... —siseó la voz, pegajosa de odio—. No alcancé a verle en la penumbra de la escalera. Creí que me había disparado un estúpido criado de la anciana...

—Vaya, qué lástima —se lamentó Clayton encogiéndose de hombros—, porque si hubiese sabido que en aquel momento había un agente de Scotland Yard en la casa, tal vez me habría considerado un posible custodio del libro, y durante todo este tiempo no habría creído que lo tenía Wells... ¡Qué tremendo error!

—¡Un error sin importancia, como demuestra el hecho de que finalmente lo he conseguido! —rugió la criatura agitando el libro en el aire—. Aunque tiene razón, si no hubiera creído que lo tenía George, todos nos habríamos ahorrado muchos disgustos. Pero en ningún momento se me ocurrió que la vieja se lo hubiera podido entregar a otra persona que no fuera él. Cuando regresé a su mansión para terminar lo que había empezado, gracias a los comentarios de unos policías que estaban registrando la casa deduje que había saltado, y de nuevo tuve que perseguirla por otro mundo, aunque me resultó mucho más fácil encontrarla. Mi talento cada vez era más poderoso, y era capaz de *oler* el rastro reciente de un saltador. La localicé en una humilde casita, donde entré una noche dispuesto a arrebatarle el libro. La vieja dormía, aunque no podía decirse que descansara en paz. Más bien tenía un sueño agitado, porque las lágrimas brotaban de sus párpados cerrados y resbalaban por sus mejillas mientras murmuraba —la voz del Villano se aflautó para imitar el tono vacilante de la anciana—: «Bertie, querido, lo siento... Tuve que dárselo, tuve que entregarle el libro y saltar sin él, lo siento, lo siento tanto... Pero está en buenas manos, él lo cuidará por nosotros, estoy segura de ello...». ¡Maldita sea! Tenía que haberla despertado y torturado hasta que me dijera de quién hablaba..., pero di por sentado que se refería al Wells de este mundo. Después de todo, a él iba dirigida la nota que mandó con su estúpida criada. Así descubrí su plan. Por eso, cuando oí aquellas palabras, pensé que de alguna manera había logrado llevarlo a cabo antes de saltar. ¡El libro seguía en este mundo, y lo tenía Wells! Durante varios años intenté encontrar de nuevo el camino hacia este universo, pero regresar al mismo mundo no es tan sencillo como parece, os lo aseguro —continuó en tono aleccionador—. Solo alguien con mi inmenso talento podría hacerlo... Yo lo había conseguido a los pocos días del disparo porque había seguido mi propio rastro, pero después de oír a la vieja hablar en sueños, mi última estela ya se había desvanecido, y la tarea de volver a localizar este mundo entre todos los que existen se convirtió en una gesta casi homérica. Sin embargo, lo conseguí. ¡No una, sino dos veces! La primera aparecí en la mansión de Brook Manor, de donde tuve que volver a saltar con una flecha en el hombro y un ojo menos... —La pistola pareció mirar de soslayo a Jane, quien se encogió en los brazos de su marido—. Por aquel entonces ya era totalmente invisible, y mis ropas también, pues perdían moléculas al mismo ritmo que mis tejidos corporales, y eso me convertía en un ser todavía más poderoso... Sin embargo, he de reconocer que George y sus amigos ganaron aquella batalla. De todos modos, mi peculiar estructura molecular no solo me otorga la invisibilidad, sino también favorece que mis heridas, por terribles que sean, sanen más rápido de lo habitual. Así que, en cuanto me sentí restablecido, y antes de que las huellas de mi último salto desaparecieran, regresé aquí. Aparecí esta madrugada en casa de mi querido George, convencido todavía de que él tenía *El mapa del caos*. ¡Pero George ha sido muy amable sacándome de mi error! Me confesó quién era el verdadero guardián del libro, e incluso se ofreció a guiarme hasta aquí... Gesto que pienso agradecerle con una muerte rápida e indolora. En cambio, su muerte no tiene por qué ser tan piadosa, agente Clayton. Tal vez le destroce las rodillas a tiros y le deje desangrarse, en pago por aquel antiguo disparo que me ha acarreado tantos problemas... ¿Qué le parece?

Clayton le miró sorprendido, y estalló en una carcajada aún mayor que las anteriores.

—¡Deje de reírse! —aulló el Villano.

—Oh, lo siento, lo siento... Es que cuando pienso en sus palabras, «un inmenso talento», para referirse a una vulgar enfermedad causada por un diminuto virus traído a este universo por error... —El agente se secó las lágrimas de los ojos y suspiró—. He de reconocer que posee una seguridad en sí mismo sin duda indestructible. Creo que todos deberíamos aprender de usted y de su inquebrantable optimismo, señor Rhys...

—Veo que sabe mi nombre, y todo lo referente al virus de la cronotemia... —siseó la voz—. La vieja tuvo tiempo de contarle muchas cosas antes de saltar.

—Oh, no. Desafortunadamente, la señora Lansbury no tuvo tiempo de decirme casi nada. De hecho, ha sido usted mismo quien me lo ha contado todo...

Con una sonrisa radiante, el agente Clayton se dio la vuelta, cogió la tetera que estaba en la mesita y accionó una pequeña válvula lateral. Al instante, la voz del Villano se derramó de su interior, atravesando el tiempo y el espacio: «De acuerdo, George. Pero si lo que pretendes es ganar tiempo, te advierto que no va a servirte de nada. ¡Tengo todo el tiempo de todos los mundos en mi poder! ¿Quieres saber quién soy? ¿De verdad quieres saberlo? ¡Soy el ser más poderoso de toda la creación! ¡Soy el epílogo del hombre! Cuando el universo llegue a su fin, tan solo yo permaneceré... reinando sobre vuestras malditas tumbas. ¡Mi nombre es Marcus Rhys y soy el dios del caos!».

Clayton accionó otra vez la válvula, y la tetera enmudeció. Le dio un ligero toquecito, como si felicitara a su perro tras un truco difícil, y después se volvió hacia el Villano, sonriente.

—En la División Especial de Scotland Yard estamos realmente orgullosos de estos aparatitos. Son capaces de grabar cualquier conversación y enviarla a un terminal similar, aunque este se encuentre en la otra punta de Londres, además de funcionar como dispositivos de alarma a distancia... —Clayton chasqueó la lengua con admiración—. Gracias a que el señor Wells disponía de una de estas teteras, cortesía de nuestra división, pudo enviarme un aviso esta madrugada, cuando se sintió en peligro. Y no solo a mí. En el momento en que Wells colocó su tetera *especial* en el fuego, otro dispositivo silbó en casa de mi capitán... ¿No es cierto, capitán Sinclair? —preguntó al aire, entrelazando las manos a la espalda.

De detrás de los cachivaches que se apilaban por doquier surgieron varios agentes que silenciosamente se fueron apostando sobre los fantásticos objetos mientras apuntaban sus armas hacia el pedazo de aire en el que flotaban el libro y la pistola. Por último, de detrás de una de las extrañas columnas asomó el corpachón del capitán Sinclair, con la prótesis ocular tiñendo de rojo la oscuridad, como un faro del infierno. Colocó una de las manos sobre una palanca atornillada a uno de los lados de la columna y elevó la otra lentamente, apuntando con la pistola al hombre invisible.

—Así es, hijo —respondió a su antiguo pupilo—, pero recuérdame que la próxima vez baje el volumen al maldito cacharro. Mi mujer me ha amenazado con abandonarme si vuelve a despertarla un silbido tan insoportable...

—Oh, estoy seguro de que Marcia jamás haría algo así.

—Es cierto, muchacho. —El capitán suspiró—. Como siempre le digo, tengo mucha suerte de estar casado con una mujer tan maravillosa...

—Espero que no empiece a enumerarme ahora las ventajas del matrimonio, capitán —le advirtió Clayton con sorna—, o a recordarme que su secretaria todavía sigue soltera...

—¡Cállense! ¡Cállense los dos! —rugió la voz mientras el libro y el arma giraban enloquecidos en el aire, como si el Villano diera vueltas sobre sí mismo observando el cerco de policías que le rodeaba—. ¿Qué es esta pantomima? ¿Creen que me han atrapado? ¿Creen de verdad que con esta burda trampa van a apresarme? —Lanzó una carcajada tenebrosa e inmediatamente la pistola y el libro cayeron al suelo—. ¡Soy el hombre invisible! No podéis verme, no podéis hacer nada para impedir que escape. ¡Puedo saltar a otro mundo! Y cuando regrese a por lo que es mío, jamás sabréis cuándo estaré detrás de vuestra nuca. ¡Nunca me veréis llegar!

Clayton le miró con la expresión hastiada de quien descubre que el invitado más pelmazo todavía sigue en la fiesta.

—¿En serio? —le replicó en tono displicente—. ¿Invisible? Mírese bien.

Entonces el capitán accionó la palanca sobre la que reposaba su mano, y las extrañas columnas que había repartidas por la cámara emitieron un zumbido sordo y se iluminaron, irradiando una fantasmagórica luz azulada. Frente a los ojos de todos aparecieron claramente dibujados en el aire los contornos gelatinosos de una mano, que poco a poco se extendieron bosquejando un brazo, el redondeado perfil de un hombro, parte de un pecho y el principio de un cuello, como una burbuja azulada que alguien estuviera inflando, dándole forma humana.

—¿Qué demonios me está pasando? —farfulló el Villano, mientras aquella mano que parecía de agua se abría y cerraba frente a su todavía invisible rostro.

—Para no aburrirle con intrincadas explicaciones químicas —le respondió amablemente Clayton—, le resumiré la parte principal: ese libro no es *El mapa del caos*, sino una simpática novelita que yo mismo escribí cuando era más joven, y que ordené encuadernar imitando *El mapa del caos* original. Luego nuestros científicos impregnaron sus tapas con una sustancia que reacciona ante cierto tipo de luz, y que usted ha estado absorbiendo a través de la piel durante los últimos minutos. Ahora se encuentra en su torrente sanguíneo y, tal y como puede ver, está tiñendo todos sus tejidos... irreversiblemente. Pronto su cuerpo será visible incluso bajo la luz normal. Felicidades, señor Rhys, ¡dejará de ser un monstruo para siempre! Al menos, en apariencia...

La parte inferior del rostro del Villano ya había comenzado a dibujarse, y un rugido animal surgió de la boca, deformada por la rabia. Entonces, el esbozo de aquel cuerpo que iba tomando consistencia empezó a temblar intermitentemente, como si lo atravesaran fugaces ráfagas de olvido.

—¡Va a saltar a otro mundo! —gritó Wells.

En ese instante, el capitán Sinclair bajó la palanca hasta una segunda posición. El ahogado zumbido que emitían las columnas se convirtió en un bramido atronador, y docenas de relámpagos de luz surcaron los cables que las rodeaban a una velocidad vertiginosa. Una intensa luminosidad inundó de repente la sala, obligando a los presentes a entornar los ojos. El cuerpo de Marcus Rhys dejó de parpadear entre el estado quimérico y el real, y volvió a ser una verdad consistente, cada vez más similar a una escultura de hielo bastante furiosa.

—¡Se me había olvidado lo más importante! —le gritó Clayton mientras se acercaba a él, intentando hacerse oír por encima del ensordecedor zumbido de las columnas—. Estos mástiles también emiten una radiación muy especial. Se los encargamos a sir William Crookes, uno de los científicos más grandes de nuestra época... Lo conocí en aquella sesión con Lady Ámbar, y, al contrario que usted, me cayó bien desde el primer momento. Digamos que poseo cierta intuición que me permite saber cómo son realmente las personas, una especie de don que solo me ha fallado una vez en mi vida... Sin embargo, con sir Crookes no me falló. Y cuando hace unos días fui a verle para contarle una delirante teoría sobre universos paralelos y pedirle que diseñara un inhibidor de saltos para ciertas personas con capacidad para viajar entre ellos, ni siquiera pestañeó. Ayer mismo nos envió estas maravillosas columnas. Justo a tiempo, según parece. No había podido probar su eficacia, evidentemente, pero creía que había bastantes posibilidades de que funcionaran. Y por su expresión, señor Rhys, y sobre todo por el hecho de que todavía siga aquí, creo que sir Crookes no alardeaba en absoluto. —Clayton había llegado junto al Villano, que rugía como un animal enjaulado, enseñando los dientes y apretando los puños. El agente se agachó, recuperó su pistola y se la volvió a guardar en la chaqueta. Luego sacó un libro de uno de sus bolsillos y lo sostuvo frente a la silueta acuosa en que se había transformado el Villano—. Este es el verdadero libro, señor Rhys. *¡El mapa del caos!* ¡Lo he custodiado durante doce años, protegiéndolo de usted, sabiendo que tarde o temprano volvería a por él! Y hoy todo ha terminado al fin. Ha perdido, señor Rhys. Pasará el resto de su vida en una miserable celda diseñada especialmente para usted, de la que jamás podrá escapar. Nada amenaza ya al libro, y hasta el último de sus misterios han quedado resueltos —dijo casi para sí, sin poder ocultar su satisfacción—. Solo me resta encontrar a sus verdaderos destinatarios, aquellos que vienen del Otro Lado, y habré cumplido con la promesa que le hice a la señora...

El agente Clayton se interrumpió bruscamente, con los ojos vidriosos y el rostro lívido. Trastabilló un par de pasos hacia atrás mientras musitaba con voz débil:

—No, por favor, ahora no...

Entonces se desmayó.

XXXVIII

Para entonces, Murray y Doyle enfilaban Cromwell Road en dirección al Museo de Historia Natural. Habían atravesado un trastornado Kensington, donde las transparencias habían conquistado las calles. Doyle conducía el carruaje a duras penas, tratando de abrirse paso entre la aterrada multitud que corría en todas direcciones e intentando que las criaturas traslúcidas que jalonaban el camino no le distrajesen. Murray no ayudaba mucho.

—¿Me creerías si te dijese que acabo de ver a un conejo blanco caminando sobre dos patas, vestido con chaqueta y consultando un reloj? —le dijo con la fascinación que no había dejado de mostrar desde que salieran de su mansión.

—En otras circunstancias, no. Pero en estas creeré cualquier cosa que me digas, Gilliam —gruñó Doyle.

Intentaba concentrarse en la carretera, esquivando los carruajes auténticos que avanzaban en dirección contraria y dejándose atravesar por los traslúcidos, que le provocaban un escalofrío, mientras Murray enumeraba las delirantes visiones que les salían al paso como un chiquillo en un safari.

—¡Dios santo, Arthur! ¿Eso era un cíclope?

Doyle le ignoró. Si su intuición se cumplía y la *troupe* de seres fantásticos que estaba inventariando Murray dejaba de ser un montón de inofensivos espejismos para cobrar carnalidad, tendrían un serio problema. Debían llegar a la Cámara de las Maravillas antes de que eso sucediera, aunque no sabía lo que les esperaba allí. Si la trampa ideada por Clayton había funcionado, se encontrarían con el hombre invisible atrapado por aquel dispositivo encargado al profesor Crookes; también estarían Wells y Jane, y quizá entre todos pudieran hacer algo. Era posible que la criatura supiera cómo usar el libro para detener aquella locura —¿acaso no quería destruirlo precisamente para que nadie pudiera hacerlo?—, y tal vez la convencerían para que les revelara sus secretos. Él sabría cómo vencer sus reticencias si le dejaban un momento a solas con ella: solo necesitaba un pedrusco con el que aplastarle las manos. Y si aquel camino no conducía a ninguna parte, quizá darían con la solución por sí mismos, en una inspiración repentina y comunal. El ser humano daba lo mejor de sí mismo en los momentos más difíciles, y dudaba mucho que existiera un momento más difícil que aquel... Suspiró. ¿A quién quería engañar? Según les había dicho Clayton, los matemáticos más célebres del reino habían estudiado el libro sin lograr descifrar una sola página, así que sus posibilidades de éxito eran ínfimas. Lo más seguro era que murieran con el resto del universo...

A la altura de Marloes Road se encontraron la calle cortada por una barricada de escombros. Doyle detuvo el coche y observó con desánimo aquella barrera que tendrían que remontar a pie. El museo no quedaba demasiado lejos, pero sin duda aquello los retrasaría. Malhumorado, bajó del coche y comenzó a escalar el montículo, seguido por el millonario. Cuando llegaron a la pequeña cima, observaron que el resto de la calle mostraba la misma devastación. Una alfombra de cascotes y pedazos de edificio la cubría hasta donde alcanzaba la vista. Con pasos cautelosos, empezaron a recorrerla.

—Qué extraño —murmuró Doyle, reparando en que los edificios que flanqueaban la calle se hallaban intactos.

¿De dónde provenían entonces aquellos escombros? Daba la impresión de que alguien los hubiera acarreado hasta allí desde algún otro lugar con el único propósito de empedrar con ellos aquel tramo de Cromwell Road. Apenas habían avanzado unos metros cuando, desde la esquina con Gloucester Road, atisbaron el campanario del Big Ben tirado al fondo de la calle como la cabeza cortada de un pescado, aplastando varios edificios. Murray lo contempló con una expresión entre recelosa y nostálgica que al escocés no le pasó desapercibida. Continuaron avanzando entre las pilas de cascotes, y al pasar junto al esqueleto quebrado de una escalera que surgía de entre los escombros, la brisa arrastró hasta ellos una especie de repiqueteo metálico. Ambos se detuvieron y entornaron los ojos. Del humo negruzco que encapotaba el final de la calle vieron surgir unos extraños seres de hierro vagamente humanos, que caminaban hacia ellos con un siniestro bamboleo gracias a lo que parecía un pequeño motor de vapor adosado a su espalda. Cuatro de ellos portaban un trono sobre los hombros, donde descansaba hierático otro de aquellos autómatas, cuya testa de hierro remataba una corona.

—Dios mío... No puede ser —balbució Murray—. ¡Es Salomón!

Doyle no dijo nada. Estaba demasiado asombrado para poder hablar. Entonces Murray avanzó hacia el cortejo con los brazos abiertos, como si quisiera darles la bienvenida.

—¡No puedo creerlo! —gritaba—. ¡No puedo creerlo!

Al ver a aquel humano dirigirse hacia ellos, la comitiva detuvo su avance. El autómata que encabezaba el desfile se adelantó un paso y desplegó las compuertas de su pecho, del que surgió una especie de cañón minúsculo; acto seguido, abrió fuego sobre Murray. El disparo le rozó el hombro, arrancándole un grito de dolor. Sorprendido de que las transparencias hubiesen dejado de resultar inofensivas, contempló cómo el autómata se preparaba para efectuar un segundo disparo. Paralizado, solo acertó a esgrimir una sonrisa de desconcierto antes de que Doyle cayera sobre él arrojándolo al suelo. El disparo del autómata hendió el aire allí donde un segundo antes había estado su cabeza.

—¡Me han herido, Arthur! —gruñó Murray, más indignado que dolorido.

Todavía tumbado sobre él, el escocés echó una mirada valorativa a la herida del hombro.

—Apenas te ha rozado, Gilliam, no te preocupes —dictaminó.

Luego clavó los ojos en la comitiva. Dos de los autómatas, el que había disparado y uno de sus compañeros, caminaban hacia ellos lentamente, con aquel inquietante bamboleo de niños ebrios, mientras les apuntaban con las armas que salían de su pecho.

—¡Van a ejecutarnos! —maldijo Doyle, que ya había calculado que no dispondrían de tiempo para levantarse y emprender la huida.

Apretó los dientes y dedicó una mirada de desprecio a sus verdugos mientras Murray componía una mueca de terror. Aún no habían disparado los autómatas cuando una sombra saltó por encima de sus cabezas. Desde su ángulo, casi a ras del suelo, Doyle y Murray vieron dos botas negras con sujeciones de bronce clavándose en la tierra. La silueta se había interpuesto entre ellos y sus verdugos, por lo que la veían de espaldas, pero aun así resultaba una figura imponente. Fuera quien fuese, estaba envainado con una intrincada armadura jalonada de remaches y rematada en un complicado yelmo que solo dejaba al descubierto su poderoso mentón. Con un elegante movimiento, el desconocido desenvainó la espada que llevaba colgada del cinto. Se oyó un silbido metálico y a continuación la cabeza de uno de los autómatas rodó por la tierra. Doyle aprovechó para erguirse y ayudar a levantarse a Murray, que se cubría la herida del hombro con una mano mientras observaba los mandobles con los que su salvador arremetía contra el otro autómata.

—¡Es el bravo capitán Shackleton! —Rio nerviosamente—. Pero... ¿cómo es posible?

—¡Ahora es real! ¡Todos son reales! ¡Sus armas son reales! —exclamó Doyle agarrando del brazo al millonario—. ¡Tenemos que escondernos!

Tiró de Murray hacia un peñasco enorme donde resguardarse. Consiguieron llegar a él justo en el instante en que, a una orden de su capitán, cuatro soldados surgían de debajo de los escombros, cercando a los desconcertados autómatas, y abrían fuego al unísono. Parapetados tras el pedrusco, Doyle y Murray observaban atónitos cómo se desarrollaba la refriega, cuando de repente, unos metros más allá, el aire pareció desgarrarse como un lienzo que recibe una cuchillada. El tajo vino acompañado de un crujido ensordecedor que les agujereó los tímpanos. Sobrecogidos ante aquella especie de bramido monstruoso, los autómatas y Shackleton detuvieron el combate. Entonces, emitiendo un silbido de huracán igual de atronador, el agujero empezó a absorber cuanto lo rodeaba. La realidad circundante se contrajo como un mantel que se arruga. Los pesados autómatas vibraron unos segundos, hasta que una fuerza succionadora los desclavó del suelo y los arrastró hacia el desgarrón; luego aspiró al capitán. Boquiabiertos, Doyle y Murray los vieron desaparecer en su interior, donde latía una negrura absoluta, ancestral. Desde su escondite, creyeron estar contemplando la oscuridad primera, o, más exactamente, lo que existía antes de la creación de la oscuridad, antes de que ningún Dios hubiese salido aún al escenario para adornar el mundo. En el interior del agujero les aguardaba la nada, la no existencia, aquello que había antes del principio y para lo que nadie había inventado un nombre. Entonces el trono de Salomón fue arrancado del suelo de un brusco tirón, y lo vieron atravesar el orificio. A continuación, los pedazos de escombros que se hallaban entre ellos y el agujero empezaron a ser absorbidos a medida que se expandía su radio de acción, como una ola extendiéndose por la orilla. El aire, y la realidad pintada en él, se crispaba en infinitos pliegues alrededor de la abertura. Poco después, el enorme peñasco tras el que se ocultaban comenzó a vibrar.

—¡Dios mío! —exclamó Doyle—. ¡Tenemos que salir de aquí!

Echaron a correr en dirección contraria, justo por donde habían venido, pero enseguida sintieron que la fuerza de absorción del agujero tiraba de ellos y combaba la realidad a su espalda, como si quisiera formar un cartucho con ella. Doyle lanzó un bufido de desesperación. Correr era como subir una cuesta demasiado empinada o como nadar en un océano embravecido. Cada zancada les costaba un esfuerzo titánico y tenían la sensación de avanzar cada vez menos.

—¡No lo lograremos! —maldijo Murray con voz ahogada.

Avanzaba con las mandíbulas bien apretadas, el rostro colorado y el cuerpo inclinado hacia delante. Doyle comprendió que tenía razón. La ávida boca que era el agujero no tardaría en engullirlos. En cuestión de segundos serían arrancados de aquel suelo cada vez más cóncavo para seguir al capitán y a los autómatas al interior del orificio, donde les esperaba aquella negrura que les aniquilaría la razón y les quemaría el alma. Con un gran esfuerzo, el escocés giró el cuello hacia su derecha y descubrió que se hallaban a escasos metros del cruce con Gloucester Road.

—¡Sígueme, Gilliam! —le gritó al millonario, cambiando de rumbo.

Murray obedeció; también él había comprendido que si conseguían desviarse hacia la calle lateral, quizá se libraran de aquella fuerza que convertía cada uno de sus movimientos en un doloroso suplicio. Caminando como si estuvieran enterrados hasta la cintura en arenas movedizas, y rezando para que no les golpearan los pequeños cascotes que la terrible fuerza de absorción transformaba en letales proyectiles, acortaron metros dolorosamente, hasta que alcanzaron la bifurcación. Una vez allí, notaron que podían moverse con mayor libertad, pues ya no daba la impresión de que caminaran enfundados en una armadura de plomo. En cuanto lograron salir del radio de absorción, se derrumbaron agotados.

Desde la relativa seguridad de Gloucester Road, observaron cómo el gigantesco peñasco que les había servido de escudo era arrancado del suelo y volaba hacia el agujero, por donde el mundo parecía estar cayendo en remolino. El edificio que se hallaba en la esquina entre aquella calle y Cromwell Road empezó a curvarse poco a poco, delatando que la extraña brecha no solo estaba absorbiendo la realidad que tenía delante, sino que su poder se extendía formando un semicírculo donde el mundo se volvía un tapiz ondulante de bultos y hondonadas. Pronto aquella calle tampoco sería segura.

—¿Qué demonios está pasando? —exclamó el millonario cuando logró recuperar el resuello.

Doyle dejó escapar un suspiro desolado y respondió:

—Supongo que estamos asistiendo al principio del fin.

XXXIX

Y mientras Doyle llegaba a aquella funesta conclusión, en el sótano del museo al que se dirigían, Wells miraba con cara de pasmo el burujo que componía en el suelo el larguirucho cuerpo de Clayton, que acababa de desplomarse ante sus narices como si se le hubiese terminado la cuerda. Mientras el capitán Sinclair ponía los ojos en blanco, los de Wells y los de la criatura coincidían en el libro que el agente había soltado al desmayarse; ahora se hallaba en el suelo, a apenas unos pasos del escritor. Sin pensárselo más tiempo del que un hombre tan poco resolutivo como él necesitaba para pensarse las cosas, Wells se adelantó esos pasos y cogió el libro.

—¡Lo tengo! —anunció innecesariamente, mientras retrocedía los pasos dados hasta colocarse de nuevo junto a Jane.

La silueta acuosa y azulada del hombre invisible se agitó enfurecida, sin poder escapar de su jaula de radiación.

—¡Ese libro es mío! ¡Mío! ¡Nadie se merece tenerlo más que yo! ¡He cruzado desiertos de tiempo por él! ¡He naufragado en océanos de sangre! ¡He esparcido las cenizas de mi alma en la vasta oscuridad de la nada! ¡Y ahora tú no puedes arrebatármelo! ¡No puedes! —gritó enloquecido, rubricando aquella torrentera de palabras con un aullido de dolor que quebró el aire.

Tras el salvaje arrebato de furia, cayó de rodillas, sollozante.

—Bueno, creo que ya es suficiente —dijo el capitán Sinclair sin dejarse impresionar, al tiempo que se guardaba el arma en el bolsillo—. Summers, McCoy, cojan al agente Clayton y colóquenlo en un rincón donde no estorbe. Y usted, Drake, avise para que traigan el carruaje con la jaula especial diseñada por sir Crookes y lo coloquen frente a la...

Un terrible crujido impidió que se oyera el resto de sus palabras. A una docena de metros por detrás de la guarnición de agentes, algo rasgó el aire como si fuera un trozo de papel. Todos giraron la cabeza en la dirección de la que provenía el atronador chasquido, para contemplar el extraño desgarrón que se abría sobre la superficie de la realidad, extendiéndose desde el suelo hasta el alto techo. El frío de todos los inviernos del mundo se derramó de su interior, donde habitaba una oscuridad plena, sin fisuras. Y antes de que nadie pudiera reaccionar, las columnas que el profesor Crookes había diseñado comenzaron a estallar una tras otra entre zumbidos estentóreos, lanzando relámpagos de luz en todas direcciones. Espantados, Wells y Jane se apretaron contra la pared más cercana mientras los relámpagos se propagaban en zigzag por la estancia, cauterizando el aire e impactando contra algunos de los muchos cachivaches que atestaban la Cámara de las Maravillas. Cercados, Sinclair y sus hombres desbarataron su ordenada formación y se desperdigaron en todas direcciones, deslumbrados y medio sordos. Entonces, el intenso resplandor que bañaba la habitación se extinguió de golpe. Rhys se incorporó, esbozó unos pasos inseguros y sonrió exultante al comprobar que ya nada lo retenía. Su rostro a medio dibujar buscó a Wells. Lo descubrió pegado a la pared a unos pocos metros de él, lívido y tembloroso.

El escritor miró hacia los agentes implorando ayuda, pero un rápido vistazo le bastó para constatar que ninguno de ellos estaba en condiciones de ayudarle. El capitán Sinclair permanecía arrodillado, momentáneamente ciego y aturdido, y sus hombres no parecían estar mejor. Los relámpagos habían producido considerables destrozos: los huesos que componían el presunto esqueleto de una sirena se hallaban esparcidos por el suelo, un disfraz de licántropo ardía envuelto en llamas, la cabeza del minotauro había quedado reducida a un puñado de cenizas, y por todas partes había cajones reventados, con su misterioso contenido al aire. Espesas volutas de humo y nubes de un polvo milenario enturbiaban la estancia. Tras dedicar una mirada aprobatoria a toda aquella destrucción, Rhys se acercó al indefenso Wells con la mitad de una sonrisa apática trazada en el aire.

—Entrégame el libro, George —le dijo casi con cansancio—, y acabemos con esto. ¿No ves que hasta el universo está de mi lado?

En lugar de responder, Wells apretó el libro contra su pecho y, tomando de la mano a Jane, echó a correr hacia la puerta de la cámara. Rhys dejó escapar un suspiro resignado.

—De acuerdo —dijo para sí mismo—, persigámonos una última vez.

Apenas había dado un paso cuando algunos de los objetos que había a su alrededor empezaron a trepidar, como si anunciaran un terremoto; un segundo después, los más pequeños y ligeros se elevaron repentinamente en el aire y volaron hacia el descosido como una bandada de pájaros recién liberados. Hipnotizado por el extraño fenómeno, Rhys no reparó en la pesada copa de bronce que, etiquetada como «El Santo Grial», surcaba el aire hacia su frente. El golpe lo arrojó al suelo, atontándolo. Sin dejar de correr, Wells contempló la escena por encima de su hombro. Al fondo, vio al capitán Sinclair, que acababa de incorporarse y trataba de mantener el equilibrio bajo aquella súbita ráfaga de viento que intentaba empujarlo hacia el agujero mientras buscaba algo a lo que agarrarse. El vendaval también empezaba a arrastrar por el suelo el cuerpo inerme del agente Clayton, deslizándolo hacia el fatal desgarrón. Lamentablemente, Wells no podía ayudar a ninguno de ellos, porque el libro había ido a parar a sus manos y debía protegerlo de la criatura, que ya comenzaba a levantarse, sacudiendo poco a poco la cabeza para vencer su aturdimiento. Sin perder más tiempo, y antes de que aquella misteriosa fuerza los alcanzara, Jane y él salieron de la cámara y se precipitaron por el dédalo de pasillos.

—¿Qué ha sido eso? —le preguntó su mujer entre jadeos.

—No lo sé, Jane. Tal vez el resultado de una avería en las columnas de Crookes —respondió.

Aunque dudaba que fuera eso. Apenas había podido dedicar al agujero una mirada fugaz, pero la oscuridad que había entrevisto en su interior, el frío glaciar que surgía de él y aquella fuerza de absorción... Evitó pensar en ello y apretó el paso, tratando de orientarse en aquel laberinto, mientras aguzaba el oído para comprobar si la criatura les seguía. Adivinó sus pasos en la distancia, un retumbar apresurado y furioso que le encogió el corazón. Era Rhys, sin duda, y pronto los alcanzaría. Tal vez si lograban llegar a la calle tendrían una oportunidad. Estaba seguro de que alguien les ayudaría, o tal vez podrían tomar un carruaje y escapar antes de que los alcanzara... Pero enseguida descubrió que era incapaz de orientarse en aquel ovillo de galerías que, de repente, terminaban en un muro, obligándolos a retroceder, o en una puerta que, al franquearla, los devolvía al mismo lado por el que habían entrado. Era como si al entramado de pasillos original le hubieran brotado nuevas ramas, que no conducían a ninguna parte o se enroscaban sobre sí mismas. Algunas puertas incluso tenían docenas de manijas que agarrar. Sin tiempo para detenerse a reflexionar sobre el extraño fenómeno, Wells y Jane corrían en cualquier dirección, con el único propósito de alejarse de los pasos que resonaban en la distancia. Cuando se tropezaron con la escalera que conducía al vestíbulo, la subieron a toda prisa, agradeciéndole a la casualidad que los hubiera sacado de aquella ratonera.

Nada más irrumpir en la planta superior, oyeron unos pasos a la carrera, y de una de las salas laterales emergió con expresión despavorida un joven que vestía el uniforme de los vigilantes del museo. Wells intentó detenerlo para pedirle ayuda, pero el muchacho parecía no estar en sus cabales. Se zafó de un manotazo y continuó corriendo como si le persiguieran todos los demonios del infierno. Wells y Jane intercambiaron una mirada, sin comprender qué podía causar tal pavor en un hombre. Lo único que conocían capaz de hacerlo era la criatura que los perseguía a ellos. Pero se equivocaban.

Primero escucharon sus cánticos. Provenían de la sala de la que había huido el vigilante, y no parecían surgir de gargantas humanas:

Suya es la casa del dolor.
Suya es la mano que crea.
Suya es la mano que hiere.
Suya es la mano que cura.
Suyo es el relámpago...

Wells y Jane se miraron llenos de espanto. Conocían de sobra aquellos estremecedores cánticos, pero era imposible que... Entonces una cofradía de figuras grotescas surgió de la penumbra de la sala. Caminaban con los andares bamboleantes de los tullidos, vestían con harapos y todos, sin excepción, poseían rasgos bestiales: quien encabezaba la comitiva era un hombre de pelaje plateado con aspecto de sátiro, resultado de barajar un mono con una cabra; le seguía una criatura que era una mezcla de hiena y cerdo, y una mujer medio zorra medio osa, y un hombre de rostro ennegrecido con una boca abultada que recordaba vagamente a un hocico... Por suerte, Wells y Jane llegaron a tiempo de fundirse con las sombras de la escalera. Concentrados en sus horrendos cánticos, el pueblo de las bestias se perdió hacia el interior del museo en un tumulto de cabezas imaginativamente astadas, de bocas que rebosaban colmillos, de ojos de pupila rasgada que resplandecían en la penumbra... Wells sacudió la cabeza, entre el asco y la hilaridad. ¿Cómo era posible que el elenco de bestezuelas que él había imaginado en *La isla del doctor Moreau* acabara de cruzarse con ellos?

No tuvo tiempo de responderse, porque enseguida vieron la silueta de Rhys aparecer al pie de las escaleras. La pareja reanudó la carrera hacia el pórtico de entrada, que por suerte algún vigilante, quizá el mismo que huía de las bestias de Moreau, ya había abierto de par en par. Sin embargo, cuando alcanzaron la puerta no tuvieron más remedio que detenerse. Desde el primer peldaño de la escalinata del museo, Wells y Jane contemplaron, paralizados por el horror, el delirante espectáculo que tenían delante. Por lo visto, alguien debía de haber volcado todas las pesadillas del hombre sobre el barrio de South Kensington. En el cielo, que parecía un entramado de tonalidades azules, violáceas y púrpuras, como si alguien hubiese cosido jirones de distintos cielos, una enorme ave llameante trazaba círculos de fuego. Abajo, un gigantesco perro de tres cabezas y cola de serpiente corría por una de las calles haciendo retumbar el suelo; ante él, tratando de escapar de sus feroces dentelladas, se desperdigaba una multitud despavorida. En el horizonte, a la altura de Chelsea, un enjambre de extrañas máquinas voladoras con hélices asidas a las alas descargaba bombas sobre los edificios, que saltaban en pedazos en una orgía de destrucción. Mientras trataban de asimilar lo que estaban viendo, de Brompton Road llegó al galope una manada de unicornios, que pasó ante sus sobrecogidos ojos en dirección a Cromwell Road como una marea de resplandeciente belleza.

—¡Mira, Bertie! —dijo entonces Jane, señalando hacia una de las calles laterales.

Wells se volvió y vio un trípode marciano, idéntico al que había descrito en *La guerra de los mundos*, caminando sobre sus patas zancudas mientras disparaba su rayo calórico sobre la gente y los edificios. Le espantó ver a su invención aportando su granito de arena a aquella desquiciada devastación, pero no tuvo tiempo de lamentarse porque un fuerte aleteo los obligó a levantar la cabeza hacia el cielo. En ese instante, un dragón fugado de algún bestiario medieval sobrevoló la hilera de edificios que tenían enfrente, espantando al grupo de hombres murciélago que holgazaneaba sobre los tejados, ajeno a la destrucción que lo rodeaba. Inclinando sus enormes alas membranosas, descendió hasta una calle cercana, obstruida por una columna de carruajes. Sin ningún Perseo o Sigfrido en los alrededores que pudiera hacerle frente, el dragón escupió una llamarada que incendió un coche tras otro, a medida que los sobrevolaba. Sus ocupantes los abandonaron en desbandada, sin saber hacia dónde dirigirse. Un pequeño grupo reparó en que el museo había abierto sus puertas y corrió hacia la escalinata con la intención de refugiarse dentro, pero el dragón comprendió sus intenciones y, con un brusco viraje de alas, pasó sobre ellos rociándolos con una salvaje llamarada. Los desdichados estallaron en llamas ante los horrorizados ojos de Wells y Jane. La bola de fuego había caído tan cerca que la pareja pudo sentir el calor abrasándoles las mejillas. Sobrecogidos, retrocedieron unos pasos hacia el interior del museo. Algunas de las personas alcanzadas por las llamas se desplomaron sobre la escalinata, pero otras lograron traspasar el pórtico, para derrumbarse y retorcerse grotescamente sobre el suelo del vestíbulo, hasta quedar de repente inmóviles. Un nauseabundo hedor a carne quemada se propagó por el aire. Wells y Jane presenciaron la horrible escena espantados, hasta que distinguieron a Rhys cruzando el vestíbulo hacia ellos. Al ver que el dragón obstaculizaba la salida, la pareja volvió a cogerse de la mano y echó a correr hacia una de las salas laterales. Rhys los siguió, dispuesto a matarlos por última vez.

Entretanto, el detective Sherlock Holmes y su archienemigo el profesor Moriarty luchaban a brazo partido en la cima de las cataratas Reichenbach. Aunque vistos desde abajo por ojos inexpertos pudieran parecer una desmañada pareja de baile en el estrecho sendero que recorría el borde de la cascada, los dos hombres intercambiaban golpes dirigidos a los lugares más estratégicos de la anatomía del otro, e intentaban apresar a su oponente con una llave inesperada, haciendo gala de sus conocimientos en las distintas artes de la lucha. En cierto momento, ambos se aferraron con fuerza al cuerpo rival y emprendieron un enérgico forcejeo que los condujo al extremo del precipicio, por el que finalmente se despeñaron. Holmes y Moriarty cayeron a plomo entre las paredes de roca negra y reluciente, consumieron sus más de ochocientos pies de altura en escasos segundos y se hundieron en el profundo abismo donde se estrellaba la larga masa de agua. Un rocío de gotas continuo, semejante a una humareda, surgía de sus dentados bordes, consiguiendo que el aire a su alrededor pareciera compuesto de vidrio irisado. Varias de esas gotas impactaron en el rostro de Arthur Conan Doyle, que se hallaba a los pies de la cascada. Se las secó con el dorso de la mano, sin dejar de contemplar la impresionante catarata, tendida como una gigantesca sábana líquida entre dos edificios de Queen's Gate.

—Santo cielo... ¡Son las malditas cataratas Reichenbach! —comentó Murray, que se encontraba a su lado—. Y ese era Holmes, y acaba de morir ante nuestros ojos exactamente como en tu relato. ¿Qué demonios significa todo esto?

Doyle no respondió. Todavía estaba impresionado, pues acababa de ver la escena que había imaginado en su mente siete años antes, con un realismo del que la imaginación del hombre nunca sería capaz. Entonces desbarató su inmovilidad y, agarrando a Murray del brazo, lo obligó a seguir corriendo.

—¡Vamos! Eso no importa ahora. Ya pensaremos en ello más adelante... Si es que conseguimos llegar al museo y salvar el mundo, claro.

—¿De verdad crees que todo esto puede detenerse? —preguntó el millonario, jadeando ruidosamente a su lado.

—No lo sé —reconoció Doyle—. Como te he dicho, el agente Clayton tiene un libro que supuestamente contiene la clave. Pero quizá a estas alturas el hombre invisible ya se lo haya arrebatado.

—¿Y qué ha sido de tu brillante plan? —le recordó Murray, denotando un ligero resentimiento en la voz—. *Ese* para el que no contasteis conmigo...

—Por el amor de Dios... ¡Ya te he dicho que te llamé

mil veces! Y precisamente fue tu falta de respuesta lo que me obligó a ir hoy a tu casa... Si me hubiese quedado en la mía, junto a la maldita tetera, ¡ahora estaría participando en esa emboscada, y no habría dejado solo al pobre George!

Doyle se detuvo de repente. Habían llegado a la parte trasera del imponente edificio de estilo neogótico que era el museo, pero en vez de rodearlo, se dirigió hacia una pequeña puerta discretamente oculta en un estrecho callejón. Murray lo siguió con cara de desconcierto.

—Clayton nos entregó a George y a mí un juego de llaves de todas las puertas, para que pudiéramos entrar en el museo incluso cuando estuviera cerrado al público. Creo que esta es una de las que queda más cerca de la cámara —le explicó el escocés, mientras introducía una llave tras otra en la diminuta cerradura, maldiciendo cada vez que se equivocaba.

—Pues podría haberlas etiquetado —comentó Murray—. No quiero resultar agorero, pero percibo una terrible falta de organización en *vuestro* plan.

—No estás siendo de mucha ayuda, Gilliam —masculló Doyle, hurgando con rabia en la cerradura.

—¿Cómo que no? Te recuerdo que fui yo quien ensartó con una flecha al hombre invisible. ¿No te ofrece eso ninguna garantía?

—Lo haría si trajeras tu ballesta —gruñó Doyle, al mismo tiempo que una de las llaves encajaba en la cerradura y abría al fin la maldita puerta.

Tras ella los esperaba un enmarañado laberinto de pasillos. Doyle se aventuró por uno de ellos con resolución, pero apenas había recorrido la mitad cuando se dio la vuelta, volvió sobre sus pasos y escogió otro con la misma decisión. Murray le siguió, muy poco convencido de que aquel fuera el camino.

—Parece que esa Cámara de las Maravillas es un poco

difícil de encontrar... ¿No tienes un plano o algo así? —resopló con ironía—. *La Cámara de las Maravillas*... ¿Quién demonios pone nombre a esos sitios?

En ese momento, un estrépito proveniente de alguna parte de aquella madeja de pasillos llegó hasta ellos. Doyle se detuvo en seco. Murray chocó con él.

—Maldita sea... —gruñó.

El escocés le ordenó callar y aguzó el oído.

—Parece que tienen problemas —susurró.

Guiándose por el bullicio, cambió el rumbo y se internó por otro pasillo. Murray le siguió, frotándose la nariz dolorida. A medida que avanzaban, el jaleo se incrementaba. Sin embargo, por encima de la sucesión de gritos desesperados y golpes ensordecedores, casi eclipsándolos, predominaba un fuerte silbido de huracán que les resultó familiar. Al fondo del pasillo, distinguieron la puerta de la cámara, abierta de par en par. Corrieron hacia ella y se precipitaron en la habitación sin saber qué iban a encontrarse, pero se detuvieron en cuanto entraron. Un desgarrón en el aire, similar al que había puesto fin al combate entre el capitán Shackleton y los autómatas, había brotado allí dentro, dispuesto a devorar todo cuanto lo rodeaba. Ocupaba casi todo el espacio entre el techo y el suelo, ensanchándose ligeramente en el centro, como el inmenso iris de un reptil gigantesco. Y su temido radio de absorción se extendía irremediablemente, conquistando poco a poco las vastas dimensiones de la cámara. Cerca del agujero, alrededor del cual la realidad ya había empezado a combarse, vieron a algunos policías sujetos a pilas de cajas u otros trastos pesados que el vendaval, al menos de momento, no conseguía arrastrar. Unos metros por delante se encontraba el capitán Sinclair, agarrado con firmeza a una de las columnas de Crookes; la fuerza de absorción tiraba de él con tanto ímpetu que su corpachón se hallaba casi paralelo al suelo. Y finalmente distinguieron al agente Clayton, tirado en el suelo e inconsciente; el vendaval arrastraba su desmadejado cuerpo por el piso, acercándolo peligrosamente a la zona donde la fuerza parecía mayor; si nadie lo impedía, en cuestión de segundos sería absorbido por el desgarrón.

Doyle y Murray intercambiaron una mirada y corrieron hacia él, con la loable intención de cogerlo y arrastrarlo en sentido contrario, pero en cuanto entraron en el radio de absorción, comprendieron que aquello no resultaría tan fácil. Enseguida tiró de ellos una ráfaga de viento, ridícula en comparación con la que había intentado succionarlos en Cromwell Road, pero lo suficientemente poderosa como para hacerles perder el equilibrio. Cayeron al suelo y resbalaron por él como si montaran en un trineo invisible, mientras el cuerpo de Clayton, una vez alcanzada la zona crítica, cobraba una repentina velocidad. El capitán Sinclair se percató de ello y, calculando que su pupilo pasaría muy cerca de él, estiró el brazo izquierdo al máximo y logró asirlo por la mano metálica. Con todo, la fuerza de succión era tan portentosa que se quedó con la prótesis en la mano. Manco e inconsciente, el cuerpo de Clayton continuó su camino hacia el agujero, pero por suerte tropezó con uno de los mástiles de Crookes y quedó momentáneamente enganchado entre sus cables. Doyle, que mientras resbalaba por el suelo había seguido con atención todo lo ocurrido, le gritó a Murray:

—¡Agárrate al capitán! ¡Formemos una cadena!

El millonario, que en aquel momento pasaba junto a Sinclair, estiró los brazos y logró asirse a sus piernas mientras notaba que una de las manos de Doyle se aferraba como una tenaza a su tobillo izquierdo. Mirando por encima del hombro, vio al escocés agarrar a Clayton por el cuello de la chaqueta en el momento justo en que el vendaval lograba arrancarlo del enredo de cables. Los cuatro hombres permanecieron así, componiendo una especie de serpiente humana en la que Sinclair, agarrado a la columna, era su cabeza, y Clayton, inconsciente y sin mano, era su cola, mientras el agujero tiraba de ellos como si tensase la cuerda de una guitarra.

—¡La columna se está rompiendo! —anunció el capitán Sinclair, para desánimo general.

Un dragón les obstruía la salida... Nunca pensó que su vida fuera a discurrir por derroteros que desembocaran en aquella situación, se dijo Wells mientras huían de la criatura invisible. Pero así había sido. Un dragón les obstruía la salida. Un dragón de otro mundo, de un mundo donde existían los dragones, porque en un universo de infinitos mundos todo era posible. Todo lo que el hombre podía imaginar ya existía en alguna parte, como las leyendas y los cuentos de hadas rebosantes de princesas cautivas, valerosos caballeros y furiosos dragones que escupían fuego. Por eso se habían tropezado con el pueblo de las bestias, y por eso había trípodes marcianos arrasando Londres... Era el fin del mundo, de todos los mundos posibles, de todos los mundos imaginables. Y el libro que apretaba contra su pecho, un libro escrito por su propia mano, contenía la clave para evitarlo, aunque para ellos no fuese más que un galimatías.

Sin dejar de correr, Wells y Jane se adentraron en una de las alas del museo. Se hallaban exhaustos, pero los gruñidos del Villano a sus espaldas les impedían rendirse. Cruzaron la célebre sala de las ballenas, atiborrada de esqueletos y de gigantescas reproducciones de cetáceos, luego una sala donde se exhibían plantas de todo tipo, y finalmente se aventuraron en una habitación llena de fósiles... que no tenía salida. Con la respiración agitada y el rostro bañado en sudor, la pareja se apoyó en la pared del fondo, demasiado agotada para lamentar su suerte.

La silueta líquida del Villano entró en la sala, los descubrió recostados contra el muro y se dirigió hacia ellos sin prisas. También él parecía cansado, ansioso por poner fin a aquella larga persecución a través de tantos mundos en la que ellos eran los últimos relevos. La pareja observó a la criatura mientras se acercaba y advirtió que la sustancia azulada había definido casi por completo su figura, aunque todavía le quedaba por colorear algunas zonas, como el brazo izquierdo o parte del tórax. Su rostro, en cambio, estaba terminado, pero le faltaba casi toda la cabeza, por lo que su expresión parecía colgar del aire, como si estuviera pintada en un trapo arrugado. Se detuvo a un par de metros de ellos y suspiró con sincero disgusto.

—¿Era necesaria esta absurda carrera, George? ¿De qué os ha servido? —preguntó teatralmente al aire. Luego contempló con fijeza al escritor un buen rato—: Dame el libro. No tienes otra opción, George. Estáis solos. No puedes hacer nada contra mí.

Rhys le tendió su única mano visible, que parecía esculpida en vidrio. Wells la miró con aire distraído, como si reflexionara. Al cabo, cuando parecía que iba a entregarle el libro, lo apretó aún más contra su pecho, cerró los ojos e inclinó ligeramente la cabeza, como si se dispusiera a orar. Jane observó con espanto la sumisa actitud de su marido. El Villano, por el contrario, contempló divertido aquella postrera extravagancia.

—Bien, como quieras... —dijo con pesar, como si lamentara que las cosas hubiesen sucedido de aquel modo—. Tendré que arrancártelo yo mismo de las manos.

Sin embargo, la criatura tuvo que tragarse su amenaza, porque una vociferante turba de personas surgida de Dios sabía dónde irrumpió en la sala. Eran al menos una docena de hombres, entre los que reconocieron a un conductor de tranvía y a algunos peones camineros.

—¡El hombre invisible! —gritó uno de ellos, señalando la desconcertada silueta del Villano.

Un obrero gigantesco se separó del grupo con un par de zancadas y, soltando imprecaciones, alzó su pala y la descargó brutalmente contra la cabeza aún a medio definir de la criatura. Rhys cayó al suelo y enseguida un puñado de hombres lo rodearon. Su cuerpo empezó a parpadear, pero antes de que pudiera saltar, una furiosa lluvia de puños y patadas cayó sobre él. Si alguien hubiese entrado en la pequeña sala en ese momento, habría pensado que allí dentro se estaba celebrando un partido de rugby excepcionalmente violento. A pesar de que los golpes no dejaban de arreciar, el Villano logró ponerse en pie penosamente, pero el conductor del tranvía lo cogió por el cuello y los hombros y lo arrojó al suelo de nuevo, donde sus compañeros volvieron a patearlo salvajemente. Wells y Jane observaban la escena pegados a la pared, horrorizados ante aquella exhibición de brutalidad. Entonces, cuando se hizo evidente que el Villano no sería capaz de levantarse de nuevo ni de saltar a otro mundo, el escritor tomó la mano de su mujer y la condujo hacia la salida de la habitación sorteando a la multitud, que continuaba concentrada en aquel apaleamiento preciosista. De pronto todos se detuvieron. Desde la entrada, la pareja vio a los hombres retirarse con los puños ensangrentados y las respiraciones jadeantes, y en el centro del círculo que formaban, tendida en el suelo, quedó la figura del Villano.

—Dios, ha sucedido exactamente igual que... —balbució Jane. El desconcierto y el horror no le permitieron acabar la frase.

—Sí, exactamente igual que en el final de *El hombre invisible*. Rhys ha muerto del mismo modo y en manos de las mismas personas que el demente Griffin.

—Pero ¿cómo es posible?

—Porque yo lo he imaginado —respondió Wells.

Jane le miró sin comprender.

—¿Acaso no reconoces lo que está sucediendo a nuestro alrededor? *La isla del doctor Moreau*, *La guerra de los mundos*... Son mis novelas, Jane, pero al parecer también son mundos que existen en alguna parte. Y ahora están colisionando con el nuestro, y noto que, de algún modo, mis creaciones, si es que alguna vez lo fueron, se sienten... atraídas hacia mí.

—Y pensaste que, si te concentrabas, podrías conjurar en esta realidad la escena de la muerte de *El hombre invisible* —concluyó Jane con admiración.

Wells asintió y ambos observaron el cadáver de Marcus Rhys, el hombre del futuro que tantas veces los había matado. La sustancia ya había dibujado completamente su cuerpo, que se iba volviendo cada vez más denso y opaco. Ahora parecía un hombre normal, de constitución atlética y rasgos duros, un tanto toscos, medio emboscados por una barba espesa y descuidada. Tenía el traje salpicado de manchas de sangre y desgarrado por varios sitios. En su rostro, amoratado por los golpes, había cuajado una expresión de ira y desesperación.

—Ya nada amenaza este libro —dijo Wells.

Pero el fin del mundo seguía adelante. Una vez más, se dirigieron a la carrera a la Cámara de las Maravillas, donde habían tenido que abandonar al agente Clayton, al capitán Sinclair y a sus hombres a merced del agujero. Al cruzar el vestíbulo, evitaron mirar hacia la puerta principal; los gritos y las explosiones que se filtraban desde la calle bastaban para comprender que afuera continuaba aquella desquiciada destrucción. Una vez en los subterráneos del museo, llegaron hasta la cámara guiándose por el aullido de huracán que producía el desgarrón. Se detuvieron en la puerta, pues ya desde el quicio se podía notar aquella extraña fuerza succionadora, que a esas alturas era mucho más potente. Desde allí contemplaron una trenza humana formada por Sinclair y Clayton, a los que en un momento dado se habían añadido Doyle y Murray. La imparable fuerza de absorción del agujero contraía salvajemente la realidad, succionaba cada vez objetos más y más pesados, y tiraba de sus amigos con furia. El único de los agentes que aún no había sido tragado por el desgarrón no pudo aguantar más: sus manos resbalaron del cajón al que estaban sujetas y su cuerpo cayó girando en espiral hacia el interior del ávido agujero. En ese instante, la columna a la que se agarraba el capitán emitió un crujido amenazador.

—¡La columna se está rompiendo! —gritó Sinclair.

—¡Van a morir, Bertie! —exclamó Jane, agarrada al quicio de la puerta, con los faldones del camisón ondeando.

Wells asintió funestamente, y observó con tristeza el libro que acunaba entre las manos.

—Maldita sea, se supone que aquí se encuentra la clave para detener todo esto, pero ninguno de nosotros sabe cómo usarla —exclamó con desesperación.

—Yo no estaría tan seguro, Bertie.

Al principio, le pareció que la que había respondido era la voz de Jane, pero su mujer permanecía a su lado, mirándole implorante y en silencio, en tanto que la voz había surgido de fuera de la cámara. La pareja se volvió. En mitad del pasillo descubrieron un extraño trío: una anciana diminuta y de aspecto frágil que los observaba dulcemente; a su lado, un tipo larguirucho de cara equina, con el aspecto de un erudito remilgado, y, tras ellos, una imponente figura de casi dos metros de alto, envuelta en una larga capa negra y tocada con un sombrero de ala ancha que le ocultaba el rostro. Intentando disimular un escalofrío, Wells posó su mirada en la anciana, que se apresuró a tranquilizarle con una sonrisa. Y de pronto recordó todo lo que le había contado el Villano y reconoció aquellos ojos desafiantes e inteligentes.

—Jane...

Ella asintió, y observó con melancolía el libro que Wells tenía en su poder.

—Al final ha llegado a tus manos —dijo con dulzura.

Wells asintió, sacando pecho en un patético intento de parecer digno de aquel tesoro. Después de todo, a él, el último Wells de aquella larga cadena de dobles, era a quien le había correspondido protegerlo con su vida, era él quien había tenido que evitar que el Villano de la historia lo destruyera.

—Es hora de entregarlo a «los que vienen del Otro Lado» —continuó la anciana señalando al caballero atildado, que asintió con gravedad.

Wells se lo entregó con más alivio que solemnidad. El hombre empezó a pasar páginas con dedos ágiles, asintiendo de tanto en tanto. Wells contempló entonces a aquella envejecida versión de Jane, que lo observaba a su vez con una sonrisa melancólica, y sintió un súbito brote de admiración: a pesar de cuanto había tenido que sufrir esa mujer desde que su marido muriese a manos del Villano, jamás se había rendido, y además había conseguido entregar el libro «a aquellos que vienen del Otro Lado».

—Estoy orgulloso de ti, Jane —le dijo devolviéndole la sonrisa—. Y creo que puedo hablar por todos los Wells del universo.

La sonrisa de la anciana se amplió un poco más. Entonces dio un paso hacia él y durante unos instantes estudió con afecto su rostro. Wells comprendió que no estaba sino contemplando al hombre que amaba, al que había visto morir de un tiro en el corazón hacía ya una eternidad. Entonces acercó su cara a la de él. El escritor entrecerró los ojos, creyendo que iba a besarlo, y se preparó para ser el depositario de aquel beso póstumo que, a través de los hilos invisibles que le unían al resto de los Wells, llegaría hasta los labios que le correspondían. Pero no recibió ningún beso. En cambio, sintió cómo la anciana acercaba la frente a la suya, la mantenía apoyada un momento —como si pudiese oír el enjambre de pensamientos que le bullían en la cabeza— y luego la retiraba. Tomó entonces a su gemela de las manos y realizó el mismo solemne gesto con ella. Durante varios segundos, las dos permanecieron en esa posición: una apoyada en la mujer en que se convertiría, la otra apoyada en la mujer que había sido.

En ese momento, el hombre que estudiaba el libro rompió el hechizo lanzando una exclamación de triunfo. Le enseñó una página al Ejecutor, quien asintió con un movimiento de cabeza casi imperceptible. Su mano tocó la empuñadura de su bastón y esta se iluminó al instante.

—Tenemos que irnos —anunció sin mover los labios—. Yo tengo un multiverso que salvar, y usted un libro que concluir con final feliz.

La anciana asintió, se despidió de ellos con una sonrisa y se colocó ante el Ejecutor, que la envolvió con su capa como un ilusionista. Se produjo una pequeña vibración en el aire, y Wells y Jane se encontraron solos ante el científico. Entonces, un fuerte crujido les hizo volverse hacia el interior de la cámara, a tiempo de ver cómo la columna a la que se agarraba el capitán Sinclair se partía en dos y sus amigos volaban hacia el agujero.

—¡Dios mío...! —exclamó la pareja al unísono.

Pero justo cuando el agente Clayton, que era quien iba a la cabeza de aquella desbandada, estaba a punto de atravesar el desgarrón, el agujero desapareció como si nunca hubiese estado allí, y con él el vendaval que los arrastraba. Sin nada que los sostuviera en el aire, los cuatro hombres cayeron al suelo, acompañados por una lluvia de objetos. Desde la puerta de la cámara, Wells y Jane suspiraron aliviados. Sus amigos se levantaron entre gemidos de dolor y miraron a su alrededor con desconcierto, incluido Clayton, a quien el golpe parecía haber despabilado.

—¿Qué ha pasado? —preguntó a nadie en particular.

Y Jane se volvió hacia su marido con una sonrisa de complicidad y le susurró:

—¿Quieres saber qué ha pasado, Bertie? Has salvado al universo usando tu imaginación.

XL

Cada mañana, el vigilante del Museo de Historia Natural, un muchacho de apenas dieciocho años llamado Eric, subía la escalinata de entrada y abría su fastuoso pórtico mientras soñaba que era Goldry Bluszco, uno de los demonios guerreros que combatían a Gorice XII, el rey de Brujolandia. El taimado hechicero siempre iba acompañado por una caterva de canallas nigrománticos, cada uno de ellos un compendio de iniquidades, y Eric casi podía escuchar el entrechocar de las espadas y ver el carmesí de la sangre derramándose por la tierra calcinada durante las feroces batallas. Esa era su fantasía favorita desde los diez años, cuando había empezado a dibujar sus escenas y personajes en un cuaderno, y ahora recurría a ella para intentar bruñir el vulgar puesto de vigilante que había conseguido hacía poco, un trabajo que distaba mucho de sus antiguas aspiraciones. Mientras paseaba por las salas desiertas, encendiendo las luces y revisando que todo estuviera a punto para la apertura al público, solía distraerse imaginando las hazañas que el valeroso y noble Goldry llevaba a cabo en aquel mundo tan distinto al suyo, un mundo que solo existía en su imaginación, donde los duelos con espada, los hechizos y las intrigas maquiavélicas estaban a la orden del día. En su deambular lo acompañaba el tintineo metálico del manojo de llaves que colgaba de su cinto, que abrían todas las puertas del museo excepto una, y sin duda aquel momento era el único del día en el que se sentía en paz consigo mismo, pues desde que tenía uso de razón siempre había creído que había algo equivocado en su vida. Solía pensar que su alma no le pertenecía del todo, que era la de un aristócrata o la de un artista genial, o en todo caso la de alguien destinado a hacer grandes cosas, y que a causa de algún error cósmico había insuflado vida a aquel cuerpo que habitaba un mundo sin gracia en el que estaba condenado a interpretar un papel insignificante.

Sin embargo, la mañana del 23 de septiembre, el muchacho estaba demasiado cansado para refugiarse en sus fantasías. Hiló varios bostezos mientras subía la escalinata del museo. No comprendía qué le pasaba: se había levantado de la cama con la sensación de no haber pegado ojo, aunque, por otro lado, sentía cómo los confusos retazos de una extraña pesadilla intentaban emerger a la superficie de su mente, sin conseguir alcanzar las orillas de su conciencia... Una pesadilla en la que no había hecho otra cosa que correr despavorido, y tan real que le había dejado la herencia de unas piernas doloridas. Sacudió la cabeza intentando despabilarse al alcanzar la puerta mientras buscaba las llaves en el bolsillo. Tenía que dejar de inventar aquellas historias a todas horas o acabaría volviéndose loco, se dijo. Al fin y al cabo, ¿de qué le servían? No era escritor, como había soñado de niño, ni siquiera un digno funcionario de la Cámara de Comercio Británica o algo por el estilo. Era un vulgar vigilante de museo, y seguramente siempre lo sería. Y, a pesar de todo, quizá debía dar gracias por ello, como le aconsejaba su madre cada vez que él se atrevía a hablarle de sus ilusiones. «La imaginación está muy bien para los ricos, Eric, pero la imaginación no va a ponerte un plato caliente sobre la mesa...», le decía.

Justo en ese instante, cuando trataba de introducir la llave en la cerradura, la puerta principal del museo se abrió violentamente, casi arrollándole, y un individuo larguirucho de rostro equino salió al exterior.

—Ah..., fíjense. ¡El universo está a salvo! —exclamó abriendo los brazos de par en par. Luego, dedicándole un guiño a la extraña pareja que le seguía, añadió—: ¡Y todo gracias a la imaginación!

La pareja, que para sorpresa de Eric vestía ropa de dormir, formaba parte de una pequeña y singular comitiva, que emergió al exterior con idéntica expresión de asombro. El muchacho observó al grupo con curiosidad. Aparte de la pareja, que contemplaba maravillada el cielo, y del hombre de rostro equino, que miraba a su alrededor exultante, distinguió a dos hombres corpulentos, uno de ellos con una fina barba rubia y otro con un bigote enorme que guardaba un increíble parecido con el famoso escritor Arthur Conan Doyle. Por lo visto, celebraban también que esa mañana el cielo luciera un azul luminoso, y no dejaban de propinarse vigorosas palmadas en los hombros mientras reían como niños traviesos. Por último, de la penumbra interior surgió un joven flaco y sombrío, envainado en negro de pies a cabeza, y un hombre gordo, con una extraña lente ocultándole un ojo. Este último clavó una mirada torva en Eric, quien, armándose de valor, decidió que había llegado el momento de intervenir.

—Eh... —carraspeó tímidamente—, disculpen, caballeros, pero... ¿puede saberse qué hacían todos ustedes dentro del museo? No debería haber nadie a estas horas, ya que aún no está abierto al público. Me temo que tendré que llamar a la policía...

El hombre gordo y el muchacho de aire sombrío, que se estaba atornillando una mano metálica bajo una de sus mangas, intercambiaron una ligera sonrisa. La prótesis ocular emitió un sordo zumbido cuando enfocó al vigilante. Eric dio un paso atrás.

—¿Cuál es tu nombre y tu cargo en este museo, muchacho?

—Eric Rücker Eddison, señor —farfulló—. L-levo u-unos días en el puesto de vigilante...

—Ah, eso explica por qué no nos hemos encontrado antes. Pero estoy seguro de que aun así ya habrás oído hablar de los Guardianes de la Cámara, ¿verdad?

Ambos hombres se abrieron un poco el cuello de la camisa y Eric atisbó las llavecitas adornadas con alas de ángel que les colgaban del cuello.

—Oh... ¿Son las llaves que abren la...? —preguntó en un susurro. Los policías asintieron—. Vaya... Siempre me he preguntado qué hay allí dentro...

—Nada interesante. Es más divertido imaginarlo que verlo, te lo aseguro —le contestó el más joven con un guiño que a Eric se le antojó, más que simpático, arrogante.

—Eh, perdona un momento, muchacho... —intervino entonces el hombre de rostro equino—. ¿Podrías decirme si has visto algo fuera de lo normal durante las últimas horas?

—¿Algo fuera de lo normal? ¿A qué se refiere exactamente, señor?

—Pues algo como... —El hombre miró indeciso al resto del grupo—. Bueno, no sé..., algo extraño, *diferente*. Tal vez una sensación de multiplicidad al mirar a un edificio, o cierta cualidad transparente en las personas con las que te has cruzado... Algo que pudiera parecerse a un... espejismo, o que te provocara alguna sensación de... irrealidad.

Eric negó con la cabeza, confuso.

—¡Por el amor de Dios! ¿Qué preguntas son esas? —exclamó el hombretón de la barba rubia, perdiendo la paciencia—. A ver, chico... ¿Has visto algún agujero en el aire que absorbiera todo lo que le rodeaba? ¿Te ha atravesado algún ejército de elfos? ¿Te ha disparado algún autómata del futuro?

—No, señor. Como puede ver, todo está como siempre —contestó Eric un tanto amedrentado, al tiempo que abarcaba Cromwell Road con un gesto de la mano.

El grandullón bufó exasperado mientras todos miraban hacia la calle, sobre la que se desplegaba el telón de una cálida mañana de otoño: había algunos madrugadores caminando por las aceras, carruajes somnolientos cruzando la calzada, un par de nubes blancas acercándose por el norte...

—Diríase que no ha sucedido nada... —murmuró el hombre que se parecía a Conan Doyle—. Y, sin embargo, hace solo unos minutos yo mismo he visto a mi propia creación, Sherlock Holmes, luchando con Moriarty en la cima de...

Eric abrió los ojos como platos.

—Santo Dios, ¿usted es... Arthur Conan Doyle?

—Así es, hijo, o al menos eso creo... —le respondió el escocés, todavía con la vista clavada en los edificios cercanos.

—¡No puedo creerlo! —exclamó el muchacho con entusiasmo—. ¡Soy un gran admirador suyo, señor Doyle! Verá, yo... solo trabajo aquí provisionalmente. En realidad, también soy escritor... Bueno, no un escritor de verdad, claro —puntualizó en tono humilde—. Tan solo un aficionado... Estoy escribiendo mi primera novela, aunque, ahora que solo puedo escribir en mis ratos libres, creo que jamás la terminaré...

—Jovencito —le interrumpió Doyle con autoridad—, puedes inventar excusas o puedes inventar historias, tú decides. Yo creé a Sherlock Holmes en una consulta médica en la que no entraba nadie. ¡Un escritor de verdad!

—bufó con sorna—. Me gustaría saber qué demonios es eso. ¿Por qué no piensas que eres un *vigilante de mentira*?

En el rostro de Eric prendió una sonrisa.

—Sí... —asintió pensativo—. En realidad, eso es precisamente lo que siento, que todo lo que me pasa debería estar sucediéndome de otra manera, como si esta no fuera mi auténtica vida... —Entonces se cuadró ante el escocés—. Señor, ¿le importaría que le enviara el manuscrito en el que estoy trabajando para pedirle su opinión?

Ante la cara de alarma de Doyle, Murray acudió en su rescate.

—Si buscas la opinión de un escritor famoso, chico, te recomiendo que envíes ese manuscrito a H. G. Wells, aquí presente. —Señaló con el pulgar al hombrecito en ropa de dormir, en el que Eric no había querido detener demasiado su mirada por puro decoro—. Nunca he conocido a nadie que sea más sincero en sus opiniones, ni más delicado a la hora de comunicarlas.

—Oh..., señor Wells —exclamó el vigilante—. Yo... Disculpe, pero no lo había reconocido así vesti..., ejem... Por supuesto, también soy un ferviente admirador suyo... He leído sus novelas varias veces, especialmente *La isla del doctor Moreau*, mi favorita... —De repente se interrumpió y entornó los ojos exageradamente—. Es extraño, creo que esta noche he soñado algo relacionado con ella, aunque no consigo recordar de qué se trataba...

—¿Tal vez que el pueblo de las bestias te perseguía por el museo? —le preguntó Wells con voz serena.

El vigilante abrió la boca perplejo.

—Sí, era eso... *exactamente eso.* Pero ¿cómo puede saberlo?

Wells restó importancia al asunto agitando la mano.

—Es un sueño bastante recurrente entre, eh..., escritores en ciernes y vigilantes de museo.

—Ahora recuerdo más partes de ese sueño... —continuó Eric, hablando para sí con cierta dificultad, como si acabara de despertar de una larga borrachera—. También estaba Uróboros, mi dragón, incendiando el barrio desde el aire, y...

—¿Uróboros? —preguntó el hombre de rostro equino.

—Sí, es el título de mi novela: *La serpiente Uróboros.* —Sonrió tímidamente—. Se trata de un mito escandinavo, una especie de dragón o serpiente que devora su propia cola; simboliza el renacimiento cíclico. Verán, siempre me han fascinado las sagas escandinavas y en mi novela intento imitar...

—Bueno, bueno... —le interrumpió el hombre de la mano metálica, cruzando una significativa mirada con los demás, que asintieron—. Creo que deberías dirigirte a tu puesto, muchacho. Pronto será la hora de apertura del museo, y supongo que tendrás cosas que hacer... —Colocó su prótesis sobre el hombro del joven y le acompañó hacia el interior, empujándolo suavemente, mientras Eric observaba aquella mano metálica con cierta aprensión—. Ah, y no te preocupes si encuentras algunos agentes de Scotland Yard dentro del museo tomando notas y algunas muestras... Todo está en orden. Se trata de una misión rutinaria y sin importancia, aunque esperamos contar con tu discreción. Si demuestras que sabes guardar silencio, más tarde te llevaré los datos del señor Doyle y del señor Wells para que puedas enviarles tu manuscrito..., ¿de acuerdo?

Eric asintió y, tras dirigir una última mirada deslumbrada al singular grupo, entró en el museo.

—Y recuerda: estás viviendo solo una de tus posibles vidas. ¡Hay otras posibilidades! ¡Infinitas! —le gritó Doyle.

—Y por el amor de Dios, si quieres ser escritor, acórtate el nombre —añadió Wells.

Cuando las puertas se cerraron, Murray comentó:

—¡Es increíble! ¡No recuerda nada, cree que todo lo que ha pasado ha sido un sueño! ¡Y sus fantasías de escritor también se le aparecieron! ¡Como a mí el capitán Shackleton!

—¡Y como a mí Sherlock Holmes! —exclamó el escocés.

—Yo vi los trípodes marcianos —intervino Wells— y, como os he contado, cuando Rhys nos perseguía incluso invoqué...

—Demonios, eso quiere decir que... —le interrumpió Doyle—, ¡todo lo que imaginamos existe en algún lugar!

—Pero... ¿dónde están ahora todas esas criaturas? ¿Y qué ha pasado con los edificios destruidos? ¿Y los cadáveres? —dijo Jane—. Fijaos en la gente, todos pasean tranquilamente... ¡Nadie parece recordar nada!

—Es cierto —repuso el millonario—. ¿Quiere eso decir que el fin del mundo no ha tenido lugar?

—Pero nosotros lo recordamos —reflexionó la mujer—. Y ese joven lo soñó...

Sinclair les pidió que se calmaran y se dirigió entonces al profesor Ramsey:

—Profesor, si he entendido bien lo que me ha explicado mientras salíamos del museo, usted proviene del mismo universo que la señora Lansbury, un mundo mucho más avanzado que el nuestro. Quizá pueda arrojar algo de luz en este asunto.

—Sí, profesor, ¿qué está pasando? —intervino Clayton—. Es evidente que el Ejecutor consiguió evitar el contagio, y que ahora todo está tal y como debería estar si ese perro no hubiera mordido nunca al gemelo del señor Wells. Sin embargo, todos nosotros recordamos perfectamente lo que acabamos de vivir.

—Y también recordamos a Baskerville, y al maldito Rhys... —dijo Wells—. Pero si nunca hubo epidemia,

¿cómo pudimos conocer a viajeros de otros mundos? Y, sobre todo, ¿por qué seguimos mi esposa y yo en pijama?

Ramsey sonrió paternalmente al grupo.

—Caballeros, señora Wells..., me parece que ninguno de ustedes valora en su justa medida el maravilloso, el *mágico* universo que habita. Aunque no les culpo. A decir verdad, si su universo es tan especial es precisamente porque ninguno de sus habitantes puede llegar a comprenderlo por completo. Ustedes viven en un universo fascinante, donde todo es posible, donde todo lo que puedan soñar o imaginar ya existe en alguna parte... Y quizá en alguna, alguien les está soñando o imaginando a ustedes... ¿Ha tenido lugar el fin del mundo? Sí. ¿No ha tenido lugar jamás? También sí.

—¡Pero no pueden ser ambas cosas! —protestó Murray.

—¡Claro que sí, Gilliam! ¿No has escuchado al profesor? —exclamó Doyle con los ojos febriles—. Todo puede ser. ¡Todo! Es decir, en algún lugar existen las historias que hemos conocido y vivido, todos esos mundos perdidos: la epidemia, las aventuras de Baskerville, la odisea de Rhys, el día del caos, tal y como las recordamos, y precisamente porque las recordamos... Pero la historia que estamos protagonizando ahora, donde nada de eso ha sucedido, donde hemos conseguido evitar la epidemia y por tanto sus terribles consecuencias, también *existe*, y existe porque alguien puede estar recordándola o contándola en estos momentos. Tal vez todos somos un recuerdo, de otro recuerdo, de otro recuerdo, y así hasta el infinito.

—¿Qué demonios significa eso? —gruñó el millonario.

—Tal vez, señor Doyle —aprobó Ramsey, satisfecho—. Tal vez la existencia no sea más que un eterno y cíclico plagio de sí misma, como esa serpiente que se devora su propia cola...

—O una de esas cosas que simplemente suceden porque *pueden* suceder... —añadió Jane con una sonrisa enigmática.

Su marido la observó extrañado.

—¿Y por qué nadie parece recordar nada, y en cambio nosotros sí? —preguntó Clayton.

—Todos ustedes han estado en contacto con el Conocimiento Supremo. Han comprendido la profunda verdad de lo que les estaba sucediendo. Han sido *observadores*. Y eso, de alguna forma, los ha convertido en extranjeros en su propio universo, al menos durante algunos instantes. Sin embargo, para ellos —dijo Ramsey señalando a las personas que transitaban ante el museo—, jamás ha existido el día del caos, pues nunca han dejado de pertenecer a este mundo en el que, en efecto, ese día no llegó. Y como comprenderán, es imposible que recuerden algo que nunca ocurrió. En cambio, ustedes poseen mentes privilegiadas, expertas en el arte de la imaginación, abiertas a todas las posibilidades, mentes que les han permitido, durante unos instantes, ser espectadores y actores al mismo tiempo. Por eso no son capaces de olvidar. Ustedes han visto lo que *no ha pasado* pero *podría haber pasado*, y precisamente por eso *ha pasado*... —Ramsey los contempló uno a uno con los ojos brillantes de felicidad, buscando en aquellas expresiones, que iban de la perplejidad a la concentración, un reflejo de su propio entusiasmo. Luego suspiró y señaló con vehemencia la puerta del museo—. Igual que ese joven vigilante. Él también posee una mente semejante a la de ustedes, por eso es capaz de intuir que existen otras vidas para él; tal vez sienta en lo más profundo de su ser que hay otros muchos mundos donde su destino ha sido diferente, no lo sé. Pero está claro que, gracias a esa mente entrenada para imaginar otras realidades posibles, puede recordar lo que ha sucedido, aunque solo sea en forma de sueño, pues, al contrario que ustedes, no tuvo acceso al Conocimiento Supremo. No intenten entenderlo. Simplemente... limítense a sentirlo. Esa es la auténtica belleza de su mundo. La supremacía de los sentimientos, de la magia, del misterio... Ustedes han accedido hoy al Conocimiento Supremo... Díganme, ¿se sienten más felices que cualquiera de esos tranquilos paseantes? No, por supuesto que no. El ansia por el conocimiento, la dictadura de la razón... Esos son los virus que devastaron mi mundo, y que casi nos llevaron a destruir el suyo. Desde los albores de nuestra civilización, en el Otro Lado intentamos diseccionar todos los misterios que nos rodeaban con tal obstinación que solo conseguimos acelerar la desintegración de nuestro universo... Estoy seguro de que el verdadero tejido de la existencia, el último eslabón tras los niveles subatómicos más pequeños, es la imaginación. Y quien intenta comprender la magia la destruye para siempre. Esa es una lección que algunos ya hemos aprendido y que tendremos que enseñar a los nuestros, ahora que renaceremos en uno de sus mundos. Tal vez necesitemos su ayuda, amigos míos. La ayuda de aquellos de ustedes que no han olvidado...

—Cuente con la ayuda de la División Especial de Scotland Yard de este mundo, profesor Ramsey —ofreció Sinclair.

—Gracias, capitán. Agente Clayton, usted antes me dijo que esas maravillosas columnas que retuvieron a Rhys las diseñó sir William Crookes... —El agente asintió—. Bien, creo que tengo una conversación pendiente con un viejo amigo al que decepcioné en el pasado, y al cual debo muchas explicaciones..., demasiadas explicaciones. —Ramsey alzó el rostro al cielo con aire soñador—. ¡Hay tanto por hacer! La Iglesia del Conocimiento deberá cambiar su nombre, tal vez por el de la Iglesia de los Sueños...

Clayton carraspeó.

—Hablando de sueños, profesor. Cuando me desmayé en la Cámara de las Maravillas... Bueno, quizá deba aclararle primero que durante mis desmayos suelo soñar con un mundo donde... En fin, es complicado de explicar. El caso es que en ese mundo también había llegado el día del caos..., y yo... le conté todo lo que estaba pasando a... *alguien* de allí.

—Conozco sus sueños, agente. —Ramsey sonrió—. Y, créame, tengo muchas cosas que contarle sobre lo importantes que han sido en la victoria final. La capacidad de soñar ha sido la salvación de su mundo, se lo aseguro, y no estoy usando una mera imagen poética... No dude que se lo explicaré con mucho gusto, incluido el buen uso que se le dio a una antigua muestra de su sangre... —El profesor sonrió una vez más ante la expresión de perplejidad de Clayton—. Pero ya habrá tiempo para todo eso... ¿Qué es lo que desea saber ahora, hijo? ¿Si ese *alguien* lo recordará todo, ya que accedió al Conocimiento Supremo? ¿Si la maldición de sus desmayos tiene algo que ver con el virus de la cronotemia? ¿Si usted podrá seguir saltando mentalmente a ese mundo?

—Yo... Bueno, me encantaría conocer la respuesta a todas esas preguntas, pero lo que en realidad quería saber es... si algún Ejecutor podría trasladarme al mundo de mis sueños. En cuerpo y mente, quiero decir.

Ramsey le miró fijamente durante unos instantes y después negó con tristeza.

—Hijo, en cualquier mundo donde *ella* haya naufragado no será más que un monstruo, ya lo sabe. Y me temo que si usted llegara a uno de sus mundos de origen, su naturaleza resultaría tan monstruosa como la de ella... Lo lamento, pero creo que ninguno de los dos sería feliz en el mundo del otro, pues proceden de realidades demasiado diferentes. Tal vez su amor sea uno de esos que solo pueden suceder en los sueños.

Si aquello dolió al agente Clayton, nadie supo descifrarlo en el ligerísimo pestañeo que le provocó. De pronto, Doyle dio un paso adelante.

—Pero sí sería posible trasladar a alguien a un mundo similar a este, ¿no es cierto? —dijo tirando con fuerza del brazo de Murray y empujándolo hacia delante.

Ramsey asintió. Doyle dio otro ligero empujoncito a Murray, quien se quedó mirándolo sin comprender hasta que, de pronto, reaccionó:

—Un momento, un momento... —farfulló—. Quieren decir que... si yo le pidiera a uno de esos gigantes enlutados que me llevara a un mundo donde mi prometida siguiera viva... ¿lo haría? ¿Sería posible tal cosa?

—Podemos intentarlo, señor Murray, podemos intentarlo —empezó a decir Ramsey—, aunque...

—¿Lo has oído, George? —lo interrumpió el millonario con el rostro congestionado—. ¿Y tú, Jane? Puedo ir en busca de la Emma del espejo... ¡Puedo encontrarla, Arthur!

—Primero debo estudiar con los otros científicos el estado del tejido multiversal —explicó Ramsey con calma—, y descubrir si los Ejecutores han recuperado el control absoluto de sus bastones. Precisamente ahora pensaba dirigirme a mi club, pues estoy seguro de que algunos de mis colegas ya estarán allí, deseosos de tener la primera reunión de las muchas que nos esperan. Por tanto, creo que ha llegado el momento de despedirme... Señora Wells, caballeros, volveremos a vernos, se lo prometo, pero ahora debo dejarles, pues los que venimos del Otro Lado tenemos un Gran Éxodo que organizar. Señor Murray, si gusta acompañarme, tal vez podamos discutir por el camino los detalles de su posible viaje.

Por un momento, todos creyeron que Murray iba a abalanzarse sobre el profesor para besarle. Por suerte, debió de arrepentirse a tiempo.

—¡Naturalmente! —exclamó con entusiasmo—. Y dígame, si todo está bien, ¿podría partir de inmediato?

—Si ese es su deseo, no veo por qué no.

—Ese es mi deseo.

Y nunca, en ninguno de los infinitos mundos, cuatro palabras fueron más sinceras. Después de aquella declaración, Murray se dirigió hacia sus amigos para despedirse mientras Ramsey hacía lo propio con Sinclair y Clayton.

—Arthur... —murmuró emocionado acercándose al escocés.

—Lo sé, lo sé... No hace falta que me des las gracias. Te prometí que encontraría la forma de llegar hasta la Emma del espejo, y he cumplido mi palabra. —Doyle le sonrió satisfecho, metiendo los pulgares en los bolsillos de su chaleco.

—Bueno, no creo que se te deba atribuir todo el mérito, pero... Bah, es igual. —Murray lo agarró por los hombros, como si quisiera nivelarlo—. Gracias, Arthur. Por todo. No sé si tendré teléfono allá donde voy..., así que de vez en cuando cuéntame por telepatía qué tal te va todo.

—Será mucho más efectivo, dada la escasa disposición de tus criados a coger el teléfono —le respondió Doyle con sorna.

Murray lanzó una carcajada. Se estrecharon la mano, palmeándose los brazos con la mano contraria como si quisieran derribarse el uno al otro. Después, el millonario se volvió hacia Wells.

—George... —La voz se le quebró y carraspeó para disimularlo—. Mi querido George, yo... te debo tanto... Gracias a ti conseguí a Emma...

—Gilliam —le interrumpió Wells, exasperado—, ya sabes que yo no escribí esa maldita...

Antes de que pudiera acabar la frase, Murray lo envolvió en un fuerte abrazo, al que Wells no tardó en abandonarse. Cuando se separaron, Murray tomó la cara de Jane entre sus manazas y plantó un sonoro beso en los labios de la joven, sin que tampoco esta vez Wells pudiera impedirlo.

—Cuídale, Jane —le susurró, señalando a Wells con la barbilla—. Y no dejes que su cabezota les dé tantas vueltas a las cosas.

—Lo haré, descuida. Y tú dale muchos recuerdos a Emma —le contestó ella, con los ojos humedecidos.

Finalmente, Murray se acercó a los dos policías que charlaban con Ramsey, estrechó la mano de Sinclair con una inclinación de cabeza, y después, tras un segundo de duda, se la tendió también a Clayton.

—Espero que en algún otro mundo nos hayamos llevado mejor, agente Clayton —declaró sonriendo con franqueza.

—Quién sabe, señor Murray —respondió el agente estrechándole la mano—, cosas más imposibles acabamos de ver.

El millonario le indicó a Ramsey que estaba preparado, y ambos comenzaron a bajar la escalinata, acompañados por la mirada del resto del grupo. En el último escalón, Murray se detuvo de repente, como si se hubiera olvidado algo, y le gritó a Doyle:

—¡Arthur, recuerda que debes escribir la historia del sabueso! ¡Y quiero que se la dediques a Gilliam Murray, el mejor tirador de ballesta de todos los mundos!

—Ya veremos, ya veremos... —contestó Doyle entre risas, mientras se despedía de su amigo con la mano.

En ese mismo instante, unos pasos por detrás de Doyle y del matrimonio Wells, Sinclair observaba de soslayo a Clayton, que contemplaba a los dos hombres que se alejaban por la calle con el aire tenebrosamente melancólico de un cuervo mojado.

—Vamos, hijo... —El capitán suspiró, y palmeando el hombro de su antiguo pupilo, añadió—: Le propongo que tomemos una taza de café en mi despacho. La señorita Barkin ya debe de haber llegado, y usted sabe que siempre prepara el café...

—... como a mí me gusta —le cortó Clayton, elevando los ojos al cielo—. En serio, capitán, ¿de verdad cree que la solución a todos mis problemas se encuentra en una taza de café?

Sinclair se encogió de hombros.

—No lo sé, hijo, no lo sé... Pero sí sé una cosa: a pesar de toda esa palabrería del profesor... *no solo de sueños vive el hombre*, créame. Así que usted decide.

Y emprendió el descenso de la escalinata silbando una alegre melodía con las manos en los bolsillos, y saludando con la cabeza a Doyle y al matrimonio Wells al pasar a su lado. Poco después, el agente de la División Especial de Scotland Yard Cornelius Clayton resolvió que si quería obtener algo de paz, al menos en ese mundo, no tenía más remedio que seguirle y tomarse aquella maldita taza de café.

Y mientras los dos agentes se alejaban del museo por Brompton Road, Doyle, al que aún parecía quedarle algo de energía que liberar, se ofreció a ir en busca de su carruaje —con la esperanza de que siguiera donde lo habían abandonado aquella mañana de locos— y llevar a Wells y a Jane hasta su casa. La pareja aceptó, pues no les apetecía demasiado caminar en ropa de dormir por Londres. El escocés bajó entonces la escalinata del museo con un trote vigoroso, como si pretendiera dejar marcadas sus huellas en la dura piedra, y el matrimonio se sentó en uno de los peldaños, absolutamente extenuado.

—Jane, yo no me siento un sueño, ni el recuerdo de nadie —confesó Wells, volviendo a sacar el asunto que le preocupaba—. ¿En serio crees que todo eso que ha dicho Ramsey es verdad? ¿Piensas que estamos aquí ahora solo porque alguien está contando nuestra historia? Porque si es así, no pienso escribir una palabra más el resto de mi vida... —Jane soltó una risita—. ¿Qué te hace tanta gracia? Vamos, dímelo, sabes que odio que te guardes tus opiniones para ti.

—Me río porque no sé qué otra cosa podrías hacer si no escribieras.

—Pues muchas cosas —repuso Wells, ofendido—. Dar clases, por ejemplo. Te recuerdo que no era mal profesor...

—Lo odiabas, querido.

—Bueno... Entonces podría dedicarme a ser el marido más romántico del mundo. Llegaría cada día a casa en globo, realizaría las gestas más increíbles...

—Pero si has llevado a cabo la gesta más increíble de todas, Bertie: me has salvado la vida, y has salvado al mundo. ¿Cómo quieres superar eso?

—Eh..., tienes razón. Me lo he puesto difícil a mí mismo. Ni siquiera Murray podría superar eso..., ¿verdad?

Jane trazó una sonrisa divertida.

—Escúchame, querido —le dijo abandonando la cabeza en su hombro—. Si ahora te parece que escribir es algo terrible es solo porque lo asocias a la traumática experiencia que acabamos de vivir. Pero recuerda lo que siempre te digo: debes ignorar el factor desestabilizador. A ti te gusta escribir. Siempre te ha gustado. Y te volverá a gustar. ¿Qué más te da si tus creaciones viven en otros mundos? No creo que vuelvas a verlas...

—Pero... ¿y si escribo que una madre pierde a su hijo, por ejemplo? No soportaría sentirme responsable de...

—¿Y qué importa eso? —se apresuró a rebatirle ella—. Seguramente otro Wells escribirá que esa madre no lo pierde. Y en cuanto a la hipótesis de que tal vez nosotros seamos creaciones de alguien más... —Jane se encogió de hombros—. Bueno, solo espero que ese autor tenga buen gusto para los nombres de bebé.

Wells la miró sin comprender.

—¿Por qué dices eso?

—Porque sería espantoso que a nuestro narrador le diera por llamar a nuestro primer hijo Marmaduke o Wilhelmina, ¿no crees?

Tras decir aquello, se acarició dulcemente el vientre. Wells se levantó de un salto.

—¿Estás diciendo que...? Pero ¿cómo...? ¿Y desde cuándo lo sabes?

—No esperaba que un biólogo preguntara cómo. En cuanto a tu segunda pregunta, mucho más razonable, debo confesarte que lo sé desde hace algunos días, pero no te lo dije porque con el fin del mundo a la vuelta de la esquina... Digamos que no quería preocuparte todavía más.

—Que no querías...

Wells la contempló estupefacto, como si la viera por primera vez. Allí estaba la mujer que amaba: sentada en un sucio peldaño, abrazada a sus rodillas, intentando que el fino camisón blanco le cubriera las piernas, con la melena castaña desgreñada sobre los ojos, unos ojos que habían visto horrores inconcebibles, una mujer tan pequeña y frágil como una figurita de Dresde, y tan capaz de atravesar con una aguja el ojo del más temible Villano que se pudiera imaginar como de consolar a su esposo si algún crítico demolía alguna de sus novelas.

—Querida... —dijo con un nudo en la garganta, arrodillándose a su lado—. ¿Has guardado en tu cabeza este secreto todos estos días mientras esperábamos al hombre invisible? ¿Has escuchado mis interminables peroratas sobre Clayton, sobre el libro, sobre el fin del mundo, sobre la maldita trampa, sin decirme nada de esto, solo para no preocuparme más? ¿Has pasado por el terror de las últimas horas sabiendo que...? Dios santo... ¡Eres la mujer más valiente del mundo! Y yo soy un... patán. —Tomó el rostro de ella entre sus manos—. ¡Vamos a tener un hijo! —exclamó, como si se acabara de dar cuenta, y ella asintió, con lágrimas en los ojos—. Es lo más maravilloso que podía pasarnos, es fantástico, es increíble, es... —Wells cabeceó impotente—. ¿Lo ves? Además de un patán, soy un escritor terrible. Ni siquiera sé qué adjetivo ponerle a este milagro...

—Bueno —sonrió ella, feliz, dejándose abrazar y besar por su marido—, no le des más vueltas, Bertie. Tal vez solo sea una de esas cosas que simplemente suceden porque pueden suceder.

XLI

Cuando paseaba por el jardín de la casa de sus padres a comienzos del otoño, la tristeza de Emma pesaba el doble. Los árboles se teñían de un trágico resplandor ocre, las hojas secas emborronaban la pulcra caligrafía de los senderos, los estanques reflejaban cielos plomizos y una brisa fría la sorprendía desde cualquier recodo como un niño escondido. Aun así, aunque se sintiera más triste, Emma no estaba dispuesta a abandonar aquellos paseos: eran su única forma de orearse el alma desde que, envenenada por la apatía, había decidido reducir el mundo a la casa de sus padres. No quería pasear por Central Park ni ir al teatro ni a la ópera ni realizar ninguna actividad que la obligara a relacionarse con otras personas. No quería que nadie calibrara su fortaleza o su fragilidad con una mirada compasiva. No quería recibir las falsas condolencias de quienes la habían despellejado tras anunciar su compromiso con el millonario Montgomery Gilmore. Nueva York nunca le había interesado, y ahora no le interesaba el mundo ni quienes lo habitaban, porque entre ellos ya no estaba él. Pero al menos le quedaba el jardín, lo suficientemente grande como para perderse durante horas por sus numerosos recovecos, huyendo de la expresión piadosa de su madre. Aquel era su segundo refugio.

El primero eran los sueños. Aquellos sueños extraños que se repetían con cierta frecuencia. Al despertar, no recordaba los detalles, pero sentía en su aterida alma un rescoldo de tibieza que permanecía casi todo el día. Y no tenía ninguna duda de que aquella agradable calidez se debía a que había hablado con él. Siempre sucedía del mismo modo: ella se hallaba en alguna habitación, entretenida con cualquier cosa, cuando él la llamaba desde el espejo. Entonces ella se acercaba al azogue y se lo encontraba allí reflejado, pálido y ojeroso y con el cabello revuelto, como atrapado en el reino de la muerte. Tras sonreírse largamente, intentaban tocarse a través del cristal, pero nunca lo conseguían, y él acababa golpeando el espejo con desesperación, furioso de que estuviera tan cerca y sin embargo tan lejos; cuando se calmaba, ella le pedía perdón por haber insistido en conducir, porque si no lo hubiera hecho él estaría vivo, y él sacudía la cabeza y le decía que no importaba, y entre lágrimas le aseguraba que volvería, que encontraría el camino hacia su mundo. Emma no sabía qué significaban aquellos sueños, pero le resultaban tan vívidos que parecían reales, y durante el día se asomaba una y otra vez a los espejos de la casa con una mezcla de cautela e ilusión, como esperando encontrar otra cosa en ellos, en vez de la reproducción exacta de lo que tenían delante, solo que con todo dispuesto a la inversa. Aquellos días, con el rastro de la voz de él calentándole el alma, era como si Monty estuviera menos muerto.

Abstraída en esos pensamientos, Emma recorrió uno de los senderos hasta desembocar en un estanque. Estudió su reflejo en las grises aguas: una figura vestida de luto, una lágrima negra y temblorosa. Suspiró y se abrazó a sí misma, meciéndose lentamente. Cerró los ojos e intentó apresar las sensaciones que le producían los sueños, aquel regusto cálido y placentero que la templaba por dentro. «Iré a por ti —le decía él en sus sueños—. Te lo prometo. Encontraré el modo de llegar hasta tu mundo. ¡Para mí no hay nada imposible!» Y ella le creía, como siempre le había creído.

Sí, él encontraría el modo de llegar hasta ella, de reducir la distancia que los separaba. ¿Cómo no iba a creer a un hombre que le había pedido matrimonio plantando un cilindro marciano en Horsell, que había logrado crear un mundo dentro del mundo solo para ella, que conocía el secreto de su risa? ¿Cómo no iba a creer que ese hombre que había obrado el milagro de conquistar su corazón iría a buscarla?

El jardín era, pues, su refugio, porque allí se obligaba a olvidar que había muerto y fingía estar en mitad de una de aquellas interminables esperas a las que su prometido la sometía, y que ella sobrellevaba sabiendo que, antes o después, él aparecería. Llegaría esgrimiendo la más divertida de las excusas, enredándose de tal manera con las disculpas que más que justificarse se condenaría sin remisión, pero llegaría. Ella nunca había tenido la menor duda al respecto, así que ¿por qué dudar de su promesa ahora? ¿Solo porque se la había hecho en sueños? ¿Solo porque el hombre que le había prometido que regresaría se encontraba dos metros bajo tierra?

Abrió los ojos. Su reflejo continuaba temblando en el agua, pero detrás, unos pasos a su espalda... Tenía el traje roto por varios sitios y algunas salpicaduras de sangre en el hombro, como si después de morir en el accidente hubiera ido directamente a verla, sin siquiera cambiarse. Ella no se volvió, aunque la imagen parecía tan real... Dudó, tal vez había perdido la cordura.

Hasta que él habló:

—Hola, señorita Pesadumbre. Te dije que volvería.

Emma apretó los dientes, sintiendo cómo el alma le trepaba por la garganta.

—Y yo te estaba esperando, señor Imposible —respondió.

Entonces se volvió y sus ojos se trenzaron.

—Has llegado tarde —le reprochó.

Él alzó las cejas.

—Eh, lo siento, pero... —trató de excusarse—. Estaba ayudando a salvar el mundo.

Ella sonrió, dio un paso hacia él y entreabrió sus labios, aquellos labios que creyeron que jamás besarían a nadie más. Y el mundo se redujo a la distancia que los separaba.

Descubre la
TRILOGÍA VICTORIANA
en Booket